SECRET DE FAMILLE

Irène Frain est née le 22 mai 1950 à Lorient. Elle poursuit des études de lettres classiques à la Sorbonne et devient à vingt-deux ans l'une des plus jeunes agrégées de France. Littéraire formée à l'école de la nouvelle histoire elle enseigne les lettres classiques en lycée et en université, entame une thèse de littérature latine, puis s'intéresse au passé de sa province d'origine, la Bretagne. De ses recherches naît un premier livre, Quand les Bretons peuplaient les mers *(Fayard, 1979). Cet ouvrage historique est suivi d'un recueil de contes de marins,* Contes du cheval bleu les jours de grand vent *(Jean Picollec, 1980).*
Après un voyage en Inde, elle se lance dans l'écriture romanesque avec Le Nabab *(Éditions Jean-Claude Lattès, Prix des maisons de la presse 1982). Le succès international de cet ouvrage l'engage à poursuivre cette carrière romanesque. Deux autres romans suivent, toujours aux Éditions Jean-Claude Lattès :* Modern Style *(1984),* Désirs *(1986). Après quinze ans d'enseignement en lycée et université, elle décide de se consacrer entièrement à la littérature. En 1989 paraît* Secret de famille *(Prix RTL Grand Public) et* Histoire de Lou *aux Éditions Ramsay.*
Irène Frain collabore à Paris Match.

Marthe est d'une étrange beauté. Orpheline très tôt, elle devient à force de ténacité, d'intelligence, et en dépit des rumeurs, la femme la plus puissante de ce pays de Loire faussement paisible.
Elle arrache tout à la vie, la réussite, l'amour et le plaisir. Jusqu'au jour où Lambert, son propre fils, se dresse contre elle.
Son petit-fils, le célèbre violoniste Lucien Dolhman croit avoir effacé de sa mémoire cette grand-mère tant aimée qui a disparu de sa vie quand il n'était qu'un enfant.
Des années plus tard, à la faveur d'un héritage, il trouve un carton de photographies, et le passé ressurgit. Il y découvre l'histoire de sa famille, celle de Marthe, sa vie à double fond, avec ses années de soleil et ses années sombres, ses drames, ses joies, ses vérités et ses mensonges. *Secret de famille* que l'on croyait à jamais enfoui.

Paru dans Le Livre de Poche :

LE NABAB.
MODERN STYLE.
DÉSIRS.
HISTOIRE DE LOU.

IRÈNE FRAIN

Secret de famille

ROMAN

J.-C. LATTÈS

A Philippe Godoÿ

A Lucien Dolhman

Toute personne ayant survécu à pareille série d'abominables forfaits et qui croirait s'y reconnaître comme acteur serait bien entendu victime d'une très fâcheuse coïncidence.

ou,
selon la formule consacrée :

Les personnages de ce livre sont purement imaginaires et toute ressemblance avec des personnes existant ou ayant existé ne serait que pure coïncidence.

L'avenir du passé n'est jamais très sûr.

Eugen WEBER.

Il y a quelques années, un héritage livra un document insolite, comme il arrive souvent lors des successions : un énorme carton poussiéreux, bizarrement dissimulé dans le faux plafond d'une cuisine. Alors qu'il était à la recherche d'une fuite d'eau, l'héritier, Lucien Dolhman, dut affronter un fleuve de photos et de papiers les plus divers. Pas un seul d'entre eux n'était postérieur à 1943. En dehors d'une montre ancienne frappée d'un monogramme, le carton ne contenait aucun objet précieux. Lucien Dolhman fut d'abord fasciné par le flot des photos, notamment par la plus ancienne, conservée à l'intérieur d'un triptyque violet. Elle représentait une femme brune, en costume des années 1870, élégante et distinguée.

Lucien Dolhman découvrit aussi deux cahiers et deux films d'amateur, parfaitement conservés dans leur emballage métallique. Les documents étaient classés à l'intérieur de chemises, selon un ordre qui lui échappait entièrement. Au dos de certains d'entre eux, une écriture fébrile – toujours la même – traçait en capitales des patronymes inconnus, suggérait des pièces à chercher. La variété des personnages réunis dans cette nécropole photographique était encore plus troublante : des paysans à peine embourgeoisés y côtoyaient des nobliaux, des parvenus, des esthètes des années trente, tous embaumés dans la même lumière mêlée d'ombre, piégés par la chambre noire de photographes consciencieux ou pervers.

Lucien Dolhman le comprit très vite, ce carton racontait une histoire. C'était le lent battement d'une mémoire asphyxiée, un récit pour initiés, une histoire de famille et son cercle d'enfer, frères et sœurs, mari et femme, mère et fils, unis par le sang au-delà des plus mortelles rancœurs : le lait mélangé au poison, l'écheveau inextricable de l'intérêt et de l'instinct.

Dans les lettres, le testament, les actes notariés égarés parmi les photos, Lucien Dolhman trouva quelques indications qui lui permirent peu à peu de comprendre comment ce double plafond avait pu garder intacte, des années durant, une autre vie à double fond. C'était celle d'une femme qu'il avait voulu oublier, sa grand-mère, Marthe Monsacré, née en 1879 sur les bords de la Loire, d'une mère fantasque et de père inconnu.

CHAPITRE PREMIER

Du plus loin qu'on s'en souvienne, Marthe promena sur le monde un regard d'étrangère. L'impression est criante, sur l'unique photo prise pendant son enfance, dans le couvent où elle avait été recueillie, chez les Ursulines, à Rouvray. On l'a fait poser devant un muret qui surplombe la Loire. Elle porte le sarrau des pensionnaires, elle se tient si droite qu'elle paraît beaucoup plus que son âge. Ses cheveux drus, très noirs, sont nattés et enroulés sur le sommet de sa tête. Malgré l'austérité de ses vêtements, cette coiffure lui donne déjà l'air de souveraine qui devait frapper tous ceux qui eurent affaire à elle. Elle sourit, de ce sourire qu'elle gardera jusqu'à la fin, qui séduit, qui nargue. Au fond de ses yeux clairs, Marthe a l'étincelle dure de ceux qui ont connu trop tôt l'âpreté de la vie.

Elle est orpheline. Sur sa naissance, sur sa mère, cette Hortense Ruiz qui sourit derrière le verre fracassé du triptyque violet, on ne sait rien, ou peu de choses. Peut-être fallait-il justement ce trop peu pour que la ville tisse autour de Marthe son réseau de paroles vraies ou fausses, et qu'elle commence à bâtir sa légende. Selon l'expression en vigueur, Marthe était une *accourue* : dans la langue du Val, c'était la façon dont on désignait ceux qui n'étaient pas du pays. On disait aussi parfois qu'elle était sortie de nulle part. Que n'a-t-on pas brodé autour de ce « *nulle part* »... Confidences d'après-boire, murmures d'alcôve, confessions de mourants, phrases interprétées, mots déformés, répétés, inventés, tout s'entremêle, se contredit, une mémoire engorgée, où sombra à jamais le souvenir de sa mère. Il faut se contenter de ce nom, Hortense Ruiz, et de la sécheresse de deux actes d'état civil, dressés à quelques jours d'intervalle. Le premier d'entre eux enregistre la naissance de Marthe, par un mois de janvier dont on se souvint longtemps. Dès le début de l'année, le vent du nord souffla très fort, avec de grosses averses glacées. La pluie gelait sitôt tombée et raidissait les parapluies, les manteaux, bloquait le jeu des serrures et des cordons de sonnette, engluait les pierres et les plantes sous le même vernis mortel. Plusieurs jours durant, les trains furent arrêtés. Les arbres s'affaissèrent sous le poids de la glace. En moins d'une semaine, les forêts de Sologne furent ravagées. Puis le vent tourna à l'ouest, un vent de galerne, comme on l'appelait, et le temps se radoucit. Les affluents de la Loire se mirent à grossir, l'inquiétude grandit d'un bout à l'autre du fleuve. Les vallées et les varennes étaient envahies, les flots montaient à l'assaut de la fragile digue des levées, les villageois abandonnaient leurs maisons à fleur d'eau pour se réfugier sur les coteaux, où ils campaient avec leur bétail dans le froid et la pluie. Devant le fleuve gonflé, ils repensaient aux terribles crues d'autrefois, se souvenaient des moulins emportés, des églises et des châteaux dévastés, des cimetières ennoyés d'où l'on avait vu remonter des cadavres.

La voie ferrée fut coupée, les passagers du train de Paris durent interrompre leur voyage. Hortense Ruiz descendit du wagon, grosse à pleine ceinture. Quelques heures plus tard, elle fut prise des premières douleurs et accoucha d'une petite fille à l'hospice des Ursulines, sur les hauteurs de la ville. Trois jours après, elle eut un violent accès de fièvre. Elle fit son testament, légua aux Ursulines les titres et les bijoux qu'elle avait cachés au fond de ses bagages, à charge pour les religieuses de veiller à l'éducation de son enfant, et de lui remettre le reste de ses biens à sa majorité. Hortense Ruiz mourut quelques jours plus tard, comme elle était venue, silencieuse et pressée.

Le testament fut authentifié par Maître Chicheray, brillant représentant d'une longue dynastie de notaires, aussi madrés que soupçonneux. L'anecdote ne le troubla pas outre mesure. Il n'était pas rare que des inconnues, riches ou pauvres, sollicitent l'hospitalité des religieuses pour mettre au monde au couvent les enfants du secret. Quand on avait à la fois de la fortune et de la religion – ce qui, à la vérité, n'était pas si fréquent – on y venait aussi mourir en paix, loin des regards ambigus d'héritiers impatients. Alphonse Chicheray fut beaucoup plus surpris par la nature de l'héritage : la mallette d'Hortense Ruiz ne contenait que des valeurs mobilières : des titres au porteur, des pierres précieuses non montées. En dehors du triptyque qui représentait la morte – une belle femme brune, à peau mate, très élégante, drapée dans un châle sévillan –, il ne découvrit aucune lettre, aucun objet personnel, sinon une bague d'une facture insolite, et une montre d'homme, un modèle suisse, frappé d'un monogramme peu courant, *T. W.* D'emblée, le notaire décida que ces initiales désignaient le père, et que c'était un étranger.

Premier secret dans la vie de Marthe. Première honte, premier reproche sournois. A Rouvray, les années qui suivirent – trois décennies prospères, comme partout en France, mais taraudées par l'envie d'une revanche sur l'affront allemand de 1870 – les bruits les plus divers coururent sur le nom de son père. On n'hésita pas à dire qu'il empestait l'ennemi. Marthe fit front, toute sa vie. A la rumeur et au soupçon, elle opposa toujours le même regard qui était un rempart, l'ironie qui était sa force, l'énergie du silence. Elle n'a jamais parlé de ses parents, elle n'a jamais cherché d'où elle venait. Elle, *l'accourue*, l'étrangère, elle s'est toujours considérée comme une femme du pays.

Au printemps de l'année suivante, les églantines commençaient à assaillir la tombe d'Hortense Ruiz quand Marthe fit ses premiers pas sur la terre blanche et friable qui dominait la Loire. A la stupeur des religieuses, elle se tenait très droite, elle avait déjà la démarche solide et tranquille, à croire en effet qu'elle était *de là*.

CHAPITRE 2

Le couvent se referma sur la petite fille. De cette époque, Marthe parla très peu. Mais qui se confie vraiment sur ces fragments d'enfance, instants à la frontière de la mémoire et du néant, moments brumeux, instinctifs, où la conscience est ballottée de joies féroces en petites hontes, de sombres colères en chagrins fugaces... Que dire de ce temps où elle ne fut qu'un être livré à d'autres volontés que la sienne, Marthe qu'on a peine à imaginer autrement que femme, et volonté?

Tout juste, connaissant la ville et la situation du couvent, peut-on rêver à ce que furent ces années. A Rouvray comme ailleurs la vie était très lente, et son cours semblait plus engourdi encore chez les Ursulines, comme dans la plupart des institutions religieuses. Le couvent était construit à flanc de coteau, au fond d'un parc planté de cèdres. Deux bâtisses grises et solennelles s'élevaient derrière un grand mur d'enceinte, l'une pour le pensionnat, l'autre pour l'hôpital. Le reste n'était qu'oratoires, longs corridors, enfilades de salles uniformément passées à la chaux. Tout laissait croire au détachement, à l'empire de la vertu.

Epoque bien étrange, sans doute, que celle où Marthe émergea des limbes, sourire offert à des visages figés sous des voiles noirs, enfant langé par des mains sèches qui n'avaient pas connu l'amour. Le froid, celui de l'eau bénite, le chaud, celui des cierges allumés à la chapelle. L'odeur des lys, en mai, qu'on déposait solennellement devant la statue de la Vierge. D'un bout à l'autre de l'année, le parfum de l'encens, cet encens dont Marthe, jusqu'à la fin, détesta jusqu'au nom.

Les religieuses trompaient leur ennui en guettant les rumeurs. Lors de ses visites hebdomadaires, le chanoine de la cathédrale les leur livrait à satiété. Les Ursulines répétaient les bruits, les commentaient à perte de vue, avec des exclamations étouffées et des signes de croix. Quand elles se taisaient enfin, leur silence même était une écoute. Elles étaient toujours en alerte, suivaient de près l'état des âmes, surveillaient tout aussi étroitement le destin des fortunes. Elles s'en justifiaient aisément : en ce bas monde, elles avaient pour charge d'éduquer les jeunes filles.

Dans tout le département, elles n'avaient pas leur pareil pour les former à la soumission. D'où le surnom qu'on avait donné au couvent, *La Colle*, contraction de *collège*, et allusion à la façon dont les religieuses emprisonnaient les pensionnaires, et s'infiltraient dans les familles, à leur manière ordinaire, douceâtre et acharnée. En ces temps incertains où la République voulait leur arracher leurs protégées, elles s'estimaient chargées d'une mission héroïque : assurer la perpétuité du sacrement du mariage. Les âmes candides qu'on leur confiait étaient généralement bien dotées. Elles ne pouvaient rien abandonner au hasard, surtout lorsque le prétendant recherchait une alliance légitime aux fins de s'acheter de la rente ou de payer les réparations d'une toiture. Des situations embarrassantes se présentaient parfois, quand la pensionnaire était laide ou stupide au-delà du tolérable. Là encore, les Ursulines de Rouvray faisaient merveille. Habiles négociatrices, elles parvenaient souvent, avec l'aide du vieux Chicheray, à apparier des unions où chacun trouvait son compte : les parents casaient leur fille, les maris empochaient la dot, et les religieuses, au passage, prenaient leur pourcentage. Enfin il y avait les cas désespérés : les bossues, les demeurées, les orphelines, les enfants naturels. Les Ursulines avaient toujours réussi à leur imposer la seule issue qu'elles jugeaient raisonnable : la prise de voile. Tel fut le destin que, dès la mort de sa mère, la Supérieure du couvent assigna à Marthe.

Le hasard voulut pourtant qu'elle reçoive la grâce d'une véritable enfance. Elle dut ce bonheur à la religieuse qui avait accouché sa mère, sœur Adèle. Elle était malade et poussive, on ne voulait plus d'elle à l'hospice. On la commit d'autorité à la garde de Marthe.

Adèle fut donc son premier souvenir. Marthe garda une mémoire très vive de leurs promenades au fond du parc, jusqu'à l'extrême bord du coteau qui surplombait la Loire. Le mur d'enceinte s'interrompait à l'endroit de l'à-pic. On y avait aménagé une curieuse construction de torchis et de stuc, mi-oratoire mi-belvédère, avec un petit banc et une statue de la Vierge. Chaque fois qu'il était question de promenade, c'était là que Marthe voulait aller, « *du côté de l'eau* », comme elle disait, comme si quelque chose, déjà, l'attirait vers le fleuve.

Sœur Adèle se laissait faire. Des heures durant, elle berçait l'enfant sur ses genoux, lui racontait des histoires qui ne ressemblaient pas à celles qu'on lisait à la messe. Elle lui parlait souvent des fleurs et des saisons. Elle avait vécu longtemps dans un manoir de Sologne, elle avait pris le voile après un veuvage précoce. A présent qu'il ne lui restait plus qu'à suivre sur son corps le lent travail de la maladie, elle n'avait plus de joie que dans la contemplation assidue, jamais lasse, des choses de la nature. Elle retrouvait la sérénité dans le jeune regard de Marthe, ses yeux écarquillés qui découvraient les plantes, les insectes, les arbres, les oiseaux.

Aucun été, aucun printemps ne parut jamais aussi

radieux à Marthe que les heures lointaines où Adèle lui apprit, jour après jour, comment le monde se renouvelle d'un bout à l'autre de l'an. Chaque printemps ramenait le miracle, avec des variantes qui paraissaient infinies. Il fallait apprendre à les voir, à observer tout ensemble la fleur, l'oiseau, le ciel et l'eau, déchiffrer l'alphabet secret de la langue paysanne, ses dictons, ses proverbes, sa mémoire obscure et juste, ses millénaires de savoir. Il fallait surtout dépasser l'instant de l'émerveillement, ne pas se laisser éblouir par la beauté du monde. La nature parlait comme un livre, elle racontait le temps, celui qu'il avait fait, celui qu'il allait faire. Rien ne s'y trouvait au hasard, tout était donné à qui savait comprendre, les buissons d'aubépines à flanc de coteau, les coulées de primevères, le cœur ocellé des tulipes, les brassées d'iris jaunes sur les berges des îles, les lys translucides après la pluie, l'arrivée des hirondelles, des abeilles, des chenilles, des fourmis, des frelons, la libellule et le roseau, le vol des bécasses, le passage des perdreaux, et même au loin les monotones plaines à blé, rougeoyantes de coquelicots quand elles se mettaient à griller dans la fournaise silencieuse des après-midi de juillet. Marthe apprit vite ce langage secret, elle sut très tôt regarder, humer, sentir. Des années et des années plus tard, à une fleur d'acacia brusquement fripée, elle pressentit les orages, au parfum trop têtu d'un lilas, elle devina la pluie; certains racontent même qu'à la fin de sa vie, Marthe savait prédire, dès juin, la couleur des moissons et la force du vin.

A chaque fois qu'elle revint sur ces heures lointaines, Marthe se rappela aussi le paradis que furent pour elle la poitrine profonde, les gros genoux d'Adèle, ses baisers de femme lasse, l'odeur de ses aisselles, acide et forte, dès qu'arrivaient les premières chaleurs. Marthe enfouissait son visage entre ses seins, elle reniflait sans cesse ce parfum animal. Sans doute est-ce un effet commun de l'enfance, de se sentir à la fois familier et extérieur, visiteur ébloui et protégé à la fois. Mais dans cette communion quotidienne avec le corps d'Adèle, avec la terre de Loire, Marthe trouva une assurance encore plus décisive : elle était une fille du pays. Fille de ces coteaux à vigne, de cette terre à blé, descendante des jardiniers âpres et patients qui avaient façonné le Val, de ses paillards bâtisseurs de châteaux. De ses vignerons, de ses bateliers. La Loire colora de ses eaux toutes ses journées d'enfance, elle coulait en elle, battait en elle, c'était son sang, sa vie. Son regard se perdait toujours du côté de ses rives quand elle allait à l'oratoire, ou lorsque Adèle la berçait, la joue contre la sienne, le temps d'une vieille chanson.

Ce qui suffit au bonheur d'un enfant, Marthe le trouva toujours dans les bras fatigués d'Adèle : la douceur, la paix après les fièvres, les réponses aux questions sur les gens et les choses. Marthe lui demanda peut-être qui étaient son père et sa mère, où ils étaient partis. C'est vraisemblablement de sa bouche qu'elle entendit pour la première fois ce mot de *mort*, qui ne lui fit jamais peur. Elle ne frémit pas non plus lorsque Adèle mourut. Elle n'avait que sept ans, mais elle ne pleura pas. Elle fit face, déjà. Et se tut. Elle tendit devant elle son paravent de silence; puis, comme tous les enfants solitaires, pour oublier sa peine, elle rêva.

A l'horizon des contes qu'elle s'inventait, elle n'eut pas que la Loire. Depuis son troisième anniversaire, la Supérieure la faisait monter dans son bureau et ouvrait devant elle une petite cassette où se trouvaient les quelques objets hérités de sa mère, le triptyque violet, les pierres non montées, la bague et la montre à monogramme. Elle laissait Marthe les contempler quelques instants, puis elle refermait la cassette avec chaque année la même phrase : « Vous les aurez plus tard si vous êtes bien sage. »

Dès qu'elle sut lire, Marthe se désintéressa des pierres précieuses, et même du portrait de la femme qu'on lui désignait comme sa mère. Elle ne vit plus que la montre, et surtout son monogramme, *T.W.* Elle eut alors la même idée que Chicheray : elle affirma qu'il désignait son père.

Tant de rapidité étonna chez une petite fille. Et inquiéta. Marthe apprenait, devinait trop vite et trop bien. A l'âge où la plupart des enfants se livrent et se trahissent, proies faciles, aisément malléables, elle posait sur les religieuses un regard précis, sans qu'il soit jamais possible de démêler ses pensées. Quand elle commença à rédiger des devoirs, vers dix ou onze ans, on s'aperçut avec désagrément que son esprit était aussi déterminé que son apparence. Ses copies étaient courtes, son écriture brève, comme sa voix, mais l'essentiel s'y trouvait toujours.

C'est à la même époque qu'on commença à parler de sa « *volonté de fer* ». Néanmoins, la Supérieure du couvent s'obstina dans l'idée de faire de Marthe une religieuse. Elle était sûre de son fait. Elle n'avait jamais connu d'échec. Du reste, elle venait de faire venir de Paris certaine sœur Clotilde, de la graine de sainte, disait-on, qui n'avait pas son pareil pour faire plier les filles.

CHAPITRE 3

A côté des autres religieuses, sœur Clotilde parut une beauté. Marthe a raconté son arrivée : par un soir de septembre, elle la vit déboucher de la grande allée en ployant sous ses deux valises, mince et fébrile dans sa longue robe noire. Elle trébuchait à chaque pas et rajustait les courtes mèches blondes qui passaient son voile froissé. La Supérieure l'examina avec la plus grande surprise. Clotilde de Nouÿ – en religion Sœur Clotilde du Saint-Cœur de Jésus – avait vingt-cinq ans. Elle était assez jolie, plus nerveuse que sèche. Elle portait sa guimpe de travers, bégayait un peu, mais elle n'avait pas encore cette allure amphibie, faite de vieillesse et de jeunesse à la fois, qui distingue les religieuses du reste des humains.

Elle apportait de Paris des méthodes nouvelles, dont la Supérieure se méfiait : elle tutoyait ses pensionnaires, et plutôt que de se heurter à celles qu'on nommait les « brebis galeuses », elle préférait entrer en complicité avec elles, voire en familiarité. Elle les prenait à part; tout en les sermonnant, elle leur caressait la main, la joue, quelquefois le menton. La méthode était redoutable, dans ce désert d'affection. Une à une, les élèves y succombèrent.

Seule Marthe opposa un silence glacé aux démonstrations de Clotilde. Curieusement, elle éprouva à son égard la même méfiance que la Mère supérieure. Elle jugea que Clotilde n'était pas très sûre d'elle, pour asseoir son autorité sur des cajoleries. C'était aussi cela, Marthe, dès cette époque : l'art de dépister la faille.

Elle n'avait que douze ans au moment de l'arrivée de Clotilde, elle ignorait encore les projets qu'on avait formés pour elle, mais elle s'était déjà promis qu'elle sortirait du couvent. Au début (sans doute au moment de la disparition d'Adèle) ce ne fut qu'une rêverie informelle, une songerie qui la prenait, le jeudi et le dimanche, lors de la rituelle promenade dans la ville. Mais ce n'était pas Rouvray qui l'intéressait, Marthe n'a jamais aimé Rouvray. Elle a vite soupçonné que tout n'était que détour et mensonge derrière les tulles et les jalousies des fenêtres, réseau de ruse et d'intrigue, chasse et affût, comme au couvent. Sous les mailles diaphanes, les guipures, la résille des rideaux, derrière les lattes des persiennes closes, on épiait, on guettait, comme chez les Ursulines, dans le labyrinthe des cellules et des réfectoires, dans le moindre faux jour, à la faveur du premier clair-obscur – jusqu'aux boiseries ajourées des confessionnaux qui n'étaient jamais sûres, jusqu'aux fenêtres grillagées des dortoirs. Il lui fallut un point de fuite. Elle n'en connaissait qu'un : le fleuve. La Loire fut sa première image de la liberté.

Où qu'elle fût, les yeux de Marthe la cherchaient toujours, par-delà la cathédrale, les toits d'ardoise, le donjon du château fort et ses grands cèdres bleus. Mais à mesure qu'elle grandissait, son regard se détachait de son lacis d'îles et de saulaies, pour se fixer sur le collier de grandes et blanches gentilhommières construites tout au long de ses rives. Il s'arrêtait souvent sur la plus lointaine des façades, pareille à un mirage, une illusion de brume, souveraine cependant, comme suspendue entre le ciel et l'eau, la silhouette irréelle du Grand Chatigny.

C'était un château de la Loire, comme on dit, non pas l'un des premiers, mais l'un des plus curieux, conçu à l'aube des guerres de Religion par un Italien visionnaire, égaré dans le Val à la suite d'un roi. Au-delà du fleuve et de ses sablières, par-delà les îles, les varennes, les grèves mauves et le frisson des saules, son image flottante se dédoublait dans un lac moiré, allégée jusqu'à l'épure. Le souffle de la folie paraissait avoir modelé le domaine, une pensée démente courait dans sa terre et ses pierres, et pourtant l'ensemble laissait l'impression de la désinvolture, il avait une grâce presque désincarnée. On soupçonnait quelque secret d'architecture dans son dessin ornementé, surchargé de clochetons, de galeries à l'italienne. De fait, Ruggieri, l'astrologue de Catherine de Médicis, y avait habité quelques mois, le temps d'y construire un petit observatoire, entièrement décoré de signes cabalistiques. On lui attribuait aussi la conception des jardins, un prodigieux labyrinthe de charmilles, de terrasses ornées de statues.

Adèle avait raconté à Marthe les histoires étranges qui couraient sur le domaine. Elles étaient presque aussi singulières que le bestiaire fantastique taillé dans la pierre tendre de son tuffeau. Selon la légende, son premier occupant, Foulques d'Ombray, pris d'un accès de jalousie, avait assassiné sa jeune épouse, puis enterré le cadavre dans les caves creusées à flanc de coteau. La malheureuse revenait parfois errer entre les arbres du parc, en réclamant une sépulture chrétienne. On prétendait que son apparition annonçait des malheurs. A la Révolution, après une visite de la « dame blanche », comme on l'appelait, la famille d'Ombray avait été presque entièrement décimée. Une cinquantaine d'années plus tard, après une autre apparition, on apprit que deux Ombray venaient de tomber sous les flèches d'une tribu africaine, lors d'une mission de colonisation.

Mais depuis que le train passait à Rouvray, les fantômes et les malédictions n'étaient plus de saison. Vingt ans plus tôt, lors de la guerre, quand les Prussiens avaient ravagé le pays, il ne s'était rien passé chez les Ombray. Pas de pillage, pas une égratignure. Le marquis lui-même, qui était sur le front, était revenu indemne, plus gaillard et plus riche que jamais. Il vivait le plus souvent à Paris. Il y avait ses maîtresses, sa femme y tenait salon. Ils avaient eu trois fils, tous très brillants cavaliers, et une fille, une petite dernière qui embarrassait sa mère dans sa carrière mondaine.

Lorsque Blanche d'Ombray arriva au couvent un jour d'octobre 1890, Marthe ne soupçonnait rien encore de la puissance du nom. Elle ne vit dans cette petite fille maladive qu'un être désarmé, le premier, après Adèle, qu'elle eût envie d'aimer.

CHAPITRE 4

Dans les papiers de Marthe, il reste deux photos de Blanche. La plus soignée, la plus posée, est un portrait de mariage. L'autre est une photo de classe. On y distingue assez bien Blanche et Marthe, debout côte à côte, au deuxième rang. Marthe est la plus grande, elle doit avoir treize ans. Elle a l'air plus décidé que jamais, elle paraît déjà femme, malgré ses nattes de gamine. Blanche est plus petite, très frêle, et d'une blondeur extrême. Cette fragilité, alliée à son maintien parfait, lui donne une grande distinction. C'est une pure Ombray, une fille de cette authentique noblesse tourangelle épuisée à force de mariages consanguins.

Blanche avait déjà été placée dans plusieurs pensionnats parisiens. Elle n'en avait supporté aucun. Deux années durant, elle avait refusé d'y retourner. A bout de patience, sa mère avait fini par passer outre à ses cris et ses larmes, elle l'avait envoyée chez les Ursulines, en attendant de la marier.

Marthe comprit assez vite pourquoi Blanche pesait à sa mère : elle était épileptique. Ses crises avaient lieu généralement la nuit. Si la chose venait à s'ébruiter, pour riche qu'elle fût, il deviendrait très difficile de la marier. Le marquis, qui adorait sa fille, ne voulait pas entendre parler d'une prise de voile. Il demanda aux religieuses de trouver une issue à ce qu'il persistait à considérer comme un désagrément passager.

La Supérieure, pour une fois, douta de sa compétence. L'épilepsie était pour elle une forme de démence. Jusqu'à ce jour, elle avait toujours refusé de s'occuper des folles – qui pourtant, n'étaient pas rares dans la noblesse du pays. Elle jugea que la charge de Blanche ne pouvait échoir qu'à quelqu'un dont la patience, et surtout l'humble condition, garantirait un dévouement de tous les instants. Son choix se porta sur Marthe. A l'issue d'un entretien particulièrement solennel, elle lui confia la tâche de surveiller Blanche, et de lui porter secours si besoin était, contre la faveur exceptionnelle d'une chambre à partager avec la nouvelle pensionnaire. Dans l'esprit de la Supérieure, cette mission charitable devait insensiblement persuader Marthe qu'elle n'était pas faite pour sortir du couvent.

« Vous êtes habile, vous réussirez », conclut la religieuse au terme de leur entrevue. Marthe sourit. Pour une fois, le mot était un compliment. D'ordinaire, dans cet *habile* qu'elle retrouvait toujours en haut de ses copies, elle sentait la méfiance. Elle ne s'en alarmait pas. A mesure qu'elle grandissait, elle s'apercevait que le doute qui s'attachait à sa personne était aussi un rempart contre toute forme d'inquisition.

La religieuse avait vu juste : au bout de quelques mois, les crises de Blanche s'espacèrent, pour disparaître tout à fait. De loin en loin, elle parlait en dormant, elle avait des cauchemars, où elle criait invariablement le nom de sa mère. Ils finirent aussi par se dissiper. On attribuait généralement cette guérison aux leçons de sœur Clotilde. Néanmoins, on ne chercha pas à séparer Blanche de Marthe. Elles ne se quittaient que le temps des vacances, une semaine à Noël, et un mois en été, quand Mme d'Ombray acceptait enfin de se consacrer à sa fille.

Marthe redoutait ces moments-là, surtout en août,

quand un voile de brume se levait au-dessus de la Loire amaigrie, lui dérobant, avec la présence de Blanche, jusqu'à l'horizon où elle s'était évanouie, les toitures du Grand Chatigny, nimbées d'or par l'été. Dans le silence du couvent, Marthe s'efforçait alors de s'aveugler sur son propre destin. Elle y parvenait mal. Elle s'en allait au fond du parc, là où elle avait si longtemps joué sur les genoux d'Adèle. Des journées entières, elle maniait le dé, tirait l'aiguille, usait ses doigts et sa nuque à s'acharner sur ses canevas, ses dentelles, que les sœurs vendaient à prix d'or à Julia, la mercière la plus réputée de Rouvray. Marthe était adroite, mais les travaux d'aiguille ne l'intéressaient pas. Elle s'y jetait à corps perdu parce qu'elle n'avait rien d'autre à faire, parce que les sœurs lui interdisaient de lire, hormis quelques vies de saints. Tout en faisant voler son crochet de guipure en feston, de jour échelle en boutonnière, Marthe s'empêchait de penser à Blanche. Elle ne pouvait pourtant chasser de son esprit le Grand Chatigny, si proche et si lointain, près de surgir des brumes au bout de l'horizon, neuf et brillant, derrière les saules et les cressonnières.

Blanche avait tout, et Marthe n'avait rien, sinon les quelques bijoux abandonnés par sa mère. Blanche avait un père, un nom, la richesse, l'argent de la terre et même celui de l'eau, puisque sa famille tenait une partie de sa fortune de moulins construits naguère sur le cours de la Luisse, un petit affluent qui rejoignait la Loire au cœur même de Rouvray. Elle aimait bien cette idée, Marthe, posséder jusqu'à l'eau. A force de broder sur ses étamines des motifs de libellules, de poissons, de barques, de plantes aquatiques, elle finit par comprendre que c'était cela qui lui plaisait dans le Grand Chatigny, qu'il apparût au loin comme une île à la dérive. Il avait le charme des choses flottantes, on aurait dit qu'il *valait* vers le fleuve.

Valer, descendre le cours des eaux en se remettant au sort : un vieux mot de marinier de Loire, un des secrets enseignés par Adèle. « Si tu es malheureuse », lui avait dit la vieille religieuse, « oublie-le, petite Marthe, laisse valer la barque. » Eté après été, Marthe devenait femme; et plus elle était femme, plus elle se disait qu'elle ne laisserait pas valer. Elle n'aimait pas l'idée du destin. Elle pensait aux bijoux de sa mère qui dormaient dans le coffre de la supérieure, elle avait envie d'en faire quelque chose. De quoi forcer la porte du couvent, de gagner le pays de Blanche. D'entrer enfin dans le monde des vivants.

L'été finissait par passer. Dès septembre, Blanche revenait. A nouveau les jours filaient, dans ce qui ressemblait au bonheur. Et c'était sans doute le bonheur que ces rires étouffés dans les couloirs, ces coups d'œil complices échangés à la messe, quand la Supérieure entonnait un cantique de sa voix de fausset, une chanson fade et stupide reprise par le chœur entier des Ursulines. Le monde était redevenu bien rond, bien clos, son ombilic était le pensionnat, les classes où Marthe apprenait vite, la chambre où, chaque nuit, elle s'allongeait près de Blanche. Pour rien au monde elle n'aurait voulu manquer le moment exquis où, à la lueur sourde de la veilleuse, elle voyait le cou fragile de son amie retomber sur l'oreiller, avec ses boucles décolorées à force de blondeur. Alors la paix descendait sur Blanche. Le lendemain, dès le réveil, la vie reprenait sur l'échange d'un sourire.

Elles se disaient tout. Pour Blanche, Marthe avait rompu la loi de son silence. Un soir, elle lui confia le peu qu'elle savait de sa mère, puis ses doutes sur la mort de son père, avec son fol espoir de retrouver un jour ce *T. W.* dont les initiales bizarres étaient gravées sur la montre. La Supérieure lui avait affirmé un jour ce que c'était un Prussien.

– Ou autre chose, coupa Blanche.

– Quoi?

– Ça te vexerait.

– Pourquoi?

Blanche ne répondit pas. Pour la première fois, c'était elle qui lui opposait un rempart de silence. Ou, plus exactement, de mépris. Marthe insista.

– Réponds! cria Marthe en la tirant par les cheveux.

– Qu'est-ce ça peut faire, puisque tu ne te marieras pas!

Blanche serrait les dents pour ne pas crier. Marthe la rejeta sur son oreiller :

– C'est ce qu'on verra.

Elle avait répliqué sans élever la voix, du ton froid qu'elle eut toujours au plus fort de la colère. De la semaine, elle n'adressa pas la parole à Blanche. Son amie eut de nouveaux cauchemars, où elle la laissa se débattre. Elle s'en voulait, mais elle n'arrivait pas à se faire violence. Blanche l'avait touchée dans une partie inconnue d'elle-même, dont elle ignorait encore qu'elle fût si fragile. Si précieuse, aussi.

Ce fut bientôt Pâques. Blanche retourna chez elle pour trois jours. Le pensionnat redevint ce qu'il avait toujours été, aride et sans tendresse. Une fois de plus, Marthe se réfugia dans la broderie. Un après-midi, elle triait des sachets de fil, au fond du parc, quand Clotilde vint la chercher. Blanche venait de rentrer. Marthe s'étonna :

– Elle est partie avant-hier!

– Venez, souffla Clotilde. Venez vite.

La religieuse semblait plus nerveuse qu'inquiète. Marthe courut à sa chambre. Blanche était prostrée sur son lit, plus pâle qu'à l'ordinaire, et sa mère, une femme très élégante, se penchait au-dessus de son oreiller, en tentant maladroitement de border ses draps.

– Elle a eu une crise, dit Marthe.

Elle salua Mme d'Ombray, puis elle prit Blanche entre ses bras.

Quelques heures plus tard, Blanche était apaisée. Dès que sa mère eut disparu, Marthe obtint de Clotilde quelques éclaircissements. Lors d'un bal donné pour ses seize ans, Mme d'Ombray avait hasardé le mot de mariage. Une demi-heure plus tard, Blanche eut un violent malaise, au beau milieu d'une danse. Le mot d'épilepsie circula aussitôt entre les invités. Mme d'Ombray décida de la ramener sur-le-champ chez les Ursulines, le seul endroit, pensait-elle, où sa fille pourrait cacher sa disgrâce, en attendant des jours meilleurs.

A la rentrée suivante, Blanche d'Ombray ne revint pas au couvent. Clotilde en dévoila la raison à Marthe avec un plaisir sans mélange : on venait de la fiancer. L'heureux élu n'était autre qu'Alban de Nouÿ, son propre frère. On le disait inventeur. La rumeur voulait aussi que ce fût un raté.

CHAPITRE 5

Le mariage de Blanche n'eût représenté pour Marthe qu'un souvenir d'adolescence s'il ne l'avait jetée, par un de ces détours dont la fatalité est familière, sur le chemin des Monsacré.

Le marquis d'Ombray projetait d'installer sa fille et son gendre dans un petit manoir Renaissance construit sur les bords de la Luisse et laissé à l'abandon. Des siècles plus tôt, les Ombray avaient construit sur la rivière une succession de biefs. En quelques décennies, les moulins étaient peu à peu tombés aux mains d'une dynastie de meuniers plus avides et plus roués à chaque génération, les Monsacré. Le dernier d'entre eux, Auguste Monsacré, dit le Grand Monsacré, avait réussi à éclipser ses ancêtres. Il s'était amassé une énorme fortune. Il l'employait à acheter des terres. On soupçonnait qu'il l'avait acquise d'une manière qui n'était pas des plus nettes. Mais on ne murmurait jamais sur le passage du Grand Monsacré, parce qu'il était l'un des hommes les plus riches du pays, et qu'il continuait à vivre comme il avait toujours fait, dans la cour de son moulin, en blouse de paysan. Il avait deux fils, l'aîné, Rodolphe, à qui il passait tout, un bellâtre blond et musclé, qui ne travaillait guère, parcourait sans cesse la campagne à cheval, chassait beaucoup, troussait les jupons. Le cadet s'appelait Hugo. On prétendait qu'il se laissait gouverner par son père. On le voyait peu.

A la différence de Rodolphe, dont les conquêtes faisaient les beaux jours des commères de Rouvray, on ne savait presque rien d'Hugo. On disait qu'il avait « de l'ombrage ». On attribuait généralement son air fermé aux dispositions testamentaires que venait de prendre son père. Par une sorte de mépris paysan pour la loi venue de Paris, le Grand Monsacré avait préféré s'en tenir à une vieille tradition de droit d'aînesse qui remontait aux premiers meuniers installés sur les rives de la Luisse. Lui qui avait régné sans partage sur toute sa famille, enterré sa femme et la plupart de ses frères, écrasé ouvriers et métayers de sa morgue et de sa roublardise, il avait baissé pavillon devant Rodolphe. La brutalité de son fils, son insoumission le fascinaient. Elles le rassuraient aussi, en le persuadant que son aîné ne serait jamais un rival, un successeur auprès de qui la comparaison aurait pu tourner à son détriment. Dans la passion qu'il éprouvait pour lui, le Grand Monsacré n'avait jamais fait mystère qu'il lui laisserait les moulins et les meilleures terres, et abandonnerait à Hugo ses vergers, ses varennes; des bois qui ne rapportaient pas, des vignobles sans intérêt.

Le seul acte de générosité qu'on ait jamais connu au Grand Monsacré était d'avoir recueilli sa nièce Antonine, qu'on surnommait Nine. Encore s'y était-il résolu contraint et forcé : elle avait perdu ses parents. Avant de mourir, la mère de Nine lui avait fait jurer de donner à sa fille une éducation convenable. Chez les Ursulines, avait-elle précisé. La pension était chère. Monsacré avait renâclé, il avait poursuivi ses marchandages au-dessus de son lit de mort. La mère de Nine n'avait pas cédé. Monsacré avait promis. Sa sœur enterrée, il avait trouvé le moyen d'accommoder sa conscience et son goût de l'argent : contre une ristourne sur le prix de sa farine, il obtint que les sœurs hébergent Nine, pour un an, à moitié prix. Il avait aussi exigé que sa nièce revienne tous les dimanches au moulin « pour aider ». Trop contente de voir un mécréant se soumettre, la Supérieure avait aussitôt accepté.

Monsacré riait sous cape. Dans ses comptes de tutelle, il notait au prix fort la pension de Nine chez les religieuses, puisque personne ne connaissait l'arrangement qu'il avait avec la Supérieure. Et comme Nine était très douée de ses mains, il avait trouvé à la placer pour les vacances chez la meilleure modiste de Rouvray, Julia Robichon, qui était comme lui une républicaine acharnée. Il avait obtenu de la modiste qu'elle lui reverse la moitié de ses gages. En réalité, avec le travail qu'elle abattait chez lui tous les dimanches, et le peu dont elle avait besoin, sa nièce ne lui coûtait rigoureusement rien.

Nine était naïve et sensible. Le jour où Clotilde annonça les fiançailles de Blanche, elle remarqua la tristesse de Marthe. Elle avait perdu d'un seul coup son allant. Nine fit les premiers pas. Elle conseilla à Marthe d'écrire à Blanche, et lui offrit d'être sa messagère.

Le courrier était interdit au couvent, et personne, du reste, n'écrivait à Marthe. L'idée de Nine était ingénieuse : le samedi soir, juste avant de rentrer chez les Monsacré, elle ferait un détour par le Grand Chatigny, y déposerait ses lettres. Le samedi suivant, elle viendrait voir s'il y avait une réponse.

Marthe sauta sur l'occasion. Elle écrivit à son amie un mot très court. La semaine suivante, Nine lui remit une longue lettre de Blanche.

Elle a été conservée tout au fond du carton à photos. C'est une liasse de papier pelure, mille fois, sans doute, pliée et dépliée, car elle est entièrement striée de filets jaunâtres, comme les nervures, les rides mêmes du temps. L'écriture et le style en paraissent très enfantins. Blanche était amoureuse, c'est l'évidence même : *« Si tu l'entendais parler, Alban! Il a de ces idées! Il a inventé un modèle de manivelle sans retour qu'il a présenté au tzar, ça n'a pas marché, mais c'est normal, c'est un génie encore incompris. Il a aussi un projet d'aéroplane qui fonctionne avec des pédales, comme les bicycles. On fera la guerre avec. Nous allons nous marier le 28 mai, je t'invite, bien sûr, ensuite nous partirons en voyage de noces en Italie. Puis nous viendrons nous installer à Vallondé. Papa a commencé les travaux de restauration ».*

C'est vraisemblablement dans cette lettre que Marthe lut pour la première fois le nom de Vallondé. Elle n'y prêta guère attention. Elle était bouleversée. Emue de recevoir enfin des nouvelles de Blanche, abattue aussi par ce qu'elle pressentait : Blanche ne lui appartenait plus.

Elle se reprit très vite. On était en novembre : elle calcula qu'elle avait six mois devant elle, six mois de lettres avant cet immense mystère, le mariage. Elle répondit aussitôt à Blanche pour la féliciter. Elle la pressait de questions. Blanche répondit scrupuleusement. Des semaines durant, elle lui parla inlassablement des toilettes qu'on lui préparait. Blanche devait s'ennuyer : alors que Marthe l'avait toujours connue brouillonne, elle soignait à présent sa calligraphie, au point de transformer ses lettres en véritables enluminures. Souvent, quand Nine revenait de chez son oncle, elle rapportait quatre ou cinq lettres, tracées sur le même papier pelure frappé aux armes des Ombray. Pourtant, vers la fin avril, les lettres de Blanche s'espacèrent.

– Elle doit avoir à faire, commenta Nine.

L'instinct de Marthe était déjà en alerte, elle soupçonna plutôt une mauvaise nouvelle. Elle avait vu juste. Cette nouvelle l'atteignit sous la forme d'une rumeur, forme sournoise que les gens de Rouvray aimaient à donner à l'annonce de l'adversité. Quelques jours avant le mariage, les murmures se firent si insistants qu'ils forcèrent les murs du couvent. Marthe fut accablée : on chuchotait que Blanche épousait un escroc.

De fait, on l'apprit plus tard, Alban de Nouÿ avait ruiné sa famille avec ses découvertes, le *Vin phosphaté* contre la faiblesse et le dépérissement, l'ampoule auto-lumineuse sans pile et sans courant, le mécanisme à baisser automatiquement la capote des phaétons et le châssis-toilette permettant aux dames la toilette intime en position allongée. Mais plutôt qu'un raté, c'était un original. Il accumulait les dettes avec la plus grande inconscience. L'année précédente, sa baleine coulissante pour corset, dont il attendait un triomphe, s'était soldée par un fiasco retentissant. Seules les royalties du *Pilophile Persan*, qui promettait des moustaches en quinze jours, l'avaient tiré d'affaire. Quant à son affaire de farces et attrapes, *La rigolade en famille*, elle vivotait péniblement.

Même pour Marthe, qui n'avait jamais connu d'autre société que le couvent, il était incompréhensible que des aristocrates aussi intransigeants que les Ombray aient pu consentir à une union avec un pareil fantaisiste. Pour le marquis, il était clair qu'il était victime de son indéfectible optimisme. Quant à Mme d'Ombray, on était plus perplexe. Elle avait ses œuvres et ses pauvres; mais on disait aussi qu'elle prenait des amants.

Avec le recul, il fallut en convenir : le mariage de Blanche ressembla à un enterrement. Puis le couple parti en voyage de noces. Personne n'avait prévenu Nouÿ de la maladie de Blanche. Il continuait de vivre avec sa désinvolture habituelle, jouant gros jeu dans les casinos, et dessinant des plans de machines les plus saugrenues. A leur arrivée à Monte-Carlo, il perdit les bijoux de Blanche au baccara. Une lady un peu mûre lui offrit de lui payer sa note d'hôtel, en échange de quelques moments dans ses draps.

Alban de Nouÿ avait de l'affection pour Blanche; mais dans son étourderie et sa folie des inventions, il ne s'était jamais aperçu qu'elle était bizarre et nerveuse. Il ne voyait en elle qu'une sorte de jeune camarade de jeu; et son jeu, c'était d'inventer, de vendre ses brevets, de gagner un peu d'argent, d'en perdre beaucoup plus, et d'escroquer pour se refaire. Il accepta le marché de l'Anglaise aussi légèrement qu'il aurait joué aux cartes ou bu une coupe de champagne, sans se cacher, sans le sentiment d'une faute. Tout aussi étourdiment, Blanche les découvrit dans son lit.

Nouÿ ne voyageait jamais sans un gros pistolet de son invention : il était persuadé qu'on voulait lui voler ses calculs et ses plans. Il le laissait traîner n'importe où. Ce jour-là, il était en évidence sur la coiffeuse de la chambre. Blanche s'en empara, visa. L'Anglaise avait du sang-froid, elle parvint à la désarmer. Le pistolet d'Alban était tout aussi approximatif que ses autres inventions, il explosa en tombant sur le plancher. Blanche eut la moitié du visage arrachée. Elle mourut presque aussitôt.

Les faits sont relatés dans tous les journaux d'époque. Par on ne sait quel miracle, Marthe se procura deux d'entre eux. Elle ne s'en est jamais séparée. Ils sont du même jour, le 23 septembre 1897, date à laquelle elle quitta le couvent par la grande porte, la tête haute, en plein jour, sans la moindre autorisation.

Elle se dirigea droit chez la modiste, Julia Robichon, puis se rendit chez le notaire qui avait recueilli le testament de sa mère. Elle traita avec lui, à l'âge de dix-huit ans, la première affaire de sa vie, la plus chère aussi : le marchandage de sa liberté.

Le même Chicheray enregistra quelques semaines plus tard la vente du domaine de Vallondé au Grand Monsacré. On murmurait que le vieux meunier l'avait obtenu pour une bouchée de pain. Il projetait de raser le manoir et de restaurer son moulin. C'est aussi en ce temps-là, semble-t-il, qu'on commença à murmurer que le marquis d'Ombray avait perdu l'esprit.

CHAPITRE 6

L'important, ce n'est pas la chose, c'est le nom qu'on lui donne, a toute sa vie répété Marthe. Dès sa jeunesse, cette devise l'a aidée à survivre. Elle n'a pas refusé la mort de son amie. Elle a rejeté l'idée d'être anéantie par cette mort. Et elle n'a plus parlé de Blanche.

Marthe n'a pas quitté le couvent sur un coup de tête. Elle a calculé son affaire, comme elle fit toujours, vite et bien. Pendant l'été, Nine s'était trouvé un fiancé, un riche fermier de la région de Vendôme. Elle ne reviendrait pas chez les Ursulines, chez la modiste non plus, qui cherchait à la remplacer. Marthe a décidé que le magasin de Julia serait sa première étape vers la liberté. Elle a passé la porte du couvent avec une telle assurance qu'aucune religieuse n'a songé à l'arrêter.

Julia n'a pas été surprise de voir Marthe franchir le seuil de sa boutique. Depuis le temps que les Ursulines lui vendaient ses mouchoirs et ses dentelles, elle avait pu apprécier son adresse. A plusieurs reprises, la modiste l'avait abordée sans vergogne, en pleine rue, lors de la promenade du dimanche ou du jeudi. Ce qui l'a étonnée, en revanche, c'est de voir Marthe arriver si vite.

Marthe lui a demandé d'emblée la place de Nine, en affirmant qu'elle avait l'accord des religieuses. Julia ne la crut pas. Elle en profita pour lui proposer des gages dérisoires, que Marthe accepta. Le soir même, la modiste raconta à une voisine qu'elle lui « était tombée toute rôtie dans les bras ». C'était parfaitement exact. Pour Marthe, la liberté n'a jamais eu de prix.

C'est d'ailleurs sur cette phrase qu'elle quitta le vieux Chicheray, ce même 23 septembre, juste après son entrevue avec Julia. On n'en sait pas davantage sur ce qui se passa dans le bureau du notaire. Pourtant, les deux heures que dura leur échange, la modiste et ses clientes ne cessèrent d'épier son étude, providentiellement placée juste en face du magasin de frivolités. Il est vraisemblable que Marthe choisit d'abandonner aux religieuses les titres et les pierres de sa mère, en échange de sa liberté. En tout cas, quelques mois plus tard, elle fut officiellement émancipée de la tutelle des religieuses; et le soir même, elle coucha chez Julia.

Elle ne remonta qu'une semaine plus tard au couvent, pour y prendre ses vêtements, et le peu qu'il lui restait de sa mère, le triptyque violet conservé dans le coffre de la Supérieure, la bague et la montre au monogramme. La religieuse et Marthe n'échangèrent pas un mot. Il était acquis que son ancienne pupille était une mauvaise tête, bientôt peut-être une mauvaise femme, et à coup sûr une mauvaise mère, si jamais la grâce divine lui accordait des enfants. Elle la laissa partir sans la bénir, forme achevée de sa réprobation.

Les clientes du magasin de modes apprécièrent très vite le talent de Marthe. Mais elles n'aimaient pas son silence, sa façon de les regarder trop en face, avec une lumière dans les yeux qui semblait toujours dire : « Tu peux me regarder de haut, tu ne m'auras pas. » C'est de ce temps-là, sans doute, que date son premier surnom. Fut-ce une trouvaille de la Supérieure, une invention des femmes qui enviaient la beauté de Marthe, son corps délié qui se passait de corset? On ne sut jamais. Ce qui est sûr, c'est qu'on ne le prononçait pas encore ouvertement. On le chuchotait de temps à autre, les lèvres pincées, c'était tout juste une allusion locale à l'actualité qui secouait Paris, et commençait de déchirer la France. Trois ans plus tôt, dans la cour de l'Ecole militaire, sous les horions d'une foule très dense, on avait dégradé un capitaine de trente-cinq ans convaincu de trahison, Alfred Dreyfus. Dans la capitale, une poignée d'écrivains et d'hommes politiques entamait une longue et patiente campagne pour le réhabiliter. A Rouvray, le surnom de Marthe fut tout trouvé : *La Juive*.

CHAPITRE 7

La modiste avait trente-deux ans. Elle était rousse, ronde et très vive. On l'appelait la Belle Julia, parfois aussi la Veuve Joyeuse. Le dernier surnom la définit assez bien : elle était veuve, en effet, d'un vieux marchand de bois, Robichon, qui lui avait légué une petite fortune; et elle avait beaucoup d'amants. Depuis peu, son soupirant en titre était Rodolphe Monsacré.

On n'en voulait pas à Julia de sa vie si légère. Elle ne s'attaquait jamais aux hommes mariés, elle ne criait pas sur les toits le nom de ses conquêtes, et elle confectionnait les plus beaux chapeaux de la ville, des copies parfaites de modèles de Reboux et Redfern, qu'elle vendait dix fois moins cher qu'une modiste parisienne. Certaines clientes venaient de Tours pour lui passer commande. Et pourtant Julia, comme Marthe, était une *accourue*, ses origines étaient un peu douteuses, puisque le vieux Robichon l'avait découverte au *Petit Soleil*, une maison close de Tours où il avait ses habitudes. Julia était la propre fille de la sous-maîtresse, elle officiait sous le nom de Zouzou-Mignon. Robichon devint assez vite son client le plus assidu. Il remarqua que Julia était très douée de ses mains. Lorsqu'elle n'avait pas de clients à cajoler, elle tuait le temps à confectionner des chapeaux, qu'elle ne portait jamais, puisqu'elle vivait cloîtrée. Un soir de 1890, il demanda à la sous-maîtresse la main de sa fille. Il se proposait de l'établir comme modiste sur le mail de Rouvray. La mère se fit prier, mais quand elle apprit que le vieux Robichon possédait trois grosses fermes et qu'il n'avait pas d'héritier, elle finit par accepter, moyennant une belle indemnité. Un mois plus tard, Robichon enterra sa vie de garçon au *Petit Soleil*, puis revint très fièrement à Rouvray épouser sa rousse jeunesse devant le maire et le curé.

Il lui passa tous ses caprices. Comme promis, il vendit son fonds de bois et charbons pour lui ouvrir un magasin de modes sur le mail, et rédigea son testament. Bien lui en prit : il trépassa un an jour pour jour après avoir convolé. La belle Julia le trompait déjà, au vu et au su de toute la ville.

A cette époque-là, Julia Robichon était encore une femme gaie. Elle cousait, repassait en chantant, faisait tout avec allégresse, elle tenait ses comptes comme elle vérifiait ses rubans, l'œil canaille et la bouche goulue. Elle avait toujours le mot pour rire, surtout quand elle sortait du fond de ses tiroirs secrets des cache-corsets affriolants, des pantalons à bouillonnés de soie, avec des ouvertures coquines à réveiller les morts. De temps à autre, elle les laissait traîner sur le comptoir, pour éveiller les tentations, « donner de l'idée », comme elle disait. On la disait habile, Julia, tout comme Marthe, on n'osait pas médire d'elle. Lorsqu'on lui demandait pourquoi elle continuait à travailler, alors qu'elle aurait pu vivre des rentes laissées par Robichon, elle répondait invariablement : « J'aime le mouvement! ». De fait, sa boutique ne désemplissait pas. Le mois qui avait suivi la mort de son mari, elle avait transformé l'enseigne de son magasin. Il s'appelait jusque-là *A la tentation*. Elle y fit rajouter *parisienne*, dans la même couleur, mais le raccord était criant. « Ça fait plus gai », expliquait-elle, « et croyez-moi, la gaieté fait du bien au commerce! » Julia ne mettait pas les pieds à l'église, mais personne ne lui en faisait grief : elle fournissait le sacristain en surplis, nappes d'autel, broderies pour étoles et chasubles, le tout à moitié prix.

Enfin il y avait le sourire de Julia, son grand sourire de ce temps-là. Des années après ces événements, au seul énoncé de son nom, les octogénaires de Rouvray avaient encore des yeux émus, des gestes larges pour simuler ses rondeurs : « La belle Julia! Elle n'avait pas froid aux yeux, celle-là! Une femme comme on n'en fait plus... » Oui, c'était cela, Julia, d'après tous ceux qui l'ont connue : la gaieté, la facilité. On n'était pas entré chez elle, que la vie d'un seul coup paraissait plus légère. Rien qu'à voir Julia sourire en palpant ses dentelles, les femmes de Rouvray en oubliaient leurs soucis, maris brutaux, belles-sœurs revêches, les grossesses, les lessives, les enfants qui mouraient si jeunes quand les vieux, eux, ne se décidaient pas à passer, et qu'il fallait, pour toucher enfin la succession, remplacer leur soupe par du bouillon d'onze heures ou pousser leur chaise un peu plus près du feu.

Julia écoutait patiemment leurs confidences et leurs ragots. Elle hochait la tête, lançait une repartie qui faisait rire tout le monde. Mais elle ne se trompait jamais en mesurant ses étamines, elle surveillait sa vendeuse du coin de l'œil, comptait les louis, les faisait sonner sur le comptoir pour vérifier leur aloi, rendait la monnaie, et continuait à chantonner, à parler de la pluie, du beau temps. On en oubliait aussi que des hommes venaient souvent pousser sa porte, et pas du tout pour ses chapeaux.

On les voyait le dimanche, les légendaires dimanches de Julia. Ceux qui ont laissé les souvenirs les plus vifs sont les dimanches d'été, quand elle recevait ses amis sous la tonnelle couverte de roses qui dominait la Luisse, juste à l'endroit où la rivière se jette dans la Loire. Où les rencontrait-elle, ces fringants messieurs, argentés et viveurs, jeunes et ardents pour la plupart, républicains comme elle, et qui buvaient sec? On n'a jamais trop su. Attirés par sa réputation, ils rentraient sans doute dans sa boutique, sous prétexte de lui acheter un mouchoir. Elle les sondait en quatre ou cinq phrases, pour voir si l'affaire valait le coup d'être menée plus loin. Si l'homme lui plaisait et s'il était célibataire, il était invité à un de ses dimanches. Ce n'était pas nécessairement pour la bagatelle. Julia aimait chanter, jouer avec eux, les recevoir, les gâter; cela lui venait du *Petit Soleil.* Sa table était fameuse, sa conversation très verte. Elle révélait alors sa vraie nature, volubile, passionnée. Elle lisait les journaux, elle avait un avis sur tout, en particulier sur la politique. Elle répétait ce qu'elle avait appris pendant la semaine, elle cancanait un peu sur ses clientes, raillait sans aigreur toutes les femmes qui avaient défilé chez elle pour lui confier leurs malheurs domestiques. Julia n'était pas faite pour le malheur, elle était toujours joyeuse, insolemment gaie, elle riait, elle buvait. Le dimanche se terminait invariablement par le même rituel : elle faisait l'amour avec son homme du moment.

Ses liaisons duraient entre trois et six mois. Elle possédait aussi un savoir-faire précieux, l'art de finir une aventure en souplesse, en beauté, sans cris et sans larmes. En amour, jusqu'à ce jour, c'était toujours Julia qui avait donné congé. Ses ardeurs, toutefois, commençaient à se calmer. On la prétendait fidèle, depuis qu'elle s'était attaché Rodolphe Monsacré.

Marthe le rencontra dès le dimanche qui suivit son engagement. Elle préparait le café, quand elle se trouva dans la cuisine face à un homme blond, dont la taille l'impressionna, autant que son torse nu, et son caleçon à peine boutonné.

Marthe était assise sur un tabouret, un moulin à café coincé entre les genoux. Elle eut un geste inexplicable, elle relâcha subitement la pression de ses cuisses. Le moulin s'écrasa sur le carrelage, dans une pluie de grains de café. L'homme éclata de rire, un petit rire sans joie, sans âme. Elle baissa les yeux, se sentit rougir. C'est bien ce qui lui fit honte, davantage encore que sa maladresse. Elle avait été prise au dépourvu, en terrain inconnu. Elle s'était trahie, pour une fois.

CHAPITRE 8

Marthe tomba amoureuse. Follement, éperdument, à un point qui lui fit peur. Cela ne vint pas tout de suite, c'était un mélange confus, un attrait profond pour cet homme, le premier qu'elle ait approché, et l'envie de lui prouver qu'elle valait mieux que l'ouvrière maladroite qu'il avait croisée dans la cuisine de Julia.

Elle eut très vite envie de lui. Il lui accordait à peine un regard. Il la saluait à sa manière distante, un peu hautaine, d'homme toujours pressé. Il courait les champs sur sa jument noire, pour inspecter les fermes, prétendait-il, pour veiller sur les blés.

Un samedi soir, en plein hiver, Marthe pensa que son heure était enfin venue. Il faisait du vent, elle crut entendre des volets claquer au rez-de-chaussée. Julia avait le sommeil lourd, elle ne bougeait jamais de son lit, pas plus que son amant. Marthe alluma sa lampe à pétrole, s'avança vers l'escalier qui descendait à la boutique. La porte de la chambre de Julia était entrebâillée.

Elle n'était pas en bas des marches qu'elle se retrouva face à Rodolphe. Malgré le froid, il n'était guère habillé. Il sembla un peu surpris, mais reprit très vite contenance. Il se redressa contre les lambris de l'escalier. Un long moment, il détailla Marthe de son œil précis, un peu cruel.

Elle avait froid et se mit à trembler. Il la serra contre la rampe.

Elle eut un mouvement de recul. Il l'emprisonna plus étroitement, ce n'était pas un geste d'affection, il était brutal, avide. Il sentait encore les chevaux. Puis, aussi vite qu'il l'avait serrée, il la relâcha, comme on rejette un fruit sur la branche, après l'avoir tâté. Il ricana, désigna la porte de Julia, haussa les épaules et disparut.

Il ne m'a pas trouvée assez belle, se dit Marthe. Les semaines qui suivirent, tout parut lui donner raison. Le samedi soir, il arrivait quand elle était couchée. Le lendemain matin, devant la cafetière fumante, il la saluait à peine. Marthe avait l'impression qu'il la détestait, à moins que Julia ne l'eût mis en garde, Julia si prompte à répéter les ragots de Rouvray. Mais de quoi la modiste pouvait-elle lui en vouloir : elle était silencieuse et soumise, elle « *restait à sa place* » comme on disait alors. Elle n'avait rien laissé paraître du goût qu'elle avait pour Rodolphe, sinon peut-être qu'elle rougissait encore, lors des déjeuners du dimanche, au moment où elle servait les plats, quand son bras venait à frôler le sien.

Marthe s'obligea à oublier la passion qui la portait vers Rodolphe. A son tour, elle l'ignora, elle se refusa à épier en lui les signes de la violence qui l'avait jeté contre son corps, dans l'escalier, à deux pas de la chambre de Julia; et telle était sa volonté qu'elle finit par y parvenir.

Elle se contraignait, comme au couvent, à vivre au jour le jour, à savourer chaque instant de la vie chez Julia, cette vie de travail qu'elle s'obstinait toujours à nommer liberté. Elle avait peut-être raison, en fin de compte. Gagner son pain était alors difficile, mais le repos aussi était plus gai, et les plaisirs d'autant plus vifs. Depuis qu'il faisait beau, Julia réunissait sous sa tonnelle sa petite cour d'hommes. Dès la fin du déjeuner, elle poussait la chansonnette. Elle avait une voix chaude, elle fredonnait des airs d'opérette, des rengaines à la mode. Puis elle allait vers son phono, un gros appareil à cornet qu'elle avait rapporté du *Petit Soleil* quand elle s'était mariée, et elle dansait avec Rodolphe des polkas canailles, des valses surtout, jusqu'à s'en étourdir. Elle finissait toujours par s'effondrer dans un de ses fauteuils de rotin : « Ah là là, mes pauvres amis ! J'ai dû grossir, mon corset m'étouffe ! » Elle éclatait de rire, demandait à Marthe de la délacer, se dégrafait sans vergogne, se versait un dernier verre de Vouvray, qu'elle buvait lentement, en savourant les bulles acides qui éclataient sur le bout de sa langue. Puis elle commençait à somnoler. Sa main un peu grasse pendait dans celle de Rodolphe, ses seins opulents passaient parfois sa chemise, son chignon s'écroulait. Elle dormait ainsi deux bonnes heures.

Rodolphe retirait ses chaussures, somnolait à son tour, les jambes largement écartées. Le soleil traversait parfois le feuillage de la tonnelle, ses cheveux jetaient de brefs éclats dorés. Marthe imaginait le contour de ses muscles sous sa culotte collante, allait rôder dans son odeur de chevaux et de cuir. Au plus fort de cet abandon, il lui paraissait encore plus beau. Elle lisait pourtant sur ses traits une dure évidence : dans les rêves de Rodolphe, il n'y avait que des plaisirs, pris ou à prendre. Pas un seul amour.

Alors Marthe préférait s'éclipser. Elle feuilletait les journaux de Julia, elle rangeait le salon, la cuisine. Les hommes se racontaient des histoires de chasse, jouaient aux cartes, s'injuriaient parfois en parlant politique, avec un nom qui revenait souvent : Dreyfus. Elle se sentait à nouveau étrangère, même si les invités de Julia lui étaient devenus familiers. Depuis quelque temps, c'étaient presque toujours les mêmes : Antoine, le fils de Chicheray, gros et tassé comme son père le notaire; Vernon, un jeune étudiant en médecine assez bavard, qui savait tout de l'histoire de Rouvray. Enfin Hugo, le frère de Rodolphe, aussi brun que Rodolphe était blond, aussi maussade que son aîné paraissait avenant. Il s'essayait en vain à copier ses airs conquérants.

A partir du mois d'avril, Marthe put échapper à ces trop longs dimanches. Le fiancé de Nine était retenu par des travaux dans sa ferme, elle s'ennuyait à mourir chez le Grand Monsacré. Par on ne sait quel prodige, elle obtint de son oncle la faveur d'une bicyclette et demanda à Marthe de l'accompagner dans ses escapades. Julia lui prêta volontiers sa machine. Nine venait chercher Marthe vers quatre heures de l'après-midi. Elles se promenaient jusqu'à la tombée de la nuit.

Elles sortaient de Rouvray, suivaient le fleuve pendant un quart d'heure, longeaient les riches propriétés bâties à flanc de coteau, avec leurs parcs ombragés de cèdres, leur liséré de belvédères et d'orangeries. Marthe cherchait toujours à s'en éloigner au plus vite. Elle criait à Nine : « Dépêche-toi, Nine, on va à Vallondé! »

C'était déjà son endroit préféré. Elles remontaient le cours de la Luisse dans le silence recueilli du dimanche, franchissaient des ponts, se perdaient entre les haies, trouvaient enfin le chemin de terre qui menait au domaine. Au sortir d'un bois, elles voyaient surgir entre la terre et l'eau le petit manoir où Blanche aurait dû s'installer, enserré dans sa boucle de Luisse, avec son vieux moulin, ses jardins envahis par le soir. C'était le château des deux fleuves, l'eau le guettait de toutes parts, la Luisse étroite et ses méandres souples, la Loire au sud dans toute sa majesté, ample et souveraine parmi ses sablières. « On s'en va, Nine, on s'en va! » criait alors Marthe, et elle détournait les yeux des jardins livrés aux ronces.

Elles ne revenaient pas tout de suite à Rouvray. Assez souvent, elles poussaient vers Orfonds. Le Grand Monsacré convoitait aussi ce domaine perdu au fond d'un bois. Son propriétaire, un vieux hobereau sauvage et ruiné, refusait de le vendre. Il s'était réfugié dans une solitude hautaine, il ne recevait personne, on ne savait à quoi il employait ses journées. Il lui restait encore une meute, qu'il lâchait parfois sur les intrus. Malgré la peur qu'elle avait des chiens, Marthe aimait entraîner Nine vers Orfonds. Elles s'avançaient lentement dans le silence des bois, suivaient la longue allée jusqu'à la grille, contemplaient les cygnes glissant sur l'eau des douves, guettaient les chiens, surprenaient une ombre derrière une fenêtre, le frémissement d'un rideau. Avant de faire demi-tour, Marthe retenait son souffle, comme pour prolonger cet instant secret de la vie du Val, où l'existence d'un seul coup ressemblait à un rêve, un songe bref et beau qui la consolait de l'autre vie, celle de Rouvray, le travail, la patience. Sortilège étrange de ces soirs sur Orfonds : ils avaient toutes les vertus, même celle d'effacer l'image qui poursuivait Marthe à chacune de ses promenades : le sommeil de Rodolphe, ses jambes écartées sans pudeur dans le fauteuil de rotin, Rodolphe qui n'aimait personne, et ne l'aimerait pas.

Le premier dimanche de juin, Nine lui fit dire qu'elle ne viendrait pas. Elle était malade. On craignait un mal de poitrine. Marthe voulut aller la voir chez son oncle, derrière Vallondé. Julia était malade elle-même, elle lui dit d'y aller seule. Elle se coucha dès la fin du déjeuner sans chanter, sans danser, sans même un mot à l'adresse de Rodolphe. Le temps était très lourd. Malgré tout, Marthe partit. Elle allait prendre le chemin qui menait au moulin, à deux pas de la Loire, quand l'orage éclata. Elle se réfugia à l'abri d'un vieux mur, près de la sablière. La pluie fut brève. Quand elle voulut repartir, elle eut l'impression qu'on l'épiait. Elle remontait sur sa bicyclette quand elle reconnut la jument de Rodolphe, attachée à un peuplier.

Elle resta un moment perplexe. Elle inspecta les saules, les sables, et même les petites îles au milieu de la Loire. Tout était désert, mais elle ne se décidait pas à partir.

Elle se retournait pour secouer son chapeau, quand elle vit à contre-jour, dans le soleil qui commençait à baisser, une silhouette élancée, avec une chevelure dorée qu'elle aurait reconnue entre toutes. Rodolphe était adossé contre le mur, l'air goguenard, comme s'il lui avait joué un bon tour.

– L'occasion fait le larron, lui dit-il quand il la vit venir à lui, sans qu'il lui ait tendu les bras.

CHAPITRE 9

Il la prit dans la sablière. L'endroit était désert. A sa dernière crue, la Loire avait abandonné des troncs d'arbres blanchis dans les remous des sables, et c'est là qu'il la renversa, entre leurs branches torses, tout près de l'eau et de ses tourbillons. Tout fut facile, un peu bref. Elle n'eut pas peur de son corps, elle n'eut pas le sentiment d'une faute. Elle savait que ce qu'elle faisait n'était pas dans la morale commune. Mais comme il aurait été plus lâche de se refuser au désir, plus vil encore de l'étouffer...

Elle eut même l'audace de le guider, de lui montrer la voie, de l'aider à se frayer un chemin, et ne cria pas. Pourtant il n'avait pas eu pour elle la moindre prévenance, il ne l'avait pas embrassée, pas caressée. Quand elle était venue à lui, devant le mur, il avait pris ses seins à pleines mains, en propriétaire tranquille, comme des fruits qu'il aurait convoités longtemps avant de les trouver à son goût, à leur point d'exacte maturité.

Elle accepta presque aussitôt qu'il recommence, elle consentit à un second saccage, et il rit cette fois, comme il pesait sur elle, rit de la voir si soumise, si facilement conquise, jetée à feu et à sang; puis il l'abandonna à sa désolation.

Elle ne dit rien, le laissa partir sans un mot, elle était

prête à tout pour devenir l'irremplaçable. Il se remit à pleuvoir. Elle alla se laver à la Loire, se rhabilla entre les saules, puis revint à Rouvray le plus vite qu'elle put. Elle ne passa pas chez Nine, elle ne voulait voir personne, il lui fallait son lit, la solitude de sa chambre et sa fenêtre qui donnait sur la Loire. Julia dormait de son sommeil lourd, elle ne l'entendit pas rentrer. Il n'était pas très tard, du reste, le soleil n'était pas couché.

Marthe ne dormit pas de la nuit. Elle se repaissait de sa faute, elle en revivait les plus infimes instants, comme le moment bref où Rodolphe avait saisi sa chemise, dévoilé ses épaules, avec un mouvement de recul pour juger de l'effet, et le sourire qu'il avait eu alors, un peu rapace, un peu cruel. Pour une fois naïve et faible, Marthe s'enchantait de sa défaite. Blessée, brûlée, elle rêvait déjà de retourner au feu. Dans l'aveuglement qui l'avait prise, sa déchéance n'en était pas une, sa honte était un début de gloire, la gloire de ce corps dont Rodolphe s'était emparé avec une telle gourmandise, la force de deux êtres qui se sont reconnus. Elle était persuadée de cela, qu'il l'avait reconnue, qu'il avait senti dans son abandon le même pouvoir que le sien, celui de mépriser les lois ordinaires du monde, de préférer l'aventure, les chemins de traverse. Rien qu'à son odeur de cuir et de chevaux, au premier jour, elle avait cru deviner ce goût. Elle espérait qu'il avait trouvé le signe de leur parenté, lui aussi, quand elle s'était pliée à ses caprices, au fond des sables; et c'était cependant beaucoup pour une novice, d'entendre les mots grossiers dont il nommait les parties de son corps, de le voir enfouir sa tête entre ses jambes, de se laisser tourner et retourner « pour mieux la voir », avait-il dit, en la pinçant et soupesant comme il eût fait d'un gibier à l'étal. Elle avait tout subi; à chacun de ses ordres, elle s'était exécutée.

A présent, comme venaient le matin et ses vols d'hirondelles, son impalpable lumière bleue sur les ardoises de Rouvray, Marthe sentait monter en elle un nouveau désir, bien plus exigeant que l'envie qu'elle avait de Rodolphe, le rêve d'une belle et grande histoire, pareille aux récits qu'elle s'inventait depuis son enfance sur les inconnus qui lui avaient donné le jour, ces deux absents unis dans les secrets du monogramme.

Marthe se trompait, et elle le savait. Elle se berçait d'illusions, la passion l'avait désarmée. Elle était faible, depuis la veille, faible et brisée, comme sans doute elle ne le fut jamais. Car son rêve, au matin comme la nuit, se heurta contre la même et cruelle évidence : quand il l'avait quittée, Rodolphe ne lui avait pas fixé de second rendez-vous.

CHAPITRE 10

Marthe ignorait encore à quoi tenait sa force : elle avait du charme, tout simplement. Si l'on en juge par le portrait qui fut fait d'elle quelques mois plus tard, elle était une étrange beauté, sombre et ardente à la fois, comme on n'en trouve pas beaucoup sur les coteaux de Loire. Le photographe provincial qui a tiré ce cliché a dû être troublé, lui aussi, par son visage faussement limpide, son énergie secrète. Par on ne sait quel tour de force, il a réussi à rendre cette ambiguïté. Si on regarde la photo de loin, Marthe paraît impassible et tranquille, elle ne trahit rien d'elle-même. Si on l'observe de près, on a l'impression, au contraire, d'une ironie profonde. Le mot est impropre, d'ailleurs, cette lueur dans son regard est indéfinissable, plus fascinante que de l'ironie. Une façon de dire : « Je suis maîtresse de moi, je suis maîtresse du jeu, venez donc vous y frotter, vous verrez... » Une façon de sourire, en défiant.

Les hommes de Rouvray étaient comme tous les autres, ils n'aimaient guère les défis, quand ils venaient d'une femme. Mais cette femme-là, qui se taisait, qui savait enjôler en silence, sans les provoquer ouvertement, les séduisit très vite. Bien avant Rodolphe, le fils du notaire avait remarqué Marthe, puis le jeune Alexandre Vernon, l'étudiant en médecine, qui se montrait très assidu aux dimanches de Julia, depuis qu'elle avait engagé Marthe. Il ne la quittait pas des yeux. D'elle, il dit un jour à Hugo qu'elle « *avait un genre* ». Le frère de Rodolphe eut une ombre de sourire. Il opina du chef, puis se ferma, plus sombre que jamais.

Vernon dut jaser, car ce cliché commode se répandit très vite dans la ville, et d'abord chez les clientes de Julia. La réserve de Marthe leur paraissait incompréhensible. C'est qu'il en allait à Rouvray de la beauté comme de la richesse : quand on en avait, on la montrait. Julia en avait usé ainsi; et bien qu'elle fût déjà sur le retour, on continuait de la dire belle, parce que avec sa gaieté et son goût des toilettes, elle semblait démontrer qu'on n'en verrait pas la fin.

Mais l'avantage de Marthe sur Julia n'était pas sa jeunesse, ni même la régularité de ses traits, ce visage fin comme une épure, avec ses yeux verts, aigus et qui regardaient droit. C'était plutôt le charme du silence, cette soumission contredite à chaque instant par des mouvements qui lui échappaient, les plus humbles en général, et les plus familiers : une façon de tirer l'aiguille qui n'appartenait qu'à elle, jamais penchée, jamais voûtée sur l'ouvrage; et cette grâce aussi chaque fois qu'elle se courbait : le dos de Marthe s'arrondissait en douceur, sans ployer, avec légèreté, comme si aucun effort ne dût jamais lui coûter. C'était le même détachement pour remonter un seau du puits que pour tendre une assiette de lait à un chat errant, nettoyer un rosier, au pied de la tonnelle, dont elle détachait une à une les corolles flétries. Elle s'appliquait sans ostentation, elle bougeait comme on glisse, l'œil à ces mille petits riens du jardin et de la maison, un ourlet à reprendre, un cuivre à polir. On aurait dit une connivence ancienne entre Marthe et les choses; et les choses le lui rendaient bien, les cuivres brillaient, les plantes poussaient, car il y avait de la minutie dans chacun de ses gestes, la précision et l'économie qu'ont les gens de la terre. Mais on ne pouvait pas la prendre non plus pour une femme de la terre, avec sa façon de se tenir droite, comme pour refuser les humiliations imposées au corps par les travaux et les jours. Enfin les filles de Rouvray n'avaient pas cette peau mate, ni cette chevelure épaisse à rompre les peignes à chignon : torsadés sur sa nuque, ses cheveux à eux seuls suggéraient sa force. Et ils étaient si sombres, ses cheveux, noirs à ne pas être *de là*.

Voilà sans doute ce qui retint Rodolphe : Marthe était davantage qu'une belle fille, elle n'était pas comme les autres filles. Avec la curiosité, ce trouble l'attira vers elle. Le soir où il la renversa dans les sables, le savait-il seulement? Il l'avait quittée, comme toujours après ses conquêtes, avec un œil plein de rancœur, « la tête Monsacré », comme on disait à Rouvray; à cet instant, en effet, Marthe lui avait trouvé un air de famille avec son frère Hugo.

Mais trois jours plus tard, au petit matin, Marthe fut réveillée par des coups à la porte. A l'instant où elle entendit frapper, elle sut que les poings qui secouaient le vantail étaient ceux de Rodolphe : parmi les habitués de la maison de Julia, il n'y avait qu'un seul homme pour s'impatienter ainsi.

Les coups redoublèrent. Marthe courut lui ouvrir. A la gravité qu'eut Rodolphe quand elle poussa la porte, elle comprit aussitôt qu'il ne venait pas pour Julia. C'était elle, Marthe, qu'il voulait rencontrer la première, il avait déjà, pour l'autre, la bouche pleine de mensonges.

– Tu es fou, souffla-t-elle.

Il la poussa vers la cuisine.

– Je suis pressé. Fais-moi un café.

Marthe se retourna vers le fourneau, souleva la bouilloire. Puis elle désigna le plafond, la chambre de Julia :

– Et si je la réveille?

– Elle dort toujours comme une masse.

Tous deux évitaient de prononcer le nom de Julia.

Marthe attisa les braises, avec application, comme à plaisir. Rodolphe se taisait. Il n'avait plus l'air si assuré, tout d'un coup. Puis il soupira :

– Va lui dire que je suis là. Qu'elle se lève.

– Tu as des nouvelles de Nine?

– Elle va de mal en pis. Elle veut que tu viennes.

– Quand?

– Ce soir. Mais cette fois-ci tu passeras la voir. Il ne faut pas qu'on jase. L'autre pourrait être mauvaise.

Marthe abandonna soudain le feu et la bouilloire, se retourna vers Rodolphe :

– L'autre?

Il pointa à son tour le doigt vers le plafond. Il rit, bouscula une chaise de paille. Il retrouvait son aplomb.

– Si tu t'arranges pour ne pas traîner chez Nine, on pourra avoir un bon moment. En juin les jours sont longs...

Marthe revint au fourneau, déposa sur les braises une poignée de petit bois. Le feu prit aussitôt. Elle referma sur les flammes la plaque de fonte. Tandis qu'elle remplissait la bouilloire, elle sentait Rodolphe s'approcher d'elle, prêt à la renverser, comme l'autre soir. Elle ne savait plus si elle devait le souhaiter. Comme elle s'obstinait à ne pas se retourner, il eut un début de phrase :

– Tu as...

Il hésitait. Sa voix n'était plus la même. Marthe restait figée devant le fourneau, les mains refermées sur la barre de cuivre où étaient pendus les tisonniers. Elle la serrait si fort que ses doigts blanchissaient.

– Tu as un goût de revenez-y.

– Voyez-vous ça!

Elle essayait de braver, elle y parvenait mal.

– Il faut réveiller Julia, reprit-elle.

Sans attendre sa réponse, elle se dirigea vers l'escalier qui menait à sa chambre.

– Tu viendras? répéta Rodolphe. Dans la sablière, près de la cabane, comme...

A chaque mot, la voix de Rodolphe devenait plus rauque. Rien qu'à l'entendre, Marthe se revoyait comme l'autre jour, écrasée sous son corps, se pliant à son caprice. Mais il avait pris les devants, ce matin; et elle ne voulait plus d'une partie si facile.

– J'avais compris, répliqua-t-elle.

Pour lui répondre, elle avait eu un ton bref, sa voix de mépris. Il se leva, la saisit par les poignets :

– Tu fais la fière? J'ai encore des choses à t'apprendre...

Il la força à s'agenouiller sur la première marche de l'escalier. Comme elle résistait encore, il la plaqua contre la rampe. Il ne l'embrassait pas, il ne la caressait pas, il était comme dans les sables : une main, une respiration qui descendaient le long de son dos, le long de son ventre, puis des jambes qui cherchaient les siennes. Il lui chuchota à l'oreille les mêmes grossièretés. Chaque fois qu'elle voulait se dégager, il la prenait par les cheveux, l'obligeait à courber la tête sur le bois des marches.

– Alors, tu viendras? lâcha-t-il enfin.

Elle donna un coup sec de l'épaule. Elle ne parvint pas à lui échapper, seulement à se retourner. Elle eut un court moment de répit. Rodolphe la serrait toujours, mais son visage s'était adouci. A cet instant précis, on aurait pu le croire tendre.

– Je viendrai, dit-elle.

– Alors va réveiller l'autre, dit-il, et il l'abandonna.

Son geste fut si brutal que la tête de Marthe alla cogner contre le pilier de la rampe. Il eut à nouveau son petit rire de gorge, le ricanement qu'il tenait de son père, et qui faisait peur aux gens de Rouvray.

Elle se releva sur-le-champ. Cela ressemblait à une défaite, mais ce n'en était pas une. Car lorsque Marthe fut debout, elle ne se frotta pas la tête, là où le bois l'avait frappée, elle ne remit pas ses cheveux en ordre. Elle ne rajusta même pas sa chemise sur ses seins découverts. Elle se faufila le long de la rampe, frôla Rodolphe, puis gravit lentement l'escalier. Il cessa de rire. Tandis qu'elle montait les marches, elle sentait son regard la suivre. On n'entendait plus que la bouilloire qui sifflait.

Quand elle se sut hors de sa vue, devant la porte de Julia, elle tira enfin sur sa poitrine sa chemise défaite, lissa rapidement sa tresse. Elle entra dans la chambre. Dans l'ombre, elle distingua le portrait du vieux Robichon, éclairé par une veilleuse et placé au-dessus du lit en lieu et place de crucifix. Julia dormait. Elle ronflait un peu. Marthe s'approcha. Elle s'arrêta près de l'armoire, jeta un coup d'œil à son reflet. Rien ne laissait voir ce qui s'était passé. Dans le miroir, derrière sa propre image, elle apercevait le corps de Julia.

L'abandon du sommeil ne trahissait pas son âge. Elle avait grossi, depuis quelque temps, l'éclat de ses cheveux se ternissait, mais elle restait aussi fraîche, aussi nette que dans sa boutique, quand elle plaisantait avec ses clientes. Au fond de ses draps ajourés, elle paraissait heureuse, sereine comme toutes les femmes riches de la ville. Elle avait comme elles un grand lit de merisier, la même courtepointe de satin, les mêmes napperons amidonnés, une armoire à glace pour ranger ses draps, ses nappes, ses économies.

D'un seul coup, Marthe eut envie de rire. Ce n'était pas seulement de voir régner sur cette chambre bourgeoise le portrait de feu Robichon. Marthe ne pensait plus qu'à Rodolphe. Elle était décidée à ne plus le lâcher. Maintenant qu'elle avait gagné du terrain, elle était décidée à le garder. Et à en conquérir davantage.

Elle réveilla Julia. Comme d'habitude, elle se rendormit, et fut très longue à se lever. Marthe eut tout son temps pour boire son café avec Rodolphe. Il ne tenta rien, il était tout entier à peaufiner ses mensonges. Elle ne troubla pas son silence. L'aube était si calme qu'ils entendaient Julia ronfler.

– Elle a le sommeil lourd, dit enfin Rodolphe en repoussant sa tasse.

– Elle est plutôt du soir.

– Moi aussi.

– Alors à ce soir, dit Marthe.

Il montait chez Julia. Mais pour la première fois, il eut pour Marthe un sourire, qu'elle lui rendit.

CHAPITRE 11

Ils se revirent plusieurs fois. Nine n'allait pas mieux. Elle toussait beaucoup, la fièvre ne baissait pas. Marthe abrégeait la visite autant qu'elle le pouvait, elle tâchait d'éviter le regard du Grand Monsacré, qui la toisait dès qu'elle passait le seuil, comme il faisait toujours avec ceux qui « n'avaient pas de bien ». Elle évitait encore davantage les yeux d'Hugo, assis sous un tilleul, à la grille du moulin, selon son habitude. Elle se demandait parfois s'il ne l'attendait pas.

Il la saluait à peine. Ni son père ni lui ne lui parlaient de Rodolphe. Il paraissait entendu qu'il était un coureur de routes, et qu'il rentrerait à son heure, selon son bon plaisir. Du reste, les Monsacré « n'étaient pas causants », comme on disait à Rouvray. Marthe ne l'était pas davantage, elle en fit très vite son affaire. Elle traversait sans un mot le jardin qui séparait la grille du moulin, entrait dans la cuisine, saluait de loin le Grand Monsacré, rituellement attablé devant sa jatte de soupe, et suivait Thérèse, sa servante-maîtresse, jusqu'à la chambre de Nine.

Thérèse était une femme entre deux âges, déjà voûtée par les tâches sans nombre dont l'accablait Monsacré, y compris, et ce n'était pas la moindre, celle de le distraire dans la chaleur de son lit. A sa vivacité, à son œil prompt à évaluer les gens aussi bien que les choses, on voyait bien qu'elle ne s'était pas résignée. Son dévouement à l'égard de Nine était très exactement mesuré. Thérèse soignait la nièce de Monsacré avec un zèle suspect, on devinait sans peine qu'il s'y cachait quelque intérêt; et chaque fois qu'elle passait la grille du moulin, Marthe se disait qu'elle venait pour Nine, pour l'aider à guérir parmi ces gens qui ne l'aimaient pas.

Pourtant, elle n'était pas entrée dans la chambre de Nine qu'elle grillait de s'en aller. Elle l'embrassait, lui tamponnait le front, lui racontait quelques nouvelles de Rouvray, puis repartait. Elle traversait la cuisine et le jardin sans rien voir, elle courait presque, oublieuse, légère, dans l'odeur des foins, elle reprenait sa bicyclette et descendait jusqu'à la Loire.

Chaque fois qu'elle reprenait le chemin incertain qui parcourait les sables, Marthe se répétait qu'elle faisait mal, et néanmoins, ce mal, elle le faisait. Elle était heureuse de s'aveugler, pour une fois. C'était un repos, un plaisir, elle était joyeuse dès qu'elle voyait Rodolphe, ou même à l'instant où elle apercevait sa jument. Il était toujours là le premier, assis au fond des sables, il tirait sur sa pipe, ou bien taillait des badines d'osier; et lui aussi semblait heureux. Alors elle oubliait Julia, Nine et les Monsacré, elle jetait sa bicyclette et elle courait vers lui.

Rodolphe avait pris goût à son corps. Plus que son corps d'ailleurs, il aimait la manière de Marthe, violente, aussi directe que la sienne. Il lui lâchait encore des mots obscènes, mais il ajoutait maintenant : « J'aime ce que tu en fais, surtout, j'aime ce que tu en fais... » Pour un peu, elle en aurait réclamé davantage; car elle aimait s'abaisser devant ce maître exigeant, se soumettre à ce qui n'était pas se soumettre, mais prendre les chemins détournés vers le plus grand plaisir.

Il la quitta, dès la troisième fois, avec un petit mot mi-satisfait, mi-jaloux : « Tu apprends vite, toi... » qui redoubla sa joie. Car pour obscur qu'il lui fût encore, Marthe savait que son plaisir tenait au pouvoir qu'elle prenait sur Rodolphe. Les premières fois, il lui dit : « Rentre vite », et il évita son regard. Il s'attarda bientôt auprès d'elle. Sa main désormais n'était plus d'un chasseur, il avait des gestes furtifs, des ombres de caresse, ses doigts glissaient sur ses joues, sur sa bouche, au creux de ses cheveux. Le soir tombait, il fallait se quitter. Ils partaient chacun de leur côté, lui le premier. Tout en se rhabillant, elle le regardait s'éloigner vers la cabane, là où l'attendait sa jument. Il sautait maladroitement entre les fondrières, comme soudain embarrassé de son corps puissant. Puis il reprenait sa manière habituelle, son air insolent de royauté sur les choses. Et c'en était fait; il disparaissait entre les saules. De Rodolphe, il ne restait plus à Marthe qu'une odeur de cuir et de foin sur sa peau, là où il l'avait meurtrie. A nouveau, il ne restait plus qu'à attendre.

Elle errait un peu au milieu des sables, cherchait, derrière le vieux mur, au-delà des bois, le manoir de Vallondé, la façade d'Orfonds. La sablière était à la jonction des deux domaines, une terre vague et inutile qu'on avait abandonnée aux caprices du fleuve. Le soleil baissait, la Loire prenait alors une teinte curieuse, entre le gris et l'or. Marthe n'aimait pas cet instant-là, elle s'en allait très vite. Elle savait déjà qu'elle allait revenir.

Elle ne voyait pas de fin à leur histoire. Elle ne l'imaginait pas, elle s'acharnait à vivre dans l'instant. De rencontre en rencontre, elle sentait croître son empire sur Rodolphe, mais il continuait de rendre visite à Julia dès le samedi soir, et de partager sa chambre. « Ne t'avise pas de faire des histoires », l'avait-il avertie un soir dans la sablière, juste avant de la quitter, « ne t'avise pas de bavasser. » C'était un lendemain d'orage, la Loire avait brusquement monté. Ils étaient tout près des berges, juste au-dessus d'un tourbillon du fleuve, là où les eaux s'engouffraient en siphon entre deux bancs de gravillons. A ce moment précis, quand il avait feint de la pousser dans la Loire, Marthe avait compris la sauvagerie de Rodolphe : il était prêt à tout pour satisfaire ses caprices. Peu loquace, la plupart du temps, parce qu'il lui était plus facile de faire parler ses poings; et rompu depuis longtemps à toutes les violences.

Elle ne lui en voulut pas. Elle savait qu'il en usait de la sorte avec tout le monde. On racontait qu'il avait été jusqu'à brutaliser son père, quand il était revenu de l'armée, et que le Grand Monsacré avait regimbé devant ses premières fantaisies. Le vieux meunier avait cédé. On murmurait même que son testament, où il favorisait exagérément son aîné, aurait été rédigé sous la menace : c'est à ce seul prix que Rodolphe aurait accepté de renoncer à ses ambitions militaires.

Marthe n'avait pas besoin de redouter Rodolphe pour contenir sa jalousie à l'égard de Julia. Ses années au couvent lui avaient appris l'art de dissimuler. Comme en ce temps-là, elle se dit qu'elle avait tout son temps, que son silence travaillait pour elle, elle crut à la force du secret. Le samedi soir, pour brouiller les pistes, et surtout pour oublier que Rodolphe s'apprêtait à monter chez Julia, elle allait retrouver Nine et restait très tard bavarder avec elle. Au retour, quand elle arrivait à la bifurcation qui menait jusqu'aux sables, elle s'obligeait à pédaler plus vite, à regarder bien droit devant elle. Ce fut un de ces samedis, comme elle revenait vers Rouvray, qu'elle vit se dresser, face au soleil couchant, la silhouette courtaude d'Hugo Monsacré.

Il lui barrait le chemin. Elle ne put l'éviter, elle faillit tomber.

– Tu es pressée, dit-il.

Elle ne répondit pas. Il s'empara du guidon, désigna la sablière :

– Allez... Tu connais le chemin.

Elle voulut partir. Il l'en empêcha. Elle résista. Il s'empara de la bicyclette et la tira de toutes ses forces. Marthe résista encore. Quand Hugo comprit qu'elle ne voulait pas céder, il la lâcha d'un seul coup. La machine s'écrasa sur le chemin dans un grand bruit de ferraille.

Hugo la remit d'aplomb d'un geste maladroit, essuya la poussière qui recouvrait la selle. Puis il leva les yeux vers Marthe. Soudain, tout en lui était redevenu faiblesse. Pour une fois, il fixait Marthe sans dépit ni colère. Dans ses yeux trop grands et déjà cernés, Marthe ne distinguait plus qu'un désarroi sans fond.

Du même coup, elle s'aperçut qu'elle ne l'avait jamais vu de près. Elle qui aimait observer, elle ne s'était jamais attachée à Hugo, à cause de son *« ombrage »*, comme on disait à Rouvray. S'agissant d'Hugo, l'expression était particulièrement juste : où qu'il arrive, on avait l'impression que la lumière disparaissait sur son passage, on aurait dit en effet qu'il jetait de l'ombre. Il était impossible de dire à quoi cela tenait : son air de chien battu, ses traits irréguliers qui se fermaient sur un tourment inavouable. Mais tel qu'il était, à présent, sans défense, avec ce grand regard qui suppliait, Hugo n'était pas laid. Il était brun, trapu, avec des traits fatigués. Il n'avait pas la prestance de Rodolphe, sa blondeur conquérante. Il n'avait pas sa beauté, tout simplement.

– Ça ne fait rien, dit Marthe.

Il avança à nouveau la main vers le guidon, mais c'était la main de Marthe qu'il cherchait. Il la frôla, puis la retira aussitôt, comme s'il s'était brûlé. A nouveau, l'ombre gagnait son visage. Marthe remonta sur sa bicyclette et partit aussi vite qu'elle put.

Le lendemain, vers la fin de l'après-midi, on vit Thérèse arriver chez Julia. C'était le Grand Monsacré qui l'envoyait, pour savoir si Hugo était là. Il n'avait pas couché au moulin, on ne l'avait pas vu de la journée.

Marthe se garda bien de parler de sa rencontre. Rodolphe partit aussitôt à la recherche de son frère. Pendant trois jours, on n'eut pas de nouvelles d'Hugo. Enfin une blanchisseuse de Vallondé apprit à Julia qu'il venait de rentrer. D'après elle, Hugo avait passé deux nuits dehors, il avait dû boire. Il avait fini par revenir chez son père, grelottant et fiévreux. Une voisine avait tenté de le soigner, une guérisseuse qui connaissait les herbes.

Le samedi suivant, Rodolphe ne revint pas dormir chez Julia. Il n'apparut qu'au déjeuner du dimanche. Il était de très mauvaise humeur. Il avait dû remplacer son frère au moulin. En revanche, annonça-t-il, Nine allait beaucoup mieux, elle serait sur pied d'ici peu.

Vernon et le jeune Chicheray étaient partis à une fête, de l'autre côté de la Loire. Rodolphe lui-même semblait n'être venu qu'à regret. Avant que Julia ne sorte les liqueurs, Marthe retourna à la cuisine. Elle sentait que Rodolphe voulait parler à la modiste. Maintenant que Nine allait mieux, pensa-t-elle, il cherchait à l'enjôler par de nouveaux mensonges, pour se ménager d'autres rendez-vous à la sablière. Elle ne voulut pas lui gâcher une si belle occasion.

C'était une année à fruits, cet été 1898, le jardin de Julia croulait sous les prunes. Marthe avait décidé de faire des confitures. Elle s'était installée sur la grande table, face à la tonnelle. Par la fenêtre ouverte, elle voyait Rodolphe et Julia en contre-jour, devant les eaux glissantes de la Luisse. Tandis qu'elle triait les fruits, elle tendait l'oreille, elle ne perdait pas un mot de leur conversation. Le vent agitait les tilleuls du jardin, les éclats d'une lumière capricieuse illuminaient de temps à autre leurs visages, leurs cheveux.

Julia attendait elle aussi que Rodolphe parle. Comme toujours après le déjeuner, elle avait le teint animé. Elle prit sur la table une bouteille d'eau-de-vie, en versa un verre à Rodolphe. Il le but d'un trait, mais persista à se taire. Elle parut embarrassée. Elle inspecta la dentelle de la nappe, rectifia ses plis, et reprit :

– Allons, reprends donc un petit verre.

Il ne répondit pas. Elle se cala dans son fauteuil. Elle commençait à somnoler, quand Rodolphe lâcha :

– Il est temps que je prenne le large.

Julia se redressa aussitôt. Elle crut que Rodolphe voulait rentrer au moulin plus tôt que d'habitude, à cause de la maladie d'Hugo :

– Tu as bien le temps, répliqua-t-elle. Ton frère sera vite d'aplomb. Un grand corps comme lui !

– Je ne parle pas de mon frère.

Elle lui versa un second verre d'eau-de-vie, qu'il repoussa. Rodolphe avait sa voix rauque des mauvais jours :

– Il est temps que je prenne l'air. Que je voie du pays.

– Allons donc ! Avec tout l'argent qui t'attend dans les moulins de ton père !

Elle avait pris le ton qu'on a avec les enfants. Elle eut un petit rire, puis disposa avec soin des petits coussins autour de sa tête, se cala à nouveau dans son fauteuil d'osier. Elle parut s'endormir.

De la cuisine, Marthe s'aperçut qu'elle guettait son amant sous ses paupières mi-closes. Rodolphe devait se méfier, il ne bougeait pas. Julia rouvrit les yeux, chercha sa main. Il la lui abandonna. Elle s'assoupit enfin.

C'était la torpeur de la fin juillet, la lourde chaleur du Val, où le tuffeau clair des maisons et des grottes semble distiller une langueur sournoise, qui fatigue l'âme, engourdit le corps. Julia ronflait. Rodolphe alla jusqu'à la fenêtre de la cuisine. Marthe continuait ses confitures. Elle sentit qu'il s'approchait d'elle.

Il s'accouda à la fenêtre. Elle ne leva pas les yeux de ses bassines de cuivre. Lorsqu'elle se détourna du fourneau pour prendre l'écumoire, elle jeta un bref coup d'œil de côté, et vit qu'il n'avait pas bougé. Il faisait frisotter sa moustache entre ses doigts, il gardait les yeux fixés sur les dessins du carrelage, des mosaïques vertes et jaunes qui figuraient des feuilles de marronnier. Il avait l'air de chercher ses phrases. Marthe le devinait lâche, à cet instant; mais elle n'avait pas le courage non plus de prendre les devants, de lui arracher les mots qu'il n'arrivait pas à dire. Et cependant, elle en était sûre, c'était à elle, Marthe, qu'il voulait parler, alors qu'il se moquait bien de ménager Julia. Elle se pencha sur la marmite où bouillottaient les fruits.

– Il me faut de l'air, répéta Rodolphe.

Marthe posa lentement l'écumoire sur la fonte du fourneau. Emmène-moi, le mot était sur ses lèvres. Elle ne dit rien. Elle voulait que ce soit lui qui parle, qu'il dise enfin ce premier mot d'amour. Elle n'osait plus bouger. Elle se forçait à garder très exactement sa pose de cuisinière vigilante, le visage penché au-dessus du jus rouge qui mijotait, la main droite repliée sur la poignée de la bassine.

Le cuivre devenait brûlant. Rodolphe s'obstinait à se taire, il ne quittait pas sa mine empruntée. Marthe comprit alors qu'il voulait vraiment partir, et que rien, ni personne, ne le retiendrait à Rouvray.

Elle ne tenta pas un seul mot, ne posa aucune question. Une fois de plus, elle se dit qu'elle attendrait son heure. Elle se pencha à nouveau au-dessus de sa bassine, continua de tourner sa cuiller dans le liquide où transpiraient les fruits. Il faisait de plus en plus chaud. Plus que jamais, Rouvray semblait engourdi dans sa gangue de silence. Ce fut bien cela le plus étonnant, qu'au fond de cette torpeur, personne n'entendit Rodolphe claquer les portes, seller sa jument et partir au grand galop sur les pavés du mail. Personne, sauf Marthe, qui ne réveilla pas Julia.

Le soir fut beau, un peu moins chaud, les confitures parfaites. Marthe s'était tout juste un peu brûlé la main.

CHAPITRE 12

Les deux mauvaises nouvelles arrivèrent presque en même temps. La première était prévisible : le samedi suivant, Rodolphe ne réapparut pas. Julia pensa à une nouvelle fugue d'Hugo, à une rechute. Elle garda bon espoir et se mit à l'attendre pour le déjeuner du lendemain.

Il ne vint pas. Elle eut un long moment de stupeur. Marthe, en revanche, ne fut pas prise de court. Elle s'étonna seulement que Julia n'ait pas appris où était passé Rodolphe. Elle aussi, elle l'ignorait; mais depuis huit jours, elle avait l'impression que tout le monde le savait, à Rouvray, et que le bruit s'arrêtait au seuil de la boutique. A des sourires soudain aiguisés d'ironie, des regards un peu lourds posés sur la modiste, Marthe avait compris que la ville, comme au temps des fiançailles de Blanche, était à nouveau entrée en rumeur. Commérages de lavoirs, par-dessus le fracas des battoirs, ragots de sortie de messe, de retour du marché; assourdis, comme toujours, par les bruits ordinaires de la ville, le carillon de la cathédrale, ses oraisons lointaines et vibrantes, les caquets des poules, les grincements de verrou, une chanson d'amour, parfois, à la croisée d'une fenêtre. La rumeur venait se briser là, à la porte de Julia, avec ses clientes qui n'osaient pas la regarder en face, et l'épiaient comme elles auraient soupesé, engraissé une dinde, avant de la tuer.

Mais personne ne disait rien à Julia. La modiste continuait de sourire comme à son ordinaire, puisque tout en apparence allait son petit train, Robichon au cimetière, de l'argent dans la caisse; et Rodolphe dans ses draps. Même si Marthe pressentait quelque chose, elle n'était pas tellement différente de Julia, elle ne voyait pas plus de fin à sa propre aventure. Elle aussi continuait d'espérer. Chez ces deux femmes si dissemblables, c'était la même folie : n'avoir d'autre horizon que le corps de Rodolphe, son nom, sa voix, sa présence brutale. N'avoir d'autre espoir que ce fils de meunier, violent et menteur, qui battait la campagne et sentait le vieux cuir.

Une semaine encore, les femmes de Rouvray firent durer le plaisir. Jusqu'au jour où la notairesse, qui habitait de l'autre côté du mail et passait ses journées à guetter les allées et venues autour du magasin de modes, trouva que son petit théâtre manquait d'animation. Un dimanche matin, elle arracha son fils à la partie de billard qu'il disputait rituellement avec Vernon. Elle le prit à part et voulut le persuader qu'il n'était pas charitable de laisser Julia dans l'ignorance de ce qu'elle nommait, avec une solennité qui dissimulait mal sa jubilation, « *le pot-aux-roses* ».

Depuis très longtemps, Antoine Chicheray brûlait de prendre la place de Rodolphe. Sa mère, qui le savait, n'eut aucun mal à le convaincre. Sur le coup de midi, tout raide, un peu fébrile, comme pour un deuil, la tête pleine de formules convenues, il se présenta chez la modiste. Il avait obtenu de Vernon qu'il l'assistât dans l'épreuve. Celui-ci s'était fait prier, avait formulé des réserves; sa bienveillance naturelle répugnait à une pareille démarche. La perspective de revoir Marthe eut raison de ses dernières réticences. A leur mine d'enterrement, Julia les vit venir de loin. Elle les reçut malgré tout avec sa chaleur habituelle.

Mais dès l'apéritif, elle lança au fils du notaire, un peu bravache :

– Allons, Chicheray, arrête de me servir tes yeux de carpe. Tu sais où il est, le Rodolphe...

D'une voix blanche, Antoine Chicheray lâcha alors ce qu'il tenait de sa mère, qui le tenait elle-même du notaire son père : Rodolphe avait quitté le pays depuis une semaine. On ne le reverrait pas de sitôt.

Julia fit face avec une énergie surprenante. Elle se servit une double ration de vin cuit, écouta sans ciller le récit embrouillé du jeune Chicheray, de plus en plus congestionné à mesure qu'il parlait. Vernon dut bientôt le relayer. Son récit fut infiniment plus limpide : quelques semaines plus tôt, Rodolphe avait entendu parler d'un corps expéditionnaire qui partait pour l'Afrique. Il s'était engagé. Il était parti sans prévenir personne. Il avait signé son contrat au début de l'été, pendant un voyage qu'il avait fait à Tours. D'après Vernon, Rodolphe était encore à Saumur, mais il n'allait pas tarder à embarquer pour mater la rébellion des sauvages de l'île de Madagascar. Son engagement était irréversible. Il n'avait pas prévenu son père de son départ. Il s'était contenté de griffonner une carte postale à l'adresse de Chicheray, où il lui indiquait le nom de son régiment, et lui demandait de *« bien veiller sur ses affaires, en cas de malheur »*, sans préciser quel était le malheur auquel il pensait, sa propre disparition ou la mort de son père.

– Il ne m'a même pas écrit, observa Julia.

Antoine Chicheray crut qu'il tenait sa chance. Il jugea bon de la saisir au vol :

– Il n'aimait personne. Il n'aimait que les chevaux.

– Il aimait aussi les femmes, mon petit Chicheray. Mais tu es trop jeune, tu ne sais pas encore ce que ça veut dire, aimer les femmes. Rodolphe avait l'envie, tu me suis, la vraie envie...

A l'évidence, Chicheray ne comprenait pas. Elle s'entêta :

– L'envie, la vraie, celle qui vous fait faire certains gestes... Moi qui en ai connu, des hommes, je pourrais vous dire...

Elle s'interrompit, soupira, se versa un second verre de vin. Puis elle s'approcha du parapet qui fermait la tonnelle, juste au-dessus de la Luisse, là où Rodolphe aimait à s'asseoir. Elle resta longtemps à contempler la rivière, ses eaux basses encombrées d'herbes, et son cours sinueux entre les maisons de Rouvray, juste avant qu'elle ne rejoigne la Loire.

Julia avait le visage en pleine lumière, le soleil de juillet lui gâchait le teint. Pourtant elle ne bougeait pas du plein midi, comme si la brûlure de ses rayons la soignait d'une autre brûlure, bien plus cuisante, et qu'elle ne voulait pas montrer. Chicheray et Vernon l'observaient avec l'inquiétude d'enfants qui auraient blessé leur mère.

Un petit chat noir, tout d'un coup, sauta d'un muret. Il appartenait au voisin. C'était une bête un peu maigre, qui aimait venir jouer sous la tonnelle. Avant que Marthe n'ait débarrassé la table, il y trouvait toujours quelques restes de nourriture, et Julia le câlinait souvent, lui offrait une lichée de beurre, une tasse de lait.

Comme d'habitude, il se pendit à l'ourlet de sa robe, s'agrippa à ses dentelles. Julia le repoussa d'un coup de pied. Il miaula. Comme il ne se décidait pas à partir, comme il la fixait, indécis, dans l'attente des gâteries dont il avait l'habitude, Julia s'empara de la canne de Vernon et le frappa à trois reprises.

Le chat s'enfuit. Il eut du mal à reprendre le chemin par lequel il était venu, l'étroite crête de tuffeau qui séparait le jardin du voisin de la tonnelle de Julia. Il boitillait, il avait sur la patte droite une large traînée de sang. Les dents serrées, la canne à la main, Julia continuait de siffler, de pester. Enfin la peur fut la plus forte, et l'animal s'évanouit au milieu des feuillages.

– Un de perdu, dix de retrouvés! lança-t-elle en revenant sous la tonnelle, et elle mit son point d'honneur à manger de bel appétit.

Ce ne fut pas le cas de Marthe. Elle avala à peine quelques bouchées. Ce qui l'avait glacée, davantage encore que le départ de Rodolphe, c'était la fureur de Julia. Quand elle avait frappé le chat, son visage s'était tordu dans une expression mauvaise, qui avait mis à jour une Julia inconnue. Une femme dure et amère, qui savait se venger.

Les nuits suivantes, Marthe dormit très mal. Car l'autre mauvaise nouvelle, elle la voyait venir de loin, elle aussi, depuis plus de huit jours. Le dimanche suivant, il n'y eut plus de doute. Elle était enceinte, tout bonnement.

CHAPITRE 13

La suite, comment elle courut chez Nine, comment son amie lui indiqua la femme qui avait des tisanes, la guérisseuse qui l'avait soignée, Marthe l'enfouit dans sa mémoire. Elle ne se souvint que de la peur; et du piège.

La guérisseuse vivait en bordure de Loire, juste derrière le manoir de Vallondé. Elle était veuve, elle faisait des lessives à la journée, dans les fermes autour de Rouvray. Elle connaissait les gestes mystérieux à faire au moment de l'entrée et de la sortie du monde, elle récoltait des herbes, on la disait un peu sorcière. Elle ne parut pas surprise de la visite de Marthe. Elle l'observa un petit moment, puis elle lui fit répéter son nom, la raison de sa visite. Elle lui dit de revenir le lendemain, le temps de préparer les plantes. Elle était un peu rude, mais paraissait de toute confiance. Marthe obéit sans poser de questions.

Elle ne l'apprit que bien plus tard : la guérisseuse connaissait Hugo. La nuit où il avait disparu, elle l'avait hébergé. Pour une fois, il avait oublié son orgueil, il s'était confié à elle. Il lui avait tout dit de son désespoir, sa haine pour son frère. Il lui avait parlé d'elle, Marthe.

En quelques phrases sans détours, quelques mots un peu frustes, il avait raconté à la guérisseuse que du premier dimanche où il avait rencontré Marthe sous la tonnelle de

Julia, il n'avait plus cessé de penser à elle. Il revenait constamment à Rouvray pour guetter ses allées et venues, il était resté des nuits à surveiller la fenêtre de sa mansarde. Il l'avait même vue suivre Rodolphe dans les sables, dès le premier jour. Le soir où elle refusa ses avances, Hugo voulut se noyer. Des heures durant, il erra le long de la Loire, à la recherche d'un tourbillon où la mort était sûre. C'était là que la guérisseuse l'avait surpris, au petit matin, transi, hagard, alors qu'il s'aventurait au bout d'un îlot dangereux, dont le sable se dérobait sous ses pieds. Elle avait poussé sa barque entre les troncs d'arbres, les bancs de gravier qui encombraient le lit du fleuve amaigri. Elle le rejoignit. Quand elle fut près de lui, Hugo s'effondra, d'un désespoir enfantin, qu'elle eut de la peine à calmer. Puis elle le ramena chez elle. Elle le fit boire. Il finit par parler.

Avec l'aplomb tranquille des gens qui ont souffert, la lavandière lui promit qu'il aurait Marthe, s'il savait attendre. Elle paraissait sûre de son fait. Il se laissa convaincre. Dès qu'elle eut reçu la visite de Marthe, beaucoup plus tôt qu'elle ne pensait, elle courut chez le Grand Monsacré.

Elle traita avec lui. Le moment était bien choisi : il était au plus bas. Lui qui n'avait pas versé une larme à la mort de sa femme, il ne se remettait pas du départ de Rodolphe. C'était pour lui comme une désertion, le refus de la vie qu'il lui avait tracée, la même que la sienne, de meunier avide et patient, le long sillon de la richesse paysanne, plus profond, plus fécond à chaque génération. De Rodolphe, en dépit de ses multiples écarts, le Grand Monsacré avait toujours proclamé qu'il serait un grand meunier, comme lui, et non un besogneux, comme l'autre, ce benêt d'Hugo qui assommait tout le monde avec son ombrage. Rodolphe saurait faire de l'or avec l'eau de la Luisse, il fallait seulement lui laisser le temps, attendre que jeunesse se passe.

Monsacré s'était aveuglé, comme tout le monde. Ce qu'il

avait pris pour un excès de son âge était en fait un tempérament : Rodolphe aimait tout ce que détestait son père, les routes, les chevaux, la dépense, les femmes, l'aventure. Même s'il revenait, le Grand Monsacré ne le jugeait plus digne de lui succéder. Une autre passion venait de bousculer l'amour qu'il avait pour son fils : sa vénération pour l'argent, son culte de la fortune terrienne, lentement accumulée. A ses yeux, Rodolphe avait commis une faute impardonnable : le crime de lèse-patrimoine. Il ne voulait plus jamais entendre parler de lui.

Au moment de la visite de la lavandière, qui lui annonça sans ambages la grossesse de Marthe, et le nom de son amant, peut-être fut-il ému par l'idée de cet enfant que Rodolphe laissait derrière lui. Peut-être eut-il aussi envie de se venger. Car l'envie et la rancune étaient le fond de son caractère, le Grand Monsacré avait toujours aimé salir et blesser. Ravaler, abaisser. Personne n'y avait jamais échappé, ni sa femme, tôt disparue, ni ses maîtresses. Ni surtout Hugo, qui n'avait jamais plu aux filles, ce qui redoublait son mépris. Le Grand Monsacré ne fut pas mécontent qu'avant de partir son beau Rodolphe ait engrossé une fille solide, sortie de rien, et qu'il saurait mettre à l'ouvrage.

Son parti fut très vite pris, sans même la nuit de réflexion qu'il accordait toujours aux décisions importantes. Tout fut réglé dès le lendemain. Quand Marthe revint chez la lavandière, ce fut Hugo qui lui ouvrit la porte. Il ne lui laissa pas le temps de s'étonner :

– J'ai parlé à mon père, dit-il d'une voix blanche.

Il lui tendit la main. Ce qu'il avait dit au Grand Monsacré, Marthe ne chercha pas à le savoir. Elle ne voyait qu'une chose : elle était tirée d'affaire. Car Hugo lui répétait :

– Je te prendrai comme tu es.

Il lui serra la main, longuement, durement. Plus qu'un mariage, c'était un marché qu'il lui offrait, un de ces marchés comme il s'en traitait sur le mail, toutes les semaines, pour les terres ou pour les bêtes. « Je te prends », semblait dire Hugo, « parce que tu n'as pas d'autre choix que de te faire prendre. Je t'offre ce qui te manque, un homme et un nom; et désormais, tu es à ma merci. »

Elle ne lui répondit pas. Elle lui abandonna sa main, ce qui revint à ce *oui* qu'elle n'arrivait pas à dire. Il la tint dans la sienne un long moment, il ne voulait plus la lâcher. Il avait perdu son ombrage, tout d'un coup, il exultait. A la démesure de sa joie, Marthe comprit quel avait été son désespoir, quand elle l'avait repoussé à l'entrée de la sablière.

Elle se maria un mois plus tard, juste avant les vendanges. Les noces eurent lieu le même jour que celles de Nine, par souci d'économie. Comme Nine voulait à toutes fins se faire bénir à l'église, le Grand Monsacré oublia ses opinions républicaines, et laissa son fils se faire bénir aussi. Il était prêt à tout, pourvu qu'on en finisse.

De la journée, il n'adressa pas un mot à Marthe. Ce n'était même pas de l'hostilité. Il l'ignorait. Il avait décidé qu'elle travaillerait avec Hugo à remettre en état le moulin de Vallondé, sur les terres qu'il avait achetées au marquis d'Ombray. Le matin des noces, au regard arrogant qu'il lui lança sur le parvis de l'église, Marthe comprit qu'elle n'aurait qu'un avantage sur Thérèse, sa domestique et sa maîtresse : la bague au doigt. Elle n'était qu'une pièce insignifiante dans un jeu auquel il la croyait étrangère, amasser du bien, le faire fructifier, le transmettre à quelqu'un du même sang. Rodolphe était parti, il se vengeait de lui en donnant sa maîtresse à son fils cadet, avec l'enfant qu'elle attendait.

Marthe ne se troubla pas. Elle se croyait protégée par Hugo, la complicité de leur pacte, où rien, ou presque, n'avait été dit. La ville elle-même était restée silencieuse. Personne n'avait jasé. Julia n'avait rien soupçonné. La modiste s'était simplement irritée de voir une si bonne ouvrière la quitter si vite, pour un balourd, qui n'était même pas drôle. Elle continuait d'espérer le retour de Rodolphe, elle était prête à attendre le temps qu'il faudrait.

Sur le seuil du magasin, lorsque les clientes chuchotaient le nom de Rodolphe, elles continuaient à l'associer à celui de Julia. Ce mutisme rassurait Marthe : la fortune du Grand Monsacré, la sombre violence d'Hugo, tout continuait d'encourager au silence. Tant qu'il n'y aurait pas de puissant motif à l'interrompre, ce qui ne devait pas se savoir ne se saurait pas, jusqu'à la fin, sans doute, quand les morts s'en iraient avec tous leurs mystères.

Ainsi donc commença la lente couvaison du secret Monsacré. Avec la bénédiction générale, Marthe fit son entrée dans l'église de Vallondé en portant l'enfant d'un absent. Il fit chaud, le jour des noces, une chaleur d'automne comme un reste d'été. Sur la photo de mariage, il y a peu d'invités. Pour la plupart, ce sont des paysans, des femmes en bonnet, des hommes cassés par le travail. Des ouvriers de Monsacré, ou ses fermiers. Nine est au centre du cliché, dans une toilette plus flatteuse que celle de Marthe, avec des volants, des ruchés de dentelle. Elle paraît pourtant plus gauche qu'elle. Derrière Nine, on aperçoit Damien Monsacré, le frère du Grand Monsacré, un éléphantiasique aux jambes énormes. Il a du mal à se tenir debout. C'est à son bras que Marthe est entrée dans l'église. A ses côtés, non loin de Thérèse, on reconnaît sans difficulté Julia, à cause de sa robe voyante et de son grand chapeau à voilette. Elle a pour cavalier le jeune Chicheray. Elle affecte une gaieté de convenance, il y a quelque chose de forcé dans son expression. Elle pince les lèvres, son œil est dur, déjà éteint par le ressentiment.

Au bras d'Hugo, Marthe sourit. Son voile de tulle est soulevé par le vent. Il s'envole au-dessus d'elle, il forme un nuage un peu flou devant les figures de salamandres de l'église de Vallondé, une sorte de chapelle perdue entre les saules, mal protégée de l'invasion des eaux, et dédiée à saint Nicolas, protecteur des mariniers.

Plus que jamais, Marthe se réfugie derrière son sourire, se replie sur son silence. A la mairie, pourtant, on l'a vue serrer les dents, quand elle a entendu l'énoncé de son état-civil, *« fille d'Hortense Ruiz, et de père inconnu »*. Sur le parvis de cette église pleine d'ex-voto de bateliers, Marthe pense-t-elle au portrait de sa mère, cherche-t-elle encore le nom caché sous le monogramme de son père absent? C'est impossible à dire. Tout ce qu'on peut affirmer, c'est qu'elle ne paraît pas décidée à en rester là. Car elle a l'air d'une reine, au milieu de cette noce de campagne, une reine en visite qui aurait par mégarde oublié sa couronne. C'est sa taille, peut-être, qui dépasse d'une bonne tête celle des autres femmes, et même celle de son mari; et sa toilette, une robe qu'elle s'est taillée elle-même, de coupe nette, sans fioritures ni dentelles, presque austère à force de simplicité.

En tout cas, sur ce cliché, on ne voit que Marthe. Hugo, à son bras, doit le prévoir, qui s'assombrit déjà. Il a peur d'elle, on le pressent. Il redoute la nuit qui va suivre, et les jours, et les années.

Marthe s'en moque. Elle dirige vers l'objectif son regard de guerrière, limpide, lucide. Elle se tient droite malgré les premières nausées de sa grossesse, parce qu'elle a décidé de se tenir droite, et que tout ira comme elle a décidé. Avant même de passer le seuil des Monsacré, Marthe a compris que la vie sera âpre et violente. Ce n'est pas ce qu'elle en attendait. Mais elle accepte qu'il en aille ainsi. Elle l'accepte parce qu'elle a résolu d'être la plus forte, peu importent les moyens, violence ou patience – plutôt patience. Et elle sourit.

C'est donc là, à deux pas de la sablière, sur le parvis d'une chapelle perdue entre la terre et l'eau, tandis que sa main esquissait un geste vers son ventre, seul indice de son émotion, que commença l'ascension de Marthe, son combat sans merci contre sa nouvelle famille, ces Monsacré rapaces et retors qui faisaient trembler la vallée, et dont elle venait de recevoir le nom.

Un mois plus tard, le maire de Rouvray vint frapper chez son beau-père. Il avait un air d'importance qui ne présageait rien de bon. En effet, il apportait un courrier de l'armée, un document officiel qui concernait Rodolphe. Juste avant d'embarquer pour Madagascar, il s'était battu avec des marins du port de Nantes. Il avait beaucoup bu, il était tombé du quai. Il s'était noyé.

CHAPITRE 14

Les années qui suivent sont un peu obscures, floues, comme les rares clichés qui restent sur cette époque, des photos maladroites, un peu tremblées, prises généralement autour de Vallondé. Ces clichés sont trop blancs, souvent surexposés. Hugo doit en être l'auteur, car il en est absent la plupart du temps. Il photographie presque toujours les moulins, signes de la prospérité de son nom, « le bien des Monsacré », comme on dit. Il réunit devant les bâtiments des groupes de personnages : des parents, des ouvriers. Ils ne l'intéressent pas, c'est un simple prétexte : il faut bien un premier plan. Si son père prend place devant l'objectif, il prend soin de ne pas le mettre en évidence, tout comme Marthe, presque toujours reléguée au second rang. Sur ces vieilles pellicules, c'est pourtant encore elle que l'on remarque, Marthe qui défie le brouillard du cliché, son grain trop blême, Marthe qui s'assure, qui s'affermit. Avec les mois qui passent, elle prend de plus en plus de place sur les photos, en dépit de tous les efforts d'Hugo pour lui ôter la vedette. A quoi cela tient-il? Elle n'a pas changé : à peine plus ronde, toujours aussi droite. Une fois de plus, la réponse est dans son regard. Dans son air de savoir y faire, mieux y faire. D'être résolue à toutes les patiences.

Un air de puissance, déjà. A côté d'elle, au fil du temps,

le Grand Monsacré cède peu à peu du terrain. Dès l'enterrement de Rodolphe, il perdit beaucoup de sa superbe. Il ne laissa rien paraître de sa peine, mais il se ferma, se voûta. En quelques semaines, il ne fut plus le Grand Monsacré, mais rien qu'un vieux meunier. Le plus riche du pays, le plus usé aussi. Désormais, partout où il entrait, pour réclamer ses fermages, les intérêts du grain qu'il avait avancé, ou chercher encore quelqu'un à berner, on murmurait le mot d'héritage. Sur les coteaux de Rouvray, ce mot-là annonçait la fin plus sûrement que le médecin.

Qui héritera? se demandait-on, depuis la mort de Rodolphe. Tout républicain qu'il fût, et des plus farouches, le Grand Monsacré n'aimait pas l'égalité. Comme son père, comme son grand-père, la terrible lignée de meuniers jupitériens d'où il était issu, l'idée de partager son bien lui était intolérable. Il avait étudié avec Chicheray les moyens de tourner la loi : les rentes, les pièces d'or, les dessous-de-table, les actes fictifs. La perspective de flouer le percepteur le faisait jubiler. Mais avec la mort de Rodolphe, la donne n'était plus la même. Monsacré avait des sautes d'humeur, des accès de tristesse, il se desséchait, il pouvait tomber malade. Qui hériterait? Le plus prompt à soigner, à consoler. Même s'il ne l'épousait pas, Thérèse retrouvait toutes ses chances. Enfin il y avait cet enfant qu'attendait sa silencieuse bru...

Les gens de Rouvray n'arrêtaient plus de spéculer sur son testament. L'avait-il changé? Préférait-il « voir venir »? Que manigançait-il, dans le vieux moulin où il vivait, entre la servile Thérèse et son frère Damien, l'infirme? On ne l'avait pas vu retourner chez Chicheray, il demeurait impénétrable. Malgré son deuil, il posait toujours sur les gens et les choses le sourire madré de qui connaît très exactement leur prix, il gardait intacte sa féroce mémoire de propriétaire, avec le nom, la valeur et la surface de chacun de ses biens, la date à laquelle il l'avait acquis, le procédé aussi, ruse ou violence, mauvaise foi ou mauvaise façon. Il se souvenait de tout, des vengeances héritées de son père en même temps que son moulin, d'un quignon de pain volé par un ouvrier quarante ans plus tôt, d'une fauchaison qui n'avait pas été rendue contre une journée de charroi. Il continuait d'espionner, de convoiter. Son avidité, l'esprit de vengeance sur lesquels il avait bâti sa fortune n'avaient pas changé. Simplement, avec l'âge, comme son corps, ils se racornissaient.

Marthe n'était pas mariée depuis une semaine qu'elle apprit comment, de simple meunier des bords de Luisse, il était devenu le Grand Monsacré. Ce fut Thérèse qui le lui raconta, dans les prairies de Vallondé où elles étendaient le linge, un dimanche, après le déjeuner. Monsacré venait de la rabrouer devant son fils, elle était mortifiée, elle avait une revanche à prendre. Mais elle était prudente. Elle en dit juste assez pour susciter les questions de Marthe, la laissa deviner et prononcer les noms; et quand elle renonça enfin à ses sous-entendus, elle feignit l'indifférence, le détachement de qui s'abaisserait à reprendre une vieille histoire, des anecdotes connues d'un bout à l'autre du Val, ignorées seulement des enfants et des étrangers.

Elle lui expliqua que Monsacré ne s'était pas seulement enrichi avec du blé à moudre. Depuis très longtemps, il prêtait du grain aux paysans, juste avant les semailles. Si son débiteur ne le lui rendait pas après les moissons, en argent ou en farine, Monsacré jouait les magnanimes, attendait son heure. Il était passé maître dans l'art de percer la vie secrète des maisons, de deviner quand sa proie était mûre. Il attendait, il guettait, cela pouvait durer des mois. Lorsqu'il estimait que le temps était venu de retrouver son or, il le réclamait sans préavis. On le suppliait, il était intraitable. Il répondait par des menaces. Il s'amusait à les jeter au cabaret, sur le champ de foire : « Il fait beau, oui, mais tout le monde ne verra pas le soleil! » « C'est la fête aujourd'hui, il faut en profiter, car j'en connais qui seront bientôt fâchés... »

Il rejetait alors la tête en arrière, il avait son petit rire de gorge, ce rire qui n'en était pas un, qui injuriait déjà. On cédait, il fallait en passer par tout ce qu'il voulait : la vente d'une ferme, le plus souvent, d'une terre qu'il convoitait. Ou parfois un simple caprice, un bout de varenne qui lui plaisait, un minuscule verger dont, depuis son enfance, il convoitait les poires. Il fixait le prix : trois fois rien. Dans les premiers temps, certains avaient résisté. Cela ne dura guère. De ses ancêtres, Monsacré avait appris aussi les lois de la vengeance. Il y eut des animaux empoisonnés, des arbres coupés, une ou deux filles violées. Et le pire, le feu. Des étables brûlèrent en plein hiver, des greniers entiers, avec la récolte de l'année. Il faillit recevoir un jour la monnaie de sa pièce. Il avait trop bu, il se laissa aller à signer la remise d'une créance, parce que la débitrice était une femme, et qu'elle était jolie. Elle s'empressa d'aller déposer le document chez son notaire, dans un village voisin. Monsacré ne décoléra pas d'une semaine, on le crut fou. Jusqu'à la nuit d'octobre, où, fait inédit dans les annales de la province, cette petite étude de campagne brûla de fond en comble. Tout fut anéanti, la remise de dette comme le reste. Monsacré fit comme les autres, il vint sur les lieux, il joua les curieux... « Je le revois », raconta Thérèse, « il m'a emmenée, il est resté là deux bonnes heures, il riait dans sa tête, si fort que ça faisait peur. »

Elle enchaîna aussitôt, comme si elle n'avait pas la force d'aller au bout de l'accusation « Comprenne qui pourra, ma pauvre Marthe, allez donc savoir... »

Marthe comprit. Un quart d'heure durant, elle écouta Thérèse vider sa rancœur. « C'est un malin, cet homme-là, il sait se faire respecter », ajoutait-elle comme une litanie à la fin de chaque anecdote. Même si elle lui en voulait de ne pas l'épouser, elle admirait le Grand Monsacré. Plus encore que pour sa richesse, elle s'était attachée à lui parce qu'il était *malin*, comme elle disait, et que la survie commandait d'être rusé plutôt que juste. « Et voilà qu'il a perdu son fils », conclut-elle. « Il est bien bête de se faire des idées noires à cause de lui. Il ne valait pas bien cher, le Rodolphe. Il était vantard. Il était méchant. » Elle glissa alors à Marthe que Rodolphe avait violé une fille, autrefois, une gamine qui n'avait pas treize ans, et devint à moitié folle. Il n'y avait jamais eu de plainte. Une fois de plus, Monsacré avait imposé sa loi.

– Enfin, c'est de l'histoire ancienne, soupira-t-elle. Monsacré a bien baissé, ces derniers temps. Et dire qu'on ne sait même pas ce qu'il fera de son bien...

Elles avaient fini de détacher les draps. Elles commençaient à les plier, elles étaient face à face. Avant de les déposer dans le panier à linge, elles les tiraient de toutes leurs forces, chacune de leur côté, pour « épargner le repassage », comme disait Thérèse. Marthe fit celle qui n'avait pas entendu.

– Il n'est pas prudent, répéta Thérèse. A son âge...

– Il n'a qu'un fils.

– Croyez-vous ça! Du temps de sa femme, il a eu un fils, avec une autre. Il vit à Tours. Il s'appelle Archange. Il est bedeau. Sa mère avait de la religion, il faut croire...

Marthe ne répondit pas. Elle tirait de plus en plus fort sur le drap. Thérèse résistait mal. Elle suivait les secousses de la toile en continuant ses insinuations :

– On ne sait pas ce qui peut passer par la tête des vieux. Pour peu qu'il se mette en quête de cette grenouille de bénitier. Ça serait autant de moins pour votre mari. Et pour vous aussi. Monsacré ne va pas bien, depuis l'enterrement. Je ne sais pas ce qu'il manigance. Il reste des heures, sur sa chaise, à penser. Il ne dit rien.

– Laissez-le donc penser.

– Il ferait bien tout de même de prendre ses dispositions. Et de nous mettre au courant. Ce serait plus prudent.

Cette fois, c'était clair, elle parlait d'héritage, elle essayait de savoir si Marthe en savait plus long qu'elle, elle défendait déjà sa part contre Hugo, contre le fils naturel de Monsacré. Contre l'enfant d'Hugo, avant même sa naissance. Marthe coupa court :

– Monsacré a tout son temps. Et vous aussi, Thérèse.

Elle secoua le drap, qui claqua. Thérèse trébucha, puis enchaîna :

– On part souvent plus vite qu'on ne croit. Les jeunes avant les vieux, quelquefois. On a des espérances, et puis tout d'un coup...

Marthe eut soudain l'impression d'une menace. C'était la voix de Thérèse, ses intonations amères; et ce mot d'*espérances*. Parlait-elle de sa grossesse, de l'héritage? Elle l'interrompit :

– Le drap se déplie mal. Il est resté trop longtemps au soleil.

Elle déposa la toile dans le panier d'osier, en détacha un second du fil où il séchait, le tendit à Thérèse. Elles le plièrent. L'énergie de Thérèse s'était réveillée, elle tirait sur l'étoffe à petites secousses nerveuses. Le calme de Marthe l'exaspérait, car elle finit par lui jeter :

– Tout de même, vous êtes intéressée à cette histoire, vous aussi.

Marthe demeura muette. Elle répéta :

– Monsacré devrait prendre ses précautions. Il faudrait le presser.

– C'est peut-être déjà fait. Il n'est pas obligé de le crier sur tous les toits.

– Il pourrait en parler aux siens.

– Il n'est pas malade.

Thérèse tira le drap avec violence. Marthe résista. Elles se battaient sans le dire, unies et désunies par le même travail. La toile, un chanvre rugueux rebrodé aux initiales de Monsacré et de sa femme défunte, se défroissait peu à peu. Marthe s'apprêtait à lui faire signe de le ranger dans le panier quand Thérèse lança le drap vers Marthe.

– Puisque vous êtes si forte!

La toile retomba sur la prairie mouillée. Marthe la ramassa sans un regard pour Thérèse. Elle partit aussitôt la rincer à la Luisse. Elle était lourde, épaisse, les traces de boue furent longues à s'effacer.

Pendant une semaine, ni Marthe ni Hugo n'eurent aucune nouvelle de Thérèse et du Grand Monsacré. Puis un matin, Thérèse passa la grille de Vallondé, avec une expression curieuse, où se mêlaient l'inquiétude et la satisfaction. Elle venait leur annoncer la décision de Monsacré : il voulait transformer en entrepôt le moulin où il habitait depuis toujours, et s'installer avec eux dans la maison de Vallondé. « Pour épargner », dit-elle.

Ce fut le premier effet des longs moments que Monsacré avait passés à « penser », selon le mot de Thérèse. Hugo comprit qu'il y en aurait d'autres. Mais il n'était pas encore question d'héritage, encore moins de partage. Peut-être Monsacré cherchait-il à quitter des lieux qui lui rappelaient son fils. Plus obscurément, il était sans doute attiré par la maison de Marthe, avec le grand coup de frais qu'elle lui avait donné, dès qu'elle y était entrée. Enfin il y avait cet enfant qui n'allait plus tarder.

Dès ce jour, Hugo s'attendait au pire. Mais le Grand Monsacré laissa encore passer deux bonnes semaines avant d'annoncer à son fils la suite de ses projets. Hugo n'osait pas l'interroger. Il se contentait d'aller lui rendre visite chaque soir, de veiller une heure ou deux avec lui devant sa cheminée, dans l'espoir que Monsacré finisse par lâcher un mot. Ce mot ne venait pas. Le vieux meunier prolongeait l'attente à plaisir, il se délectait de voir son fils tourner autour de lui, mâchant et remâchant des questions qui ne passaient jamais ses lèvres. Enfin un matin, alors qu'Hugo sortait de chez lui, il se trouva face à son père. Monsacré lui annonça sa décision en quelques phrases brèves, qui n'admettaient pas la réplique. Il l'affectait à la rénovation des biefs qu'il possédait en amont de la Luisse. Il fallait les équiper en moteurs, il voulait « du moderne ». Il fixa très exactement la somme d'argent qu'il lui verserait chaque mois – le salaire d'un simple garde-moulin. En somme, il confirma Hugo dans son rôle d'exécutant. Lui, Monsacré, il se consacrerait désormais à la surveillance des terres, à la vente de la farine.

Lorsqu'il déménagea, il emmena Thérèse, ainsi que Damien, son frère éléphantiasique. A cause de son infirmité, celui-ci n'avait jamais travaillé. Il vivait du loyer des terres laissées par son père et passait ses journées à dévorer des ouvrages de chimie et de sorcellerie, ou à attendre l'arrivée de son journal préféré, *Le Vélo*. Il ne lisait pas pour ses informations sur le sport cycliste, mais pour ses éditoriaux violemment dreyfusards. Il s'installa le premier, avec ses livres et ses trois chats.

Monsacré le suivit trois jours plus tard. Il y eut ce soir-là un épisode humiliant, lorsqu'il installa son garde-manger au fond de la cuisine, et qu'il en remit la clef à Thérèse, avec cet air solennel qu'il prenait lorsqu'il touchait au grain, au pain, à l'argent ou à la terre. Dans sa gravité, le moment ressembla à un sacre. Il élevait Thérèse au rang de maîtresse de maison.

Marthe s'effaça. Avec sa rapidité habituelle, elle ne tarda pas à remarquer que Monsacré jetait à Thérèse le même regard soupçonneux qu'à ses ouvriers du moulin. Elle ne pouvait pas sortir une miche de pain du garde-manger sans qu'il ne suive ses gestes un à un, avec l'œil jaloux des vieux de la vallée, pour qui le vol de nourriture demeurait un crime majeur. Plusieurs semaines durant, Marthe la laissa régenter la maison. Thérèse se voyait bientôt mariée, sans doute, car elle ne se cachait plus des libertés qu'elle prenait. Marthe l'observait sans un mot. Elle attendait la faute qui la perdrait.

Thérèse finit par la commettre. Au bout de quelques mois – Marthe était à la fin de sa grossesse, elle avait du mal à se déplacer – elle s'aperçut que Thérèse, après le dîner, subtilisait de menus restes, du pain, le plus souvent, du fromage, parfois des fruits. Elle comprit aussitôt son manège : la mère de Thérèse était infirme. Elle habitait de l'autre côté de la Loire, Thérèse lui rendait visite un jour sur deux, et c'est ainsi qu'elle la nourrissait. Monsacré feignait d'ignorer. Son indifférence était mûrie. C'était vraisemblablement sa seule générosité envers la domestique qui partageait son lit; et son silence ne lui coûtait rien, tant qu'il restait seul à savoir.

Marthe joua le tout pour le tout, elle décida de le briser. Un soir, alors que Thérèse fourrait dans les poches de son tablier un demi-pain et quelques pommes, elle abattit sa main sur son épaule. Thérèse blêmit, leva aussitôt les yeux vers Monsacré. Il semblait n'avoir rien vu, il cassait des noix sur le coin de la table. Hugo lisait le journal. Damien, à son habitude, était assis devant la cheminée, ses jambes monstrueuses enfournées dans une chancelière. Il lisait ses livres de magie en caressant ses chats. Dans sa surprise, Thérèse se mit à tutoyer Marthe.

– Tais-toi, souffla-t-elle. Je te le revaudrai.

– Monsacré t'a vue. Hugo aussi.

Marthe la serrait de plus en plus fort. Elle voulait qu'elle se découvre. Elle pinça la peau de son avant-bras, comme les enfants, quand ils jouent à la peau-de-serpent. Thérèse se retint à grand-peine de crier.

– Ne dis rien. Tu devrais comprendre. Ma mère... Je te paierai.

Elle s'arrêta. On n'entendit plus le craquement des coques de noix sur la table.

– Tu me paieras mon prix, repartit Marthe.

Elle avait parlé à voix haute. Thérèse jeta un regard affolé vers Monsacré, puis vers Hugo. Celui-ci n'avait rien entendu, il continuait de lire son journal avec son application ordinaire, en suivant un à un les mots de son index. Marthe retira le pain du tablier de Thérèse, le déposa dans le garde-manger, puis rangea les pommes. Avant que Thérèse n'ait pu s'éloigner, elle la reprit par le bras et la poussa dans la cour du moulin :

– Voilà mon prix.

Elle s'empara de la clef du garde-manger qui pendait au tablier de Thérèse.

– Monsacré a tout vu, ajouta-t-elle. Si je parle, il te jette dehors. Si tu crois qu'il ne te voit pas venir, toi et tes idées d'héritage! On commence par voler du pain, et ensuite...

Thérèse frottait du pied les graviers de la cour. Elle chercha à jouer les braves.

– Monsacré...

– Monsacré dira comme moi. Voler du pain...

Marthe faillit dire *du bien*, à force d'entendre le mot dans la bouche des Monsacré. Thérèse ne se le fit pas dire deux fois. Elle détacha la clef de sa ceinture. L'espace d'un instant, Marthe crut qu'elle allait la jeter à terre, pour la forcer à la ramasser. Mais Thérèse était déjà vaincue. Elle lui tendit la clef sans un mot et partit se coucher.

Le lendemain matin, quand Monsacré vit la clef à la ceinture de Marthe, il ne fit aucun commentaire. Il eut seulement son petit rire sec, qui sonna comme les coques de noix, la veille, contre la table. Ce rire fut pour Marthe la marque d'une reconnaissance. Mieux encore, d'une alliance. Un pacte pour un temps. Non pas entre ennemis. Entre étrangers. Monsacré continua à lui tenir la dragée haute. A l'ignorer, le plus souvent. Cependant, il ne pouvait plus méconnaître qu'ils étaient unis. Ce qui les rapprochait était une égale méfiance à l'égard de Thérèse. Puis, très vite, ils découvrirent qu'ils avaient en commun un second ennemi. Il était plus sournois, plus difficile à combattre, surtout pour Marthe. C'était son mari, Hugo.

CHAPITRE 15

Tout commença avec la naissance de l'enfant. On espérait un fils, et ce fut une fille, une petite Elise aussi blonde que Rodolphe. Hugo lui jeta à peine un regard. Un mois plus tard, le jour du baptême, il déclara qu'il lui fallait un fils.

Il n'aimait pas Marthe, cela se vit très vite, il la voulait, tout simplement, il avait plaisir à la tenir sous sa coupe, à lui faire sentir tout ce qu'elle lui devait, son nom, un toit. Il était envieux de la moindre de ses conquêtes, de cette clef qu'elle avait obtenue, et surtout de ce pouvoir imparable, évident, que lui apporta la maternité. Il fut aussi jaloux d'Elise, jaloux de ce sein que Marthe lui donnait, de ces nuits sans sommeil qu'elle passait près du berceau, à langer l'enfant, à essayer de calmer ses cris. Elle n'était pas remise de ses couches qu'il voulut engager une nourrice. Monsacré fulmina. Hugo passa outre, il déclara bien haut qu'il la paierait sur ses deniers. Sous prétexte de compenser la dépense, il obligea Marthe à le suivre au moulin. Il venait d'achever la rénovation du premier bief, il pouvait moudre deux fois plus de farine qu'avant, les affaires allaient bien. Il lui fallait une femme, prétendait-il, pour recevoir les clients.

Ils étaient de plus en plus nombreux, la cour était

constamment encombrée. Ils cherchaient toujours à rencontrer Marthe. La rumeur l'avait suivie à Vallondé, avec son cortège d'interrogations. Hommes ou femmes, leur curiosité était la même, ils voulaient voir cette Marthe que l'on donnait pour vaincue, prise au piège des Monsacré, ils cherchaient sur son visage les traces de sa défaite. Elle s'efforçait de rester impassible, se concentrait sur les poids de la balance, les livres de comptes, qu'elle tenait avec sa précision ordinaire, de sa belle écriture soignée, selon la méthode enseignée par les Ursulines. Hugo jetait à peine un œil à son travail. Au moindre prétexte, il venait la déranger. Il voulait qu'elle reste à portée de son regard, qu'on se régale de cette femme jeune et belle qui lui obéissait sans un mot. Il ne se cachait pas de son désir, il avait souvent devant ses clients des mots qui la faisaient rougir; et il aimait cela, qu'elle rougît, il se délectait de sa gêne : il la trouvait toujours sûre d'elle-même, sauf en cette occasion. Il désirait Marthe avec ressentiment, il n'était pas rassasié de sa victoire sur son frère. Il la forçait à le suivre n'importe où, n'importe quand, dans une grange, derrière un talus, au milieu des sacs de farine, et il la prenait toujours de la même façon, rapide, brutale. Mais si Marthe paraissait se soumettre, au fond d'elle-même elle ne cédait jamais.

A nouveau, elle fut très vite enceinte. Elle n'en dit rien à Hugo. Mais un soir qu'il s'était livré à son jeu favori, la faire reculer, sous le regard des ouvriers, jusqu'à la chambre des meules, elle n'y tint plus. Il avait arrêté les moteurs, il l'avait contrainte à reculer contre le mur, dans la demi-obscurité où flottait la poussière de farine, entre les courroies et les engrenages.

Elle ne se sentit plus le cœur de jouer le jeu, de chercher dans sa honte le plaisir qu'elle avait pris naguère avec Rodolphe. Elle le repoussa. Ce fut un mouvement soudain, sans brutalité ni douceur, mais dépourvu de toute équivoque : le geste d'une répulsion subite, qui refusait de s'égarer en paroles ou en invectives.

– Tu perds ton temps, souffla-t-elle. Tu l'auras bientôt, ton fils.

Il fut abasourdi. Un instant, elle crut qu'il allait la laisser sortir. Mais la méfiance l'emporta, il la serra contre le mur.

– Tu mens.

– Non.

– Toi... faire des garçons!

– On verra bien.

– On verra quand?

– Octobre.

Elle n'avait pas envie de faire des phrases, elle était pressée de partir, maintenant que tout était dit. Il lui barrait toujours le passage. Elle se redressa, chercha la lumière au-dessus de la brume de farine. Il continuait de la maintenir contre la cloison, son genou enfoncé dans ses jupes.

– Tu serais bien capable de me faire une fille! Comme à l'autre...

Il se refusait toujours à prononcer le nom de Rodolphe. La veine de son cou s'était brusquement gonflée. Il serra Marthe plus étroitement, elle crut qu'il allait la frapper. Elle était juste en face de la fenêtre. Un nuage passait devant le soleil. D'un seul coup, il se dissipa, et la lumière du soir se répandit sur son visage.

Elle se força à fixer Hugo. Il eut peur d'elle, comme elle le prévoyait, peur de son grand regard vert qui brillait dans le soir, intense et dur. Il ne quittait plus le sien. Hugo resta un long moment silencieux, puis il partit d'un petit rire, le même rire sans âme qu'avait Monsacré quand il voulait se donner contenance, et qui ressemblait à une toux. Comme elle ne bougeait pas, il se résigna à l'abandonner.

Ils sortirent. Il ne restait dans la cour qu'un ouvrier, le

garde-moulin. A son habitude, Hugo fit le faraud. Il poussa Marthe devant lui, la força à l'accompagner tandis qu'il refermait les portes.

– Je te préviens, si tu mens... dit-il comme il verrouillait la dernière serrure.

Il plissait les yeux, il serrait les dents : la même expression que le jour où il avait proposé à Marthe de l'épouser, le menton en avant, le front bas, un air de peser ses chances; et la vengeance déjà prête, s'il était rabroué.

– Ce n'est pas un mensonge, coupa Marthe. Ni un marché. Disons que c'est un pari.

– Si tu perds...

Le hasard fit bien les choses, ironisa Marthe lorsqu'elle raconta la difficile naissance de son fils, par un jour pluvieux de septembre 1900. A cet enfant brun et fragile, Monsacré imposa le prénom de Lambert, en souvenir d'on ne savait quel ancêtre. Hugo ne s'intéressa pas davantage à Lambert qu'à Elise. Il se pencha à peine au-dessus du berceau, annonça à Marthe qu'il ne voulait plus d'elle au moulin, et qu'il renvoyait la nourrice; puis il sortit de sa chambre sans un mot de plus, les épaules voûtées, ramassé sur son tourment.

CHAPITRE 16

C'est un peu plus tard, semble-t-il, que les gens de Rouvray commencèrent à parler du « *Moulin de la Jalousie* ». On ne lit ce nom bizarre sur aucune carte, pas même sur le cadastre, ni sur les relevés détaillés dressés par l'état-major, prompts à enregistrer, pourtant, les images imprimées à la terre par des siècles de mémoire. Sur les cartes du temps, on trouve toujours l'indication officielle : *Domaine de Vallondé*. Monsacré n'avait pas fait mystère de son intention de raser le manoir. Une vague superstition l'en retenait encore, la peur d'aller trop loin, peut-être, dans sa revanche sur le marquis; à moins qu'il n'ait voulu l'humilier davantage, en vouant à la ruine un domaine qui avait fait la fierté de générations d'Ombray. Au fond du vallon, la gentilhommière avait presque disparu, toutes portes clouées, derrière une friche impénétrable.

La même raison qui le faisait parler de raser le manoir l'incitait à entretenir à la perfection le vieux moulin seigneurial. Pour les plus fidèles de ses clients, qu'il avait refusé de laisser à son fils, il s'amusait à le faire marcher à la manière ancienne, à la seule force de l'eau et du jeu de la pierre. Contre toute raison, en dépit même de la logique qui le poussait à lâcher son or pour la rénovation de ses deux autres biefs, il perpétuait ici, au seuil de la vieillesse, ses tours de main de magicien des meules. Il continuait de se déplacer devant la roue avec son allure de donjon en marche, fier de ce bien acquis sur un vieil ennemi à force de patience et d'intrigue. Acharné à vivre, tant qu'il pourrait prélever, entre la moisson et le pain, le droit de l'eau, le tribut que les Monsacré, depuis des années, prenaient à la vallée.

Il prétendait qu'avec ses vieux engrenages il pouvait moudre mieux que les moteurs de son fils, parce que Hugo, s'exclamait-il, n'avait pas son « pouce d'or », le pouce meunier, large comme une spatule, à force de rouler la farine entre le majeur et l'index pour juger de sa finesse. Il exhibait ses doigts devant les quelques clients qu'il s'était réservés, des paysans usés qui préféraient admirer le pouce de Monsacré, sa main bleuie par les éclats du marteau sur la meule, plutôt que d'affronter le monde en changement, les métayers fatigués de louer les terres, les journaliers qui rêvaient de la ville. Monsacré, lui, n'avait peur de rien. Ou il dissimulait l'étendue de ses craintes, il les confondait avec sa peur de la mort. Pour mieux les conjurer, il avait laissé tous les risques à Hugo. Mais il ne se privait pas de l'accabler de critiques, parfois d'injures, à propos des deux moulins à moteurs qu'il lui avait imposés, comme il lui avait imposé Thérèse, et jusqu'au prénom de son fils. Plus Hugo lui rapportait d'argent, plus il se forçait à le mépriser, plus il s'accrochait à son bief de Vallondé. Avec les années qui passaient, Monsacré se soudait plus étroitement à ses champs, à sa rivière, il se repliait sur la vie qui avait toujours été la sienne, sourde, bestiale, nourrie d'astuce et de calculs silencieux, un colletage âpre et constant avec la terre et l'eau, les saisons, les crues, le cours des grains, les autres paysans, pour ne pas être entraîné dans ce qui restait à ses yeux, en dépit de la disparition de Rodolphe, la forme la plus achevée du malheur : le déclin de son rang, la perte de son bien.

A la mort de son fils, cette terreur l'avait poussé à

émigrer dans ce moulin qui ne servait plus guère. Vallondé comblait aussi un rêve plus secret. Le domaine était au centre de ses terres, ce puzzle de pâturages, de vignes, de champs à blé, patiemment réuni à coups d'actes notariés. Il n'y restait que deux enclaves : la plus petite, en haut du coteau, était la vigne de Julia Robichon, qu'elle projetait de vendre aux Ursulines, depuis la mort de Rodolphe, parce que, disait-elle, elle n'avait plus de goût à rien. A l'ouest, le domaine d'Orfonds entaillait plus largement les terres de Monsacré. Son propriétaire possédait sur Vallondé un droit de passage et de pêche, en vertu d'un acte qui remontait au déluge. Monsacré ne s'en consolait pas. Curieusement, cette frustration lui rendait de l'énergie. Il vivait dans l'attente du jour où le voisin mourrait, où le domaine serait à vendre. Chaque matin, ses yeux se dirigeaient vers les longs murs d'Orfonds, le fixaient longuement. Puis son regard revenait vers les grottes, à flanc de coteau, les caves creusées dans le roc où, selon la rumeur, le Grand Monsacré avait enfoui son or.

A la vérité, personne n'en savait rien. Vallondé n'était pas Rouvray, l'inquisition s'arrêtait à la grille du domaine, à la lisière des prairies où courait la Luisse entre viviers et cressonnières, derrière ses herbes folles, ses entrelacs de saules et de trembles à demi renversés. On n'en savait pas davantage sur ceux qui y vivaient, logés tous ensemble dans le bâtiment construit en face du moulin, une solide maison d'habitation remaniée du temps des Ombray. Les uns et les autres sortaient peu, repliés là, eux aussi, au plus creux du vallon, à l'ombre de ce vieux moulin ronronnant d'où Monsacré continuait de narguer sa famille; si toutefois on peut appeler famille cet assemblage d'énergies entièrement tendues vers l'attente de sa mort. Tous s'obstinaient à vivre ensemble, patience contre patience, guettant chez l'autre la première faute, le premier mouvement de rage qui le réduirait à merci.

Même si les gens de Rouvray flairaient leurs dissensions,

aucun événement n'avait pu, depuis le mariage de Marthe, leur donner matière à commentaire. Lorsqu'ils passaient devant la grille du domaine, ils épiaient la chambre qu'Hugo partageait avec elle, ils la voyaient parfois passer, derrière ses rideaux de mousseline. La fenêtre était fermée d'une ferronnerie baroque que le marquis d'Ombray avait naguère rapportée d'Espagne. Dans une de ses innombrables extravagances, il avait voulu en orner les communs du Grand Chatigny. A titre d'essai, il en avait apposé une sur la maison de Vallondé. Les gens de Rouvray furent frappés de ce détail insolite. Ils voulurent lui donner un nom qui résumât leur trouble. La ferronnerie était vaguement exotique, on chercha un mot insolite. Quoique l'emploi en fût impropre, on s'arrêta sur *jalousie*. Dès l'acquisition du domaine par le Grand Monsacré, ils ne parlèrent plus de Vallondé, mais du Moulin de la Jalousie. Puis l'expression se répandit, s'enracina. La raison en était simple : lorsqu'on l'employait, on avait tout dit de la famille Monsacré.

Le surnom fut connu de Damien, car on le voit apparaître au dos d'une série de clichés qu'il a pris dans les premières années du siècle. Il fait toujours suivre la formule d'un point d'exclamation, ou de points de suspension : *Moulin de la Jalousie...*, comme s'il voulait faire comprendre à la postérité les sous-entendus dont il s'accompagnait.

Ce lot de photos est à coup sûr le plus curieux des documents conservés dans le carton. Comme pour ses livres de magie, Damien en revendique la paternité en les marquant au dos d'un cachet ovale à son nom, dans un lettrage spectaculaire et compliqué, *Damien MONSACRÉ*. Marthe les a précieusement conservées, sans rien changer à l'ordre dans lequel elle les a trouvées, dans un album aux cadres prédécoupés, décorés dans le goût du temps, avec de grandes fleurs torses et languides, iris ou orchidées, des feuillages roses et verts enroulés sur le coin des pages à la manière d'une chevelure immense, ou d'un herbier dans le courant.

On comprend ce soin jaloux. C'est là toute sa jeunesse, et son bonheur de mère. La maternité a aidé Marthe à tout supporter, les idées noires d'Hugo, les sarcasmes de Monsacré; et Thérèse, toujours aux aguets, qu'on distingue souvent à l'arrière-plan des photos, devant l'alignement des casseroles de cuivre. « *Il y a les enfants* », paraissent dire ces photos de Marthe, l'éternelle phrase des femmes mal mariées. De photo en photo, on les voit grandir. Elise est frêle et blonde, elle a les yeux clairs. « Ils lui mangent le visage », se lamente parfois Marthe, toujours inquiète de la pâleur de sa fille. Elle ne cesse de la gaver d'eau dans laquelle elle fait rouiller des clous, ou d'huile de foie de morue, « pour aider sa croissance ». Lambert est très différent de sa sœur. Il est potelé, un peu trapu. Après quelques mois difficiles, où Marthe a craint pour sa vie, il a révélé sa vraie nature, très proche de celle de sa mère. Il est vif, mais silencieux. Dès qu'il a commencé à jouer, Marthe a remarqué, non sans satisfaction, qu'il savait déjà réfléchir avant d'agir, calculer, peser le pour et le contre. Si elle aime à caresser le visage d'Elise, qui lui rappelle tellement Rodolphe, elle se complaît davantage à observer Lambert, chez qui elle reconnaît sa propre volonté, son énergie jamais prise en défaut. Au regard dont elle le couve, on devine qu'elle attend beaucoup de lui.

Damien, lui, s'intéresse davantage à Elise. Depuis sa naissance, il ne cesse de la photographier. C'est sans doute pour elle qu'il a acheté son Kodak pocket 16, un des premiers appareils portables, qui a fait beaucoup d'envieux. Il a fixé Elise à tous les âges, nourrisson endormi sur la poitrine de Marthe, bébé aux pas hésitants dans la cour du moulin, sage petite fille en sarrau. Marthe s'est peut-être irritée de cette préférence. Souvent, quand l'objectif de Damien se pose sur sa fille, quand elle l'entend crier la phrase rituelle : « Attention, ne bougeons plus! », Marthe appelle Lambert.

Il accourt, il vient se réfugier dans ses jupes, jette à sa mère, ou à l'objectif, un œil effaré. C'est la seule faiblesse de Lambert, ce besoin constant d'affection, il n'a pas encore appris à la dissimuler. Il a souvent pour Marthe des gestes possessifs, étonnants chez un si jeune enfant. Un très beau cliché montre la mère et le fils, de profil, assis devant la porte de la maison. Il a été pris un jour d'été : la treille qui court le long des fenêtres commence à ployer sous les grappes, le mur paraît très blanc sous l'excès de lumière. Marthe et Lambert se regardent. Marthe sourit, la main doucement refermée sur la paume de son fils; mais lui, Lambert, fronce les sourcils, il a déjà l'amour très grave. De sa main libre, il a saisi une boucle de Marthe, échappée de son chignon. Il la serre, il la tire de toutes ses forces. Au fond de son regard assombri, et dans la violence de son geste, on distingue un peu de l'ombrage d'Hugo.

Images arrachées à une époque dont Marthe ne parla guère. Leur grain serré, un peu gris, restitue beaucoup plus que l'éclat d'une jeunesse : on croit en retrouver l'odeur. Parfum du buis bénit que Marthe a accroché au crucifix, dans sa chambre, près de sa table de toilette, même si personne dans cette maison – à commencer par elle – ne croit ni Dieu ni diable. Effluves de la cendre refroidie qu'elle prépare pour la lessive, et qui se mélangent au fumet de cuisine, dans la cheminée, au relent chimique qui reste dans les rainures des cuivres, là où revient si vite le vert-de-gris. Arôme léger qui imbibe les draps comptés et recomptés au fond des armoires. Senteur des années enfuies, des temps patients où Marthe se battait encore contre les choses, et non contre les gens. Avec ce grand rêve, toujours présent au fond de son regard : aller plus haut. Rêveries informelles dont le contour à jamais s'est perdu, mais où tout se prépare des années qui vont suivre. Marthe étouffe, elle cherche sans cesse par quel moyen s'en sortir. Elle n'est pas désespérée, mais opiniâtre, plus obstinée encore que du temps du couvent. Sur les photos de Damien, elle a l'air de plus en plus résolu, à mesure que les enfants grandissent. Elle paraît pourtant s'être accoutumée à cette vie campagnarde, solitaire. Elle jardine, elle cuisine. Elle trompe son attente, elle s'étourdit de lessives et de confitures. De repassages, de raccommodages. Scènes tranquilles où son regard invariablement clair défie l'incertitude des vieilles pellicules. Rien qu'à le voir, on devine l'apprêt soigné de l'amidon sur ses nappes, ses livres de comptes bien tenus, le parfum de la cire sur les meubles bourgeois qu'elle achète, avec l'argent qu'elle gagne sur ses légumes, au jardin, malgré les ricanements de Monsacré qui prétend qu'elle est « *ambitieuse* ».

Il a dû s'établir entre Damien et Marthe une complicité insolite, car trois ou quatre fois, elle s'est laissé surprendre à sa toilette, derrière la toile d'un paravent, penchée sur un broc, en chemise, un de ces caracos transparents et lâches à la mode du temps, sous lequel on distingue avec précision son corps brun, à peine alourdi par les maternités. Elle joue les lointaines, les absentes, mais elle a posé. Elle n'ignore pas, dans l'angle du paravent, l'objectif de Damien. Plus tard, elle n'a pas cherché à effacer la trace de ces instants un peu troubles. Ces clichés sont restés à la place que Damien leur avait assignée, au milieu de l'album, entre les photos des premiers pas d'Elise et du baptême de Lambert. Marthe les a conservés sans façon, avec la netteté habituelle de son caractère. Avec le recul du temps, elle y a vu le souvenir le plus éclatant des années qu'elle passa à Vallondé, temps âpres et difficiles, où cependant elle possédait un bien que sa fortune à venir ne lui rendrait jamais : la simple beauté de la jeunesse. Comme par prémonition de ce qui se prépare, c'est cette fraîcheur que Damien aime à saisir, dans des clichés au grain précis, qu'il développe lui-même dans le petit atelier qu'il s'est aménagé dans une des grottes. La lumière de ces photos s'attache à d'infimes détails du corps de Marthe, le duvet noir sous ses bras, un grain de beauté, ovale et sombre, sur ses épaules nues. Sur d'autres clichés, Marthe est à la cuisine, penchée au-dessus d'un brochet, qu'elle s'apprête à loger dans une poissonnière. Depuis la cour, derrière un rideau, Damien l'observe, son matériel à portée de main. Il a étudié la lumière, son angle de prise de vue, puis il est entré sans faire de bruit. C'est un exploit, car il a le souffle court. Il l'a appelée, elle s'est retournée, elle l'a vu, elle a compris ce qu'il cherche. De la sueur coule entre ses seins, elle cherche à relever son tablier sur sa poitrine, elle rajuste à la hâte une mèche échappée de son chignon; puis elle bat en retraite : « Tant pis, allons, mais fais vite! » Damien lance une plaisanterie. Elle rit. La pose va s'éterniser, elle sera en retard pour sa cuisine, mais elle joue le jeu. « Ne bougeons plus! » rugit Damien de la voix qu'il prend pour jouer les ogres, lorsqu'il distrait Elise en lui récitant des contes. Marthe sourit vaillamment tout le temps de la pose, Damien n'a pas de mal à fixer cette joie venue du plus profond d'elle-même, cette acceptation gourmande de l'instant.

Même lorsqu'il la piège à sa toilette, lorsqu'il la suit en été, à la Luisse, par les jours de chaleur, lorsqu'elle relève ses jupes jusqu'à la taille et que les eaux dessinent très exactement les contours de son corps, c'est toujours la mère qu'il voit en elle, une femme tout entière tendue vers le bien-être de ses enfants, et qui s'efforce d'oublier en eux le désert de sa chambre, la sécheresse des bras d'Hugo. Elle n'a pas cet air d'avidité qu'ont les autres Monsacré. Ou bien si elle attend quelque chose, cet espoir est plus fort que l'envie des terres, le goût de l'or.

Mais les clichés de Damien ne sont pas innocents. Lui aussi, c'est un Monsacré, un voleur. Un voleur d'âme. Ses photos sont une grimace, le rire maladroit, étouffé, de ceux qui n'ont jamais vécu. Un ricanement dans le dos de cette famille qu'il n'aime pas, lui non plus. Il est infirme, il sait qu'on le tolère, en attendant sa mort, en supputant le montant de ses biens. D'avance, il se venge en photos. A la première occasion, il sort son appareil, traque son frère, Thérèse, Hugo, il les emprisonne pour l'éternité dans l'enfer de sa chambre noire. Par exemple, il fait poser le Grand Monsacré, le fusil à la main, devant un lièvre qu'il vient de tuer. Thérèse dépouille l'animal, elle enfonce ses doigts maigres dans les chairs sanglantes. Un autre jour, il le prend devant un saumon jeté sur du foin. Le Grand Monsacré contemple ses proies avec son sourire habituel, un peu prognathe, son rictus de propriétaire. Ou bien c'est Hugo qui revient de la foire, sur la jument de Rodolphe. Il passe la grille de Vallondé en jetant un œil noir à Marthe, occupée à broder sous la treille tout en surveillant les enfants. Une autre fois, Hugo est à table, devant un pigeonneau, cuisiné sans doute selon l'une des recettes préférées de Marthe, à la fleur de thym et à l'ail doux. Avec le manche de son couteau, Hugo écrase la tête de l'animal. La cervelle jaillit, il se penche vers l'assiette sans retenir sa convoitise.

Ces derniers clichés prouvent assez que cet album, en apparence si anodin, a été conçu comme la chronique d'une guerre en gestation. Le premier, Damien a compris quelle serait l'importance de Marthe dans la bataille qui se prépare. C'est d'ailleurs lui qui a provoqué le destin, le jour où il lui a proposé l'impensable, un voyage à Tours, pour voir le cirque Barnum. Il l'a peut-être fait inconsciemment, il devait s'ennuyer. Mais qui fera jamais la part de l'irréflexion et du calcul, dans ces guerres circonscrites aux murs d'une maison, plus féroces pourtant que les conflits qui opposent les nations, et qu'on nomme pudiquement *histoires de famille*?

CHAPITRE 17

L'arrivée du cirque était attendue depuis plus de deux mois, c'était l'événement de l'année. De Blois à Vendôme, de Langeais à Rouvray, on ne parlait plus que de la ménagerie, annoncée partout dans la région à grand renfort d'affichettes. A la fin de son album, Damien a collé un de ces prospectus. Dans le style pompeux et superlatif qui était alors d'usage, il promet « *des courses de chars romains, les plus rares et coûteuses créatures de la terre, une incomparable exposition de phénomènes humains, les animaux sauvages des forêts vierges d'Afrique, exposés dans d'élégantes cages sculptées* ».

Ce n'était pas la ménagerie qui intéressait Damien, mais les monstres. Rien qu'à l'idée qu'il pût exister plus contrefait que lui, il était soulevé d'enthousiasme. Depuis des semaines, il entretenait Marthe de la collection de phénomènes annoncée par Barnum : l'homme caoutchouc dont la peau s'étire comme de la pâte à guimauve, l'homme-squelette qui laisse voir tous ses os à travers sa peau, la Japonaise sans bras, l'acrobate sans jambes, les Chinois soudés par la hanche, les Aztèques microcéphales, le général Tom-Pouce, pas plus gros qu'un chat, l'homme-pelote qui supporte sans un cri la piqûre des épingles, la femme à barbe, l'albinos, la jeune-fille porc-épic, enfin

Jojo, l'homme-caniche, au poil ras et bouclé comme les chiens du même nom. « *Une colonie heureuse d'êtres privilégiés,* concluait l'affichette, *qui vivent, aiment et souffrent comme les autres mortels, et même souvent sont plus heureux que d'autres créatures plus favorisées par la nature.* »

Marthe n'était guère tentée de le suivre. Damien eut un argument qui fit mouche : Barnum présentait aussi un troupeau d'éléphants. Sur le prospectus, le mot était écrit dans toutes les tailles et tous les caractères, indéfiniment répété,

Eléphants, Eléphants, ELEPHANTS, ELEPHANTS, ELEPHANTS, Eléphants, Eléphants, Eléphants,

avec des dessins coloriés censés représenter leurs rondes et leurs acrobaties. Les légendes débordaient de formules encore plus emphatiques : « *La collection la plus resplendissante d'animaux à trompes et à défenses, les plus beaux mammouths, les géants les plus intelligents et les mieux dressés que la plus belle Cour d'Orient ait jamais possédés. Ces splendides éléphants, aussi sagaces que rusés, sont dressés à tous les jeux et tours imaginables, ils se livrent à des farces désopilantes, ce sont des éléphants sachant tout faire et auxquels il ne manque qu'un don : la parole.* »

« Si je le fais, ce sera pour les enfants », dit Marthe, dès qu'elle eut achevé la lecture de l'affichette. « Tu as raison, Damien. Il faut le faire pour les enfants. » En deux jours, elle réussit à convaincre Hugo de la laisser partir à Tours. Il ne céda qu'à la condition que Damien paie le voyage et l'entrée à la ménagerie. Ils partiraient le matin, et seraient de retour le soir. Quant à lui, il resterait au moulin. Il y avait une dernière difficulté à résoudre : comment voyagerait Damien? Il était de plus en plus fatigué. Il arrivait tout juste à se tenir debout. Avec ses cent kilos il était incapable de monter dans le train et de se traîner à la ménagerie.

Damien avait réponse à tout : il venait de s'acheter deux gros chiens, qu'il avait attelés à une petite charrette, comme c'était encore l'usage chez les paysans pauvres. Il partirait très tôt le matin, il donnerait rendez-vous à Marthe à la gare de Tours. Le soir venu, il rentrerait par le même moyen.

Le matin de juin où ils s'en allèrent, il faisait très chaud. Damien partit avant l'aube sur sa charrette à chiens. Il tenait son appareil photo précieusement serré entre ses jambes malades. Il fut ponctuel au rendez-vous de la gare. Marthe était très gaie. Elle se rendait à Tours pour la première fois, l'étendue de la ville l'impressionna. Elle ne garda pas une mémoire précise de l'exposition des monstres. Elle se souvint seulement de la confusion créée par Damien quand il voulut rentrer dans sa charrette sous la tente aux phénomènes. On le prit pour une attraction. On l'applaudit, certains même lui jetèrent des pièces. Il dut abandonner son équipage et fit péniblement le tour de la foire appuyé sur ses deux cannes, sans pouvoir prendre de photos. La ménagerie le ragaillardit. Il réussit à photographier Elise devant les singes et les girafes, et Lambert au pied des éléphants. Puis il fallut rentrer. Ils reprirent le chemin de la gare. Les enfants s'endormirent au fond de la charrette à chiens.

Ils étaient parvenus sur une petite place quand ils entendirent s'enfler une grande rumeur. C'était la parade des éléphants. Damien dirigea sa charrette sur le bord du trottoir, fit signe à Marthe de grimper à ses côtés. Les éléphants s'avançaient deux par deux en agitant leurs pompons et leurs plumets. Ils étaient précédés d'une troupe de trompettistes en uniforme rouge et doré. Ils jouaient une sorte de musique militaire, dont l'allégresse tonitruante, on ne savait pourquoi, remplissait sur-le-champ d'une exaltation bizarre.

– Le train, dit Marthe au bout d'un moment. Je vais rater le train.

– Pour ce qui nous attend là-bas, répliqua Damien. Et regarde tes enfants...

Elise s'était réveillée la première, elle était debout à côté de sa mère, elle battait les mains.

– Tout de même, reprit Marthe. Si on ratait le train, Hugo...

Elle n'eut pas le temps de finir sa phrase. En face d'elle, un éléphant refusait d'obéir à son cornac. C'était Fritz, la vedette du troupeau. Elle l'avait bien remarqué, à la ménagerie, il n'avait pas l'air commode, il n'arrêtait pas de barrir. Son gardien avait déclaré qu'il fallait souvent l'entraver. Pendant la parade, par mesure de précaution, on l'avait attaché aux autres bêtes.

– Allons-nous-en, souffla-t-elle à Damien. Viens, fais demi-tour.

Il ne l'écoutait pas. Il conduisit la charrette sur un terre-plein qui surplombait la place. Quelques secondes plus tard Fritz rompit les cordes qui l'attachaient au reste du troupeau. Il chargea en barrissant. La foule courut dans tous les sens. Des femmes s'empêtraient dans leur robe du dimanche, des hommes guindés dans leur costume noir tentaient de s'accrocher aux branches des platanes, forçaient les portes et les fenêtres. Après un moment de panique, les cornacs des autres bêtes s'approchèrent et tentèrent d'entraîner Fritz.

– Il est en rut, dit sentencieusement Damien. Ça ne pardonne pas.

La musique militaire continuait vaillamment ses flonflons. Au prix d'efforts inouïs, des cornacs réussirent à encadrer Fritz de deux autres bêtes. L'animal parut se calmer. Cachés derrière les autres éléphants, des employés de Barnum tendirent des câbles et parvinrent à lui ligoter les pattes. Au moment où ils resserraient le dernier nœud, Fritz s'écrasa sur le sol. Il continua à se débattre au milieu des branchages qu'il avait entraînés dans sa chute. Ses barrissements devenaient atroces. Le soleil se couchait. Au milieu du vacarme, le parti des cornacs fut rapidement pris : il fallait abattre l'éléphant. On choisit de le garrotter. Le jugement fut accueilli dans un hourvari de clameurs. La musique se tut, on ligota Fritz plus solidement, puis, vers minuit, à l'aide d'un palan, on l'étrangla.

Le train de Marthe était parti depuis des heures. A vide certainement, car personne ou presque n'avait voulu manquer l'exécution de l'éléphant. Les enfants s'étaient endormis dans la charrette à côté de Damien. Marthe ne regrettait rien, elle ne pensait même plus à Vallondé, ni à son mari. Devant elle, c'était une scène plus insensée encore que celle de la parade. Sortis de leurs salons ou du fond de leurs campagnes, des centaines de badauds défilaient devant la dépouille de l'animal, dans ce qui ressemblait à une sorte d'hommage barbare. Mi-curieux, mi-inquiets, ils tâtaient les défenses de Fritz avec des airs cérémonieux, palpaient sa peau grumeleuse, sa trompe inerte, ses immenses oreilles. Quelquefois, comme pris d'une terreur subite, certains faisaient un signe de croix, ou marmonnaient des formules incohérentes. Marthe ne ferma pas l'œil de la nuit. Elle était gagnée par cette ferveur étrange, elle avait oublié son mari, le moulin. Au matin, Damien prit deux clichés du cadavre de Fritz. Puis on vint chercher la bête pour la dépecer à l'école de médecine. Avec la chaleur qui montait, l'odeur devenait insoutenable, des nuages de mouches bourdonnaient sur la place. Marthe réveilla les enfants, reprit avec Damien le chemin de la gare. La fête n'était pas finie : une demi-heure plus tard, des étudiants masqués de bandes Velpeau se répandirent dans les rues. Ils traînèrent derrière eux les viscères de la bête, des mètres et des mètres de chair jaunâtre dont l'odeur jeta sur leur passage une panique encore plus violente que l'éléphant en rut.

Damien dut sentir la tristesse qui pointait sous le sourire

de Marthe, car il lui lança de sa charrette, comme ils se séparaient sur le seuil de la gare :

– N'aie pas peur de ton mari. Je serai rentré avant toi. Je lui expliquerai tout.

Le train de Marthe partait un quart d'heure plus tard. Elle comprit qu'elle arriverait la première. Quand elle passa la grille de Vallondé, elle vit le Grand Monsacré qui l'attendait à la porte. Dès qu'il la vit entrer dans la cour, il disparut dans sa chambre. Personne ne la salua quand elle entra dans la cuisine, ni Hugo, qui s'était assis à la place de Damien, face à la cheminée, ni Thérèse, un sourire mince aux lèvres, debout devant les fourneaux, à nouveau maîtresse des lieux. Marthe s'avança vers la cuisinière et l'écarta sans un mot. Selon le geste qui lui était familier dès qu'elle rentrait de la lessive ou du jardin, elle déposa la bouilloire sur la fonte brûlante.

Ce fut là ce qui dut exaspérer Hugo et Thérèse : qu'elle n'eût pas un mot d'explication, qu'elle rentrât le front haut, de la manière la plus naturelle du monde, avec son expression ordinaire, une souveraine indifférence. Monsacré surgit de la pièce où il s'était posté. Il s'assit à la table, se versa un verre de vin, se mit à le boire à petites lampées. A présent, il ne guettait plus Marthe, mais son fils. Hugo sentait ce regard accroché à lui, ces yeux plissés qui ne voulaient rien perdre de la scène. Il sentait venir aussi le ricanement de Monsacré, son rire de gorge, bref et sec, pire qu'une insulte, qui serait son seul commentaire.

Marthe continuait d'aller et venir en silence. Les chats de Damien la suivaient, en quête d'une assiette de lait. Elise aussi sentait venir l'orage : elle s'était réfugiée sur le seuil et jouait avec sa poupée. Lambert, comme d'habitude, suivait les pas de sa mère.

Il y eut alors, par-dessus le ronronnement de la bouilloire, ce qu'Hugo redoutait depuis l'entrée de Marthe, le terrible ricanement du Grand Monsacré. Il se versa un second verre de vin, le but d'un trait, s'essuya la bouche du revers de la main. Personne ne broncha. Il repoussa la bouteille, eut un second rire, plus rauque, plus profond. Hugo n'y tint plus. Il se leva, s'approcha de Marthe. Elle soulevait la bouilloire. Elle ne le sentit pas venir. Il la frôla, elle crut qu'il allait la frapper. Elle eut un sursaut instinctif, se retourna, prête à éviter la gifle, à la rendre peut-être. La bouilloire se renversa. L'eau bouillante gicla autour d'elle. Il y eut deux cris, l'un étouffé, l'autre suraigu.

Le premier cri était celui de Marthe. Elle avait reçu quelques gouttes sur le dos de la main. Le reste de l'eau s'était répandu sur les jambes nues du petit Lambert.

La blessure de Marthe mit peu de temps à guérir. Pour Lambert, on ne comprit jamais pourquoi au juste, cela dura des semaines, des mois de bandages et d'onguents. Vernon venait de terminer sa médecine, il s'était installé non loin de Vallondé, ce fut lui qui le soigna. Il ne comprit jamais rien à cette brûlure qui ne cicatrisait pas, et retardait la croissance de sa jambe droite. Il soupçonna d'autres causes, une maladie osseuse, une déficience congénitale. Il agita des noms savants, qui ne résolurent rien. Lambert boita. Des années plus tard, Vernon évoquait encore cet échec : « Je n'ai rien pu faire », disait-il. « Je n'ai jamais entendu parler d'une chose pareille. »

Lambert avait désormais le même œil assombri que son père. Marthe le consolait en lui montrant sa propre main, en lui expliquant que c'était peu de chose, ces chairs rougies, de simples dessins sur leur peau, des étoiles. Leurs cicatrices, ajoutait-elle, étaient jumelles, comme étaient semblables leurs yeux verts, et leur grain de beauté ovale, sur l'épaule gauche. Lambert s'assombrissait davantage. Elle le prenait dans ses bras, elle lui racontait des contes de fées, lui chantait des chansons. Et se forçait à espérer.

Marthe était jeune alors, jeune et trop confiante. Trop mère. Mais on ne sortit plus de berceau, à Vallondé, avant 1907. On disait qu'elle dormait seule derrière sa jalousie.

CHAPITRE 18

L'année de l'inondation, les choses prirent un tour nouveau. Le temps fut pluvieux, le Grand Monsacré n'allait pas bien. Un jour de juin, il eut du mal à se lever. Malgré les avertissements de Marthe, il voulut à toutes fins aller pêcher l'anguille. Lorsqu'il remonta de la Luisse, il était livide, il titubait. Il voulut se coucher. Lorsqu'elle entra dans sa chambre, Thérèse le retrouva affalé au pied de son lit. Il ne parlait plus, il était à moitié paralysé.

On fit venir Vernon. D'après lui, Monsacré ne s'en sortirait pas. « Mais il est taillé à chaux et à sable », ajouta-t-il, « il a encore toute sa tête. Avant qu'il ne passe l'arme à gauche... » Ces derniers mots achevèrent d'accabler Hugo. Le soir même, il poussa la porte de la chambre de Marthe, et la lumière fut longue à s'éteindre derrière leur fenêtre.

Ils tinrent conseil. La guerre venait d'être déclarée au chevet de Monsacré. Ils aboutirent à la même conclusion : l'ennemi était dans la place. L'ennemi, c'était Thérèse, qui ne voulait plus quitter Monsacré d'un pouce, sous prétexte que c'était elle qui l'avait trouvé au pied de son lit, la bouche tordue, et raide comme une vieille souche. Pendant la visite du médecin, Marthe avait eu toutes les peines du monde à l'écarter de la chambre. Mais elle était revenue, et elle ne s'en éloignait plus, même à l'heure des repas.

La nuit durant, Hugo et Marthe passèrent en revue des signes qui prouvaient que Thérèse était entrée dans la faveur testamentaire du Grand Monsacré. Ils spéculèrent à perte de vue sur une chaîne d'or que Thérèse arborait tous les dimanches, depuis environ six mois. Elle était très belle et de facture ancienne. Marthe fut assez habile pour laisser parler Hugo sans jamais l'interrompre. Il lui ouvrit son cœur sans la moindre retenue. Son torse large se dilatait davantage, il se redressait sur ses jambes courtaudes. Il se grisait de ses paroles, de l'audace de ses confidences. Il n'arrêtait pas d'arpenter la chambre, il parlait sans regarder Marthe, les yeux dans le vague, le teint enflammé par le souvenir de ses humiliations. Il les lui narrait par le menu, des plus anciennes aux plus récentes, d'un sifflet que son père lui avait refusé lorsqu'il avait six ans, aux secrets de meunerie que le Grand Monsacré se gardait pour lui seul. Deux jours avant son attaque, rappela-t-il à Marthe, il y avait eu cette ultime avanie, quand le Grand Monsacré avait refusé d'augmenter sa part sur les bénéfices. « Fils de meunier, fils de rien! » avait-il lancé en claquant la porte.

Hugo avait la mémoire précise, féroce, il se souvenait de tout, avec une cruauté enfantine. Son père reposait dans la chambre en dessous, abattu, mais toujours étonnamment conscient, loin d'être foudroyé. Cependant, dans l'esprit d'Hugo, Monsacré était déjà entré dans la contrée ambiguë qui précède la mort, le lieu des pires faiblesses, ou des vengeances les plus sournoises. Dans le déluge de confidences dont il fatigua Marthe, c'était de sa propre force qu'Hugo voulait s'étourdir, de sa santé, le premier avantage qu'il eût jamais pris sur son père. Alors qu'il l'avait toujours désigné selon l'usage commun, *Le Grand Monsacré* (jusqu'à ce jour, il y avait ajouté simplement, comme pour lui seul, une nuance d'ironie à peine perceptible), il l'appelait à présent *Le Vieux*, et il n'avait plus à la bouche que le mot d'héritage. Rien qu'à le prononcer, il en avait la voix et le cœur chavirés. L'heure des comptes, proclamait-il, avait enfin sonné.

Marthe lui ouvrit les bras, cette nuit-là, et celles qui suivirent. Au fond du lit de merisier, de soir en soir, de confidence en confidence, Marthe affina ses plans. Car c'est elle qui eut l'idée d'aller consulter discrètement Antoine Chicheray, qui venait de prendre la succession de son père. C'est aussi elle, selon toute vraisemblance, qui combina les détails du rendez-vous. Elle eut l'adresse de laisser croire à Hugo que l'idée venait de lui. Quand elle l'amena à prononcer le nom du notaire, lorsqu'elle le conduisit à s'interroger tout haut sur le moyen de rencontrer Chicheray sans se rendre à l'étude, elle lui soumit plusieurs idées, dont une promenade du dimanche aux alentours du *Goujon frétillant*, une guinguette des bords de Loire où il avait ses habitudes.

Hugo avait juré qu'il n'y mettrait jamais les pieds, à cause de Damien, qui s'y rendait très régulièrement. Depuis l'épisode du cirque Barnum et de la blessure de Lambert, il s'était désintéressé de la photographie. *« Il reporte tout sur la nourriture »,* s'indignait Thérèse. Elle disait vrai; mais Damien refusait à présent de partager le déjeuner dominical et préférait se restaurer au *Goujon frétillant*. Il vivait toute la semaine dans l'attente de ce moment. Dès onze heures du matin, chaque dimanche, il préparait son attelage de chiens et prenait le chemin de la guinguette dans un frac râpé qui craquait de partout. A force d'offrir tournées sur tournées à tous ceux qui passaient à portée de sa table, il s'était constitué une sorte de cour. On y trouvait de tout, des vignerons, des tailleurs de pierre, des mariniers à la retraite, quelques mendiants, réunis par le goût du vin et des chansons paillardes. Damien les régalait de la meilleure façon. En manière de remerciement, ses parasites l'emmenaient dans les fêtes des alentours, les tirs au pigeon, les vols d'aéroplanes. Enfin il avait inauguré avec eux la tombe qu'il venait de se faire construire. Il avait décidé d'être enterré loin du caveau des Monsacré, au beau milieu du cimetière, là où les places étaient les plus chères. Personne ne s'y trompa : Damien voulait narguer son frère de son vivant. Il n'avait rien laissé au hasard. Pour sa dalle funéraire, il avait exigé le plus beau marbre, le meilleur tailleur de pierre. Il avait fait surmonter sa tombe d'une sculpture monumentale qui représentait une corbeille d'osier d'où ruisselaient des louis. Pour mettre un comble à la provocation, il avait convié ses compagnons de beuveries à fêter l'achèvement des travaux. Au-dessus de sa future tombe, ils avaient mis une barrique en perce, ouvert une jarre de cochon salé, partagé une dizaine de pots de rillettes, en s'encourageant mutuellement à la ripaille à grand renfort de couplets salaces. Sans l'intervention des gendarmes, sur le coup de midi, on aurait retrouvé Damien couché sur sa tombe, congestionné et ronflant, à cuver son Chinon. Depuis cet épisode, aucun Monsacré, sinon Marthe, ne lui adressait plus la parole. C'était donc elle, tous les dimanches, qui était chargée de ramener Damien du *Goujon frétillant*. Elle l'installait à l'arrière de la charrette à chiens et elle prenait les rênes pour le ramener à Vallondé.

Marthe suggéra à son mari de l'accompagner à la guinguette, quand elle irait chercher Damien. Ils ne pouvaient manquer de tomber sur Chicheray. Ils s'arrangeraient pour le saluer, ils auraient sur Damien quelques mots affligés. Ils finiraient bien par s'attabler ensemble. Ils offriraient une liqueur au « petit notaire », comme on l'appelait. L'alcool aidant, ils détourneraient la conversation sur le vieux Monsacré. L'air de rien, ils en arriveraient à parler de l'héritage et du testament.

Hugo approuva presque aussitôt le plan de Marthe. Il ne fit qu'une seule réserve : il ne savait pas comment demander au notaire quel était le meilleur moyen de chasser Thérèse.

– Il vaudrait mieux ne pas la chasser, observa Marthe. Il faut l'empêcher de mordre. Mais tu sauras y faire. D'une vipère, tu sauras faire une couleuvre.

Hugo approuva avec hauteur, comme si telle était son intention de toute éternité. De la même façon, il était persuadé que ses nouveaux projets sur les moulins étaient de lui. Pourtant, c'était encore Marthe qui venait de les lui souffler, elle qui l'avait convaincu que la meilleure façon d'employer l'argent de Monsacré serait de construire une grande minoterie comme on en voyait à Blois ou à Tours, une de ces monumentales usines à moudre où ne tarderait pas à affluer tout le blé de la Beauce. Car ce qui rapprochait à présent Hugo et Marthe, ce n'était pas seulement le complot contre Thérèse, leur guerre de tous les instants pour lui défendre l'accès au lit de Monsacré, la haute main sur les potions. C'était aussi l'esprit de revanche, l'envie de grandir; avec la certitude que la fortune du Grand Monsacré était plus vaste que ses terres et ses fermes, qu'ils n'en connaissaient que la part visible. Comme tout le monde à Rouvray, ils étaient convaincus qu'au long de sa vie passée à ruser Monsacré s'était constitué un véritable trésor de guerre. De l'or, des titres, ils ne savaient pas au juste. Ils imaginaient une cache mystérieuse, sous un plancher, derrière la porte murée d'une maison troglodytique. Ce trésor, se persuadèrent Hugo et Marthe, Thérèse pouvait bien en connaître la clef. Sans compter les dangers que contenait le testament – si testament il y avait...

– Il ne reste qu'une solution, trancha Hugo avec l'air pénétré qu'il prenait depuis que son père était cloué au lit. Il faut avoir Chicheray avec nous. Il faut le voir, et faire comme j'ai dit, aller au *Goujon*. Passer devant sa table, engager la conversation...

Il pérora encore une bonne heure. Le dimanche suivant,

tandis que Damien ronflait dans sa charrette, épuisé par sa bombance hebdomadaire, ils s'attablèrent comme prévu en face du nouveau notaire, devant un ratafia de cerise. Hugo semblait le premier étonné de son audace. Il n'osait pas parler, il ne cessait de tourner et retourner son verre entre ses doigts maladroits. Marthe se taisait aussi. Fidèle à son habitude, elle attendait que l'un, ou l'autre, se découvrît. Elle n'avait pas vu Antoine Chicheray depuis plusieurs années. Quand elle venait chercher Damien, elle le saluait de loin, un peu gênée, comme lui, de leur passé commun sous la tonnelle de la modiste.

Hugo se décida enfin à parler. Chicheray ne l'écoutait pas. Ses yeux s'étaient posés sur la gorge de Marthe, ils ne quittaient plus sa peau découverte, là où suintait la sueur, à la naissance de ses seins. Hugo ne voyait rien. Il avait beau se concentrer sur son raisonnement, il en avait déjà perdu le fil. Il le ponctuait à présent d'expressions de son cru, « la garce du vieux », « la putain de mon père », et ce mot qu'il prononçait toujours en traînant la voix, rejetant la tête en arrière, comme s'il buvait un vin qui réjouissait sa langue : « mes espérances ».

Une nouvelle goutte de sueur s'était formée en haut de la petite rigole du décolleté de Marthe. Chicheray guettait l'instant où elle allait disparaître sous l'étoffe de son corsage. Marthe l'essuya d'un revers de main, puis elle posa son bras sur celui d'Hugo.

– Comprenez-vous, dit-elle à l'adresse du notaire, mon mari n'entend pas se faire flouer par une servante-maîtresse. Mais ce n'est pas ce qui l'inquiète le plus. Il voudrait connaître ses droits. Car il y a aussi cet enfant adultérin que mon beau-père a eu autrefois avec une autre femme, vous savez bien, cet Archange Pastre qui est bedeau à Tours. Mon beau-père ne l'a pas reconnu, mais s'il s'avérait que par testament...

A l'instant où il avait vu Hugo aux côtés de Marthe derrière la charrette de Damien, Chicheray avait compris ce qui les amenait. Il laissa parler Marthe. Il dut se demander un moment ce qu'il fallait lire dans les yeux verts qui le fixaient, un désir identique au sien, ou la volonté de le mener là où bon lui semblait. Marthe fut concise, à son habitude. Chicheray s'essuya le front, réfléchit un instant, puis, sur le ton un peu suffisant qu'il avait pris à son père, il donna sa consultation. A l'entendre, l'affaire était simple. Si l'idée lui chantait, Monsacré pouvait laisser la moitié de sa fortune à Thérèse, en toute légalité. Ou au bedeau de Tours. Mais Thérèse possédait un avantage décisif : elle était dans la place. Si Monsacré avait caché de l'or ou des valeurs, et que Thérèse mît la main dessus, Hugo serait impuissant à faire valoir ses droits. A moins d'engager un procès; et encore faudrait-il être sûr de son fait.

– Possession vaut titre, conclut solennellement Chicheray. Votre seule ressource serait de démontrer que Thérèse a intrigué. Qu'elle a abusé de la faiblesse du mort.

– Monsacré n'est pas mort, intervint Marthe.

– C'est tout comme, à vous entendre.

Hugo rougit. Ce n'était plus la honte, mais la colère qui lui montait à la tête.

– Vous êtes donc de son côté! Vous soutenez cette...

Une seconde fois, Marthe posa la main sur le bras de son mari :

– Mon cher Antoine, mon beau-père n'est pas mort, bien sûr, mais Hugo a bien raison de prendre ses précautions, vous ne pouvez pas dire le contraire... Moi aussi, demain, je peux tomber malade. Mais je ne possède rien, tandis que Monsacré est riche. Avec cette femme à son chevet... Thérèse n'est pas tout à fait une personne de confiance, convenez-en, Antoine...

Elle parlait bien, trop bien au goût d'Hugo. Il reprit la parole :

– Dire que je nourris cette vipère sous mon toit. A

l'heure qu'il est, peut-être, pendant que j'ai le dos tourné...

Chicheray, à nouveau, ne l'écoutait plus. Il avait rapproché sa chaise de la table, tendu sa main vers son verre, juste au moment où Marthe prenait le sien. Leurs doigts se rencontrèrent. Sous la table, elle crut sentir un mouvement d'étoffes. Elle ne baissa pas les yeux, elle ne rougit pas. Elle se contenta de soutenir son regard. Dans cette assurance, Chicheray reconnut sans doute ce qu'il préférait chez les femmes, la dureté. Il repoussa soudain son verre, se détacha de la table, et, sans qu'Hugo ni Marthe n'aient à le demander, il leur lâcha ce qu'ils voulaient savoir :

– Tout ce que je peux vous dire, c'est que Monsacré n'a rien déposé chez moi. Ni testament, ni donation. Ce défaut de dispositions testamentaires m'a d'ailleurs bien étonné, quand j'ai repris l'étude. Avec cette fortune, cette...

Il allait dire *famille*. Il s'arrêta à temps :

– Enfin, vous savez, reprit-il, les vieux sont tous les mêmes... J'ai déjà vu de ces choses!

Il se lança dans un récit tortueux de ses premières expériences. Marthe joua d'audace, l'interrompit :

– Ecoutez, Antoine, mon mari ne tient pas à vous faire perdre votre temps. Vous êtes le notaire de son père, mais vous êtes aussi le sien. Croyez-moi, vous avez beaucoup d'argent à gagner avec Hugo, dix fois plus que votre défunt père n'en a jamais gagné avec le Grand Monsacré. Hugo voit loin, beaucoup plus loin que lui.

Elle reprit souffle, jeta un œil à son mari. Il ne broncha pas. Il était suspendu à ses lèvres.

– Ce que vous demande Hugo est très simple, reprit-elle. C'est un conseil, un bon conseil. Vous êtes un homme si intelligent, Antoine. Et tellement plus savant que votre père. C'est en tout cas ce qu'on dit.

Le notaire perdit sur-le-champ toute défense. Il croisa et recroisa ses bras sur la table encombrée de verres, caressa la nappe du plat de la main :

– Ma chère Marthe, si j'avais un conseil à vous donner...

– Le conseil, Antoine, est pour mon mari...

Elle lui adressa son meilleur sourire, celui qu'elle avait pour Hugo, depuis trois semaines, chaque fois qu'il lui parlait de l'héritage et de la minoterie. Chicheray tenta de retrouver l'attitude apprêtée qu'il se composait dans son étude, devant ses reliures et ses piles de dossiers. Mais sa voix n'était pas si assurée, quand il reprit la parole :

– Il faut tendre un piège à la maîtresse, je ne vois rien d'autre. Mais je la connais, la Thérèse. Je l'ai rencontrée lors de la mort de sa mère. Elle est loin d'être sotte. Méfiez-vous.

– Un piège, comme vous y allez, fit Hugo.

Il se tourna vers Marthe, comme pour raviver leur complicité. Elle recommençait déjà à gourmander Chicheray :

– Vous qui avez vu tant de choses, Antoine, expliquez-nous, donnez-nous une idée...

– Je ne connais pas assez Thérèse. Il faut voir. C'est selon.

– Selon quoi?

– Selon les habitudes, l'état des lieux... Est-ce que je sais, moi? On ne prend pas l'anguille et le brochet de la même façon.

Il sortit un cigare de sa poche, le proposa à Hugo, qui refusa.

– Réfléchissez-y à tête reposée.

Il s'adressait très explicitement à Marthe. Elle ne s'y laissa pas prendre :

– Ce ne sont pas mes affaires. Ce sont celles d'Hugo.

– Bien sûr, bien sûr.

Chicheray prit son temps pour allumer son cigare. Ses doigts glissaient sur le boîtier ouvragé de son briquet. Il tira deux ou trois bouffées, puis reposa le cigare sur le bord d'une assiette.

– Si j'étais vous, de toute façon, je ne ferais pas traîner les choses. Le pauvre Monsacré... Au point où il en est. Que ça presse ou que ça traîne...

Il continuait à parler en s'adressant à Marthe.

– Que voulez-vous dire? intervint Hugo.

– Ça se comprend sans s'expliquer.

L'averse menaçait. Une fois de plus, le dimanche serait gâché. Derrière eux, effondré dans sa charrette, Damien ronflait de plus en plus bruyamment. Marthe ramena son fichu sur son décolleté, Chicheray se retourna vers la Loire. Il avait repris son cigare, il fumait en prenant bien soin de leur offrir son meilleur profil. Il avait les traits fins, quoiqu'un peu empâtés; affaissés, un peu veules. Il fixait l'horizon des îles avec l'air d'être en charge des destinées du monde. Hugo, le souffle court, était suspendu à ce regard obscurci.

Marthe décida d'en finir. Elle désigna à son mari le ciel chargé de pluie. Puis, sans attendre sa réponse, elle se leva. Lorsqu'il la salua, Chicheray avait les mains moites.

Sur le chemin de Vallondé, derrière la charrette où sommeillait Damien, Hugo ne cessa de se perdre en conjectures sur les sous-entendus de Chicheray. Marthe était à bout de patience, mais elle ne lui répondit que lorsqu'ils furent seuls.

– Ne cherche pas midi à quatorze heures. Chicheray a voulu dire que ton père et toi, depuis toujours... Dans ces cas-là, quand on est pressé d'hériter...

Pour une fois, elle n'arrivait pas à finir ses phrases. Hugo prit un air entendu. Ils étaient dans la cuisine. Il désigna la porte de la chambre de son père, derrière laquelle, peut-être, Thérèse était aux aguets :

– Chaque chose en son temps. D'abord, il faut chasser la vipère. Ensuite...

– Laisse donc les choses se faire toutes seules, pour la suite. Ça vient souvent plus vite qu'on croit.

– Ça ira au trot ou au galop, ma fille, comme je voudrai.

Marthe le dévisagea, un peu interloquée. Pour la première fois, elle mesurait sa dureté, la puissance de sa rancune. Elle ne répondit rien. Elle se réfugia dans cette fausse soumission qui était toute sa force, depuis qu'Hugo n'avait plus en tête que l'argent de son père. Malgré son insistance, un mois plus tard, elle n'avait pas encore trouvé le piège où faire tomber Thérèse. Il est vrai qu'elle avait d'autres soucis : elle était enceinte pour la troisième fois. Hugo ne sut comment prendre la nouvelle, du bon ou du mauvais côté. Il finit par pencher pour le bon. Pourtant, depuis des semaines, il n'arrêtait plus de pleuvoir, et les moissons étaient gâtées.

CHAPITRE 19

Souvent, dans les familles, il y a des choses qu'on ne sait qu'après coup. Quand les langues se délient, des années plus tard, sous l'effet d'on ne sait quelle loi de prescription, la mémoire restitue de minuscules détails, de ces petits riens qu'on ne pourrait inventer, et que le souvenir conserve avec une netteté qui paraît miraculeuse. Dans l'histoire de Marthe et du Grand Monsacré, ce petit rien, c'est l'épouvantail. Thérèse y est sans doute pour beaucoup, mais l'épisode revient avec insistance dans les autres versions de ce moment exceptionnel que constitua l'inondation.

Ce n'était pourtant qu'un mannequin d'osier grossièrement tressé, une silhouette maigre et fantomatique plantée par Thérèse juste en face des grottes, au beau milieu du jardinet où elle cultivait des légumes. Elle l'avait habillé d'une de ses vieilles robes, une loque noire mangée de mites. Comme les corbeaux, désespérés par les champs détrempés, n'arrêtaient pas de convoiter ses graines, Thérèse avait fixé entre les lambeaux d'étoffe les éclats d'un miroir et son cadre doré.

Mais cette année-là, rien ne découragea les oiseaux. Dans les champs, tout avait pourri sur pied. Les blés d'abord, ensuite les fruits, les grappes dans les vignes. On avait attendu le soleil pour septembre, puis octobre. On n'avait vu que de vagues éclaircies, des accalmies d'un ou deux jours. Juste avant la Toussaint, on reprit espoir. Il y eut quelques journées un peu chaudes, on parla d'été de la Saint-Martin. C'était trop beau : au bout d'une semaine, la pluie recommença.

Au début, les averses furent douces dans l'air encore tiède. On s'y résignait, à ces pluies, malgré la Luisse, la Loire qui gonflaient. Un temps de saison, disait-on à Rouvray. A Vallondé, près du moulin endormi par la maladie de Monsacré, on ne s'inquiétait pas davantage. C'était le cours des choses, l'automne avec ses silences plus lourds, le salpêtre qui rongeait les murs, l'odeur amère de la mousse quand le bois vert fumait dans la cheminée, la buée sur le portrait de Rodolphe, à la gauche du buffet, au-dessus du tiroir où l'on rangeait les nappes.

Ce qui ne paraissait pas dans l'ordre du monde, en revanche, c'était la santé du Grand Monsacré. Contre tout espoir, il se rétablissait. Il était toujours à moitié paralysé, il avait beaucoup maigri, mais il recommençait à parler. Il s'égosillait du fond de son lit, il tempêtait presque aussi fort qu'avant. Souvent les mots s'emmêlaient dans sa bouche, il bégayait, il perdait souffle. Alors, à bout de colère, il lançait un long rugissement, il tendait son seul bras valide, renversait tout ce qu'il pouvait toucher. Thérèse continuait vaillamment de camper dans sa chambre. Marthe se réjouissait qu'elle fût en première ligne. Sa grossesse la fatiguait davantage que les deux précédentes, et Hugo commençait à l'inquiéter. Il avait consulté plusieurs experts en minoterie, il avait même rencontré des architectes. Il ne leur faisait jamais confiance. A partir des ébauches qu'ils avaient tracées, il échafaudait des plans plus insensés les uns que les autres. Des nuits durant, il s'usait les yeux sur les croquis des courroies, des moteurs. Il avait même acheté des livres de physique, des ouvrages remplis de formules savantes qu'il désespérait de comprendre. Alors il jurait, on ne pouvait plus lui faire entendre raison. Pour la construction de sa cathédrale à moudre, il avait déjà en vue un terrain, un grand pré à la sortie de Rouvray. Nuit après nuit, il peaufinait tout haut les contours de son futur empire. Il voyait de plus en plus grand. Le crayon à la main, il arpentait la chambre à grands pas, plus enflammé, plus embrouillé que jamais, indifférent au parquet qui grinçait, à Thérèse, qui les écoutait peut-être de la pièce en dessous, où reposait Monsacré. Avant même la mort de son père, Hugo avait sombré dans la manie arithmétique. C'était déjà un héritier parfait.

Le jour où Marthe lui apprit que Monsacré avait retrouvé l'usage de la parole, il resta sans voix, à croire que c'était lui, à son tour, qui avait une attaque. Puis la colère l'envahit, une fureur qui déferla par vagues, par saccades. De son cou, où s'enflaient ses veines, le feu lui monta aux joues, ses yeux s'ouvrirent démesurément sur ses livres, ses feuilles de calculs. Il s'empara d'une brochure de physique, la déchira avec le rictus d'un enfant qui se venge. Enfin il sortit. Il ne revint pas de la nuit. Marthe prit le parti de l'indifférence. Avec raison : dès le lendemain, Hugo recommença à passer ses soirées sur ses chiffres. Dès qu'il avait son crayon en main, Hugo oubliait tout, les mauvaises récoltes, la grossesse de Marthe. Le premier dimanche de novembre, le jour où reprirent les pluies, ce fut encore la minoterie qui l'éloigna de Vallondé.

Il avait rendez-vous à Blois avec un ingénieur, un expert en courroies, disait Hugo. Il l'avait rencontré au marché. Marthe était préoccupée. L'homme avait laissé à Hugo une carte de visite pompeuse, où le titre d'inventeur, quand elle le lut, réveilla dans l'instant le souvenir de Blanche et de son mariage malheureux. Le mot était suivi de l'intitulé d'une série de brevets. Certains d'entre eux la laissèrent songeuse; comme la télégraphie en langue universelle et la guillotine électrique.

Elise avait supplié son père de l'emmener. Marthe fut stupéfaite du flot de paroles que sa fille déversa sur Hugo pour le convaincre de l'accompagner. Elle allait bientôt fêter son dixième anniversaire, elle avait beaucoup grandi, et elle avait une expression singulière, qui se précisait en même temps que sa beauté. Cet air la faisait curieusement ressembler à Rodolphe. C'était le même trouble au fond des yeux, la même façon de regarder toujours plus loin que l'horizon. Comme chez lui, la sauvagerie affleurait d'un seul coup, elle déroutait ceux qui l'observait, de son institutrice au Grand Monsacré, qui fuyait son regard. A présent, Marthe s'en inquiétait davantage que de sa maigreur. Elle soupçonnait chez sa fille autre chose que l'ennui de la fin de l'enfance, époque ambiguë, entre deux âges, entre deux corps. Elise était sans cesse traversée de caprices, de lubies de toutes sortes, comme celle d'aller se promener sous l'averse, tête nue, les cheveux sur le dos, sans parapluie. Elle courait sous l'ondée, tendait son visage aux gouttes. Elle revenait radieuse et trempée, opposant le silence à tous les reproches. Marthe le sentait, Elise abritait des démons qui lui étaient étrangers. Elle était désarmée, elle se disait qu'Elise avait deviné qu'Hugo n'était pas son père. De fait, il l'avait toujours ignorée, il avait pour elle un dédain qui confinait au dégoût. Ce jour-là, Hugo crut qu'Elise s'abaissait devant lui. Il en fut flatté, et céda.

– Il faut aussi emmener Lambert, insista Marthe.

– Il est trop petit.

– Il ne faut pas faire de préférence.

– Et sa jambe?

– Elle ne l'a jamais empêché de marcher.

Hugo haussa les épaules. Il ne pensait plus qu'à son rendez-vous. Lambert attendait, les yeux fixés sur lui. Il brûlait d'accompagner son père. Il était curieux de tout. Depuis quelques semaines, il épuisait tout le monde de questions, surtout Damien, qui se faisait une joie de l'initier aux arcanes de la « *science sorcellaire et diaboli-*

que », comme il appelait le fatras de légendes et de recettes de bonnes femmes qu'il lisait à longueur de temps. Mais Lambert commençait à le fatiguer, lui aussi. Ce fut donc Damien qui emporta l'affaire. De la cheminée auprès de laquelle il passait ses journées, il lança à Hugo :

– Emmène ton fils. Je te paierai la dépense!

Hugo ne se fit pas prier. Le dimanche matin, il partit à Blois par le premier train, en emmenant ses deux enfants. Vers midi, Damien quitta à son tour le moulin pour son rendez-vous hebdomadaire du *Goujon frétillant*.

– Ce n'est pas prudent, prévint Marthe. Les routes sont bourbeuses. Vos chiens vont se prendre dans la boue. Ou même se noyer. Si la Luisse continue à monter...

Pour toute réponse, Damien haussa les épaules. Comme chaque dimanche, il avait passé son vieux frac. Il tira sur ses manches avec cérémonie, sortit tendre une bâche au-dessus de sa charrette. Marthe le suivit dans la cour, jusqu'à son attelage de chiens.

– Restez, insista Marthe.

– Allons donc! J'en ai vu d'autres.

– C'est de la folie.

– En suivant le sentier du coteau, je ne risque rien.

– Si l'inondation...

– S'il y a du danger, j'entendrai le tambour, comme tout le monde. La Loire est en crue, c'est un spectacle à ne pas manquer! Elle a beaucoup grossi. Presque autant que toi!

Il désigna son ventre, puis il éclata de rire. Marthe tourna les talons sans le saluer. Lorsqu'elle rentra dans la cuisine, l'averse reprit de plus belle. Elle colla le nez à la vitre. Damien avait déjà disparu. L'eau ruisselait de partout, le coteau disparaissait derrière un brouillard liquide. Des nuages en fuite traversaient le ciel, avec des teintes qui ne cessaient de virer. Elle sentit revenir peu à peu le bien-être de son enfance. Avec l'odeur de la campagne détrempée, des gestes naïfs lui revinrent, comme celui de dessiner une forme sur la buée, de l'effacer aussitôt, puis de recommencer. Elle essaya de tracer des fleurs, puis des prénoms pour son enfant. Elle les calligraphiait, se reculait pour juger de l'effet, puis les effaçait, écrivait un autre nom. De temps à autre, elle donnait de petits coups de langue sur le carreau. Les gouttes fraîches, sur sa langue, avaient comme un avant-goût de paix. Elle eut très vite la tête vide.

Elle dut rester ainsi un bon moment, le front rafraîchi par la buée de la fenêtre, les yeux dans le vague, perdus dans le paysage de pluie. Elle allait se détacher de la vitre quand elle sentit l'enfant bouger. Ce fut un tressaillement fugace, mais violent, le premier signe qu'elle ait reçu de cette nouvelle vie. Elle n'eut pas le temps de porter la main à son ventre. Presque au même moment, le tambour se mit à gronder. Le bruit venait de Rouvray. L'instant d'après, Thérèse surgit de la chambre de Monsacré. Elle la rejoignit aussitôt près de la fenêtre.

– Vous avez entendu? souffla-t-elle.

– C'est le tambour. Ça vient de Rouvray.

Marthe et elle s'adressaient rarement la parole, depuis la maladie de Monsacré. Aujourd'hui, était-ce le départ d'Hugo et de Damien, Thérèse semblait en veine de bavardages. Elle jeta un œil au ventre de Marthe, puis elle reprit :

– Le tambour... Comme il y a trois ans, quand ils ont évacué les bas quartiers, à Rouvray. La Loire a dû encore monter. Hier, elle était dans les caves. On a triplé les amarres des bateaux-lavoirs. J'ai même rencontré quelqu'un qui faisait dépaver la rue, devant sa boutique, pour bloquer la porte de sa maison...

Marthe sourit. *Quelqu'un*, c'était Julia, elle en aurait mis sa main au feu. C'était bien une idée de Julia, de murer sa porte par peur de l'inondation. On disait qu'elle devenait avare, depuis qu'Antoine Chicheray l'avait quittée, et qu'elle n'avait plus d'homme dans sa vie. Thérèse allait lui rendre visite de loin en loin, les jours de marché, en général, seule occasion qui la décidât à abandonner le chevet de Monsacré.

Marthe retourna sans un mot à la cuisine. Comme elle s'asseyait pour éplucher des légumes, Thérèse ajouta, sur un ton presque tendre :

– La maison est bien vide.

– Ça nous change.

On entendait toujours le tambour, mais l'averse s'était arrêtée.

– Il faut toujours que la préfecture fasse peur aux gens, avec les pluies, poursuivit Thérèse. Mais on en a vu d'autres, dans le pays. Il y a trente ans, vous n'étiez pas née, l'année où l'eau était rentrée dans le cimetière. Les cercueils étaient remontés avec le reste, vous imaginez le spectacle! Et l'odeur, vous n'avez pas idée de l'odeur...

Elle n'arrêtait plus de parler, c'était comme une trêve dans sa guerre contre Marthe. Peut-être était-elle le jouet de la pluie, de cette impression curieuse qu'on avait dans la maison, depuis que le temps s'était gâché, et que se précisait l'automne : la sensation d'être loin de tout, au creux de ce vallon, d'être protégé par la douceur des prés, la courbe du vallon, loin des soucis qu'annonçait le tambour, les maisons de Rouvray évacuées en catastrophe, les barques arrachées aux quais par les tourbillons de la Loire.

Il y eut une éclaircie, une échappée de soleil entre les nuages, qui vint éclairer le visage de Marthe, face à la fenêtre. D'un seul coup, il lui parut qu'il faisait plus chaud. A nouveau, elle sentit l'enfant remuer. Thérèse continuait de dévider ses souvenirs. Elle retint difficilement un soupir. Elle n'avait pas le cœur à lui parler, encore moins à l'écouter. Elle n'avait plus de goût à rien, du reste. C'était sans doute l'enfant, les fatigues de cette grossesse qui s'annonçait mal.

Il fallut cependant déjeuner, en face de Thérèse. Faire

bonne figure, se répétait Marthe en avalant chaque bouchée, ne rien laisser paraître. Et continuer de l'avoir à l'œil.

Elle prépara un café très fort, puis rappela à Thérèse qu'Hugo avait oublié de récolter les pommes de Monsacré, dans un champ qu'il possédait sur l'autre versant du coteau, derrière Orfonds.

– Je vais profiter de l'éclaircie, répliqua sur-le-champ Thérèse. J'y vais tout de suite. Je ferai des beignets, quand M. Hugo sera rentré.

Marthe savait que Thérèse irait vendre la récolte au premier métayer venu, et qu'elle reviendrait à la fin de l'après-midi, l'air sombre, avec un minuscule panier. Elle entendait déjà ses lamentations : « On a volé les pommes, quelle pitié que Monsacré ne soit plus assez fort pour défendre son bien... » Mais elle la laissa faire. Son manège l'amusait.

– Prenez deux grands paniers, dit-elle seulement. Si jamais vous en trouvez beaucoup.

Thérèse approuva, courut chercher un parapluie, et sortit presque aussitôt. Marthe s'installa près du feu sans même débarrasser la table. Elle dut s'assoupir, elle ne sut jamais combien de temps. Elle se souvint seulement que ce fut l'orage qui la réveilla. Plus exactement, en même temps que la foudre, elle sentit un grand courant d'air traverser la pièce. Elle se rappela alors qu'elle avait profité de l'éclaircie pour ouvrir les fenêtres des chambres, à l'étage. L'averse crépitait autour d'elle, mêlée de grêle. Le vent s'était levé, des portes claquèrent. Puis elle entendit Monsacré frapper le mur de sa canne, et jurer. Elle courut à sa chambre. Dès qu'il la vit, Monsacré détourna la tête. C'était toujours ainsi depuis qu'il allait mieux : il ne voulait pas la voir, il refusait même d'ouvrir la bouche en sa présence. Elle retourna à l'étage. Le courant d'air secouait portes et fenêtres, elle crut entendre une vitre se briser. Elle inspecta toutes les chambres, verrouilla une à une les fenêtres. Rien n'était cassé. Le vent s'était brusquement calmé. La pluie tombait de plus en plus, droite et drue, la lumière montait, un éclairage limpide, comme souvent après les orages. Il révélait dans le vallon des détails nouveaux. Ainsi cette table de jardin qu'on avait oublié de rentrer, blanche et contournée, souvenir des rares déjeuners qu'on avait pris dehors, pendant l'été; et juste derrière, dans un contraste imprévu, se dressait l'épouvantail, silhouette misérable, infernale, qui de ses bras ouverts semblait jeter des malédictions sur tout le vallon. Le jardin était saccagé, son jardin à elle, Marthe, jardin de fleurs au bord de la maison, où elle avait planté pour le printemps suivant iris et passeroses. Il y restait quelques chrysanthèmes en pots, qu'elle avait fait pousser pour la tombe de Rodolphe. Elle s'y rendait seule, toujours après la Toussaint, un jour où Hugo n'était pas là. S'il n'y avait pas eu la pluie, ce dimanche, elle en aurait profité pour aller la fleurir.

Une seconde fois, elle crut entendre Monsacré. Elle dressa l'oreille, prête à redescendre. Elle se dirigeait vers l'escalier, aux aguets, quand un nouveau bruit la ramena vers la fenêtre. Ce n'était pas Monsacré. Le bruit était léger, insistant, un clapotis de plus en plus proche. Elle pensa qu'une gouttière fuyait.

Personne ne s'occupe plus de rien, ici, se dit-elle en se penchant à la fenêtre pour jeter un œil au toit. Elle eut aussitôt une sorte de recul : devant elle, la Luisse avait disparu. Ou plutôt la Luisse était partout. Toutes les eaux se mêlaient, celles de Loire et celles de Luisse, elles se mariaient pour la mort de la terre et des travaux des hommes, les vignes, les champs, les ponts, les moulins, les jardins. La Luisse avait perdu jusqu'à ses méandres, c'était un océan jaunâtre où le moulin et le manoir ne formaient plus que des îlots fragiles. Son irrésistible marée touchait déjà la porte de la maison, elle caressait les murs en petites vagues régulières et serrées.

Dans la cour, autour des arbres, des tourbillons commençaient à se former. Deux des chats de Damien s'étaient réfugiés sur le rebord d'une fenêtre. Ils miaulaient. Marthe se précipita au rez-de-chaussée. L'eau pénétrait déjà dans la cuisine, léchait les pieds des chaises. Elle les repoussa vivement vers l'escalier. Dans le même instant, elle comprit qu'elle perdait son temps. Une inondation si violente ne pouvait pas venir de la Luisse. C'était la Loire.

Elle se souvint confusément du bruit du tambour, à midi, puis des récits de Thérèse. C'était sûr, la levée avait cédé. Et quand les levées cédaient, avait dit Thérèse, l'inondation ne s'arrêtait plus. Le pire, en général, n'arrivait pas dans le Val, mais sur les affluents du fleuve, au fond de leurs vallées trop étroites et trop creuses.

Marthe s'arrêta pour écouter à la porte de Monsacré. Il n'appelait plus. Avec sa vieille science de piégeur d'eau, son oreille de meunier qui distinguait quelques mois plus tôt la finesse de la farine au seul bruit d'un moulin, il avait dû sentir venir l'inondation. Il avait deviné que la rivière, cette fois-ci, prenait sa revanche. Qu'il allait peut-être mourir de ce qui l'avait fait vivre.

Marthe prit sa décision dans l'instant. Elle réunit à la hâte quelques provisions, les monta dans sa chambre et redescendit chez Monsacré.

– L'eau, fit-il dès qu'il la vit entrer. L'eau est partout.

Il eut un geste vague vers le seuil de sa chambre, où s'étalait déjà une flaque blanchâtre, l'eau de la rivière mêlée à la craie du tuffeau. Elle progressait par vaguelettes vers le pied du lit. Avec elle, dans cette chambre où le feu s'éteignait, c'était le froid qui venait, un froid plus terrible que les gelées d'hiver, insidieux, pénétrant.

– Tu vas me laisser, reprit Monsacré.

Sa voix était blanche, mais il ne bégayait plus. Il ne suppliait pas, il ne reprochait pas. Il était résigné.

– Taisez-vous, rétorqua Marthe. Ménagez vos forces. Je vais vous monter chez moi.

Elle se pencha sur lui. Il se laissa faire. Ce fut une chose bien étrange, cette lente montée. Le corps noueux et amaigri de Monsacré était suspendu au sien par son seul bras valide. Marthe le tira, le poussa. Tant qu'elle fut au rez-de-chaussée, ce ne fut pas très difficile, malgré l'eau froide où il fallut le traîner, et qui collait, souillait ses vêtements. Le calvaire, ce fut l'escalier. Quatorze marches : Marthe ne les avait jamais comptées, mais elle s'en souvint toute sa vie. Monsacré ne se plaignait pas. Il se taisait, il faisait corps avec son effort. Il poussait lui aussi, il cherchait désespérément à réveiller les muscles de son corps engourdi. Du même coup, il n'était plus tout à fait Monsacré, il était un corps asséché, altéré de vie, de survie plutôt, accroché désespérément aux épaules de Marthe, à ses hanches qui peinaient.

Leurs sueurs se mêlèrent, leur cri, parfois, deux cris étouffés et semblables, lorsqu'ils faillirent, à deux reprises, retomber au bas des marches. Ce qui rendit du courage à Marthe, c'était justement que Monsacré n'était plus Monsacré. Malgré son souffle mélangé au sien, sa peau rugueuse collée à la sienne, elle croyait tirer et pousser une longue bûche humide. Il avait perdu tout ce qui le rendait redoutable. Marthe ne sentait plus ses épaules endolories, son dos brisé, son ventre qui peinait, ni l'enfant qui bougeait.

Quand ils furent en haut, la pluie avait cessé. Marthe lava Monsacré, l'habilla dans les vêtements d'Hugo, le coucha. Elle remonta du rez-de-chaussée tout ce qu'elle put, quelques chaises, des bibelots, la photo de Rodolphe. Elle avait déjà de l'eau à mi-mollet. Puis l'attente commença.

Elle n'était pas inquiète pour les enfants. Hugo et eux étaient partis si tôt qu'elle était sûre qu'ils avaient eu le temps de prendre le train avant le début de l'inondation. Ils devaient rentrer à sept heures. A Blois, on avait dû les prévenir que la route du retour était coupée. Hugo avait sans doute cherché un hôtel, en pestant contre la dépense. Il rentrerait trempé et de mauvaise humeur. Marthe s'en moquait, du moment que les enfants n'avaient pas pris froid.

De temps en temps, elle jetait un œil à la fenêtre. L'eau s'étalait dans le vallon comme dans sa plus ancienne contrée, elle s'y lovait, lourde et arrogante. La nuit tomba, avec un calme doucereux qui n'annonçait rien de bon. Au clapotis sournois qui se rapprochait, il n'était pas difficile de deviner que la Luisse continuait à monter. Monsacré ne dormait pas non plus. Comme Marthe, il avait l'oreille tendue vers ce silence qui n'en était pas un.

A plusieurs reprises, elle crut trouver le bien-être du sommeil, mais l'eau avait envahi jusqu'à ses rêves. Ce qu'elle y voyait, c'était encore la Luisse, la Luisse heureuse des jours d'été, alanguie dans ses nénuphars, assoupie au plus profond de ce vallon trop creux, qui lui avait semblé, la première fois qu'elle l'avait vu, la promesse même du bonheur. Ou bien elle reconstituait une Loire de songe, trop printanière et trop gaie, droit venue de son enfance, tranquillement corsetée à l'intérieur de ses levées. Tant de sérénité, de beauté sonnait faux. Marthe se réveillait aussitôt. A côté d'elle, elle entendait la respiration sifflante du Grand Monsacré, elle devinait ses yeux grands ouverts comme les siens sur la nuit humide. Elle pressentait ses questions, pareilles aux siennes : est-ce que la maison tiendra, le grain est-il au sec dans les moulins d'Hugo, et si une seconde levée cédait sur les bords de la Loire? Peu avant l'aube, elle repensa aux enfants, à Hugo, à Damien, à Thérèse. Elle se dit qu'ils avaient réussi à rentrer à Rouvray. Le temps de trouver une barque et d'arriver à Vallondé en louvoyant entre les troncs d'arbres et le bétail crevé, il ne fallait pas compter sur des secours avant le lendemain soir. Mais elle n'avait pas besoin d'eux. Elle se réjouissait même d'avoir été seule, d'avoir fait ce qu'il fallait faire, sans avoir à rendre de comptes. S'ils avaient été là, il y aurait eu des cris, des disputes. Et même, dans l'état où se trouvait Hugo, des mots, des gestes irréparables.

Ce fut bientôt le matin. Dès le lever du jour, Marthe ne quitta plus la fenêtre. Les eaux tourbillonnaient autour du moulin, la roue disparaissait presque entièrement sous les eaux. La Luisse charriait des souches de vigne, des meules de foin qui se disloquaient dès qu'elles touchaient les murs. Du côté de la Loire, les peupliers semblaient avoir perdu leur tronc. Une odeur curieuse montait du rez-de-chaussée. On aurait dit celui du bois moisi, avec un relent de pomme surette.

– Approche-moi de la fenêtre, dit alors Monsacré.

Le jour se levait à peine. Marthe était exténuée. Elle se contenta de passer un oreiller derrière son dos, borda son lit et regagna le matelas où elle avait passé la nuit.

– Regarde, fit Monsacré en désignant les grottes.

Il agitait la main le plus vite qu'il pouvait. Sa bouche trembla, se tordit. Elle crut à une seconde attaque.

Monsacré était parfaitement installé dans son lit, il continuait de fixer la fenêtre. Elle se releva, borda à nouveau ses draps.

– Regarde, répéta Monsacré, comme elle s'éloignait du lit.

Marthe soupira, rajusta les mèches qui s'échappaient de sa natte, un mouvement qui lui était familier, lorsqu'elle était à bout de nerfs, et qu'elle s'obligeait au silence. Elle avait sommeil, tout d'un coup. Avant de s'écrouler sur son matelas, elle jeta un œil à la fenêtre, du côté où s'étaient fixés les yeux de Monsacré. Le jour venait lentement, avec une lumière gris-bleu, très douce, celle des lendemains d'orage. Les eaux ne montaient plus, une brume rôdait devant les grottes, au pied du coteau. Tout avait disparu sous la Luisse; les charrettes rangées devant les grottes, la table blanche des déjeuners d'été. Au-dessus de ce qui avait été le jardin de Thérèse, comme par dérision, seul l'épouvantail avait résisté. On n'en voyait plus que le torse, avec les lambeaux noirs de la robe, et les éclats dorés du miroir qui brillaient dans le premier soleil.

– Regarde donc, siffla une dernière fois Monsacré. Ma cave. Quelqu'un qui sort de ma cave...

A nouveau, les mots s'emmêlaient dans sa bouche. Il respirait mal.

– Et pourtant j'ai la clef... Je l'ai cachée.

Marthe se pencha vers la fenêtre, puis se retourna vers Monsacré. Il ne cessait plus d'agiter le bras. Il ressemblait à un naufragé qui crie au secours.

– Là, Marthe! Tu vois...

C'était la première fois qu'il l'appelait par son prénom. Il désignait l'épouvantail.

La brume était capricieuse. Elle se déchira au-dessus du jardin inondé. Le vent se leva, agita en corolle les lambeaux de robe autour de la tête du mannequin d'osier, qui vacilla. Les eaux tourbillonnèrent à ses pieds. L'épouvantail n'allait pas tarder à sombrer.

– Oui, je vois, dit Marthe. Mais calmez-vous. Ça n'est jamais qu'un...

Elle s'interrompit. Monsacré s'était accroché à son bras. Il tentait de se redresser pour mieux voir. Elle ne l'aida pas. Quand il fut retombé sur l'oreiller, la bouche encore tremblante et le front en sueur, elle se contenta de lui chuchoter :

– Je sais, dit-elle. Vous avez bien vu. Vous savez qui c'est.

– Oui, dit-il dans un souffle. Et toi aussi, tu as vu. Tu le diras.

– Elle ne vous a pas volé. Elle a juste essayé. La serrure était difficile. Elle a eu peur de l'eau.

– Elle a eu peur, répéta Monsacré. Mais elle a essayé. Tu l'as vue, toi aussi. Tu le diras à ton mari. Tu le diras au petit notaire. J'aurais dû m'en douter.

Une demi-heure plus tard, le courant eut raison de

l'épouvantail. Monsacré ne dormit pas de la journée, il refusa toute nourriture. Il resta hébété sur son oreiller, les yeux ouverts et fixes. Vers le soir, les eaux commencèrent à refluer. Les secours n'allaient pas tarder.

Ils ne furent là que le lendemain matin. C'étaient Hugo et Thérèse, sur un baquet de vendangeur cloué sur deux planches, qu'ils manœuvraient tant bien que mal. Hugo eut à peine le temps d'expliquer qu'il avait été bloqué à Rouvray, où il avait retrouvé Thérèse et Damien, eux aussi surpris par la rupture de la levée. Ils avaient été recueillis et hébergés à la mairie. Damien y était resté en même temps que les enfants. Quand Monsacré entendit le son de sa voix, mêlée aux exclamations de Thérèse devant les dégâts de la cuisine, il commença à jurer. Marthe les fit aussitôt monter.

Dès qu'il vit Thérèse, Monsacré se calma. Il avait pris froid, il avait de la fièvre. Il trouva cependant assez de force pour lui annoncer, comme elle passait le seuil de la pièce, qu'il la chassait.

– Je t'ai vue, dit-il. Et Marthe aussi, elle t'a vue. Voleuse.

Deux papillons de nuit étaient entrés dans la pièce, ils s'agitaient autour du visage de Thérèse, égarés, incertains. Ils avaient des ailes grises. Thérèse était grise, elle aussi, de la même couleur terne et indécise. Elle écarta les insectes de son visage. Puis elle disparut sans un mot, comme si elle avait su depuis toujours que son histoire avec Monsacré dût se terminer ainsi.

Elle repartit seule, le lendemain matin, sans que personne ne l'ait revue. Elle s'en alla malgré l'inondation, ni plus ni moins voûtée qu'avant, repliée dans son manteau noir, sur le baquet de vendangeur transformé en barque. Le soir même, alors que la Luisse retrouvait peu à peu son lit, Hugo s'enfonça jusqu'à mi-cuisse dans la boue jaunâtre du jardin pour aller jusqu'au cellier chercher une bouteille de son plus vieux Bourgueil. Dès que les enfants furent rentrés de Rouvray, il la déboucha. Marthe but presque autant que son mari. Elle disait qu'il fallait qu'elle se change les idées. Il ne la contraria pas.

La fièvre de Monsacré retomba vite. Une semaine plus tard, au moment des premières gelées, quand il fut assuré que la Loire avait retrouvé son cours, Hugo réinstalla son père dans sa chambre du rez-de-chaussée. La grossesse de Marthe s'avançait. Hugo eut pour elle quelques prévenances. Il engagea une nouvelle domestique, Suzanne, une jeune géante rougeaude qui abattait du travail comme quatre et ne cessait de pouffer aux plaisanteries de Damien. Soulagée du plus gros de ses tâches ordinaires, Marthe passait le plus clair de son temps au chevet du Grand Monsacré. Elle brodait, comme autrefois, dans l'attente d'elle ne savait quoi, la mort du vieillard ou la naissance de l'enfant. De temps à autre, Monsacré se mettait à parler, il lui racontait « de l'histoire ancienne », comme il disait, des souvenirs presque irréels à force d'être lointains. Ils lui revenaient brusquement, sans ordre, selon les lois d'un mécanisme obscur. Souvent aussi, comme pour se prémunir de la mort qui rôdait, Monsacré avançait son bras valide vers le ventre de Marthe, et longuement le caressait.

Elle le laissait faire. Pour Monsacré, elle ne le savait que trop, léguer, c'était mourir. Pourtant, devant le ventre déformé de Marthe, devant le visage de nourrice qu'elle penchait vers lui à chaque heure du jour, quelque chose avait fini par s'éveiller en lui, l'envie de donner, pour transmettre, pour ne pas tout à fait disparaître. Mais donner à Thérèse, à Hugo, à Marthe même qui l'avait sauvé, c'était au-dessus de ses forces. Il lui fallait donner à un être sans forme, sans visage, à cette famille fantomatique qui se préparait dans le ventre de sa bru. Si bien qu'un soir, comme il l'avait caressé plus longuement qu'à l'ordinaire, Monsacré prononça la phrase que Marthe attendait depuis des semaines : « Je donnerai tout à ton petit. »

Vers le mois de janvier, elle accoucha avant terme d'un enfant fragile, le premier qu'elle pût prénommer à son goût, un second fils, Lucien. Monsacré ne put le voir, et d'ailleurs, il ne le demanda pas. Il avait encore baissé. Il était presque aveugle, il dormait beaucoup.

Chaque fois qu'il se réveillait, il appelait Marthe. Tandis qu'elle bordait son lit ou qu'elle versait entre ses lèvres un bol de tisane, il lui répétait : « Ton petit, Marthe, je lui donnerai tout. » Mais il ne demandait jamais à écrire, il appelait encore moins Chicheray pour lui dicter son testament.

Bien lui en prit. Marthe n'avait pas osé lui dire la vérité, pour l'enfant. Dès sa naissance, le bébé lui avait paru curieux. Il ne pleurait pas, il bougeait à peine. Malgré les haussements d'épaules d'Hugo, au bout de deux mois, Marthe finit par consulter Vernon. Alors qu'il était en route, le petit Lucien eut une crise de convulsions. Il mourut sous les yeux de Vernon.

Le médecin eut une explication qui rejoignit l'avis général, et le dispensa de tout autre commentaire :

– L'inondation, soupira-t-il en rabattant le drap sur le corps déjà gris.

CHAPITRE 20

Monsacré mit du temps à mourir. Marthe ne s'éloignait guère de son lit. Ce fut comme une grossesse, cette mort qui ne venait pas, la première attente qu'elle partageât avec Hugo. Son mari s'impatientait souvent, il n'était pas loin de lui reprocher que le temps fût si long. Ce fut lui qui décida, dit-on, d'aller rendre visite à la femme qui connaissait les plantes.

Elle habitait toujours près de la Loire, dans la ferme où s'était conclu le mariage de Marthe. La lavandière n'a pas dû beaucoup aider Hugo, ou bien il a mal compris ce qu'elle lui a expliqué. A moins que Monsacré n'ait été vraiment dur à la mort, que les plantes aient été mal préparées, mal récoltées. Quoi qu'il en soit, d'après Thérèse, qui avait trouvé une autre place à deux pas de Vallondé, et ne cessait d'épier ce qui se passait chez les Monsacré, Hugo est allé voir la lavandière à deux reprises, en avril 1913, et en septembre de la même année. Monsacré mourut plus de neuf mois après sa seconde visite.

Il est certain que tout le monde s'impatientait au Moulin de la Jalousie, avec des nuances diverses selon la parenté. Plusieurs fois, dans des conversations de marché, à Rouvray, Hugo fit état de sa hâte à voir mourir son père. Marthe, quant à elle, était lasse, de plus en plus lasse depuis la mort de Lucien. Mais pas résignée, pas accablée, il suffit de voir le regard déterminé qu'elle a sur la photo du *Studio Moderne et de la Préfecture* à Tours, un cliché cartonné que lui a offert Hugo, dans un subit accès de générosité, un jour où ils étaient allés consulter un nouvel expert en minoterie et qu'ils avaient laissé Monsacré à la garde de Suzanne. Une fois de plus, Hugo était persuadé que son père ne passerait pas la semaine. Il a voulu se faire portraiturer dans sa dignité de futur propriétaire. Sur ce cliché très soigné, Hugo paraît la cinquantaine, et pourtant il n'a pas quarante ans. Il est amaigri, ses cheveux s'éclaircissent, son torse naguère si large semble se rétrécir. Il est vrai que par une sorte de malice du destin, depuis qu'il ne pense plus qu'à hériter, l'asthme, la maladie des meuniers, commence à le tourmenter. Ce sont encore des crises discrètes, mais il s'affaiblit, il confie souvent la direction de ses deux moulins au plus âgé de ses ouvriers, Armand. Quant à Marthe, elle s'est endurcie. Ses yeux se sont creusés de grands cernes, l'habitude de dissimuler a figé son sourire, les traits fermes de son visage. Son nez légèrement busqué paraît plus racé; plus petite sa taille, plus ronde sa poitrine, sous le carcan du corset. Elle a enlevé son chapeau, elle porte un chignon noué bas sur la nuque, ce qui la distingue des paysannes et des bourgeoises de l'époque, encore habituées à rouler leurs cheveux sur le sommet du crâne. Avec ce cliché pris de face, on pourrait croire à des cheveux courts. Malgré sa pose un peu contrainte, debout devant un décor de fausse campagne, la main droite posée sur une chaise d'apparat, elle n'abandonne rien de son naturel. Elle continue à en imposer. Sur la voie de la maturité, Marthe n'a jamais été aussi belle. Cela va durer. C'est un mot qui lui va à Marthe, maturité. Il évoque l'été, les fruits charnus. La plénitude. Sur ce portrait solennel, d'un grain raffiné, l'énergie de Marthe éclate comme jamais. Elle a ramassé ses forces, elle est rompue à tout. L'heure approche.

Elle finit par sonner. Monsacré mourut au début d'un après-midi de juin 1914, un dimanche d'orage où la foudre alluma un incendie dans les bois du Grand Chatigny. Il faisait très chaud, il fallut placer des pots remplis d'eau sous les colonnettes du lit, pour préserver le cadavre de l'invasion des fourmis.

Les doutes sur les circonstances de la mort de Monsacré se répandirent dès le moment où Hugo déclara son décès à la mairie. Thérèse s'employa à les répandre du mieux qu'elle put. Elle s'y préparait depuis des mois. Elle saisissait le premier prétexte pour venir à Rouvray, entretenait les bruits de jour en jour, mêlant le vrai et le faux, avec une science infinie du sous-entendu. Hugo n'était pas revenu chez lui qu'on commença à parler d'empoisonnement. On évoquait de vieilles recettes de bouillon d'onze heures : la soupe aux allumettes phosphorées, la décoction à l'ellébore noir. Damien n'était pas non plus étranger à ces rumeurs, qui continuait à prendre plaisir, lors de ses beuveries du *Goujon frétillant*, à noircir sa famille autant qu'il le pouvait.

Devenu adulte, Lambert a lui aussi parlé de l'ellébore noir. Aux heures les plus sombres de l'Occupation, il a évoqué à plusieurs reprises la mort de son grand-père, en laissant entendre qu'elle était suspecte, et qu'il n'avait pas fini de le venger. On pourrait mettre ses récits en doute, si Elise ne les avait confirmés. Leurs deux versions concordent presque parfaitement. Là où elles divergent, c'est sur l'identité de qui aurait versé la tisane. Ce qui est certain, c'est que dès le départ de Thérèse, quand le règne de Marthe fut assuré dans la maison, Damien joua les pousse-au-crime. Il laissa traîner dans la maison quantité d'ouvrages de chimie et d'ésotérisme. Lambert et Elise ont notamment gardé le souvenir d'un traité de toxicologie, *Généralités sur les poisons*, qui se trouve du reste dans les archives de Marthe. Curieux de tout, Lambert le dévora. A quarante ans, il en récitait encore de grands passages par cœur. On y décrivait par le menu tous les moyens chimiques de gagner – ou de faire gagner – l'autre monde.

Au sujet de l'ellébore noir, un nom qui, avec le temps, devint une sorte de mythe dans la famille Monsacré, Lambert et Elise ont rappelé la même dispute. Elle opposa un soir Marthe et Hugo. « Tu ne t'occupes de rien! » aurait hurlé Hugo, à l'issue d'un de ses interminables monologues. Marthe éclata, pour une fois. Elle cria si fort qu'elle réveilla les enfants. Hugo lui lança une injure terrible, suivie d'une phrase non moins rude, où il était question de Rodolphe. Ce fut la seule fois où Lambert et Elise entendirent leur mère hausser le ton, la seule fois aussi où il y eut des coups, le fracas d'un meuble brisé. Une semaine plus tard, Monsacré était mort.

L'enterrement du Grand Monsacré fut ce qu'on appelait à Rouvray *« un enterrement de joie »*. Non qu'on s'y fût ouvertement réjoui. Il constitua le sacre d'Hugo en héritier. Il avait d'un seul coup des gestes larges, ronds, une façon pesante de marcher, comme s'il déplaçait derrière lui tout l'or de son père. Un or qu'il n'avait pas trouvé, d'ailleurs, et qui n'avait peut-être jamais existé. Monsacré n'était pas mort qu'Hugo lui détacha du cou la clef de sa mystérieuse cave, qu'il portait en sautoir sous sa chemise, au bout d'une vieille ficelle. Au fond de la grotte qui jouxtait le cellier, derrière un capharnaüm de moyeux de roues et de vis de pressoir, il finit par trouver un coffre de fer un peu rouillé. Il mit deux heures à le forcer. Le coffre contenait de l'emprunt russe, des obligations des chemins de fer d'Algérie, des actions de la Banque des Rentiers, et l'alliance de feu sa mère. Dans sa déception, et sur la foi d'une phrase ambiguë de Thérèse, entendue des années plus tôt, Hugo se mit en tête que Monsacré avait enterré son or dans le jardin. Il retourna le terrain motte après motte. Une semaine durant, il tressaillit au premier tesson de bouteille, au moindre éclat de vieille assiette. Il fut bredouille. Néanmoins, il était heureux : Monsacré n'avait pas fait de testament, il héritait en toute tranquillité.

D'un seul coup, il respira mieux. Il était seul, et libre. Ou du moins il le croyait. Chicheray était formel, il héritait de tout, des terres, des moulins, des bois, des vignes, du manoir, et même de quelques propriétés dont il ignorait l'existence : un droit de passage sur un bois, une pêche en bord de Luisse, une peupleraie près du Grand Chatigny, deux petites maisons à la sortie de Rouvray, un verger qui donnait chaque année de magnifiques poires. Leur possession, fût-elle minime, augmentait sa gravité de nouveau propriétaire. Par prudence, Marthe lui conseilla de « désintéresser » Thérèse, selon le mot de Chicheray, de lui offrir une petite maison, ou même un lopin de terre qui pût suffire à calmer son avidité déçue. Hugo avait fait ses comptes, il avait évalué son bien au sou près, comme le devis de la minoterie. Il n'entendait pas en sortir. Il s'y opposa rigoureusement.

Cinq semaines après les obsèques, Marthe l'appela de la chambre de Monsacré. Elle rangeait son armoire, exhumait quelques objets d'entre ses piles de linge : reliques froissées, mangées d'humidité, rares souvenirs qui témoignaient pourtant qu'il avait pu souffrir, qu'il avait eu un cœur : des lettres de Rodolphe, le bonnet de mariage de sa femme. Elle époussetait un tiroir quand elle découvrit, coincée entre les tasseaux d'une étagère, une enveloppe cachetée et noircie par les mouches.

– Le testament, murmura Hugo dès que Marthe lui tendit l'enveloppe. Il faut le brûler.

– Lis-le avant. On ne sait jamais.

Hugo avait le souffle court, comme avant ses crises. Il tremblait de tous ses membres. Marthe reprit l'enveloppe. Ce fut elle qui brisa le cachet.

C'étaient les dernières volontés de Monsacré, mais en aucune manière un testament. Monsacré formulait simplement le souhait que son héritier – il ne précisait pas de nom – organise pour toute sa famille un déjeuner au *Goujon frétillant*, un mois jour pour jour après ses obsèques. Le menu était précisé avec un luxe de détails. Il était d'une longueur exceptionnelle, même pour des gens de la campagne. Sous l'effet d'une étrange boulimie posthume, ou pour contraindre son fils à une dépense dont il se réjouissait par avance, Monsacré demandait qu'on fêtât son décès par un repas fin. Hugo fut effaré de ce luxe inutile : ce n'étaient que gélines farcies, millefeuilles, truites saumonées, croûtes de foie gras, confits truffés, et les vins les plus rares. Le texte n'était ni daté, ni signé, mais c'était bien l'écriture de Monsacré.

Telle était l'unique volonté du mort. Hugo se sentit contraint de la respecter. Il commanda scrupuleusement le banquet de Monsacré au *Goujon frétillant*. Il limita les invitations à Nine et son mari, plus Damien et deux vieilles cousines. Dans un accès de mauvaise conscience, il fit imprimer l'extravagant menu sur du papier gaufré surchargé d'enluminures. Marthe les a gardés dans leur emballage d'origine, sans en détacher la facture. On comprend pourquoi Marthe a tenu à la conserver : elle était considérable, et Hugo en fut pour ses frais. La veille du repas, le tocsin se mit à sonner. Il annonçait une nouvelle qui plongea le pays dans la stupeur : la guerre contre l'Allemagne venait d'être déclarée.

Il faisait chaud, on rentrait les moissons. Elles s'annonçaient assez bonnes, comme le vin. Le visage des femmes s'attrista brusquement. Pourtant la victoire était sûre, disait-on, la guerre serait rapide. Les hommes rentreraient pour les semailles. Hugo pensait qu'il ne partirait pas, à cause de son asthme. Il n'avait qu'un seul souci : un mois plus tôt, au moment de la mort de son père, on avait voté l'impôt sur le revenu.

Dès le mois de novembre, il fut évident que la guerre allait durer. Hugo fut mobilisé en janvier. Il argua de sa maladie, demanda à passer devant le conseil de réforme.

Celui-ci se réunit en février, à Blois. Le médecin qui le présidait était originaire de Rouvray. C'était un nobliau austère et ruiné. Avec le pouvoir de disposer du destin d'autrui, la guerre lui donnait enfin sa revanche. Quinze ans plus tôt, le Grand Monsacré l'avait berné, dans une ténébreuse affaire d'hypothèques. Au seul nom de Monsacré, il avait déjà pris sa décision. Hugo fut déclaré bon pour le service et partit quinze jours plus tard pour le front de la Meuse.

Chicheray avait été mobilisé dès le mois d'août et n'avait pas eu le temps de régler la succession de Monsacré. La mort dans l'âme, Hugo se résigna à laisser une procuration au nom de Marthe, *« au cas où »*, dit-il. En vertu du même *« au cas où »*, Marthe obtint de son mari une donation en sa faveur, enregistrée chez le même notaire de Blois.

Pendant huit mois, elle reçut quelques brèves lettres d'Hugo, maladroites et tragiques. Sa maladie avait empiré, il pensait qu'on n'allait pas tarder à le renvoyer dans ses foyers. Puis Marthe n'eut plus de nouvelles. Au début de 1916, quand elle vit le maire passer la grille de Vallondé, elle se crut revenue vingt ans en arrière, elle pensa qu'il allait lui annoncer la mort d'Hugo, comme il avait apporté la nouvelle de celle de Rodolphe. En fait, il venait lui transmettre un avis du ministère de la Guerre, selon lequel Hugo était porté disparu.

Selon son habitude, Marthe ne fit aucun commentaire. Elle écouta gravement les phrases empruntées du maire. Elle n'osa pas lever les yeux, elle fixa sans un mot la jatte où elle préparait une pâte à crêpes. La farine n'était pas encore bien mélangée avec le lait et les œufs. Elle était collée en gros grumeaux sur le rebord de la terrine. De temps à autre, les caillots de pâte crevaient, laissaient échapper des filets de poudre blanche, des avalanches en miniature.

Elle finit par se ressaisir. Elle leva les yeux, eut enfin les gestes d'usage, offrit une chaise, prépara un café. Au bout de quelques minutes, le maire s'éclipsa. Dès qu'il fut parti, Marthe plia soigneusement le bordereau du ministère à l'intérieur de son livre de comptes, en lissa l'enveloppe avec application. Elle se retourna ensuite vers la fenêtre qui donnait sur le manoir, posa la tête contre la vitre embuée. Puis, comme son front commençait à se rafraîchir, elle respira profondément.

CHAPITRE 21

Lorsque Marthe signa l'achat définitif de la Closerie des Grotteaux, une demeure bourgeoise sise au fond d'un petit parc, à deux pas du couvent, il se produisit un fait bizarre, dont la tradition familiale a conservé la mémoire. On le relata généralement avec un soupçon d'ironie, comme pour prendre de la distance devant un incident qui pouvait trop facilement passer pour un mauvais présage. Lambert s'en gobergea souvent; si bien que tout le monde, dans son entourage et dans celui de Marthe, finit par croire à une légende.

Il faut constater pourtant que les Monsacré n'ont jamais pu se débarrasser de cette maison, malgré leur sens des affaires. Un examen de l'acte authentique d'acquisition des Grotteaux, signé le 3 mars 1918 dans l'étude de Chicheray, confirme l'existence du mauvais présage. Au moment même où Marthe traçait son parafe, sa plume se cassa net au milieu de son nom.

C'est le *M* de *Monsacré* qui est coupé, dans le ferme essor de sa seconde boucle. Des minuscules gouttes d'encre ont giclé dans la marge de l'acte. Une plus grosse tache, un vrai pâté, s'est étalée en bas et à gauche du document. On l'a essuyée aussitôt. Le buvard a avalé l'encre. La tache, pâlie par les années, est maintenant presque invisible.

On peut sans trop de peine imaginer la scène : Marthe se fige, brisée dans son bel élan, cette ardeur d'acquérir, cette volonté de construire qui la pousse depuis l'héritage et la disparition d'Hugo. Combien n'en a-t-elle pas signé, des actes, depuis trois ans... Dans la campagne de Rouvray peuplée de femmes en deuil, elle est la plus prompte à repérer les terres abandonnées, elle n'a pas son pareil pour circonvenir les veuves, flatter les orphelins. A force de ventes et d'achats, elle a réussi, en dépit de la guerre, à former plusieurs propriétés d'un seul tenant. Elle espère y lancer des machines modernes. Elles lui appartiendront, comme les terres. Pour être pleinement propriétaire, il lui faut simplement attendre le parchemin qui transforme Hugo de disparu en mort. Ce n'est qu'une question de patience, comme pour le reste.

Il y a six mois, Marthe a signé l'acte d'achat du terrain de la minoterie, qui sera construite d'après ses plans à elle. Plus exactement, d'après les plans d'Hugo, révisés dans le sens de la raison. Si tout va bien, la construction devrait commencer dans un an. Et tout va bien : dès le départ de son mari, Marthe a repris en main les moulins, elle a mené les hommes. Puis elle a mené les femmes, lorsque les hommes, un à un, sont partis se faire tuer.

Le combat de Marthe n'a pas été facile : livres de comptes, nuits sans sommeil. Etre plus dure avec soi qu'avec les autres. Ce qui n'est pas peu dire. Une année où la récolte a été mauvaise, une fermière s'est jetée dans la Loire parce qu'elle a eu peur de la colère de Marthe. Une autre fois, c'est un jeune ouvrier qui a préféré s'engager plutôt que de continuer à travailler sous ses ordres. On a dit, et Marthe le sait, que c'est à cause d'elle qu'il est allé à la mort, un mois plus tard, sur un coteau d'Argonne. A la guerre comme à la guerre, répond Marthe, sans se départir de sa belle indifférence. A l'entendre, on sent bien que la guerre est pour elle une occasion comme une autre, comme l'héritage de Monsacré : elle profite à qui sait la saisir.

Riche de l'héritage, mais aussi des ruses apprises à force d'observation, Marthe a fait tourner ses moulins aussi bien qu'un homme, alors que tous les autres biefs étaient paralysés. Elle a vendu la farine au prix fort, elle a monté une boulangerie. Elle a placé à sa tête le vieux commis d'Hugo. Il est éperdu d'admiration pour elle : « Jamais une plainte », dit-il à qui veut l'entendre, « levée avec le coq, couchée bien après les poules. Sourire de velours et poigne d'acier, ça mène son monde l'air de ne pas y toucher! » Jusqu'à ces derniers temps, à Rouvray, personne n'a pipé mot. Il est vrai que grâce à Marthe personne dans le pays n'a manqué de pain, même s'il était cher. Même lorsque la préfecture a fait réquisitionner le pain et la farine, Marthe a su ruser, biaiser. Elle a continué à s'enrichir en dépit des règlements. Le tout sans jamais se faire prendre. Plus que les autres, ce dernier succès a forcé le respect.

Depuis quelques semaines, cependant, le vent commence à tourner. Les Américains sont dans le pays, il a fallu les ravitailler. C'est Marthe qui a enlevé l'affaire, on ne sait trop comment. Cet argent-là est rapide et voyant. Marthe elle-même a envie de le placer au plus vite. D'où l'achat des Grotteaux, si rondement mené, et qui risque de capoter sur cette plume stupidement cassée.

Mais le notaire sait que l'ambition de Marthe ne se calmera pas de sitôt. Pas plus tard que la veille, sur le vieux cuir lisse de ce même bureau, elle a étudié avec lui l'acquisition d'un immense terrain dans la banlieue de Tours. On dirait que l'arrivée des Américains a décuplé sa rage d'acquérir. Elle est persuadée que la guerre va se terminer très vite. Avec la liberté de propos qu'on lui connaît parfois depuis la disparition d'Hugo, Marthe a parlé de l'avenir : « Les hommes ne reviendront pas aux champs », a-t-elle déclaré à Chicheray, « les femmes non plus, elles ont goûté de la liberté. Les campagnes vont se vider, croyez-moi, Antoine. Dès la fin de la guerre, il leur faudra la ville et l'électricité. Je veux avoir deux fers au feu. Maintenant qu'on les brade, j'achète les terres. Quand la guerre sera finie, je logerai en ville ceux qui les ont quittées... »

Quand il a vu se briser la plume de Marthe au bas de l'acte, le jeune Chicheray a blêmi. D'ailleurs il n'est plus si jeune, Antoine Chicheray, mais on continue de l'appeler ainsi, même s'il a fait la guerre. Il en est revenu fin 1915, gazé et presque chauve. Quand il voit se casser la plume de Marthe, il se précipite sur son buvard, il parle déjà de faire rédiger un nouvel exemplaire de l'acte. Avec la sobre autorité qu'elle met en toute chose, Marthe secoue la tête, essuie elle-même les gouttes d'encre qui ont giclé autour de son *M* interrompu. Du coup, le vendeur est rassuré. Il se redresse sur son siège, desserre légèrement son faux col. Il a eu chaud, comme on dit. Ce n'est pas qu'il soit impliqué personnellement dans l'affaire. Il n'est qu'un vague syndic chargé de liquider les biens du marquis d'Ombray. C'est un homme du pays, il aime le marquis, il est bouleversé par le sort qui le frappe. La marquise s'est enfuie avec un danseur de tango, ses fils sont morts au front dans les premiers jours de la guerre. Il y a deux ans, on a retrouvé le marquis errant nu, en plein hiver, dans sa galerie des ancêtres. Il a fallu l'enfermer. Il est ruiné. Pour payer ses frais de pension à l'asile, tous ses biens ont été mis en vente. Le Grand Chatigny ne trouve pas preneur. Le seul espoir de payer la pension du marquis à l'asile de fous, c'est de liquider sa propriété des Grotteaux, un petit domaine qui domine la Loire. Les habitants des Grotteaux ont tous mal fini. La prison, la ruine, la maladie. Il n'y a pas d'exemple de réussite aux Grotteaux. Ce n'est pas que la maison porte malheur. Il s'y attache plutôt quelque chose de douteux. Pourtant la propriété est en parfait état, bien placée, élégante, avec son fronton Directoire, sa pièce d'eau, ses trois grands cèdres. Mais elle est *bizarre*, comme on dit à Rouvray. Un déshonneur originel, indéfinissable. Cela tient vraisemblablement à ce qu'elle a été louée. Les gens de Rouvray n'aiment pas les maisons de location. Surtout dans le cas des Grotteaux, aux locataires depuis toujours tellement déraisonnables : un parfumeur, une chanteuse d'opéra venue y cacher sa fille naturelle, d'un vieil explorateur. Chicheray lui-même s'est étonné que Marthe veuille l'acheter, plus surpris encore qu'elle ait décidé de l'habiter. Mais cela fait des mois que Marthe a envie de quitter Vallondé, maintenant qu'elle « *a de quoi* ». Les Grotteaux sont une bonne affaire : elle acquiert la propriété pour le quart de sa valeur réelle, en raison de la guerre, de la folie du marquis. Du reste, Marthe ne fait jamais que de bonnes affaires.

En cet instant d'hésitation où elle promène sur l'acte de vente un œil un peu troublé, Chicheray espère que Marthe ignore la réputation qui s'attache aux Grotteaux. C'est peu probable : elle qui parle si peu, elle sait tout, et généralement avant tout le monde. Le notaire table alors sur son ambition, sur son acharnement. Il lui faut cette maison pour asseoir sa réputation de nouvelle et riche bourgeoise. Marthe lui a confié la veille qu'elle songe à marier sa fille, la belle Elise, bientôt vingt ans, infirmière à l'hôpital militaire de Tours. Marthe et Chicheray ont parlé dot. C'est pour Elise qu'elle veut construire des immeubles de rapport à Tours. Quant à son fils, Lambert, qui est si brillant, elle le pousse à faire sa médecine. Il ne risque pas d'être appelé à la guerre : il boite plus que jamais. Marthe lui passe tout, à cause de son infirmité, à cause de son intelligence. Tout le monde s'accorde à dire que c'est un « jeune homme supérieur ». A commencer par Damien, qui vit toujours chez Marthe et voue à son petit-neveu une admiration sans bornes. Marthe répète que c'est pour Lambert qu'elle veut déménager : « Un médecin, ça ne sort pas d'un moulin. » En s'enrichissant, elle ne perd jamais de vue ses enfants.

Le notaire trouve enfin le courage de regarder Marthe. Elle continue d'examiner l'acte. En cet instant trop lourd, elle ne laisse paraître aucun signe d'émotion. Sa main droite, sur le buvard, ne tremble pas, pas plus que la gauche, posée à plat, sur la moleskine du bureau. Elle n'a pas changé. A peine un filet blanc qui frisotte sur sa tempe. Elle est toujours aussi belle.

Chicheray tend à Marthe une nouvelle plume. Elle dépose un peu de salive sur l'acier tout neuf, un geste enfantin, mécanique, un de ces rares gestes qu'elle ne contrôle pas, reste de l'application enseignée par les Ursulines. Puis elle trempe la plume dans l'encrier, elle signe. L'affaire est faite. Chicheray et le syndic répriment un soupir de soulagement.

Marthe Monsacré paie comptant. L'argent est là, dans le coffre de Chicheray. Le notaire le compte et le recompte. Il change de mains, rapidement, prestement, comme s'il était sale. Marthe a envie de rire. En quelques années, elle est devenue la femme la plus riche du pays. Ce qui irrite la ville, c'est qu'elle n'ait pas changé depuis le début de la guerre, elle n'a pas les yeux éteints, le dos voûté des veuves. Les autres femmes ne sont plus que désespoir ou attente. Elle, Marthe, en a fait le tour depuis des années, du désespoir et de l'attente. Maintenant, son regard brille. Jamais ses yeux n'ont paru plus verts. Elle aime la vie, c'est l'évidence. Elle aime jusqu'à son côté dérisoire, comme cet argent qu'on enfouit dans une sacoche, l'air honteux, alors qu'on se bat pour le gagner, pour le garder. Marthe aime l'argent, et pourtant elle se moque de la comédie qu'on joue autour de lui. Cela se voit. C'est bien ce qu'on lui reproche.

Elle l'ignorait encore, cette sourde réprobation, en ce 3 mars 1918. « Il a fallu cette histoire de plume cassée pour que j'apprenne qu'on m'en voulait », raconta Marthe. « C'est Antoine Chicheray qui me l'a appris. Je ne l'ai pas écouté. J'ai pensé que ses superstitions lui étaient montées à la tête. J'avais raison, du reste. Ce ne sont pas les choses ni les lieux qui sont bons ou mauvais. Ce sont les gens. »

Le vendeur n'était pas sorti que Chicheray se leva. Marthe voulut l'imiter. Il la fit rasseoir d'un geste. Puis il se dirigea vers la fenêtre, souleva le rideau, soupira, et laissa tomber, d'une voix assourdie par une émotion insolite :

– Vous achetez trop, madame Marthe.

– J'ai de quoi.

Chicheray restait figé devant la fenêtre, il fixait un point invisible en se passant la main dans le col de sa chemise, comme s'il étouffait.

– C'est vrai. Mais on pourrait jaser.

– On dira ce qu'on veut. J'y suis rompue.

– Vous avez les dents longues.

– Plus ils m'en veulent, plus ils me les font pousser.

Une seconde fois, elle voulut se lever. Chicheray l'arrêta :

– Restez. J'ai à vous parler.

Il se retourna enfin, s'accouda à la cheminée. C'était le début du printemps, il faisait beau. On avait pourtant allumé un feu. Il se pencha vers les braises :

– Il fait trop chaud.

Il martela les bûches. Sous l'étoffe de sa veste étriquée, on pressentait la crispation de ses muscles.

– On raconte beaucoup de choses sur vous, reprit-il.

– Je me moque des ragots. Je m'en suis toujours moquée.

– Les ragots sont comme la mauvaise herbe. Ils poussent n'importe où. Mieux sur la bonne terre.

Il tapait de plus en plus fort sur les bûches. Des étincelles volèrent jusqu'aux manches de son veston. Il sursauta, recula, puis brossa vivement le tissu. Une odeur un peu âcre flotta quelques instants dans la pièce.

– Pour les ragots, vous êtes une bonne terre, madame Marthe.

Il leva les yeux sur elle, cette fois, pour juger de son effet.

– Expliquez-moi ça.

Elle faisait front. Il ne parvint pas à soutenir son regard. Il fit quelques pas autour de son bureau, puis s'effondra dans son fauteuil.

– C'est bien simple. Tous ces gens dans le malheur. Votre fortune, la guerre...

– Du malheur, il y en a toujours eu. Du bonheur aussi. Elle va bientôt finir, votre guerre. Tout reprendra comme avant. Blanc un jour, noir le lendemain.

– Mais vous ne vous rendez pas compte que les gens...

– Les choses ont toujours un bon côté. Il suffit de le chercher. On s'y fait.

Chicheray soupira à plusieurs reprises. Ses épaules se soulevaient lentement, puis retombaient d'un seul coup. Enfin il lâcha :

– L'envie, madame Marthe, méfiez-vous de l'envie.

– Mes affaires sont en ordre. Tout est au net, maintenant que j'ai acheté les Grotteaux. On peut penser ce qu'on veut. On peut même le dire. Que voulez-vous que j'y fasse?

– Fermez vos yeux et vos oreilles si ça vous chante. Mais je vous aurai prévenue. Ceux qui vous jalousent se chargeront bien de se rappeler à vous.

– L'argent peut tout, cher Antoine, vous le savez mieux que moi. Il a même le pouvoir de faire taire les envieux. Tenez, figurez-vous que j'approvisionne gratuitement en farine l'hospice des Ursulines. Et pourtant, pour ce qu'elles m'ont gâtée, dans le temps...

– Ce n'est pas une question d'argent.

– Alors quoi?

Le notaire passa et repassa plusieurs fois son index dans le col de sa chemise. Son cou avait rougi, il paraissait de plus en plus à l'étroit dans sa veste sombre.

– Votre nom. Vos origines. Enfin vous savez bien... On ne sait pas d'où vous sortez.

Il avait laissé tomber sa phrase d'un seul trait, comme une obscénité inévitable. Et maintenant qu'il l'avait dite, il paraissait étonné lui-même de son audace, ses bras retombaient, sans force, le long du fauteuil.

– Je m'appelle Marthe Monsacré. Je ne suis pas un fantôme. Je suis née comme vous, et de la même manière, je suppose.

– Vous refusez de comprendre. C'est toujours comme ça, quand ça vous arrange.

Sa nuque s'empourpra encore. Il retourna à la cheminée.

– Quelle idée d'allumer du feu par un temps pareil.

Il désigna la fenêtre, les marronniers du mail qui commençaient à fleurir. Puis il recommença à taper sur les bûches, mais moins fort qu'au début de leur entretien.

– Vous êtes veuve, reprit-il en bredouillant, vous n'avez pas de nom. Enfin, vous en aviez un, mais maintenant, avec la guerre rien n'est plus comme avant, cet héritage, vos affaires, vos biens, votre fortune... La minoterie l'année prochaine, et votre marché avec les Américains... Ça jase, vous savez, ça jase...

Marthe le laissa s'empêtrer. Elle regardait dehors, par la fenêtre qui donnait sur le mail, sur le magasin de Julia. Les volets de la boutique étaient tirés sur sa vitrine. Son enseigne, *A la Tentation Parisienne*, était presque effacée. Il ne restait que le mot *Parisienne*, avec son lettrage contourné, qui pût encore se lire distinctement.

Des souvenirs affluaient, qu'elle chassa. Un moineau se posa sur le rebord de la fenêtre. Des brins de laine étaient accrochés dans les ferrures du vantail. L'oiseau essayait de les décrocher. Il n'y parvenait pas. Il sautillait, donnait un coup de bec, échouait, recommençait, échouait encore, reprenait son élan. Il était exaspérant. Comme Chicheray, de plus en plus rouge à force de frapper sur les braises, et qui s'enlisait dans ses insinuations. Elle décida de couper court :

– Allons, crachez le morceau.

Chicheray leva les yeux. Une fois encore, son regard la fuyait. Un long moment, il fixa le rebord de la fenêtre. Lui aussi, il avait remarqué le manège du moineau. Le soleil de mars, sur le tuffeau, faisait paraître la pierre plus blanche, presque éblouissante. Il plissa les yeux. Ses paupières étaient fripées comme trop lourdes de nuits sans sommeil. Marthe déposa la main sur son bras :

– Je ne suis pas une mauviette.

– Ce n'est pas si simple...

– Lorsqu'on le veut, tout est simple.

Il feignit d'approuver. Il se dirigea vers sa bibliothèque, en sortit un service à porto. Il le manipula avec précaution, versa l'alcool avec des gestes lents, une affectation un peu précieuse. Ses mots devinrent aussi plus maniérés :

– J'ai beaucoup réfléchi, commença-t-il. Placé comme je suis, j'entends beaucoup de choses. J'en sais long sur tout le monde, je suis à même de démêler le vrai du faux, le bon grain de l'ivraie...

Il se perdait en précautions oratoires, en circonlocutions qu'il peaufinait depuis des semaines. C'était Marthe, à présent, qui n'osait plus le regarder. Tout en buvant son porto à minuscules lampées, elle détaillait le napperon de cretonne rose du service à porto, le chiffre désuet gravé sur le cristal des verres, *T. C.*, Théophile Chicheray, son père, avec qui elle avait négocié sa liberté, vingt ans plus tôt. Sur le rebord de la fenêtre, le moineau poursuivait son manège. Il se lançait inlassablement à l'assaut des brins de laine. Tout aussi invariablement, son trésor duveteux lui échappait. Marthe continuait de boire son porto. Elle en était à la dernière gorgée, quand elle entendit enfin la phrase qu'elle attendait :

– Il faut vous garantir, madame Marthe. Ça vous fait du tort, de rester seule.

Chicheray respira un grand coup. Il trouva le courage d'affronter son regard. Tout se passait comme s'il avait fait un effort immense, si grand qu'il n'avait plus peur de rien, même des yeux verts de Marthe qui commençaient à se moquer.

– Une femme seule... et alors?

– Regardez Julia, comme elle finit. Une vieille putain. Et elle boit!

Il rougit le premier de sa trivialité. Marthe répliqua dans l'instant :

– Rassurez-vous, Chicheray, je n'ai personne dans mon lit. Et ce n'est pas demain la veille...

Antoine Chicheray se leva. Il était solennel, empesé, comme à un enterrement.

– Il ne faudrait pas que ça tarde.

Elle partit d'un grand rire :

– C'est donc ça, vos ragots!

– Il n'y a pas de quoi rire.

Il retourna à la fenêtre, souleva le rideau. Le moineau dut sentir sa présence derrière la vitre, car il s'envola. Chicheray laissa retomber le voilage, le tritura un instant entre ses doigts, puis, comme il aurait parlé d'une vente intéressante, ou d'une hypothèque à racheter, avec la même componction roublarde du tabellion qu'il n'avait jamais cessé d'être, il laissa tomber :

– Ils vous appellent la Juive.

– La belle affaire.

Elle ne s'était pas exclamée, cette fois-ci, elle n'avait pas souri. Chicheray était sûr de son effet, car il plaça aussitôt :

– Je vous épouserais bien, madame Marthe.

– Je ne suis pas veuve. Vous connaissez la loi. Les disparus...

– Mais au cas où, madame Marthe, simplement au cas où... Et puis vous savez bien que votre mari ne reviendra pas. Je ne vous demande qu'un engagement. Un simple engagement moral, de gré à gré, de façon à répondre, si l'on jase.

– J'ai une langue, vous savez, même si je ne suis pas causante. Je peux répondre moi-même à toutes vos commères.

Chicheray haussa les épaules. Il se pencha à nouveau vers les chenets, éparpilla les braises :

– Je voudrais vous protéger, madame Marthe. Si on sait que vous et moi... Je suis notaire, quand même, ils n'oseront pas. Et le nom de Chicheray... Nos fortunes sont en rapport, nos âges aussi. Il suffit de nous montrer ensemble, de nous rencontrer, en tout bien tout honneur, bien sûr, en attendant le délai. Et ensuite... Marthe... Ça vous garantirait!

– C'est possible. Mais vous me prenez de court. Si je m'attendais...

Elle joua les femmes émues, rajusta son chapeau.

– Resservez-moi du porto.

Il s'exécuta. Il n'avait jamais eu de gestes aussi empressés. Elle but son verre d'un trait. Il se sentit obligé de l'imiter.

– Racontez-moi ce qu'on dit sur mon compte.

Chicheray se rassit derrière son bureau, dans son grand fauteuil à dossier de bois sculpté, un vrai trône de notaire. Puis, de la même manière qu'il aurait lu un compromis de vente, les yeux fixés sur les parchemins qui encombraient son bureau, les soulevant de temps à autre, les classant et reclassant, il brossa à Marthe un tableau à peine forcé de la rumeur de la ville.

Elle le crut. Ou, plus exactement, elle se souvint. Du temps de Julia, elle les avait si souvent entendus, ces on-dit. Elle savait qu'ils s'attaquaient aux proies faciles, servantes, veuves, jeunes filles trop fragiles et trop belles, maris imprudents et désargentés. Parfois elle les avait vus commencer sur le seuil même de la boutique, perfidies engendrées par l'ennui qui rongeait le pays, sa violence souterraine, sa langueur, son excessive douceur. Elle soupira; car elle comprit qu'en dépit des deuils de la guerre s'était mise en route, dans la quiétude rêvassante de la province, dans le réseau somnolent de ses rues de tuffeau, du couvent à l'église, du mail aux lavoirs, aux tanneries, au marché, aux salons dorés des propriétés qui bordaient la Loire, la rumeur de Rouvray, ce murmure indécis, capricieux, multiforme, fait de mots disparates, équivoques, aussi bien d'injures que de phrases inachevées, d'insinuations que de franches calomnies. Tout s'était assourdi pendant ces temps de guerre : il n'y avait que des morts, des tragédies à annoncer, et la rumeur n'aime pas la franchise de la douleur, elle préfère ce qui se cache, se pressent, s'interprète, se devine, s'imagine, à la frontière, comme elle, du clair et de l'obscur, les troubles de l'amour, les mystères de l'argent. Tandis que Chicheray reprenait par le menu l'incantation des calomnies, avec des élans dans la voix qui trahissaient la jouissance qu'il éprouvait à se mêler au chœur, Marthe cherchait à comprendre pourquoi la rumeur s'était emparée d'elle. Elle n'écoutait plus les phrases du notaire, qui mettait un point d'honneur à lui répéter les ragots sous la forme où ils lui étaient revenus : « D'où sort-elle, cette Marthe? Elle est arrivée chez les Monsacré les mains dans les poches, comment a-t-elle pu gagner tant d'argent si vite? Elle sait y faire, Marthe Monsacré, du reste Monsacré n'est pas son vrai nom, elle est née Ruiz, demandez donc aux Ursulines, sa mère était une étrangère, et le père, allez savoir! Mais elle a bien mené sa barque, elle s'est mariée et bien mariée, et pourtant elle n'était pas nette, vous me suivez, seulement elle a les mains libres, à présent... Et vous avez vu sa tête, jamais fatiguée, l'air de ne pas y toucher, forcément, elle fait ses coups par-derrière! Il suffit qu'elle regarde une terre pour qu'elle soit à elle, avec celle-là voir c'est avoir, ça ne se dit pas, bien sûr, avec tout son argent, elle sait bien monter ses combines, le vieux est mort au bon moment, elle s'est arrangée pour avoir tous les papiers... »

Une phrase revenait sans cesse dans la bouche de Chicheray : « Ils disent que vous faites de l'ombre. » Plus que toute autre, elle réjouit Marthe. Ce qui faisait de l'ombre aux bonnes gens de Rouvray, c'était qu'elle eût enfin conquis sa place au soleil; et, par un phénomène plus mystérieux à leurs yeux, qu'elle l'eût gagnée en dépit de sa dissemblance, cette indéfinissable différence qu'on lui attribuait depuis qu'elle était née. Son silence, à lui seul, était déjà une noirceur, une ombre portée sur ce monde bavard. Il y avait ensuite sa beauté trop évidente, ses cheveux trop foncés, cette sombre ardeur qui était dans ses gestes, jusqu'au fond de son regard. Que dire alors de cette duplicité essentielle, sa force d'homme dissimulée sous un sourire de femme...

Un sourire que l'adversité, le travail, rien encore n'avait pu éteindre. Ce jour-là, pourtant, tandis que Chicheray débitait inlassablement ses cancans, le visage de Marthe finit par se fermer. Elle se sentait lasse de sa guerre, fatiguée d'avance, pour une fois, d'avoir à se battre contre un ennemi qu'elle méprisait, les espionnes des fenêtres, leurs perfidies sans queue ni tête. D'un seul coup, elle eut envie de tourner les talons. Elle voulait retourner au plus vite à Vallondé. Non pas pour le moulin, qu'elle détestait, mais pour les pierres du manoir abandonné, la lente courbe de la Luisse, son lit de silence entre les coteaux, son cours limpide entre les saules, avec la Loire, au loin, derrière les peupleraies.

– Ça ne tient pas debout, coupa-t-elle. Des ragots.

– Enfin le Grand Monsacré... Quand il est mort, c'est tout de même vous qui avez ramassé la mise.

– Vous avez raison, Antoine. Je pense à tout, je sais calculer. J'avais prévu qu'Hugo, avec son asthme, serait envoyé au front. C'est moi qui ai poussé le médecin à le déclarer bon pour le service. Lui aussi, je l'ai mis dans ma poche. L'ennui, c'est qu'Hugo n'est pas mort, mais disparu. Si jamais il revient, je devrai lui rendre des comptes. Vous voyez, je ne suis pas aussi forte qu'on le dit!

– Mort ou disparu, c'est tout comme.

– Cherchez donc à me conduire devant le maire, vous verrez si c'est tout comme.

– Vous vous êtes quand même arrangée pour avoir une donation. Vous auriez pu vous contenter d'une procuration. Et ça s'est fait chez un notaire de Blois.

– Vous étiez à la guerre!

Il haussa les épaules :

– Vous avez réponse à tout, mais vous êtes fragile, madame Marthe. Il vous faudrait un nom. Un vrai nom.

– Monsacré, ça ne vous suffit pas?

La colère avait eu le dessus, pour une fois. Elle s'en voulut aussitôt, elle corrigea :

– Ça ne leur suffit pas...

– Il y a les vieilles histoires.

Elle hocha la tête. Sur le rebord de la fenêtre, le moineau était revenu, il ne lâchait plus les brins de laine, il en avait le bec rempli. On aurait dit qu'il allait étouffer.

– C'est Thérèse qui mène la danse? Pourtant elle est tombée malade, à ce qu'on a dit, elle a perdu sa place. Elle est à l'hospice, non, elle est gâteuse...

– Elle a eu une attaque l'an passé. Mais elle a trouvé le temps de jeter son fiel. Je vous avais prévenue, madame Marthe. Il aurait fallu la désintéresser.

– Hugo s'y opposait. J'ai respecté ses volontés. Ce n'était pas mon héritage, après tout.

– Je ne parle pas de l'héritage. Il y avait madame Julia. Les vieilles histoires, vous me suivez... Personne ne lui avait dit, à Julia, pour le pauvre Rodolphe. Ni pour votre fille. Elle a été la dernière avertie.

– Qu'est-ce qu'il y avait à savoir?

– Ça ne se disait pas trop, du temps de votre beau-père. Mais avec l'héritage! Vous savez, les rancunes... C'est comme les rillons, ça se cuit et ça recuit. Dans la graisse, la vraie bonne graisse, celle de l'héritage, vous pouvez en croire un notaire. Si je vous racontais tout ce que j'entends dans cette étude, depuis que je l'ai reprise...

– Elise Monsacré est la fille d'Hugo Monsacré. C'est écrit sur tous les papiers. Je ne vois pas ce que Julia et Thérèse ont à voir là-dedans.

– Il y a des moments où les papiers ne comptent plus.

– Quand?

– Quand il y a de la vengeance à prendre.

– Qui a de la vengeance à prendre contre moi?

– Thérèse en avait. Elle a tout dit à Julia, un mois après la mort de Monsacré. Et maintenant c'est Julia qui vous en veut.

– Elle aurait pu s'y prendre plus tôt. Depuis le temps!

– Il y a eu la guerre.

– Marthe passa et repassa le doigt sur le bord de son verre. Le cristal humide grinça légèrement.

– Julia est une vieille ivrogne, reprit-elle. Elle n'a plus le sou. Quant à Thérèse... Elle est malade, non? Elle n'en a plus pour longtemps.

Chicheray s'éloigna du côté de la fenêtre. Malgré le contre-jour, Marthe vit qu'il tentait de se redresser.

– Le mal est fait, madame Marthe. Il faut vous ranger. Il vous faut un nom.

– Le nom, je l'ai. C'est Monsacré.

Chicheray battit aussitôt en retraite, se réfugia dans son personnage de notaire papelard. Il retourna comme il aurait fui vers son grand fauteuil de chêne, se remit à compulser ses dossiers.

– Il paraît qu'Orfonds est à vendre, reprit-il. Le propriétaire est mort.

– Je sais. Ses bois rendent bien, paraît-il. Mais le manoir est en mauvais état. J'ai assez à faire avec celui de Vallondé. Un de ces jours, je le remettrai en état. Si la minoterie rend bien...

– Le Grand Chatigny est aussi à vendre.

– Personne n'en veut. Et ce n'est pas mon genre, la folie des grandeurs. Voilà au moins quelque chose qu'on ne pourra pas dire de moi...

Elle se força à rire. Chicheray hocha la tête, souleva machinalement des liasses de documents. Elle enchaîna :

– Enfin pour Orfonds, reprit Marthe, tenez-moi au courant. On ne sait jamais...

– Vous savez, les héritiers, avec la guerre... Le temps qu'ils se manifestent.

Elle approuva, se leva. Il repartit près de la fenêtre. Ils se saluèrent de loin. Comme elle poussait la porte capitonnée, elle crut entendre une dernière phrase. Elle lui fit signe de la répéter. Chicheray s'exécuta :

– Je vous disais de réfléchir à tête reposée. La première impression n'est pas toujours la bonne.

– Pour Orfonds? Je croyais...

– Non, pas pour Orfonds. Pour le reste. Vous et moi. J'aimerais en reparler.

– Attendons un peu. Hugo n'est pas mort, mais disparu.

Avant que le capiton de la porte ne se referme sur elle, Marthe jeta un dernier coup d'œil à Antoine Chicheray. Il avait repris son attitude familière, debout derrière la fenêtre, les épaules affaissées. Il soulevait légèrement le voilage de dentelle, son regard épiait ce qui se passait sur le mail. Le moineau était toujours sur le rebord de la fenêtre. Il sautillait, un peu hagard, sur la pierre blanche. Il venait d'arracher le brin de laine. D'un seul coup, il ne savait plus quoi en faire.

– Imbécile, souffla Marthe lorsque les battants de la porte se refermèrent sur elle.

Elle ne savait même plus de qui elle parlait, de Chicheray, ou du moineau. A moins que ce ne fût d'elle-même qui, pour ce nom qu'elle n'avait pas reçu en naissant, repartait se bâtir une fortune, envers et contre tout.

CHAPITRE 22

On croit généralement que la haine est un sentiment violent, d'un seul bloc, on aime à penser qu'elle naît brutalement, sans contrôle, sans résistance possible, sauvagement, d'un coup de foudre en négatif. Mais la haine est longue à venir, elle est de ces plantes grasses à l'enfance incertaine, il faut l'entretenir, la choyer; et quand elle éclate enfin, au terme de son interminable et silencieuse couvaison, fulgurante, vivace, superbe de noirceur et de férocité, on reste naïvement frappé de l'écart qui sépare son déchaînement aveugle et les circonstances, le plus souvent anodines, où elle prend son essor. On oublie que la haine attend, choisit son heure. L'événement – la plus mince, la plus futile occasion – l'aide seulement à échapper à sa gangue de silence, ce terreau de méchanceté sans imagination où des mois, des années durant, elle a lentement germé, condensé son venin.

Dans l'histoire de Marthe, il en a été ainsi. Il a fallu beaucoup de temps avant que ne se mette en branle le prodigieux arsenal de bassesses patiemment ourdi à l'abri des murs tranquilles de Rouvray. Son installation aux Grotteaux, le début des travaux de la minoterie n'ont suscité rien d'autre que les racontars étouffés dont Chicheray se fit l'écho. Puis il fallut se remettre de la guerre. Les champs de bataille étaient restés très éloignés, presque irréels. Avec l'armistice, les drames qui s'y étaient déroulés devinrent d'une évidence criante. Pour un visage fracassé qu'on avait évité de regarder en face, on tombait le lendemain sur des béquilles abandonnées dans l'entrée d'une maison, à la porte d'un jardin. Avec la paix, d'une façon très étrange, la mort des pères et des fils parut plus cruelle, et plus lourd le temps à passer dans l'absence.

Elle aussi, Marthe, voyait toutes ces plaies. Mais elle avait depuis longtemps apprivoisé la douleur, elle savait qu'il n'est pas besoin d'une guerre, ni de corps mutilés pour en toucher le fond. Sur un cliché de cette année 1918-1919, facile à dater grâce à sa première robe raccourcie, elle apparaît absolument inchangée. La photo a été prise à Vallondé, un jour de neige, au tout début de 1919, le matin de son déménagement. La neige fondante dessine sur la façade de sa maison de larges traînées humides. On distingue à l'arrière-plan deux charrettes surchargées de meubles.

L'auteur du cliché est Lambert. A l'époque, les films n'ont pas été développés, ils ont été conservés tels quels dans le carton. Ces clichés sont d'ailleurs les derniers jamais pris avec l'appareil de Damien. A lui seul, ce changement marque de façon spectaculaire la fracture qui traverse la vie de Marthe. Dans le classement minutieux du carton d'archives, tous les documents qui vont suivre paraîtront à la fois plus familiers et plus luxueux. Comme pour des millions d'hommes et de femmes, la vie de Marthe a basculé, à l'aube de ces années vingt. Mais dans son cas, ce n'est pas seulement le monde qui a changé de face. La nouveauté, dans sa vie, c'est la fortune. Et la liberté.

Ces ultimes photos du Moulin de la Jalousie, dues à la main encore malhabile de Lambert, apparaissent comme le dernier témoignage de ce que Marthe appela plus tard : *« la vie d'avant »*. La raison pour laquelle ces films n'ont pas été révélés demeure mystérieuse. A première vue, on peut hasarder une explication facile : Lambert les a perdus. Quelqu'un les a retrouvés. Cela s'est certainement passé pendant la Seconde Guerre mondiale, car les films sont emballés dans des journaux datés du 10 et du 15 avril 1943.

Un autre indice permet d'éclairer cet étrange document. Entre les films s'est égarée une liste intitulée : *« Choses à faire »*. Elle est de la main de Marthe, elle date des années quarante, puisqu'elle évoque des tickets de rationnement à retirer à la mairie – le moment, à coup sûr, où les archives de Marthe ont été dissimulées comme autant de preuves à charge contre ceux qui la menaçaient. Au bas de la liste, Marthe a écrit cette phrase curieuse : *Faire développer les vieilles pellicules de Lambert. Voir pour...*

Elle n'a pas fini sa phrase. Elle a été interrompue, le dernier mot est illisible, sa plume a dérapé sur le papier comme si elle avait sursauté. On a beau scruter les photos, en examiner scrupuleusement les plus infimes détails, on n'y découvre cependant rien de particulier. On y voit Damien, effondré au fond de son éternelle charrette à chiens, entouré d'un amoncellement de boîtes et de cartons. Il a encore grossi. On dirait qu'il est préoccupé. C'est peut-être à cause de l'absence d'Elise, qui termine à Tours ses études d'infirmière. Damien y retourne souvent, en emportant son appareil photo. Pourtant il ne photographie jamais sa petite-nièce. Certains disent qu'il ne reste que cinq minutes avec elle au parloir de l'école, et qu'il file aussitôt au *Petit Soleil*, la maison où Julia travailla naguère. Si Damien est tendu, sur cette photo, c'est sans doute à cause du déménagement. Il est de plus en plus bizarre, depuis la mort de Monsacré. Il se pique d'employer des mots compliqués qu'il trouve dans les livres, il élève des lapins angoras dont il tisse lui-même le poil, puis le tricote en écharpes qu'il ne porte jamais. Ses clapiers sont équipés de verrous extérieurs et intérieurs, qu'il montre avec fierté. Chaque fois qu'on lui demande pourquoi il a posé des serrures à l'intérieur, et qu'on doute que les lapins puissent les manipuler, il toise le curieux et répond invariablement : « Les subtilités de l'élevage des lapins angoras ne sont accessibles qu'à de rares élus. » Il a passé la guerre à accumuler les collections les plus hétéroclites : de blagues à tabac, de vues de châteaux de la Loire, de porte-plumes, de vieux dentiers, de colliers de chiens et même de croupions de poulets. Il emmène aussi tous ses vieux journaux. Il a demandé à Marthe de l'installer dans le petit pavillon qui se trouve à l'entrée des Grotteaux, une jolie construction ancienne d'où il peut observer la rue tout à son aise. Sa proposition l'a soulagée : elle voyait mal comment le capharnaüm où se plaît à vivre Damien aurait pu s'accorder avec le train de vie bourgeois, élégant et soigné, dont elle rêve pour les Grotteaux.

On distingue ici, dépassant d'un cageot, derrière les cages aux lapins angoras, sa collection de pichets. Il y a aussi une collection dont on ignore la nature : celle que Damien réunit dans une boîte en loupe d'orme. Il la garde toujours sur lui, même quand il va à Tours. Tout le monde se gausse de lui, comme on se moque de sa théorie selon laquelle les gens ne meurent que par conformisme. Il a décidé de se singulariser et déclare qu'il ne mourra pas. Il est sérieux comme un pape, lorsqu'il se lance dans ses grands discours sur l'état du monde, à l'issue de ses agapes dominicales. Marthe en est blessée. Elle voudrait qu'il évite de se rendre au *Goujon frétillant*. Il ne l'écoute pas, même lorsque Marthe lui dit de penser à l'avenir d'Elise et de son frère.

En fixant le déménagement, Lambert a voulu se substituer à Damien, le remplacer dans son travail de chroniqueur de la vie familiale. Mais ses clichés sont plats, il n'a pas l'ironie de Damien, ni son expérience de la chambre noire. Sa seule photo réussie est celle de la bonne, la grosse Suzanne, raidie contre le mur de la maison, la main enfoncée dans l'incision profonde qu'Hugo avait tracée dans le tuffeau pour marquer le niveau de la grande inondation.

Lambert n'est encore qu'un jeune étudiant qui s'amuse de la confusion de ce déménagement. Tous ceux qui l'ont fréquenté en ces lendemains de guerre ont été formels : Lambert ne pensait qu'à réussir. Il était extrêmement soigné, dans sa mise comme dans son travail. Il avait le verbe facile, il était élégant, il en arrivait à faire oublier qu'il boitait. Il comptait déjà quelques bonnes fortunes féminines. Mais il ne s'était jamais encore attaché à une femme. On attribuait généralement cette indifférence à sa passion pour Elise, et à ses succès universitaires, qui le grisaient. Il n'avait pas vingt ans mais se voyait déjà notable, médecin aussi respecté dans Rouvray que Vernon, qui avait si vaillamment tenté de guérir sa jambe malade. L'installation de sa famille dans la propriété des Grotteaux était à ses yeux la première étape de son ascension.

Il n'avait pas encore compris que c'était celle de sa mère. Lorsqu'on lui annonça que Marthe, avec la détermination sereine qu'elle montrait en toute chose, venait de faire raser le Moulin de la Jalousie, il fut pris d'une fureur inouïe.

Il l'apprit dans le train qui le ramenait de Tours. Il était avec Elise. Chicheray monta deux arrêts avant Rouvray. Il se fit une joie de leur annoncer la nouvelle. Lambert blêmit puis se fit répéter les détails de l'affaire. Sitôt débarqué du train, il abandonna Elise sur le quai de la gare, loua une voiture, se fit conduire sur les lieux. Des ouvriers étaient encore là, à déblayer les derniers gravats. Ils lui répétèrent les arguments de Marthe : « Depuis l'inondation, elle était entièrement salpêtrée, cette maison, et la charpente mangée aux vers. Regardez donc le château, il est magnifique, on le voit de la grille, maintenant qu'on a rasé la maison. Madame Marthe a dit qu'elle viendra y habiter un jour... »

Il n'écoutait pas. On le vit arpenter le vallon pendant deux bonnes heures. Il s'abandonnait à une force obscure et farouche, qui d'un seul coup annulait toutes ses autres passions, son ambition, Elise, le seul amour qu'on lui connût. « On aurait cru M. Hugo quand il broyait du noir », observa Armand, le vieux commis des Monsacré.

Lambert ne quitta les lieux qu'à la tombée du soir. Il était sale et décoiffé. Trois jours durant, il n'adressa pas la parole à sa mère. Marthe lui opposa la même force qu'à Hugo, naguère : elle ignora.

Un événement inattendu le ramena à des dispositions plus pacifiques. Annoncé par un avis officiel, puis par une lettre transmise par la Croix-Rouge, Hugo Monsacré fit son retour à Rouvray, dans une ambulance bringuebalante qui s'arrêta d'abord à la mairie, puis le déposa à la grille des Grotteaux.

CHAPITRE 23

La puissance de Marthe, c'était aussi de maîtriser l'imprévu. Peu de choses la prenaient de court. Elle avait lu sans émotion apparente l'avis officiel qui arrivait de Paris. Puis elle avait reçu la lettre d'Hugo. Eut-elle peur de ce retour? Sans doute l'avait-elle envisagé. On avait déjà vu deux disparus revenir à Rouvray, le jeune pharmacien Phélipeaux, et le garde-champêtre de Serizy, une petite commune proche de Vallondé. Marthe est restée calme. On ne trouve nulle part la trace d'un moment d'affolement, aucun signe non plus d'un émoi passager.

Dans sa lettre, Hugo lui avait résumé son odyssée, une errance tragique et banale entre les tranchées d'Argonne et les prisons d'Allemagne orientale. Ce courrier a été conservé dans son enveloppe d'origine, mais froissé, gardé sans soin, contrairement à l'habitude de Marthe. Peut-être, l'a-t-on exhumé à la hâte d'un fatras de documents qu'on croyait égarés, ou sauvé in extremis de la corbeille à papier. Dans un style embrouillé, Hugo y raconte qu'il a été fait prisonnier, interné dans une forteresse. Il avait été grièvement blessé, trépané. On l'avait déporté ensuite à la frontière polonaise. Il prétendait avoir perdu la mémoire pendant quelque temps. Des semaines ou des mois, il ne savait plus.

Il ne finissait pas toutes ses phrases. Dans certains passages, il employait des mots allemands, ou bien il avait de curieuses défaillances de syntaxe. Il ne précisait pas quand il arriverait à Rouvray. Marthe n'eut pas le temps de le faire prévenir de son changement d'adresse. Elle n'a jamais su comment il l'a appris. Un matin où elle s'apprêtait à sortir, elle aperçut une vieille ambulance derrière la grille. Deux silhouettes s'agitèrent un moment. Après un salut, une forme grise et tassée remonta l'allée. C'était Hugo. Quand il fut au perron, il ne l'embrassa pas. Il serra ses mains entre les siennes un long moment, comme s'il voulait s'imprégner de leur force. Puis il gravit les marches du perron.

– C'est là que tu vis, dit-il quand il franchit le seuil.

A ce « *tu vis* », Marthe comprit qu'Hugo ne se battrait plus contre elle. Les jours qui suivirent lui donnèrent raison. Hugo semblait indifférent à tout, même à Elise, même à Lambert, quand ils revinrent de Tours pour l'embrasser. Quand Damien sortit de son capharnaüm pour le saluer, Hugo eut du mal à le reconnaître. Ses péroraisons sur les lapins angoras lui arrachèrent un vague sourire, puis il retomba dans l'apathie.

Le jour de son arrivée, Hugo avait constaté son enrichissement avec une satisfaction étrange, comme un plaisir amer. Il s'en étonna à peine, pas plus qu'il ne parut surpris des habitudes bourgeoises qui étaient désormais celles de sa femme : elle mettait son point d'honneur à être servie, elle avait engagé une cuisinière et une femme de chambre, en plus de Suzanne. Elle achevait d'installer les Grotteaux dans le goût qui était le sien : des cuivres, des porcelaines, des meubles anciens, ceux des Monsacré, mélangés au mobilier moins rustique qu'elle achetait dans les ventes aux enchères, à chaque fois qu'on vidait un château. Depuis la fin de la guerre, cela n'arrêtait pas.

Marthe ne dissimula rien à Hugo de l'état de leurs affaires. Elle lui annonça que la minoterie serait bientôt finie. Il ne réclama pas les comptes, il ne parla pas de revenir sur la donation. Ses crises d'asthme se rapprochaient, ses poumons étaient dans un état désastreux. Il se désintéressait de tout ce qui le passionnait naguère, les fermages et les moissons, les achats de terres, l'état des moulins. Il ne demanda même pas à revoir Vallondé. Il était étranger et lointain, comme déjà retiré du monde. Il se laissa docilement installer dans la chambre de Marthe, la plus belle pièce de la maison, au premier étage. Elle était entièrement tendue de toile de Jouy et donnait sur le parc, du côté de la route. Il ne voulut plus en sortir. On lui montait tous ses repas. Il passait le plus clair de son temps à dormir, ou bien il fixait la fenêtre, un point invisible derrière les rideaux.

Il parut un moment échapper à sa léthargie, lorsqu'il réclama les comptes de la succession de son père. Marthe les lui présenta. Il n'eut pas la force de les lire. Elle lui proposa de l'emmener à la minoterie. Il la regarda sans comprendre, et s'endormit.

Avec le printemps, il parut se rétablir. Il demanda du papier, des crayons, s'installa à son bureau avec ses livres de physique. Des nuits durant, il recommença à tracer des plans de minoterie, des schémas d'engrenages, de tuyères, des ébauches de moteurs. Ses projets se faisaient de plus en plus colossaux, il dressait à la gloire de la mouture des temples monumentaux, des constructions pharaoniques, une jungle de plus en plus démesurée de pistons et de rouages, avec des enchevêtrements de courroies et de tubulures d'une complexité monstrueuse. Elles débouchaient toutes sur de gigantesques gueules métalliques, qui crachaient sur le blanc du papier des Niagara de farine.

Le docteur Vernon finit par s'en inquiéter. Il ne laissa guère d'espoir à Marthe. Le cerveau d'Hugo, prétendit-il, était encore plus atteint que ses poumons. Il ne lui donna pas un an. Marthe accueillit ce pronostic avec sérénité. Avec le retour d'Hugo, rien n'avait changé dans sa vie, elle n'avait en tête que la prospérité de la minoterie. A Pâques, quand l'état de son mari empira, Marthe demanda à ses enfants de rentrer à Rouvray.

Hugo relevait d'une crise. Il était très affaibli, il parlait avec peine. Lorsque Elise monta pour le voir, Lambert et Marthe étaient déjà dans la chambre. Elise, comme à son habitude, était très élégante, un peu distante, avec son air de reine en visite, voyageuse arrivée d'un autre monde qu'elle était seule à connaître. Marthe lui désigna le lit où Hugo était effondré, sous une lampe électrique qui diffusait une lumière bleue. Elise s'avança à pas comptés sur le parquet ciré. On aurait dit qu'elle hésitait. Elle s'arrêta dans le halo de la lampe.

D'elle, Hugo ne distingua sans doute que la chevelure, cette blondeur spectaculaire qu'elle tenait de Rodolphe. Il se passa la main devant les yeux, comme ébloui. Puis il se redressa et jeta :

– Laisse-moi. Va-t'en!

Il répéta sa phrase à plusieurs reprises. Il en perdit le souffle, retomba sur l'oreiller et se mit à marmonner. Marthe n'entendait pas ce qu'il disait. Elle vit Lambert pâlir. Elle voulut s'approcher du lit, mais son fils lui barra le passage. Elise, qui était la plus proche d'Hugo, souleva la lampe avec un air interrogateur, comme pour lui demander de répéter ce qu'il venait de dire. Elle se pencha vers l'oreiller. La lumière jeta dans ses cheveux des reflets gris. Hugo lui souffla quelques mots qui échappèrent à Marthe. Comme si ses forces l'abandonnaient d'un coup, Elise lâcha la lampe, qui s'écrasa à terre. Les éclats d'opaline volèrent dans toute la pièce.

Il n'y avait plus que la veilleuse pour éclairer la chambre, une minuscule lampe à pétrole rosâtre posée sur la table de nuit d'Hugo. Un long moment, Elise resta ainsi, les bras ballants, face au lit. Elle se mit à pleurer, sans sanglots, sans effort. Puis elle bouscula Lambert et Marthe, et partit s'enfermer dans sa chambre.

Lambert voulut s'approcher d'Hugo. Sa respiration était sifflante, mais régulière. Marthe lui versa un peu de sirop. Il finit par s'endormir. Elle fit venir Suzanne pour le veiller. Puis elle demanda à Lambert de la suivre au salon.

Etait-ce la fatigue, l'échéance d'un nouveau deuil, ou tout simplement son amour pour son fils, Marthe, pour une fois, se sentait désarmée. Lambert s'en aperçut. Entre la mère et le fils, depuis des années, c'était le silence; silence attentif de Marthe, réserve plus grande à mesure que Lambert grandissait. Estima-t-elle, ce jour-là, qu'il avait assez grandi, qu'elle pouvait retrouver avec lui les moments bénis de l'enfance, le temps où elle lui racontait n'importe quelle fable, pour le consoler, sinon le guérir? En tout cas, Marthe parla, elle qui ne parlait guère; et ce fut peut-être là sa première erreur.

– Ton père est fichu, dit-elle en s'écroulant dans un fauteuil. Il devient invivable. Tu as vu ses plans de minoterie...

Lambert ne répondit pas. Il s'était figé devant la pendule de la cheminée. C'était un très bel objet, un boîtier ancien surmonté d'un sujet qui figurait le Temps, avec un balancier baroque, un soleil grimaçant, entouré de grosses flammèches torses. Marthe venait de l'acheter. Elle semble d'ailleurs s'être attachée à cette pendule, car elle ne la quittera pas jusqu'à sa mort.

Les aiguilles marquaient neuf heures et demie. Lambert consulta sa montre. Il était onze heures passées.

– Ta pendule ne marche plus, dit-il à Marthe.

– Il faut la remonter. Il y a une petite clef. Derrière, au bout d'un petit crochet.

Lambert passa la main derrière le boîtier. Il découvrit la clef, manipula le remontoir. Le mécanisme devait s'être grippé, car on n'entendit qu'un long grincement, et le soleil du balancier demeura immobile. Lambert voulut alors ouvrir le boîtier, qui ne céda pas.

Il s'obstina. Marthe se leva, fit quelques pas sur le parquet. Les lattes grincèrent. Lambert est ainsi, se dit-elle. Dans les pires moments, il faut qu'il s'acharne sur les choses, jusqu'à les vaincre. En somme, il est comme moi.

A cet instant encore, elle espérait encore l'atteindre, retrouver le geste, le mot connus d'eux seuls, qui lui ramèneraient ce fils qui s'éloignait. Mais ce mot, ce geste, elle ne les trouvait pas.

Elle fixa les mains de Lambert, crispées sur le boîtier. Plus précisément, elle observait son index droit : sa phalange, comme sa jambe, avait été brûlée le jour où s'était renversée la bouilloire. Son doigt avait guéri plus vite, les traces de la blessure étaient presque effacées, sauf pour Marthe. Elle ne s'était pas résignée à cette cicatrice, moins qu'à l'autre, qui ne se voyait pas. Elle la connaissait par cœur, à force d'y avoir appliqué des emplâtres. Malgré l'éclairage affaibli du salon, elle en devinait le grain, les plus infimes striures violacées. Maintenant encore, comme par réflexe, elle avait envie de prendre dans la sienne la main de Lambert, de l'enduire d'onguent, de la panser.

Le boîtier de l'horloge céda enfin. Sous l'effet du choc imprimé par Lambert, les rouages recommencèrent à tourner, le soleil du balancier reprit ses oscillations régulières. Comme Lambert soulevait le verre de la pendule pour en déplacer les aiguilles, Marthe remarqua qu'il s'était rongé les ongles.

– Un médecin doit avoir les mains nettes, Lambert. Tu ne te rongeais pas les ongles, avant...

– Avant quoi?

Il fit claquer le verre du cadran. Elle sursauta. Elle réprima à son tour un mot d'irritation et reprit :

– Ton père va très mal. Il est fichu.

– Ce n'est pas ton mari qui est fichu, dit Lambert, c'est ta pendule.

La pendule s'était à nouveau arrêtée. Il rouvrit le boîtier, passa les doigts sur les rouages.

– Il faudrait la nettoyer.

– Si tu crois qu'en ce moment, avec ton père...

– Quoi, mon père?

– Elise, tout à l'heure...

– Elise, Elise... Tu n'en as que pour elle.

– Elle est fragile, tu sais bien. Et toi aussi, tu n'en as que pour ta sœur. Damien l'adore aussi. Nous tous.

– Tu n'adores pas mon père, en tout cas.

Il abandonna la pendule, se dirigea vers la porte-fenêtre, écarta le rideau. Il regardait le jardin. Il ne se retourna pas, quand il laissa tomber :

– Qu'est-ce qui va le faire mourir, mon père?

– Il devient fou. Quand il est revenu, il avait déjà les poumons dans un état...

– Il est asthmatique, c'est sûr. Mais pour la folie...

– Tu as bien vu, Lambert! Il perd la mémoire, la raison.

– La raison, mais pas la mémoire.

Lambert paraissait lui-même surpris de ce qu'il venait de dire. Il secoua autour de lui les pans du rideau. Il bredouillait un début de phrase quand les rouages de la pendule se remirent à cliqueter. Le carillon tinta, avec un timbre grêle, désuet, puis se tut. Lambert alla rouvrir le boîtier, déplaça une lampe pour mieux l'examiner. Il détailla les rouages en plissant les yeux.

A son tour, Marthe se dirigea vers la porte-fenêtre. Elle se pencha vers le jardin. C'était une nuit douce, sans lune, sans vent. Il commençait à pleuvoir, une pluie fine, silencieuse, une averse impalpable comme on en voit parfois au début du printemps. Des odeurs humides montaient vers elle, la respiration nocturne du jardin. Elle entendit alors Lambert lui lancer, de la table où il tentait de réparer l'horloge :

– Qu'a prévu mon père, pour l'héritage?

– Tu es bien un Monsacré, toi!

Elle rejeta d'un seul coup la mousseline du rideau. Elle se sentait brusquement ragaillardie.

– Ça t'amuse, toi, ces histoires d'héritage! Tu es bien la seule.

– Si c'est l'héritage qui te travaille, parlons-en. Qu'est-ce que tu veux savoir?

– Ce que mon père a prévu.

– Il a pris ses précautions, avant-guerre.

– Quelles précautions?

– Une donation.

– En faveur de qui?

Marthe se tourna vers la grande glace qui ornait la cheminée, elle guetta le reflet de Lambert, face au sien. Il lui ressemblait, cela sautait aux yeux. Les mêmes cheveux bruns, les mêmes lèvres pleines, gourmandes. Le même œil vert, durci par l'envie de se battre. Elle ne pouvait pas s'empêcher d'en être fière.

– En faveur de qui, cette donation? répéta Lambert.

Le plus troublant, c'est que Lambert parlait d'une voix inchangée, chaude et tranquille. Il restait aussi calme qu'elle.

– Le premier qui meurt hérite de l'autre.

Il hocha la tête.

– Nous partagerons, reprit Marthe. Dès qu'Elise et toi serez majeurs...

Elle n'eut pas la force de finir sa phrase. Cela faisait des années qu'elle ne s'était pas sentie aussi faible. Depuis la mort de Blanche, ou celle du petit Lucien. Elle se souvint vaguement de la mauvaise réputation qui s'attachait aux Grotteaux. Elle chercha à nouveau le parfum du jardin. Ce n'était pas le même qu'à Vallondé. Il avait un fond plus acide, peut-être à cause des cèdres. Il y manquait aussi l'odeur de l'eau. En dépit de tous les sarcasmes, elle avait toujours prétendu que l'eau avait une odeur. Senteur de mousse, d'herbes fraîches; lourde aussi de tous les mystères que charrie l'eau courante, les secrets des roches enfouies, de la vie en germe. A cet instant précis, elle lui manquait. Marthe s'entendit alors lâcher :

– Dès que tu auras ton diplôme, je te ferai don de cette maison. Moi, j'irai à Vallondé.

– Vallondé! Tu l'as fait raser.

– La maison était laide et humide. Toute salpêtrée. Pourrie de la cave au grenier. Mais j'ai gardé le vieux moulin. Et je veux restaurer le manoir. C'est un très bel endroit. J'irai y vivre. Dès que tu auras ton diplôme, je te laisserai les Grotteaux. Quant à Elise, lorsqu'elle se mariera...

– Qui te dit qu'elle se mariera? Du reste, mon père peut très bien se rétablir. Retrouver sa tête, prendre d'autres dispositions. Annuler la donation, par exemple...

Il continuait à sourire. Peut-être aurait-il lâché, comme son grand-père autrefois, le petit rire sec des Monsacré, si la pendule ne s'était remise à marcher. Une dernière fois, Lambert allongea les doigts vers le cadran doré. Marthe se redressa, le saisit par le poignet.

– Ton père a perdu la tête, souffla-t-elle. Il est vraiment fou. J'ai un papier du médecin. Chicheray va s'occuper de la procédure. Tout est en route. Son incapacité juridique sera déclarée avant l'été.

Lambert leva enfin vers elle un œil étonné. Elle ajouta :

– C'est ce que j'essaie de te dire depuis tout à l'heure. Dis-le à Elise, mais ménage-la. Je te laisse faire. Je te fais confiance, Lambert.

Le vent s'était levé. Les rideaux de la porte-fenêtre se gonflèrent, puis retombèrent. Marthe alla la fermer. Quand elle monta se coucher, son fils était toujours penché sur la pendule. Elle voulut l'embrasser. Il ne la repoussa pas. Pourtant, quand elle le serra contre elle, elle évita son regard; et elle sortit de la pièce en trébuchant.

Marthe avait menti. La première expertise médicale de l'état mental d'Hugo Monsacré a été dressée une semaine plus tard, le 22 avril 1920, dès le départ de Lambert et d'Elise. Elle est signée du docteur Vernon. Elle est accablante.

Ce fut aussi la seule. La procédure qui devait aboutir à l'incapacité juridique d'Hugo Monsacré était à peine engagée qu'il eut une nouvelle crise d'asthme, beaucoup plus violente que les autres. C'était en pleine nuit, au début du mois d'août. Il s'évanouit dans les bras de Marthe. Il mourut trois heures plus tard. Elle ne marqua pas le moindre signe d'émotion, ni cette nuit-là, ni le jour des obsèques. « Elle ne fait même pas semblant de pleurer », murmura-t-on quand elle traversa le cimetière. Mais ce fut tout. Il était trop tôt pour qu'on reparle de l'ellébore noir. La haine qui s'attachait à Marthe était trop jeune alors, elle n'était encore que distance et soupçon. Insinuation, conjecture. Il fallait attendre qu'elle prît racine.

Cela prit du temps. Le temps que les gens de Rouvray s'habituent à d'autres faits plus dérangeants que la fortune de Marthe, les automobiles, l'impôt sur le revenu, les femmes en cheveux courts, les Ursulines qui perdaient leurs pensionnaires, les paysans qui partaient à la ville, les nobles acculés à la ruine.

Leurs châteaux étaient presque tous rachetés par des *accourus* : autrement dit, le plus souvent, des Parisiens ou des Anglais. Mais d'année en année, parmi les acquéreurs, on finissait par « trouver de tout », comme le répétait Chicheray sur un ton consterné. Des Américains, des Roumains, des Russes même, comme au Grand Chatigny. Parfois des Juifs, comme à Orfonds.

CHAPITRE 24

1920, l'année où mourut Hugo, fut un superbe millésime. On y vinifia des blancs frais, un rien canaille, des Bourgueil à la robe déjà sombre, qui prirent doucement du corps au fond des caves crayeuses. Marthe acheta beaucoup de vin, cette année-là. A côté de ses petits crus de coteau, rustiques, presque rêches, elle fit rentrer du Vouvray, du Saumur, du Chinon, et même un rosé d'Azay-le-Rideau, très pâle, un peu gris, qui fit merveille avec les pâtés d'anguille. Elle dirigea elle-même le rangement des bouteilles dans la cave des Grotteaux, un long boyau creusé des siècles plus tôt entre silex et tuffeau.

Les mois qui suivirent, elle s'y enferma souvent avec le père Aristide, un vieux vigneron rencontré au *Goujon frétillant*. Elle voulait surveiller la façon dont vieillissait son vin. Marthe aimait surtout le rouge. Après sa mort, on en a découvert dans ses caves des centaines de bouteilles. C'était un goût, un abandon à son instinct, elle aimait sa ressemblance avec le sang; sa solidité aussi, sa charpente. Le blanc lui parut toujours trop nerveux, plus futile. Pour le reste, Marthe n'y connaissait rien. Les quelques vignes qu'elle posséda, elle les laissa toujours au soin de ses métayers. Elle le regretta parfois. Elle disait alors, avec une pointe de mélancolie dans la voix : « C'est dommage, j'aurais dû apprendre. Dans mes terres, ce sont les vignes que je préfère. On tombe amoureux d'une vigne. Jamais d'un champ de blé. »

Elle ne cachait pas son faible pour l'âpreté du Chinon. Mais cette année-là, seul le Vouvray l'intéressa. Elle en avait fait rentrer dix caisses, du moelleux, un vrai vin de grandes occasions. On devina pourquoi, mais on attendit qu'elle en parle. Cela prit bien deux ans, jusqu'au soir de décembre où elle demanda au vieil Aristide, la voix soudain altérée, du goût du vin, ou de l'aveu qui lui passait les lèvres : « Ce petit Vouvray, père Aristide, est-ce qu'il sera bon pour le mariage de ma fille? »

Il y avait donc anguille sous roche, comme on le murmurait depuis qu'Elise avait rencontré René de Bastarnay. Cela s'était passé à un bal de la préfecture, à Tours, selon un scénario banal : ils avaient dansé ensemble toute la soirée, il y avait eu des lettres, des fleurs. René venait souvent aux Grotteaux, il était très épris d'Elise. Sa famille vivait en Sologne, dans un château Henri III pourri de salpêtre. Il était désargenté mais il avait un nom. Du jour où elle l'avait rencontré, Elise avait perdu ses airs distants. D'un seul coup, sa beauté avait paru humaine. Elle parlait, elle riait. Un soir, à l'office, alors que Marthe faisait des confitures, elle avait rêvé tout haut de maison et d'enfants.

Les premières bouteilles de Vouvray furent débouchées pour ses fiançailles, quatre mois plus tard, à Pâques. La réception fut brillante. Il faisait beau, Marthe avait fait dresser des tables et des tréteaux sur la pelouse des Grotteaux. Elle s'était fait une joie d'inviter toutes les bonnes dames de Rouvray. Elles accoururent sans se faire prier et lui firent assaut d'amabilités.

Marthe y resta indifférente, sans comprendre pourquoi. Vers la fin de la fête, quand les invités commençaient à s'égayer entre les cèdres, elle eut un accès de mélancolie qui n'était pas dans sa nature. Elle se sentit lasse, tout d'un coup, fatiguée de faire face. Elle eut le geste qui lui était familier dans ses moments de découragement : elle soupira, rejeta les épaules en arrière, comme si elle se disait : allons, ce n'est pas le moment de mollir. Ce soir-là il y eut le geste, mais l'énergie ne suivit pas. Les épaules de Marthe se creusèrent à nouveau. Elle alla s'écrouler sur un banc.

Sur la table de jardin placée face au banc était débouchée une bouteille de Vouvray, à côté d'une rangée de verres. Marthe se servit, reposa sa tête sur le dossier du banc, observa le parc entre ses yeux mi-clos. La fatigue, se dit-elle, la fatigue d'une journée réussie. Il n'y avait pas eu une seule ombre sur cette journée de fiançailles, au propre comme au figuré : le soleil avait été de la partie, on avait déjeuné dehors, sur des petites tables rondes, dans la plus parfaite harmonie. Damien lui-même s'était bien tenu. Marthe l'avait persuadé de passer une jaquette neuve, il ne s'était pas empiffré, pour une fois, pas soûlé non plus. Il n'avait pas davantage parlé des mérites comparés des filles du *Petit Soleil*, où la rumeur voulait qu'il eût ses habitudes. On en avait oublié tous les bruits qui couraient sur lui, à cause de la vie étrange qu'il menait dans son pavillon à l'entrée des Grotteaux, entre ses lapins angoras et ses escargots, son capharnaüm de journaux, de livres, de collections de plus en plus hétéroclites. Quant à Lambert, il s'était montré exquis, attentif au bien-être de chacun. Depuis un mois, il était stagiaire à l'hôpital de Rouvray et profitait de l'occasion pour se glisser dans sa peau de futur notable. Par moments, Marthe avait cru discerner une ombre au fond de son regard, comme s'il s'inquiétait de voir Elise quitter la maison. Cette impression restait fugace. La plupart du temps, quand il sentait le regard de sa mère s'attacher à elle, Lambert détournait la tête, ou, plus subtilement encore, reprenait le personnage qu'il s'était composé, de beau parleur, de médecin sûr de lui, vaguement mondain. Elle ne s'y trompait pas; mais elle avait beau demeurer sur ses gardes, son fils lui était chaque jour plus impénétrable.

Comme elle portait son verre à ses lèvres, Marthe comprit que depuis la mort d'Hugo, elle n'avait vécu que dans l'attente de ce jour. Elle s'étonnait maintenant que ce fût si peu de chose. Elle espérait une sensation plus violente, la plénitude d'un triomphe. Elle avait cru que la revanche avait un goût plus fort.

Depuis des mois, elle employait toute son énergie au succès du mariage. Avec le recul, on peut s'étonner que Marthe, après sa fille, ait jeté son dévolu sur René de Bastarnay. Tel qu'il apparaît sur la photo des fiançailles, il ressemble aux héros délicats et calamistrés des cartes postales sentimentales. Marthe démêla très vite que cette façade pommadée dissimulait un homme placide. Le calme de René, jugea-t-elle, serait du meilleur effet sur le caractère tourmenté d'Elise. Son fiancé était ce qu'on appelle une bonne pâte. Enfin les jeunes gens s'aimaient. Leur union offrait un second avantage : les Bastarnay étaient l'une des familles les plus prestigieuses de la région. Marthe et la mère de René feignaient de l'avoir oublié, mais elles avaient partagé le même dortoir chez les Ursulines. A l'époque, elles n'avaient pas échangé trois phrases. Avec ce mariage, Marthe se persuadait que Rouvray lui serait pour toujours acquis.

Au soir de la fête, son ambition lui paraissait dérisoire. Elle se pencha vers son verre, voulut respirer une fois encore, avant de le boire, l'odeur du Vouvray. Les raisins mûris l'été de la mort d'Hugo avaient donné ce vin tendre et doré, radieux, qui avait remarquablement vieilli. Elle passa à nouveau la main sur la bouteille, huma sur son doigt les relents de craie humide, se rappela ses rendez-vous dans la cave avec le vieil Aristide. Moments de répit, dans le combat qu'elle avait continué de mener bec et ongles, pour asseoir son nom, sa fortune. Moments de recueillement : dans ce liquide pâle dont les arômes s'étaient peu à peu épanouis, elle avait vu se préparer cette fête. Le vin, comme elle, avait été patient, il s'était fait en silence et dans l'obscurité. Maintenant qu'elle le savourait dans la splendeur de son bouquet, la narine palpitante, la papille à l'affût de sa première acidité, Marthe sentait aussi qu'elle n'était pas comblée. Ces trois années de liberté, de lente montée vers la richesse et le respect de la ville, tout cela la laissait fatiguée, vaguement amère. Elle avait laissé une partie de l'héritage d'Hugo à ses enfants. Elle avait gardé les deux minoteries, les terrains de Tours, Vallondé, qui ne valait rien. Elle leur avait abandonné la totalité des fermes et des terres, les bois, les vignobles, jusqu'à cette maison des Grotteaux où s'installerait Lambert, dès qu'il aurait terminé ses études de médecine. Ni l'un ni l'autre de ses enfants n'avait le temps, ni le goût de gérer cette fortune. Marthe s'occupait de tout, poussée par un seul espoir : marier Elise, lui donner un nom qui la protège à jamais des racontars. Lambert, lui, saurait se débrouiller seul. Mais à présent qu'elle touchait au but, Marthe n'avait plus qu'une envie : aller dormir.

L'après-midi finissait. Il avait fait chaud pour un lundi de Pâques, les feuilles des marronniers étaient entièrement dépliées. En s'affaiblissant, le soleil diffusait dans le parc une lumière verdâtre, un peu brumeuse, où Marthe voyait errer, tels des noyés, les derniers invités. Tout à l'heure, il y aurait bal, dans le château vermoulu des Bastarnay. Les invités partaient se changer, Elise les raccompagnait un à un à la grille des Grotteaux. Elle était rayonnante.

Marthe se versa un second verre. Un moment encore, son regard se perdit dans la robe du vin. Les bulles remontaient lentement, s'arrêtaient à quelques millimètres de la surface, tournaient quelques secondes sur elles-mêmes, puis crevaient. A travers le liquide, elle distinguait, perdus dans un flou ambré, les fûts des deux grands cèdres, et l'allée qui menait à la grille. Elise la remontait. Marthe avala une gorgée de vin, posa son verre, contempla sa fille qui courait vers la maison. Elle n'avait jamais paru aussi joyeuse.

– Je vais me changer, maman, s'écria-t-elle. Dépêche-toi! Le bal...

Marthe hocha la tête, mais ne bougea pas de son banc. Elle était dans un état qu'elle avait rarement connu, celui d'une dormeuse obstinée, qu'on cherche à arracher à ses rêves, et qui ne se résigne pas à quitter la chaleur du lit, même en sachant que, tôt ou tard, il faudra s'y résoudre. Malgré ce Vouvray qui lui chatouillait la langue, elle trouvait à la vie une fadeur insupportable. Elle ramena son châle sur ses épaules. Au premier étage de la maison, elle vit une lumière s'allumer. La silhouette d'Elise passa devant la lampe. Elle portait une robe à la main, sa robe de bal, sans doute. A deux pas du banc, derrière les tréteaux, Suzanne alignait des verres vides sur un grand plateau.

– Laisse, dit Marthe. Va plutôt rentrer Damien.

La fatigue s'alourdissait sur les épaules. Elle pensait au bal où elle s'ennuierait, à son réveil, le lendemain, avec le retour des soucis : les travaux de restauration de Vallondé qui n'avançaient pas, les architectes à rencontrer, pour le nouvel immeuble qu'elle faisait construire à Tours. Et l'ordinaire, les deux minoteries, les cours du blé. Pensées machinales et sans force, privées de l'élan qui toujours l'avait fait avancer. Et pourtant il fallait continuer. Se lever, saluer les derniers invités. Réparer les dégâts de la fête. Donner des ordres, être ferme, forte, encore et toujours. En terminer avec le mariage d'Elise. Ce sera en juillet, j'ai trois mois pour finir mon affaire, se dit-elle, et elle réprima un bâillement. Elle se leva, le verre à la main. Elle trébucha. Elle crut pouvoir se retenir à la table, glissa à nouveau. Elle se serait écroulée de tout son long sur la pelouse si elle n'avait été fermement arrêtée à la dernière seconde par un bras d'homme.

De lui, elle ne vit d'abord que le poignet, particulièrement gracile. On aurait pu croire à celui d'une femme, s'il n'y avait eu ces poils noirs et drus qui dépassaient de sa manchette : une chemise d'homme élégant, fermée par des boutons de nacre. L'étoffe de la jaquette était à l'avenant, à fines rayures grises.

Marthe avait mal à la cheville. Elle réprima une grimace, trébucha encore. Le bras qui serrait le sien était frêle, mais il la soutenait avec une force peu ordinaire. Elle retrouva son équilibre.

– Je ne sais pas ce qui m'a pris, balbutia-t-elle.

– La fatigue, sans doute, lui répondit-on.

– Je ne suis jamais fatiguée!

Marthe s'empourpra, puis se raidit, comme chaque fois qu'on avait le front de croire qu'elle pût partager les faiblesses ordinaires de l'humanité.

CHAPITRE 25

« Je ne crois pas qu'elle m'ait reconnu tout de suite », raconta Cellier-Blumenthel. *« Ou bien elle a fait semblant de ne pas se souvenir de moi. Je savais très bien pourquoi Marthe m'avait invité aux fiançailles de sa fille. Nous avions un petit différend à propos de son domaine de Vallondé, elle voulait me montrer à quel point elle était puissante. Elle avait fait de même pour le sénateur et le maire, dont elle attendait je ne sais quelle autorisation pour sa minoterie, ou ses immeubles à Tours. Je m'étais renseigné sur elle, j'étais venu, mais je n'étais pas disposé à lui céder. Quand je l'ai empêchée de tomber, elle a paru ulcérée. Elle m'a foudroyé du regard. Moi, j'ai eu du mal à m'empêcher de rire. J'étais jeune, en ce temps-là. Pour moi, Marthe Monsacré n'était pas une légende vivante, comme pour les autres. Je la considérais tout au plus comme une parvenue de province. Et puis, comme je la suivais vers sa maison, j'ai compris qu'elle était vexée. Le soir était tombé, on n'avait pas encore allumé les lanternes dans le parc, nous avons marché dans le noir jusqu'à sa maison. Sur le seuil, Mme Monsacré, comme je l'appelais alors, s'est retournée. Elle était royale, il n'y a pas d'autre mot. Elle a allumé la lanterne du perron, elle m'a toisé comme si elle était l'impératrice de toutes les Russies. Sous l'éclat de la lanterne, j'ai deviné qu'elle était triste.*

Marthe était très belle quand elle avait l'air triste. Elle était souveraine, un peu tragique. J'avais eu beaucoup de maîtresses, mais je n'avais encore jamais rencontré cela chez une femme, la puissance et la souffrance en même temps. Je me souviens que j'ai balbutié : " Je suis votre voisin, Jean Cellier. " Elle n'a rien répondu. J'ai ajouté : " Votre voisin, votre voisin d'Orfonds. " Nous nous étions déjà rencontrés deux fois, par hasard, sur ses terres, elle m'avait chaque fois entrepris sur le différend qui nous opposait, une histoire de droit de passage. J'avais toujours éludé. Ce soir-là, quand elle m'a entendu bafouiller, elle a eu une sorte de sourire. J'étais venu aux fiançailles de sa fille avec la ferme intention de ne pas lui accorder la moindre concession. Et je me suis entendu lui dire, là, sur le perron, les bras ballants, comme un gamin : " Vous savez, madame Monsacré, pour le droit de passage, ça peut s'arranger... " »

Ce récit, signé de Jean Cellier-Blumenthel, a été rédigé sous l'occupation nazie. Il ouvre le premier des deux cahiers roses découverts dans le carton à photos. Ce premier cahier porte de nombreuses traces d'humidité, des traînées blanchâtres (de la craie mouillée, peut-être) qui rend parfois le texte difficile à déchiffrer. Selon toute vraisemblance, il fut rédigé dans les grottes de Mortelierre, où Cellier se cacha pendant quelques mois, au début de l'année 1943.

Son récit est vif, très frais, mais il porte déjà la marque de l'irrémédiable. Cellier essaie assez souvent de se justifier, en tout cas d'éclaircir les raisons qui vingt ans plus tôt, ont lié son sort à celui de Marthe Monsacré. Il a ordonné son témoignage sans apprêt, il n'y a pas lieu de le mettre en doute. Du reste, tous ceux qui l'ont approché ont dit que Cellier était dur en affaires, mais franc du collier, « trop franc, même », ont ajouté certains, « vu les gens qu'il a trouvés en face de lui... »

D'après Cellier, ce premier échange avec Marthe fut bref, et très déconcertant. Dès qu'il lui eut parlé du droit de passage, Marthe saisit la balle au bond. Elle le fit immédiatement asseoir au salon.

– Cette servitude est absurde, commença-t-elle. Elle remonte à Mathusalem. Voulez-vous me dire à quoi elle vous avance? Vous ne chassez pas, vous ne pêchez pas. Vous êtes absent les trois quarts du temps. La sagesse serait d'y renoncer, au lieu de vous empoisonner la vie.

– Apparemment, c'est la vôtre que ça empoisonne...

– Mais non, mais non. Je cherche simplement à nous débarrasser de ces vieux usages. Ils ne servent plus à rien. Dans le temps, bien sûr, ils se justifiaient, les gens avaient du mal à vivre. Mais maintenant... Enfin, cher monsieur Cellier, trouvons un arrangement. Je vais m'installer bientôt à Vallondé. Chacun chez soi, n'est-ce pas... Il faut vivre en bonne compagnie.

– Nous vivons déjà en bonne compagnie, madame Monsacré. Vous ne m'avez presque jamais vu passer sur vos terres. Et votre invitation, aujourd'hui...

– Ecoutez, vous avez acheté votre propriété voici trois ans. Trois ans que vous n'avez ni chassé, ni pêché.

– Maintenant que j'ai fini de restaurer mon manoir, je crois que je viendrai très souvent à Orfonds. Je l'ai d'abord acheté pour les bois. J'ai fini par m'y attacher. Le charme des vieilles pierres... J'ai des relations d'affaires, ça chasse beaucoup, ces gens-là... Dans les mois qui viennent, vous me verrez souvent à Orfonds.

– On dit ça, on dit ça. Mais vous êtes tous les mêmes, vous les...

Elle retint le mot qui lui venait aux lèvres, *accourus*. Elle reprit :

– Vous y serez surtout l'été, dans votre château. Si j'ai bien compris, vos affaires sont à Paris.

– Mes bureaux, oui. Je suis papetier. J'ai des usines ici et là. Je voyage.

– Vous êtes bien jeune, pour mener des affaires.

– Mon père est mort à la guerre. A ma majorité, j'ai

repris les choses en main. Il n'y a pas d'âge pour ces métiers-là.

A ces derniers mots, le visage de Marthe s'éclaira. Ce fut le seul moment de répit dans leur discussion. Elle reprit aussitôt l'offensive :

– Allons, vous n'aurez jamais le temps de venir chasser. Quel intérêt pour vous, cette servitude?

– Il y a la pêche.

– Monsieur Cellier, vous n'iriez tout de même pas vous embêter à pêcher à la ligne pour le seul plaisir de faire valoir vos droits! Vous êtes trop bien pour ça. Ce n'est pas non plus de votre âge...

Elle était à bout d'arguments. Dans ces cas-là, comme on l'avait raconté à Cellier, elle choisissait de jouer les charmeuses. Il prit un biais :

– Vous connaissez la légende du manoir d'Orfonds?

– Quel rapport?

– Le droit de passage, justement. Vous la connaissez?

– Non.

– J'ai étudié les actes. Supprimer le droit de passage, ce serait faire fi de la légende. Elle est magnifique. Les deux manoirs ont été construits à la même époque, pendant les guerres de religion. Une époque où on ne bâtissait guère... Ils appartenaient à un frère et une sœur, deux jumeaux, mariés chacun de leur côté. Ils n'arrivaient pas à vivre loin l'un de l'autre. Orfonds était le manoir de la dame, Vallondé, celui du gentilhomme.

– Tiens? J'aurais cru le contraire.

Elle réfléchit quelques instants, puis ajouta :

– Je ne veux pas vous blesser, mais Vallondé est infiniment plus raffiné, plus élégant. Vous verrez, quand la restauration sera achevée...

– On peut imaginer que si la femme vivait dans le manoir le plus austère, c'était pour se retrouver dans l'univers de son frère adoré. Et si le gentilhomme avait bâti le manoir si féminin de Vallondé, comme vous dites...

– Oui, pourquoi pas? Mais ce droit de passage...

– C'était pour que le frère puisse aller librement chasser dans les bois de sa sœur, et que la sœur puisse aller pêcher dans la Luisse, chez son frère. Ainsi...

– Tout ça, c'est du passé. Je ne sais pas comment ça s'est fait, mais vous êtes le seul, et le dernier, à posséder des servitudes sur mes terres. Moi, je n'ai droit à rien, sur Orfonds, Chicheray me l'a dit. Voyons, monsieur Cellier, toute cette histoire prouve que ce droit de passage est absurde.

– Je vous l'abandonne, madame Monsacré.

– A quel prix?

– Je vous l'abandonne.

Elle eut un mouvement de surprise, une boucle s'échappa de son chignon. Cellier remarqua qu'elle avait sur les tempes et à la base de la nuque quelques petites mèches qui blanchissaient.

– Je ne vous demande pas de me le laisser pour rien, monsieur Cellier. Les bons marchés, ce sont toujours ceux où chacun met du sien.

– Puisque je ne chasse pas. Puisque je n'aurai jamais le temps d'aller à la pêche... C'est vous-même qui l'avez dit.

Elle l'observa d'un air perplexe, puis repartit :

– Bien, nous ferons un papier. D'ici là, je compte sur votre parole.

– Je n'ai qu'une parole, dit Cellier, et il se leva.

« A cet instant-là », poursuit Cellier, *« j'ai senti qu'il se passait entre elle et moi quelque chose de trouble. Trouble n'est pas le mot, d'ailleurs. Cette femme me surprenait. On m'avait dit et répété qu'elle n'était pas commode. On m'avait rebattu les oreilles de sa dureté, on m'avait même soufflé dans l'oreille son surnom, la Juive, ce qui, soit dit en passant, m'avait bien fait rire. Elle me parut fragile, tout d'un coup, ou à bout de forces. Elle a sonné un domestique, elle a demandé qu'on apporte à boire. J'ai protesté, elle n'a rien*

voulu entendre. Quand la bouteille a été sur la table, quand elle a versé le Vouvray dans les coupes, j'ai hasardé : " C'est une bien belle journée, madame Monsacré, mais pour une mère, un jour pareil n'est pas de tout repos. " Je m'entends encore... Pour toute réponse, elle a hoché la tête. Alors, histoire de meubler le silence, j'ai repris, assez stupidement : " Evidemment, une mère qui marie sa fille a toujours l'impression qu'elle va la perdre. " »

On ne pouvait pas imaginer une plus belle bourde, raconte Jean Cellier. Marthe lui répliqua aussitôt, avec une sécheresse qu'il n'avait pas soupçonnée :

– La perdre! Mais est-ce qu'on possède jamais ses enfants!

Puis elle ajouta, d'une voix subitement radoucie :

– Vous avez des enfants?

– Non.

– Vous êtes marié?

– Dieu m'en garde.

– Vous avez raison.

On s'agitait au premier étage, une voix fraîche appela Marthe à plusieurs reprises. Elle ne répondit pas. Elle restait là, la tête rejetée en arrière, appuyée contre le dossier du fauteuil, à boire son vin à petites lampées.

– Vous êtes très jeune, dit-elle enfin.

– Vingt-huit ans.

Cellier sentit grandir sa gêne. Il ne savait comment prendre congé. Dans son embarras, il crut bon de lui parler du Vouvray :

– Votre vin est superbe.

– Du 1920.

– Une belle année.

– Comme vous dites.

– L'année où j'ai acheté Orfonds, j'ai fait rentrer beaucoup de Vouvray, moi aussi.

– Il faut le surveiller.

– Je le surveille. Il prend du corps, avec le temps.

– Il vieillit.
– Il vieillit bien.
Cellier n'arrivait pas à s'en aller. « *Jusque-là, je n'avais vu en Marthe qu'une quadragénaire parfaitement conservée. Sa beauté était célèbre dans le pays, le notaire m'en avait parlé dès le jour où j'avais signé l'achat d'Orfonds, lorsque je m'étais enquis de mon voisinage : " Une belle femme, mais aussi une belle garce ! " Du coup, je ne m'étais jamais intéressé à elle, et pourtant Dieu sait si j'étais coureur ! Mais elle possédait davantage que la beauté, Marthe, elle avait quelque chose qui retenait, qui fascinait. Sa force de caractère, ou son intelligence, c'est difficile à dire. Dès ce premier soir, j'ai été frappé par ses yeux, perçants et vifs. Je pensais en même temps qu'avec ce regard, elle n'avait pas dû se faire que des amis. Elle vous déshabillait l'âme. Je n'avais jamais vu des yeux pareils, et cependant je m'y connaissais, en femmes. A l'instant où j'allais la quitter, j'ai eu envie d'elle ; et presque aussitôt, je me suis juré qu'elle serait ma maîtresse. Elle me regardait, je l'ai regardée. J'ai fait comme elle, je l'ai déshabillée des yeux. Plus je la regardais, plus je la désirais.* »
Lorsqu'il s'aperçut que Marthe ne baisserait pas les yeux, qu'elle s'obstinait à le fixer avec une égale impudeur, au point de ne plus se soucier de rien, ni du soir qui venait, ni du bal qui l'attendait chez les Bastarnay, Cellier choisit une autre tactique. Il feignit de battre en retraite. Il détourna la tête vers le parc envahi par la nuit et lui souffla, tandis qu'il passait le seuil :
– Venez me voir, dès que vous aurez un peu de temps. Je vous montrerai Orfonds. Nous réglerons définitivement cette affaire. D'ici là, vous avez ma parole.
– Vous savez, avec le mariage de ma fille...
– Ça vous changera, de venir me voir. Vous oublierez vos soucis. Un peu de répit... Ce serait bien, un déjeuner de soleil, sur ma terrasse. Elle est en surplomb sur la Loire.

– Vous n’êtes pas souvent là.

– Mais si. Et puis nous sommes voisins.

Pour la seconde fois de la soirée, il la vit sourire. Puis elle jeta un œil à la pendule, sur la cheminée. Elle prit aussitôt une mine affairée.

– Marier sa fille, ce n’est pas une mince affaire.

– C’est pour quand?

– Juillet. 26 juillet. Je vous invite, bien sûr.

– Venez ensuite à Orfonds. Ça vous changera les idées. Une journée de vacances. Ça n’a jamais fait de mal à personne.

– Vous serez parti.

– Je passerai à Orfonds le plus clair de l’été.

« Elle ne me répondit pas », conclut Cellier. *« Elle m’a raccompagné à la grille. J’étais le dernier invité à partir. Je ne savais plus quoi dire. Elle m’a salué d’une façon assez froide. J’ignore encore pourquoi, dès que nous nous sommes quittés, je me suis caché derrière le pavillon du gardien, et je l’ai regardée remonter l’allée des Grotteaux. Les lanternes étaient allumées des deux côtés de l’allée, le fronton blanc de sa maison était illuminé. C’était un assez beau spectacle. J’ai pensé que j’avais mal joué, que Marthe Monsacré ne viendrait pas me voir à Orfonds, qu’elle m’enverrait son notaire, pour le droit de passage. Elle marchait la tête basse, elle regardait par terre. Cette femme-là n’avait plus d’horizon. »*

CHAPITRE 26

L'intuition de Cellier était juste : Marthe prépara le mariage de sa fille de façon mécanique et sans joie. Comme d'habitude, elle donna le change. Elle s'attachait aux moindres détails des noces d'Elise, méticuleuse, vétilleuse même, mettant une heure à choisir le papier d'un faire-part, le caractère de son lettrage, discutant pied à pied pour le prix du trousseau, ergotant sur le monogramme à graver sur les couverts, le tissu où l'on taillerait la robe des demoiselles d'honneur. Cette Marthe-là ne cherchait qu'à se fuir. Elle se noyait dans le travail. Elle abandonnait des discussions à leur moment crucial, son regard se perdait dans le lointain du parc, vers les champs de blé, de l'autre côté de la Loire, derrière la minoterie. Elle paraissait absente, l'espace de quelques instants, absente et accablée. Puis, comme elle sentait se poser sur elle l'œil surpris d'un domestique, d'un ouvrier, elle se reprenait d'un seul coup, se raidissait; mais le cœur n'y était plus.

Souvent aussi, à cette époque, Marthe se réfugia dans le sommeil. Etendue sous les toiles de Jouy de la chambre où était mort Hugo, elle fit d'interminables siestes. Elle se réveillait vers six heures de l'après-midi, commandait un thé très fort, puis allait retrouver son bureau, ses comptes, et ne se couchait qu'aux petites heures. Elle fuyait le jour, il lui fallait la nuit. On aurait dit qu'elle avait décidé d'apprivoiser la solitude, le désert qui menaçait de gagner sa maison et sa vie.

Bien sûr, comme tout le monde à Rouvray, elle entendit parler de l'anonymographe. D'après tous ceux qui s'en souviennent, c'était la seule chose qui pût alors lui rendre un semblant de gaieté. Depuis quelques mois, des lettres anonymes jetaient le trouble dans la ville. Marthe dressait l'oreille dès qu'on en parlait. Si méprisante à l'ordinaire pour tous les bavardages, elle insistait pour que Suzanne lui raconte le dernier rebondissement de l'affaire. Elle l'écoutait avec avidité, son œil s'aiguisait de malice. Parfois même elle éclatait d'un grand rire, quand elle apprenait que le mystérieux *Justicier* qui revendiquait la rédaction de ces sinistres missives s'était attaqué à une sommité de Rouvray.

A la vérité, l'histoire ne manquait pas de sel. Pour une fois, ce n'était pas une rumeur, mais une affaire sérieuse. Elle avait inquiété d'abord quelques notables, puis des commerçants, ensuite de ces petits bourgeois ou paysans enrichis qui, depuis la guerre, bâtissaient des villas en dehors de Rouvray. Les premières lettres anonymes avaient été reçues un an plus tôt. Dans les premiers temps, aucun des destinataires n'en souffla mot. On respecta rigoureusement la loi implicite en vigueur à Rouvray : la pire abomination n'existe qu'à l'instant où on en parle. Seul l'armurier qui tenait boutique sur le mail alla se plaindre à la police. Il avait reçu deux lettres, où on rappelait, plus qu'on ne révélait, ses insuffisances conjugales.

Début avril, soit une semaine avant les fiançailles d'Elise, l'affaire prit un tour nouveau. Le même jour, Chicheray et le receveur des postes reçurent deux lettres à peu près identiques. On évoqua dans les deux cas une liaison ancienne, entre feu sa mère et ledit receveur des postes. Le dévergondage de la notairesse avait été célèbre, son fils ne pouvait pas l'ignorer. Chicheray s'estima néanmoins insulté et prit une résolution qui lui parut héroïque : il décida de porter plainte contre l'anonymographe, puis obligea le receveur à l'imiter.

Cette plainte simultanée, déposée chez le commissaire, secoua presque autant la ville que l'arrestation de Landru. Les bruits de Rouvray ne furent plus des chuchotis tranquilles ni les caquets joyeux du marché, des lavoirs. On ne savait plus comment faire, continuer à insinuer tout bas, ou clamer haut et fort le mal qu'on pensait de son voisin. En écrivant noir sur blanc ce qui s'était toujours murmuré, l'auteur des lettres avait bouleversé un ordre millénaire. C'était la même fièvre qu'aux jours d'inondation. On ne redoutait pas tant le flot des médisances que ce qu'il en resterait au moment du reflux : des souvenirs qu'on croyait oubliés, qui affleureraient à nouveau, plus effrayants d'avoir été cachés. Dans une excitation bizarre, on en guettait la lente progression.

Le pire, c'était que l'anonymographe était précis, il donnait des dates, des lieux, il se souvenait de tout, il citait des états civils complets. On aurait dit que depuis vingt ou trente ans il tenait le greffe des rumeurs de la ville. Il s'attaquait indifféremment à des riches – l'armurier, Chicheray – et à des familles démunies : il persécuta par exemple une octogénaire qui vivait dans une maison vermoulue des bords de Luisse, juste derrière chez Julia. Il l'accusait d'avoir expédié son frère pour pouvoir hériter plus tôt. Mais le danger des lettres, plus que leurs prétendues révélations, c'était le ravage du soupçon. Le *Justicier* montrait une prédilection marquée pour les histoires d'adultère. Après les moments de stupeur qui suivaient la réception des lettres, naissait dans les ménages une défiance insidieuse, qui dégénérait très vite en disputes, plus ou moins violentes selon l'ancienneté des faits et le tempérament des intéressés. Quelques couples, disait-on, s'étaient mis à faire chambre à part. Il y avait même eu une demande de divorce.

Dès la fin mai, les gens de Rouvray commencèrent à se perdre en conjectures sur l'identité du *Justicier*. Le plus généralement, ils pensaient à un vieil homme, un *ancien*, comme on disait : la plupart des affaires qu'il évoquait, remontaient à une vingtaine d'années, souvent même bien au-delà. Pour une fois, on n'osait pas avancer de nom : l'ennemi était peut-être ce partenaire au billard, ce familier des mêmes cafés, des mêmes salons, à qui l'on confiait ses tracas, parfois même ses secrets d'alcôve. Le mot même d'*anonymographe*, répandu par le commissaire, était difficile à prononcer. Certains préféraient dire, en baissant la voix : *l'auteur des lettres*. Pour faire sérieux, et surtout pour montrer à quel point l'événement était grave, on préférait généralement prononcer le mot savant. Inévitablement, on l'estropiait, on bafouillait : *amomymographe, mamymographe, mymamographe*, on entendit même assez souvent *momygraphe*, vraisemblablement en raison d'une parenté supposée avec le mot de momie, qui traînait derrière lui des images identiques, de malédictions lointaines et de cadavres avariés.

Vers le mois de juin, l'enquête parut avancer. Lors d'un dîner chez le notaire, le commissaire distilla quelques révélations : deux autres plaintes avaient été déposées, en raison des menaces voilées que les destinataires avaient cru lire dans ces lettres non signées. A force de les comparer et de les examiner, il avait acquis la certitude que les caractères des lettres étaient découpés dans des numéros d'un journal défunt, la vieille gazette dreyfusarde *Le Vélo*. Ses lecteurs n'avaient pas été très nombreux, à Rouvray et dans les environs, il avait bon espoir de confondre le coupable.

Début juin, quand la femme du maire reçut à son tour sa petite lettre, dont la copie arriva le même jour chez deux conseillers municipaux, l'enquête rebondit. Le maire était accusé de dilapider les rentes de sa femme chez les filles du *Petit Soleil*. Dans son indignation, la malheureuse alla aussitôt porter la lettre au commissaire, sans consulter son mari, qui l'aurait sans doute réduite au silence. Les faits étaient avérés, les élections imminentes. Le commissaire fut discrètement sommé de démasquer le *Justicier* dans les plus brefs délais.

Marthe était chez elle, à étudier les derniers détails du contrat de mariage d'Elise avec René de Bastarnay, quand Chicheray lui téléphona pour lui demander de passer à l'étude dans l'heure qui suivait, et, précisa-t-il, « *l'air de rien* ». Elle n'avait fait installer le téléphone que depuis les fiançailles de sa fille, elle soulevait encore l'appareil avec précaution, elle n'était jamais sûre d'avoir bien compris. Elle demanda à Chicheray de répéter. Le notaire prit un ton de plus en plus mystérieux. Elle craignit qu'il ne lui renouvelle ses avances : à plusieurs reprises, ces derniers mois, il l'avait à nouveau pressée de l'épouser.

Elle crut bon d'éluder. Chicheray baissa encore la voix, se perdit dans un dédale de périphrases. Comme Marthe s'impatientait, il laissa crûment tomber la nouvelle : la police avait découvert l'auteur des lettres anonymes. C'était Damien Monsacré.

– Vous comprenez, ajouta Chicheray, et sa voix au fond du téléphone parut plus obséquieuse, le commissaire a des preuves. J'ai préféré vous prévenir. Ça vous laisse le temps de vous retourner.

– Lambert est là, répondit Marthe. Je vais aviser.

Elle raccrocha sans le saluer. Le lendemain matin, la police se présenta aux Grotteaux. Marthe conduisit le commissaire jusqu'au pavillon où vivait Damien. La porte n'était pas fermée, il y pénétra sans difficulté. Ce fut là qu'on le trouva, les bras en croix, allongé au milieu de ses collections, du fatras de livres et de journaux qu'il accumulait depuis des années, notamment les numéros du *Vélo* où il avait découpé le lettrage des lettres anonymes. Quelques escargots s'étaient échappés de leurs caisses et se lançaient à l'assaut de sa vareuse en y laissant un long sillage argenté. Dans sa main droite, crispée contre son cœur, il serrait la boîte en loupe d'orme qui contenait sa plus chère collection. Le commissaire l'ouvrit. Elle était entièrement cloisonnée de minuscules tiroirs ouvragés. Comme l'indiquait une étiquette précieusement collée à l'intérieur du couvercle, c'était une collection de poils pubiens. Une liste très méticuleuse était cachée sous les tiroirs et donnait la date des prélèvements ainsi que le nom des intéressées : pour la plupart, des pensionnaires du *Petit Soleil.*

Damien Monsacré s'était suicidé, conclut péremptoirement le commissaire, et le médecin légiste le suivit sur cette voie. D'après le docteur Vernon, son confrère aurait ajouté sur le certificat, aujourd'hui perdu : « *par empoisonnement* », mais la nature du poison n'était pas précisée.

Il est difficile de trancher sur ce point. Ni Elise, ni Lambert n'ont jamais voulu parler de la fin de Damien. La seule fois où sa femme le questionna à ce sujet, Lambert Monsacré blêmit et entra dans une de ces rages froides qui terrifiaient son entourage. Il ne devait pas se sentir la conscience bien nette : des années plus tard, sa fixation grandissante sur les objets le poussa à entreprendre une enquête pour retrouver un baromètre construit par Damien. Il écrivit une lettre à Chicheray pour essayer de savoir si Marthe s'en était débarrassée. Au passage, il bâtit une version officielle de la biographie de Damien. Il y parle de son « *oncle si tendrement chéri* », décrit sa mort comme celle d'un « *pauvre invalide oublié de tous* » et croit pouvoir précéder le soupçon éventuel d'un singulier commentaire : « *Qu'y pouvais-je?* »

Ce qui est certain, c'est qu'Elise resta en dehors de l'affaire. Elle ne pensait qu'à son mariage. Elle ne put cependant ignorer la discussion très vive qui opposa Marthe et son fils, la veille de la mort de Damien. C'était la nuit de la Saint-Jean. D'après des jeunes gens qui revenaient de la fête vers deux heures du matin, la lumière était encore allumée dans le salon des Grotteaux, et ils crurent apercevoir derrière les voilages deux silhouettes qui s'agitaient, comme s'il y avait une dispute. On n'en sait pas davantage sur cette nuit si courte.

Ce qui est certain, en revanche, c'est que les livres de Damien, dont Lambert hérita, le *Dictionnaire infernal*, par exemple, ou la *Chimie organique* de Wurtz, lui fournissaient assez d'éléments pour se mitonner, au milieu de son bric-à-brac, un mélange fatal à tout coup. Il n'avait même pas besoin de les relire, il les connaissait par cœur. Mais on recommença aussitôt à jaser; car il n'était pas dans les manières des paysans, fussent-ils embourgeoisés comme Damien Monsacré, de se supprimer en s'empoisonnant. Dans les campagnes de Rouvray, la mort voulue était toujours la même : la corde, au bout de la fourche d'une charrette ou de la poutre maîtresse d'un grenier. La rumeur repartit de plus belle : le poison, c'était l'arme des femmes. Du temps du Grand Monsacré, n'avait-on pas déjà parlé, dans cette famille, de l'ellébore noir? Sans aller jusqu'à charger Marthe du crime, car sa fortune continuait de forcer le respect, on rappelait que son fils Lambert, qui officiait à l'hôpital, avait libre accès à l'armoire aux poisons. Ledit placard était surveillé, certes; il y avait une clef, un livre. Mais il en savait long, le jeune Lambert, même s'il n'avait pas encore passé tous ses examens. Il était vif et rusé, il voulait faire son chemin...

La rumeur prit son essor dès les obsèques de Damien, deux jours après sa mort. Il fut inhumé à huit heures du matin, *à la croque au sel*, sans prêtre, sans église. Marthe, une fois encore, mena le deuil. Derrière elle suivit un bien pauvre cortège : Lambert, Elise, Suzanne, la patronne du *Goujon frétillant*. La tombe de Damien était prête depuis plus de vingt ans, avec son monument grotesque, la corbeille d'où ruisselaient les louis, son épigraphe en lettres gothiques. Personne jusque-là n'y avait prêté attention.

Elle prit alors une résonance prophétique : « *Farine du diable retourne en son.* »

La veille au soir, Marthe avait reçu un pli de René de Bastarnay. Il lui était adressé. Il lui annonçait qu'il rompait ses fiançailles, « à cause du scandale ». Il voulait parler des lettres anonymes, et peut-être déjà des soupçons qui entouraient le décès de Damien. Marthe ne le révéla à sa fille qu'après l'enterrement. Elise le prit, en apparence, avec la plus totale froideur. Elle repartit aussitôt pour Tours. Quant à Lambert, il ne reparut pas à l'hôpital. Le lendemain des obsèques, il quitta Rouvray. Avant de prendre le train, il rendit visite à Chicheray. Ils restèrent trois heures enfermés ensemble. Rien ne filtra de cet entretien, sinon qu'il fit savoir à sa mère, par l'intermédiaire du notaire, qu'il lui retirait la gestion de ses biens.

On ne le revit pas à Rouvray avant longtemps. Six mois plus tard, Marthe partit des Grotteaux pour s'installer à Vallondé. Elle laissait sa maison à Lambert, comme promis. Elle n'avait pas de nouvelles de lui. Elle en demanda à Chicheray. Il prétendit qu'il n'en avait pas non plus. Elle lui fit part de ses inquiétudes : à ce qu'on disait, Lambert laissait ses affaires s'en aller à vau-l'eau, les fermes comme les deux grosses sablières qu'elle lui avait données, et qui prenaient de la valeur, depuis qu'on bâtissait en béton.

Avant que Marthe ne sorte de l'étude, Chicheray eut un mouvement de bonté : il lui dit qu'à son avis, Lambert se trouvait à Paris. Marthe voulut connaître son adresse. Le notaire lui assura qu'il l'ignorait. Pour une fois, il ne mentait pas, il n'avait fait que répéter un bruit. Quelques semaines après le départ de Lambert, un représentant de commerce avait raconté qu'il l'avait croisé à deux reprises, dans un cabaret, à Montparnasse. On disait qu'il « faisait la vie ».

CHAPITRE 27

Restons-nous jusqu'au dernier souffle, comme certains le prétendent, l'enfant que nous avons été? Pour Marthe, lorsqu'on évoque les mois qui suivent, on est tenté de dire qu'elle demeura la même, en dépit de tout. Après la mort de Damien, elle opposa au monde son indifférence habituelle. Ce fut du sang-froid, sans doute, plus que de la sérénité. La blessure était là, plus profonde que les précédentes, mais cachée, mieux cachée. Egale à ce qu'elle était depuis ses premières années, Marthe continua sans un mot de tracer son sillon. Elle traça droit, elle traça net. Puis elle attendit en silence le moment des récoltes.

En lui-même, son détachement de façade fut un spectacle. Par son silence, par son sourire, Marthe niait la rumeur et la honte, le mariage brisé d'Elise, le départ de Lambert, et même la malédiction dont certains assuraient déjà que Damien, par-delà la tombe, allait poursuivre le nom des Monsacré. Comme par le passé, il suffisait que Marthe apparaisse dans une cour de ferme, au bout de l'allée centrale d'un marché, pour que se taisent les langues les plus fielleuses, dès qu'on entendait son pas, cette manière qu'elle avait de frapper le pavé, vive, un peu brève. Ce mutisme subit la réjouissait. Marthe continuait de se fier à l'empire du silence, elle mettait toute sa foi dans ce pouvoir singulier, d'autant plus souverain qu'il était impalpable. C'était, croyait-elle encore, la forme achevée de sa force.

Au plus fort du désespoir, elle résolut de porter beau. Elle garda la tête haute, l'eau de ses yeux n'avait pas changé, aussi pure, aussi claire. *Clair*, c'est d'ailleurs un mot qui revint souvent chez Marthe, à cette époque. Lorsqu'elle s'installa à Vallondé, à la fin des travaux de restauration, six mois après la mort de Damien, elle ne fit pas poser de rideaux aux fenêtres du rez-de-chaussée. Ce manoir, elle le voulut aussi léger, lumineux que le Sud, les eaux courantes sur lesquelles ils s'ouvrait. Faut-il y chercher un signe? Une autre qu'elle, au fond de cette province, dans ces années où grandissaient sournoisement toutes sortes d'intolérances, aurait pris le parti de l'humilité, du mensonge, aurait cherché à se cacher. Le manoir de Vallondé s'y prêtait, entre ses collines et ses bois. Pour une fois, Marthe ne dissimula rien. Elle partit vivre à Vallondé parce qu'elle en avait envie, parce qu'elle rêvait depuis plus de vingt ans de s'installer au manoir. Mais peut-être aussi en avait-elle assez des gens de Rouvray. Peut-être avait-elle décidé qu'elle vivrait désormais à sa guise, sans avoir de comptes à leur rendre, sans souci des ragots.

Qu'elle les *emmerdait*, ni plus ni moins : c'est en tout cas le mot qu'emploie Cellier, pour parler de ce temps-là. D'après lui, la rumeur sur son compte était insatiable, elle cherchait toujours de nouvelles oreilles. Elle toucha jusqu'aux « accourus » comme lui, qui n'habitaient leurs domaines que de loin en loin. On n'épargna à Cellier aucune des insinuations sur Marthe, on lui chuchota plusieurs versions de l'histoire qu'on appelait le « mystère du premier million », autrement dit sa série d'héritages, depuis la mort du Grand Monsacré. Tout se mélangeait dans le torrent des malveillances, le vrai et le faux, sa naissance douteuse, la paternité d'Elise, la mort de Monsacré, la donation d'Hugo, le départ de Lambert, le marché passé avec les Américains; et l'inépuisable leitmotiv, l'affaire des lettres anonymes. Invariablement, on finissait sur l'énigme suprême, prompte à enflammer les imaginations dans un pays qui trois siècles plus tôt avait joyeusement brûlé une dizaine de sorcières sur le parvis de sa cathédrale : sa science supposée de l'ellébore noir.

Pour l'essentiel, ce fut Chicheray qui se chargea de rapporter ces bruits à Jean Cellier. Il interrompit une conversation d'affaires pour lui raconter par le menu l'histoire des lettres. Cellier l'écouta distraitement. Il avait d'autres soucis en tête. Les travaux d'Orfonds étaient finis, il ne s'y plaisait pas autant qu'il l'avait imaginé. Les bois rendaient mal. Il songeait déjà à revendre le domaine. Cellier était ainsi : dès qu'un projet arrivait à son terme, il fallait aussitôt qu'il en trouve un autre. Son idée du moment, c'était d'investir une partie de ses capitaux dans une usine d'automobiles. Rien ne le retenait à Rouvray. Il vit dans les médisances de Chicheray un nouveau ridicule de la vie de province. Puis il se souvint de sa rencontre avec Marthe sur le perron des Grotteaux, il revit cette femme à la beauté singulière, si sobre, si peu provinciale. D'une façon beaucoup plus nette, il se rappela sa lassitude; et combien cette beauté fatiguée, un court moment, lui avait paru désirable.

Cellier était perspicace, il comprit que Chicheray, comme les autres notables de Rouvray, réglait quelque vieux compte en s'attaquant à Marthe. Il connaissait bien l'air de la calomnie : après la grande crue de la Seine, quinze ans plus tôt, les propriétaires de forêts et les papetiers, dont son père, s'étaient vu reprocher leurs déboisements. On leur avait imputé l'entière responsabilité de l'inondation.

Il laissa Chicheray distiller ses perfidies, puis le ramena à l'objet de sa visite. Il voulait connaître le prix qu'il pouvait tirer d'Orfonds. Chicheray lui annonça un chiffre qui lui parut très bas. Cellier prit congé et retourna aussitôt à

Paris. D'autres préoccupations l'y attendaient, en plus de ses affaires. Depuis quelques mois, il avait une liaison plus longue que les autres. Sa mère jugeait qu'il était urgent qu'il se range, à bientôt trente ans. Elle lui avait présenté un parti qui ne lui disait rien. En désespoir de cause, elle lui avait demandé de se décider avant la fin de l'été.

Lorsqu'il rentra à Paris, Cellier pensa fugitivement à Marthe. La même image lui revint : elle était devant sa maison, au coucher du soleil, il revoyait son visage las. Il estima qu'après le scandale, elle devait se terrer, de chagrin ou de honte. Il jugea qu'il ne la reverrait pas. Très fugacement, aussi, il fut traversé d'une sorte de tristesse, ou plutôt d'une de ces nostalgies légères qui le prenaient quand il pensait à une aventure virtuelle, un amour dont l'idée l'effleurait quelques minutes, le temps d'ébaucher un vague roman.

Dès qu'il fut chez lui, il envoya à Marthe un mot très formel, à propos du droit de passage. Elle lui répondit quelques jours plus tard, assez vite, lui sembla-t-il. Sa lettre était aussi imprécise que la sienne.

Cellier reparut à Orfonds vers la mi-juillet. Il s'était donné quinze jours pour réfléchir au parti proposé par sa mère. La solitude, pensait-il, lui éclaircirait l'esprit. Il faisait très chaud, il n'avait pas plu depuis plusieurs semaines. Au pied de son domaine, la Loire maigrissait chaque jour davantage. Elle avait pris une teinte plombée, elle s'effilochait entre ses sablières. Quelques jours avant la date fixée pour son départ, Cellier n'avait toujours pas réussi à se décider au mariage. Il s'ennuyait beaucoup. La chaleur était telle que les bois, autour du manoir, ne le rafraîchissaient plus. Il revit Chicheray à deux reprises, lui demanda de mettre le domaine en vente. Puis il repensa à Marthe. L'image qu'il avait d'elle était de plus en plus floue. Etait-ce l'ennui, l'incertitude où il se trouvait, l'idée de partir d'Orfonds en ayant perdu son temps lui fut brusquement insupportable. Selon son habitude, il décida de tenter le sort. Il envoya un second mot à Marthe. Manie de séducteur, geste un peu inconsidéré? Vingt ans plus tard, dans les grottes de Mortelierre, Jean Cellier ne l'expliquait toujours pas.

Son message était particulièrement bref, assez cavalier pour l'époque, mais Cellier était ainsi, il ne laissait jamais rien traîner, ni en amour, ni en affaires : « *Chère madame, il faudrait régler une fois pour toutes notre histoire de droit de passage. Vous souvenez-vous de notre projet, le déjeuner de soleil? Je vous attends à la date de votre choix.* »

Marthe lui répondit la veille de son départ. Elle téléphona. Cellier ne l'attendait plus. Il pensait qu'en provinciale, elle aurait préféré lui envoyer une lettre. Au bout du fil, sa voix lui parut très nette, précise. Elle lui proposait de venir le lendemain. Cellier ajourna son départ sur-le-champ.

Il fut debout très tôt. L'air était lourd, chargé d'orage. Toute la matinée, il guetta le ciel, les caprices du soleil au-dessus du fleuve. Du gris, la Loire virait au bleu sombre, elle prenait d'un seul coup la teinte de l'ardoise, puis étincelait, s'éclaircissait. Quand on la croyait revenue au bleu lavé des grands matins d'été, elle s'assombrissait d'un seul coup, noircissait à nouveau dans son corset de sablières.

Sur la première terrasse, face au fleuve, Cellier avait fait dresser le couvert sur une table de jardin, protégée d'un parasol blanc. Il avait commandé un menu léger. Il prévoyait de l'arroser d'un Vouvray vieilli dans ses caves. Dans un accès de vanité qu'il ne cherchait pas à comprendre, il était persuadé que son vin serait meilleur que celui de Marthe.

Dès midi, il fut sur son trente et un. Il se posta au milieu de la grande galerie du premier étage, percée de vitraux au siècle précédent, dans le goût faussement médiéval qui était alors à la mode. Cellier ne savait pas de quel côté arriverait son invitée, par la grande allée qui débouchait de la route, ou du côté des bois, par le chemin de traverse qui faisait l'objet de leur différend. Il se répétait ce qu'il allait lui dire lors du déjeuner. Il commencerait par lui verser du Vouvray. Puis il lui parlerait de ses caves, de ses bois. Il lui désignerait ensuite le paysage, il irait de son petit couplet sur le fleuve. « La vue », dirait-il, « la vue qu'on a sur la Loire. C'est d'abord le manoir qu'on aime, ses douves, sa solitude. Au bout de quelques jours, on ne voit plus que la rivière. Elle vous envoûte, elle finit par couler dans vos veines. On ne s'en lasse pas, on ne peut plus partir. » Il mentirait, puisqu'il projetait de vendre le domaine. Elle l'écouterait sans l'interrompre. Pour la suite, il improviserait. Il ne savait pas lui-même où il voulait en venir. Il savait seulement qu'il n'avait pas envie de parler du droit de passage.

Les éléments improvisèrent à sa place. A midi et demi, juste au moment où Marthe devait arriver, il se mit à pleuvoir. Ce n'était pas une ondée, mais un vrai déluge, comme si le ciel se vidait d'un coup des eaux qu'il retenait depuis des semaines. Il y eut plusieurs coups de tonnerre, le vent se leva, souleva la nappe de la table dressée sur la terrasse. Une carafe se renversa, les éclats de cristal volèrent de tous côtés, allèrent se perdre dans les eaux ruisselantes. Cellier se précipita en bas de l'escalier, appela sa bonne, l'aida à déplacer la table sous une petite tonnelle. Comme il traversait la galerie du premier étage pour aller se changer, il jeta un œil du côté des bois. Marthe arrivait, abritée sous un grand parapluie bleu. L'instant d'après, elle était à la porte. Elle sonna. La bonne continuait de s'affairer sur la terrasse. Cellier courut ouvrir.

– C'est le monde à l'envers, s'exclama Marthe en refermant son parapluie. La visiteuse est sèche et l'hôte est mouillé.

Il y avait de l'ironie dans sa voix. Cellier se passa la main dans ses cheveux trempés et bafouilla :

– Vous êtes prévoyante.
– On dit ça.

Elle le regardait avec une expression qui le déconcerta, où les lèvres seules souriaient, où les yeux étaient durs. Il avait du mal à la reconnaître. Elle le paralysait, il n'osait même pas essuyer des gouttes qui ruisselaient de ses cheveux sur son cou, malgré l'envie qui l'en démangeait. Il lui prit son parapluie, bredouilla :

– Je vais le mettre à sécher.

Elle le lui tendit. Comme elle s'avançait dans l'entrée, elle lui parut un peu plus humaine, avec ses tempes un peu grises où s'étaient accrochées quelques gouttes de pluie. Elle n'avait pas de chapeau, cela aussi frappa Cellier. Pour sacrifier aux convenances, elle avait caché son chignon sous une résille qui lui donnait un air espagnol. Il l'emmena jusqu'au salon. Il y faisait noir comme au plus fort de l'hiver.

– Pour un déjeuner de soleil... dit Marthe en passant la porte.

Elle parlait sans méchanceté, mais Cellier sentit grandir son malaise. Il lui offrit un fauteuil. Elle s'assit. Une minuscule mouche bourdonnait autour d'eux, qui finit par se poser sur le poignet de Cellier. Il la repoussa.

– Ces moustiques, grommela-t-il. Rien n'y fait. C'est à cause des bois.

– Non, c'est une mouche, répliqua Marthe. Les mouches piquent par temps d'orage.

Il s'assit au bord de son fauteuil. Les mots lui manquaient. Il n'arrivait même pas à plaisanter. Plus les minutes passaient, plus il perdait ses moyens. Il n'osait pas la regarder en face, il se demandait où était passée la bonne, il jetait des petits coups d'œil désespérés à la porte.

– Que puis-je vous offrir? finit-il par articuler.

– Ce que vous avez. Je ne suis pas bien difficile.

Elle continuait à sourire, mais ses yeux ne se moquaient

plus, elle était presque tendre. Il retrouva un peu de son assurance. Il sonna. La bonne s'obstina à ne pas venir. Il allait se lever pour chercher la bouteille de Vouvray, quand Marthe reprit :

– Vous êtes trempé comme une soupe. Allez vous changer, vous allez prendre froid.

Il monta sur-le-champ dans sa chambre. Cela ressemblait à une fuite.

Quand il revint, encore un peu guindé, Marthe ne l'entendit pas entrer. Elle s'était accoudée à la fenêtre. Elle se croyait seule, elle s'était tassée, elle fixait le parc, ses terrasses étagées vers la Loire. Une sorte de vapeur montait du sol, qui émoussait les contours des parterres, dérobait les contreforts du coteau, le dessin des varennes, en bas, en bordure du fleuve. Dans le contre-jour, les yeux de Marthe avaient pris la même teinte que le paysage, un vert noyé, presque grisâtre. Il s'avança. La bonne avait dû venir, la bouteille de Vouvray était servie. Quand elle s'aperçut que Cellier était là, Marthe sursauta. La voussure de son dos s'effaça d'un seul coup, comme par réflexe. A présent, c'était elle qui ne savait que dire. Cellier alluma une lampe et brisa le silence :

– De la lumière à midi, en plein été. J'ai vraiment choisi mon jour !

– Qu'est-ce ça peut faire.

– Mon déjeuner est fichu...

– Fichu, c'est vite dit. Si votre cuisinière brûle votre rôti, je veux bien. Mais tant qu'il s'agit de la pluie et du beau temps...

Son enjouement était forcé, Cellier le voyait bien, elle n'était pas si gaie, elle paraissait préoccupée. Elle soupira, se rassit, rejeta sa nuque contre le cuir du fauteuil. Elle était belle, ainsi, c'était la beauté d'un début d'abandon. Sa jupe remontait sur ses jambes, elle avait le genou très fin, presque osseux, ce qui l'étonna. Elle ne portait pas de bas : une audace de plus, comme l'absence de chapeau. Cela lui plut; mais il n'arrivait pas à superposer ces manières désinvoltes à l'image qu'il avait gardée d'elle, une provinciale triste, en mal de respectabilité. Elle devait beaucoup vivre en plein air, car sa peau était légèrement hâlée.

La mouche ne bourdonnait plus. Elle s'était posée sur la poitrine de Marthe, juste au-dessous de sa clavicule droite. Sous l'autre clavicule, elle avait un grain de beauté. La mouche se collait sur sa peau mate, s'y abreuvait d'un reste de pluie, ou d'une goutte de sueur. Marthe la chassa. Cellier détourna les yeux, se concentra sur le bouchon de la bouteille. Il eut beau s'escrimer, le bouchon refusa de sortir du goulot.

– Tout va mal, commenta Cellier avec un sourire contraint. Il y a des journées, comme ça...

– Dites-vous que tout va bien. Vous allez voir, ça changera tout.

– Croyez-vous que ce soit si simple? Vous avez vu cette bouteille? Et ce temps de chien...

– On peut être heureux même par un temps de chien.

– Et quand on ne peut pas ouvrir une bouteille? Un petit Vouvray de derrière les fagots. Je l'ai fait vieillir moi-même. C'est agaçant!

– Pour la bouteille, vous avez raison. Tenez, prenez mon foulard. En vous protégeant les mains...

Elle dénoua de son sac un grand carré de coton. Cellier en protégea ses doigts rougis, puis attaqua à nouveau le bouchon. Il céda presque aussitôt.

– Vous êtes magicienne, madame Monsacré, dit-il en essuyant la mousse qui ruisselait sur ses doigts.

Il versa le vin, puis lui tendit un verre. La mouche était revenue sur la gorge de Marthe. Elle devait avoir chaud, sa peau était luisante. Les ailes de l'insecte frétillaient, elle se gorgeait de sa sueur. Marthe semblait ne rien sentir. Elle fixait Cellier. Elle n'était pas aussi lasse que le jour de leur rencontre. Elle était fatiguée, c'était évident, mais on aurait dit, cette fois, qu'elle attendait quelque chose. Il se leva, jeta un œil à la terrasse.

– Nous allons déjeuner dans la salle à manger. La verrière est assez belle. Une de ces choses fin de siècle. Elle ne détonne pas trop avec le reste. Vous savez ce que c'est, ces vieilles maisons. Chaque propriétaire veut laisser sa marque.

– Vous devez avoir une belle vue.

– Magnifique. Mais aujourd'hui...

Il désigna la fenêtre :

– Je joue de malchance. L'horizon est bouché.

– C'est parti pour la journée.

– Vous pensez?

– Ça pourrait se lever. Mais il faudrait un miracle.

– Je ne compte jamais sur les miracles.

Elle donna un petit coup de langue sur une goutte de mousse qui débordait son verre, puis soupira :

– Moi non plus.

– Vous avez toujours vécu ici?

Elle ne répondit pas. Ou plutôt, elle répondit à côté.

– Goûtons ce vin. A la vôtre.

– A la vôtre.

Dehors, l'orage se calmait, la pluie ne crépitait plus. Marthe buvait les yeux mi-clos, comme recueillie. Cellier attendit un commentaire sur le vin, qui ne vint pas. Elle se contenta de lui demander où se trouvaient ses caves.

– A gauche de la dernière terrasse, répondit Cellier. Elles datent de la construction de la maison.

– Vous les avez fait renforcer? Il faut toujours se méfier, après les hivers difficiles.

– J'ai déjà eu tellement à faire, avec le manoir...

– Il ne faudrait pas qu'elle s'écroule sur vos bouteilles!

– Je m'en occupe...

La mouche tournait à présent autour de la bouteille. Marthe voulut l'écarter du goulot. Cellier eut le même réflexe, leurs doigts se frôlèrent. Elle eut un sourire embarrassé, se retourna vers la fenêtre et pointa un index tremblant vers les toits d'ardoise :

– Vous avez eu de gros travaux, avec les toitures.

– Les toitures, c'est toujours le gros morceau.

– A qui le dites-vous... A Vallondé...

Il y eut un courant d'air, qui souleva les rideaux. Des odeurs de volaille rôtie arrivèrent de l'office. Marthe ne finit pas sa phrase. Elle se raidit et jeta :

– Moi aussi, je suis en travaux. Je viens de m'installer, mais j'ai encore beaucoup à faire.

Et cette fois-ci, elle avoua :

– Je suis fatiguée.

– Fatiguée de quoi? Les gens, vos affaires?

– Un peu de tout. C'est ça, voilà, fatiguée de tout.

– Ça ne se voit pas.

– Voyons. On ne vous a pas dit mon âge?

L'eau de ses yeux, d'un seul coup, n'était plus si claire, et sa voix non plus n'était plus si neutre, elle frémissait, elle devenait chaude, lente, presque rauque. Une phrase monta aux lèvres de Cellier, une réponse sans apprêt, où il aurait dit qu'il la trouvait belle, qu'il se moquait de son âge. Il se retint. Il se resservit du Vouvray, qu'il but lentement. Comme le silence s'alourdissait, il laissa tomber :

– Moi aussi, je suis fatigué.

Il avait cru dire n'importe quoi. Mais au moment où il le dit, il s'aperçut que c'était vrai, et il baissa les yeux. Etait-ce l'effet de l'alcool, de sa fébrilité qui retombait, ou simplement l'orage, il n'avait plus envie de bouger. Il fixait entre ses cils le cou de Marthe, puis son genou bruni. La petite mouche s'y était à nouveau posée. Il entendit Marthe lui répondre « à votre âge », ou quelque chose d'approchant, puis elle sentit l'insecte. Elle le repoussa, mais d'un geste indolent. Elle aussi, elle se laissait aller. A cet instant précis, elle ressemblait à une odalisque, une femme de harem, un peu grise, presque somnolente.

Cellier voulut se reprendre. Il se leva, allongea à nouveau le bras vers la bouteille. Il s'apprêtait à remplir les verres quand Marthe l'arrêta dans son geste.

– Allons, dit-elle. Puisque vous en avez envie, et moi aussi.

Elle le saisit par les poignets, referma ses mains sur ses seins. Ils étaient lourds, mais encore fermes. Jean Cellier en fut encore plus étonné que de son geste. Dix minutes plus tard, elle était dans son lit. Vers trois heures de l'après-midi, contre toute attente, le temps se remit au beau. Ils descendirent juste à ce moment-là. On dressa à nouveau la table sur la terrasse. En définitive, ils eurent leur déjeuner de soleil.

CHAPITRE 28

Cellier ne vendit pas Orfonds, et ce fut une bien curieuse histoire, la passion qui le lia à Marthe. Pour elle, il se fâcha avec sa mère. Dans les premiers temps, quand Marthe vit qu'il s'attachait à elle, elle eut peur, elle prit les devants : « Treize ans de différence, tu es si jeune, et moi je suis un fruit mûr, mon petit Jean. » Il secoua la tête, il dit non, un *non* tranchant, furieux. Elle n'insista pas. Elle était heureuse. Pour la première fois de sa vie, elle savourait l'instant.

L'instant durait. Au bout de la deuxième année de leur liaison, elle avait encore de la peine à y croire, comme le montre une lettre qu'elle adressa à Nine. Sa cousine était veuve, comme elle. Ses enfants s'étaient installés à Paris. La solitude lui pesait dans le petit bourg du Vendômois où elle s'était installée au moment de son mariage. Elle projetait de revenir à Vallondé. Marthe l'y encourageait, dans les nombreux courriers qu'elle lui envoyait. Pour Nine, Marthe avait brisé sa règle de silence. Elle lui « débondait son cœur », comme elle disait. Tout au long de ces longues lettres, elle tâchait d'oublier la torpeur bizarre qui s'abattait sur elle, dès que Cellier quittait Orfonds. *« Je suis une de ces harpies que les jeunes filles condamnent »*, écrivit Marthe dans un de ces courriers,

« une de ces femmes abominables qui se disent, la quarantaine passée : J'ai encore un amour à vivre ».

Elle ne s'en cachait pas, elle aimait la jeunesse de Cellier. Elle aimait ses élans, son corps encore gracile. Dans ses bras, une lumière nouvelle avait réussi à l'atteindre, qui illuminait la part intacte, la plus profonde d'elle-même, celle que n'avaient touchée ni les deuils, ni la peur. Marthe était enfin heureuse sans penser au lendemain, elle vivait au jour le jour, sans avenir, sans projet. Elle s'étonna d'avoir si longtemps ignoré ce bonheur, elle méprisait la femme qu'elle avait été à vingt ans, si tendue, secrètement inquiète. C'était comme une détente, un entracte. L'entracte se prolongeait. Marthe s'était posée, tout d'un coup.

L'été de sa rencontre avec Cellier, elle se força à croire à une passade. Ce ne fut qu'au seuil de l'hiver qu'elle comprit que le chemin qu'elle avait pris ne permettait pas de retour. Cela se passa à Orfonds, un après-midi; Cellier lui donnait souvent rendez-vous l'après-midi. La scène sans doute n'a rien d'original, mais elle lui parut extraordinaire, un fragment de joie inaltérable arraché à l'éternité. Des années après, quand tout fut consommé, ce souvenir, plus que les autres, l'aida à vivre. C'était dans la chambre de Cellier. L'hiver était très précoce, on disait que la Loire, à Blois, commençait à charrier des glaçons. La chambre était surchauffée, Marthe était nue sur la courtepointe du lit, une couverture de velours comme on les aimait à l'époque, violette, avec des motifs de roses mauves en relief. Cellier caressait Marthe. Le soleil, d'un coup, tapa les carreaux de la fenêtre.

– Je veux te voir, lui dit-il.

Qui avait eu la même phrase, Rodolphe, Hugo? Marthe avait aimé le premier, subi le second, elle aurait dû s'en souvenir. Elle ne chercha pas. Elle ne vivait plus que pour cette minute, le rayon de soleil qui caressait ses cuisses, cette chaleur soudaine qui ne durerait pas. Elle ouvrit ses jambes le plus largement qu'elle put. Il la prit en partant d'un grand rire. Il n'y avait plus d'hiver ni d'été, de soleil ni de froid, de maison ni d'héritage, de parents ni d'enfants, il n'y avait que cette jeune bouche d'homme, ce jeune corps d'homme, contre elle, en elle, et son rire, qui finit dans un râle.

De Jean Cellier, ce fut son souvenir préféré, et pourtant elle en eut beaucoup d'autres. Il ne se fatiguait pas d'elle. Il repartait assez souvent à Paris. Il n'était pas revenu à Orfonds qu'il lui téléphonait. Elle accourait. Il la poussait presque aussitôt jusqu'à sa chambre. Il avait les mêmes gestes que Rodolphe, la même façon de la retourner, de la transpercer en silence, avec un petit rictus lui aussi, quand il arrivait à la réduire; et de quelque façon qu'il s'y prît, il était exigeant, impérieux, toujours à l'affût des marques de son plaisir.

Il était fou d'elle, il n'y a pas d'autre mot. Il pouvait passer une soirée entière, après l'amour, à la caresser, à se perdre comme un enfant entre ses genoux, ses cuisses; mais il ne restait jamais bien longtemps enfant. Elle en avait parfois assez, il lui faisait mal, elle le lui disait, il n'écoutait pas. Alors elle chuchotait : « Il faut que j'aille faire mes comptes, j'ai du travail, crois-tu que l'argent se fasse comme ça? » Il répondait : « Laisse tes affaires, on a la vie devant nous. » Le plus surprenant, c'est que Marthe lui obéissait. De lui, elle aurait accepté n'importe quoi. Dans une autre lettre à Nine, Marthe eut ce mot : *« Cellier me fait tout oublier. »*

Ils s'aimaient, en somme. Ils finirent par avoir leurs petites habitudes. Ils se donnaient toujours rendez-vous à Orfonds. Marthe venait à pied, elle prenait le chemin des bois. A l'allée qui avait fait l'objet de leurs discussions sur le droit de passage, elle préférait maintenant un sentier de braconnier qui traversait une brèche dans le mur d'enceinte. Prise sous l'assaut des lierres, la maçonnerie avait fini par s'écrouler. Personne ne songeait à la réparer. Elle n'en parla jamais à Cellier. L'amour qu'elle lui portait n'avait pas brisé ses âpres habitudes, cela faisait trop longtemps qu'elle avait pris le pli, pour survivre, de se fabriquer des petits plaisirs, des souvenirs égoïstes, qu'elle couvait comme son or, et que personne, jamais, ne lui arracherait. Des fenêtres de Vallondé, elle pouvait apercevoir l'éboulis de la brèche. Chaque soir passé loin d'Orfonds, elle pensait au moment où elle allait le franchir à nouveau, légère, allègre, comme du temps de ses dix-sept ans, quand elle allait à la sablière pour retrouver Rodolphe.

Cellier ne la rejoignait jamais chez elle. Marthe s'y refusait. « A cause d'Elise », disait-elle, « à cause des domestiques. » Les domestiques avaient depuis longtemps observé son manège. Quant à Elise, après la rupture de ses fiançailles, elle avait repris son travail d'infirmière à Tours, elle quittait très rarement l'hôpital. Cellier parla alors d'emmener Marthe en voyage. Il lui fit miroiter une croisière en Egypte, un séjour en Italie. Elle éluda. Il ne découvrit que plus tard la raison de cette distance : Marthe espérait, autant qu'elle le craignait, le retour de Lambert.

De loin en loin, elle restait dormir à Orfonds. Elle y dormait bien, d'un sommeil lourd, sans rêves. Pour la première fois de sa vie elle avait des vraies nuits, jamais écourtées par le travail, le souci d'une maisonnée. Elle *laissait valer*, elle partageait enfin un lit qui n'était pas celui des rancœurs, des silences, mais un lieu de plaisir, de repos, pour un jeu où il n'y avait encore ni vaincu, ni vainqueur. Cependant, elle ne s'y attardait pas. Au petit matin, elle était déjà partie. Elle avait très vite compris que Cellier n'était pas facile à vivre. Enfant unique, trop gâté par sa mère, il était capricieux, désinvolte. Il pouvait disparaître du jour au lendemain, il la prévenait au dernier moment, parfois au saut du lit. Elle lui pardonnait tout. Par les vitraux violets de la galerie du premier étage, elle le regardait partir à toute allure au volant de sa Roland-Pillain, effrayée et ravie de l'avoir pour amant. Il revenait comme il était parti, à l'improviste, après trois jours ou trois semaines. Il lui donnait très peu de nouvelles. Elle ne cherchait pas à en avoir. *« On prend ce qu'on peut, on souffre ce qu'il faut »*, écrivit Marthe en ce temps-là, dans les lettres de plus en plus nombreuses qu'elle envoyait à Nine.

Elle ne souffrit jamais bien longtemps. Cellier revenait toujours, avec l'air d'un enfant pris en faute. Il lui offrait les cadeaux les plus inattendus, souvent ceux qu'il aurait aimé se faire à lui-même, des quartz, des agates, des tourmalines, toutes sortes de cristaux minuscules ou gigantesques, car il adorait la géologie. Quelquefois même, il venait déposer dans le creux de sa main de simples bijoux taillés dans le silex par les paysans de Rouvray. Il allait les acheter dans elle ne savait quelle ferme. Marthe se fit souvent photographier devant ses rangées de pierres, à côté de la pendule qui représentait le Temps. Un jour, dans un des paquets maladroits de Cellier, ficelés à la hâte dans du papier journal, elle découvrit un énorme bloc noirâtre, où étaient incrustés deux fossiles d'ammonites, dont les spirales presque exactement symétriques se chevauchaient légèrement. « C'est nous », dit Cellier, « toi à gauche, moi à droite, nous voilà unis pour l'éternité. » Il avait la voix qui tremblait, elle retint le rire qui lui montait aux lèvres. La puérilité de son geste l'enchanta. Elle rapporta religieusement la pierre à Vallondé. Dans un geste aussi naïf que celui de Cellier, elle la fit enchâsser dans un mur, à un endroit qu'elle crut longtemps être seule à connaître, sous le grand escalier caissonné. Elle y est toujours.

Un soir d'été, Cellier lui annonça qu'il ne quitterait plus la région. Il avait en vue une affaire à Tours, une armurerie qui périclitait. Il voulait la racheter pour lui donner un nouveau souffle. Il projetait de fabriquer des armements modernes. Il les vendrait à l'Etat, il fabriquerait aussi des moteurs d'avion. Il proposa à Marthe d'y investir des capitaux. Contrairement à son habitude, Marthe accepta sur-le-champ.

– Il faudra bien un jour qu'on passe devant le maire, ajouta Cellier.

Ils étaient assis sur la terrasse, là où s'était déroulé le déjeuner de soleil, et aux mêmes places. C'étaient aussi les mêmes couverts, le même menu d'été, léger, arrosé d'un vin frais. Ils en étaient au dessert, Marthe pelait une pêche. La nuit venait, très lourde, tourmentée d'insectes. En bas, du côté du fleuve, c'était déjà le noir, mais un peu de lumière traînait encore sur le coteau, là où mûrissaient les vignes. Les oiseaux ne se couchaient pas, ils continuaient de venir picorer sous la table. Cellier fumait un cigare. Dans le demi-jour, il paraissait encore plus jeune.

Marthe contempla un instant son profil qui se détachait sur le fleuve. Il avait un visage fin, tout en muscles, avec un nez très droit, presque féminin. Il reposa son cigare sur le bord du cendrier, elle vit ses mâchoires se crisper. Puis il se remit à fumer. Elle n'arrivait pas à parler. Elle se concentra sur sa pêche. Le fruit était très mûr. Alors qu'elle dégageait le noyau, son couteau dérapa brusquement sur la porcelaine de l'assiette, le jus gicla sur sa blouse de soie. Elle lâcha un juron. C'était inhabituel. Cellier leva un œil surpris.

– Les taches de pêche, ça ne part pas, souffla Marthe. Je vais me changer.

Elle quitta la table. Elle ne revint pas sur la terrasse.

Ils se couchèrent très tôt, malgré la chaleur. Cellier lui dit à peine deux mots, elle non plus ne parla guère. Il lui fit l'amour longuement, silencieusement, puis sombra dans le sommeil. La fenêtre était ouverte, les volets n'étaient pas tirés. Seule une moustiquaire protégeait la chambre. Marthe regarda longtemps dormir Cellier. Elle ne pouvait détacher les yeux de son corps un peu maigre. Il bougeait beaucoup, des mots inarticulés lui échappaient parfois.

Dans la vérité du sommeil, Cellier était semblable à ce qu'elle savait de lui : nerveux, encore enfant. Encore épargné du malheur. Naguère, lui avait-il confié, il avait fait quelques folies, il avait passé ses nuits dans les casinos, il avait perdu des sommes incroyables. A une autre époque, il eut la manie des femmes, collectionna les maîtresses, se ruina en robes, en bijoux. Puis son oncle, qui gérait ses papeteries, était tombé malade, il avait fallu qu'il se mette aux affaires. A présent, elles étaient son unique passion, avait-il dit à Marthe, puis il avait corrigé : « La seule avec toi... » « Tu es doué pour les deux », lui avait répondu Marthe et elle avait ajouté : « Tu vois clair avant tout le monde. Avec moi aussi, tu vois clair. »

Tout en le contemplant, Marthe écoutait la nuit, elle respirait son grand souffle noir, son odeur de plantes humides qui se mêlait à celle, plus fauve, de la peau de Cellier. Elle ne s'endormit qu'au matin.

Cette nuit-là, derrière le corps abandonné de son amant, c'était Lambert qu'elle avait vu. Elle qui n'avait jamais rougi de rien, elle avait eu honte. Dès le lendemain, elle écrivit à Nine une lettre très courte. Sa dernière phrase aurait dû alarmer sa cousine : *« L'amour d'un homme, cela s'oublie. Pour celui d'un enfant, comment faire? »*

Deux mois plus tard, cependant, Marthe Monsacré signa l'acte par lequel elle s'associait à Cellier pour le rachat de l'armurerie et moteurs Tranchelion, sise à Tours, derrière la place Rabelais. Elle possédait le tiers des actions. Elle avait vendu la plus grosse de ses deux minoteries, au prix fort. Tout le monde jugea que c'était une folie, bien digne d'une femme qui n'était pas *de là*. Le jour de la vente, Chicheray l'adjura de renoncer. « Je ne veux pas mettre tous mes œufs dans le même panier », lui rétorqua-t-elle.

Dans son cahier, lorsqu'il parle de cette époque, Cellier affirme qu'il n'a jamais été aussi heureux de sa vie. Marthe et lui continuèrent néanmoins, comme on disait à Rouvray, à vivre *« chacun de leur bord »*. Cellier ne lui reparla plus mariage. Il ne mettait jamais les pieds à Vallondé.

Les mois qui suivirent, chaque fois que Marthe reprit, au petit matin, le chemin des bois, chaque fois qu'elle passa la brèche dans le mur, elle se demanda combien de nuits d'oubli il lui restait à vivre, dans les bras de Cellier. Sa vie pourtant était libre et ouverte, ses enfants élevés, sa fortune faite; elle ne désespérait pas de marier Elise. Elle se disait qu'elle était entrée dans la seconde partie de sa vie, *la vie de maintenant*, comme elle l'appelait dans ses lettres à Nine – sans trop savoir quand, ni comment, avait fini la *vie d'avant*. Les vieilles haines, les fatalités des héritages et des familles, tout cela avait été balayé, pensait-elle, par la guerre, par les deuils. Tous ceux qui avaient tourmenté sa jeunesse étaient morts, jusqu'à Thérèse, jusqu'à Julia, décédées à trois mois d'intervalle à l'hospice des Ursulines. Dans les cartons qu'elle entassait dans les greniers de Vallondé, tous les souvenirs étaient rangés, étiquetés. Enfouis, pensait-elle, pour l'éternité, indéchiffrables à tout autre qu'elle-même, embaumés sous la naphtaline et le papier de soie, ceux de Damien et ceux d'Hugo, de Rodolphe et du Grand Monsacré, les barboteuses d'Elise comme les brassières de Lambert, les jouets usés, les cartes postales d'avant-guerre, les dentelles fanées, les enveloppes bourrées de boucles de cheveux, les photos d'ancêtres qu'elle n'avait pas connus, des clichés d'enfants qui n'avaient pas vécu. Le monde n'aurait plus jamais la même face, il allait vite, avec des bébés qui ne mouraient plus, des ouvriers qui travaillaient moins. Avec des avions, des machines, des colonies. Avec d'autres guerres en germe, pour lesquelles il fallait des armes, celles-là même que voulait fabriquer Cellier, et sur lesquelles elle espérait bien, comme sur le blé, faire de nouveaux bénéfices.

Marthe se disait alors à propos de Cellier, chaque fois qu'elle franchissait la brèche dans le mur : « Allons, assez pensé pour aujourd'hui, j'ai bien dormi, c'est toujours ça de pris. » Elle dépassait le moulin, les fondations moussues du Moulin de la Jalousie. Elle traversait la Luisse, suivait un moment le dessin de ses méandres. Les jambes mouillées par les herbes de la prairie, elle pressait le pas vers son manoir ouvert sur le Val, au mépris des domestiques et de leurs regards lourds, de leurs murmures dans son dos. Il ne fallait pas être sorcier pour deviner ce qu'ils allaient répéter : que Marthe Monsacré, enfin, avait trouvé son maître.

Marthe préférait ne rien savoir, elle n'avait pas peur, elle avait choisi le parti du mépris. Elle avait tort. *« Droit de passage, droit de cuissage »*, se gaussait-on à Rouvray, quand on parlait de son histoire avec Cellier; et quand on évoquait sa fortune, désormais associée à celle de son amant, on concluait invariablement : *« Le vin se fait dans la lie. »*

CHAPITRE 29

Ce fut là sans doute la seconde erreur de Marthe, d'avoir pensé qu'avec les morts la ville avait enterré ses rancunes, d'avoir cru qu'elle était capricieuse dans ses haines, que la terre était sans mémoire. Mais depuis des siècles que les paysans accrochés à leurs arpents de tuffeau guettaient les étrangers égarés dans le Val, ils avaient appris à se taire, eux aussi. A se transmettre de père en fils leur grosse pelote d'envie, avec le même soin jaloux que les nappes brodées, les terres fertiles, les couverts d'argent et les sacs de louis. Ils savaient attendre l'heure où tomberait l'ennemi, pris au piège de la fortune, ou, plus souvent encore, à la folie du fleuve. Ils avaient vu sombrer les plus paillards des rois, des peintres de génie, des sculpteurs arrachés à des terres de soleil, qui n'avaient pas souhaité mourir ailleurs qu'en ce jardin, ce faux jardin, possédés et heureux, prisonniers du charme d'une rivière sournoise. Ils s'étaient faits mécènes et alchimistes de sa grâce impalpable, tandis que sous leur treille, du haut de leur coteau, âpres et patients, les paysans les regardaient s'agiter, en attendant leur chute.

Dans son domaine de Vallondé, Marthe Monsacré se croyait encore sincèrement paysanne. Elle n'avait pas voyagé plus loin que Tours, elle savait comme personne choisir la date des moissons, prédire le temps à la couleur du ciel. Mais sans le savoir, elle succomba à un réflexe venu de plus loin, de son enfance, peut-être, du temps du couvent, quand on lui faisait grief, sans toujours le lui dire, d'être différente, d'arriver d'ailleurs. A l'époque, déjà, elle s'entêtait à ne pas jouer le jeu, à ne pas feindre d'être quelqu'un d'autre qu'elle-même, une belle fille brune et qui portait beau. Qui choisissait ses amies, n'ouvrait la bouche que lorsqu'il lui plaisait. A plus de quarante ans, riche et veuve, menant à Vallondé le train d'une châtelaine, il faut bien constater que Marthe n'en usa pas autrement. Ses enfants partis, elle ne se lia qu'avec des étrangers.

Ils étaient de plus en plus nombreux à s'installer sur les bords de la Loire, nouveaux riches engraissés par la guerre, industriels ingénieux ou chanceux, appâtés d'abord par le prix dérisoire des propriétés à vendre, puis envoûtés par la lumière, le rythme étrange du fleuve. Dans les salons de Rouvray et d'ailleurs, chez les notables, les fins de race, les paysans fraîchement teintés de manières bourgeoises, tous ceux qui, à des titres divers, se targuaient d'être *de là*, on n'entendait plus, à l'heure du café, que des conversations navrées. Ils se chuchotaient le nom des nouveaux propriétaires, écorchaient leurs noms comme à plaisir, pour bien montrer qu'ils étaient imprononçables. Mais ils pouvaient spéculer des heures sur le montant de leur fortune, récapituler par le menu leurs biographies réelles ou imaginaires, celle des Carvalho, installés à Villandry, des Alphen-Salvador, propriétaires du château de Ballan-Miré, des Berheim, nouveaux maîtres des Savonnières. Dans les domaines qu'ils venaient d'acheter, on cherchait inlassablement le vice caché qui pouvait faire espérer leur rapide déconfiture. Au premier hiver, à la première inondation, on leur prédisait les pires catastrophes. On parlait de termites dans des charpentes, de grottes qui allaient s'écrouler, libérant des sources souterraines, inconnues jusque-là, qui rongeraient en un rien de temps les fondations de leurs manoirs. Malgré tous ces maux présents et à venir, les gens de Rouvray ne se consolaient pas. D'année en année, selon une loi qui paraissait inéluctable, les forêts, les domaines, passaient à des mains qui n'étaient pas *de là*.

Aussi éprouvèrent-ils une intense satisfaction lorsque le nouveau propriétaire du Grand Chatigny, un banquier argentin nommé Perès-Peron, fut ruiné par une affaire un peu hasardeuse en Egypte, et mit à nouveau le château en vente. Il l'avait acquis quatre ans plus tôt. Il n'y avait pas séjourné plus de trois semaines d'affilée. Le domaine avait continué à se délabrer, les canalisations des bassins étaient rongées, le parc, les charmilles laissés à l'abandon. Les terrasses en bordure de Loire, qui étaient naguère tout l'agrément du domaine, avaient entièrement disparu sous la friche.

Plusieurs candidats à l'achat se présentèrent chez Cicheray : deux Parisiens, un soyeux de Lyon, deux Anglais, un autre Sud-Américain, enfin un prince égyptien, Ahmad Pacha, un des créanciers de Perès-Peron. De l'avis général, le prix demandé par l'Argentin n'était pas exorbitant. La négociation prenait bonne tournure, quand le prince Ahmad Pacha voulut à nouveau visiter le domaine. Il traversa les rues de Rouvray dans une énorme Bugatti, mais ce fut son burnous, plus que son automobile, qui frappa ceux qui se trouvèrent sur son passage. Arrivé au Grand Chatigny, il arpenta longuement le parc, puis inspecta le château de la cave au grenier. Il parut satisfait. Pour finir, il demanda à voir les caves. Elles n'étaient pas en excellent état. Il le fit remarquer très aigrement, souligna qu'il faudrait les remaçonner avant qu'il pût y entreposer sans risque sa collection de grands millésimes. Il était très observateur. En visitant les dernières grottes, où l'on abritait le matériel de jardinage, il s'aperçut qu'une paroi de craie s'était écroulée sous l'effet des pluies, derrière un pressoir désaffecté. Elle s'ouvrait sur une galerie inconnue du propriétaire. Le boyau avait été creusé à main d'homme et descendait en pente douce. Perès-Peron s'avança le premier, suivi du prince, du gardien du domaine, enfin de Chicheray, qui n'en menait pas large. Ils entrèrent dans une première salle – les vestiges, selon toute évidence, d'un très ancien habitat troglodytique – puis ils se trouvèrent en face d'un nouvel éboulis, qui fermait une seconde salle, beaucoup plus petite. Le gardien le dégagea sans difficulté. Ils crurent que la pièce était vide, comme la première. Lorsqu'ils s'avancèrent, ils distinguèrent deux squelettes étendus sur le sol. L'un était beaucoup plus grand que l'autre. Ils eurent à peine le temps de le remarquer, encore moins de disserter sur leur origine : au bout de quelques instants, les os se disloquèrent et tombèrent en poussière.

Tout égyptien qu'il fût, familier des nécropoles et d'innombrables variétés de momies, le prince Ahmad Pacha parut très affecté par la macabre découverte. Le surlendemain, il fit savoir qu'il renonçait à l'achat. L'affaire fit grand bruit. Qu'on eût découvert deux squelettes dans les grottes du Grand Chatigny n'avait pourtant rien de très surprenant. Rien non plus qui pût réveiller l'hydre du soupçon, si vivace à Rouvray. Les ossements remontaient à des temps très anciens : ils s'étaient pulvérisés au bout de quelques minutes. De loin en loin, on faisait dans la région des découvertes analogues. Le docteur Vernon, qui connaissait à la perfection l'histoire du pays, ne manqua pas de rappeler que vingt ans plut tôt, dans des circonstances identiques, à la faveur d'un éboulement des souterrains du château fort de Rouvray, on avait trouvé un cadavre parfaitement conservé, vêtu de pied en cap, assis devant une table et enchaîné par les pieds. A ses vêtements, on estima que le prisonnier avait été emmuré à l'époque d'Henri IV. Comme au Grand Chatigny, le mort était tombé en poussière quelques instants après qu'on eut dégagé l'ouverture du cachot.

Plus encore que les légendes qui couraient sur le Grand

Chatigny, les imaginations furent troublées par le fait que deux squelettes, aussitôt retournés en poussière, fussent devenus fatals à une vente. N'était-ce pas un nouvel effet de la malédiction jetée par la première marquise d'Ombray? suggérèrent quelques esprits romantiques. En tout cas, fin août, l'affaire n'était toujours pas réglée. On avançait quelques autres noms d'acquéreurs tentés par l'acquisition du Grand Chatigny. On disait que Marthe Monsacré s'était renseignée sur le prix du domaine. D'après la rumeur, elle n'avait pas donné suite.

C'était parfaitement exact. Elle avait agi sur l'ordre de Cellier, intéressé par la forêt. Pour elle, la majeure partie de ses capitaux était désormais bloquée dans l'armurerie, « l'affaire de son Juif », comme on disait à Rouvray. Bien lui en avait pris, du reste, car les cours du blé n'arrêtaient pas de baisser. Seuls les immeubles qu'elle avait fait construire à Tours lui permettaient encore d'arrondir sa fortune. Les travaux de restauration qu'elle poursuivait à Vallondé engloutissaient les revenus de la minoterie. Après la réfection du manoir, elle s'était lancée dans la restauration des jardins, une série de bassins et de terrasses qui descendaient en pente douce vers la Loire. D'après des gravures anciennes, elle en avait déterminé le plan initial. Elle n'arrêtait pas de répéter : « Ce manoir est né de l'eau, il faut le rendre à l'eau. Le remettre en eau, comme un moulin. » Cellier objecta que le manoir deviendrait plus humide. Elle ne voulut rien entendre. Elle prétendit qu'elle avait retrouvé des tronçons entiers des anciennes canalisations. « Les gens de ce temps-là savaient ce qu'ils faisaient. Le manoir est construit sur un petit éperon de roche entre les alluvions du vallon. Les fondations du bâtiment resteront parfaitement sèches. D'ailleurs, les jardins donnent plein sud. »

Cellier n'avait rien répondu. Que répondre à Marthe quand elle parlait de son manoir? Entre elle et Vallondé, c'était aussi une histoire d'amour. Avec l'aide de Vernon, elle avait reconstitué minutieusement l'histoire du domaine. Dès le Moyen Age, c'était sur ce bief que les premiers seigneurs du lieu avaient fondé leur puissance. Des années durant, le blé de tout le pays avait coulé des terres jusqu'au vallon, jusqu'au moulin. Avec le grain, était venu l'argent, qui avait permis de construire le manoir. En rasant la maison d'habitation, en gagnant à son tour de quoi vivre en châtelaine, Marthe s'y était trouvé une sorte de généalogie. Non celle des parvenus, qui s'inventent un titre, une dynastie. Marthe se rattachait à une ascendance plus secrète, celle de la science des éléments, de leur harmonie intime, de leur utilisation astucieuse, des combinaisons et des ruses qui lient si étroitement les hommes avec leur terre. Plus que le manoir, elle aimait le paysage. Elle y voyait peut-être l'image de son destin.

A présent qu'il était dégagé de la friche, Vallondé, du haut du coteau, ressemblait à un barrage, une digue ornementale et richement blasonnée, surchargée de pilastres, de clochetons. Au cours des travaux, Marthe avait eu quelques belles surprises : la découverte d'une marelle, au coin d'une cheminée; sous le linteau d'une fenêtre, une frise de signes cabalistiques. Dans le jardin lui-même, elle avait remarqué une variété d'œillets inconnue. D'après Vernon, l'espèce ne poussait qu'en Palestine. Au retour des croisades, l'un des premiers seigneurs de Vallondé l'avait sans doute acclimatée ici, dans la rocaille d'un embryon de parc.

Marthe n'eut pas le temps de faire courir son imagination. Des mois durant, elle dut diriger des troupes d'ouvriers, faire ravaler, chauler les murs, déclouer les portes sauvagement murées par l'avarice du Grand Monsacré, puis nettoyer encore, maçonner, polir, ouvrir toutes les pièces sur l'eau et la lumière. Par chance, Vallondé n'était pas très grand, c'était là tout son charme. Le manoir donnait l'impression de vivre au rythme des eaux, alangui, selon les jours, ou au contraire emporté dans les tourbillons de la Luisse, fait de pierres vives, aimait-elle à rappeler, avec le même sourire que lorsqu'elle disait *les eaux vives*. Elle avait voulu qu'on voie partout la pierre. D'une façon audacieuse pour l'époque, elle avait fait tomber les vieux plâtres, les papiers peints décolorés. Puis on avait poncé le tuffeau pour faire éclater sa blancheur, ses arêtes. Jamais Vallondé n'avait paru si lumineux.

Tout le temps des travaux, Marthe était restée pareille à elle-même, d'une calme énergie. Jusqu'au moment où elle toucha aux jardins. Elle avait cru qu'ils avanceraient comme le reste. En cette fin d'août très pluvieuse, elle commença à déchanter. A cause des averses incessantes, elle avait l'impression qu'elle n'arrivait à rien. A peine avait-on reconstitué une terrasse que des infiltrations d'eau menaçaient d'emporter la terre. On ne pouvait pas commencer les maçonneries destinées à les soutenir. Les ouvriers engagés pour ce travail délicat, à l'ancienne, lui avaient conseillé d'attendre le changement de temps. Pour mettre un comble à son exaspération, Cellier était parti du jour au lendemain, lui annonçant sans plus de façons qu'il devait participer à un rallye automobile, sur les routes du Midi.

Elle était d'une humeur massacrante. On ignorait ce qui l'agaçait le plus, du départ subit de Cellier ou des pluies qui n'arrêtaient pas. Le temps venait de se lever, mais il faisait très froid, on se serait cru en novembre. Juste après le 15 août, Elise était retournée à Tours. Pour tromper sa solitude, Marthe avait invité Nine. Comme du temps de leur jeunesse, son amie était gaie et très vive, malgré la mort de son mari. A cette époque-là, elle paraissait plus âgée que Marthe. Elle commençait à ressembler à la vieille femme qu'elle allait devenir, menue, ridée, toujours à l'affût, un rien commère, mais enjouée, malicieuse, la mémoire alerte, la plaisanterie toujours au bord des lèvres.

C'est à Nine qu'on doit le récit de cette soirée mémorable. Marthe, quant à elle, n'en a jamais parlé. Chaque fois qu'on a évoqué l'événement devant elle, elle a affirmé que Nine, comme les gens de Rouvray *« en avait fait tout un plat »*. En minimisant les faits, Marthe niait d'abord que son destin, contre son gré, se soit joué en partie ce soir-là. Elle refusa cette idée jusqu'à sa mort.

D'après Nine, elles avaient dîné très tôt. Marthe était allée inspecter une dernière fois les travaux de terrassement. Elle était revenue du jardin plus excédée que jamais. Nine voulut la calmer :

– Des travaux pareils... Ça ne peut se faire en un jour.

– Du train où ça va, ils ne se feront pas non plus en un an.

– Il faut prendre la vie comme elle vient.

– Je ne fais que ça.

– Cellier t'a écrit?

– Non.

– Il téléphonera.

Marthe tourna un moment dans la pièce, rajusta un napperon sur une table, des fleurs dans un vase. La nuit n'était pas tombée, une lumière verte rôdait encore sur les premiers parterres, l'éclairage du soir si particulier à Vallondé, quand s'adoucissait la ligne du coteau, que les derniers rayons se concentraient dans l'herbe du vallon. Le monde semblait alors se résumer à ce creux, ce ventre de terre moussue. Il n'était plus qu'attente, acceptation de la nuit, du noir qui envahissait, par vagues, les courbes de la Luisse.

Nine brodait une nappe que sa fille possède toujours, un service de table orné de motifs comme on les aimait à l'époque, des bouquets de bleuets et de coquelicots. Les cœurs des fleurs étaient noirs. Marthe fit remarquer à Nine qu'elle allait s'user les yeux, à vouloir travailler des couleurs sombres à la lumière électrique. Nine s'obstina.

– On se croirait en hiver, insista Marthe. Laisse ton ouvrage, tu n'y vois rien.

– Ça me fait passer le temps.

– Tu ferais mieux d'aller te coucher. C'est un temps à dormir. Un temps de chien. On grelotte. Année de foin, année de rien. Le vin ne sera pas bon, cette année.

– Il y aura la quantité.

– Quand il y a la quantité, il n'y a pas la qualité.

– Qu'est ce que tu veux... Ça finira bien par passer. Regarde, le ciel se dégage.

Nine avait lâché un moment son ouvrage, elle désignait l'orée du vallon. Derrière les tas de terre amoncelés par les ouvriers, au-delà des prairies, on apercevait en effet un bout de Loire, un morceau de fleuve très clair, comme lorsqu'il faisait beau temps; et les nuages, en effet, commençaient à s'effilocher.

– Ça va durer deux heures, et puis ça va reprendre.

Marthe prit une pelote de fil entre ses doigts, la caressa un moment, puis la reposa et se leva.

– Je vais faire du feu, dit-elle. Si ça n'est pas malheureux, en plein mois d'août.

Elle sonna Suzanne pour qu'elle apporte du bois et du papier journal. Puis elle disposa elle-même les bûches et y mit le feu. Nine rapprocha sa chaise de la cheminée. Marthe se réchauffa un moment les mains au-dessus des flammes, puis repartit dans son bureau, qui était à droite du salon. Nine la vit feuilleter ses livres de comptes. A l'évidence, elle n'arrivait pas à se concentrer : de temps à autre, quand Nine relevait la tête de son ouvrage, elle la voyait contempler ses terrasses.

La nuit était là. Nine avait allumé une seconde lampe. Elle continuait à broder le cœur noir des coquelicots. Comme l'avait prévu Marthe, sa vue se brouillait, ses points n'étaient plus si réguliers. Elle se frotta les paupières.

– Laisse donc, dit Marthe qui l'observait depuis son

bureau. Je te l'ai déjà dit, le soir, on n'arrive jamais à rien avec les couleurs sombres.

« Marthe n'a jamais pu rester longtemps en place », ajouta Nine quand elle fit le récit de cette soirée, *« surtout lorsqu'elle avait des soucis. Dans ces cas-là, il fallait toujours qu'elle s'occupe les mains, ou qu'elle surveille son entourage. Je savais bien ce qui la tourmentait : Cellier qui était au loin, avec sa voiture qu'il conduisait comme un fou; et puis ses jardins, ses terrasses qui n'avançaient pas. Il y avait aussi ce qu'elle gardait pour elle, ce qu'elle n'aurait jamais avoué pour un empire, Elise qu'elle n'arrivait pas à marier, qui tournait à la bonne sœur laïque dans son hôpital. Enfin Lambert. Elle ne prononçait jamais le nom de son fils. Je n'en parlais jamais, je savais qu'elle n'avait aucune nouvelle de lui, même par Chicheray. Marthe avait beau faire la fière, elle n'arrivait pas à s'endormir, les soirs où Cellier n'était pas là. Elle passait la nuit à lire le dictionnaire. Elle en apprenait des pages par cœur, pour s'empêcher de penser. Voilà pourquoi elle était si forte aux mots croisés. Le plus fort, c'est qu'elle était toujours debout sur le coup de sept heures, pas un cheveu qui dépasse de l'autre, et fraîche comme un gardon. »*

Nine n'osa pas l'épier trop longtemps. Elle craignait de rencontrer son regard, elle redoutait de l'irriter davantage. Elle rangea sa broderie, reposa sa tête sur le dossier du fauteuil, jeta à nouveau un œil au jardin. L'ombre avait gagné du terrain, elle descendait vers la vallée. Dans l'obscurité, on distinguait encore quelques vasques, cernées par des nuées de moustiques. Nine se leva pour aller fermer la porte-fenêtre.

C'est alors qu'elle vit le feu. Elle se souvint qu'elle n'y crut pas, sur le moment, tant l'air était humide. Ce ne fut d'abord qu'une lueur, une grande illumination rougeâtre au-dessus des bois d'Orfonds. Elle s'étonna que le soleil ne fût pas encore couché. Puis, comme la lueur était au sud, elle comprit que c'était un incendie. D'un seul coup, la lumière se fit plus vive, un long panache de fumée s'éleva, que le vent rabattit au-dessus de la Loire. Nine courut au salon :

– Le feu, Marthe, le feu...

Elle non plus, elle n'y crut pas. Elle ne leva pas le nez de ses comptes.

– Remets une bûche, si tu as froid.

– Mais non, Marthe, dehors, le feu... Le feu, l'incendie! Là-bas...

Elle avait désigné les bois, du côté d'Orfonds. Marthe fut debout dans l'instant. Elle courut à son tour sur le perron.

– C'est à Orfonds, souffla Nine.

Marthe frissonna. Elle fixa un court instant l'horizon rougeoyant, puis elle déclara, de ce ton égal et froid qui n'était qu'à elle :

– Non, c'est plus loin. Beaucoup plus loin. Plus à l'ouest. Ça vient du Grand Chatigny. Ce sont les bois qui brûlent, le anciens bois du marquis.

Elle parut réfléchir un moment, et ajouta :

– D'ailleurs, si c'était à Orfonds, ça sentirait déjà le roussi.

Elle tourna les talons. Elle était vraiment à bout de nerfs, car elle claqua la porte.

Ce fut Nine, pour une fois, qui ne dormit pas de la nuit. Elle resta jusqu'au petit matin en haut du coteau, avec les domestiques, à regarder l'incendie. Cela ressembla à une sorte de fête. Tous étaient pris d'une fébrilité étrange, qui rappelait les temps d'inondation. Sur le coup de minuit, on entendit le tocsin sonner, puis des moteurs gronder, depuis la route qui longeait la Loire. Il y eut enfin quelques sirènes. Derrière les futaies d'Orfonds, les flammes montaient de plus en plus haut.

Vers cinq heures du matin, tout fut fini. Nine alla se coucher, épuisée, mais profondément satisfaite. « *Sur le coteau, j'étais aux premières loges* », raconta-t-elle, « *pour une catastrophe, c'était une belle catastrophe!* »

Marthe avait vu juste, l'incendie venait de plus loin qu'Orfonds. Mais elle s'était trompée sur un point : le feu avait épargné les anciens bois des Ombray. A moins qu'elle ait compris la vérité tout de suite, sans trouver la force de la dire. C'était le Grand Chatigny qui avait brûlé.

CHAPITRE 30

A présent le domaine ne valait plus grand-chose. Il n'y aurait plus que des fous pour songer à l'acheter. Très étrangement, ces fous se manifestèrent beaucoup plus vite qu'on aurait cru. On ignora longtemps qui leur avait indiqué l'affaire. On prétendait que c'était Chicheray. Rien n'était moins sûr.

Avec le recul, on peut s'étonner, à juste titre, que l'incendie revienne aussi souvent dans les souvenirs des gens de Rouvray, qu'il soit si souvent associé au récit de l'histoire de Marthe, comme un repère particulièrement sûr, une datation quasiment historique. Tout tient, en réalité, à un effet de perspective, à la façon dont le Grand Chatigny, dans les mois qui suivirent, et d'une façon particulièrement spectaculaire, se retrouva lié au destin des Monsacré. Une seule aile du château avait brûlé. Pour le reste, il était intact, c'est-à-dire en voie d'abandon. Mais les gens de Rouvray préféraient les pierres aux hommes, le sentiment de la propriété au sentiment tout court. Cette mort portée dans ses clochetons, les sculptures maniérées qui enjolivaient ses toitures, leur parut plus désastreuse que la disparition de Blanche ou la fin tragique du marquis d'Ombray. Comme pour Marthe, la cassure qui se produisit alors fut presque aussi nette que celle qu'avait créée la guerre. Ou, plus précisément, l'épisode de l'incendie apporta la démonstration, la preuve tangible que les temps n'étaient plus les mêmes. On ne parlait plus de malédiction, c'était beaucoup plus fort, on souffrait : il était désormais évident qu'avec ce château qu'abandonnait la grâce, une puissance tutélaire venait de quitter le pays.

Il fallut donc attendre l'incendie pour que Rouvray s'aperçût qu'il n'y avait plus de marquis. On ne se perdit pas très longtemps en conjectures sur les raisons du sinistre. L'opinion commune était que Perès-Peron avait eu l'allumette heureuse. Il était très bien assuré, il n'allait pas manquer de toucher une grosse prime. De fait, il l'obtint très vite, et remit le château en vente. Le plus extraordinaire, c'est qu'il trouva aussitôt preneur. Tout s'était réglé à Paris. C'étaient deux femmes qui achetaient. Des Russes, les sœurs Bronski.

Elles n'avaient pas trente ans. Dès qu'elles arrivèrent à Rouvray, on comprit qu'il allait se passer *là-bas*, comme on appelait le Grand Chatigny, des choses hors du commun. Elles s'étaient décidées après une visite de la cadette, la comtesse Marina, une femme blonde et mince. Elle avait inspecté le château, arpenté le parc une petite heure, puis, comme si elle avait parlé d'une fourrure, d'un flacon de parfum, elle avait jeté à Chicheray, en claquant la portière de sa voiture : « J'achète », et elle était repartie à Paris. Le notaire s'était déplacé là-bas pour lui faire signer l'acte. Elle avait payé rubis sur l'ongle.

Les sœurs Bronski avaient ébloui Chicheray. Quand on lui parlait d'elles, il se contentait d'agiter les bras d'un mouvement large, comme pour signifier l'étendue de leur fortune, le faste de leur train de vie. Le geste laissait aussi entendre que quelque chose lui échappait dans l'usage que ces deux femmes faisaient de leur argent, dans leur condition même d'étrangères. Un jour où il avait bu, il finit par lâcher qu'elles étaient célibataires. Elles venaient de faire un très gros héritage, celui de leur grand-père, un certain

Dolhman, un financier balte. Chicheray ajouta qu'elles avaient joyeusement commencé à le *claquer* : ce fut très exactement le mot qu'il eut, assorti d'une grimace inconsciente, comme lorsqu'il parlait des filles du *Petit Soleil*, ou des actrices de cinéma. « Tant mieux pour nous », conclut-il, « elles vont le claquer ici. Avec les travaux qu'il faut faire au château... » On soupçonnait que c'était lui qui leur avait indiqué l'affaire. Mais par quel détour Chicheray, toujours enterré dans son étude de Rouvray, avait-il pu connaître ces deux richissimes étrangères? Etaient-elles des parentes de Perès-Peron? De ses relations, de ses maîtresses? On l'ignorait. Et surtout, on se demandait ce qu'elles pouvaient avoir de si particulier, pour rendre le notaire si subitement muet, lui si pressé de se vanter quand il rencontrait de jolies femmes.

Des semaines durant, on attendit en vain l'installation des deux sœurs. Elles ne firent leur apparition qu'en février suivant. Ce qui frappa les gens de Rouvray, c'était qu'elles ne se ressemblaient pas. Marina, la plus jeune, était fine et blonde. Tania Bronski, l'aînée, était une solide beauté brune, volubile, elle conduisait elle-même son automobile, une Pierce Arrow, un modèle américain d'une ligne très pure, qui fit sensation à lui seul. Des années plus tard, Madeleine Roseroy, la mercière qui avait succédé à Julia à la *Tentation parisienne*, la revoyait sauter de sa voiture avec ce geste qui n'appartint qu'à elle, en rejetant sèchement sur ses épaules ses cheveux drus, si noirs. A peine arrivée, Tania Bronski se mit en quête d'un architecte. Elle jeta son dévolu sur Albert Huisseau.

Ce fut lui qui commença à répandre dans le pays la légende des sœurs Bronski, dès le soir où il rapporta les déclarations exaltées que venait de lui faire la belle Tania, devant la façade défigurée du Grand Chatigny : « Il faut absolument conserver les traces de l'incendie », s'était-elle exclamée. « J'adore ces cicatrices sur cette craie si tendre, c'est décadent à souhait, prophétique des ruines qui nous menacent, gardons cela, je vous en prie, ces pierres noircies, ces poutres calcinées, je suis folle de ce château déparé et souffrant... »

D'après Huisseau, cette profession de foi dura cinq bonnes minutes. Tania Bronski débitait presque sans accent des phrases interminables, elle parlait, comme sa sœur, un français précieux, qu'elle prétendait avoir appris à Pétersbourg, juste avant la révolution. Malgré le froid, elle s'assit sur un banc de pierre, au pied d'une statue. Une neige très fine tombait sur le parc. Les flocons fondaient dès qu'ils touchaient les encorbellements des terrasses, les fontaines égarées dans les broussailles. Elle eut une dernière phrase, pour lui confier qu'elle était peintre. D'après Huisseau, l'aînée des Bronski se mettait à parler d'un seul coup, on avait du mal à la suivre, on ne l'arrêtait plus, puis elle se taisait brusquement. Tania Bronski resta sur son banc deux bonnes heures, à contempler la façade noircie du château, sans un mot, comme en extase. Huisseau n'en était pas encore revenu. Comme pour Chicheray, on ne savait pas ce qui l'avait surpris davantage, de la beauté de l'aînée des Bronski ou de sa liberté d'allure. De son silence brutal, ou de ses phrases démesurées.

Les travaux étaient loin d'être finis, au début de l'été, quand les deux sœurs donnèrent leurs premières fêtes. On vit des escouades d'automobiles traverser Rouvray en direction du domaine, remplies de musiciens noirs, de femmes maigres et très maquillées. D'autres voitures suivirent, plus luxueuses encore, conduites par des chauffeurs en livrée, avec des passagers de marque, semblait-il, à en juger par leurs vêtements et leur air compassé. Personne ne savait vraiment ce qui se passait au Grand Chatigny, sinon qu'on y *claquait l'argent*. Les sœurs Bronski n'invitaient personne qui fût de Rouvray, ni même de Tours. Elles partaient comme elles venaient, à l'improviste. Elles s'installaient aux dates les plus incongrues, suivies ou précédées de camions de déménagement qui déversaient aux grilles du domaine, sous les yeux interdits des paysans voisins, les objets les plus hétéroclites, miroirs rococo, paravents de laque, cabinets incrustés d'ivoire, armures de samouraïs, masques africains, totems de peuplades inconnues, plusieurs pianos, un clavecin, et même un gigantesque orgue de Barbarie, dont on entendit, un soir, ronfler au-dessus des bois les accords fatigués.

Ce qui déplut, à Rouvray, ne fut pas seulement cette débauche d'argent. C'était l'usage que les sœurs Bronski faisaient du lieu, et encore davantage leur mépris du temps, leur indifférence aux rythmes convenus. Elles ignoraient les saisons, le rituel des fêtes et des villégiatures. Il n'était de loi que celle de leur caprice. Il était clair qu'elles avaient pris possession du Grand Chatigny comme d'un décor de théâtre, d'une pièce qu'elles auraient pu jouer à Deauville ou sur la Riviera, mais qu'elles avaient préféré donner ici, dans leur course éperdue à l'extraordinaire. Leurs fêtes elles-mêmes ne correspondaient à rien que l'on connût. Elles commandaient à l'aubergiste du *Goujon frétillant* des soupers gigantesques, dont elles abandonnaient la moitié aux chiens des paysans, faute d'y avoir touché. Puis les invités buvaient, dansaient jusqu'au matin. Des hameaux voisins, des fermes accrochées à flanc de coteau, on les voyait s'agiter, derrière la façade illuminée du château, plus étrange encore depuis qu'elle était mutilée. Tout se passait à l'intérieur, les convives des Bronski n'aimaient pas le grand air, ni le jour, ils préféraient la nuit et ses lumières électriques. Il y avait des bals costumés, parfois des pièces de théâtre. D'après les domestiques, c'était Marina Bronski qui en fabriquait les costumes, et elle chantait aussi, en s'accompagnant au piano. A deux ou trois reprises, toujours d'après les domestiques, on tourna les séquences d'un film.

D'un bout à l'autre des nuits, inlassable, Marina Bronski chantait. On disait qu'elle était cantatrice, ou actrice de cinéma. Un soir plus agité qu'un autre, on la vit paraître à une fenêtre, déclamer des vers dans une langue inconnue. Sa voix devenait parfois si aiguë qu'on aurait pu croire qu'elle criait au secours. Pour une fois, les invités dansaient dehors, ils avaient traîné un piano face à la charmille. Un musicien noir jouait sous un projecteur. Il se mit à pleuvoir. Les gouttes rebondissaient sur la laque du piano, mais le musicien s'entêtait à jouer. De temps à autre, sa main droite lâchait son clavier, il s'emparait d'une bouteille, qu'il buvait au goulot. Des hommes se précipitèrent pour rentrer le piano, le musicien protesta, vacilla, il y eut des injures, un début de bagarre. Debout à sa fenêtre, un chandelier à la main, Marina Bronski continuait inlassablement à déclamer ses vers.

Les fêtes, avec les sœurs Bronski, pouvaient durer plusieurs jours, puis elles cessaient d'un seul coup. Les invités repartaient comme ils étaient venus, le visage plombé et distant. On voyait leurs voitures traverser Rouvray, la même caravane qu'à l'arrivée, peut-être moins rapide. Le plus souvent, Marina Bronski était du voyage. Tania restait seule au domaine. Elle y séjournait quelques jours ou plusieurs semaines, jamais coiffée, vêtue de grandes chemises sales, l'œil agrandi, se gorgeant de thé, de café. On disait qu'elle restait enfermée dans sa chambre, face à son chevalet, qu'elle maniait jour et nuit ses couleurs, ses pinceaux. Ce qu'elle peignait, d'après la rumeur publique, n'était que barbouillages. Des toiles rouge et noir, ou toutes vertes, ou même entièrement violettes. Des croûtes voyantes, sans queue ni tête, qui ne représentaient rien.

Les sœurs Bronski n'avaient pas acheté le Grand Chatigny depuis un an qu'elles avaient déjà reçu leur surnom. On les appelait les *romanos*.

CHAPITRE 31

Marthe, pourquoi le cacher, se contenta elle aussi de cette appellation commode. Tout lui répugnait dans les récits qu'on répandait sur les Bronski, leur mépris de l'argent, l'usage sacrilège qu'elles faisaient du domaine. Dans les racontars, elle ne tenta pas de faire la part des choses, celle de la vérité et celle de l'envie. Elle eut les mêmes mots, jetés comme un sort, renouvelés à la première occasion, la prière muette du rejet : qu'ils s'en aillent, ces gens, ils ne sont pas d'ici.

Il fit beau, les printemps qui suivirent l'installation des sœurs Bronski. Cellier était très souvent à Orfonds, l'armurerie prospérait, il vendait ses marchandises en Italie, en Espagne, il ne désespérait pas de conquérir l'Allemagne. Signe du goût croissant qu'il avait pour le pays – ou pour elle, Marthe ne cherchait pas à y voir clair – ses séjours à Orfonds se prolongèrent. Il avait fait construire un court de tennis à la lisière de la propriété. Il y jouait avec Vernon.

Marthe continuait à encaisser ses loyers, à diriger la minoterie, à surveiller les comptes de l'armurerie de Tours. Elle désespérait de marier Elise, qui s'obstinait à travailler à Tours alors que ses fermages lui donnaient largement de quoi vivre. Devant les chambres vides du manoir de

Vallondé, Marthe s'exclamait souvent : « *Il faudrait des enfants, dans cette maison. Sinon, à quoi ça sert...* »

Ces printemps-là, le samedi soir, elle emmena souvent Elise à Orfonds. Elles arrivaient toujours à la fraîche, quand Cellier et Vernon avaient fini leur partie de tennis, et qu'ils descendaient, les cheveux encore mouillés de la douche, et sentant très fort l'eau de Cologne. Ils dînaient tous les quatre sur la terrasse. Derrière les arbres, du côté de Vallondé, flottaient encore des traînées de pollen, comme une poussière d'or au-dessus des prairies. Cellier parlait de fossiles et de vignes, Vernon reprenait ses anecdotes sur l'histoire du pays, ses sempiternelles aventures de châtelaines lascives, d'alchimistes maudits. Marthe écoutait, se taisait. Cellier levait soudain vers elle son visage bruni : « Tu ne dis rien... » Elle souriait, elle ne parlait pas davantage. Ce recueillement était tout son plaisir, joie d'une quarantaine dont elle avait décidé, selon son expression, qu'il fallait « *en prendre le meilleur* ».

Elise se taisait aussi. Ce fut bientôt elle qui demanda à venir à Orfonds. Quand Vernon parlait, elle ne l'écoutait pas, elle suivait le mouvement de ses lèvres, avec un regard flou, parfois traversé, comme ceux des chats, d'un éclair très bref. Marthe s'en aperçut. Elle prit Vernon à part. Il était célibataire, assez timide. Elle l'encouragea à faire la cour à sa fille.

Entre lui et Elise, il dut y avoir assez vite des promesses, des baisers, malgré les vingt ans qui les séparaient. Mais chaque fois que Marthe parla mariage à sa fille, elle éluda. Seule une série de photos, soigneusement rangée dans un étui de cuir noir, témoigne de ce début d'idylle. Au fond de la pochette, une facture permet de le situer très précisément : elle est datée du 20 juillet 1925, avec l'indication du prix : *4,50 frs*. Les tirages sont numérotés d'un trait fébrile de crayon. La facture est au nom du docteur Vernon.

Chronique d'un printemps oublié, de la grâce fragile d'un moment de répit. Entre le premier et le dernier cliché, l'été est venu, le printemps a passé. De cliché en cliché, on voit se ternir les feuilles des cerisiers, se faner les fleurs d'acacias. Les foins sont coupés, les arbres se chargent de fruits. Marthe dut penser à la mort, en cette année 1925 : elle alla déposer chez Chicheray son premier testament.

D'un bout à l'autre de ce glorieux printemps, Vernon a photographié Elise dans le parc de Vallondé. Les terrasses sont terminées. Les vasques y déversent des tresses de lierre, des coulées de fleurs. Marthe fait construire une roseraie, on dresse des treillis de bois clair contre le tuffeau des grottes où, naguère, Hugo et Thérèse cherchèrent l'or du Grand Monsacré. L'objectif artiste de Vernon détaille dans toutes ses nuances la patine de la pierre. Il parvient à saisir un papillon égaré au milieu des premiers foins, l'ombre d'une brume de chaleur glissant entre les cèdres.

Elise figure sur la plupart des clichés. Toujours aussi blonde et mince, elle porte à ravir les robes courtes de ces années vingt, mais elle demeure distante, presque hautaine. Vernon la prend assise sur une chaise de jardin, ou bien allongée à côté du vieux moulin, entre les branches d'osier et les iris sauvages. Dans tous les cas, sa pose est toujours très convenue. Quelque chose d'elle se refuse à l'objectif – ou à Vernon, le photographe. Elle n'a pas le visage d'une amoureuse. Sa vraie nature n'éclate que sur la photo marquée du numéro 16, où Vernon l'a prise à l'improviste. Il photographiait les toits de Vallondé, il a dû être le premier étonné de la voir surgir au centre de son objectif. Elise se dresse au milieu de la lucarne centrale du grenier, un gigantesque œil-de-bœuf où s'engouffre le soleil. Que faisait-elle là-haut? Quels souvenirs, quels secrets était-elle allée remuer dans les vieux cartons de Marthe, les albums de cartes postales, les valenciennes jaunies des robes d'autrefois? Dans l'ovale de la lucarne, Elise ressemble aux dames blanches dont Vernon racontait les légendes, fantômes du plein midi, qui préféraient le grand jour pour crier leur douleur. Tendue au-dessus du parc gorgé de sève, comme ignorante du vide qui s'ouvre devant elle, elle paraît plus fragile que jamais. Plus sauvage, surtout. Parce qu'elle se croit loin du regard inquiet d'Alexandre Vernon, elle se livre tout entière à son tourment, une inquiétude étrange, qui l'amène peut-être à prendre cette posture étonnante, devant l'embrasure de la lucarne : on croirait une crucifiée.

Vernon a réussi une seule fois à la surprendre à rire, devant Cellier, sur le tennis, à Orfonds. Cellier et Elise éprouvaient beaucoup de sympathie l'un pour l'autre. Leur âge les rapprochait – il était à peine de quatre ans son aîné. La séduction de Cellier dut jouer sur Elise, cette façon qu'il avait de suggérer à n'importe quelle femme, par une multitude d'attentions, qu'elle était la créature la plus irremplaçable qu'il ait jamais rencontrée. Pour dérider Elise, Cellier multipliait les pitreries. Ici, d'un coup de raquette entre ses jambes écartées, il lance une balle en arrière, dans un élan si exagéré qu'elle ne peut se retenir de rire. Vernon a saisi au vol ce bref instant de joie.

Dans cette série précieusement conservée au fond de son étui noir, on ne trouve aucune photo de Cellier aux côtés de Marthe, pas une trace de leur liaison. On a envie de dire : *pas une preuve*. Comme retenu par une peur inexplicable – la même prévention, sans doute, que les gens de Rouvray – Vernon s'est abstenu de les réunir devant son objectif.

Le dernier cliché, marqué du numéro 17, est un portrait de Marthe. Le printemps est fini, les cerisiers croulent sous les fruits. Une échelle est posée contre le tronc d'un arbre, Marthe vient d'en descendre, elle soulève un panier, qui paraît assez lourd. A sa manière moins raide, on sent que son corps est comblé, sous sa robe de crêpe pâle. Il s'alourdit, sa tension se relâche. Son cou n'est plus si ferme, son visage commence à s'empâter. Son regard aussi a changé, il est beaucoup plus tendre, comme adouci par les nuits qu'elle a passées dans les bras de Cellier. Marthe s'abandonne, elle qui ne s'est jamais abandonnée.

Son testament confirme ce relâchement. Marthe y demandait qu'au jour de son décès, ses parts de société reviennent à Cellier. De façon à respecter la législation sur l'héritage, la valeur de ces parts était nettement sous-estimée. Dans son aveuglement, Marthe a confié son testament à Chicheray. Elle avait été distraite, tout ce beau printemps-là. Désinvolte, un peu légère. Lasse de ses rancunes, fatiguée de se souvenir. Oublieuse de tout. Amoureuse. L'oubli lui fut fatal. Il fit rentrer Lambert.

CHAPITRE 32

Il est arrivé sans prévenir. Le jour, la grille du domaine était presque toujours ouverte. Comme tous les gens de la province, Marthe avait toujours une oreille à l'affût. Même lorsqu'elle était plongée dans ses comptes, elle ne cessait jamais de guetter les bruits qui venaient de la route, mêlés au léger clapot de la Luisse.

Elle a entendu Lambert arriver au seul bruit du gravier, ce gravier de Loire roux et grenu, qu'on trouve là-bas dans toutes les allées. Elle était à la cuisine, à faire un clafoutis. La fenêtre était ouverte. Quand elle s'est aperçue que le gravier crissait de façon irrégulière – un pas plus lourd, plus traînant que l'autre – Marthe a su que son fils était de retour.

Elle n'a pas osé lever les yeux. Elle a simplement pensé : Elise n'est pas là, Cellier non plus. Elle s'est demandé si c'était mieux. Elle était déjà désarmée.

Cellier était à Paris, pour affaires. Elle n'aimait pas ces moments-là. C'était pourtant elle qui l'avait envoyé là-bas. Elle l'incitait à chercher de nouveaux brevets. « Il faut aller de l'avant, » ne cessait-elle de lui dire, en ajoutant toujours son dicton préféré, « Qui n'avance pas recule ». La dernière idée de Marthe, c'était d'investir dans l'armement pour l'aviation. Depuis quelque temps, elle lisait les journaux de Paris. Un soir, elle y a découvert un article qui l'a passionnée : « La guerre moderne ». On y parlait de mitraillettes, de soutes à bombes. Elle a d'abord été intriguée, puis son idée a pris corps. Il s'agissait d'acquérir au plus vite les brevets des armes nouvelles, pour les fabriquer dans l'usine de Tours, au premier bruit de guerre. Elle en a parlé à Cellier. Il s'est aussitôt montré très enthousiaste. Il a voulu prospecter au plus vite tous les bureaux d'études. Du jour au lendemain, Marthe s'est retrouvée seule.

Elle était triste et inquiète, elle n'était pas sûre qu'il soit rentré pour le 14 juillet. Il fallait alors qu'elle *« s'occupe les mains »*, comme elle disait. Elle saisissait le premier prétexte pour passer la journée à l'office ou au jardin.

Cet après-midi-là, le prétexte fut le clafoutis. Le verger croulait sous les cerises. Elle a dit à Suzanne : « On ne sait plus où donner de la tête, avec tous ces fruits. On a déjà fait des confitures, de la gelée. Les cerises vont se perdre. A moins de faire un clafoutis... »

Marthe beurrait un moule, quand elle a entendu Lambert. Elle a jeté un œil dehors, elle l'a aperçu au milieu de l'allée. Elle avait les mains collantes. Elle a couru les laver au-dessus de l'évier, elle a arraché son tablier, rajusté son corsage. Puis elle s'est dit : Non, c'est trop facile. Et elle a décidé de jouer l'indifférence.

Elle y serait arrivée, pour Cellier. C'était Lambert : elle n'y parvint pas. D'un mouvement mécanique, elle a jeté quelques cerises dans la jatte de pâte, puis elle a renoncé. Elle est sortie sur le perron. Elle se sentait étrangement raide. Pourtant, quand elle a vu Lambert s'avancer dans l'allée, elle s'est détendue d'un seul coup. Elle a souri.

Il ne la voyait pas. Il regardait du côté du vieux bief, il fixait l'emplacement de la maison rasée.

On était au milieu de l'après-midi. Il avait plu une heure plus tôt, les ardoises du toit étaient encore humides. Le soleil apparut d'un seul coup, un soleil d'après les averses d'été, généreux, apaisant. Les toits se mirent à briller, comme la Luisse, tout autour d'eux. Au même moment, Lambert leva les yeux vers sa mère. Elle comprit dans l'instant qu'il ne faisait que passer.

Elle eut mal, déjà. Elle s'est avancée vers lui, elle a esquissé le geste d'un baiser. Il ne l'a pas repoussée. Il a fait pire, il l'a ignorée. Ou plutôt il a ignoré son geste, comme s'ils étaient séparés par un rempart invisible. Par un état de fait, qu'il était vain de nier. Marthe s'est pourtant entendue lui souffler : « Entre... » Il n'a pas répondu. Il a gardé le visage tourné vers le moulin, vers la Luisse. Il a hoché la tête, quand il a vu les terrasses, la roseraie en fleurs, contre la craie des grottes. A son visage fermé, Marthe a compris qu'elle ne recevrait pas le compliment qu'elle attendait. Lambert posait maintenant sur le monde le même œil sombre que son père. Il aurait obscurci les plus radieux soleils.

La grosse Suzanne a passé la tête par la fenêtre de la cuisine. Elle reniflait, plissait les yeux, comme chaque fois qu'elle épiait Marthe. Lambert l'a aperçue.

– Allons par là, a-t-il dit en désignant la Luisse. Nous serons mieux pour parler.

Il a désigné le vieux moulin. Sa voix n'avait pas changé, à peine était-elle plus rauque, plus étouffée. L'émotion, espéra Marthe, le trouble des retrouvailles. Elle lui emboîta le pas. Il lui aurait demandé de le suivre jusqu'au bout du monde qu'à l'instant même, elle l'aurait fait. Elle aurait quitté Vallondé sans rien emporter de ce qui avait fait sa vie, sans un centime, sans un souvenir. Sans même prévenir Elise, ni Cellier.

Pourtant, à mesure qu'ils se rapprochaient du bief, elle a senti que Lambert ne revenait pas en fils prodigue. Il ne revenait même pas en fils. Il venait lui rendre visite en vengeur. Ou plus exactement, en triomphateur rancunier, comme le Grand Monsacré, en homme qui n'aurait jamais son content de victoire. C'était elle qu'il voulait écraser, elle le devinait sans peine, rien qu'à son ombrage, le même que celui d'Hugo, avec la même petite grimace qui lui amincissait la bouche. Contre toute raison, elle garda espoir. Tandis qu'ils marchaient vers le moulin, elle se répétait : c'est mon fils, c'est Lambert, il est revenu. Elle ne s'était jamais connu l'esprit aussi confus.

Lambert s'assit au bout de l'allée qui menait au vieux moulin, non loin de l'endroit où Vernon, au mois de mai, avait photographié Elise. Les iris sauvages étaient fanés depuis longtemps. Marthe s'assit à ses côtés. Pour la première fois de sa vie, elle se sentait abandonnée. Elle qui n'avait songé jusque-là qu'à protéger, qu'à apaiser, elle avait besoin à son tour d'être calmée et défendue. Elle a pensé à Elise, elle s'est dit : elle pourrait m'aider. Puis elle a songé à Cellier. Elle a aussitôt écarté son image. Elle se sentait faible, rien qu'à penser à lui.

Lambert ne disait rien. Il observait toujours l'emplacement de la maison de son enfance, là où il ne restait plus, entre les marguerites et les herbes folles, que les restes noircis d'une cheminée décapitée. Marthe contemplait son fils, elle ignorait pourquoi elle le trouvait différent, si c'était son costume trop neuf, trop élégant, ou ses cheveux, sur ses tempes, un peu moins fournis. Elle a remarqué aussi son automobile, garée derrière la grille, un modèle voyant, qui aurait déplu à Cellier.

C'est elle qui a rompu le silence. Elle a menti. Elle a dit : « Tu n'as pas changé. »

Une guêpe bourdonnait autour d'eux, attirée par un plant de colchique, ses fleurs gorgées de pollen. Marthe a levé la main pour chasser l'insecte. Lambert a eu un sursaut, il a cru qu'elle voulait le toucher. Leurs bras se sont heurtés. Dans les muscles crispés de son fils, Marthe a pressenti de la hargne, plus que de la colère. Des mois, des années de rancœurs mal contenues. Elle a pris les devants :

– Qu'est-ce que tu as de si important à me dire, pour avoir fait toute cette route?

– Je suis d'ici, non?

– Tu t'installes aux Grotteaux?

– Non. J'ai mis la propriété en vente.

– Ce n'est pas le moment. Il y a tellement de maisons à vendre.

Lambert a saisi un gravillon, l'a jeté dans la Luisse. Marthe n'a pas bougé, elle n'osait plus remuer un doigt, battre un cil. Il a ramassé un second gravier, l'a lancé de toutes ses forces dans la rivière. Le caillou a ricoché. Quand il a disparu dans l'eau, Lambert a lâché, les dents serrées :

– Je vais me marier.

Marthe a hoché la tête, sans pouvoir articuler un mot. Un bref instant, Lambert a été désarçonné :

– Ça ne te surprend pas?

– C'est de ton âge.

– On dirait que ça t'agace.

– Je suis heureuse que tu sois heureux.

– Non, ça t'agace. Parce que tu ne sais pas avec qui.

– Il suffit que tu me le dises.

– Devine...

Elle se pencha sur la prairie, coupa quelques brins d'herbe, qu'elle se mit à natter d'un mouvement rapide, habile, comme elle aurait fait de ses cheveux. Quand elle eut fini, elle enroula la tresse en bracelet autour de son poignet. Elle continuait d'espérer, elle se répétait : il faut faire avec Lambert comme avec Hugo, silence contre silence, le dernier qui parle a gagné la partie.

– Devine, répéta Lambert.

Elle s'obstinait à se taire. Et lui aussi, il s'entêtait :

– Devine!

– Comment veux-tu que je devine? Ça fait deux ans que tu es parti.

– J'ai fait mon chemin.

– Alors tout va bien.

Lambert se leva. Il désigna les bois d'Orfonds, puis jeta :

– Toi aussi, tu fais ton chemin!

– Qu'est-ce que ça peut te faire? laisse-moi mes belles heures. Je les ai bien méritées. Toute ma jeunesse, à vous élever, ta sœur et toi. A vous bâtir cette petite fortune...

Elle lui montrait les champs, le parc. Lui, il ne quittait pas le sol des yeux, il donnait des petits coups de pied dans les graviers de l'allée. Elle s'est radoucie :

– Reste quelques jours ici, a-t-elle repris. Tu verras ta sœur. Elle vient tous les samedis.

– Je sais. Tu veux la marier à Vernon.

– Je ne veux rien. Ta sœur est maîtresse de son destin. Toi aussi.

– Quand on vit avec toi, on ne fait jamais ce qu'on veut.

Marthe baissa la tête. Elle se forçait à fixer les gueules violacées des fleurs de colchique, à détailler leur pistil à l'extrémité filiforme, alourdie du trésor jaune auquel la guêpe, inlassablement, venait s'enivrer.

Lambert s'est alors emparé d'une grosse poignée de gravier. Puis il s'est retourné vers la rivière, il s'est mis à jeter les cailloux un à un dans le courant, régulièrement, méthodiquement. Marthe garda son calme, malgré la guêpe qui continuait de bourdonner autour de la branche de colchique. Lambert a perdu patience le premier, il a saisi la plante par la tige, l'a arrachée, puis lancée dans la Luisse. L'espace d'une minute, elle a été retenue par une vieille souche d'aulne, puis le courant l'a dégagée des broussailles pourrissantes. Il l'a regardée un moment dériver jusqu'à la petite cascade. Quand elle a disparu dans le courant, il a lâché :

– J'épouse Tania Bronski.

– La...

Elle allait dire *la romano*. Lambert l'a compris. Il a eu un petit rire :

– Oui, la romano. Figure-toi que c'est moi qui lui ai fait acheter le Grand Chatigny. Tu vois, ça sert, d'être bien avec son notaire...

Un gros nuage blanc, moutonneux, est passé devant le soleil, en faisant courir sur les bois de longues traînées d'ombre. Marthe a soupiré. Les ardoises du manoir tournaient au violet. Il y aura de la pluie avant la nuit, a-t-elle pensé, il faudrait que Suzanne rentre le linge.

C'était la seule idée claire dont elle se sentît capable. Cet après-midi-là, elle avait beau peser ses mots avant d'ouvrir la bouche, ils se retournaient contre elle, dès qu'elle les prononçait.

– Ces femmes sont très riches, s'est-elle entendue lâcher.

– Je n'en épouse qu'une. L'aînée, la brune.

– Elle est aussi riche que l'autre, je suppose.

– Tu supposes bien.

– Mais... La vie qu'elles mènent...

– Et alors?

Lambert se redressa devant elle. Marthe s'aperçut alors qu'il portait exactement le même costume que Cellier, un ensemble d'été d'une coupe raffinée, taillé dans un shantung très léger. Elle ne l'avait pas remarqué tout de suite : il ne tombait pas de la même façon sur son fils, Lambert était plus trapu, plus large d'épaules. D'avoir pu relever ce détail lui rendit un peu d'assurance. Malgré tout, elle eut encore une phrase de vaincue :

– Si je comprends bien, je suis la dernière avertie.

Il haussa les épaules. On n'entendait plus que le chuchotis de la Luisse. Ses eaux tenaces s'attaquaient maintenant à une autre souche, sous la friche de la rive opposée. Marthe a fini par oser la question qui lui brûlait les lèvres :

– Mais qu'est-ce que tu fais donc, à Paris?

– La même chose que ton juif. Des affaires.

– Ecoute, Lambert...

A son tour, Marthe s'est levée. Le soleil, un court moment, s'échappa des nuages. Dans la lumière, le visage de Lambert restait impénétrable. Ils étaient face à face, à quelques centimètres l'un de l'autre. Marthe crut retrouver l'odeur qu'il avait pendant son enfance : chaude, si vite imprégnée du parfum moussu du vallon. Elle jeta un œil à sa cicatrice, sur sa main droite, puis hasarda :

– Tu es pâle. Tu dois beaucoup travailler. Tu as repris ta médecine?

Il ne répondit pas. Elle crut voir sa main trembler. Elle tenta d'y glisser la sienne. Il la repoussa : un mouvement furtif, plus impitoyable qu'une gifle, dans sa sécheresse. Lambert n'était plus qu'hostilité, refus. Inévitablement, les mots ont suivi, des griefs qu'il lui asséna en désordre, sans se justifier, d'une voix assourdie par la rancœur. Elle crut qu'il n'allait jamais s'arrêter.

– ... Tu as rasé la maison, tu as fait mourir mon père, c'est toi qui l'a rendu malade, toi qui l'a rendu fou, tu as même voulu l'enfermer. Tu as fait semblant de partager son héritage, mais tu t'es arrangée pour garder pour toi tout ce qui rapportait, les minoteries, les immeubles de Tours, tu ne m'as laissé que les terres, et maintenant le cours du blé n'arrête pas de baisser... Et c'est aussi à cause de toi que ma sœur ne se marie pas, et Damien, tu te souviens du scandale... Alors maintenant ton gigolo, ton...

– Arrête, a crié Marthe.

Il s'est arrêté. Mais il a repris presque aussitôt, les dents serrées :

– Elise, tu as toujours préféré Elise. Forcément. Et maintenant, ton testament...

Le mot sonna comme une conclusion.

– C'était donc ça, souffla Marthe.

Elle tenta de faire front, réunit ce qui lui restait de forces :

– Je ne suis pas encore morte. Ça peut toujours se changer, un testament.

– C'est vrai, tu t'y connais. Tous les papiers que tu as extorqués à mon père... Tu t'y connaissais, déjà, du temps de mon grand-père. Mais tu ne seras pas la plus forte, avec moi. Tu ne prévois pas toujours tout.

Elle soupira. Malgré tous ses efforts, elle ne parvenait pas à se conduire comme d'habitude, à relever la tête, à planter là l'ennemi. Tout simplement, elle n'arrivait pas à voir en Lambert un ennemi.

– ... Tu n'avais pas tout prévu, poursuivait-il, quand tu as partagé l'héritage de mon père. Tu m'as laissé les sablières. Tu ne savais pas que ça vaudrait de l'or...

Il avait l'air triomphant, tout d'un coup.

– C'est donc ça, ton affaire? Tu t'es lancé dans le ciment? Dans le béton...

– Tu es devenue savante.

– Je lis les journaux.

Elle avait répondu sèchement, pour une fois. Il ne se troubla pas :

– Oui, dans le béton. Du ciment et des immeubles. Je suis entrepreneur. Je serai un jour plus riche que toi. Même plus riche que ma femme.

– Tu l'aimes?

– J'épouse Tania Bronski dans un mois, à Paris, Mariage civil. Si tu veux voir à quoi elle ressemble...

Marthe n'a compris qu'une chose : Lambert l'invitait à son mariage. C'était enfin un semblant de tendresse. Elle était prête à s'en contenter. Elle le vit sortir une carte, griffonner une adresse :

– Va la voir, tu t'amuseras.

Et il ajouta aussitôt :

– Elle est enceinte.

Il lui avait annoncé la nouvelle sans un soupçon de joie,

tout juste la fierté d'un propriétaire. Il eut un geste vers la Loire, en contrebas du vallon :

– On fera une fête, là-bas, avant l'automne.

Il reprenait peu à peu les usages du pays, il disait *là-bas*, comme les gens de Rouvray, pour parler du Grand Chatigny.

Comme ils étaient face au perron, il a ajouté :

– Là-bas aussi, tu viendras, si ça te chante. Même avec l'autre...

Il parlait encore de Cellier, mais il s'était calmé, tout d'un coup. Marthe ne fut pas dupe : c'était l'idée de sa réussite qui l'apaisait, et encore plus la perspective de pouvoir en faire étalage dans son pays natal. Il jeta un bref coup d'œil à sa montre, puis à la grille, derrière laquelle était rangée sa voiture. A la façon dont il suspendit sa jambe infirme, Marthe crut qu'il hésitait à partir.

– Reste, chuchota-t-elle. Reste seulement une nuit.

Elle le vit serrer les mâchoires. Dans l'expression impitoyable qu'il tentait de se composer, elle pressentit la même volonté que la sienne, la même obstination. Elle insista pourtant :

– Pour voir ta sœur. Elise rentre demain matin.

Lambert a à peine frémi, quand il a entendu le nom de sa sœur. Sa bouche s'est crispée, il a laissé passer un soupir, d'agacement ou de fatigue, Marthe n'aurait su le dire. Il était si près d'elle qu'un instant encore elle crut sentir l'odeur de sa peau. Mais elle n'a pas eu d'élan vers lui, cette fois-ci. C'en était fait de leurs liens de mère et de fils. A Lambert, il ne restait plus que la sécheresse d'un cœur endurci. A Marthe, la douleur.

Elle ne l'a pas accompagné à la grille. Elle est seulement restée sur le perron, pour le regarder s'en aller. Elle n'avait plus qu'un désir : aller s'écrouler sur son lit. Elle s'est raidie, elle est restée dehors jusqu'à ce qu'il ait disparu.

Lambert a démarré si vite que sa voiture a dérapé dans la boue de la route. Elle a fait une petite embardée, puis il l'a redressée. L'automobile s'est évanouie derrière les peupliers. Alors seulement Marthe est allée s'enfermer dans sa chambre. Elle a pleuré, cet après-midi-là. Debout, le front collé à sa fenêtre.

CHAPITRE 33

Jean Cellier n'a connu de Marthe que la douleur silencieuse. La souffrance portée haut, le désespoir muet. Il n'a jamais été dupe de sa façade impassible. Dès ce temps-là, il a deviné sa détresse, à ses yeux trop cernés, à son teint fatigué. Il a voulu l'aider, la conseiller. Ce fut très difficile. Elle ne voulait pas lui parler. Pour Cellier, Marthe avait l'humilité des amoureuses, mais l'amour de son fils était une contrée à part, où elle ne le laissa jamais entrer. Dès que Cellier prononçait le nom de Lambert, elle n'était plus que refus. Comme son fils, refus et repli.

Au retour de Cellier, elle a dû pourtant lui annoncer le mariage de Lambert. Elle lui a montré l'adresse de Tania Bronski, sur la carte griffonnée par son fils. Elle habitait rue Spontini. Une excellente adresse, a commenté Cellier.

– Je ne suis jamais allée à Paris, a coupé Marthe. Je voudrais que tu m'accompagnes.

Elle semblait gênée, presque timide. Cellier a compris qu'il s'était passé quelque chose de pénible, lors de la visite de Lambert. Il a posé quelques questions. Elle a éludé. Il s'est entêté. Elle trouvait toutes sortes d'échappatoires, elle changeait de conversation, commentait à perte de vue les fluctuations boursières. Elle ne parvint pas à lui donner le change. Il se renseigna aussitôt sur Lambert. A Rouvray, tout le monde était déjà au courant de son mariage avec l'aînée des sœurs Bronski. Curieusement, personne ne songeait à lui reprocher cette union tapageuse. On avait oublié la « romano ». Lambert était accueilli comme l'enfant du pays, on parlait déjà de lui comme du nouveau maître du Grand Chatigny. Il gagnait déjà beaucoup d'argent, disait-on, pour un homme aussi jeune.

Par l'intermédiaire de ses relations parisiennes, Cellier parvint à en savoir davantage. Après son départ de Rouvray, Lambert Monsacré avait mené une vie assez bohème, puis il s'était lancé dans la spéculation immobilière. Ses deux sablières lui avaient donné l'idée d'investir dans le ciment. Contrairement à ce qu'il avait prétendu, ses bénéfices ne provenaient pas encore de la construction d'immeubles, mais de la démolition de bâtiments vétustes et de la vente de terrains. Il avait monté son affaire très peu de temps après sa rencontre avec Tania Bronski. Elle en avait financé les débuts. En somme, Lambert avait transposé dans le Paris des années vingt la vieille science des Monsacré, acheter au plus bas, vendre au prix fort. Et bien choisir ses proies.

« Dès l'annonce du mariage, j'ai saisi que Lambert était pour Marthe un amour où je n'étais pas, où je ne serais jamais », raconte Cellier dans ses cahiers de Mortelierre. *« Cela me laissa indifférent. Je suis devenu beaucoup plus inquiet quand j'ai compris que Lambert lui avait déclaré la guerre. L'achat du Grand Chatigny montrait à l'évidence qu'il avait une revanche à prendre à Rouvray, sur le terrain de Marthe. Mais à l'époque, je ne pensais qu'à la bonne marche de nos propres affaires. Lambert était un obstacle agaçant, comme le vice caché d'une maison, une clause illégale dans un contrat. Je suis allé interroger Chicheray. Il a été stupéfait d'apprendre que j'ignorais tout du testament de Marthe. J'ai pris peur. C'était une terreur irrationnelle, l'instinct du gibier qui sent venir son chasseur. A l'époque, pourtant, rien ne laissait prévoir ce qui allait suivre. J'ai*

voulu parler à Marthe. Un soir, à Orfonds, je lui ai dit, sans préambule : Méfie-toi de ton fils. Elle ne m'a pas écouté. Je ne voyais en elle qu'une femme. J'avais oublié qu'elle était une mère. »

Ce soir-là, Cellier mesura pour la première fois l'étendue de la faiblesse de Marthe, dès qu'il s'agissait de Lambert. A son « *méfie-toi* », elle répliqua par une phrase qui le laissa pantois :

– Ce serait me méfier de moi-même, mon petit Jean.

C'était une fin de dîner, ils étaient sur la terrasse. Il faisait encore jour, Cellier lui servait un café. La froideur de Marthe était telle qu'il se sentit confus. Il n'osait pas la regarder en face. D'elle, il ne distinguait qu'un reflet dans l'argent de la cafetière, un visage déformé, à la fois lointain et trop précis. Il écarta la cafetière, puis insista :

– Revois ton fils, Marthe. Revois-le sans illusions, mais ne montre rien de ce que tu éprouves. Prends-le avec indifférence, comme tu fais avec tes ennemis.

– Mais mon fils n'est pas un ennemi!

Elle se leva. Elle tremblait. Ou, plus exactement, son menton frémissait, comme si elle allait fondre en larmes.

Cellier était comme la plupart des hommes : il détestait voir les femmes pleurer. Mais il lui était encore plus insupportable de voir Marthe s'égarer. Il l'aimait pour sa force. Il n'acceptait en elle aucune faiblesse, en dehors de celle qui la portait vers lui.

– Lambert va revenir dans le pays, rétorqua-t-il. Il continuera ses affaires à Paris, bien sûr, mais c'est ici qu'il prendra sa revanche.

– Sa revanche? Quelle revanche?

– Il peut nous faire beaucoup de mal. A moi aussi.

– A toi? Mais tu es jaloux!

Elle se rassit, but son café d'un trait. Elle paraissait d'un seul coup plus sereine :

– Je vais revoir Lambert, puisqu'il m'invite à son mariage.

– Tâche aussi de t'entendre avec ta bru.

– Je n'ai pas besoin de toi pour savoir ce que je dois faire.

Elle repoussa sa tasse de café, se leva. Elle était redevenue parfaitement maîtresse d'elle-même.

Pour la première fois depuis longtemps, Marthe quitta Orfonds avant la tombée du jour, sans avoir partagé le lit de Cellier. Elle s'en alla sur-le-champ, pour dormir seule, à Vallondé, dans son vieux lit de merisier.

CHAPITRE 34

Dès qu'elle rencontra Tania Bronski, Marthe l'aima. Elle en oublia son fils. Avec Tania, elle le sut très vite, c'était l'aventure qui entrait dans la famille.

Sous ses dehors casaniers, Marthe aimait le changement. Elle s'en méfiait beaucoup pour elle-même, mais elle savait en apprécier la puissance créatrice. Elle a toujours eu le sentiment que la vie, chaque jour, peut changer de cap, elle était persuadée qu'il faut savoir risquer, pour continuer à vivre. C'est peut-être à cela que tenait sa mystérieuse différence, celle qui la sépara, davantage que les autres, de ses ennemis de Rouvray.

Les sœurs Bronski traînaient derrière elle des centaines d'anecdotes, des siècles d'imprévu autant que de noblesse. C'étaient d'authentiques comtesses russes. Leurs parents étaient morts dans le naufrage de leur yacht sur la côte dalmate, juste avant la guerre. Elles avaient eu des « idées rouges », elles avaient attendu 1919 avant de quitter Pétersbourg pour rejoindre à Copenhague leur grand-père maternel, un Danois, Kristöf Dolhman, dont elles tenaient toute leur fortune. Elles s'étaient enfuies dans des conditions particulièrement insolites, sur un bateau à l'équipage musulman, immobilisé à Pétersbourg non par les révolutionnaires, mais pour cause de Ramadan. Elles avaient réussi à se glisser à bord la veille de la fin du jeûne. Elles avaient soudoyé des gardes, des diplomates, elles avaient vendu des bijoux. Pour finir, il leur fallut payer de leur personne. Elles ne s'en cachaient pas.

Leur grand-père avait été lui-même un singulier personnage. Il appartenait à une vieille famille de la Hanse, francophile par goût, autant que par intérêt : des siècles durant, les Dolhman avaient vendu du bordeaux dans tous les ports baltes. Sa fortune était considérable. Après la mort de sa femme, il s'était désintéressé du commerce du vin et s'était mis en tête de jouer les mécènes. Il avait une passion pour la musique, notamment pour les violes de gambe et les Stradivarius, dont il possédait une importante collection. L'un de ses plus fidèles acheteurs de bordeaux, le comte Bronski, lui aussi collectionneur d'instruments, vint un jour visiter le petit musée qu'il s'était constitué. Au lieu de se pâmer devant les violons, il tomba amoureux de Frederika Dolhman, sa fille unique. Il voulut l'épouser. Il avait trente ans de plus qu'elle. Dolhman s'opposa au mariage, jusqu'au jour où le comte Bronski lui offrit sa propre collection, en échange de la main de sa fille. Il accepta.

Dès la naissance de ses petites-filles, Dolhman s'enticha d'elles. Il les traîna dans tous les musées d'Europe, dans toutes les salles de concert. Il avait des goûts d'avant-garde, il les fit séjourner six mois à Trieste, puis à Vienne, après la mort de leurs parents. C'est là que Tania Bronski eut sa première liaison. Elle n'avait pas seize ans quand elle s'amouracha d'un peintre. Dolhman détestait les œuvres de son amant. La guerre vint à point pour tout briser. Le peintre disparut dans la tourmente, Tania déclara qu'elle se consacrerait désormais à l'art, et ne se marierait jamais. Elle refusa de suivre son grand-père à Copenhague, retourna en Russie avec Marina, qui venait elle-même de s'éprendre d'un acteur. Elle voulait fonder avec lui un théâtre anarchiste. Tandis que l'empire s'écroulait autour d'elles, les deux sœurs passèrent leurs journées à peindre ou à répéter des tragédies populistes, dans les salons délabrés du palais Bronski. Puis elles se lassèrent de la révolution et se réfugièrent à Copenhague. Dolhman décida de reprendre avec elles sa vie de mécène cosmopolite. Il les emmena à Paris. Leur nom leur ouvrit toutes les portes. Leur entrée dans le monde fut fracassante : elles étaient jeunes, embellies encore par l'aura romantique des réfugiés russes. A la différence de la plupart d'entre eux, elles continuaient, grâce à Dolhman, de mener grand train.

Depuis l'adolescence, elles vivaient comme elles auraient joué une pièce de théâtre. Tout en elles était spectaculaire. Ce qui aurait pu ne pas l'être le devenait instantanément, par la mise en scène qu'elles montaient, sans même s'en rendre compte, autour des plus minces de leurs faits et gestes. Dolhman les observait avec une tendresse amusée. Elles devinrent à la mode, surtout Tania. Elles passaient leur temps entre Deauville et la Riviera, changeaient constamment d'amant, sans jamais s'en cacher. Elles étaient de toutes les fêtes, dans les palaces hantés de princes nostalgiques et déchus, comme dans les boîtes un peu douteuses qui s'ouvraient à Montparnasse. C'est là que Lambert les avait abordées, juste après son départ de Rouvray.

La rencontre de Tania et de Marthe eut lieu rue Spontini, l'avant-veille du mariage. Fait inattendu, c'est Lambert qui l'y emmena. Il continuait de prendre sa mère de très haut, mais il était tout à la satisfaction de lui montrer sa future femme, et tenait beaucoup à assister à leur rencontre. Il lui exposa par le menu la généalogie de Tania. Marthe l'écouta d'un air compassé. Elle n'avait pas dormi de la nuit. Paris ne lui plaisait pas, pas plus que l'immeuble moderne où la faisait entrer Lambert. L'appartement la déçut encore davantage : c'était un atelier, une immense enfilade de pièces, toutes percées d'immenses verrières, qui donnaient sur une cour aux murs noircis.

Un homme étrange leur avait ouvert, que Lambert présenta à Marthe comme le secrétaire de Tania. C'était plutôt un factotum : Marthe l'apprit ensuite, ses attributions s'étendaient de la cuisine au jardinage. De loin en loin, il lui servait même de chauffeur, et ne la quittait jamais. Il avait le teint basané, il était assez gros, il devait friser la quarantaine. Sous sa djellabah de velours rouge à galons dorés, dépassait un pantalon rigoureusement européen. Lambert s'amusa de la surprise de sa mère, lui précisa qu'il était syrien. Son nom était encore plus curieux : il s'appelait Léon Fattal. Par une sorte de prémonition bizarre, aucun Bronski, ni aucun Monsacré ne l'a jamais écrit autrement que *Fatal*. Il faut dire qu'ainsi orthographié son patronyme le résumait parfaitement : il posait immuablement sur les gens et les choses le même regard grave, comme s'il était seul à prévoir les tragédies qui les menaçaient. En dépit de son nom, il était d'une rare efficacité : jamais une sottise, jamais un faux pas. Et le plus absolu silence. Certains jours, on aurait pu croire qu'il était muet.

Il introduisit Marthe et Lambert dans l'atelier. Tania ne les entendit pas entrer. Elle ne remarqua même pas Lambert, qui marchait devant Marthe. Elle était tout entière à sa toile. Elle avait dû oublier le rendez-vous, elle ne s'était pas changée. Elle était debout, en blouse de travail, devant son chevalet, le pinceau à la main. Elle s'acharnait sur un petit détail, une longue flamme, sembla-t-il à Marthe, une longue traînée rouge sur le bas du tableau. Elle tirait la langue, comme une petite fille qui s'applique.

Marthe eut à peine un regard pour la toile. Elle était fascinée par ce bout de langue qui passait la bouche fardée de Tania Bronski. Le rouge à lèvres avait débordé, coloré ses incisives. Sous la lumière un peu crue de la verrière, son maquillage paraissait déplacé, elle donnait l'impression d'une gamine mal grimée. Ses cheveux coupés court découvraient des épaules un peu grasses. Elle était plus grande que Lambert, plus âgée aussi : elle approchait de la trentaine. Son corps était magnifique, mais un peu lourd.

Tania Bronski releva soudain les yeux, vit Lambert, puis Marthe. Elle comprit qu'ils étaient arrivés depuis un petit moment, et qu'ils étaient là, à la regarder peindre, sans oser prononcer un mot. Elle n'en parut pas troublée, ni même surprise. Elle soupira, puis se leva. Elle bougeait avec beaucoup d'aisance. Elle s'avança vers Marthe comme si elle l'avait toujours connue.

Et elle sourit. Ce fut peut-être son sourire, le large sourire de Tania, qui conquit Marthe dans la seconde. La joie éclaboussait tout, quand Tania souriait. La joie, comme une fragilité. Car les yeux de Tania, si sombres, n'étaient pas noirs de force. Ils brillaient de trop de tendresse, de trop d'amour. Sa faiblesse, c'était cet élan, cette volonté de donner, et même davantage, un besoin d'offrir, de prodiguer. Sa faille, Marthe le vit tout de suite, c'était ce *trop*. Il y avait aussi en elle quelque chose qui avait peur. Qui refusait, qui fuyait.

Lambert avait dû la chapitrer, elle s'efforça de recevoir Marthe de la façon la plus convenue qui soit, elle lui offrit du thé et des gâteaux secs, sur un napperon amidonné. Au bout de dix minutes, son naturel reprit le dessus : elle se leva, se regarda longuement dans la psyché installée derrière son chevalet, et parla de l'enfant qu'elle attendait pour le printemps. Lambert prit congé sur-le-champ. On ne le revit plus de la soirée.

Après avoir servi le thé, Léon Fatal s'était éclipsé dans ce qui semblait une cuisine, ou une salle de bains. On entendait de l'eau couler, et, de loin en loin, le fracas de casseroles, ou de flacons métalliques. Marthe et Tania restèrent, en tête-à-tête, devant la théière qui refroidissait.

A travers la verrière, le soir s'avançait. Une lumière orangée noyait les contours des objets, le désordre de l'atelier.

Tania Bronski parla beaucoup. Elle avait la parole magique. Tel fut le mot de Marthe, en tout cas, lorsqu'elle retrouva Cellier, juste après sa visite. Deux heures d'affilée, sans presque s'interrompre, Tania lui raconta les beautés de Vienne et de Pétersbourg, toutes sortes de merveilles exotiques qu'elle inventait peut-être. Elle avait un très léger accent, elle entremêlait ses digressions de réflexions sur la peinture, de souvenirs sur des artistes qui paraissaient avoir été ses amants. Elle avait beaucoup voyagé, elle avait une passion pour les jardins. Elle lui assura qu'elle n'avait acheté le Grand Chatigny que pour ses terrasses et sa charmille. Elle lui jura qu'elle voulait les rendre à leur première splendeur.

– Installez-vous là-bas, dit Marthe. L'air est si bon, pour les enfants.

– Les enfants, les enfants...

Tania se rembrunit. Elle lui désigna sa toile. A plusieurs reprises, Marthe y avait jeté un œil. C'était un nu. Il lui paraissait assez laid, sans doute à cause de ses couleurs violentes, de la pose obscène du modèle, sur un fauteuil aux pieds griffus.

– Il y a ma peinture, vous comprenez? reprit-elle.

Marthe ne répondit pas. Elle porta sa tasse à ses lèvres. Le thé était froid depuis longtemps. Comme elle la reposait sur la table, Tania ajouta :

– De toute façon, je prendrai des nurses.

A nouveau, elle sourit. Ses traits s'illuminaient, puis s'assombrissaient de manière imprévisible. Elle se remit à parler peinture. Marthe avait du mal à la suivre, et cependant elle ne se lassa pas de l'écouter. Quand la nuit tomba, Tania Bronski se tut. Elle alluma une lampe. Ses yeux s'arrêtèrent à nouveau sur son chevalet. Elle redevint indéchiffrable. Marthe ne savait pas que dire, quelque chose l'éloignait encore de Tania. Sa facilité de parole, ou la liberté d'allure que lui donnaient son nom, son argent; et l'impuissance à comprendre ce qui la poussait à peindre.

Marthe se détourna du chevalet. Elle était brusquement pressée de partir, l'affaire était entendue : cette bru n'était pas, ne serait jamais une ennemie. Il fallait la prendre pour ce qu'elle était, une originale. Et surtout un ventre qui prolongeait le sien. Elle rassembla ses forces, avant de sortir de son sac un petit écrin.

– Mon cadeau de mariage, bredouilla-t-elle. Avec mes vœux de bonheur.

Elle déposa l'écrin sur la table. Tania parut surprise, murmura un remerciement. Les mots lui manquaient, comme à Marthe. Elle ouvrit la boîte d'un mouvement nerveux, elle faillit se casser un ongle sur le fermoir. Il finit par céder. Elle découvrit une bague, qu'elle passa à son annulaire, puis à son majeur. Le bijou était encore beaucoup trop large pour son doigt gracile, mais il soulignait parfaitement la finesse de sa main. C'était une pièce assez curieuse, plus étrange que spectaculaire. Elle figurait un long feuillage contourné, traité à la manière baroque, surchargé d'améthystes et de petits rubis. Marthe avait jugé, sans en être trop sûre, qu'une artiste, ou prétendue telle, pourrait en apprécier la singularité.

C'était la bague d'Hortense Ruiz. Elle ne l'avait jamais portée, pas même le jour de son mariage, ni le soir des fiançailles d'Elise. Elle l'avait gardée au fond du sac où elle l'avait reçue, à côté de la montre à monogramme et du triptyque violet. Le sac l'avait suivie de maison en maison, du Moulin de la Jalousie aux Grotteaux, à Vallondé, d'abord caché sous des nappes, des piles de torchons ou de draps, puis enfoui à côté de ses lingots d'or, de ses titres de propriété, au fond d'un coffre-fort noyé dans le mur de sa chambre. Elle l'en extrayait une fois l'an, au moment du nettoyage de printemps, un rituel, qu'elle s'efforçait d'accomplir le plus froidement possible : elle brossait la montre et la bague, les passait au blanc d'Espagne, puis les enfouissait dans le sac jusqu'au printemps suivant.

Tania, à nouveau, balbutia un remerciement. Elle avait rougi. Elle paraissait touchée. Elle approcha la bague de la lampe, la fixa du même œil précis que sa toile, quand elle peignait.

– C'est une très belle pièce, finit-elle par murmurer.

– C'est un bijou de famille.

Tania désigna les petits rubis, à chaque extrémité du feuillage d'or rose...

– Ce motif de fleurs... Ça me rappelle... Et regardez la taille des pierres...

Les paupières de Tania s'aiguisèrent. Un mot lui monta aux lèvres, elle hésita un instant, le retint. Puis elle cria :

– Fatal, où sont mes lunettes?

Le Syrien traversa les pièces très lentement, en traînant ses babouches sur le parquet mal ciré. Il transpirait beaucoup, il marmonnait des mots incompréhensibles. Dès ce jour, Marthe remarqua que ses manières n'étaient pas d'un domestique. Il ne cherchait pas à cacher qu'il était excédé.

– Mes lunettes, Fatal, répéta Tania Bronski. Je les avais tout à l'heure, pour peindre.

– Non, madame.

Il avait répondu sèchement, comme s'il mettait son point d'honneur à lui tenir tête.

– Mais si, voyons. Trouvez-les moi.

Léon Fatal repoussa des tubes de gouache, souleva des piles d'esquisses au fusain. Tania avait déjà oublié ses lunettes. Elle poursuivait tout haut son idée :

– A Vienne, les joailliers...

Marthe s'était déjà avancée dans le vestibule, elle cherchait une formule pour prendre congé. La fin de la phrase la fit changer d'avis. Dès qu'elle entendit les derniers mots de Tania : « mais si, à Vienne, les petits bijoutiers juifs... », elle fit volte-face.

– C'est la bague de ma mère, coupa-t-elle. Mon père l'avait achetée à Tours, pour leurs fiançailles. Je pourrais vous dire chez qui. Je retrouverai l'écrin. Il était tout abîmé. J'ai préféré le remplacer.

– Votre père avait très bon goût. Vraiment, excellent. Ce bijou est une petite merveille.

Qui fit semblant de croire l'autre? Qui joua le mieux la comédie? Marthe, sans doute, plus rompue au silence, mieux dressée à donner le change. Mais les mots de Tania lui allèrent droit au cœur, quand elle lui chuchota, comme elle passait le seuil de l'atelier :

– Vous m'avez comblée. Vous avez deviné mes goûts sans me connaître.

Marthe fit un pas vers l'ascenseur. Tania la suivit. Elle paraissait craindre de rester seule.

– Je ne sais pas où est parti Lambert, fit-elle. Et dire que je me marie après-demain...

Elle lui parut plus pâle, tout d'un coup, sous la lumière pauvre de l'escalier. Un instant, Marthe crut qu'elle allait la suivre dans l'ascenseur, dans la rue, à son dîner avec Cellier. Elle voulut l'apaiser :

– Ne faites pas attention. C'est dans le caractère de Lambert. Avec moi, aussi... Profitez-en pour vous reposer. L'enfant...

– Ce sera un fils, vous verrez. Lambert veut un fils.

– Fils ou fille, on prend ce qui vient.

Marthe voulut appuyer sur le bouton de l'ascenseur. Elle hésita : elle n'était guère habituée à la machine, mais elle ne voulait pas le montrer. Tania la précéda. Leurs doigts se rencontrèrent. L'espace de quelques secondes, Marthe les retint au creux des siens. Tania baissa les yeux, caressa la bague, puis la regarda longuement. Elle ne souriait plus. Son regard, comme sa voix, s'était un peu voilé.

Marthe ne s'éternisa pas. Elle avait hâte de retrouver

Cellier, dans le restaurant où il l'avait invitée. Elle fut bavarde, pour une fois, elle voulut absolument dîner au champagne. Ils se couchèrent très tard. « Tu verras », ne cessait-elle de répéter, « tu verras, Vallondé, maintenant, avec mes petits-enfants... »

Ses confidences, son allégresse alarmèrent Cellier. *« Quelque chose s'était réveillé en elle »*, raconta-t-il dans les cahiers de Mortelierre, *« une soif de posséder, une volonté de domination que je n'avais jamais soupçonnée. Pour la première fois de ma vie, elle m'a fait peur. Elle avait compris que Tania Bronski ne serait jamais une mère. De ce soir-là, ce fut elle, Marthe, qui attendit cet enfant. Elle le convoitait, d'ailleurs, plus qu'elle ne l'attendait. Elle ne prononçait plus le nom de Lambert, elle ne parlait pas d'argent, ni même de la minoterie, des terres, de l'armurerie. Elle n'arrêtait pas de répéter : " Tu verras, à l'avenir, mes petits-enfants... " L'acharnement, l'habileté qu'elle avait mis à accumuler sa fortune, elle s'apprêtait à les déployer pour la seule chose qui l'intéressait désormais, la transmission du sang. Elle, Marthe, qui n'avait jamais su d'où elle était sortie... Elle avait l'espoir effrayant. »*

Et quelques lignes plus bas, à la fin de ce récit qui clôt son premier cahier, Jean Cellier conclut : *« Le jour où elle rencontra Tania, je crois, Marthe devint enfin une vraie Monsacré. »*

CHAPITRE 35

La fête au Grand Chatigny eut lieu plus tard que prévu, par un jour d'octobre encore chaud, juste avant les vendanges. Le ciel était très clair, les femmes portaient toujours leurs robes d'été. On avait dressé un grand buffet à l'entrée de la charmille.

Il a fait très beau, ce premier dimanche d'octobre. On but beaucoup. Vers quatre heures, Léon Fatal puis Marina se mirent au piano, dans le grand salon, et l'on dansa jusqu'à minuit. On tira un feu d'artifice au-dessus de la Loire, il y eut des musiques « nègres », pour les nombreux invités qui étaient venus de Paris; enfin des valses, en concession à la province. Marthe dansa *Le Beau Danube bleu* dans les bras de Cellier.

Elle aussi, elle avait dû boire. La scène a été fixée dans une très brève séquence d'un film d'amateur, retrouvé dans le carton à photos, à l'intérieur de deux petites boîtes métalliques, soigneusement fermées à l'aide d'un ruban de chatterton. Elles portent toujours leur étiquette, avec la marque *Pathé - Baby*, d'une calligraphie vaguement cubiste. Les deux pellicules sont assez floues, parcourues de rayures, parfois noyées de brume, le brouillard du temps, le voile que l'oubli jette sur les plus radieuses journées. Ces films ont dû appartenir à Cellier. A cette époque, il avait la passion du cinéma, comme il eut plus tard celle des avions, ou des postes de radio. Le jour de la fête, à plusieurs reprises, il a abandonné à Léon Fatal sa chère caméra, car on le voit à plusieurs reprises traverser les salons, incomparable d'élégance, dans un smoking blanc.

Il a dû lui aussi abuser du Vouvray : ses pas ne sont guère assurés, quand il invite Marthe à valser. Marina est au piano. Elle tape sur le clavier avec une grande conviction. Elle est très blonde, beaucoup plus mince que sa sœur. Elle semble aussi moins tourmentée. Ses cheveux fins, coupés au carré, lui donnent un air de jeune pensionnaire. A l'instant où elle lève les yeux vers l'objectif, celui-ci se détourne d'elle, se dirige du côté des danseurs. Il y a alors un long moment de confusion. On distingue à peine quelques formes, on a l'impression de se noyer dans des abîmes de soie opaque. Puis on se retrouve face à la cheminée de la salle à manger, là où, selon la légende, la première marquise d'Ombray fut contrainte par son mari à manger le cœur de son séducteur. Il fait grand soleil dans la pièce, toutes les fenêtres sont ouvertes. Les invités s'écartent, certains même s'arrêtent de danser. C'est qu'il se passe ici quelque chose d'important, peut-être même de grave : Marthe Monsacré s'affiche aux bras de son amant.

La scène est extrêmement brève, à peine une demi-minute, juste le temps de voir Marthe décrire quelques cercles, dans la valse où l'entraîne Cellier. Le temps aussi de surprendre quelques expressions de réprobation, sur le visage des invités. Près de la fenêtre, Chicheray arrondit la bouche. A ses côtés, le directeur de la Caisse d'Epargne jette à sa femme un sourire entendu. Elise préfère regarder dehors. Lambert n'est pas là, il doit être au salon, à jouer au billard avec Vernon, comme dans la séquence qui précède. Les amis de Tania Bronski, reconnaissables à leurs toilettes excentriques – un homme en short colonial, deux femmes, dans l'embrasure d'une porte, en tuniques drapées, dont l'imprimé à grandes fleurs paraît peint à la main – contemplent le couple avec ironie. Ce qui les fait sourire, davantage que l'élan qui emporte Cellier et Marthe, c'est l'intérêt passionné qui a pétrifié la bonne société de Rouvray, dès l'instant où Cellier a saisi Marthe par la taille; où Marthe elle-même, lasse de son éternelle façade de respectabilité, a laissé retomber sur l'épaule de Cellier sa tête alourdie par le vin.

Il n'est pas difficile d'imaginer les paroles qui montent aux lèvres de ces provinciaux endimanchés, si fiers d'avoir été admis au Grand Chatigny, et d'avoir un petit esclandre à se mettre sous la dent. Ils préparent les mots qui, le lendemain, feront le tour des maisons de Rouvray – *quel culot, tout de même, à son âge, sous le toit de sa belle-fille, et avec ce juif qui a quinze ans de moins qu'elle, voilà à quoi ça mène, tout cet argent.* Ils rassemblent leurs souvenirs sur Marthe Monsacré. Ils se disent que ce n'est pas son genre, de s'afficher. Chicheray se lance dans des calculs, il se rappelle que cela fait bien trente ans qu'il n'a pas vu Marthe danser, qu'il faut remonter aux dimanches de Julia, sous la tonnelle. Il se souvient aussi que même en ce temps-là, devant le gramophone de la mercière, Marthe n'a jamais perdu la tête...

Chicheray se trompe, Marthe n'a pas bu au point d'avoir perdu l'esprit. Son instinct n'était qu'assoupi. Il se réveille en sursaut. Elle se ressaisit. Elle a pensé à Lambert, sans doute. Ou, tout simplement, elle a senti le vide se creuser autour d'elle.

Son premier mouvement est caractéristique : elle redresse le dos, le cou, le menton, elle reprend son maintien impeccable, si droit. Tout se passe très vite, la métamorphose de son visage est étonnante. Elle n'a plus d'âge, Marthe, quand elle se retourne vers ceux qui la regardent, vers la caméra de Léon Fatal. Sa robe de crêpe pâle ne tombe plus sur elle de la même façon : la sensualité, la douceur désertent ses drapés.

La séquence s'arrête là. C'est l'avant-dernière de la seconde bobine. Il devait être quatre, cinq heures de l'après-midi. Ensuite, il n'y a plus eu assez de lumière pour filmer.

Il y a eu une seule fausse note, ce jour-là. Tania avait fait suspendre un gigantesque dragon de papier aux poutres calcinées de la tour qui avait brûlé. A tous ceux qui s'en sont étonnés, elle a répondu que c'était un rite oriental, pour attirer sur la maison prospérité et bonheur. Elise lui a rétorqué qu'en amour on n'est sûr de rien. Dès qu'il a entendu sa voix, Vernon a pris sa main dans la sienne, il l'a serrée un long moment. Elise s'est calmée. Elle a rejoint Marina, au piano, pour un quatre-mains.

Les invités qui ont entendu Elise ont haussé les épaules. Qui pourrait douter de l'amour qui unit Lambert et Tania? Une belle et richissime comtesse, qui épouse un homme d'affaires boiteux, un provincial, petit-fils de meunier : faut-il qu'elle en soit folle. Lui aussi, Lambert Monsacré, faut-il qu'il l'adore, Tania Bronski, pour supporter tous ses amis bohèmes, pour travailler comme il le fait, à Paris, à diriger des chantiers, à acheter des terrains.

Il revient chaque dimanche au Grand Chatigny. De temps à autre, il rentre dès le vendredi après-midi, il met son point d'honneur à aller au marché, sur le mail. On répète à l'envi qu'il a su rester simple. Il a si bien fait, Lambert, que personne à Rouvray ne murmure plus sur son passage, sinon pour dire qu'au train où il va, il finira bien par devenir député. On a oublié – ou feint d'avoir oublié – son stage à l'hôpital, la sombre histoire de son oncle Damien. Lambert commence à réussir là où sa mère a échoué.

Ce dimanche de fête, il prend un malin plaisir à le lui prouver. Il a invité tous les notables de la ville, il sait leur parler, les flatter, alors que Marthe est trop souvent silencieuse. Il a des égards pour eux, des familiarités qui leur plaisent. Il reprend – seulement pour eux – les mots du pays, où l'on dit *fratrès* à la place de coiffeur, *marcou* au lieu de guérisseur. Il retrouve leur accent, sa légère rocaille, comme un gravier de Loire glissé dans le cours fluide de la phrase. Au premier qui s'est risqué à une plaisanterie malveillante sur son mariage avec une « métèque », Lambert a répliqué par une grande bourrade dans les côtes, en ajoutant, avec le même petit rire que le Grand Monsacré : *« Mieux vaut se tromper de femelle que de se tromper de bouteille, non? »* On va le respecter.

Toutes les photos prises ce jour-là ont disparu. La seule trace de la tendresse de Lambert pour Tania est la brève séquence qui ouvre le film : on les voit côte à côte, devant une pièce montée. Ils unissent leurs mains pour déboucher un magnum de champagne. Ils rient à pleine gorge, un rire dont les saccades sont accélérées par le rythme vacillant des images. Le bouchon saute, la mousse ruisselle sur les bras de Tania. Lambert prend sa femme par le cou, puis il a un geste inattendu : il dépose un léger baiser sur le bout de son nez.

Il est heureux. Et Tania aussi, dans sa robe à sequins, déjà déformée par sa grossesse. A plusieurs reprises, on la voit traverser d'autres séquences du film, seule, un peu fantomatique, comme effrayée par la foule d'invités qui se pressent autour d'elle. Elle a les yeux cernés, les traits tirés. Mais elle sourit vaillamment.

Flagrant délit d'amour, flagrant délit d'espoir. Gelé dans la pellicule de bromure d'argent, le secret de la famille Monsacré, à cette époque où elle cherche à s'agrandir, est une espérance aussi imprévue qu'unanime. Un désir banal, une envie simple : devant le ventre alourdi de Tania, le rêve qu'un enfant puisse conjurer toute la violence du monde, son implacable dureté.

CHAPITRE 36

Au fond du parc de Vallondé, non loin de l'endroit où la Luisse se jette dans la Loire, se dresse un petit sureau. Il a résisté à tout. Aux inondations, au gel, aux sécheresses, aux destructions de la guerre. En juillet, les grands corymbes de ses fleurs pâles continuent de répandre au-dessus des eaux leur senteur âcre, revigorante. C'est Marthe qui l'a planté, quinze jours après la naissance de Boris, le premier enfant de Lambert et Tania. Quelques semaines durant, la joie de Lambert fut telle que Marthe le crut enfin délivré du tourment qui le faisait si fréquemment ressembler à Hugo.

A mesure qu'elle s'avança en âge, Marthe eut souvent des élans de cette sorte, des mouvements de fondatrice. Ainsi, elle se fit portraiturer en pied, devant sa minoterie, par un peintre de Blois. La toile est assez mauvaise. De Marthe, l'artiste n'a retenu que la solennité provinciale. Il a transformé son énergie en air d'importance, cette morgue que donne souvent l'argent. En revanche, il a parfaitement restitué l'éclat de son regard, sa précision d'oiseau de proie : curieusement, alors que sa vue baisse, ses yeux paraissent encore plus perçants. Marthe fut déçue par ce tableau. Elle tint pourtant à le placer dans son bureau. Sur les rares photos qui furent prises d'elle à cette époque de sa vie, elle s'arrange toujours pour poser devant son portrait. L'épisode du sureau est plus insolite. Il y en avait eu un, naguère, au Moulin de la Jalousie, juste devant la chambre du Grand Monsacré. Damien, de temps à autre, détachait son écorce pour en fabriquer des tisanes, des décoctions malodorantes. L'arbuste avait disparu avec la maison. Le matin où elle descendit avec Nine au fond du parc, serrant la jeune pousse emmaillotée dans du papier journal, Marthe se rappela-t-elle que le sureau est un arbre qui soigne? Sentait-elle pointer à nouveau la noire angoisse de Lambert, le vieil ombrage des Monsacré, cherchait-elle à le conjurer par un geste symbolique? C'est peu probable. Marthe ne laissait rien au hasard, mais elle ne faisait rien non plus pour la beauté du geste. Quand elle a planté le sureau, elle avait un projet bien concret, bien précis. Elle l'a confié à Nine, en des termes qui résument parfaitement son état d'esprit : *« D'ici trois ou quatre ans, l'arbre fera un peu d'ombre. Ce terrain, c'est pour le petit. Un petit jardin rien que pour lui. Je lui apprendrai les fleurs, les légumes. Quand on connaît la terre, on connaît presque tout. »*

Le jour où Marthe traça avec Nine les contours du jardin, elle n'avait pas encore vu son petit-fils. Un télégramme lui avait annoncé la naissance. Il n'était pas signé de Lambert, mais de Léon Fatal. Puis Tania lui téléphona. A ses mots désarmés, Marthe pressentit qu'elle ne s'occuperait guère de l'enfant. Néanmoins, à sa grande surprise, elle n'engagea pas de nurses. Ou, plus exactement, Lambert en embaucha plusieurs, mais elles désertèrent la place dans la journée : avec une science consommée de la provocation, Tania et Marina les persuadèrent qu'il était très téméraire de s'y attarder.

La plupart du temps, Tania confiait son fils à sa sœur. Marina l'emmenait dans les théâtres où elle répétait, les studios de cinéma où elle tournait de petits rôles, parfois même chez ses amants. A une époque où les bébés ne sortaient des nurseries qu'à heures fixes, on y vit une extravagance particulièrement spectaculaire, chez une femme qui pourtant n'en manquait pas mais elle veillait si bien sur Boris qu'on croyait qu'elle était sa mère. Elle ne le démentait pas, bien au contraire. L'enfant ne paraissait pas souffrir de ces déplacements incessants : c'était un gros nourrisson placide, facile à élever.

Il n'avait pas trois mois que Tania fut à nouveau enceinte. Elle sortait, elle fumait beaucoup. L'enfant naquit avant terme, en avril de l'année suivante, au moment où les pêchers, au fond du verger de Marthe, achevaient leur floraison. Ce fut une fille, que Lambert appela Anaïs, du prénom de sa grand-mère, la femme du Grand Monsacré, une petite femme fragile qui était morte jeune. Marthe ne la connaissait que par un médaillon, au centre d'un tableau de famille. Tania accepta le prénom sans difficulté. Elle déclara que Lambert l'avait bien choisi, parce qu'il rimait avec Boris. Elle conclut d'un ton solennel : « Je les élèverai comme des jumeaux. »

Lambert parla à nouveau de nurses. Il dut y avoir des disputes : Anaïs n'avait pas trois semaines que Tania quitta Paris et vint s'installer au Grand Chatigny. Léon Fatal l'accompagnait. A ses multiples attributions, Tania ajouta la préparation des biberons et la surveillance des enfants. Il s'en lassa très vite. Au bout de quelques semaines, Anaïs et Boris furent confiés à Marthe, qui aménagea pour eux une immense nursery, au premier étage de Vallondé.

Ce n'était pas que Tania fût égoïste, ou privée de la fibre maternelle, elle fut plus mère que bien des mères. Il fallait l'être, en effet, pour comprendre aussi vite que l'existence chaotique qu'elle imposait à son entourage priverait Boris et Anaïs de ce trésor irremplaçable, l'émerveillement, la paix d'une enfance. Elle ignorait comment vivre autrement que dans l'exagération, la grandiose mise en scène de sa sincérité. Tania était une amoureuse, mais elle dilapidait l'amour; et quand elle l'épargnait, c'était uniquement pour l'offrir à sa peinture, à ces toiles violentes, vibrantes, qui laissent d'elle l'image d'un brasier d'émotions.

Lambert se taisait, se soumettait en apparence. Dans son aveuglement, Tania n'avait pas appris à se méfier de son silence. Quant à Marthe, elle n'avait d'autre horizon que son bonheur présent : Vallondé revivait, depuis l'arrivée des enfants. Ils ne quittaient le domaine que lorsque Lambert était de passage au Grand Chatigny. Depuis l'installation de Tania, il venait un peu moins souvent à Rouvray. Il travaillait beaucoup, ses affaires prenaient de l'importance. Grâce à la dot de Tania, il avait pu réaliser son ambition, devenir entrepreneur. Il venait d'enlever la commande d'un grand monument officiel, à Paris. Un ministère ou un musée, on n'en savait rien au juste, sinon que le bâtiment serait construit par un architecte d'avant-garde, un des innombrables amis de sa femme. La rumeur voulait aussi qu'il eût une maîtresse. Tania semblait l'accréditer, qui confia un jour à Marthe qu'elle n'aurait plus jamais d'enfant. *« Allez savoir! »* lui répondit-elle.

L'autre joie de Marthe, à ce moment de sa vie, fut de constater qu'elle n'était pas la seule à aimer Vallondé : Tania y venait souvent, et pas seulement pour les enfants. Elle s'y attardait parfois une bonne semaine, se baignait dans la Luisse, esquissait des fusains au fond du vallon. Ou bien elle s'en allait lire tout en bas des terrasses, là où Marthe avait tracé le jardin des enfants.

A la naissance d'Anaïs, elle y avait planté un second sureau. Il fut moins robuste que l'autre, il creva à la première gelée. Marthe a toujours prétendu que c'était le sureau de Boris qui avait crevé. Seul le jardinier a su la vérité.

CHAPITRE 37

Un curieux personnage, Augustin Chailloux, le jardinier de Marthe. Il mourut centenaire. La veille de sa mort, il savait encore tout sur tout le monde, à Rouvray, « *les gens du vieux temps* », comme il les appelait. « *Et encore* », ajoutait-il, *« je ne peux pas tout dire, il faut bien respecter les morts. Même les mauvais.* »

Car le monde, selon Augustin Chailloux, s'ordonnait autour d'une distinction simple : les bons et les mauvais morts. Les bons, c'étaient des gens comme lui, qui n'avaient jamais tenté de changer le cours des choses, qui s'étaient éteints sans bruit au terme d'une vie de travail, marquée par les seules césures des mariages, des naissances, des deuils, parfois d'une guerre. Existences silencieuses et résignées à tout, au cours des saisons comme au nombre indéfini des douleurs; égayées seulement par l'affût aux fenêtres, la chasse aux cachotteries des autres, de ceux qui ne se résignaient pas, qui ne respectaient pas l'ordre du monde : *les gens à histoires*, comme les nommait Augustin Chailloux. C'étaient eux qui faisaient les mauvais morts, avec tous les secrets infects qu'ils emportaient sous terre, mystères mal gardés au fond des cercueils, sous la terre de Loire trop légère. Ils ne tardaient jamais à revenir à la surface, plus délétères à chaque génération. Un poison pour la descendance, jusqu'à sa complète extinction.

C'est Augustin Chailloux qui a raconté l'histoire des deux sureaux. C'est lui aussi qui a le mieux connu cette période de la vie de Marthe, les quelques années où elle vécut à Vallondé, repliée sur le bonheur que lui donnaient ses petits-enfants, et ne retrouvant ses esprits qu'au moment où Cellier surgissait chez elle, pour lui parler de l'armurerie, de ses rallyes, de l'argent qu'il fallait investir, des brevets qu'il s'apprêtait à acheter, des banquiers dont il faisait le siège.

Années-soleil : sur ce temps-là, Marthe n'a conservé que des clichés pris au printemps et en été. Ils sont regroupés dans un paquet soigneusement ficelé, et daté à la manière d'une pierre tombale : *Boris, Anaïs, 1927-1934.* Au fond du paquet dormait aussi un rouleau non développé. L'ombre de ces négatifs emprisonnait la même vie radieuse. Des années plus tard, dans le bac où ils frémissaient sous le révélateur, ont surgi d'autres scènes ruisselantes de lumière.

A cette époque, Augustin Chailloux ignorait encore si Marthe Monsacré ferait une bonne, ou une mauvaise morte. Quand il la regardait s'occuper des semis de radis avec ses petits-enfants, dans le « *jardin du fond* », comme elle appelait le carré de terre qu'elle leur avait réservé, quand il l'entendait leur chanter des comptines, s'inquiéter pour une fièvre, une dent qui poussait de travers, Augustin Chailloux se disait que cette femme, qui d'après la rumeur publique n'avait pas été une bonne épouse, et non plus une bonne mère, ni une bonne bru, se révélait une grand-mère parfaite. En toute logique, elle s'apprêtait à faire une bonne morte, puisqu'elle vivait si simplement, et qu'un tel silence entourait ses journées.

Elle n'avait pas d'idées de grandeur. Elle se contentait d'encaisser ses fermages, ses loyers, et surtout les dividendes de l'armurerie. A présent que les cours du blé n'arrêtaient plus de baisser, elle se bénissait chaque jour d'avoir vendu la plus grosse de ses minoteries. Les propriétaires terriens, c'était clair, couraient droit à la ruine. « Qui n'avance pas recule », répondait-elle invariablement à ceux, aussi hypocrites qu'envieux, qui la félicitaient de sa clairvoyance. En son for intérieur, elle était persuadée d'avoir eu « un coup de chance ». C'est du moins ce qu'elle confia à Elise, à deux ou trois reprises. Elle ajouta qu'elle attendait le moment opportun pour exploiter le capital de brevets qu'elle avait achetés par l'intermédiaire de Cellier. Pour l'instant, ils dormaient dans son coffre, à côté du portrait de sa mère, de la montre à monogramme et de ses titres de propriété.

Après son fils, prétendait Chicheray, Marthe Monsacré était la plus grosse fortune du pays. Contrairement à Lambert, elle n'étalait pas son opulence. Elle ne se rendait au Grand Chatigny qu'à son invitation, c'est-à-dire très rarement, à Noël, à Pâques, à l'Assomption. Elle se montrait au marché du Rouvray le vendredi, dans ses tailleurs gris ou beige de bonne bourgeoise. Elle avait confié la direction de la minoterie au fils du vieux commis d'Hugo. Elle se contentait désormais de l'inspecter de temps à autre, et d'en vérifier les comptes. Elle n'achetait plus de terres, sauf au nom de ses petits-enfants. Malgré le mariage de son fils avec une riche étrangère, elle ne se croyait pas obligée de jouer les grandes dames. « *Elle est restée pareille* », proclamait avec satisfaction Augustin Chailloux à tous ceux qui ne manquaient pas de l'interroger sur Marthe, les jours de marché, quand il l'attendait au bout du mail, adossé à sa voiture : « *Tenez, regardez, elle vient elle-même faire ses courses. Croyez-moi, elle sait toujours discuter le bout de gras!* »

La seule folie que Marthe se fût permise, après la restauration de Vallondé, c'était précisément la voiture que conduisait Chailloux, un cabriolet Voisin. Elle caressa un moment l'idée d'apprendre à tenir un volant, mais renonça presque aussitôt, sans jamais donner d'explication. Il semble qu'elle ait voulu ménager Cellier, dont l'automobile était le loisir favori. Il continuait à participer à des rallyes, il s'était lancé dans plusieurs expéditions lointaines, à travers les sables d'une steppe asiatique, puis en Afrique. A chacun de ses départs, Marthe n'avait pu lui dissimuler sa peur. Cellier eut chaque fois la même phrase : « Laisse-moi vivre à ma guise. Sois tranquille. Ma vie, je la veux aussi large que longue. »

Marthe a soupiré, s'est soumise. Et s'est mise à attendre. Elle continuait d'espérer le mariage d'Elise. Sa fille se laissait courtiser par Vernon, sans jamais fixer de date pour le mariage, ni même pour des fiançailles. Marthe ne se résignait pas. Elle attendait, comme elle avait toujours fait, vigilante et résolue. Le regard fixé sur le seul horizon qu'elle eût : ses petits-enfants.

Marthe avait engagé Augustin Chailloux comme jardinier, au moment de la restauration du parc. Aristide, qui connaissait si bien les vins, venait de mourir. Avant de disparaître, il avait eu le temps de lui recommander Chailloux. Un jour qu'ils désherbaient ensemble un parterre, il lui avait raconté qu'il avait conduit des ambulances, pendant la guerre. Marthe lui proposa aussitôt une place de chauffeur. Il posa ses conditions : continuer à entretenir le jardin. Il aimait la terre, les fleurs, plus encore que la vigne. Elle accepta : « Pour ce que vous aurez à faire... M'emmener au marché, raccompagner les petits chez leur mère. Les visites au moment des fermages. De temps en temps, un tour à la minoterie... Et vous savez bien que je n'abandonnerai jamais la bicyclette. L'auto, c'est à cause des petits, vous comprenez... » Une femme qui parlait ainsi de ses petits-enfants ne pourrait faire une mauvaise morte, jugeait Augustin. Seulement il y avait Jean Cellier, l'amant. Le Juif.

Enfin l'amant, c'était vite dit. Il était sûrement plus juif qu'amant, chuchotaient les gens de Rouvray. Ils estimaient généralement que Marthe et lui « *avaient fini leur bon temps* ». De fait, on ne voyait plus guère Marthe Monsacré quitter sa maison sur un simple coup de fil, traverser les prairies en direction de la brèche. Mais on prétendait qu'elle et Cellier étaient toujours ensemble, on ajoutait parfois que c'était « *pour l'argent* », en allusion à leur association financière dans l'armurerie de Tours. Un soir où Boris et Anaïs étaient au Grand Chatigny, Cellier fit irruption à Vallondé, par la brèche. Ce n'était jamais arrivé. Augustin Chailloux n'en crut pas ses yeux, quand il le vit franchir les éboulis du mur.

Cellier est allé droit à la fenêtre de Marthe, il a frappé aux carreaux. Il avait l'air impatient, soucieux. Marthe est sortie aussitôt. Elle n'a pas paru surprise. Ils se sont regardés un long moment sans rien dire, puis ils sont allés se promener dans le parc. Cellier parlait beaucoup. Elle, Marthe, à son habitude, se taisait, écoutait. Ils allaient de terrasse en terrasse. Le soir tombait. Leurs ombres se confondaient avec celles des statues, leur reflet se perdait dans celui des saules, quand ils longeaient les bassins.

Augustin Chailloux n'a pas laissé passer une si belle occasion. Il s'est faufilé au fond du parc, il est allé ranger ses outils dans la cabane construite près du sureau, dans le jardin des enfants. Comme il l'avait prévu, Marthe y a emmené Cellier. Cellier lui répétait : « Vivre autant en largeur qu'en longueur, tu comprends? » Il parlait vite, un peu fort. Augustin Chailloux a collé son nez sur les planches de la cabane. Par une petite fente, il a vu toute la scène. Marthe serrait les mâchoires. Cellier ne parlait plus. Il se passait la main dans les cheveux, qui retombaient aussitôt en désordre sur son front hâlé. Chailloux s'est dit que Marthe aurait pu être sa mère.

Cellier a pris la main de Marthe. « Si j'avais eu un enfant... » a-t-elle laissé tomber. Cellier n'a rien répondu. Elle a poursuivi en soupirant : « De toute façon, c'était trop tard. » Il l'a prise par les épaules : « Je ne t'abandonnerai pas. Rien n'est fini, Marthe, nous avons nos affaires ensemble. » Elle a eu un mouvement d'amertume : « Ah ça oui! » Cellier s'est crispé : « Il n'y a pas deux femmes comme toi. Nous continuerons à bâtir de grandes choses ensemble. »

Elle a hoché la tête. Puis elle a levé les yeux vers lui : « Il y a une autre femme? » C'était à peine une question. Il a eu une réplique bizarre, il a dit : « Peut-être. » Puis il a ajouté : « Viens. Je n'ai qu'une parole, je ne t'abandonnerai pas. »

Elle n'avait pas envie de partir, elle regardait la Luisse avec un regard mort. Il a fallu qu'il la tire par le bras pour la forcer à remonter au manoir. Quand son étreinte s'est desserrée sur son poignet, elle y a laissé une trace violacée.

Cellier a passé la nuit à Vallondé. Pour la première fois de sa vie, Marthe lui a ouvert sa chambre. Il a couché avec elle dans le lit de merisier, son lit de veuve, celui d'Hugo. Il a dormi face au portrait d'Hugo, il s'est réveillé dans les draps marqués au chiffre des Monsacré. Il est parti tard, juste avant midi, mais il est parti. Il a couru à nouveau dans les prairies de Vallondé, il a franchi la brèche comme un poulain impatient.

Il n'est revenu que trois mois plus tard, l'automne qui a suivi la naissance d'Anaïs. Marthe avait beaucoup maigri. Il a passé à nouveau une nuit à Vallondé. Il est à nouveau reparti, puis il est revenu. Ça n'a plus arrêté, il allait, il venait. Marthe ne prenait plus jamais le chemin d'Orfonds. Jean Cellier lui disait toujours, au moment de la quitter : « Je ne t'abandonnerai pas. » Elle retenait un soupir, esquissait un sourire. Elle n'a jamais gémi, jamais pleuré. Elle a tenu bon. Elle a recommencé à manger, elle a grossi. Un peu trop, peut-être. En somme, elle a pris un petit coup de vieux.

Tout le monde l'a vu, tout le monde l'a su. Comme elle, ses domestiques tenaient un compte précis des nuits que

Cellier passait à Vallondé. Une par mois, en moyenne. Dans le mépris de Rouvray, Marthe a retrouvé une ardeur nouvelle. Elle n'a jamais porté aussi beau qu'en ce temps-là, où elle vivait enfin sa passion au grand jour.

Il y avait aussi des soirs où Cellier venait, mais ne restait pas coucher. Il téléphonait d'abord, il demandait : « Les petits sont chez toi? » Le visage de Marthe s'éclairait, elle répondait : « Mais oui, viens vite! » Il accourait. Il les berçait, jouait avec eux des heures entières. Elle se figurait qu'il était comme elle, qu'il était fou des enfants. Pourtant, ces soirs-là, il montait rarement dormir au fond du lit de merisier. Il repartait dès qu'ils étaient couchés.

Si elle a pu vivre, Marthe, en ce temps-là, c'est qu'elle s'est aveuglée. Elle a suspendu son souffle à celui des enfants. Ils lui ramenaient Cellier. Puis elle a fini par saisir ce qui le poussait à venir se pencher sur les berceaux. Elle a compris quel rêve confus il caressait, qui l'emmenait inexorablement loin d'elle, vers une autre femme, vers un ventre fécond. A l'approche de la cinquantaine, Marthe a atteint ce point de désespoir où peut se greffer un amour, un autre amour. Elle a décidé de s'oublier dans les deux vies fragiles qui prolongeaient la sienne sans qu'elle l'ait cherché; et qui, sans qu'elle l'ait voulu davantage, se retrouvaient liées à son existence quotidienne. Elle les a prises comme une joie providentielle, un bonheur miraculeux qui lui venait par surcroît. Elle est devenue grand-mère. Non par instinct, ni sens de la famille. A cause de Cellier, qui s'éloignait.

Elle céda tout à Boris, elle gâta Anaïs au-delà de toute mesure. Augustin Chailloux hasarda parfois des reproches. Elle lui répondit toujours par la même tirade : « Allons, mon pauvre Augustin, nous avons le même âge, vous et moi, nous avons vécu nos belles heures, laissez-moi mes petits plaisirs, vous avez les vôtres, non? » « Moi, madame Monsacré, en dehors du jardin... » « Voyons, vous êtes un hypocrite, Augustin, vous avez bien votre vie, vous aussi, allons, laissez-moi les gâter... »

En dépit de son petit coup de vieux, elle était encore fraîche comme une pomme de reinette, d'après Augustin, la Marthe de ces années-là. Vive et alerte, malgré son cou, ses hanches qui s'empâtaient, malgré son Juif qui venait la voir quand ça lui chantait, son fils qui l'évitait, et sa bru qui vivait de plus en plus en *romano*, à ce qu'on disait, dans son domaine du Grand Chatigny. Avec le temps, il est vrai, Tania devenait de plus en plus fantaisiste. Elle venait chercher les enfants sans crier gare, les emmenait pour quelques heures, quelques jours, parfois plusieurs semaines.

Marthe laissait faire, se taisait. Comme avec Cellier, elle se soumettait, se repliait sur son silence. Elle s'arrangeait toujours pour ne pas assister au départ des enfants. Elle tournait le dos à la route, à la grille, elle allait vite rejoindre Augustin : « Allons, Augustin, j'ai eu mes belles heures », lui disait-elle. Et elle ajoutait, plus droite que jamais : « Trouvez-moi donc du nouveau pour notre jardin ! » Elle ne disait jamais *mon* jardin, elle parlait du parc de Vallondé comme d'une terre qu'ils possédaient ensemble, et Augustin Chailloux en avait le cœur chaviré. Il se creusait la tête pour lui inventer une complication supplémentaire dans l'aménagement des terrasses, il lui dessinait un nouveau tracé des parterres. Marthe l'écoutait, discutait, puis comme toujours se fermait. Ses silences pouvaient durer des journées entières. Il ne les brisait jamais.

Jusqu'au retour des enfants, elle ne quittait plus Augustin d'une semelle. Elle trouvait tous les prétextes pour l'accompagner dans le parc, elle désherbait, taillait les rosiers, le regardait tondre les pelouses, nettoyer les bassins de leurs algues brunâtres. Elle s'arrêtait souvent devant les eaux glissantes et la Luisse. Son regard soudain brouillé se perdait alors du côté des peupliers, son pied s'égarait sur le sable des rives, elle soulevait d'un bout d'orteil la terre de Loire, chaude et légère. A ces seuls brefs instants, Augustin pressentait sa nostalgie, les idées de mort qui rôdaient autour d'elle. Mais elle se reprenait vite, il n'avait pas le temps de lui assener le mot, le dicton bien senti qui lui ramènerait les pieds sur terre. Marthe avait déjà retrouvé son œil précis, aigu, elle l'apostrophait, comme si elle n'avait jamais eu d'autre souci en tête : « Dites-moi, Augustin, avez-vous pensé à faire élaguer les tilleuls, devant la grille? Et le bois mort, sur le coteau, y avez-vous songé? Il faudra le rentrer avant l'hiver... » Il approuvait. Ils échangeaient quelques phrases sur la pluie et le beau temps, puis le silence retombait.

D'autres fois, sous prétexte de prospecter des terrains, Marthe lui demandait de l'emmener en voiture. Elle se faisait arrêter à l'orée d'une forêt, à la barrière d'une ferme. Elle partait marcher seule. Chailloux l'attendait en polissant des pierres à fusil. Il se risqua plusieurs fois à la suivre. Elle se promenait, plus qu'elle ne prospectait. Elle parlait à peine aux propriétaires des lieux, elle visitait les bois d'un air détaché, lointain. Du reste, elle n'acheta guère, à cette époque, où la terre ne rapportait plus.

Il comprit assez vite ce qu'elle cherchait, dans ces promenades solitaires. Des riens. Des riens qu'ils partageaient en silence, l'annonce du printemps, par exemple, dans la senteur acide d'un tas de bois mouillé, l'odeur âcre des plantes tout juste délivrées de leur gangue de gel. Marthe les prenait comme autant de promesses.

Et les enfants revenaient. Sur un coup de tête, Tania Bronski arrivait de Paris ou d'ailleurs, déposait à Vallondé Boris et Anaïs, repartait, sans jamais d'explication. Marthe reprenait espoir. Tania n'était jamais très longtemps absente, il semblait acquis que les enfants dussent grandir ici. Un jour de Noël, elle avait entendu Lambert parler d'inscrire Boris dans une école de Rouvray, une institution pour les fils de notables. Là encore, Marthe s'aveugla; et quand Marina Bronski, un soir de juillet 1930, lui expliqua pourquoi Lambert lui laissait si facilement les enfants, elle ne l'écouta pas.

Marina était très différente de Tania. C'était ce qu'on pourrait appeler une extravagante sensée. Elle aimait s'amuser, elle prenait la vie avec désinvolture, mais elle savait toujours s'arrêter à temps, contrairement à sa sœur. Marina eut ce soir-là une comparaison qui frappa beaucoup Marthe. Elle lui dit que sa sœur ressemblait aux images lumineuses qu'on a regardées trop longtemps, et qui continuent à vous poursuivre, les yeux fermés, plus étranges encore sous le noir des paupières. Tania le savait, et jouait de cette fascination, comme d'autres avec le feu. Elle n'aimait que le danger. Lambert, si différent d'elle, avait été ce danger. Il ne l'était plus. Elle était retournée à sa passion première, la peinture. Il venait de comprendre qu'il n'y aurait jamais de place pour lui dans cet amour-là.

D'après Marina, Lambert s'était complu dans l'idée qu'il n'épousait Tania que pour sa dot, il avait refusé d'admettre qu'il avait succombé à son charme. En peu de temps, il avait dû se rendre à l'évidence : il ne dominerait jamais Tania. Il se sentait infirme devant son talent, il ne comprenait pas non plus qu'en vivant sans rigueur et sans loi elle ait pu prendre sur lui pareil ascendant. Pour l'éblouir – pour l'écraser peut-être – il n'avait pas trouvé d'autre moyen que de s'enrichir à n'importe quel prix. C'était aussi pour la tenir sous sa coupe, affirmait Marina, que Lambert avait imposé à sa femme deux maternités rapprochées. Mais, aux moments les plus pénibles de ses grossesses, Tania était restée égale à elle-même, une reine absente et fantasque, prête chaque jour à se réinventer, à se consumer, pour l'amour de son art. Depuis la naissance d'Anaïs, par dépit, Lambert lui inventait des amants. Ils ne cessaient plus de s'affronter, parfois violemment. Lors d'une dernière dispute, un mois plus tôt, il avait lacéré deux de ses toiles.

– Un jour, peut-être, il ira plus loin, conclut Marina. Et ce jour-là...

– Qu'attendez-vous de moi? coupa Marthe.

– Gardez les enfants le plus souvent possible. Multipliez les prétextes.

– Mais Lambert...

– Expliquez-lui que...

– Allons, vous le savez bien, on n'explique rien à Lambert. Moi-même, autrefois...

Marthe sentit sa voix vaciller. Elle se redressa, se réfugia dans les banalités :

– Les ménages, vous savez... Vous en connaissez beaucoup qui vont?

– Tania n'en peut plus. Un jour Lambert la couvre de cadeaux, le lendemain il l'insulte. Il n'est jamais en paix, même quand elle est seule au Grand Chatigny. Il lui téléphone sans arrêt, il la fait rentrer à Paris du jour au lendemain. Il se moque bien des enfants.

– Il est jaloux parce qu'elle est belle. Mais puisqu'elle est fidèle...

– Je connais ma sœur, elle ne le restera pas très longtemps. Et nous agaçons beaucoup Lambert, avec notre fortune. Il sait qu'il ne sera jamais aussi riche que sa femme.

– Qui sait? Ses affaires vont très bien. Chicheray m'a dit qu'il vient d'acheter une petite cimenterie. Et deux autres sablières. D'ici cinq ou dix ans, le béton... Il doit gagner beaucoup d'argent, il n'arrête pas d'acheter des terres dans la région.

– La terre ne vaut plus grand-chose.

– Il espère sans doute que les prix vont remonter.

Puis elle laissa tomber :

– Allez donc savoir ce qu'il y a dans la tête de Lambert.

Et puis il y a les enfants. Tout s'arrange, quand il y a les enfants.

Jusqu'à ce jour, Marina ne s'était jamais interrogée sur Marthe. Elle l'avait toujours vue comme une provinciale opulente, plus habile, plus indépendante que les autres, mais tout aussi paisible. Seule sa liaison avec Cellier l'avait un peu intriguée. Le soir où elle se confia à elle, Marina soupçonna son passé chaotique, ses amours perdues, l'homme qu'elle était en train de perdre. Elle pressentit aussi les domestiques aux aguets, la rumeur qui couvait, la réprobation, le mépris, une menace peut-être. Elle saisit que, pour Marthe, Vallondé n'était pas une maison comme les autres, mais un refuge. Les enfants aussi. Elle s'interdisait de voir plus loin que son bonheur présent. La mémoire lui était un poids, elle s'abandonnait à l'oubli, ultime défense contre la vie.

Marina ne s'éternisa pas. Elle retourna à son existence insouciante et gourmande, certaine d'avoir fait son devoir, fataliste et légère, comme elle fut toujours. Mais la menace qu'elle avait sentie rôder autour de Marthe se précisa rapidement. Il y eut un incident, à la fin de l'été.

De sa remise, du côté des grottes, Augustin Chailloux vit toute la scène. Un soir, Cellier fit irruption à Vallondé sans prévenir. Il était arrivé par la route, après un long voyage, il était fatigué. La grille était fermée, il pleuvait. Il sonna, personne n'entendit. Il aurait pu repartir à Orfonds, mais Cellier était ainsi, impatient, impulsif, il fallait toujours que les choses lui cèdent. Il escalada la grille, y déchira son pantalon, puis sauta. Il se reçut mal, se meurtrit le bras. Il courut vers le salon, certain d'y trouver Marthe. Elle y était, en effet. Anaïs était assise sur ses genoux, elle lui apprenait les noms des plantes, sur un petit album colorié. Elle vit Cellier se profiler derrière les vitres, qui martelait du poing la porte-fenêtre. Elle se leva un peu mollement, peu pressée sans doute de lâcher le corps chaud et potelé de la petite fille. De rage, Cellier frappa très violemment les carreaux. Un d'entre eux se brisa. Les domestiques de Marthe accoururent.

Il avait une main en sang. Quand il est entré dans le salon, il s'est mis à hurler, il a même lâché une injure à l'adresse de Marthe. Elle l'a giflé. Il a failli repartir, puis il s'est retourné vers elle, l'a prise dans ses bras, malgré sa blessure. Marthe s'est laissé faire, l'a soigné. Puis elle est montée coucher les enfants, et elle est allée dormir avec lui dans le grand lit de merisier.

Comme c'était prévisible, au retour du marché, le vendredi suivant, la rumeur était à nouveau à la porte de Marthe. Augustin Chailloux en fut le messager. Il ne parla pas tout de suite, il était encore de ceux qui ont peur du mal qu'on fait avec les mots. Il attendit une bonne semaine, puis, à bout de patience, il saisit le premier prétexte.

Ils étaient dans le jardin du fond, ils taillaient deux rosiers plantés pour Anaïs. Marthe, comme souvent, eut une phrase futile à propos des enfants :

– Vous voyez, Augustin, quand ils seront grands, j'aimerais bien leur agrandir leur terrain, pour qu'ils décident, eux aussi, pour leurs parterres, pour leurs arbres. En aménageant les bords de la Luisse, on pourrait leur laisser tout le fond du parc...

– Vous ne les aurez pas toujours, les enfants. Ils vont grandir. Et puis dans les familles...

La voix de Chailloux s'étouffa. Marthe leva les yeux, interloquée. Cependant elle ne dit pas, comme elle aurait dû : « Mêlez-vous de ce qui vous regarde. » Il y avait entre Chailloux et elle trop de choses partagées, les saisons, les fleurs, trop de silence en commun. Elle se contenta de répondre, d'une voix égale :

– Famille ou pas, on prend le meilleur quand il est là.

– Vous avez aussi le pire.

Elle s'est redressée d'un seul coup, elle a lâché le rosier :

– Le pire?

Puis elle a jeté le sécateur sur le terreau luisant et elle a ajouté :

– C'est du marché que vous me ramenez ces idées-là?

Augustin Chailloux ne répondit pas.

– Le pire, je sais ce que c'est, reprit-elle. Le pire est derrière moi.

A son tour, Chailloux s'arrêta de tailler son rosier. Il lui jeta, la bouche un peu crispée :

– Vous devriez faire attention.

– Faire attention à quoi? Je n'ai rien à cacher.

– Puisque vous le dites.

Marthe ramassa le sécateur. Elle débarrassa les lames du terreau qui les souillait. Elle pinçait les lèvres, comme si elle voulait s'empêcher de parler. Puis elle lâcha, comme elle s'attaquait à nouveau à son rosier :

– Alors, le pire, c'est quoi? Finissez, maintenant que vous avez commencé.

Il eut un geste vague du côté du manoir :

– L'autre soir, madame Marthe. Ça n'arrête plus de jaser.

– Les imbéciles. Ils me tombent dessus maintenant que c'est fini!

– Ce qui est fait est fait, madame Marthe.

– Mon pauvre Augustin, on peut jaser. J'ai toujours un nom.

– Lui aussi, l'autre, il a un nom.

– Et alors?

– Comme si ça pouvait s'appeler un nom!

Marthe sentit la colère lui monter à la tête. Elle plissa les yeux, concentra son regard sur les lames de son sécateur. Elle serrait les dents à chaque pression sur la poignée de l'outil. Une à une, les branches de rosier s'écrasaient sur le sol humide, avec une précision presque métronomique. Elle s'en trouva calmée, sembla-t-il. Elle empila en tas les branches sacrifiées, se dirigea vers le manoir sans saluer Augustin. Il ne put alors retenir une dernière phrase :

– Vous devriez l'oublier, l'autre, là, le...

Il ne termina pas sa phrase, il préféra agiter la main du côté d'Orfonds.

– Et pourquoi?

– Pour vos petits-enfants. Faites au moins ça pour eux.

– Au moins? Pourquoi au moins? Est-ce que je ne...

Chailloux l'interrompit.

– Sinon ils y reviendront, madame Marthe. Ils y reviendront à la première occasion.

Au ton qu'il prit pour le dire, légèrement assourdi, au sourire dont il accompagna sa phrase, Marthe comprit qu'Augustin se comptait dans le *ils*. Elle fit aussitôt volte-face. Elle ne trouva qu'un mot pour le faire taire :

– Je suis une Monsacré, Augustin. Personne n'y reviendra. Ni vous ni personne.

– Même pas votre fils?

– Lui moins que les autres.

Elle tourna les talons. Elle courait presque, quand elle remonta au manoir. Augustin Chailloux prétend que c'est de ce jour, où il la vit repartir chez elle d'un pas précipité, qu'il comprit que Marthe Monsacré ne le laisserait jamais, le Juif qui habitait Orfonds. Ni pour son fils, ni même pour ses petits-enfants. Et qu'elle ferait en conséquence une bien mauvaise morte, sous les dalles grises du cimetière de Rouvray.

CHAPITRE 38

Avec le jardinier, une seule personne a vu venir les choses : c'est Vernon. Il les a regardées arriver de très loin, il a senti, beaucoup plus précisément qu'Augustin Chailloux, quel cheminement tortueux elles allaient prendre.

Un an après la naissance d'Anaïs, Elise s'est enfin décidée à épouser Vernon. Elle approchait de la trentaine, elle avait reculé le mariage pendant plus de trois ans. C'est peut-être la beauté du nouveau-né qui l'a convaincue de franchir le pas, le charme extraordinaire qu'eut Anaïs, dès sa première enfance.

Elise avait peur du mariage, c'était une évidence criante. Infirmière depuis l'âge de dix-huit ans, elle se montrait d'un dévouement remarquable, elle était, comme sa mère, très résistante à la fatigue. Elle était toujours soignée, impeccablement habillée, parfumée, elle s'offrait même l'audace, depuis qu'elle connaissait les sœurs Bronski, d'un soupçon de maquillage. Lorsqu'on la voyait seule, sa blondeur, son visage lisse pouvaient passer pour de la sérénité. Quand on l'apercevait aux côtés de sa mère, en revanche, c'était Marthe qui donnait l'impression de la tranquille, de la puissante acceptation des choses. Les yeux d'Elise – les mêmes que ceux de sa mère, verts et aigus – étaient toujours en fuite.

Après leurs rencontres d'Orfonds et de Vallondé, Vernon la croisa plusieurs fois à l'hôpital, à Tours, où il était venu visiter des malades. Il y découvrit une Elise pleine d'assurance et lui fit compliment de son savoir-faire. Une date fut fixée pour le mariage. Elise la fit reculer à deux reprises. La troisième fois, en février 1927, Marthe redouta le pire jusqu'à la cérémonie.

Ils furent à peine une dizaine à assister à cette noce un peu mélancolique, dans la chapelle de mariniers où Marthe elle-même s'était mariée. Elise, en robe courte et chapeau cloche, n'avait pas « *voulu de famille* ». Tania et Marina tinrent à être présentes. Lambert, lui, ne s'était pas déplacé.

Cette absence alerta aussitôt la sagacité de Vernon. Il avait senti son hostilité au mariage, sans en comprendre la raison. Il l'avait soigné lors de son accident, il connaissait bien son *ombrage*, le vieux mal des Monsacré. Mais Vernon estimait que son mariage était une providence pour Elise, en dépit des vingt ans qui les séparaient. Il lui apportait sa tendresse et, ce qui était plus précieux encore, un nom, un rang. En toute bonne foi, il pensait effacer les séquelles d'un passé dont elle était innocente.

Certes, au fond de lui-même, Vernon ne se sentait pas très à l'aise, d'épouser une femme dont il aurait pu être le père, et qui se montrait parfois si étrange. Comme tous les hommes de son âge, il avait eu un petit béguin pour Marthe, du temps de la tonnelle de la belle Julia. Il avait suivi de loin son ascension, il avait soigné les maladies de ses enfants, il l'avait même accouchée une fois, de ce petit Lucien qui n'avait pas vécu. A travers les confidences qu'il recevait dans son cabinet, il n'ignorait rien du soupçon qui s'attachait à Marthe.

Tant que le mariage ne fut pas décidé, on ne reprocha pas à Vernon les liens qui l'unissaient à Elise, ni même son amitié avec Jean Cellier. On ne s'y hasarda que le jour où les bans furent déposés à la mairie de Vallondé. Il était très respecté. Il eut seulement droit à l'insinuation, à des phrases à double sens. Il feignit de ne pas les comprendre. Il n'y eut que Madeleine Roseroy, la mercière qui avait succédé à Julia, pour se risquer à des attaques plus directes. Elle avait épousé Chicheray, deux ans plus tôt, au terme d'une longue liaison « de voisinage », comme on disait : son magasin faisait face à l'étude. C'était une femme d'une quarantaine d'années, sèche et nerveuse, toujours très maquillée. Elle avait longtemps travaillé chez Julia. Quand la modiste tomba malade, elle lui acheta son magasin. On aurait dit qu'elle avait repris les haines de Julia en même temps que son fonds de commerce. Lors de sa visite à Vernon, sous le prétexte d'une obscure maladie de nerfs, elle ne put s'empêcher, à la fin de la consultation, de faire allusion aux plus anciens épisodes de la vie de Marthe. Vernon lui objecta qu'elle n'était qu'une petite fille, à l'époque de la tonnelle de Julia. Madeleine Roseroy déversa alors son fiel d'un coup : « Elise Monsacré n'est pas la fille de son père, mais d'un autre, le frère, Marthe Monsacré avait une tache, docteur, et la fille aussi... »

– Vous êtes très fatiguée, lui rétorqua Vernon en lui tendant son ordonnance. Vous avez besoin de repos. Rentrez chez vous, et soignez-vous bien.

Sur le seuil de la porte, elle prononça encore le nom d'Elise, elle parla encore de tache, d'une horreur ineffaçable. Vernon l'entendit à peine. Il oublia l'épisode dès qu'elle fut partie. Il ne s'en souvint qu'au soir de ses noces, quand Elise le chassa de son lit.

Chassa, du reste, est un terme impropre. Elise voulut le corps de Vernon, elle lui manifesta, tout au long de cette nuit déchirante, les signes les plus éclatants d'une tendresse sans limites. A son regard tour à tour effrayé ou joyeux, à la façon douce et maladroite dont elle tentait de l'approcher, Vernon comprit qu'elle l'aimait. Mais ce fut plus fort qu'elle, au dernier moment, elle se refusa. L'amour n'était pas en cause, mais le désir. C'était sans doute pire.

Elise pleura longtemps, prostrée au milieu des draps. Elle était nue, il faisait froid. Vernon l'enveloppa d'une couverture. Il lui répétait sans se lasser : « Pleure, petite, tout ira mieux demain. » Au bout d'une demi-heure, elle finit par se calmer. Alors elle se releva, rejeta ses cheveux sur son dos et cria : « Il n'y aura pas de demain. Jamais. » Puis elle se lança dans une longue phrase, qu'elle ne finit pas. Vernon y reconnut deux noms : Damien, Lambert. Sur le moment, il crut qu'elle était folle. Elle le poussa dehors, verrouilla la porte de sa chambre. Il laissa faire, il espérait encore. Le lendemain soir, elle ne le laissa pas entrer. Elle s'était repliée sur son silence – le même que celui de Marthe, indéchiffrable, apparemment serein. Quand il s'en alla, ce second soir, un peu voûté, à travers les interminables couloirs qui parcouraient Mortelierre, le doute était en lui, poison subtil, qui commençait son long travail.

Il tâcha de lui résister. Pour faire front, il se mit à chercher, dans les moindres indices qu'il pouvait réunir, l'explication de la sauvagerie d'Elise. Il ne pouvait se résoudre à l'appeler autrement. Des termes de médecine lui vinrent souvent à l'esprit, le mot même de folie. Il les repoussa aussitôt. Elise n'est pas malade, se disait-il, elle est *sauvage*, on lui a fait du mal. Mais quel mal, et comment? Des mois durant, il fut persuadé que s'il le découvrait elle le laisserait enfin pénétrer dans sa chambre. Il ne lui posa pas de questions et garda son tourment pour lui.

Pendant l'Occupation, dans ses cahiers de Mortelierre, Cellier esquissa un portrait de Vernon. Il remarque que les mots de *regret*, de *remords* revenaient souvent dans la bouche du médecin, chaque fois qu'il évoquait les drames de la famille Monsacré. « *Et pourtant, de nous tous, Vernon a été le seul à voir clair*, commente Cellier. *Lui, Vernon, parce qu'il aimait Elise, il a eu le courage de regarder en face le visage de la douleur. Il a trouvé la force de lui chercher un sens. Nous aurions dû l'écouter. Nous aurions dû croire à ce qu'il nous a expliqué un jour, la violence et l'horreur qui couvent sous la chaleur de la famille. Nous n'avons pas péché par insouciance, mais par manque d'attention. Ou par défaut d'amour. Ce n'est pas très différent, d'ailleurs.* »

CHAPITRE 39

Les choses, en fait, ne furent pas aussi simples. Alexandre Vernon douta très souvent. Des nuits entières, dans la solitude de sa chambre, quand il cessait enfin de recouper les racontars, les bribes de commérages qui continuaient de filtrer sur la famille Monsacré, il se disait qu'il voyait le mal où il n'était pas. Toute famille a son anormal, son original ou son fou, pensait-il alors. Son monstre, quelquefois. J'ai tiré le mauvais numéro, c'est tout. Ou bien Elise m'a repoussé parce qu'elle m'a trouvé vieux.

Lors de ces longues nuits où il ne trouvait pas le sommeil, Vernon finissait toujours par ouvrir la fenêtre. Il respirait longtemps l'air humide de Mortelierre, chargé d'odeurs de forêt et de grottes. Puis il allumait la radio. Sur cet énorme poste qui lui avait coûté une fortune, il aimait à chercher les stations les plus lointaines : leur son brouillé, chargé de rumeurs grésillantes et incompréhensibles, le persuadait un moment de l'insignifiance de sa peine. Vie de province, se disait-il, moi aussi je m'ennuie, je tourne et je vire entre mes malades et mes livres, j'ai vieilli sans avoir combattu.

C'est peut-être ce qui lui manquait le plus, en dehors du corps d'Elise. Il avait passé la guerre dans un hôpital de l'arrière, à soigner des gazés, des mutilés. Le conflit lui avait laissé l'impression d'un absolu gâchis. Il n'avait pas eu l'impression de se battre, mais de subir une fatalité imbécile. A présent, lorsqu'il s'étourdissait de la lecture des journaux, ou qu'il se mettait en quête, sur sa radio, de la rumeur affaiblie de l'agitation du monde, il se cherchait sans doute une cause, une raison violente de vivre. Avec la rebuffade d'Elise et l'anéantissement de son espoir le plus cher, avoir des enfants, Vernon se crut à nouveau inutile.

Il n'en laissa rien paraître. Il continua vaille que vaille à parcourir les routes de campagne, à s'oublier dans la souffrance des autres. Il écoutait, il observait, comme il avait toujours fait. Parfois, sur les corps douloureux qu'il palpait, il croyait toucher la matière abominable des rancœurs qui taraudaient le pays, sueurs d'envie, de malveillance. Il n'était pas loin de planter là ses malades, de jeter sa trousse aux orties. Pour tenir bon, il se répétait que c'était la vie même qui était ainsi, la vie et ses désirs, bons ou mauvais. Et il tenait.

Les apparences étaient sauves. Il reprit les habitudes qu'il avait avec une fille de l'*Etoile bleue*, à Tours. Il ne chercha plus à frapper à la porte d'Elise. Au bout de quelques jours, il s'aperçut qu'elle ne s'enfermait plus à clef. Il se risqua parfois à venir la regarder dormir. Il ne passait jamais le seuil de la chambre. Elle parut lui en savoir gré. Elle s'apaisa peu à peu, perdit de sa brusquerie. Elle lui parlait davantage. Il lui arrivait même, certains soirs, de s'attarder contre sa joue, de chercher un instant la chaleur de ses bras. Elle se sauvait presque aussitôt. Elle ne quittait presque jamais Mortelierre, sauf pour rendre visite à sa mère, à Vallondé, un dimanche sur deux, ou pour rejoindre Marina au Grand Chatigny, quand elle était de passage, pour jouer du piano.

Marina fut la première à s'étonner de la sérénité d'Elise. Elle en fit compliment à Vernon. Marthe elle-même, quelques semaines après le mariage, félicita le médecin de la transformation de sa fille. Il fut bientôt entendu dans Rouvray que *« les Vernon formaient un excellent ménage »*. Au bout de quelque temps, on n'y trouva à redire que l'absence d'enfants. On avait coutume de dire : *« C'est sans doute lui, il est trop vieux »*, et on soupirait. Vernon le savait. Une fois de plus, il passa outre. Cela l'arrangeait, qu'on se trompe de secret.

Tout le monde fut dupe. On s'habitua, quand on passait devant la grille verte du domaine de Mortelierre, à entendre, assourdi par les hêtres du parc, le piano d'Elise, ses mélodies languides, interrompues souvent, par hésitation ou par caprice, on n'aurait su dire. A cette seule musique, qui enveloppait toute la maison, on pressentait qu'Elise avait trouvé une sorte de bonheur. Bien qu'humide et isolé, le domaine avait beaucoup de charme. C'était un pavillon construit en bordure de forêt au moment de l'Empire. Il était simple, harmonieux. On le voyait de loin, malgré son petit parc, à cause de la blancheur de son fronton, de la falaise presque aussi claire à laquelle il s'adossait. Des roses trémières, des vignes vierges couraient sur des treillis, près d'une orangerie construite à flanc de rocher. Puis le coteau s'ouvrait sur une série de grottes, naguère employées à la culture de champignons de couche. Elles étaient abandonnées depuis des années. Une légende voulait qu'elles donnent sur l'autre versant du coteau. L'endroit était si écarté que seuls les paysans voisins connaissaient leur existence, avec les bruits qui s'y étaient attachés.

Vernon avait toujours aimé la solitude de Mortelierre, l'aimable désordre de sa maison, un bric-à-brac d'objets anciens, de meubles qui sentaient la cire. La nuit, quand il ne dormait pas, il s'y promenait inlassablement. Il allumait une à une les lampes d'opaline, ouvrait ici un livre, ailleurs de vieilles collections de journaux, soulevait les rideaux pour guetter la nuit. A son grand soulagement, il constatait qu'Elise s'y plaisait autant que lui. On aurait dit qu'elle se sentait protégée depuis qu'elle ne vivait plus chez sa mère. Cependant, Vernon n'arrivait pas à imaginer que Marthe pût être à l'origine de ses bizarreries. Au plus fort du découragement, il demeurait à l'affût de l'indice, du signe perceptible de lui seul qui lui permettait de comprendre la rumeur, de remonter les méandres infinis du fleuve de mots qui avait transformé la jalousie en haine, le soupçon en accusation. En crime, peut-être. En violence, en tout cas. Les nuits où il s'approchait à tâtons de la chambre d'Elise, où il cherchait dans la pénombre, en retenant son souffle, l'éclat assourdi de sa chevelure blonde, Vernon se persuadait, devant ce corps abandonné, que, pour être à la fois si beau et si tourmenté, il n'avait pu être que forcé. Elise avait été violée, il en était chaque jour plus certain. Mais il avait aussi l'intuition qu'il s'était passé autre chose. Mais quoi? Et quand?

Il aurait fallu interroger Marthe. Vernon y songea souvent. Il y renonçait presque aussitôt. C'eût été trahir son propre secret. Et pourquoi aller troubler la paix de Marthe? Même si le faisceau des rancunes aboutissait toujours à elle, la vie n'était-elle pas faite de ces haines héritées, transmises avec les maisons et les terres par filiation et par mariage? Marthe n'était pas *de là*, il l'avait toujours entendu dire. Dans le meilleur des cas, les gens de Rouvray prétendaient qu'elle était *bichetecaille* : indéfinissable, sans couleur précise. Vernon n'avait jamais cherché à éclaircir l'histoire de sa naissance. Tout ce qu'il avait constaté, dès l'époque de la tonnelle de Julia, c'était que son regard, en effet, était celui d'une étrangère. Etrangère non par le sang, mais par cette façon distance, curieuse, un brin ironique dont elle avait, dès sa jeunesse, abordé la vie.

Pendant ces longues nuits d'insomnie, Vernon finissait toujours par s'installer dans son bureau. Il allumait son poste de radio, qui lui renvoyait l'écho assourdi des grèves, des guerres, des scandales et des déconfitures financières.

La vieille intolérance contre laquelle il s'était dressé dans sa jeunesse, lors de l'affaire Dreyfus, au mépris même de ses intérêts, semblait reprendre racine d'un bout à l'autre de l'Europe, en Allemagne surtout, où l'on commençait ouvertement à parler de revanche. Une sorte de fièvre prenait alors Vernon, l'envie d'en découdre. Seulement il y avait Elise. Il y avait Rouvray, ses malades; et il se sentait vieux.

Alors, au petit matin, quand les brumes se déchiraient au-dessus de la Loire, à l'horizon de Mortelierre, Vernon haussait les épaules, une fois de plus, et tentait de se moquer de lui-même. Aller se faire tuer, comme en 14, pour un pays dont le nom disparaîtrait de la carte, une fois la paix signée? Et ce mal dont il voyait se préciser le visage dans les nouvelles qui arrivaient d'Allemagne, d'Italie, des petits Etats d'Europe centrale n'était vraisemblablement qu'un avatar local des innombrables perversions dont l'imagination des hommes savait être féconde. Guerres, cabales, hérésies, persécutions, bûchers de sorcellerie, combien de grandes folies, au cours des siècles, étaient déjà venues réveiller le Val de sa somnolence... Si le fléau revenait, la Loire resterait la même, spectatrice indolente des égarements humains. Dans sa course capricieuse vers la mer, elle se contenterait, comme toujours, de prendre sa part des morts.

Pourquoi déranger l'eau qui dort? se disait Vernon, serons-nous seulement de ce monde dans cinq ans... Il tournait le bouton de son poste. Le silence retombait sur la maison. Il dressait l'oreille du côté de la chambre d'Elise, il allait guetter, une fois encore, son sommeil dans l'ombre. A la fin de ces nuits de doute, Vernon décidait qu'elle serait son seul combat. Il dormait quelques heures, se réveillait apaisé. Et il reprenait sa silencieuse enquête.

Un jour, il crut avoir trouvé la bonne piste. A chacune de leurs visites chez Marthe, Elise ne pouvait s'empêcher de retourner les cadres de bronze doré qui contenaient les photos de la famille Monsacré. Depuis la naissance de ses petits-enfants, Marthe avait renoué avec quelques bribes du passé. Sous l'effet de la nostalgie, ou de ses préoccupations « dynastiques », comme les appelait Cellier, elle avait pris plaisir à aligner sur une console, dans des cadres anciens achetés chez des brocanteurs, de vieux clichés d'Elise et de Lambert, des photos un peu guindées, prises le jour de leur première communion, ou d'un anniversaire. A l'arrière-plan, sur deux ou trois d'entre elles, on reconnaissait aussi Hugo et Damien.

Marthe servait rituellement l'apéritif dans son bureau. Elle gardait dans une bibliothèque fermée à clef une précieuse carafe de vin cuit, qu'elle versait sans jamais en perdre une goutte, avec le même commentaire chaque dimanche : « Un petit ratafia de cerise d'Augustin Chailloux, vous n'en trouverez nulle part, vous m'en donnerez des nouvelles. » De dimanche en dimanche, Vernon réussit à reconstituer le petit manège d'Elise. Tout commençait d'une façon identique : lorsqu'elle entrait dans le bureau de sa mère, elle se figeait face à la console, puis elle détournait la tête, comme s'il lui était impossible de soutenir le regard fantomatique des personnages des cadres. Puis elle s'arrangeait pour retourner les photos. Elle les déplaçait, d'ailleurs, plus qu'elle ne les retournait, elle les chassait de son champ visuel. Tout aussi invariablement, elle laissait un cadre en place, et elle n'arrêtait pas de le regarder jusqu'à ce qu'on passe à table : un cliché où elle avait posé en communiante aux côtés de Lambert. Tous deux souriaient, paraissaient heureux. Elise avait, selon l'usage, la main repliée sur son missel, et les doigts de Lambert s'étaient fugacement accrochés aux siens.

Sa mère finissait toujours par s'apercevoir qu'on avait déplacé les cadres. Le dimanche suivant, ils avaient retrouvé leur place, au millimètre près. Un soir, Vernon fit irruption dans le bureau au moment où Marthe les alignait sur la console. Elle soupirait, essuyait sur le verre des poussières imaginaires. Dès qu'elle vit entrer Vernon, elle eut un mouvement de recul. Puis elle choisit de faire front.

– C'est Elise, souffla-t-elle. Elle n'aime pas les photos. Elle a toujours été comme ça.

Elle désigna à Vernon le cadre qu'elle tenait en main, la photo de Lambert et d'Elise :

– Dire qu'ils s'aimaient tant, quand ils étaient petits.

Vernon la sentit au bord d'une confidence. Il risqua une phrase volontairement ambiguë :

– Ils ne sont pas fâchés, au moins...

– Ils ne se voient plus guère, c'est tout. Chacun sa vie. Après tout, c'est mieux que de vivre les uns sur les autres et de se disputer. J'ai connu ça, autrefois. Mais maintenant il y a les enfants...

Comme toujours, Marthe jetait délibérément un voile sur le passé, pour tenter de vivre le présent dans sa force. C'était aussi sa manière de couper court. Des mois durant, Vernon n'en apprit pas davantage. Malgré sa brièveté, le souvenir de cette conversation le poursuivit. Il se rappelait lui aussi à quel point Lambert et Elise avaient été attachés pendant toute leur enfance. Il lui semblait que cet amour avait duré très longtemps, au-delà de leur adolescence, de la mort de leur père. Il avait du mal à situer le moment où il avait pu se briser, il n'arrivait pas à trancher si c'était au moment de l'affaire des lettres anonymes, de la mort de Damien ou du mariage de Lambert avec Tania Bronski.

Une fois encore, il crut à une fausse piste. Il se résigna à attendre. Et comme rien ne venait, comme le souci majeur des Monsacré, désormais dispersés, était d'oublier qu'ils avaient été une famille, il laissa ses questions en suspens.

CHAPITRE 40

Comment jeter la pierre à Vernon, même si tant de signes, en ce début 1934, laissaient déjà clairement voir que l'Europe était bien engagée dans sa marche à l'abîme? Sorties des corons, de longues colonnes de chômeurs, musettes calées sur les reins, s'étaient lancées à l'assaut des routes de France, réclamant du pain ou du travail. En Allemagne, en Italie, dans les restes disparates du vieil empire d'Autriche, d'autres crève-la-faim se ralliaient à des chefs qu'ils croyaient habités par la grâce. Lors des gigantesques rassemblements où ils s'agglutinaient pour les glorifier, des hommes en uniforme leur assenaient comme vingt ans plus tôt les mots de *patrie*, de *sang du sacrifice*. Ils péroraient des heures durant sur le monde nouveau qu'ils leur promettaient, ils parlaient d'une vermine à détruire quand il était encore temps. Des emblèmes inconnus fleurissaient sur les palais, ressuscités de la nuit des temps, prétendait-on, pour régénérer le monde à leur force magique. Les pas militaires recommençaient à battre le pavé de villes vouées naguère au seul plaisir, Rome ou Berlin, bientôt Vienne et Prague.

Même s'il voyait bien où était le mal, même s'il en redoutait la sinistre contagion, Vernon n'arrivait pas à admettre l'idée que le fléau vienne un jour déranger la tranquillité de Rouvray, en dépit de la misère grandissante, des gouvernements qui sautaient, des Oustric ou Stavisky qui défrayaient la chronique. Tout peut encore durer longtemps, se répétait-il, les Français ont la tête près du bonnet, la catastrophe n'est pas pour demain.

Ce qu'il observait à Rouvray paraissait lui donner raison. Là comme ailleurs, les ouvriers et paysans qui voyaient fondre leurs revenus allaient s'étourdir chaque dimanche dans les guinguettes du bord de Loire, dans les flonflons d'amour et le petit vin blanc. Certains soirs, le vent apportait jusqu'à Mortelierre l'écho de leurs accordéons. Un jour peut-être les guinguettes fermeraient leurs portes, les accordéons émigreraient sur la ligne Maginot. Mais, pour l'instant, l'espoir était là, même s'il était un peu mesquin, un peu frileux, borné à un verre d'anisette au bord d'un zinc, à des baisers volés dans un chemin creux qui sentait la noisette, petit bonheur qui faisait oublier les toiles cirées poisseuses des cuisines de fermes, leurs chambres pourries de salpêtre. C'était la même France goguenarde et râleuse que Vernon voyait se préparer chaque samedi soir, au moment où il regagnait Mortelierre, à la fin de sa tournée. Dans les couloirs des maisons où on l'avait appelé, il croisait des petites ouvrières, des bonnes à tout faire aspergées de senteurs Roja, couvertes de poudre de riz, qui grillaient de filer au *Sélect-Palace*, derrière le mail, pour s'étourdir de cinéma et de *Parlez-moi d'amour*. Dans l'euphorie légère de ces samedis soir, tous se jouaient vaille que vaille la comédie du bonheur. Riches ou pauvres, protégés derrière les grilles de leurs propriétés encore opulentes, ou errant de bistrot en bistrot dans les rues crayeuses de Rouvray, ils partageaient les mêmes rêves, de soleil, de pique-niques, de shorts, de corps hâlés, de vacances et de paix; et quand ils avaient passé l'âge, ils en rêvaient pour leurs enfants.

C'est précisément un de ces samedis soir que Vernon sentit renaître la rumeur autour des Monsacré. Elise avait voulu aller au cinéma. On passait il ne savait quel film sentimental et gai, qu'elle tenait absolument à voir, à cause de Lucien Dalsace, un bel acteur brun dont elle s'était entichée. Vernon était rentré en retard. Il avait été épuisé par sa dernière visite, un cancéreux pour lequel il avait dû retourner à l'hôpital chercher de la morphine. Pour comble, sa voiture tomba en panne d'essence à l'entrée de Rouvray. Un orage grondait, il commençait à pleuvoir à grosses gouttes. Elise le força à l'abandonner sur le bas-côté, et ils coururent sous la pluie jusqu'au *Sélect-Palace*. Le cinéma était comble. Vernon crut qu'Elise allait renoncer, mais sa détermination était telle qu'elle réussit à obtenir de l'ouvreuse un siège au premier rang.

Vernon se résigna à occuper un strapontin au fond de la salle. Il dut dormir pendant la moitié de la séance. Après l'entracte, quand le film attendu par Elise commença enfin, il ne fut guère plus vigilant. Il piquait à nouveau du nez quand un brouhaha le fit soudain se redresser. L'écran s'était éteint, tout était dans le noir : l'électricité était coupée.

Il ne fut pas surpris, l'incident était coutumier à Rouvray, surtout par temps d'orage. Les pannes pouvaient durer un bon quart d'heure. Le premier moment d'émotion passé, les spectateurs se mirent à bavarder, à croquer des bonbons. Le *Sélect-Palace* sentait très fort la brillantine et la réglisse, un mélange d'odeurs qui lui parut, il ne sut pourquoi, particulièrement soporifique. Devant lui, une femme parlait à mi-voix à sa voisine. Elle avait une voix curieuse : elle faiblissait tout d'un coup, s'en allait vers les graves, s'étouffait, devenait presque tendre, endormeuse; puis d'un seul coup, alors que Vernon recommençait à dodeliner de la tête, la voix redevenait haut perchée, rapide, et l'arrachait à son début de somnolence. A l'évidence, cette femme avait beaucoup à dire, car elle s'interrompait à peine pour reprendre son souffle. De temps à autre, sa voisine tentait une question, froissait le papier d'un bonbon. La lampe de poche d'une ouvreuse, de loin en loin, jetait un éclair rapide sur leurs chapeaux de feutre, du même rouge que le velours des fauteuils.

Vernon ferma les yeux. Il dut s'endormir, quelques secondes ou quelques minutes. Il ignora toujours ce qui le réveilla, de la voix soudain plus acide de sa voisine ou de la lumière, qui s'était rallumée presque au même moment. Il y eut un nouveau moment de confusion, puis une ouvreuse annonça qu'il fallait encore attendre : le machiniste devait rembobiner le film. La femme à la voix étrange reprit aussitôt le fil de sa conversation. Vernon songeait à aller voir si une place ne s'était pas libérée au premier rang, près d'Elise, quand il entendit distinctement prononcer le nom de Jean Cellier. Il dressa l'oreille.

– ... Pensez donc, poursuivait-elle, ce n'est pas son vrai nom, ils sont tous comme ça, ils les changent. Et elle non plus, ce n'est pas son vrai nom, c'est pour ça qu'ils s'arrangent si bien. Mais avec sa famille elle a eu fort à faire, ça a été une autre paire de manches. Dans le temps, il y a eu de ces histoires, vous n'allez pas me dire que vous ne le savez pas...

La voix chuchota à nouveau, puis haussa à nouveau le ton. Vernon était certain de la connaître. Une cliente, sans doute, mais il ne voyait pas qui.

– ... Elle a toujours su y faire, reprenait-elle, elle a retiré ses billes au moment où il fallait, ça fait bien dix ans qu'elle a vendu sa minoterie, elle a laissé à son fils le plus gros de ses fermes, juste avant la dégringolade, quand le blé ne s'est plus vendu... Comme si elle avait su avant tout le monde! Elle l'a bien roulé, son fils.

– Il est pourtant très riche.

– Ça lui vient de sa femme. Car son fils, c'est autre chose. Il est parti de rien. Croyez-vous qu'elle l'aurait aidé... Elle a préféré donner un coup de main à l'autre...

La voix se remit à murmurer. Malgré toute son attention, Vernon ne put entendre que la fin de la phrase :

– ... Ces gens-là savent se mettre à l'abri de tout. Ils ont leurs renseignements, vous pensez bien, mon mari me l'a dit, ça leur arrive du monde entier. Savez-vous ce qu'elle se prépare à signer avec lui, chez le notaire...

La lumière s'éteignit à ce moment précis. Il y eut un cri de satisfaction, le visage du beau Lucien Dalsace se remit à sourire sur l'écran. Les deux chapeaux rouges se rapprochèrent, la voix s'étouffa, marmonna encore quelques instants, puis se tut.

Vernon ne se rendormit pas. Tandis que s'agitaient sur l'écran les images noir et blanc, il n'arrêtait pas de chercher qui pouvait être cette femme dont il était sûr de connaître la voix. Juste avant que la lumière ne se rallume, il s'en souvint enfin. C'était Solange Gosselineau, une ancienne couturière mariée à un contrôleur des impôts, et qu'il soignait pour le cœur. Elle habitait la villa des Glycines, à la sortie de Rouvray. Il ignorait qu'elle connût Marthe, encore moins le détail de ses affaires.

Ils se croisèrent à la sortie du cinéma. Elle salua Vernon très respectueusement. Elle était très élégante, elle avait encore beaucoup d'allure, une poitrine imposante et une bouche magnifique. Il eut du mal à imaginer que ce fût elle, une heure plus tôt, qui avait débité ce flot de venin.

Trois semaines plus tard, quand Vernon fut appelé d'urgence à la ville des Glycines, pour une phlébite qui tournait mal, il comprit enfin le cheminement de la rumeur. La femme qui lui ouvrit la porte, la cousine de Solange Gosselineau, qui l'avait veillée toute la nuit, n'était autre que Madeleine Roseroy, l'épouse de Chicheray, chez qui Marthe s'apprêtait à signer – dans le plus grand secret, avait-elle exigé du notaire – les statuts de la nouvelle société qu'elle fondait avec son amant.

CHAPITRE 41

Marthe s'était montrée particulièrement rigoureuse. Elle avait rédigé elle-même les statuts de sa nouvelle affaire, à partir de plusieurs modèles fournis par Cellier. Elle y déploya une minutie touchante. C'était le soin d'une ménagère plus que l'adresse d'une femme d'affaires. Elle mûrissait son projet depuis plusieurs années. Quand elle l'eut peaufiné, elle consulta Chicheray. Après l'affaire du testament, elle avait pensé à remettre ses intérêts à un autre notaire. En définitive, elle jugea qu'il y verrait une humiliation intolérable, et que son ressentiment pourrait être plus désastreux que ses indiscrétions.

Pour une fois, Chicheray ne chercha pas à la conseiller. Il paraissait résigné à la voir en faire à sa tête. Il la dispensa même de ses sous-entendus acides. Il se contenta d'apporter quelques modifications à son projet. Pour l'essentiel, des aménagements de pure forme.

En dehors de lui, Marthe ne mit dans la confidence qu'Elise et Vernon. Elle le fit deux jours avant la signature de l'acte. C'était un dimanche, juste avant l'apéritif. « Pour que vous n'ayez pas de surprise à l'héritage », précisa-t-elle. « De toute façon, vous n'y perdrez rien. Vous allez voir l'argent que ça va nous rapporter! »

Avec ce *nous*, on ne savait pas si elle parlait de la société qu'elle fondait avec Cellier ou du patrimoine des Monsacré. Si elle pensait à sa famille, en tout cas, elle n'y incluait pas son fils, à cet instant précis. Car elle ajouta :

– Quand l'argent rentrera, il sera bien assez tôt pour tout expliquer à Lambert. Avec son caractère...

Elle ne finit pas sa phrase. Elle tapotait sa vieille pendule, sur la cheminée de marbre blanc, là où elle aimait poser quand on la prenait en photo. Le mécanisme était arrêté. Elle chercha la clef derrière le boîtier, remonta les ressorts, puis se rassit dans son fauteuil avec l'air qu'elle prenait quand elle jugeait que sa maison était en ordre.

– Lambert l'apprendra très vite, observa Vernon. Chicheray et lui...

– Ils se voient très souvent, je sais, Mais Lambert...

Elle s'interrompit : Elise s'était levée, sortait du bureau sans un mot. Elle n'avait pas touché aux cadres, pour une fois. Marthe feignit de n'avoir rien vu. Elle continua d'exposer ses projets à Vernon.

Malgré toute sa curiosité, il avait lui aussi envie de sortir, d'aller prendre l'air au jardin. On était à la mi-mai, la journée était superbe. A Vallondé, la végétation lui paraissait toujours plus grasse, plus profuse qu'ailleurs. En cette saison, juste avant les foins, le manoir semblait encerclé non plus par les eaux de la Luisse, mais par les herbes hautes et drues des prairies, les colonies d'iris sauvages. Marthe n'avait toujours pas posé de rideaux au rez-de-chaussée du manoir. Dès qu'il faisait beau, les odeurs du vallon s'y infiltraient, finissaient par imprégner les murs. Les insectes se laissaient emporter dans leurs effluves, jeunes abeilles, papillons grisés par les premières chaleurs. Ce matin-là, c'était une libellule qui s'était égarée dans le bureau de Marthe, au-dessus du plateau où elle avait servi l'apéritif. Avec son bourdonnement léger, Vernon se sentait pris par la nonchalance de l'été, l'impression que rien n'avait vraiment d'importance. D'ordinaire, des jours comme celui-là, Marthe attendait l'heure du déjeuner en parlant de tout et de rien. Du jardin, le plus souvent. Des plantations à faire, des greffes, des boutures. Les dimanches qui avaient précédé, à sa voix brusquement plus brève, Vernon pensa que Marthe allait enfin s'ouvrir à lui de ses projets. Il n'en fut rien. Chaque dimanche de ce printemps, elle s'obstina à servir son vin vieux sans une entorse à son cérémonial, sur son plateau d'argent et son napperon de cretonne, sans jamais en perdre une goutte, en dissertant avec sérénité sur la taille des rosiers, la difficulté d'acclimater des magnolias dans la terre de Vallondé.

Si elle a décidé de parler, se dit Vernon, c'est qu'elle prévoit une objection, un reproche. Elle avait voulu les prendre de court, Elise et lui, l'avant-veille de la signature de l'acte, à un moment où il était difficile de le remettre en cause. Pourtant Vernon avait beau l'observer, guetter la plus ténue de ses intonations, il ne trouvait pas en elle le premier indice de peur, le plus infime début de justification. Au lieu d'histoires de sécateurs et de pucerons, Marthe parlait maintenant royalties et contrats, de la même façon résolue et sereine. Mais on aurait dit qu'elle les savourait davantage, ces mots de l'argent et de la puissance de l'argent, elle n'était pas loin de retrouver la souveraine prestance qu'elle avait autrefois, sa force depuis les origines, l'assurance que le monde et les choses lui obéiraient sans réserve. A de très brefs instants, elle avait aussi des accents enthousiastes, comme un regain de jeunesse. Son ardeur gagnait peu à peu Vernon, malgré les accords tourmentés du piano d'Elise, qui lui parvenaient de la pièce voisine. A mesure que Marthe parlait, il se sentait retomber sous son charme, comme au temps de la tonnelle de Julia. A l'époque, Marthe était silencieuse, c'était son corps qui lui parlait quand ils valsaient ensemble, lorsqu'il cherchait dans son cou l'odeur de sa transpiration, qu'il guettait, sous la cotonnade trop lâche de sa robe, les imperfections qui auraient pu la lui rendre un peu moins désirable. Aujourd'hui encore, alors même qu'il s'étonnait de son goût de l'argent, des accents de convoitise qu'elle prenait pour en prononcer les mots, *intérêts, débours, association, brevet, agios, bilan, contrat*, Vernon succombait au trouble de sa voix.

Marthe le déconcerta dès ses premières phrases. Elle lui annonça sans préambule qu'elle avait mis en vente la seconde de ses minoteries. Il fut surpris. Le commerce du grain était chez elle beaucoup plus qu'une habitude, il lui avait tenu lieu d'amour, du temps de son mariage. A ce qu'il crut comprendre, elle se débarrassait de la minoterie pour investir dans une affaire de brevets d'armement. A l'évidence, elle lisait les journaux, écoutait la radio. On allait réarmer, prétendait-elle, il ne fallait pas se faire d'illusions, le pays, le monde allaient mal. L'armurerie qu'elle possédait avec Cellier marchait bien, mais, avec la crise qui se prolongeait, il fallait s'attendre à ce qu'un gouvernement les oblige, un beau matin, à la céder à l'Etat. Ils seraient contraints de la vendre au prix qu'on leur imposerait, une bouchée de pain, à n'en pas douter. Elle avait réussi à convaincre Cellier d'abandonner l'affaire. Ils venaient de trouver un acheteur qui leur en offrait un pactole. Avec l'argent de l'usine et le produit de la vente de la minoterie, ils allaient commercialiser les brevets : des inventions achetées dix ans plus tôt, quand elles passaient encore pour farfelues. D'après Marthe, elles valaient à présent une fortune, c'était un vrai trésor qui dormait dans son coffre-fort. Par exemple, elle possédait le brevet exclusif de l'ouverture hydraulique des soutes de bombardiers, celui des tourelles basculantes pour avions mitrailleurs. Cellier avait déjà trouvé plusieurs clients : des Suisses, des Yougoslaves, des Italiens, des Espagnols, et même un Japonais. Marthe et lui se feraient payer deux fois : la première pour la mise en place des ateliers de fabrication, la seconde par les royalties des brevets. De cette fortune-là, assurait Marthe, aucun gouvernement ne pourrait les déposséder.

Pendant qu'elle argumentait, Vernon observa Marthe. Elle avait dû thésauriser ses brevets comme le Grand Monsacré avait entassé naguère son emprunt russe, avec les mêmes pensées, « *on ne sait jamais, on verra bien, il ne faut jamais mettre tous ses œufs dans le même panier...* ». Elle lui expliquait en souriant comment, dix ans durant, elle avait accumulé ici même, dans cette maison tranquille ouverte sur le ciel et sur l'eau, les secrets d'engins redoutables, comment elle avait patiemment attendu l'heure où reprendraient les fanfaronnades de rois fous, de généraux hallucinés.

Vernon se sentit mal à l'aise. Il voulut cacher son embarras, se leva, hocha la tête. Marthe croisa son regard, l'évita presque aussitôt. Ce n'était pas son habitude. Elle changea de conversation :

– Anaïs est ici depuis hier soir. Elle est en train de déjeuner à l'office. Je l'ai pour quinze jours. Son frère n'est pas venu, il a la varicelle. Il a fallu les séparer. Je la trouve un peu pâlotte, il faudrait que vous la regardiez.

– La croissance...

– Ou bien autre chose... Les enfants, quel souci. On n'est jamais tranquille.

Elle se leva à son tour, caressa sur son bureau une des pierres que Cellier lui avait offertes. C'était sa préférée, une azurite. Il la lui avait offerte au plus beau de leur passion, il y avait bien dix ans de cela, peut-être même davantage. Il l'avait polie de ses mains, pour en faire ressortir les coloris étranges, de longues veines vertes et bleu outremer, comme le dessin des mers tropicales sur les cartes de géographie.

– Tania va donner une fête pour les trente ans de Marina, reprit Marthe. Ce sera le 15 août. Nous sommes tous invités.

Vernon, une seconde fois, hocha la tête. *Tous*, c'était la

manière dont Marthe signifiait que Tania avait expressément convié Cellier. Du reste elle poursuivit :

– Je ne sais pas si Cellier viendra. Enfin...

Elle réprima un soupir, essuya sur la pierre une poussière imaginaire.

– Suzanne tarde à servir, on dirait. C'est la petite qui doit la retarder. Elle est longue à manger, elle chipote tout le temps. Sauf pour le dessert... J'ai demandé à Suzanne de préparer des beignets de fleurs d'acacia, elle en raffole, et ça ne peut pas lui faire de mal. Elle viendra prendre le dessert avec nous. Ensuite, vous l'examinerez, Vernon. Vous me le promettez? Je la trouve vraiment pâlotte. La varicelle de son frère...

Elle avait retrouvé sa voix brève, elle jetait constamment des petits coups d'œil dehors. Vernon sortit sur la terrasse. Il sentait que Marthe attendait une parole, une phrase qu'il ne trouvait pas; et lui, Vernon, ce n'était pas seulement les mots qui lui manquaient, c'était la force de parler. Il passa plusieurs fois le doigt dans le col de sa chemise. A bout d'embarras, il laissa enfin tomber :

– Bravo. Bravo et bonne chance dans vos nouvelles affaires.

Marthe le suivit, s'appuya, comme un peu lasse, à l'un des battants de la porte-fenêtre. Elle semblait avoir chaud, elle aussi, sa peau brillait sous la poudre. Elle devait réfléchir. Comme toujours à ces moments-là, elle avait la paupière à demi fermée, la bouche pincée. Puis elle laissa tomber, sur le ton doucereux qu'elle prenait toujours pour mettre un terme à une discussion :

– Ce sont aussi vos affaires à vous, Vernon. Quand je ne serai plus de ce monde, Elise...

– Elise a tout ce qu'il lui faut.

– On dit ça, on dit ça. Mais quand ça vous tombe, un petit magot... On ne crache pas dessus, vous savez!

Elle eut un petit rire. Elle revint vers lui, enjouée. Devant la glace qui surmontait la cheminée, elle eut un geste de jeune fille, elle fit bouffer ses mèches blanchissantes, lui adressa dans le miroir une ombre de sourire, puis se retourna. Elle était belle, à cet instant, d'une beauté maîtrisée, souveraine. Vernon se dit que la vie ne l'avait ni adoucie ni durcie. Aiguisée seulement, affûtée. Avec cette ruse suprême : l'âge lui avait appris à dissimuler sa gourmandise.

Gourmandise, ou avidité? Devant les yeux narquois qui ne le quittaient plus, tous les ragots qui couraient sur Marthe lui revinrent à l'esprit. Il ne comprenait pas ce déploiement de charme. Elle cherchait un allié, c'était clair. Mais contre qui? Car cet allié, elle le voulait sourd et aveugle. Un pantin, en somme, pour continuer à jouer avec des cartes qu'elle se refusait à montrer.

Elle pressentit que Vernon n'était pas loin de la percer à jour. Elle baissa les yeux, prit la carafe d'apéritif. Tandis qu'elle remplissait à nouveau les verres, elle reprit le ton égal qu'elle avait d'ordinaire :

– Enfin, ne vendons pas la peau de l'ours... On a tellement de projets, dans la vie. Tellement de rêves, et au bout du compte...

Elle ne finissait plus ses phrases. Elle attendait peut-être que Vernon prenne les devants, qu'il tombe dans son piège. Il se força à se taire. Elle dut s'impatienter. Fait inhabituel, son bras tremblait pendant qu'elle remplissait les verres, une goutte d'alcool gicla sur le napperon de cretonne. Les fibres du tissu burent aussitôt le jus rouge. Elle gratta un moment la tache du bout du doigt, puis, à nouveau, se mit à réfléchir, les yeux plissés fixés sur la terrasse, ses vasques débordant de lierres, de pétunias. De temps à autre, une grande bouffée de vent apportait jusqu'à eux un gargouillis, le murmure de la fontaine ou celui de la Luisse, on n'aurait su dire, avec l'odeur un peu acide des iris sauvages.

– Qu'est-ce qui vous chiffonne? finit-elle par lâcher. Vous n'avez pas l'air content. Pourtant, cette affaire...

– Vous devriez prévenir Lambert.
– Je vous l'ai dit, avec son caractère...
– Le notaire...
– Quoi, le notaire? Je lui ai fait jurer le secret.
– Le secret! Avec Chicheray...
– Je lui ai dit que s'il parle je me sépare de lui. Il m'a juré...
– Chicheray ne se sent tenu par rien. Sauf par la loi du plus fort.
– Justement!
Elle souleva son verre. Un moucheron survola un instant le liquide rougeâtre, y piqua du nez. Marthe parut amusée, le regarda s'abandonner à son orgie de sucre, reposa son verre, puis reprit, sans relever la tête :
– Chicheray est aussi votre notaire.
– Pour ce que j'ai à traiter chez lui.
Vernon ne se reconnaissait plus. Il répondait sans plus réfléchir, à petites phrases sèches. A chaque phrase, sa gorge se nouait davantage.
– Chicheray ne peut pas tout se permettre, reprit Marthe.
– Il n'y a pas que lui, coupa Vernon. Il y a aussi sa femme.
A ce seul nom, Marthe se redressa. Elle ne se raidit pas, pourtant, comme elle faisait autrefois. Elle se composa simplement un rempart de dédain. Et c'est avec la même désinvolture qu'elle enchaîna :
– Ah oui, Madeleine Roseroy... Laissez-la donc jaser. Ce n'est certainement pas dans le lit de cette harengère que le notaire passe à confesse. Il se méfie d'elle comme de la peste.
– Chicheray est bavard. S'il veut que quelque chose se sache...
– Bavard, non. Roublard. Ce n'est pas neuf. Il n'a jamais été franc du collier. Je les connais bien, ces gens-là. C'est de famille. Son père déjà, dans le temps... il suffit de

lui en imposer. Avec le vieux Chicheray, quand j'étais jeune, déjà...

Elle s'arrêta. Elle n'aimait pas les souvenirs des autres, elle détestait encore plus les siens. Elle recommença à observer le moucheron, dans ses remous d'alcool rouge. Il ne se débattait presque plus.

– Chicheray ne respecte rien, reprit Vernon. Ou plutôt il respecte ce qui l'arrange, quand ça l'arrange.

– Il ne peut pas me berner, tout de même. Pas moi. Il n'oserait pas.

– Vous berner, non, mais parler. L'air de rien, comme il fait toujours. Ou faire parler sa femme.

– Qu'est-ce ça peut me faire? Je vous l'ai dit, Chicheray est roublard. Roublard ne veut pas dire habile. Les gens habiles prévoient leur propre échec, pour mieux l'éviter. Les roublards sont toujours sûrs de réussir. Et, souvent, ils échouent.

– Mais Lambert...

– Lambert, quoi, Lambert?

Elle s'était levée, elle s'était placée dans le contre-jour, comme pour dérober son visage à Vernon. Il ne voulut pas lâcher prise :

– Vous feriez mieux d'avertir votre fils. Il le sait, de toute façon. Tout le monde le sait. Ne le laissez pas à l'écart.

– Est-ce qu'il me met au courant de ses affaires, lui? Je suis restée deux ans sans avoir de ses nouvelles, quand...

– Vous avez bien mis Elise dans la confidence.

– Pas Elise. Vous.

– Raison de plus.

– Je parlerai à mon fils quand je voudrai. D'ailleurs...

Elle s'interrompit. Dans la pièce voisine, Elise s'arrêta de jouer, puis entama un nouveau morceau, une partition qu'elle déchiffrait lentement. Le moucheron venait de se noyer dans le verre de Marthe. Mais elle n'entendait, ne voyait plus rien. Ou, plutôt, elle avait décidé de ne plus rien voir ni entendre. Elle continuait, comme pour elle seule :

– Pour ce qu'il y a à savoir... Tout est propre, dans cette histoire. Les brevets sont dans mon coffre. Cellier va installer des bureaux à Paris. La société aura son siège ici même. De pures formalités.

– Et Cellier, qu'est-ce qu'il en pense?

– Cellier, Cellier... Vous savez bien, c'est du vif-argent, Cellier. Pourvu qu'il bouge... Toujours par monts et par vaux, il aime l'argent, la nouveauté. Il va rendre visite à nos clients, en Suisse, en Espagne. Il est jeune.

– Plus si jeune, tout de même.

– Quarante ans bientôt. Le bel âge, non?

– Le bel âge.

Vernon n'avait plus la force de la contredire. Il espéra un instant que tout allait en rester là, quand il vit Marthe sortir sur la terrasse, en pleine lumière. Elle parut un instant éblouie, fit quelques pas hésitants entre les fauteuils de jardin, chercha son chapeau, revint au salon, dans le contre-jour, pour que Vernon ne puisse pas l'observer. Elle ignorait qu'il la guettait dans le miroir placé au-dessus de la cheminée. Il y distinguait son visage, dans ses plus petits détails, ses yeux à nouveau plissés par le calcul, le muscle de sa mâchoire qui s'était noué, dès qu'il avait parlé de Cellier.

Elle s'assit derrière son bureau, sortit d'un étui quelques photos qu'elle venait de faire développer. Elle les étala posément, comme elle eût fait de cartes à jouer, les examina une à une, sans les montrer à Vernon.

– Je n'aurais rien dû vous dire, reprit-elle. J'aurais dû garder tout ça pour moi. Mais Elise est tellement fragile. S'il m'arrivait quelque chose...

– Elise n'est pas si fragile. Et je peux mourir avant vous.

Elle ne répondit rien, se leva, abandonna les photos sur le bureau sans les ranger. D'où il était, Vernon ne voyait pas ce que représentaient les clichés. Les enfants, sans doute, de ces photos maladroites et familières comme Marthe en prenait depuis quelques années.

– Laissez-moi en dehors de vos histoires de famille, dit alors Vernon.

– Que vous le vouliez ou non, vous les avez prises avec ma fille.

– Tellement prises que...

Il eut une seconde d'hésitation, puis ajouta :

– Vous aussi, Marthe, Lambert finira par vous passer sur le corps.

Il avait parlé sans réfléchir, sans respirer. Pour courte qu'elle fût, sa réplique lui avait paru d'une longueur insupportable. Il l'avait dite, cependant, il l'avait laissée tomber dans toute sa cruauté.

A présent il avait chaud. L'effet du soleil ou celui de la colère, il ne savait pas. Il s'en voulait. L'instant d'avant, il hésitait encore entre deux méchancetés : raconter à Marthe la rebuffade qu'Elise lui opposait, ou lui répéter la rumeur de la ville. Il n'avait révélé ni l'une ni l'autre. Il avait fait pire, il avait blessé Marthe dans ce qu'elle avait de plus précieux, après Cellier : son amour pour Lambert. Elle allait le prendre pour un envieux de plus.

Il ne sut jamais si elle l'avait entendu. A l'instant même où il finit sa phrase, Anaïs déboula sur la terrasse avec de grands cris, et Marthe courut vers elle.

La petite pleurnichait. Marthe s'assit, l'attira sur ses genoux. Elle s'y blottit. Elle prétendit que le chat de Marthe l'avait griffée. Elle lui désignait une égratignure sur sa jambe potelée. Marthe la consola :

– Et pour tout arranger, tu n'as pas dû manger, comme d'habitude...

Elle la balançait doucement sur ses genoux, elle la chatouillait tout en la grondant. La petite éclata de rire, sauta de ses genoux, s'enfuit dans le jardin. Marthe n'était plus la même. D'un seul coup, elle parlait, elle respirait différemment. Elle soupira :

– Sept ans déjà, ça passe trop vite...

Puis elle lança à l'adresse d'Anaïs :

– Tu n'as pas dit bonjour à ton oncle! Reviens donc ici...

Anaïs rentra en courant dans la pièce, se jeta sur les genoux de Vernon. Elle était aussi blonde qu'Elise, sa peau avait presque la même odeur, de lait et d'herbes fraîches. Elle se pelotonna un instant dans ses bras, puis sauta à nouveau sur les genoux de Marthe.

Elle était ainsi, Anaïs, rieuse et primesautière, plus joyeuse, plus enjouée que la plupart des enfants. Vernon était fou d'elle. Souvent, lors de ses nuits d'insomnie, il lui fabriquait des décors de théâtre, des marionnettes en carton. Elle ne manquait jamais de lui en réclamer. Ce dimanche, Vernon avait oublié ses découpages. Elle eut une mine dépitée, repartit en courant sur la terrasse, puis se mit à nouveau en quête de son chaton.

– Elle a de la suite dans les idées, dit Marthe.

– Et vous prétendez que c'est malade...

– Vous me la regarderez tout de même après le repas.

C'étaient à nouveau les phrases banales des dimanches; et ce dimanche-là fut apparemment semblable à tous les autres, avec son grand gigot bien aillé, le café et le pousse-café, qu'on prit près de la fontaine, parce qu'il faisait lourd, une vraie chaleur d'été. Avant la sieste d'Anaïs, comme convenu, Vernon l'examina. Elle n'avait rien, elle n'était jamais malade. Il la regarda s'assoupir en compagnie de Marthe. Il s'étonna une fois de plus de sa façon de dormir : elle qui était si vive, elle s'enfonçait dans le sommeil sans repousser le drap, chose légère, comme pour ne pas laisser de trace, comme si la place qu'elle prenait dans leur vie était déjà trop grande.

Au-dessus du lit d'Anaïs, Marthe avait l'œil plus brillant, la respiration plus courte. Sans doute fallait-il lui laisser son voile d'oubli sur les yeux, l'abandonner à ce nouvel amour, hydre plus aveugle, plus dévorante que toutes celles qui l'avaient tourmentée jusque-là, parce que c'était une passion qui la prenait sur le tard, et qu'elle la croyait justifiée par le sang. Quand vint le soir, au moment de quitter Vallondé, comme il longeait la Luisse au bras d'Elise, Vernon se répéta, une fois de plus : pourquoi déranger l'eau qui dort? Pourquoi troubler l'ordre voulu par Marthe, ses comptes si bien tenus, son manoir sans poussière, ses fleurs au jardin, chacune en sa saison, ses lundis qui fleuraient la lessive, son coffre-fort bourré de plans qui valaient un pactole? Elle pouvait mourir demain, comme tout le monde, ne jamais voir se réveiller les vipères de Rouvray, ni même les démons de la guerre, dont elle attendait la fortune.

Lorsqu'il passa la grille, Vernon n'avait plus de remords. Il se jura de laisser Marthe à son refuge de Vallondé, son tranquille creuset de silence et d'argent, avec les souples anneaux de la Luisse qui étranglaient sa maison.

CHAPITRE 42

Il fait chaud, n'avait pas arrêté de se plaindre Cellier, Cellier qui ne se plaignait jamais. Il avait toujours été gai, il était *très champagne*, comme disait Marina. Mais ce quinze août 1934, tout le monde l'a remarqué, Cellier n'a pas cessé d'afficher une humeur massacrante. Marthe l'a raconté elle-même, tout a commencé la veille, lorsqu'il est arrivé de Suisse, à la fin de l'après-midi. Le ciel était voilé, le temps un peu frais. Dès qu'il est entré dans le bureau de Marthe, il a lâché, d'un ton excédé : « Il fait chaud », et elle a compris dans l'instant qu'il voulait être ailleurs.

Elle lui a demandé des nouvelles de leurs affaires. Il fallut lui arracher les mots. Il finit par lui dire que tout allait on ne peut mieux. De temps à autre, il lorgnait sur sa Delage, rangée devant la grille, comme pour s'assurer qu'il pourrait bien repartir. Après le dîner, il a commencé une phrase maladroite, quelque chose comme *« J'ai des choses à te dire »*, puis il a bégayé, il est sorti sur la terrasse. Il l'a arpentée quelques minutes, en se baissant de temps à autre pour arracher une mauvaise herbe. Il est revenu dans le bureau de Marthe. Une seconde fois, devant l'étagère où elle rangeait ses pierres, Cellier a dit : « Il fait chaud. »

C'était faux. Il aurait dû dire : *« Il fait bon »*. Il avait plu toute la matinée, la nuit tombait, gorgée d'eau, comme toujours à Vallondé. Des senteurs de menthe montaient vers le manoir, l'odeur de feuilles fraîchement lavées. Par la fenêtre de son bureau, Marthe a regardé Cellier parcourir le jardin, elle a pensé qu'il ressemblait à un poisson dans un bocal. Image banale, mais justifiée par la lumière verdâtre, un peu glauque, qui rôdait dans le parc, comme souvent le soir, après les orages. Marthe s'est dit aussi : si je ne vide pas le bocal, ce poisson-là n'arrivera jamais à se sauver.

Il aurait suffi d'un mot pour lui rendre sa liberté. Marthe ne le dit pas. Cellier n'en était pas à sa première aventure, mais cette fois-ci il était amoureux, cela crevait les yeux. Il suffisait de voir avec quelle convoitise enfantine son regard avait couvé le téléphone, quand ils étaient passés dans le bureau, après le dîner, pour prendre le café. Elle avait failli lui dire : allons, mon petit Jean, rentre à Orfonds, téléphone tranquillement, laisse-moi. Elle n'avait rien dit. Comme lui, elle était lâche. Marthe l'était à force de silence. Lui, Cellier, à la manière des hommes, pataude, un peu grossière. Dans ses rêves, il y avait des désirs contre lesquels elle se sentait impuissante. Elle entendait déjà les mots qu'il allait dire : mariage, enfants, le temps qui passe et qui détruit les choses. Et surtout ce *« Je ne t'abandonnerai pas »*, la pire des blessures. Cette phrase-là, elle ne voulait plus l'entendre.

Il dut le deviner. Il n'osa pas parler, il n'osa pas non plus partir. Ils passèrent la nuit ensemble dans le grand lit de merisier. Il s'endormit dès qu'il fut couché. Elle ne ferma pas l'œil de la nuit. A plusieurs reprises, elle se pencha sur lui pour écouter son souffle, l'aspirer comme un dernier soupir. La nuit était lourde, mais il ne faisait pas chaud, Cellier se trompait. L'insupportable était ailleurs, dans ces mots qui n'étaient pas dits.

Il se réveilla de très mauvaise humeur, une bonne heure après qu'elle fut levée. Ils prirent ensemble le petit déjeuner sur la terrasse, lui en robe de chambre, elle habillée de pied en cap pour la réunion de famille au Grand Chatigny, droite et nette comme à son habitude. Pour la première fois, elle se sentit empruntée devant lui. Pour tout dire, vieillie. Et même carrément vieille.

Il dit encore : « Il fait chaud. » Elle ne put s'empêcher de corriger : « Il fait beau. » Elle avait raison, comme toujours. La terre était détrempée, des filets de brume rôdaient encore au fond des peupleraies. Du côté de la Loire, l'air avait pris ce bleu lavé, léger, qui annonce dans le Val les plus radieuses journées.

– Ça nous promet un bel après-midi, poursuivit Marthe. Tania sera contente.

– Tania?

Cellier parut sortir d'un rêve. Il se reprit aussitôt :

– Tania, oui, Tania. Qu'est-ce qu'on fête, déjà, qui va venir?

Elle le lui avait dit la veille, et une semaine plus tôt, avant son départ pour la Suisse. Elle réprima son impatience :

– C'est le 15 août, l'anniversaire de Marina, ses trente ans. Tania voulait une grande réception. Mais Marina a rompu avec son dernier fiancé... Elle a tenté se suicider...

– On me l'a dit, oui. Elle s'est ouvert les veines, c'est bien ça?

– Elle était debout le surlendemain. Elle en est quitte pour une cicatrice.

– Ces Russes, tout de même. Et tout ça pour un petit acteur qui avait dix ans de moins qu'elle...

Qu'est-ce qu'il mijote, se dit Marthe, de quoi cherche-t-il à me consoler d'avance? Cellier continuait tranquillement à beurrer sa tartine de pain grillé, il versait le lait dans son thé à sa manière habituelle, précise, un peu maniaque. Un mot lui vint aux lèvres, qu'il ne put prononcer. Il répéta, en s'épongeant le front :

– Il fait chaud.

Ils partirent pour le Grand Chatigny sur le coup de

midi. Dès qu'elle eut embrassé Boris et Anaïs, Marthe oublia Cellier. Elle se retrouva comme elle avait toujours été, femme en marche, indifférente à tout, sauf aux enfants. Elle opposa son habituel sourire à la distance de son fils, la même désinvolture aux ronds de jambe de Chicheray, que Lambert, bien sûr, n'avait pas manqué d'inviter. Le notaire avait eu vent des déboires sentimentaux de Marina, il avait cru bon de venir avec une musette remplie de farces et attrapes, dont une boîte à rire, *« pour mettre de l'ambiance »*.

Une fois de plus, Tania s'était avisée de changer la décoration du château. Sa nouvelle folie, c'étaient les trompe-l'œil. Dès la fin du printemps, Tania s'était installée au domaine, avec l'ambition déclarée d'y créer un monument de l'illusion picturale. Elle décorait tout, même les portes. Elle venait de commencer une fresque au fond de l'office, malgré la réprobation des domestiques, qui prétendaient que sa peinture leur *« flanquait le bourdon »*. La fresque, aujourd'hui disparue, représentait un puits sombre, vu d'en haut, tout encombré de scolopendres. Tania tenait sa nouvelle passion d'un ami sculpteur, Adolphe Méridor, un artiste assez connu à l'époque. Il vouait à Tania une adoration aveugle. Lambert feignit toujours de se tromper sur son nom, il l'appelait invariablement *Médor*.

En ce 15 août 1934, le déjeuner, en soi, fut déjà un petit événement. Tania inaugurait la fresque de la salle à manger. Elle l'avait peinte sur le long mur aveugle qui faisait face aux fenêtres. Par la même propension morbide qui l'avait poussée à dessiner le puits ténébreux de l'office, elle avait voulu que la pièce s'ouvre sur un escalier comme on en voit parfois dans les châteaux d'Ecosse, des boiseries à la Walter Scott, poussiéreuses et sombres, d'une architecture qui défiait les lois de la perspective. L'escalier s'arrêtait sur une porte basse. Sur la moulure du plafond, Tania avait peint un chat noir et blanc. Il semblait surveiller la table, ou la menacer, on n'aurait su dire.

Dès qu'elle vit la fresque, Marthe détourna instinctivement les yeux, comme la plupart des invités. Par des journées radieuses comme celles-là, il faut le reconnaître, la peinture de Tania Bronski suscite des sensations troublantes : on ne sait plus où on est, de l'Italie riante qu'évoque le parc du Grand Chatigny, ou du sinistre manoir figuré sur les murs. Ce jour-là, Lambert fut certainement le seul à l'examiner de près. Il eut un sourire amusé, puis il fit remarquer à sa femme qu'elle avait oublié de peindre les moustaches du chat. Tania protesta :

– Les chats n'ont pas de moustaches!

– Voyez-vous ça! rétorqua Lambert.

Tania se tourna vers le sculpteur, le prit à témoin :

– N'est-ce pas que les chats sont dépourvus de moustaches?

Du bout de table où il tentait de se faire oublier, Méridor rougit :

– Ça dépend des races.

En dehors de cette anecdote, personne ne s'est souvenu avec précision de ce qui s'est dit pendant le déjeuner. Tania fit servir, à la manière de la province, un repas copieux et interminable. Elle venait une fois de plus de congédier sa cuisinière. Elle l'avait remplacée au pied levé par un patron de restaurant qu'elle avait débauché à prix d'or. Il leur avait concocté un menu prétentieux, avec des tourtes au ris de veau, des poulardes à la crème. Dès le deuxième plat, et quoiqu'il fût de plus en plus gourmand, Lambert en fit ouvertement reproche à sa femme. Puis l'atmosphère parut se détendre, Vernon et lui parlèrent des grands travaux que lançait le gouvernement. Le sujet passionnait Lambert : il avait obtenu plusieurs de ces chantiers. Cellier touchait à peine à son assiette. Il avait du mal à dissimuler son ennui, il n'arrêtait pas de pétrir des boulettes de pain. Quelqu'un – Chicheray peut-être, à moins que ce ne soit Marina –

évoqua alors la création de l'armée de l'air, et le record de vol battu par Hélène Boucher trois jours plus tôt. Il demeura de marbre. Vernon réussit à détourner la conversation sur un sujet plus futile, *« la mode du short, si ma mémoire est bonne »*, a raconté Marina. Cellier ne fut pas plus loquace. De temps à autre, Chicheray, qu'émoustillait beaucoup la question des shorts, mais dont personne n'écoutait les allusions grivoises, retournait sur le bord de sa chaise la boîte à rire, malgré les vigoureux coups de pied que lui lançait sous la table Madeleine Roseroy.

Dehors, le soleil tapait de plus en plus fort. Les bassins du parc, la Loire elle-même, en bas des terrasses, avaient pris une couleur bleu-gris, un peu plombée. Au moment du dessert, on servit du champagne. Marina et Cellier, d'un seul coup, parurent très gais. Ils burent coupe sur coupe, se gavèrent de millefeuilles. Marina chuchota à l'oreille de Cellier des mots qui le déridèrent. Au moment du café, ils se mirent à chantonner des airs à la mode, d'abord à mi-voix, puis ils entonnèrent à pleine gorge *Les Gars de la marine* et *Couchés dans le foin*, que Tania reprit avec eux, puis Madeleine Roseroy et Marthe, tandis qu'on servait les liqueurs. L'euphorie de Marina et de Cellier était telle, après le dernier couplet, qu'ils parlèrent, en un langage canaille qui ne leur était pas coutumier, d'aller *« guincher au Goujon frétillant »*. La chaleur, sans doute, les en dissuada. Comme tout le monde, ils s'affalèrent très vite sur leurs fauteuils, un verre d'eau-de-vie de prune à la main, à moitié somnolents.

Les enfants s'étaient éclipsés. Boris était au billard. Il avait déclaré au dessert qu'il voulait battre son père. Il avait la même vivacité que Lambert, au même âge, la même expression tendue et décidée. Anaïs était sortie, elle s'était installée sous un parasol, en bas du perron. Marthe la surveillait du coin de l'œil, depuis un fauteuil d'angle proche d'une fenêtre. Elle jouait avec des pétales de pensées. Elle tentait d'en faire un chapeau pour sa poupée préférée, un minuscule poupon de laine que Marthe lui avait tricoté. De temps à autre, elle s'interrompait, calait la poupée contre le dossier d'une chaise de jardin, s'emparait d'un livre, lui faisait la lecture.

Anaïs avait très vite appris à lire, beaucoup plus rapidement que son frère. Ce jour-là, cependant, elle n'arrivait pas à se fixer. Elle revint deux ou trois fois au salon, demanda conseil à Marina pour son chapeau, puis à Marthe. Elle aussi semblait accablée par la chaleur. A plusieurs reprises, elle réclama à Cellier qu'il l'emmène sur la petite plage de sable parfaitement sûre qui s'étalait en bas du parc. Il l'y avait accompagnée plusieurs fois l'année précédente. Elle commençait à savoir nager. Cellier somnolait, la tête renversée sur son fauteuil. Il marmonna quelques mots indistincts. Anaïs ressortit jouer sous le parasol.

C'était en somme l'abandon qui marque la fin des repas de famille, cette lourde torpeur où se confondent l'ennui et la digestion. Marthe observait Cellier à la dérobée, elle tâchait de calculer le moment où allait se dissiper son ivresse, à quelle heure il allait retrouver son air excédé et dire à nouveau : « Il fait chaud. » Il s'était endormi pour de bon. Elle en a profité pour le regarder de plus près. Elle l'a trouvé un peu vieilli. Sur ses tempes, sur le sommet de son crâne, ses cheveux devenaient clairsemés. Comme s'il s'était aperçu qu'elle l'épiait, Cellier a brusquement rouvert les yeux. Il s'est levé sans un regard pour elle, il a dit : « On crève de chaud, je vais faire un tour. » Et il est sorti.

Il avait tombé la veste depuis la fin du repas, au moment où il avait commencé à chanter avec Marina. A son grand soulagement, Marthe a constaté qu'il ne la reprenait pas. Elle a pensé : « Encore un moment de répit. » A son tour, elle s'est assoupie.

Qui l'a réveillée en sursaut, qui a dit le premier : *« Où est passée la petite »*? Sur ce point, les versions divergent. En tout cas, ce n'était pas Lambert. Il jouait au billard dans la pièce voisine. Il montrait de nouveaux coups à son fils. Boris apprenait très vite, il poussait de grands cris chaque fois qu'il marquait un point. Ce ne fut pas non plus Tania qui s'enquit d'Anaïs : elle était perchée en haut d'une échelle, dans la salle à manger, elle ajoutait des moustaches à son portrait du chat. Elle était toujours très concentrée, Tania, quand elle peignait, le monde disparaissait autour d'elle. Elle a à peine tourné la tête quand on a parlé d'Anaïs.

Elise a ajouté, en écho à la première voix : « Où est donc passé Cellier? » Au seul son de sa voix, tous les autres ont levé la tête, Madeleine Roseroy la première, devant la table où elle s'était installée pour jouer à la crapette, puis Vernon, qui commençait une partie de bridge avec Chicheray, Méridor et Marina. Enfin Marthe, du fauteuil d'angle où elle somnolait, dans la lumière trop jaune de l'après-midi.

Elle a toujours prétendu que c'est Léon Fatal qui s'est aperçu le premier de la disparition d'Anaïs. Quand elle a ouvert les yeux, elle l'a vu surgir au fond de la galerie, suant et soufflant, à son habitude, traînant les pieds sur le dallage. Sur le coup, ça n'a étonné personne. Il adorait Anaïs, il n'arrêtait pas de la couver, de la gâter. Marina lui a répondu presque aussitôt, sans même lever les yeux de ses cartes : « La petite était là à l'instant, elle jouait avec des fleurs. » « Elle jouait à la poupée sous le parasol », a corrigé Marthe, en se redressant dans son fauteuil. Elle avait encore la voix tout empâtée quand elle a ajouté, à l'adresse de Léon Fatal : « Allez donc voir du côté du tas de sable, elle y va toujours, quand elle commence à s'ennuyer. »

Léon Fatal s'est éclipsé. Il transpirait toujours, mais il ne traînait plus les pieds. On n'a plus entendu que ses pas précipités sur le gravier des allées, et le bruit des boules que tapaient Lambert et Boris. Marthe a déambulé un moment dans le salon, elle a observé le jeu de Vernon par-dessus son épaule, puis celui de Méridor et celui de Marina. Au bout de dix minutes, comme Léon Fatal ne revenait pas, elle a compris qu'il se passait quelque chose d'anormal. Elle allait jeter un œil dehors, quand elle a vu Fatal courir vers la salle à manger, là où Tania continuait de fignoler les moustaches de son chat. Il a crié : « Madame, madame, je ne retrouve plus la petite. »

Marthe a gardé son calme, elle a dit à Fatal d'aller voir dans la chambre d'Anaïs. Il s'est exécuté. Il est revenu bredouille. Tania est descendue de son échelle, elle est allée elle-même voir dans la chambre, puis elle a voulu inspecter le tas de sable, la charmille qui faisait face au perron. La poupée de laine, le livre et le bouquet de pensées déchiquetées étaient abandonnés sur un fauteuil de jardin.

Marthe, la première, a pensé à la Loire. Elle n'a pas osé la nommer. Elise l'a entendue crier : « Bandes d'imbéciles, avec cette chaleur, courez donc la chercher en bas des terrasses! »

Dès qu'il a entendu sa mère crier, Lambert s'est précipité dans le parc. Il a bousculé Vernon, Léon Fatal, sur les marches qui descendaient au fleuve. Prévenus par Méridor, les domestiques l'ont rejoint. Marthe les a suivis, mais à la seconde terrasse elle n'a pas pris la même allée qu'eux. Elle a enlevé ses chaussures, elle a couru à travers les parterres, elle est arrivée la première au-dessus de la petite plage. Elle n'y a découvert que Cellier. Il était nu, il se baignait. Elle lui a crié : « Tu n'as pas vu la petite? » Il a secoué la tête, puis s'est rhabillé à la hâte.

Les autres sont arrivés. Les hommes devant, les femmes loin derrière. A cause de leurs talons hauts, leurs chevilles vacillaient dans les allées de gravier. Leurs robes de soie légère s'accrochaient dans les buissons, les oseraies des berges. A la lisière du parc, ils ont rencontré le garde-chasse, Gaston Caillotte. C'est lui qui a évoqué le premier le tourbillon de la Noue, un siphon mortel qui aspire les nageurs, ou même les simples baigneurs, juste à la limite des bois. « Mais ça fait bien trente ans qu'il n'y a pas eu d'accident », a ajouté Gaston Caillotte en jetant à Cellier un petit regard par en dessous. « Il n'y a plus que les étrangers pour se flanquer à l'eau dans cette foutue rivière. » Puis il a expliqué que la Loire rend toujours les corps au même endroit, à la sortie du siphon, cinq cents mètres en aval, au lieu-dit la Grange-au-Rouge, près d'une pêcherie abandonnée.

« Anaïs n'aura jamais pu aller si loin », a rétorqué Tania. « Elle est trop petite, elle n'a pas eu le temps. » « Allez savoir ce qui peut se passer dans la tête d'une mioche », a opposé Marthe. « Elle a sept ans, tout de même. Et elle est risque-tout. »

L'après-midi s'avançait, il faisait de plus en plus chaud. La Loire avait gardé sa couleur plombée. « On ferait mieux de retourner là-haut », a dit Cellier, « la petite est peut-être tout bonnement en train de jouer à la poupée au grenier. » Personne ne l'a écouté. La marche a repris. Lambert arriva le premier à la Grange-au-Rouge. Il s'enfonça aussitôt dans les buissons qui encombraient la berge. Les autres s'arrêtèrent, essuyèrent leur visage en sueur, frottèrent dans les herbes leurs souliers crottés. Vernon sortait sa pipe de sa poche, quand il a vu Lambert émerger des buissons. Très exactement à l'endroit indiqué par Gaston Caillotte, il venait de découvrir le corps d'Anaïs. Vernon s'est précipité sur le corps, l'a examiné, puis s'est effacé. Chicheray et lui se sont jeté un long regard : c'était la seconde mort par l'eau dans la famille Monsacré.

Lambert s'est effondré sur le petit corps. Cela dura cinq bonnes minutes. Personne n'osait plus bouger, même pas Tania. On ne voyait plus que le dos de Lambert, secoué de hoquets, au-dessus du corps de la petite fille. Il voulut le remonter lui-même au château. Jusqu'à la nuit, il ne laissa pas Tania s'en approcher. Il s'était enfermé dans son bureau, d'où on l'entendait téléphoner, d'une voix neutre, professionnelle. Il exigea une enquête. A la nuit close, les gendarmes firent leur entrée au Grand Chatigny, solennels et guindés. Ils interrogèrent successivement les invités et les domestiques, pour conclure à un accident. Cellier fut soumis à un interrogatoire particulièrement détaillé. Il nia fermement que la petite fille l'ait accompagné au fond du parc, il prétendit avec la même obstination qu'il ne l'avait pas vue jouer devant le château, quand il était sorti, et qu'il ne l'avait même pas croisée dans le parc.

Trois jours s'écoulèrent avant l'enterrement. Tania ne sortait plus de sa chambre. Lambert demeurait calme, mais il avait le visage ravagé. Il dirigea par le menu l'organisation des obsèques. Il s'occupa de tout, du nombre des faire-part, de l'ordonnance de la cérémonie, qu'il voulut grave et grandiose. Le maire et le sous-préfet se déplacèrent, on vint de Blois, de Tours et même de Paris. Lambert mena le deuil jusqu'au caveau des Monsacré. Il serrait Boris contre lui, comme pour le protéger d'une malédiction. Puis venait Tania, appuyée au bras de Marina et de Léon Fatal. Elle était hagarde, incapable d'une seule larme. Derrière lui, Elise avançait aux côtés de Vernon, plus lointaine que jamais. Enfin venait Marthe, raidie sous ses voiles noirs. Pour la première fois de sa vie, tout le monde le remarqua, elle avait la démarche incertaine.

Elle était venue seule. L'avant-veille, Lambert avait déclaré à Chicheray que rien ne serait arrivé si Cellier n'avait pas entraîné Anaïs dans le parc. Il s'était baigné, la petite avait voulu l'imiter, il ne l'en avait pas empêchée, il ne l'avait pas surveillée, et peut-être même... Dès que la rumeur revint aux oreilles de Marthe, très exactement vingt-quatre heures plus tard, elle se rendit au Grand Chatigny, demanda des explications à son fils. Il nia tout. Puis, selon son habitude, au moment où ils allaient se séparer, il ajouta d'une voix sourde :

– C'est ta faute, ce qui est arrivé, il faut toujours que tu régentes tout le monde. La petite n'obéissait à personne d'autre que toi, tu ne laissais jamais personne s'occuper d'elle, c'était toujours toi qui l'avais à l'œil...

Marthe posa sa main sur le bras de Lambert.

– Tu ne crois pas que j'ai autant de chagrin que toi?

Il eut un mouvement de recul, puis éclata :

– Toi, toi, toujours toi! Tu n'as jamais pensé qu'à toi... Toi et ton fric, toi et...

Il s'arrêta net, comme si l'injure qu'il s'apprêtait à dire était si forte qu'elle lui coupait le souffle. La mère et le fils se firent face en silence. Lambert était sur le seuil de la pièce, Marthe n'avait pas bougé de la fenêtre, la petite fenêtre au fauteuil d'angle où elle s'était assoupie, l'après-midi où Anaïs s'était noyée. La chaleur n'avait pas faibli, le même jour cru et jaune tombait dans la pièce. Elle n'avait pas encore remarqué combien Lambert avait vieilli. Comme Cellier, il perdait ses cheveux; mais, en plus, il s'alourdissait, la vivacité qui avait fait son charme commençait à s'évanouir.

Lambert détourna la tête. Il était comme tout le monde, il ne pouvait pas soutenir le regard de Marthe. C'est de dos, comme il s'éloignait dans le couloir, qu'il lui jeta :

– Ne t'avise pas de te présenter devant moi avec ton gigolo!

Ce soir-là, quand elle se coucha, Marthe ne pleura pas. Il lui semblait que toutes ses peines, en s'accumulant, avaient fini par s'annuler. Elle ne savait plus où se trouvait la plus grande douleur, du nom de son amant qu'on lui jetait comme une insulte, de la petite qui s'était noyée. Ou de ce mystère presque aussi intolérable, la haine de son fils.

CHAPITRE 43

Cellier n'a pas quitté Marthe. Trois mois après la mort d'Anaïs, il a réussi à la convaincre de fermer Vallondé, de le suivre en voyage. Pourtant Marthe ne pleurait pas. Elle n'a jamais eu le visage ravagé de Lambert, elle a continué à faire face. Ou plutôt à faire semblant. Elle était très forte à ce jeu, il fallait bien la connaître pour ne pas en être dupe. Cellier a tout deviné. Il n'a pas pu la quitter.

Avant son départ, Marthe est allée voir Tania dans son atelier de la rue Spontini. Elle non plus ne pleurait pas. Elle avait d'autres échappatoires. Elle peignait davantage. Elle préparait une exposition, son atelier regorgeait de toiles. Depuis son mariage avec Lambert, c'était la première visite de Marthe à son atelier. Rien n'avait changé. Léon Fatal ouvrit, avec son air éternellement fatigué. Tania portait la même blouse, elle était à peine coiffée. Des tasses de thé marquées de rouge à lèvres, des bouteilles de brandy vides étaient éparpillées dans tout l'appartement. Quand Marthe l'a embrassée, elle sentait un peu l'alcool.

Cette fois, Marthe ne fut pas intimidée. Tania parla de tout et de rien, avec une exubérance un peu forcée. Au bout de quelques minutes, Marthe en eut assez.

– Moi aussi, autrefois, j'ai perdu un fils, coupa-t-elle. Vous êtes encore solide. Un autre enfant...

Elle lui prit la main. Tania la retira aussitôt. Puis elle secoua la tête. Marthe ne se laissa pas démonter :

– Vous n'effacerez rien, vous n'oublierez rien. Tout simplement, vous commencerez une autre vie. Il y a plusieurs vies dans la vie. Vous pouvez me croire...

Tania jeta un œil à Léon Fatal, qui préparait du thé dans la cuisine. Elle saisit un pinceau, mélangea quelques couleurs sur sa palette. Enfin elle chuchota :

– Laissez-moi...

Marthe s'en alla presque aussitôt. Elle quitta Paris le lendemain. De ce premier voyage, elle n'attendait pas grand-chose. Même pas l'oubli. Elle joua pourtant le jeu. Elle qui n'était jamais allée plus loin que Paris, elle suivit docilement Cellier en Egypte, en Italie. Elle donna le change, elle s'habilla comme n'importe quelle riche voyageuse, de chapeaux de paille, de tissus clairs. Elle écouta les guides, s'étourdit de la vie de palace, de paquebot, même si, de temps à autre, elle rechigna à la dépense. Elle se força à sourire partout où Cellier l'emmenait, devant les temples de la Vallée des Rois, dans les montagnes de Sorrente. Un jour, elle entra même dans un casino, au Caire. Elle joua, elle gagna. Elle tourna aussitôt les talons. « Je n'aime pas la chance », dit-elle à Cellier. « Un jour ou l'autre, on finit par passer à la caisse. » Elle fit alors un petit signe vers le ciel, avec l'œil durci qu'elle avait quand elle avait démêlé le jeu d'un concurrent.

De ces trois mois de voyage, ce fut sa seule allusion à la mort d'Anaïs. Ici ou là, près d'un piano-bar, dans les couloirs d'un train de luxe, Cellier noua quelques relations. Il avait la parole facile, on le prenait en affection. On l'invitait, on le fêtait. Marthe restait toujours en retrait. Elle gardait son air absent, ou s'éloignait assez vite. On la prit sans doute pour une de ces riches exilées que les soubresauts du monde condamnaient à errer dans les villégiatures à la mode, jusqu'à épuisement de leur fortune. On demanda parfois à Cellier qui elle était, de quel pays elle venait. Il éluda. Il ne savait pas quoi répondre, il n'avait pas la force de mentir : il le savait bien, ce n'était pas à l'Egypte, à l'Italie que Marthe se sentait étrangère. C'était à ce monde, tout simplement. Il n'avait pas le cœur de l'y ramener.

A leur retour, une bonne nouvelle les attendait : Tania était enceinte. Elle reprenait goût à la vie, sa peinture était beaucoup moins torturée. Lorsque Marthe revint la voir à son atelier, elle ne sentait plus l'alcool. Elle lui annonça aussi que Boris était le premier de sa classe. Elle paraissait très fière de lui. Lambert venait de l'inscrire dans l'un des lycées les plus prestigieux de Paris. Il n'avait pas onze ans, il jurait déjà qu'il deviendrait médecin. Il ne parlait plus d'Anaïs, il semblait l'avoir oubliée.

« Il tient de son père », dit Marthe, un peu étourdiment. Tania ne releva pas. Elle se retourna vers son chevalet et se remit à peindre. Marthe s'en alla sur la pointe des pieds. Elle était déjà dans l'ascenseur, quand Tania sortit en courant de l'atelier. Marthe l'aperçut à travers les ferrures de la porte palière. Elle l'entendit crier : « Restez à Paris! Je ne retournerai plus très souvent là-bas, vous comprenez? Restez... »

A la façon dont sa voix chancela sur le *là-bas*, Marthe comprit qu'elle parlait du Grand Chatigny. Elle ne répondit rien, elle appuya résolument sur le bouton du rez-de-chaussée. Elle rentra le lendemain à Rouvray.

C'est à Vallondé, un soir de janvier 1936, qu'elle apprit que Tania venait d'accoucher d'un fils, un superbe garçon brun et potelé, qu'elle avait tenu à appeler Lucien. Sur le coup, elle fut abasourdie, elle ne fit aucun commentaire. Puis elle rappela Marina. Au bout de quelques phrases, elle finit par hasarder :

– Dans votre famille, quelqu'un s'appelle Lucien?

– Non. Je crois que le nom plaisait à Tania. Et à Lambert aussi. C'est une chance, non? Pour une fois qu'ils sont d'accord...

Marthe raccrocha très vite. Elle se souvenait parfaitement de la confidence qu'elle avait faite à Tania sur l'enfant qu'elle avait perdu, mais elle ne rappelait pas qu'elle eût précisé son prénom. Quelques jours durant, elle se demanda qui, en dehors de Lambert, avait pu lui raconter l'histoire du premier Lucien. C'était un sujet que personne n'avait jamais abordé depuis sa mort, pas même Hugo. Marthe était persuadée que Lambert n'avait gardé aucun souvenir de l'inondation, ni de la brève existence de ce bébé fragile.

Elle se força à croire à une coïncidence. Pourtant, elle eut peur de ce prénom, elle redouta le moment de s'approcher du nouveau-né. Une sensation curieuse s'était emparée d'elle, l'impression de porter malheur, de laisser derrière elle un sillage de mort. Où qu'elle aille, et malgré elle.

Elle s'en ouvrit à Cellier : « J'ai l'impression d'être une sorcière », lui confia-t-elle le lendemain de la naissance. Un an plus tôt, Cellier se serait moqué de Marthe. Cette fois-là, il l'écouta gravement. « Ne t'occupe pas de cet enfant », conseilla-t-il. « Vois-le régulièrement, mais tiens-toi à distance. Si Tania veut te le confier, refuse. Prends le prétexte de ton travail, de nos affaires... »

Elle suivit le conseil. Sur la photo qui fut prise par Léon Fatal le jour où elle rendit visite à Tania pour voir le nouveau-né, cette distance volontaire est très nettement perceptible. Au centre du cliché, au milieu de ses draps de satin, Tania se penche sur l'enfant avec un regard brillant. A sa gauche, Elise et Marina sourient. Derrière elles, on aperçoit le profil de Boris, mâchoires serrées, lèvres pincées, tout le portrait de son père. Ce bébé vers lequel convergent tous les regards semble beaucoup l'inquiéter. Il a le rictus du bon élève qui vient de se faire souffler la première place et tâche de dissimuler sa déconvenue. Une main s'avance vers le bavoir du bébé, un peu ridée, piquetée des premières tâches de vieillesse. A sa finesse, à son énergie, elle est reconnaissable entre toutes : c'est celle de Marthe. C'est tout ce qu'on voit d'elle sur ce cliché. Un halo flou, sur la droite de la photo, marque qu'au dernier moment, comme par réflexe, elle est sortie du cercle.

Cercle où manque aussi Lambert. Sur sa commode, Tania a posé un portrait de lui, pris dans un studio à la mode, le visage de biais sous un éclairage artificiel. Photo dans la photo. Tout est flou, dans l'image de ce père absent : son beau visage qui s'empâte, son regard terni par le chagrin. Ses cheveux sont de plus en plus clairsemés, il tente de le cacher en les coiffant en arrière, en les graissant de brillantine. Hasard ou malice de Léon Fatal, le portrait du père apparaît au centre du cliché. Malgré la brume qui noie son regard, jamais Lambert n'a paru aussi présent que dans ce cadre. Il ne sourit pas. Ou, plus exactement, il ne sourit plus.

Avant de partir, Marthe a demandé pourquoi son fils n'était pas là.

– Il est à Rouvray, a répondu Tania d'une voix précipitée.

– J'en arrive. Je ne savais pas qu'il était là-bas. Il a vu son fils?

– Pas encore. Les affaires... Vous savez bien qu'en ce moment, les affaires...

– Tu parles! a coupé Marina, et elle avait un air méchant.

– Alors qu'est-ce qu'il fait de la sainte journée? Il est à Paris ou à Rouvray?

– Ça doit être bien intéressant, en tout cas, a repris Marina, pour que ça l'empêche de venir voir son nouveau-né.

Marthe n'a pas insisté. Quand elle est sortie avec Marina, elle lui a tout de même demandé :

– Qu'est-ce que vous avez voulu dire, tout à l'heure? Il y a une femme?

Marina a éclaté de rire :

– Lambert, une femme... Ça lui coûterait trop cher! Et ça ne lui rapporterait rien...

– Alors quoi?

– L'argent. Toujours l'argent. Il prétend que Tania est dépensière, qu'elle lui coûte des fortunes.

– Elle a de quoi vivre sans rien lui demander.

Marina portait un petit chapeau à résille. Elle a soulevé sa voilette, elle s'est mise à jouer les coquettes :

– Les héritages, vous savez, ça se mange comme le reste! Moi-même...

Marthe ne l'a pas laissée finir :

– Comment vont les affaires de Lambert?

– On ne peut mieux. Alors que pour les autres tout va mal.

– Il travaille beaucoup.

– Il sait aussi se salir.

– C'est-à-dire?

– Il traficote, il intrigue, il...

Une seconde fois, Marthe l'interrompit :

– Que voulez-vous, Lambert est comme moi, il a grimpé tout seul.

Marina a rougi. Elle s'est mise à marcher d'un pas plus rapide. Une phrase lui est montée aux lèvres, mais elle n'a pas pu affronter le regard de Marthe, avec sa pupille rétrécie comme celle d'un chat aux aguets. Elle rabattu sa voilette, puis elle a jeté :

– Lambert verra, lui aussi. L'argent, ça va, ça vient. Mais quand il est propre, on a moins de regrets à le perdre.

– Et, le plus important, c'est de le transformer en bonheur, non? a répliqué Marthe en lui prenant le bras. Il est bien joli, le petit Lucien.

Marina s'est laissé faire. Elles ont marché bras dessus bras dessous en parlant de brassières et de barboteuses. A la première mercerie venue, elles ont acheté des pelotes de laine, des patrons-modèles. Jusqu'à la guerre, Marina n'a plus prononcé devant Marthe le nom de Lambert.

Quinze jours plus tard, Marthe a annoncé à Tania qu'elle quittait Vallondé, qu'elle venait vivre à Paris. Elle avait enfin trouvé un appartement. Il était situé rue des Belles-Feuilles, à deux pas de son atelier.

CHAPITRE 44

Cet appartement, c'était une occasion, a prétendu Marthe, une de ces affaires qui ne se présentent pas deux fois. Son propriétaire, un marchand de viande argentin qui retournait à Buenos Aires, l'avait quasiment bradé. Il était juif. Il s'était installé en Europe pendant la guerre, où il s'était enrichi dans la vente du corned-beef aux armées alliées. Puis il avait trafiqué un peu de tout dans l'Europe de l'Est jusqu'en 1932, date à laquelle il était venu s'installer à Paris. Il se vantait d'avoir prévu les lois qu'Hitler venait de faire proclamer à Nuremberg, et qui privaient les juifs de la citoyenneté allemande. Ces mesures n'avaient soulevé aucun émoi en Europe; en foi de quoi l'Argentin assurait qu'elles finiraient un jour ou l'autre par entrer en vigueur dans les autres démocraties. C'était chez lui une obsession. Comme s'il n'en était jamais assez convaincu, il se plongeait des heures dans la presse d'extrême droite, soulignait de rouge les articles les plus virulents. Le jour où Marthe et Cellier visitèrent l'appartement, il s'arrêta au milieu de leurs discussions pour brandir plusieurs de ces feuilles. Elles étaient entièrement annotées de sa main.

– Je préfère partir tout de suite, déclara-t-il gravement.

– Ces journaux ont toujours existé, répliqua Cellier. Et

nous sommes en France, tout de même. Mon père s'est battu à Douaumont. Il avait trois rangs de décorations. Je les possède encore.

Le marchand de viande n'insista pas. Il paraissait pressé de terminer l'affaire. Il aurait pu palabrer, mégoter, il y semblait rompu. La vente fut conclue dans la journée, au prix ridiculement bas qu'avait proposé Marthe.

Elle n'avait jamais vécu dans un appartement, encore moins dans une construction moderne. Elle s'y fit très bien. La nouveauté l'amusait, notamment la cuisine « à l'américaine » : elle possédait des quantités de placards et une armoire réfrigérante. Autre singularité, l'Argentin avait transformé une partie de cette armoire en coffre-fort. Dès son installation, Marthe y entassa ses précieux brevets. Pour le reste, l'appartement de la rue des Belles-Feuilles était spacieux et très clair. Sa décoration était peu courante, dans le goût de l'atelier de Tania, avec de grandes baies vitrées, des cheminées cubistes. Contre toute attente, Marthe n'y toucha pas.

Cellier est venu vivre avec Marthe rue des Belles-Feuilles. Il avait une maîtresse, une certaine Gisèle Delvaux, une jeune actrice qu'il avait projeté d'épouser, juste avant la mort d'Anaïs. Il a continué à la voir jusqu'à la guerre. Il rencontrait aussi très souvent une célèbre danseuse de flamenco, Dolores Tortosa, qui voulait à toutes fins un enfant de lui. Elle lui téléphonait constamment. A plusieurs reprises, elle vint même lui faire des scènes rue des Belles-Feuilles. Elle criait, suppliait. Marthe n'a jamais posé de questions. Elle a toujours *« fait l'innocente »*, comme on aurait dit à Rouvray. Lors de la dernière dispute qui opposa Cellier et sa danseuse de flamenco, elle s'apperçut qu'il lui racontait qu'il vivait chez sa mère. Elle était malade, prétendait-il, il ne l'abandonnerait jamais. Derrière la porte où Marthe écoutait, le mensonge de Cellier lui arracha un rire. Le seul rire qu'elle eût désormais, très bref, un peu amer. Et ce fut tout. Il n'y eut jamais de reproches, jamais d'explications. Cellier et elle ne dormaient plus ensemble. Ils étaient ensemble, c'était peut-être mieux. En tout cas, elle n'en demandait pas davantage. Mère et fils, vieux amants, elle se moquait des noms dont Cellier baptisait leur lien. Ce qui les unissait était désormais au-delà de l'amour. C'était une alliance, un genre de pacte qui n'avait pas besoin de mots.

Tout aurait pu continuer ainsi, doucement, jusqu'à la mort. Cela dura jusqu'à la guerre. Jamais Marthe n'a tenu ses livres de comptes avec autant de minutie. Son jardin lui manquait sans doute, ses équipées dans la campagne. Elle les remplaçait par de longues promenades dans les parcs de Paris. Elle les connaissait tous par cœur. Elle se rendait tous les matins aux bureaux de la société qu'elle avait fondée avec Cellier, régentait les dactylos. Les employés la redoutaient, ce qui lui rendait un semblant de bonheur. Comme les grèves l'amusèrent, en 36, avec l'effroi de Cellier devant les lois du Front populaire.

Dans les quelques déjeuners de famille qui réunirent les Monsacré jusqu'en août 39, Lambert ne parla jamais politique. Marthe jugea donc que les compromissions évoquées par Marina touchaient à autre chose. Un seul souci paraissait travailler son fils : acheter, accumuler. En dépit des *Faites payer les riches* placardés sur les murs de Paris, il avait acquis plusieurs immeubles, une nouvelle cimenterie. Jusque-là, Marthe n'y trouva rien à redire. Elle fut beaucoup plus étonnée quand elle le vit reprendre ses achats à Rouvray. Dès qu'une ferme était abandonnée, dès qu'un verger était à vendre, un morceau de vignoble, un pâturage, une sablière, il achetait, au mépris du rapport qu'il pouvait en tirer. Chicheray le prévenait aussitôt qu'il avait une affaire en vue. Il préparait son coup de longue date. Selon une méthode éprouvée par des dynasties de notaires, il prêtait de l'argent à un paysan, un nobliau proche de la ruine. Quand il devenait évident que son débiteur ne pourrait jamais le rembourser, Chicheray lui représentait, avec l'air de la plus grande compassion, qu'il n'avait plus d'issue que la vente.

Alors qu'il aurait pu laisser la négociation à Chicheray, Lambert abandonnait ses chantiers au premier appel du notaire, il accourait. Le vieux démon des Monsacré s'était réveillé en lui, il fallait qu'il arpente le bien sur lequel il jetait son dévolu, qu'il l'écrase sous son talon comme pour mieux l'humilier, ainsi qu'il en userait quelques heures plus tard avec son malheureux propriétaire, quand il jetterait sur le bureau du notaire ses liasses de billets de banque. Souvent aussi, dans les champs de Rouvray, Lambert avait le même geste que le Grand Monsacré, il s'emparait à la dérobée d'une pincée de terre, l'écrasait entre le pouce et l'index, et, longuement, en respirait l'odeur.

Marthe, en revanche, ne s'intéressait plus à ses propriétés foncières. « La terre, c'est fichu », ne cessait-elle de répéter. Elle n'allait plus guère à Vallondé. Elle n'y retournait qu'au milieu de l'été, en compagnie de Nine. Elle s'installait dans son manoir pour un petit mois, ouvrait les fenêtres, chassait la poussière, l'odeur de moisi qui imprégnait les murs. Elle ne reprit jamais les travaux d'installation du chauffage central, commencés trois mois avant la mort d'Anaïs. Nine lui suggéra de les finir. « Je ne viens jamais plus l'hiver », lui répondit-elle. « On ne sait jamais », s'entêta Nine. « Tu ne vivras pas toute ta vie à Paris. Tu es une fille de la campagne, je ne sais pas comment tu fais, pour te plaire là-bas, toi qui... » Marthe l'interrompit sèchement : « On se fait à tout. »

Elle était sincère. Elle ne comprenait plus comment elle avait pu vivre à Vallondé, entre le jardin, les lessives, les herbes d'eau sur les bords de la Luisse, la lente pousse des glycines, des treilles mûries contre la pierre de tuffeau. Années consumées dans l'espoir, dans l'attente. Espoir des moissons, des fermages, de la mort d'Hugo. Puis des visites de Cellier, du retour des petits-enfants. Il n'y avait plus rien à attendre, se disait maintenant Marthe. Rien que la fin. Elle continuait pourtant à se tenir droite, à faire de l'argent. Mais elle n'aimait plus Vallondé. Ses herbes ployées dans le courant, ses prairies humides n'avaient plus pour elle le parfum du bonheur. Elle n'y sentait plus que l'odeur douceâtre des choses qui se défont.

Une année, un début d'inondation la força à revenir à Vallondé au milieu de l'hiver. Le manoir avait été à nouveau encerclé par les eaux, une partie des grottes s'était écroulée. Par chance, la cave à vin avait été épargnée, avec ses Vouvray millésimés et ses grandioses Bourgueil. Il s'en était fallu de très peu : la voûte calcaire était imbibée d'eau, de nombreuses pierres s'étaient descellées. Il fallait la remaçonner au plus vite. Marthe quitta Paris sans hâte. Lorsqu'elle arriva à Vallondé, à la fin d'un après-midi de février, elle surprit Augustin Chailloux au milieu des décombres. Il les retournait méthodiquement, il grattait, auscultait gravement le moindre gravat.

Elle fit celle qui n'avait rien vu. Le lendemain, le garde-chasse d'Orfonds lui appris que Chailloux passait ses nuits au fond des souterrains. Tout le monde savait ce qu'il cherchait à la lueur de sa lampe tempête, et pourquoi il campait jour et nuit sur les lieux : le lendemain de l'éboulement, il avait trouvé devant les grottes quelques piécettes de cuivre. Il s'était mis dans la tête qu'elles annonçaient une fabuleuse découverte : celle de l'or du Grand Monsacré. Les grottes étaient devenues pour Chailloux une sorte de mine, un filon mythique qui aboutissait dans le parc de Vallondé, un trésor dont il ne savait même plus à quand il remontait, tant il en avait entendu parler, tant il en avait rêvé.

Quinze jours durant, Marthe observa Chailloux sans jamais le déranger. Maintenant qu'elle était là, il était contraint de se cacher pour retourner les gravats. Il s'attaqua bientôt aux champs les plus proches, des terrains très humides, bruns, luisants sous la blessure du soc, encore parcourus de longues traînées blanches, ultimes traces de l'inondation. Quand les maçons arrivèrent pour cimenter les voûtes qui menaçaient ruine, il eut toutes les peines du monde à abandonner les lieux. Pour un peu, il se serait laissé murer dans les caves, à gratter jusqu'à l'épuisement les couches crayeuses entassées depuis des millions d'années entre les bandes noires de silex.

Un jour qu'Elise avait rejoint sa mère au manoir pour y remettre un peu d'ordre, chasser l'odeur de moisissure qui l'avait envahi, elles contemplèrent ensemble le manège de Chailloux. Elles étaient penchées à la lucarne centrale du grenier.

– Le Vieux n'arrêtera jamais de remuer la cervelle des gens, dit subitement Elise. Il les aura tous rendus fous.

Marthe sursauta. Non seulement Elise avait parlé, mais elle avait osé évoquer celui dont l'ombre s'étendait toujours sur Vallondé, sans que son nom fût jamais prononcé. Elle avait dit *Le Vieux*, comme Hugo, jadis. Marthe se crut ramenée des années en arrière. Elle eut un réflexe de mère :

– Parle autrement de ton grand-père.

– Mon grand-père... Plus de trente ans qu'il est mort. Et moi j'en ai bientôt quarante.

– Un mort est un mort.

– Ça dépend lesquels.

Elise eut un petit rire. Elle referma la lucarne qu'elle venait d'ouvrir, repoussa nerveusement quelques cartons, d'où s'élevèrent des bouffées de poussière. Marthe était face à la dernière lucarne. Elle s'arrêta, se pencha à la vitre, observa une dernière fois Chailloux. Il faisait beau, un soleil d'hiver, qui tombait par taches dans le grenier, cette nécropole d'objets, de souvenirs abandonnés. Puis elle rejoignit Elise. Elles passèrent devant une vieille psyché, un des objets légués par Damien, et leurs regards se croisèrent dans son reflet, sous un rai de soleil. Elles y jaugèrent l'une et l'autre le passage du temps. Ses effets étaient plus sensibles sur Elise : ses cheveux, de blonds, paraissaient cendrés, elle avait un peu grossi. La solitude, sans doute, l'oisiveté de Mortelierre.

– Il faudrait débarrasser ce grenier, reprit Marthe. Toutes ces vieilleries... Ce désordre. Même un grenier doit être rangé.

Elise ne répondit pas. Dès le lendemain, Marthe commença à descendre du grenier les cartons de souvenirs qu'elle y avait entassés. Elle refusa l'aide de sa fille. Deux jours d'affilée, elle souleva la poussière, les vieux emballages, tria, classa, répertoria. Elle s'arrêtait à peine pour manger. Elle soulevait des liasses de factures, des paquets de photos, de courrier. La lumière des clichés qu'elle entassait, la pelure fragile des lettres, des enveloppes lui semblaient venir d'un temps aussi lointain que les silex entassés par Chailloux tout autour de la grotte, et le calcaire où il continuait de traquer l'or du Grand Monsacré.

Elle fixa son départ au dimanche matin. Le manoir resta allumé toute la nuit. Sur le coup de neuf heures, comme convenu, Elise vint embrasser sa mère. Elle avait appris à conduire et devait l'emmener à la gare. Elle arriva en avance. Tout était silencieux, les persiennes du manoir étaient tirées. Malgré son appréhension, elle se dirigea droit au grenier. Il était parfaitement rangé. Tous les meubles avaient été alignés le long d'un mur, le plancher avait été balayé, les vitres des lucarnes nettoyées. Au lieu de l'odeur de moisissure, un parfum de naphtaline fraîchement sortie de son emballage imprégnait jusqu'aux poutres du grenier.

Elle redescendit aussitôt. Elle trébucha à plusieurs reprises dans l'escalier, car l'électricité était coupée. Il faisait très froid. Elle courut à la chambre de Marthe. La pièce était en ordre. La courtepointe de chintz était rigoureusement tirée sur le lit, le fauteuil à sa place, le broc et la cuvette de porcelaine à leur place sur la table de toilette.

Elle sortit sur le palier, inspecta les couloirs dallés,

l'enfilade des chambres. Tout était vide, dans le même ordre parfait que la chambre de Marthe. L'idée que sa mère ait pu partir sans la prévenir l'effleura. Presque au même moment, elle entendit un bruit léger, une sorte de crépitement venu du rez-de-chaussée. Elle se précipita dans l'escalier. Le grésillement arrivait du bureau de Marthe. Elise s'approcha, poussa doucement la porte, puis s'arrêta. Ici aussi les volets étaient tirés, les housses replacées sur les fauteuils. Une seule lampe était allumée, posée sur la cheminée à côté de la pendule, une veilleuse à globe de l'époque Charles X, un des objets que sa mère avait achetés dans les ventes, du temps des Grotteaux.

Marthe était de dos, la tête inclinée vers le halo de la lampe, en tenue de voyage, ses valises autour d'elle. Elle se croyait seule. Elle parcourait des papiers entassés en désordre sur le rebord de la cheminée, des documents qu'elle extrayait de plusieurs caisses. Elle les empilait dans un carton plus petit, barré d'une marque voyante, à l'enseigne d'une poudre à fabriquer de l'eau minérale à domicile, *Lithinés du docteur Gustin*. De temps à autre, ses mains frémissaient, elle s'attardait parfois sur une photo, une carte postale, déchiffrait une écriture, puis rejetait la lettre, la facture, sans l'avoir lue jusqu'au bout, avec un soupir d'exaspération ou de regret, on n'aurait su dire. Dans la cheminée, des feuilles de papier journal se consumaient.

D'un seul coup, elle regarda sa montre, se pencha sur le foyer. Le papier journal devait être humide, car les flammes retombèrent très vite, en dégageant une fumée noirâtre. Elise vit sa mère se pencher sur une seconde pile de journaux, au pied de son bureau, saisir une boîte d'allumettes. C'est le moment qu'elle choisit pour rentrer dans la pièce. Marthe ne sentit sa présence qu'au dernier moment, quand elle entendit sa fille lui chuchoter :

– Un feu, au moment de partir...

Marthe a sursauté, mais n'a pas répondu. Elle a aussitôt

frotté l'allumette qu'elle tenait entre les mains, l'a jetée sur le papier journal. Cette fois, les feuilles étaient bien sèches, le feu a pris dans l'instant. Marthe s'est baissée sur le carton et, d'un geste de voleuse qui veut couvrir sa fuite, elle a voulu le lancer dans le feu.

– Non, a crié Elise.

Elle s'est interposée, elle a saisi le carton au vol. Des photos, des lettres se sont répandues sur le dallage. Certaines sont tombées dans les flammes. Marthe résistait toujours. Elle a fait un pas de côté, elle a concentré toute son énergie, pour déjouer le barrage de sa fille.

– Tu n'es pas toute seule, dans la famille! a sifflé Elise.

– Toi non plus.

– Ça fait longtemps que j'ai tout compris.

– Compris quoi?

– Ce qu'il y a à comprendre.

– Comprendre, comprendre, mais il n'y a rien à comprendre!

Elle a hurlé, Marthe, pour une fois; elle avait le visage tout rouge, et ce n'était pas seulement les flammes, au-dessus de son visage, qui animaient si subitement son teint.

– Ah bon? a simplement répliqué Elise.

Et, comme le bras de Marthe desserrait son emprise sur le carton, elle en a profité pour le lui arracher.

Marthe a laissé faire. Son bras est retombé. Le contenu du carton s'est répandu sur le plancher. Au risque de se brûler, Elise s'est précipitée sur les liasses de clichés ou de lettres qui commençaient à brûler avec le papier journal. Puis elle les a soigneusement réunies aux autres, au fond du carton marqué *Lithinés du docteur Gustin.*

– A quoi bon? a dit Marthe.

– On ne sait jamais.

– Ma vie est finie, ma pauvre fille. A mon âge...

– Qui a parlé de toi? Dans les familles...

– Les Monsacré, une famille...
– Tes petits-enfants...
– Je ne les vois presque plus ! Et toi, Elise, tu ne m'en as même pas fait...
Elise se pencha sur le feu, réunit les derniers documents. Elle avait des gestes furtifs, pour éviter de se brûler. Quand elle les eut tous entassés dans le carton, elle se frotta les mains pour en ôter les traces de cendre, et répéta :
– On ne sait jamais. Tu m'as toujours dit qu'on n'est jamais assez prudent.
Marthe s'effondra dans le fauteuil de son bureau, sans même en soulever la housse. Elle dévisagea sa fille comme si elle était une étrangère. Elle avait l'air exténuée, « fatiguée du matin », comme on disait à Rouvray. Puis elle a lâché :
– Qu'est-ce qui te prend, à toi aussi ?
– Rien.
– Tu n'étais pas comme ça, avant.
– Avant quoi ?
Marthe s'est redressée d'un seul coup dans son fauteuil. Elle a regardé sa montre, puis elle a désigné le carton :
– Ote ça de ma vue. Fais-en ce que tu veux, je ne veux plus jamais voir ces paperasses. Garde-les pour toi. Tu as bien compris ? Pour toi toute seule.
Elise n'a rien répondu. Elle a éteint le feu, à sa manière habituelle, méthodique, soignée. Elle a balayé les cendres, nettoyé les chenets, rangé le tisonnier, puis elle a conduit sa mère à la gare et elle a emporté le carton. Ni elle ni Marthe n'en ont plus jamais parlé. S'il n'y avait pas eu la guerre, on l'aurait peut-être perdu. Pis encore, oublié.

CHAPITRE 45

Et la vie reprit son cours. C'était encore la paix, la paix frivole et distraite. Chaque année, on attendait l'été, qui jetterait à nouveau sur les routes des troupes d'ouvriers en congés payés, équipés de ce qui était resté si longtemps les accessoires des riches, le maillot de bain, l'ambre solaire. Dès le printemps, Marthe se mettait à redouter son séjour à Rouvray. Elle craignait d'affronter à nouveau les souvenirs, et d'abord ce silence sur son passage qui, plus sûrement qu'une insinuation, qu'une insulte même, racontait la rumeur et l'envie. Elle n'avait jamais été aussi riche : l'Europe réarmait, les royalties pleuvaient. Elle épluchait les bilans, lisait la presse, « *pour surveiller* », comme elle disait. On avait rétabli le service militaire à deux ans. De temps à autre, les diplomates étaient pris de crises d'agitation, échangeaient des communiqués incendiaires, puis se calmaient tout aussi subitement. Les ventes de brevets suivaient fidèlement leurs variations d'humeur. Cellier jurait ses grands dieux que la guerre se déroulerait en Pologne, en Russie, contre ceux qu'il appelait « les Rouges ». Peut-être même en Chine, disait-il, contre ces Japonais à qui il vendait aussi des armes. Mais jamais plus en France, proclamait-il avec emphase, le pays possédait de quoi décourager ses pires ennemis, les Anglais eux-mêmes le reconnaissaient. « Nous avons construit la ligne Maginot », s'exclamait Cellier, « nous nous sommes offert la meilleure armée du monde... »

En 1938, Marthe prétexta les rumeurs de guerre pour passer l'été à Paris. Le 30 septembre, quand on apprit que les représentants de la France, de l'Italie et de l'Angleterre s'étaient réunis à Munich et avaient réussi l'impossible, apaiser Hitler, Cellier déboucha une bouteille de champagne. Marthe et lui la burent en écoutant les dernières nouvelles. Leur euphorie fut telle, ce soir-là, que Marthe se crut ramenée quinze ans en arrière, lors de leur première rencontre, lorsque Cellier lui avait servi une coupe de Vouvray sur la terrasse d'Orfonds. Puis la vie reprit son train habituel. A la une des journaux, on continua de parler d'alliances, de contre-alliances, de guerre qui couvait, de paix qu'il fallait faire. Marthe lisait les titres mécaniquement, parcourait à peine les articles. C'était « *de l'ordinaire* », selon son expression. Autrement dit des malheurs inévitables, la forme collective du destin. Mais comme disait Cellier, il y avait aussi de bonnes nouvelles, les promesses d'un monde neuf, les découvertes d'Einstein, les premières expériences de transmission à distance, la *télévision*, un mot barbare, pour un domaine encore vierge. Il y aurait de nouvelles inventions, de nouveaux brevets. Rien que pour cela, il fallait croire à la paix.

Le premier janvier 1939, lors d'un déjeuner de famille chez Lambert et Tania, à Paris, Marthe eut une inquiétude, juste avant de passer à table. Un journal traînait sur la commode du salon. Il aurait suffi d'un geste un peu vif pour le faire tomber, il risquait d'entraîner dans sa chute une belle porcelaine de Saxe, posée elle aussi sur la commode. Par réflexe, Marthe voulut le ranger. Elle s'y arrêta par mécanisme, « pour surveiller ». Elle aurait fait de même si elle était tombée sur un *Petit Echo de la Mode*, pour examiner les patrons de robes, ou un *Paris-Soir*, où elle aurait jeté un œil sur le bulletin météo, en première page, en haut et à gauche, pour savoir le temps qu'il faisait à Rouvray.

Le journal qu'elle tenait entre les mains était l'une des feuilles dont lui avait parlé le précédent propriétaire de son appartement. Elle y découvrit un texte d'une violence rare, signé de Léon Daudet, un nom qui ne lui était pas inconnu. Elle s'interrompit dès les premières lignes, un passage où l'auteur fustigeait ce qu'il appelait « *l'épouvantable puissance des Juifs, leur fortune anonyme et vagabonde* ». Elle s'étonna de trouver cette feuille chez son fils. La mort d'Anaïs semblait avoir brisé ses ambitions politiques. A Rouvray, il passait pour un notable, mais il le devait à sa fortune, à sa facilité de parole. Pour le reste, il s'abritait derrière des figures familières, des fantoches de province qui arpentaient leur canton avec la componction et la solennité d'un roi, prêts à se vendre, pour autant, à qui savait les flatter. Jusque-là, Lambert avait été comme elle : il n'avait d'autre opinion que la couleur de son argent.

Ce fut le seul instant désagréable de ce premier janvier. Marthe se ressaisit vite. Depuis son installation à Paris, elle avait appris à apprivoiser l'angoisse du lendemain. Vivre dans l'instant, ne jamais penser que Cellier, Boris, Lambert, Lucien, Elise, Tania pouvaient mourir. Ne penser qu'à l'argent, aux placards en ordre, aux livres de caisse bien tenus. Elle y arrivait assez bien. Ce jour-là, une fois de plus, Marthe parvint à jouer les détachées. A deux pas d'elle, Lambert était accoudé à la cheminée. Il la fixait d'un air roublard, il attendait un commentaire, une réflexion.

Elle repoussa le journal sans un mot. Sa désinvolture n'était qu'à moitié feinte. Après tout, pensa-t-elle, les journaux n'arrêtent plus de souffler le chaud et le froid. Un entrefilet parlant de bruits de bottes à une lointaine frontière, et on se mettait subitement à voir tout en noir. Le lendemain parvenait l'annonce d'une conférence, du retrait d'un bataillon, et tout virait aussi vite au rose, sur fond de *Rien que mon cœur* et *Tout va très bien madame la marquise*. Marthe s'interdisait de gâcher un jour comme celui-là, trop rare, passé avec ses petits-enfants. Elle était venue seule, comme convenu depuis la mort d'Anaïs. Elle avait revu Boris et Lucien, qu'elle n'avait pas rencontrés depuis deux mois, malgré la proximité de leurs appartements. Elle était arrivée en avance. Avant l'apéritif, elle avait pu jouer un bon quart d'heure avec Lucien, sans que Lambert y trouve à redire. Lucien allait bientôt fêter ses trois ans, il avait le même enjouement qu'Anaïs. Malgré les constantes rebuffades de son frère aîné, il restait malicieux et tendre. Il manifestait déjà un intérêt très net pour la musique. Il n'arrêtait pas de jouer sur un petit piano que Marthe lui avait offert, un peu au hasard, le Noël précédent. Tania rêvait tout haut d'en faire un virtuose.

Elle était de plus en plus lointaine, Tania, de plus en plus absente et rêveuse. De temps à autre, elle donnait des ordres aux domestiques, d'un air songeur et distant, puis adressait à ses invités des sourires de commande. Lambert et elle paraissaient s'ignorer. Elle ne prit la parole qu'à deux reprises, pour annoncer qu'elle préparait une exposition pour le printemps. Elle déplora ensuite l'absence de Léon Fatal. Il avait disparu six mois plus tôt, du jour au lendemain. Elle n'avait jamais reçu de nouvelles de lui. Elle avait joint Cellier pour lui demander qu'il intervienne auprès de ses amis du Quai-d'Orsay. On avait entrepris des recherches, qui n'avaient rien donné. Elle ne s'en consolait pas.

L'arrivée d'Elise et de Vernon parut l'apaiser. Vernon venait d'être élu maire de Vallondé, il était encore à la joie de sa nouvelle dignité. Il raconta à Lambert quelques potins de Rouvray. On allait passer à table, quand Marina fit son entrée, au bras de son nouvel amant. Il avait une cinquantaine d'années, il s'appelait Otto von Platten. Il était comte, d'authentique noblesse prussienne. Il avait fui son pays « pour incompatibilité d'humeur avec les nazis », expliqua-t-il à Lambert, qui l'examina d'un air déconcerté. Von Platten parlait un français parfait, il était habillé avec une incomparable élégance. Dès qu'elle le vit, Elise ne le quitta plus des yeux. Elle manœuvra tant et si bien qu'elle réussit à se faire placer à côté de lui pendant le déjeuner. L'après-midi, elle fut aussi sa partenaire au bridge, contre Vernon et Marina. A la surprise générale, son équipe gagna. Au moment du dîner, Elise fut très gaie, presque bavarde. Elle prétendit que c'était le champagne. Comme convenu, Vernon devait rentrer à Rouvray quelques jours avant Elise. Lorsque Marthe et sa fille le quittèrent sur le quai de la gare, il avait l'air soulagé, presque gai, lui aussi. Marthe soupçonna un instant qu'une bonne fortune l'attendait à Rouvray.

– Amuse-toi bien, lança-t-il à Elise avant de monter dans le train.

Il l'embrassa, puis lui pinça le nez. Le geste agaça Marthe.

– Elise n'est plus une petite fille, observa-t-elle.

– Croyez-vous...

Vernon souriait, embrassa Marthe à son tour. Puis il sauta dans le train. De dos, on l'aurait pris pour un jeune homme.

– Ton mari est bien guilleret, remarqua Marthe comme le train s'ébranlait.

– Depuis qu'il est maire...

– Justement. Trop guilleret pour un maire.

Elise, à nouveau, s'était fermée. Elle ne répondit pas.

Elle resta quinze jours à Paris. Elle sortit beaucoup, surtout l'après-midi. Elle prétendait qu'elle faisait des courses. Elle ne ramenait pas beaucoup de paquets. « Il y a tellement de choix... », expliqua-t-elle à sa mère. En définitive, elle sortit assez peu le soir, une fois au théâtre, pour aller applaudir Marina, deux autres fois au cinéma, pour voir *Frou-Frou* et *Hôtel du Nord*, toujours chaperonnée par Marthe. Elle prenait pour prétexte qu'elle était fatiguée. Quand elle rentrait de ses courses, Marthe lui trouvait pourtant les joues bien roses, et un allant qu'elle lui avait rarement connu, sauf à l'hôpital. Au moment du dîner, elle était très enjouée. « Paris lui réussit, on dirait », confia Marthe à Cellier. « Elle a l'air d'avoir dix ans de moins. » Après quelques secondes de réflexion, Cellier répliqua : « Elle s'amuse, il est bien temps. »

Marthe n'a pas cherché à en savoir davantage. A force de vouloir toujours aller de l'avant, à force de se forcer, elle a fini par ne plus rien voir. Il n'y avait que la guerre pour l'inquiéter un peu. Pour ses enfants, elle s'était définitivement aveuglée. Dès qu'il se produisait un événement qu'elle n'avait pas prévu, la révolte de Lambert, par exemple, la transformation subite – et suspecte – d'Elise, elle coupait court à sa réflexion, chassait son trouble de la même pensée : « Ce sont mes enfants, après tout. » Ce fut peut-être cela, la fatalité de Marthe. Elle d'ordinaire si tolérante, elle n'admit jamais leur différence. Pour elle, ils n'étaient ni humains, ni monstrueux. Ils étaient ses enfants.

CHAPITRE 46

Sur le moment, Marina n'a rien vu non plus. Quand elle a fini par l'apprendre, la guerre, l'oubli, d'autres peines étaient venues; il y avait prescription, comme on dit. Pour excuser Marina, il faut préciser qu'elle traversait, en cet hiver 1938-1939, un épisode particulièrement tourmenté de sa vie amoureuse. Elle aussi frisait la quarantaine. Elle était toujours très vive, mais son entrain était parfois forcé, elle commençait à redouter l'avenir. Avec raison : à force d'extravagances, Tania et elle avaient fini par venir à bout de la fabuleuse fortune de Dolhman. Après l'avoir financé, sa sœur dépendait à présent du bon vouloir de Lambert. Autrement dit, elle devait lui mendier chaque sou qu'il lui versait. Ses toiles se vendaient, mais elles ne lui procuraient que des revenus irréguliers. Elle les flambait aussitôt dans les achats les plus déraisonnables, comme si l'argent qu'elle en tirait était maudit. Pour Marina, c'était pis encore. Elle avait vendu les appartements légués par Dolhman, il ne lui restait plus que la moitié de l'hôtel particulier qu'elle possédait en indivision avec Tania. Les deux sœurs s'étaient juré de ne jamais le vendre. Jusqu'au départ de Léon Fatal, qui lui retaillait ses vêtements à la dernière mode, Marina fit encore illusion, mais quand il s'évanouit dans la nature, elle fut au désespoir. Elle dut se rendre à l'évidence : elle était *à la faridondaine* – une expression qu'elle tenait de Marthe, et qu'elle répétait à tout propos, avec un mélange d'insolence et de provocation.

Vers le milieu de 1937, elle se décida à prendre un amant fortuné, très momentanément, pensait-elle, le temps de dénicher l'oiseau rare. Elle voyait grand, comme d'habitude. Elle rêvait d'un mari titré, riche et beau, aussi peu regardant sur la fidélité que sur les billets de banque. Elle se lia avec un veuf très riche, qui faisait le commerce de la charcuterie. Il s'appelait Armand Lossegru, on le surnommait le « Roi de la Mortadelle ». Il était normand et jaloux.

Il ne put convaincre Marina de renoncer au théâtre. A l'époque où Elise séjourna à Paris, Marina avait obtenu un rôle de demi-mondaine dans une pièce de boulevard un peu leste pour l'époque, *Chair de Poule*. Elle considérait ce rôle comme un pis-aller. Elle rêvait de jouer Giraudoux et Claudel. Elle avait même songé, un moment, à faire le siège du vieil écrivain catholique. Puis elle avait jugé qu'avec Lossegru, elle avait déjà son content de vieux messieurs, et elle avait planté là ses projets galants.

Elle rencontra Otto von Platten le plus banalement du monde, dans sa loge, où il s'était fait précéder d'une gerbe d'iris. Comme bien d'autres, il avait été intéressé par la nuisette transparente que portait Marina quand elle jouait *Chair de Poule*. Il eut le bon goût de glisser une petite broche dans son bouquet. Elle n'était qu'en plaqué or, mais Marina trouva le geste d'un excellent augure. Elle l'attendit le cœur battant et lui tomba dans les bras dès leur première rencontre.

Dès ce premier soir, Marina fut enchantée de son imagination : il l'étendit face à la psyché, et tira toutes les ressources qu'il put de ses degrés d'inclinaison du miroir. Puis il fit un usage aussi délicieux qu'inattendu des plumes d'un éventail abandonné sur sa coiffeuse. Il avait encore les articulations très souples et démontra d'emblée une maîtrise parfaite du terrain. Marina fut encore plus enthousiaste quand son amant lui laissa sa carte : il était comte, et logeait au *Ritz*. C'était en tout cas l'adresse qui y était gravée, sous les armes pluriséculaires de la famille von Platten.

Elle devint folle de lui. Toto, comme elle le surnomma au bout d'une semaine (contraction commode des « *mon petit Otto* » qu'elle lui servit bientôt à tout moment) n'était pas précisément beau. Il était surtout d'une élégance rare. Il affirmait qu'il pouvait traverser la Manche pour aller se faire fabriquer des bottes d'équitation à Savile Row. Bien que Prussien, il connaissait aussi précisément qu'un Anglais la différence entre une chaussure Richelieu et une chaussure derby, un nœud de cravate Ascot et un demi-Windsor, il pouvait disserter des heures durant sur les avantages respectifs des différents modèles de chapeaux de chasse. Sa passion des fauves l'avait entraîné dans des voyages hasardeux en Afrique et aux Indes. Il racontait avec une délicieuse désinvolture comment il avait failli tomber aux mains des sauvages du Congo, la façon dont il avait descendu les rapides du Zambèze et le lac Tanganyika sur les traces de Livingstone. Il avait échappé au naufrage d'un cargo entre Saigon et Pondichéry, avait cherché à s'établir en Chine, au fond d'une concession, à Shanghaï. Il aimait à terroriser Marina en lui montrant des photos qu'il avait prises là-bas, notamment un cliché d'une exécution capitale. Il la sortait de son portefeuille aux moments les plus saugrenus. Marina tombait chaque fois dans le piège, en poussant des cris d'orfraie.

Elle était persuadée qu'il était riche. Au bout d'une semaine, quand les combinaisons optiques de la psyché lui parurent épuisées, elle demanda à von Platten de l'emmener chez lui. Elle le poussa d'autorité vers la sortie du théâtre et avisa un taxi.

– Vous y tenez vraiment? murmura Otto, comme elle s'engouffrait dans la voiture.

– Si j'y tiens! répondit hardiment Marina.

Elle joignit le geste à la parole et s'empara du talentueux instrument de reproduction dont une nature prodigue, d'après le comte, avait régulièrement doté chaque génération de von Platten. Il ne put résister à un si bel aveu. « A la grâce de Dieu », murmura-t-il, et il se résigna à l'emmener.

Il logeait au *Ritz*, en effet, mais dans une chambre de bonne, non chauffée, une vraie cellule de moine avec lit en fer et broc à eau, qu'il avait obtenue au prix d'un obscur passe-droit. Marina dut se rendre à la triste évidence : von Platten vivait comme elle *à la faridondaine*.

Par des moyens qui n'appartenaient qu'à elle, elle réussit à le faire passer aux aveux. Otto était effectivement le dernier des von Platten. Il avait été riche, il avait passé toute sa vie à chasser, mais, de retour en Allemagne, il avait pris position contre les nazis, qui avaient confisqué ce qui lui restait de biens. Lors de sa fuite, il n'avait pu emporter que des bijoux et un peu d'argenterie. Il achevait de les écouler. Il vivait à présent de traductions, d'articles qu'il donnait à des journaux diplomatiques. Le reste, il le dépensait dans les théâtres et au bar du *Ritz*. Il entretenait avec le plus grand soin ce qui restait de sa garde-robe, mettait son point d'honneur à cirer son ultime paire de richelieus selon les règles de l'art, avec de la crème additionnée d'ammoniaque et une brosse en poil de chèvre mongole. Marina découvrit aussi avec consternation qu'il avait une seconde bouche à nourrir : celle de sa chienne Molly, un skye-terrier noir d'une redoutable voracité.

Mais von Platten possédait une botte secrète : il avait étudié la psychanalyse. Quand il sentit que Marina allait lui échapper, il lui parla de ce qu'il appelait son *ego*. Marina ne s'en lassa pas. Elle ne savait pas qu'elle eût un ego, elle se demandait comment elle avait pu vivre en l'ignorant, d'autant qu'Otto l'assurait que ledit ego était d'une richesse exceptionnelle, et qu'elle pouvait le développer davantage, notamment par des prouesses d'alcôve auxquelles il se faisait fort de l'initier.

Elle choisit donc de mener double vie. Elle supporta Lossegru pour sa fortune charcutière, rencontra Otto à l'heure du thé, dans sa soupente sous les combles du *Ritz*. Dès le mois d'octobre, elle découvrit qu'il y faisait très froid. Elle se crut revenue à Pétersbourg, aux pires heures de la Révolution. Elle se rendit alors chez Marthe, et lui demanda sans ambages de lui prêter deux fois par semaine sa chambre d'amis à l'heure du thé, « *pour passer un moment avec un homme élégant* ».

Marthe accepta sans poser de questions. Marina lui promit de lui faire rencontrer von Platten. Ils prirent le thé, un soir de décembre, un mois avant le séjour d'Elise. La situation amusa Marthe, sans plus, comme une pièce de boulevard qui se serait déroulée sous son toit. Marthe plut aussi à von Platten, sans doute pour son sourire, la manière attentive dont elle l'écoutait. Il prit l'habitude d'arriver rue des Belles-Feuilles de plus en plus tôt. Il lui rendit parfois visite alors il n'avait pas rendez-vous avec Marina. Si d'aventure Cellier ramenait rue des Belles-Feuilles une relation d'affaires, Marthe le présentait comme « un ami de la famille ». Elle ne mentait pas. Elle s'était déjà attachée à von Platten. Leur amitié était fondée sur une estime réciproque, une complicité de bon aloi. Il travaillait à ses traductions sur un coin de son bureau. De temps à autre, il s'interrompait, trempait les lèvres dans sa tasse de thé, lui racontait ses voyages, ses chasses africaines. L'exil semblait beaucoup lui peser. De son côté, Marthe appréciait sa sagacité, son élocution élégante et précise. Mais dès que sa fille fut là, c'est elle qui eut droit à tous ses récits.

Le séjour d'Elise, en ce début 1939, a duré trois semaines. Comme elle occupait la chambre d'amis, Marina annula ses rendez-vous avec son cher Otto, avec d'autant plus de sérénité qu'elle avait une nouvelle pièce à répéter,

Ménage à quatre, dont elle attendait beaucoup. Elle n'avait plus une minute pour l'amour, proclamait-elle. Otto revint quand même rue des Belles-Feuilles, prit deux fois le thé avec Marthe et Elise, puis ne revint plus.

Elise n'a jamais été très explicite sur son histoire avec Otto. Elle a simplement précisé qu'ils se retrouvaient au *Ritz*, et qu'ils parlaient beaucoup. Avant leur rendez-vous, von Platten se chargeait de faire les achats pour lesquels elle était censée sortir. « *La première fois* », raconta-t-elle, « *il m'avait donné rendez-vous au bar de l'hôtel. Il m'a beaucoup parlé de moi. Cela m'a plu. A mon tour, je me suis mise à parler. J'étais effrayée de ce que je disais, mais je le disais, et Otto m'a écoutée sans jamais m'interrompre. J'en ai plus appris en trois semaines que pendant toute ma vie.* » Une autre fois, raconta aussi Elise, von Platten lui donna rendez-vous dans le train fantôme de la Foire du Trône. Au sourire ému qu'elle avait en racontant l'histoire, il était clair qu'elle n'y avait pas rencontré que des dragons en carton-pâte et des squelettes en papier mâché.

Elise est pourtant partie sans regret, par un jour de neige, un matin de janvier. Elle était rayonnante. Au grand soulagement de Marina, elle emportait la petite chienne Molly, cadeau de von Platten.

– Ça te réussit, Paris, lui dit Marthe.

– C'est la vie, maman, a soufflé Elise.

Puis elle a sauté dans le train. Marthe l'a trouvée aussi gaie que Vernon, au moment de son départ. Quand le train s'est ébranlé, elle s'est sentie seule, pour la première fois depuis longtemps.

Lorsque Elise est arrivée à Mortelierre, Vernon était parti à Tours, à L'*Etoile bleue*, comme il le faisait deux fois par mois. Il est revenu aux alentours de minuit, sentant un peu le vin et le parfum. D'habitude, au moment où il s'engageait dans le long corridor qui menait à sa chambre, Elise dormait toujours, ou feignait de dormir. Il allait souvent l'épier dans le noir, écouter sa respiration. Il fut très surpris, ce soir-là, de voir se profiler sa silhouette au fond du couloir. Il fut encore plus étonné quand elle le prit par le bras et l'attira jusqu'à son lit.

Dans la pièce voisine où Elise l'avait prudemment enfermée, Molly commença à japper. Vernon eut un mouvement de recul, demanda d'où venait le bruit. Elise, à son habitude, ne répondit pas. Elle continuait d'attirer Vernon du côté du lit. Vernon réunit ce qui lui restait de forces. Il finit par affronter la situation à peu près honorablement. Comme il s'y attendait, il n'était pas le premier.

CHAPITRE 47

L'été 39 fut très beau, *« le dernier été »*, comme l'appela Elise. Il fit assez chaud, surtout à la mi-août. Les moissons avaient été bonnes, les vendanges s'annonçaient bien. Pour une fois, Marthe retourna à Rouvray, mais elle rentra à Paris juste avant l'Assomption. Vallondé lui pesait de plus en plus. Elle parlait même de le vendre. Elle redoutait toujours l'imminence du 15 août. A chaque anniversaire de la mort d'Anaïs, elle revivait la terrible journée de l'été 1934, mais aussi tous les moments qu'elle avait passés avec sa petite-fille, sa première fièvre, sa première dent, les confitures, les crêpes qu'elle lui préparait dans l'office de Vallondé. Ou des épisodes plus précis, quand par exemple Anaïs était tombée dans une mare, lors d'une visite à un fermier. Elle en était sortie noire de la tête aux pieds, le regard féroce et triomphant, car elle avait réussi à s'emparer du caneton qu'elle poursuivait.

Marthe se revoyait aussi elle-même, toujours sur le qui-vive, avec son ombre constamment portée sur le corps de l'enfant, alarmée au moindre prétexte, au premier miaulement d'un chat, qu'elle prenait pour un sanglot, pour un front un peu chaud, où elle trouvait immanquablement l'annonce d'une maladie mortelle. Avec l'âge, lui semblait-il, sa mémoire devenait de plus en plus impitoyable. Ecrasée sous les souvenirs, elle en oubliait Boris et Lucien. Elle ne se voulait plus grand-mère, depuis la mort d'Anaïs, elle refusait même d'entendre les maladroites consolations que lui soufflait Nine, lorsqu'elle la voyait s'assombrir à l'approche de la date fatidique : « On les aime petits, ma pauvre Marthe, mais quand ils sont grands, ils nous déçoivent tellement. » Marthe ne répondait pas, ou se contentait de hocher la tête. Comment expliquer à Nine qu'elle aurait tout donné pour cette déception-là ? Avec Anaïs, elle s'était offert une seconde enfance.

Comme tous les ans, ce 15 août, il y aurait un service anniversaire à la cathédrale de Rouvray. Lambert se rendrait avec solennité sur la tombe de sa fille, avec Tania et Boris, et la petite cour de notables qui gravitaient autour de lui.

Marthe n'assistait jamais à la cérémonie. « Je ne suis pas une femme de cimetière », dit-elle une fois pour toutes. « Les morts prennent assez de place dans ma tête. » Ce 15 août comme tous les autres, elle s'apprêta donc à rentrer à Paris. Elle avait à faire, prétendait-elle. C'était faux. Rien ne l'attendait à Paris, rien ni personne. Cellier était à Deauville, vraisemblablement avec une maîtresse. Quant au bureau, il était fermé pour cause de congés payés.

Deux jours avant son départ, elle se rendit au marché, comme tous les vendredis. Elle venait d'acheter des plants de pétunias pour le balcon de la rue des Belles-Feuilles, quand elle aperçut Lambert au bout de l'allée centrale. Elle ne sut pourquoi, elle eut l'impression qu'il ne se trouvait pas au hasard sur son chemin : quand il l'avait vue, il n'avait pas cherché à l'éviter, ce qui laissait pressentir qu'il avait des nouvelles à lui annoncer.

En effet, il s'avança vers elle, la salua froidement, à son habitude. Il laissa aussitôt tomber la nouvelle : Tania n'assisterait pas à la messe anniversaire de la mort de sa fille. Marthe eut un mot irréfléchi :

– Qu'est-ce qui lui prend?

Les vendeurs de fruits arrêtèrent les pesées, le regard des clients abandonna les fléaux vacillants des balances.

– Tu devrais le savoir. Toi, tu n'es jamais venue...

– Mais moi...

– Toi, bien sûr, tu es un cas à part.

Lambert craquait une à une les articulations des doigts de sa main gauche, un geste qui lui était devenu familier, depuis la mort d'Anaïs. Puis il y eut un long silence. Les marchands recommencèrent à peser les fruits et les légumes, mais leurs gestes étaient mécaniques, ils ne quittaient pas des yeux les deux Monsacré.

– Tania est malade? finit par risquer Marthe.

Lambert ne répondit pas tout de suite. Il eut un sourire distant. Il fixait les ardoises de la cathédrale, et même plus haut, les toits pentus de l'ancien couvent des Ursulines, en haut du coteau. Il fit encore craquer ses articulations, donna un coup de pied dans un fruit blet qui avait glissé d'un étal, et lança à la cantonade :

– Je demande le divorce.

Marthe eut un bref moment de stupeur. Le mot *divorce* l'avait heurtée. Elle évitait toujours de le prononcer. Elle trouvait sans doute qu'il sentait trop la ville, les femmes sans maison, les enfants sans père, les fortunes dissoutes, les noms perdus, l'incertain, l'aventure – le reproche obscur, peut-être, que lui avait toujours fait la ville. Mais à son habitude, elle se reprit très vite :

– Et les enfants? demanda-t-elle. Et le petit Lucien?

Lambert ne répondit pas. Elle s'obstina, chuchota :

– Tu as de bonnes raisons, au moins?

– Ma femme est folle, rétorqua Lambert, et il passa son chemin.

CHAPITRE 48

Folle : Marthe a eu du mal à l'entendre, ce mot, elle aurait voulu que Lambert le répète, pour être sûre qu'il l'avait bien dit. Elle était ébranlée, davantage encore, désorientée. Elle aurait pu le prendre en son sens ordinaire, vague et général, elle aurait pu penser que Lambert avait évoqué les extravagances sans nombre dont Tania l'avait étourdi, du jour où ils s'étaient rencontrés. L'idée l'en effleura. Elle faillit se retourner, lancer à son fils : « Mais tu le savais bien, qu'elle était folle, quand tu l'as épousée! » La phrase n'a pas passé ses lèvres. Au moment où elle allait ouvrir la bouche, Marthe s'est souvenue du regard qu'avait eu Lambert quand il avait lâché le mot *folle*, de son ironie, cette misérable superbe qu'il affichait depuis la mort d'Anaïs, la marque la plus éclatante de son tourment, des larmes qu'il ne pouvait pas, ne savait pas verser. Il a eu alors des yeux qui voulaient dire : toi aussi, ma mère, tu es une ennemie. Tu es du même bord que Tania, tares, taches, chiens enragés, noms salis. Marthe a compris alors qu'il n'avait pas jeté le mot au hasard. En criant à la face du monde que Tania était folle, il avait déjà son idée.

Le soleil tapait fort sur la place du marché. Marthe regagna sa voiture en aveugle, bouscula sans les saluer de vieux métayers, d'anciens clients des minoteries. Elle s'assit à l'arrière de la Delage. Comme l'automobile traversait le pont sur la Loire, Augustin Chailloux la vit repousser son panier, couvrir furtivement sa bouche de ses mains, comme si elle avait envie de vomir.

Il n'était pas très loin de la vérité. A ce seul mot, Marthe avait été submergée d'un dégoût puissant, irrésistible. Elle ne mangea pas de la journée. Elle avait beau se raisonner, se dire qu'après tout, Lambert avait lancé son accusation contre une femme qui n'était que sa bru, autrement dit une étrangère, elle n'en supportait pas l'idée. Elle en était sûre, il avait pris le mot au sens précis, médical. Dans cette acception, la démence de Tania était une tare héréditaire. Elle l'avait peut-être transmise à Boris, à Lucien. Qui pourrait assurer que la maladie ne couvait pas déjà sous leurs traits enfantins?

Elle n'en dormit pas de la nuit. Au matin, elle décida d'en avoir le cœur net. Elle téléphona à Marina, qui ne parut pas étonnée de ce qu'elle lui apprit. Ni guère alarmée. Elle était de très bonne humeur. Elle avait reçu une grosse avance sur son prochain cachet, annonça-t-elle à Marthe. Son amant en titre était en Normandie pour une affaire d'héritage ou de conserveries de saucisses, elle ne savait plus, en tout cas, elle s'estimait tranquille pour une bonne semaine. Elle s'apprêtait à en profiter joyeusement dans les bras de von Platten. Il venait de finir une traduction, il était en fonds, lui aussi. Il avait décidé d'abandonner sa chambre de bonne au *Ritz* pour occuper l'une des plus belles suites de l'hôtel *Lutetia*. La voix joyeuse de Marina défiait la friture du téléphone. Elle alla jusqu'à plaisanter sur les disputes incessantes de Lambert et Tania. Mais lorsque Marthe insista pour la voir, elle accepta. Elles convinrent d'un rendez-vous au salon de thé du *Lutetia*, la veille du 15 août.

Dès qu'elle eut raccroché, Marthe se calma. Elle rassembla les derniers souvenirs qu'elle avait gardés de Tania. Elle n'y trouvait rien qui pût justifier l'accusation de

Lambert. Elle l'avait rencontrée pour la dernière fois le jour de son exposition. Elle l'avait félicitée pour la seule toile qu'elle avait aimée : elle représentait une fenêtre ouverte sur un océan en tempête. Tania parut heureuse que la fresque l'ait arrêtée. D'un seul coup, elle perdit sa distance, elle redevint la femme exaltée qu'elle avait toujours été. « Les fenêtres! » s'exclama-t-elle de sa voix chaude et rocailleuse, « Vous êtes bien comme moi, vous aimez les fenêtres... Ce sont les fenêtres, et non les portes qui s'ouvrent sur la liberté. Les fenêtres donnent sur le ciel, le paradis, tous les rêves. Derrière les portes, il n'y a que la laideur des choses trop réelles... »

Le vernissage fut un triomphe. Les enfants étaient là, Lambert aussi. On vit même Léon Fatal. Sa longue escapade n'avait pas été une partie de plaisir : il s'était engagé comme ambulancier dans les rangs des républicains espagnols. Il avait eu un doigt sectionné par l'explosion d'une grenade. Il avait dû franchir les lignes ennemies avant de rejoindre la France. Tania l'avait repris à son service à condition que son infirmité ne change rien à ce qu'elle exigeait de lui, un dévouement absolu et de tous les instants.

Le soir du vernissage, Tania fut telle que Marthe l'avait toujours connue : fantasque et mondaine à souhait. Elle était vêtue d'un fourreau noir bordé de strass, avec une lourde étole de fourrure sur l'épaule. Elle paradait au milieu d'une escouade de jolies femmes, ses modèles, des mannequins, de très jeunes danseuses. Plusieurs journaux internationaux avaient envoyé leurs photographes. A un moment, Tania voulut placer Marthe à ses côtés, au centre du cliché. Marthe accepta d'assez mauvaise grâce, elle craignait de paraître gauche. Sur ce cliché, Lambert se trouve également au premier rang, mais à l'extrême droite, séparé de sa mère par deux jeunes femmes blondes à la coiffure crantée. Il est très élégant, mais semble tendu. Il est vrai que les quatre mois qui ont précédé son exposition,

Tania a vécu seule, dans son atelier de la rue Spontini. Au dernier rang, à droite, derrière plusieurs personnalités très en vue dans les milieux artistiques et littéraires de cette fébrile avant-guerre, on distingue le visage d'Otto von Platten. Comme la plupart des critiques et des amateurs éclairés, il fut enthousiasmé par les toiles de Tania.

Dans ces souvenirs, les derniers qu'elle eût d'elle, Marthe ne trouvait rien de bien neuf, sinon l'installation de Tania rue Spontini, et le succès de son exposition. Elle restait persuadée que sa retraite dans son atelier avait été provisoire, liée à la fièvre de la création. Quant à la folie – au sens où l'entendait Marthe, une tare, une maladie de naissance qui se transformait un beau jour en dérèglement irrémédiable – elle n'arrivait pas à en trouver le premier indice dans son comportement. « Je l'aurais vu », se répéta Marthe quand elle monta dans le train de Paris, « je l'ai toujours su, tout de suite, quand les gens n'allaient pas. »

C'est vrai, elle l'aurait vu, Marthe, au premier regard. Sa redoutable intuition l'avertit toujours du désarroi des êtres qu'il lui avait été donné d'aimer, non par la loi du ventre, mais par celle du cœur : Cellier, Tania, Nine, Marina. Même pour de simples clients, des métayers, des boulangers, du temps de la minoterie, des ingénieurs, maintenant qu'elle vendait des brevets, de simples petites dactylos, au bureau, il lui suffisait de quelques minutes, parfois quelques secondes, pour deviner une inquiétude, une simple faiblesse dont elle pouvait tirer parti. Au point que cette prescience, avec l'ascendant immédiat qu'elle lui donnait, lui avait longtemps tenu lieu de sens des affaires. Mais cette fois, il n'était plus question d'affaires. Ce qu'elle avait senti se réveiller, avec le mot de *folie* dans la bouche de son fils, c'était la vieille hydre de la famille Monsacré, l'orgueil de l'argent et du nom, la férocité accumulatrice, accapareuse, la manie possessive qui rejetait impitoyablement quiconque ne partageait pas cette soif d'écraser, cette avidité sans limites. Le monstre à nouveau dépliait ses tentacules. Il avait désigné Tania. Marthe ne comprenait pas pourquoi.

Quand elle a repris le train pour Paris, elle attendait tout de sa rencontre avec Marina. C'est Otto von Platten qui vint au rendez-vous. Il lui apprit beaucoup plus sur elle-même qu'elle n'en avait jamais su.

CHAPITRE 49

Otto von Platten a souvent évoqué l'été 39. Cette période un peu étrange lui a laissé une impression beaucoup plus forte que la guerre. Comme la plupart des esthètes cosmopolites venus admirer à Paris les derniers feux de l'Europe, il voulut savourer jusqu'au bout la jouissance morbide de l'imminence d'une catastrophe. Il aima cette attente hébétée, dans un Paris écrasé de chaleur, cette sensation de lent et tranquille naufrage, de torpeur lagunaire : *« Nous étions tous au bord du gouffre et nous le savions »*, a-t-il raconté dans un recueil de souvenirs publié à Munich au début des années cinquante. *« Il faisait très beau. Le visage hâlé et le sourire aux lèvres, nous attendions la fin du monde. Nous n'en parlions jamais, comme s'il avait suffi de la nommer pour qu'elle vienne. »*

Une fois de plus, Marina était en retard. Elle avait oublié d'apprendre la scène qu'elle devait répéter. Elle s'enferma dans la suite de von Platten et le chargea de faire patienter Marthe.

Lorsqu'il sortit de l'ascenseur, von Platten la trouva plongée dans les journaux de la veille. Il connaissait sa manie : elle parcourait rapidement les titres, puis cherchait fiévreusement les articles sur l'aviation, le seul domaine qui l'intéressait. Von Platten lui aussi avait lu les journaux.

Depuis le début de l'été, il éprouvait une délectation inouïe à y traquer les moindres signes de l'approche de la guerre. Il se dit que Marthe serait de bonne humeur. Pour qui était lié, comme elle, à tous les marchands de canons, les nouvelles étaient excellentes. On les trouvait en bas de page, au milieu de reportages insipides sur les noyades en mer et le passage à Paris de Marlène Dietrich, mais elles étaient précises. Depuis un an, la France avait construit mille avions de plus qu'elle n'en avait prévus. Les récentes manœuvres de la flotte aérienne avaient été parfaites, ajoutait un communiqué officiel. Toutefois, le gouvernement venait de décider que les tentatives de records aériens resteraient désormais secrètes.

Von Platten referma doucement la porte de l'ascenseur, s'amusa un moment à observer Marthe. Elle avait achevé sa lecture, enlevé ses lunettes. La tête posée sur le dossier du fauteuil, elle fixait le plafond. Elle devait réfléchir.

Von Platten n'avait jamais réussi à croire qu'elle fût d'origine paysanne. Dès leur première rencontre, il lui avait trouvé beaucoup d'allure, et il s'y connaissait en femmes. Il confia à Marina qu'il la trouvait « grande dame ». Il aimait sa raideur, sa tension. Elle lui rappelait les femmes de sa famille, ses tantes, ses grand-mères prussiennes, toujours sur le qui-vive. Leur exigence, leur rigueur cachaient souvent une blessure. Malgré ses longues conversations avec elle, l'hiver précédent, en dépit aussi de ce qu'il savait d'Elise, von Platten n'avait jamais réussi à définir l'origine de cette souffrance. C'étaient ses enfants, prétendait Marina. Il n'y croyait pas. Ou, plus précisément, il pressentait que le mal venait de plus loin.

Von Platten s'approcha de Marthe. Les tapis étouffèrent ses pas, elle ne l'entendit pas venir. Quand il la salua, elle sursauta.

– Marina est en retard, dit von Platten. Comme d'habitude.

Il croyait que Marthe allait sourire. D'ordinaire, elle

aimait leurs tête-à-tête. Ce jour-là, elle eut l'air contrariée.

– Marina s'y prend toujours au dernier moment, poursuivit-il en guise d'excuse. Elle a oublié d'apprendre sa scène, elle a une répétition ce soir. Les acteurs, 15 août ou pas...

A l'évidence, Marthe ne l'écoutait pas. Elle l'avait salué froidement, puis elle était revenue aux gros titres des journaux étalés sur la table. Elle n'arrivait pas à en détacher son regard : LE BEAU TEMPS VA DURER – ROMANCE A HOLLYWOOD : JANET GAYNOR ÉPOUSE SON COUTURIER – UN BOA DU RIO VERDE AVALE UN COLPORTEUR MAIS ÉPARGNE SON PORTEFEUILLE – ARLETTY ET MICHEL SIMON TRIOMPHENT AU THÉÂTRE MARIVAUX – POURQUOI NOUS AVONS PERDU LE TOUR DE FRANCE.

Phrases de plumitifs qui n'avaient rien à dire. Ou qui faisaient semblant de n'avoir rien à dire. Elle soupira, releva les yeux. Ils croisèrent ceux de von Platten, qui hocha la tête, soupira à son tour. Une fois encore, ils s'étaient compris sans avoir à parler. Car elle les avait bien remarqués, comme lui, ces petits articles en typographie minuscule, coincés en bas de page, entre les échos des stars d'Hollywood et des placards publicitaires : *« Petit incident de frontière à Katowice. » « Londres et Tokyo rompent leurs négociations. »*

Marthe pointa l'index sur une publicité pour la Quintonine.

– On dirait qu'il va nous en falloir, des fortifiants, avec tout ce qui se prépare.

Elle soupira une seconde fois, puis replia les journaux dans son sac. Von Platten savait qu'elle allait les relire, découper les articles sur l'aviation, les ajouter aux dossiers qu'elle tenait scrupuleusement à l'intention de Cellier. Elle paraissait impatiente de retrouver Marina, elle tapotait le bord de la table laquée. Von Platten avait commandé deux thés, malgré la chaleur. Le garçon arriva, déposa le plateau.

– Vous avez vu que Churchill a visité la ligne Maginot? reprit-elle.

– En effet.

– Il a dit que la France était très bien gardée.

– Mais certainement.

Elle dut percevoir de l'ironie au fond de sa voix, car elle se raidit encore contre le dossier de son fauteuil. Elle buvait son thé du bout des lèvres. Elle ne portait pas de bijoux. Son tailleur gris perle, curieusement, était de la même teinte que ses cheveux. Lorsque le regard de von Platten, qui la détaillait sans retenue, s'arrêta sur ses lèvres, elle détourna les yeux et se remit à guetter l'ascenseur.

– Nous en avons peut-être pour des heures, remarqua von Platten. Quand Marina apprend une scène...

Sur le plateau, le garçon avait déposé un petit vase, avec quelques fleurs d'anémones négligemment mêlées. Marthe les remit en ordre, but encore une gorgée de thé :

– J'ai tout mon temps.

– En êtes-vous si sûre? On dirait que vous avez peur.

– Mais non, je n'ai pas peur! Je suis inquiète, comme tout le monde.

Elle désigna les journaux, soupira :

– On verra bien.

– D'ordinaire, quand il s'agit de votre famille, vous ne dites jamais « on verra bien ».

– Je ne vous ai jamais parlé de ma famille!

– Mais aujourd'hui vous êtes venue pour ça.

– Non.

– Si. Je prends tous les paris.

– Mais non, voyons! Ce sont mes petits-enfants qui me tracassent. Le petit Lucien. Où est Tania? Elle n'était pas au Grand Chatigny, avec Lambert, et le petit non plus. Lambert m'a dit...

Jamais von Platten ne l'avait entendue parler aussi vite. Il alluma un cigare, la laissa parler. Elle s'arrêta aussi brusquement qu'elle avait commencé. Il laissa alors s'installer le silence; et comme elle levait les yeux vers lui, enfin désarçonnée, von Platten commença, dans son français solennel :

– Admettons qu'il s'agisse de vos petits-enfants. Vous voulez des nouvelles. Marina vous les a données, l'autre matin, quand vous l'avez appelée. Je peux vous les répéter. Tania et Lambert ne vivent plus ensemble. Tania est à Cannes, avec Lucien, sa nurse, ainsi que Fatal. Lambert est en Touraine, près de chez vous, avec Boris. Votre fils s'apprête à divorcer. Il n'y a aucune raison de s'affoler.

Il parlait d'une voix dure, à petites phrases sèches, mais il continuait à sourire. Comme il s'y attendait, Marthe perdit rapidement son aplomb. Elle bredouilla :

– Les enfants...

– Les enfants seront certainement plus heureux séparés. Boris déteste son petit frère, cela crève les yeux. Il vit dans le sillage de son père. C'est bien vous qui m'avez dit qu'il allait faire médecine, comme Lambert, autrefois...

– Vous en savez des choses.

Malgré son trouble, elle se défendait bien. Elle réussissait même à reprendre son petit sourire fin, de femme qui avait tout son temps. Von Platten tira plusieurs fois sur son cigare, enleva ses lunettes et répondit à son sourire par un autre sourire :

– Je n'ai pas compris une seconde pourquoi vous avez voulu vous déplacer à Paris. Rien ne pressait. Si Marina n'avait pas eu sa pièce à répéter, je serais venu volontiers vous rendre visite en Touraine. Vous y possédez un merveilleux manoir, m'a-t-elle dit. Un petit bijou. Des jardins en terrasses, n'est-ce pas, et toute cette eau, toute cette belle eau qui court... Marina m'a montré des photos...

– Oui, c'est vrai, l'eau...

Marthe ferma à demi les yeux, reposa la tête sur le cuir du fauteuil. Von Platten se redressa, voulut éteindre son cigare. Plusieurs gouttes de thé étaient tombées dans le cendrier, les feuilles de tabac s'éteignirent avec un léger sifflement. Marthe ne bougea pas. Mais elle perdait peu à peu toute raideur, elle devait reconstituer en esprit son décor familier, ses couleurs, ses formes. Des odeurs, peut-être, avec leur cortège de souvenirs; et elle avait déjà un aveu au bord des lèvres, qu'il ne fallait pas brusquer. Il l'entendit souffler :

– Il fait toujours très bon, à Vallondé, même par les grosses chaleurs.

Le silence retomba. Von Platten ne faisait pas un geste, il gardait les yeux fixés sur la rue vide de cette veille de 15 août, un désert de pierre figé dans la chaleur, encadré par les tentures solennelles des fenêtres, rouge et doré comme un rideau de théâtre. Derrière le comptoir du bar, les garçons lisaient les journaux, levaient la tête de temps à autre du côté de la rue, dressaient l'oreille, comme à l'affût eux aussi de cette guerre qui ne venait pas.

– Marina m'a dit que vous avez étudié les fous, lâcha Marthe.

– Pas exactement. Seulement les choses cachées de nous-même.

Elle parut réfléchir un moment. Puis l'angoisse fut la plus forte :

– Mon fils m'a dit que Tania...

– Tania n'est pas folle. Elle est seule.

– Seule?

– J'en suis certain.

– Mais ses enfants! Et ses clients, tous ces critiques d'art qu'elle n'arrête pas d'inviter... Tous ces amis qui étaient là le jour du vernissage! Et sa sœur, et moi...

– Vous avez raison. Une accumulation de solitudes, qui se reflètent les unes dans les autres.

– Je ne comprends pas.

– Vous êtes seule. Et moi aussi. Et Marina aussi, et votre fils, et même vos petits-enfants. Ces solitudes se reflètent les unes dans les autres, on appelle ça la famille, l'amitié, l'amour, la haine, au choix... La particularité d'une artiste comme Tania, c'est qu'elle donne corps à ce reflet. Elle se nourrit de solitude. Elle souffre donc davantage que nous. Ce n'est pas la folie. C'est...

– Vous êtes très savant, vous faites de belles phrases. Mais vous connaissez mal mon fils. Il ne prononce jamais des mots à la légère. S'il a dit folie...

– Si Tania était vraiment folle, Lambert n'aurait pas besoin de divorcer. Il suffirait qu'il la fasse enfermer.

– Il ne pourrait pas se remarier.

– C'est exact. Remarquez que là-bas...

Il eut un petit geste du côté de l'est.

– Chez moi, maintenant, les fous... On sait bien s'en débarrasser.

– Je sais, vous me l'avez dit l'hiver dernier. Mais ce n'est plus le Moyen Age, tout de même. Même... même là-bas.

– Tania n'est pas folle, répéta von Platten. Elle n'a plus de patrie. Essayez au moins d'imaginer ça. Etre de nulle part...

– Vous non plus, vous n'avez plus de patrie. Marina non plus...

– Etre de quelque part vous donne de l'assurance, Marthe. Vous êtes riche d'un passé, vous disposez d'un avenir. Etre sans patrie, c'est être condamné à ne posséder que le présent. En dehors de ce présent, vous n'avez rien. Absolument rien.

Une fois encore, Marthe fit front :

– Mais vous, vous vivez très bien, on dirait. Vous lisez tranquillement les journaux. Vous êtes heureux, vous avez Marina.

– On ne possède jamais une femme, Marthe. Un homme non plus. Il y a toujours un mystère, un désarroi. Ne me dites pas que vous l'ignorez... Vous aussi, un jour, il n'y a pas si longtemps...

Il avait enfin frappé juste. Les yeux de Marthe se mirent à briller. Ils paraissaient plus vifs, plus verts. Ses mains retombaient sur le bord du fauteuil avec une étrange mollesse, ses jambes se dépliaient imperceptiblement, comme si quelque chose, soudain, s'était brisé en elle. Elle avait aussi une expression curieuse, un genre de petit rictus où la souffrance et le plaisir étaient indémêlables. Celle, pensa von Platten, qu'elle devait avoir dans l'amour. Il fut certain qu'elle ne l'interromprait plus.

– Mais Tania ne ressemble pas à sa sœur, enchaîna-t-il. Ni à vous, ni à moi. Elle ne ressemble à personne. Elle ne vit pas dans le mensonge. Ni dans l'aveuglement, ni dans le goût de l'argent, toutes ces choses qui font que Marina, vous et moi, votre fille, votre ami Cellier nous finissons tous par nous accommoder de la vie. Nous sommes protégés, nous avons... comment dire? Nous avons l'âme habillée. Tania est vouée à la souffrance. Elle ne sait pas mentir. Elle n'a pas de refuge, comprenez-vous? Tania est nue, parmi des gens vêtus. L'âme écorchée. Et depuis la mort de la petite...

– Vous n'étiez pas ici quand la petite est morte.

Von Platten parut surpris. Il se pencha vers le vase rempli d'anémones, s'empara d'une fleur, la déposa dans la main de Marthe. Elle la reposa sèchement sur la table. Il poursuivit sans se troubler :

– Depuis la mort de sa fille, Tania ne sait plus se griser de rien. Sauf de sa peinture. Repensez à ses toiles, Marthe, revoyez-les... Souvenez-vous du portrait de la danseuse andalouse, rappelez-vous celui de la duchesse de...

Une seconde fois, elle arrêta von Platten dans son envolée :

– Je n'ai jamais rien compris à la peinture de Tania. Je ne suis qu'une provinciale. Une femme de la campagne... Quelqu'un de très simple. J'aime mes enfants et je voudrais leur bonheur.

– Oubliez vos enfants. Vous n'êtes pas forcée de les

aimer. Eux non plus. Il n'y a pas de mal à ça, pas de faute.

– Si. Mais avec les enfants, on ne sait jamais quand on commet la faute.

– Vous ne ferez pas le bonheur de vos enfants contre eux. Oubliez Tania et Lambert. Oubliez même vos petits-enfants. Personne n'est obligé d'aimer personne. L'amour filial, la famille... Foutaises.

Von Platten avait repris son accent germanique, quand il avait dit *foutaises*. Puis il reprit plus calmement :

– Ce sont des choses qui ont été inventées. Et auxquelles on se rattache quand on n'a pas la conscience très nette. Quand on se reproche des choses, à tort ou à raison. Des choses anciennes, enfouies...

Marthe parut sur le point de se lever, de partir. Von Platten sentit qu'il allait trop loin. Il trouva aussitôt une parade. Il joua la même carte qu'elle : la vérité :

– J'en ai eu, moi aussi, des enfants. Un fils et une fille, comme vous. Ils sont... Ils sont là-bas. Ce sont eux qui m'ont dénoncé aux nazis. On ne leur demandait rien, ils sont allés les voir, ils ont tout raconté de mes lectures, de mes idées. Ils leur ont même donné ma maîtresse... Elle doit être morte, maintenant. Dans leurs camps... Tout ça parce qu'ils avaient peur de perdre un héritage!

Au seul mot d'héritage, Marthe redoubla d'attention. A nouveau, elle s'abandonna à la douceur du fauteuil.

– Trahi par mes enfants! poursuivit von Platten. Si j'avais pu imaginer... Et pour quel héritage... Un château en ruine, deux ou trois vieilleries qu'on leur a aussitôt confisquées... Le nazi est ingrat, sachez-le, Marthe, il n'a même pas la reconnaissance du ventre! On m'a prévenu à temps, j'ai pu m'enfuir. Je m'en suis très vite remis, comme vous voyez.

– Vous avez de la santé.

– Non. Je vois les choses comme elles sont. Pas comme on veut nous les montrer. Qu'est-ce qu'un enfant? Je sais ce que vous allez me répondre, votre sang, votre vie... Allons donc! Rien que de petits animaux qui vous ressemblent. Et encore, quand ils vous ressemblent! De petits animaux très momentanément inoffensifs et généralement ingrats. Les usages veulent que vous leur transmettiez les quelques biens dont la vie vous a donné l'usufruit. Ces petits animaux, Marthe, vous les avez abrités pendant une quinzaine, une vingtaine d'années. Partie par obligation, partie par instinct. Vous avez fait de l'élevage. Ni plus ni moins.

– Détrompez-vous. On s'attache aux animaux qu'on élève.

– Admettons. Alors disons que vous avez fait pousser des fleurs. Bravo. Elise est encore une belle fleur. Vous êtes une bonne jardinière. Mais aucun jardinier ne s'attache à une fleur. Tout au plus à la plante. Et encore...

Marthe s'est levée sans un mot. Elle a consulté sa montre :

– Vous direz à Marina que je n'ai pas pu l'attendre.

– C'est mieux ainsi. Je ne suis pas sûr qu'elle ait eu envie de parler de sa sœur. Et cette pièce qu'elle répète... La première aura lieu le 4 septembre. Vous viendrez, n'est-ce pas?

Il lui tendit à nouveau l'anémone. Cette fois, Marthe l'a prise. Mais elle n'a pas répondu à sa question. Elle a relevé la tête, puis elle lui a lancé :

– Ce sont des mots, tout ça. Vous allez voir que vous allez tous retomber sur terre, bientôt, avec la vie...

Marthe a fait un lapsus : elle a dit *la vie*, quand elle pensait *la guerre*. Les événements lui donnèrent raison, du moins au début. Moins de deux semaines plus tard, juste après qu'Hitler et Staline ont lié solennellement le sort de leurs patries respectives, Tania est rentrée chez son mari. Il ne lui a fait aucun reproche. Il ne lui a même pas demandé d'où elle venait, ni pourquoi elle était rentrée. Elle n'est pas retournée rue Spontini. Lambert ne parlait plus de divorce, encore moins de folie. La ville était enfin sortie de sa torpeur. On saisissait tous les journaux communistes, on entreposait dans les caves les tableaux du musée du Louvre. On parlait même d'évacuer les enfants.

Le 3 septembre, la guerre fut déclarée. Il faisait encore assez beau. La pièce que répétait Marina ne fut jamais jouée. A cette date, dans l'agenda de Marthe, le dernier qu'elle a tenu, il y a une anémone séchée. Sur sa tige, on distingue encore quelques minuscules barbes blanchâtres. La fleur devait être rouge, elle a perdu sa teinte. Elle est devenue rose, parcourue de très fines veinules. Elle est étonnamment transparente et fragile. Comme les instants de grâce où se dit un mot juste. Ne fût-ce qu'une demi-vérité.

CHAPITRE 50

Il fallut un peu de temps, encore, avant que ne se rencontrent les haines privées et les vengeances de l'Histoire. L'attente parut interminable. On ignorait si on devait s'en réjouir ou s'en alarmer. La France était en guerre, sans l'être. En tout cas, personne ne voyait arriver les chars, les bombardements promis. Du fond de ses nuits dans son manoir de Mortelierre, l'oreille plus que jamais tournée vers sa radio, Alexandre Vernon s'étonnait que la conflagration du moment fût si longue à venir et que la guerre, pareille aux rancunes les plus banales, ressemblât à un enlisement.

Chaque fois qu'il achevait la lecture des journaux – de plus en plus tard dans la nuit, maintenant qu'Elise s'était prise à son tour de passion pour les nouvelles – Vernon n'arrivait pas à dépasser l'idée la plus commune : le nouveau conflit n'avait de guerre que le nom. On aurait dit un paysage improbable, un peu vertigineux, où la réalité ne se distinguait plus de sa parodie, comme sur les trompe-l'œil de Tania Bronski. Dans les journaux, des gros titres annonçaient régulièrement l'imminence de la défaite du Reich. Sans souci de l'incohérence, on y mélangeait les appels à la souscription de bons d'armement, rédigés sur le même ton que les réclames à la gloire des panacées ordinaires, Quintonine et Aspirine, maintenant conseillées aux soldats, au lieu des frêles jeunes femmes à qui on les recommandait jusque-là. Quelques articles, de loin en loin, laissaient entrevoir de plus sombres perspectives : *« Goering déclare qu'il suffit d'un coup de téléphone pour qu'il déclenche la guerre aérienne »* – *« Goebbels calme l'opinion allemande en lui promettant la prise de Paris avant le 1er juillet. »* Mais l'arrangement, la façade finissaient toujours par l'emporter, sans qu'il soit possible de démêler vérité et faux-semblant. A côté de reportages alarmants sur les combats en Finlande, on trouvait les prédictions de voyants qui fixaient le terme de la guerre aux six mois à venir. Le lendemain, des historiens en mal de signes venaient à la rescousse des astrologues. Le chiffre quarante, démontraient-ils à grand renfort d'érudition, avait toujours été fatal aux peuples dominateurs. On continuait à se repaître de chimères, de l'illusion que tout s'arrangerait, ou que la guerre se cantonnerait ailleurs, en Finlande, en Norvège, lointains inaccessibles et perdus dans leurs glaces, pays irréels, presque fantomatiques, seul point de fuite de cette guerre en trompe l'œil.

Le simulacre dura une dizaine de mois. On vivait dans l'expectative. La plupart des affaires étaient en suspens, la léthargie gagnait jusqu'à d'infimes intérêts privés, à en juger par les récits de Chicheray. Dans les successions, par exemple, les héritiers avaient brusquement modéré leurs ardeurs de partage. Ils retenaient leur souffle, ils se demandaient s'il fallait à tout prix rafler tel lot plutôt que tel autre, quand un bombardement, une simple balle perdue pouvaient changer la donne du jour au lendemain. Dans la France fataliste qui n'arrivait pas à émerger de l'engourdissement d'un hiver très froid, les communiqués continuaient à tomber avec leur sécheresse rassurante : *« Rien à signaler. »*

On aurait pu en dire autant de la famille Monsacré. Marthe venait plus souvent à Vallondé, mais seulement pour le ravitaillement. Elle repartait très vite à Paris. Elle vivait dans l'attente des lettres de Cellier, qui avait été mobilisé. Depuis octobre, il était affecté à la surveillance de la frontière des Ardennes. Il la scrutait à la jumelle des journées durant, sans jamais apercevoir l'ombre d'un ennemi. Marthe lui tricotait des gilets, des écharpes. Dans l'espérance de ses rares permissions, elle s'occupait du bureau. Les affaires n'allaient pas bien. Là comme partout, la situation était insaisissable. Les anciens amis de Cellier, industriels, hommes politiques, ingénieurs, directeurs de bureaux d'études, étaient subitement devenus distants. Dans un premier temps, Marthe pensa qu'ils ne souhaitaient pas traiter avec une femme. Elle se rendit très vite à l'évidence : on savait que leur société avait vendu des brevets à l'étranger; sinon à l'Allemagne, du moins à des nations qui, d'un jour à l'autre, pouvaient se déclarer ennemies. Qui pouvait jurer que les tourelles à mitrailleuse, les lanceurs de bombes dont elle avait vendu le secret aux Italiens, aux Hongrois, aux Japonais, ne viendraient pas semer la mort ici même?

Deux seuls points rassuraient Marthe : Lambert était réformé, à cause de son infirmité. Et il ne parlait plus de divorce. Dès le début de la guerre, le gouvernement avait demandé que les enfants soient évacués de la capitale. Lambert avait aussitôt emmené Lucien et Boris à Rouvray. Tania les avait accompagnés. A la rentrée des classes, alors que tout danger semblait écarté, Lambert n'avait pas voulu retourner à Paris. Il n'avait plus rien à y faire, prétendait-il, les chantiers étaient arrêtés. Il avait inscrit Boris dans la meilleure pension de Tours.

Lambert souffrait de l'arrêt des affaires, cela se sentait. Il s'était fait raser les quelques cheveux qui lui restaient, il portait un monocle, arpentait ses terres en casquette et veste de tweed. Il surveillait étroitement ses fermes, répétait à tout propos : « En période troublée, il faut revenir à la terre. » Comme Hugo naguère, son angoisse le poussait à se couler dans le personnage monstrueux qui continuait de hanter sa conscience, le Grand Monsacré, maître absolu d'un monde farouchement borné à ses propriétés, tyran tranquille de ses ouvriers, de ses fils, de ses femmes, souverain de droit divin, par la toute-puissance des moulins et de l'or. Mais Lambert habitait mal ce personnage d'emprunt. Il continuait de penser à ses chantiers et parlait déjà de construire des immeubles à Tours, dès que la guerre serait finie.

Tania ne sortait plus du Grand Chatigny. Tout le temps que dura cet hiver glacial, chaque fois que les habitants de la ville levèrent les yeux vers leur horizon familier, ils avaient l'impression que le domaine était entré dans l'engourdissement qui précède la mort. Figé sous son voile de givre, il ressemblait plus que jamais à un mirage. La Loire elle-même paraissait irréelle, d'un gris d'acier quand il neigeait, ou bleu dur sous le gel, quand elle charriait des glaçons entre ses sables fatigués.

On disait que Tania Bronski s'était remise à peindre. Chaque fois qu'il se rendit au Grand Chatigny, Vernon remarqua que sa joie de vivre, déjà bien entamée après la mort d'Anaïs, s'était définitivement dissipée. Elle ne parlait guère, ses yeux ne s'animaient plus que lorsqu'on lui parlait de ses toiles. Maintenant qu'elle vivait loin de ses clients, la nébuleuse de diplomates et d'artistes qui, depuis son arrivée à Paris, n'avait cessé de graviter autour d'elle, Tania faisait leur portrait d'après des photos. Ils les lui envoyaient dans de grandes enveloppes cartonnées, souvent ouvertes par la censure, quand elles arrivaient d'Allemagne ou d'Autriche. Le facteur qui les déposait au Grand Chatigny ne pouvait s'empêcher d'y jeter un œil. Les photos le fascinaient, davantage encore que la fenêtre de l'atelier de Tania, qui restait allumée très tard dans la nuit.

Un jour, Vernon eut accès à cette mystérieuse pièce. Depuis quelque temps, Lambert se plaignait de maux d'estomac. Il avait eu une crise plus violente que les précédentes, il l'avait appelé au petit matin. Vernon arriva plus tard que prévu. Ce fut Tania qui lui ouvrit. Dès qu'elle le vit, elle eut un soupir de soulagement. Elle le prit par le bras :

– Venez vite.

Il crut que l'état de Lambert avait subitement empiré. Il ne s'aperçut de sa méprise que lorsqu'il se retrouva dans le petit escalier qui menait à son atelier.

– Je voudrais vous montrer ce que je fais, souffla-t-elle.

Elle était décoiffée, négligée, elle avait des gestes furtifs, nerveux. Vernon se laissa faire. Il admirait beaucoup Tania, mais elle l'intimidait, il n'avait jamais osé lui parler de ses toiles. Il fut flatté qu'elle cherche à lui faire partager ses secrets. Ce matin-là, cependant, elle lui parut exagérément fébrile. Sur le seuil de son atelier, il vit qu'elle avait les paupières fripées, les yeux gonflés. Il soupçonna l'abus d'alcool, de quelque drogue, en tout cas le manque de sommeil. Mais sa voix n'avait pas changé : elle était toujours aussi chaude, avec les mêmes modulations rauques.

– Entrez, dit-elle. Dépêchons-nous!

Elle l'introduisit dans son atelier, une grande pièce blanche, avec un carrelage à l'ancienne. A droite, une porte assez basse donnait sur ce qui ressemblait à une chambre. On y entendait traîner le pas de Léon Fatal. Il devait s'affairer à l'une de ses tâches aussi mystérieuses qu'inutiles.

L'atelier était dépourvu de meubles, à l'exception d'une table sans style sur laquelle Tania avait déposé les photos d'après lesquelles elle travaillait. Elle avait accroché des toiles face à la fenêtre, sans le moindre souci d'effet. Sur l'autre mur, elle avait esquissé les perspectives d'un trompe-d'œil. Elle le désigna à Vernon :

– Je n'y arrive plus. L'habitude des portraits, que voulez-vous.

Elle se pencha au-dessus de la table, effleura quelques clichés :

– Comment refuser? Ce sont mes amis. Ils ne m'ont pas oubliée. Ils aiment ce que je fais. Et ils savent que...

Elle s'interrompit. Elle avait retrouvé soudain un air d'enfance, celui d'un elfe un peu hagard, à jamais égaré en ce monde. Vernon examina quelques clichés, crut identifier quelques célébrités. Il souleva aussi plusieurs photos qui représentaient des mains, celles de Tania elle-même, facilement reconnaissables à leurs phalanges très fines, à leurs ongles effilés, soigneusement manucurés. Sur l'une des photos, ses paumes se repliaient sur un pantin. Sur un autre cliché, un petit serpent noir s'enroulait autour de ses doigts. Une dernière photo montrait Tania allongée au soleil en robe du soir, les bras en croix, sur le balcon d'un appartement parisien.

– Il faudrait aussi que je finisse le portrait de Lambert, reprit-elle. Mais il n'aime pas poser. On a pourtant tellement de temps, maintenant...

Une toile était retournée contre le mur. C'était un portrait de Lambert, inachevé, en effet. Il y manquait les mains. Lambert était vu de trois quarts, dans l'embrasure d'une porte, sans son monocle. Sous cet angle, sa ressemblance avec Marthe était étonnante.

Un brûle-parfum était déposé à même le carrelage de l'atelier. Tania s'accroupit, alluma un bâton d'encens, respira longuement la fumée qui montait vers son visage.

– Je les connais tous, mes clients, enchaîna-t-elle, je les connais corps et âme. Le corps raconte l'âme, savez-vous. Les moindres détails du corps. Un tendon, la façon dont pousse un ongle. La pilosité, la sécheresse d'une peau. Il n'y a qu'une seule chose qu'un portrait ne puisse rendre, c'est l'odeur. Quoique...

Elle continuait de s'approprier les mots comme elle le

faisait des couleurs, à les psalmodier à sa guise, comme pour les rendre à leur sens profond, à leur poésie ancienne, atrophiée par des siècles de bavardage. Mais Tania Bronski n'était plus la belle excentrique, la Russe ardente et gaie qui faisait tourner les têtes. La gravité l'avait rattrapée – peut-être définitivement. Elle accompagnait ses phrases de gestes inquiets, parfois incohérents. Elle s'arrêta au bout de quelques phrases, repoussa le brûle-parfum où se consumait l'encens, chercha une cigarette, la reposa sans l'avoir allumée.

– Dépêchons-nous, reprit-elle. Il faut que je me remette au travail. Tous mes clients m'écrivent qu'ils sont pressés. Je ne sais pas ce qui leur prend, tout d'un coup. Comme si on pouvait être pressé, en ce moment! Les soldats eux-mêmes ne sont pas pressés. Vivement qu'ils nous débarrassent de cette guerre. Elle va bientôt finir, n'est-ce pas?

– Bien sûr.

Vernon avait répondu mécaniquement. Il examinait un à un les portraits accrochés au mur. Il était saisi par les regards fixes de leurs personnages, par leur précision douloureuse. Tania dut deviner son trouble. Elle étendit le bras vers deux petites toiles, qu'il n'avait pas remarquées.

– Vous devriez aimer ces paysages. C'est le fleuve, vu d'ici. Je l'ai peint pendant les grands froids.

Tania ne disait jamais la Loire, elle préférait dire le fleuve, ou la rivière. Du reste, dans ces toiles rarissimes où elle s'est risquée à peindre un paysage, il est très difficile de reconnaître le Val – en tout cas celui, aimable et délicieux, de l'imagerie à l'usage des touristes. Elle en a fait un fleuve de mort, la rivière des enfers, agitant entre ses îles floues de gros tourbillons d'un gris plombé.

– Prenez-les, dit Tania. Prenez-les tous les deux. Ils vous attendaient.

Elle les décrocha sans attendre sa réponse.

– Je vous les donne.

Vernon protesta. Elle s'entêta.

– Vous soignez si bien les enfants... Donnez-les à Elise. Elle a tellement changé, ces derniers temps. Changé en bien. Et puis... J'aurai peut-être besoin de vous...

– Vous êtes malade?

Elle s'approcha de la fenêtre, soupira :

– Je voudrais partir aux Etats-Unis, dès que la guerre sera finie. Seule, vous comprenez? Vous croyez... Vous croyez que Lambert me laisserait les enfants?

Vernon n'eut pas la force de répondre.

– Vous m'aiderez, n'est-ce pas?

– Attendez la fin de la guerre.

– Combien de temps?

Elle tira sur les plis de sa robe, se passa la main dans les cheveux, comme si elle se rendait compte brusquement qu'elle était mal coiffée. Une seconde fois, Vernon tourna la tête. La Loire était d'un bleu très clair, avec une petite brume qui s'attardait entre ses îles. A son tour, il s'approcha de la fenêtre. Il posa son visage contre la vitre, comme un guetteur qui scrute l'horizon. Puis il eut un mot absurde, qui résume à lui seul le pli que tout le monde avait pris, cette année-là :

– Ça ne va plus tarder, maintenant.

Il crut entendre la voix de Lambert. Il s'en alla, ou plutôt il se sauva, avec les mêmes gestes coupables que Tania, quand elle l'avait entraîné.

Lambert ne s'aperçut de rien. Vernon l'examina, conclut à des douleurs d'origine nerveuse. Par un curieux effet de la contagion militaire, il lui définit son état à la façon des communiqués de guerre : « Rien à signaler. »

Les malaises de Lambert cessèrent à la mi-juin. Les Allemands avaient traversé les Ardennes le 14 mai, et, vingt jours plus tard, bombardé Paris. Dès le 15 juin, des milliers de réfugiés pris sous la mitraille italienne et allemande se jetèrent à l'assaut des ponts sur la Loire. Il faisait très beau. C'était la débâcle.

CHAPITRE 51

– Vous devriez descendre, répéta Marina pour la dixième fois. Séparons-nous. C'est une souricière, Marthe. Rentrez chez vous.

– Je ne vous quitterai qu'au pont. Nous ne sommes plus qu'à cinq kilomètres.

– Vous en êtes sûre?

– Mais oui, voyons! Je connais Blois depuis toujours. Et là-bas, j'aurai plus de chances de trouver une voiture pour m'emmener à Vallondé.

Marthe, à son tour, s'épongea le front. La Loire était là, toute proche, et on n'avançait pas. Les voitures progressaient sur trois files, toutes vitres ouvertes. De temps à autre, on se hélait de véhicule en véhicule, on tentait de plaisanter. Mais les mêmes mots finissaient toujours par revenir au détour d'une phrase : *Loire, pont*. Une fois de plus, on regardait le ciel. Ce n'était pas l'orage qu'on redoutait, mais l'aviation allemande. Depuis deux jours, le fleuve endormi derrière les ardoises de Blois était devenu la frontière entre la guerre et la paix, le malheur et l'espoir. Le dernier obstacle, croyait-on, avant la liberté.

Marthe avait décidé depuis longtemps de ne pas passer la Loire. Vallondé était situé rive droite, elle resterait rive droite, même si les bombes tombaient, même si les ponts sautaient. Marina, elle, s'en irait vers Bordeaux, où elle comptait trouver un bateau pour Lisbonne : von Platten s'y était réfugié dès la déclaration de guerre.

Marthe n'avait qu'un petit bagage, une valise où elle avait entassé quelques vêtements, tous ses bijoux et ses brevets. Elle était persuadée qu'elle n'aurait aucun mal à trouver une voiture ou une charrette qui prît la route de Vallondé. Si elle n'en trouvait pas, elle partirait à pied. Mais elle ne voulait pas quitter Marina avant de l'avoir vue passer le pont.

Marina coupa le moteur, rejeta la tête en arrière, écarta du bras un papillon qui s'était égaré à l'intérieur de la voiture. Elle semblait à bout de fatigue, elle aussi. Deux jours qu'elle conduisait au milieu de l'interminable caravane de camions, charrettes, motos, bicyclettes qui avait pris d'assaut la route du Sud-Ouest. On aurait pu croire à une croisade, à une marche à l'étoile. Quand les yeux se levaient vers le ciel, cependant, ils ne cherchaient ni Dieu ni anges, mais des avions à mitrailleuses.

– Vous devriez descendre ici, reprit Marina. Je suis tirée d'affaire.

– Je voudrais en être sûre.

– Que voulez-vous qu'il m'arrive maintenant?

– Je veux vous voir passer le pont.

– Histoire que nous soyons deux dans le pétrin, en cas... en cas de malheur?

– Qui vous parle de malheur?

– Dans le Nord, les avions...

– Allons donc! Et pour ce que j'y tiens, à la vie.

La phrase lui avait échappé. C'était aussi cela, la débâcle, la défaite coulait de source. On laissait tout aller.

Marina parut se calmer. Elle reprit d'une voix plus douce :

– Vous avez de mauvaises nouvelles de Cellier?

Marthe ne répondit pas. Elle n'insista pas. Elle savait

que Marthe était restée à Paris à cause de lui. Depuis l'attaque allemande en Belgique, elle n'était plus sortie de chez elle. Elle s'était mise à attendre, on ne savait quoi au juste, puisqu'il était à peu près sûr que Cellier, comme la plupart des soldats postés sur la frontière ardennaise, avait été refoulé vers le piège de Dunkerque. Dans la débandade générale, qui pouvait espérer des nouvelles? Marthe s'était pourtant enfermée chez elle, comme pour refuser la défaite. Comme si ce monde qu'elle voyait s'en aller à vau-l'eau, c'était aussi son propre échec.

Pour des raisons exactement opposées, Marina ne partit qu'à la dernière minute. Elle s'était liée avec Guitry, qui lui avait promis un rôle dans sa prochaine pièce. Toutefois, début juin, quand elle vit la plupart de ses amis s'éclipser à Biarritz ou sur la Côte d'Azur, l'inquiétude la prit. De son époque de splendeur, elle avait gardé une Panhard-Levassor un peu cabossée, mais encore vaillante. Elle y entassa ce qu'elle avait de plus précieux : les restes de l'argenterie Bronski, son samovar, ses bijoux, ses fourrures, sa collection de robes du soir et quelques échantillons des plus fabuleux millésimes des bordeaux Dolhman. Elle voulait rejoindre von Platten à Lisbonne. Il y pratiquait la psychanalyse, lui avait-il écrit. Au ton singulièrement enjoué de ses lettres, elle avait supposé qu'il n'employait pas son divan qu'à la confession des névroses. Malgré sa hâte à le retrouver, Marina n'en comptait pas moins passer à Rouvray embrasser sa sœur et ses neveux. Elle savait que Marthe était encore à Paris. A tout hasard, elle lui proposa de l'emmener à Vallondé. Elle pensait qu'elle refuserait. A sa grande surprise, elle accepta.

La belle ardeur de Marina retomba dès qu'elles prirent la route. Les encombrements furent tels qu'au bout d'une journée, elles n'avaient pas dépassé Chartres. Elles dormirent dans une grange, repartirent au petit matin. Le lendemain, entre Chartres et Châteaudun, elles n'avancèrent pas plus vite. Elles se reposèrent quelques heures dans la cour d'un garage. Marthe convainquit Marina de ne pas aller saluer sa sœur, de passer la Loire au plus tôt. Elle se procura des cartes, indiqua à Marina de petites routes cahoteuses. Il faisait de plus en plus chaud. Enfin Blois fut en vue. Il fallut quitter les chemins de traverse, rejoindre la colonne des réfugiés. La circulation dans la ville, disait-on, était devenue impossible. Un passant leur affirma qu'il fallait attendre six heures avant de passer le pont.

Le soir tombait. Marina saisit son sac, se repoudra. Puis elle reprit :

– Ecoutez, Marthe, soyez raisonnable. Si les avions doivent nous mitrailler comme les réfugiés du Nord, croyez-vous que la Loire les arrêtera? Ils se fichent bien des ponts. Rentrez chez vous tout de suite. A moins que vous n'ayez envie de continuer avec moi jusqu'à Bordeaux?

– Remettez donc votre moteur en marche.

La colonne de véhicules s'ébranlait à nouveau. Marina rougit, s'exécuta. Le moteur hoqueta, puis s'étouffa. Il fallut bientôt se rendre à l'évidence : il était tombé en panne.

Marina eut un moment de désarroi. Elle n'arrivait plus à détacher les mains de son volant, elle continuait de fixer le long serpent de voitures qui descendait vers la Loire. Marthe était déjà descendue sur le bord de la route. Elle demanda de l'aide à des passants. Quelques minutes plus tard, ils réussirent à pousser la Panhard-Levassor dans la cour d'une maison au portail miraculeusement ouvert. Le soir venait. Dans le désordre général, il était inutile de chercher un garagiste pour réparer la panne. Il fallait coucher à Blois.

– Vous pourriez continuer à pied, dit Marthe, essayer de trouver une place dans une voiture, sur une charrette. Mais il faut abandonner vos bagages.

Elle désigna les fourrures de Marina entassées à l'arrière

de la Panhard, avec ses robes du soir, son argenterie, ses bouteilles de bordeaux.

– Jamais de la vie.

– Alors il faut dormir ici et réparer la voiture. Je connais la ville. Restez ici à surveiller vos bagages, je reviendrai dès que j'aurai trouvé une chambre.

Marthe fit mieux. Alors qu'une nuit lourde commençait à tomber sur la ville, elle revint en compagnie de ce qui parut à Marina un collégien en goguette, un gros garçon rougeaud et bègue, curieusement prénommé Maxence. Il prétendait s'y connaître en mécanique. Il s'offrait aussi à les loger. Il affirmait qu'il était seul dans la maison de son oncle, qui était parti en pèlerinage à Lourdes pour demander à la Vierge le salut de la France. Il ne devait pas avoir plus de vingt ans. Dès qu'il vit Marina, dont la robe était très décolletée, il lui demanda sans bégayer si elle pouvait l'emmener à Bordeaux quand il aurait réparé sa voiture. Elle accepta. Il déclara alors qu'il faisait sombre, et qu'il ne pourrait pas démonter le moteur avant le lendemain matin.

La maison du gros Maxence était située non loin de là, à deux pas du cimetière. Marina entassa tout son trésor de guerre sur une charrette abandonnée au bord de la route. Maxence la traîna docilement jusqu'à chez lui. La maison était sinistre, entièrement décorée d'images pieuses, mais le lit offert par le jeune homme était très confortable. Marina s'endormit aussitôt.

A ses côtés, malgré sa fatigue, Marthe ne trouvait pas le sommeil. Elle ne pouvait s'empêcher d'écouter la rumeur de la ville. La colonne de réfugiés continuait de descendre vers la Loire. A plusieurs reprises, elle entendit des cris. Elle se mit à la fenêtre. C'étaient des habitants des maisons voisines qui s'en allaient. Ils prétendaient que le pont était miné et qu'il sauterait à cinq heures du matin.

Elle se recoucha. Elle commençait à somnoler, quand une énorme explosion la réveilla. Les bombardements commençaient. Marina se mit à trembler. Maxence vint frapper à la porte de la chambre et les emmena à la cave.

Marina assurait qu'elle n'avait pas peur, qu'elle en avait vu d'autres à Pétersbourg pendant la révolution, et qu'elle ne tremblait que pour ses millésimes, qui étaient restés dans la chambre. Maxence remonta courageusement lui chercher ses bouteilles, ainsi qu'une fiasque de cognac. Marina la déboucha sur-le-champ. Au bout d'une vingtaine de minutes, les bombardements cessèrent. Quand Marthe s'aperçut que Marina en était à son troisième verre, elle retourna se coucher. Ni Maxence, ni Marina n'essayèrent de la retenir. A son réveil, Marthe les chercha en vain dans toute la maison. Elle finit par aller frapper à la porte de la cave. Marina se leva en sursaut, se souvint que la Panhard était en panne, et qu'elle allait à Bordeaux. Puis elle se rappela l'explosion de la nuit. La bombe était tombée très près, lui apprit Marthe, au milieu du cimetière, où elle avait déterré des cercueils. « Comme pendant les inondations », conclut-elle. Marina fut aussitôt dégrisée. Elle repoussa Maxence, lui ordonna de réparer la voiture au plus vite. Ils retournèrent dans la cour où elle était garée. Maxence plongea sous le capot. Autour d'eux, la confusion était encore plus grande que la veille. Les magasins fermaient un à un, les habitants quittaient la ville et se mêlaient aux réfugiés. On avait commencé des travaux de défense autour du pont, on n'y circulait plus que sur une seule file. A la nuit tombée, Maxence n'avait toujours pas trouvé la panne. Marina s'emporta contre lui. Il devint très rouge, bégaya une phrase indignée. Marthe s'interposa. Ils rentrèrent dormir. Cette nuit-là, lorsque les bombardements reprirent, ils n'eurent pas le temps de descendre à la cave. Les neuf appareils italiens qui semèrent la désolation dans la ville volaient très bas, l'alerte ne fut pas donnée. Quand ils repartirent, le centre de Blois était en feu.

Marina et Maxence n'osèrent s'aventurer dans les rues qu'à partir de dix heures du matin. Il le fallait pourtant : le garde-manger de la maison était complètement vide. Maxence retourna démonter le moteur de la Panhard et Marina se mit en quête de ravitaillement. Tous les magasins étaient fermés. Des vieillards, des fous déambulaient dans les rues, au milieu des chiens errants et de lapins échappés de leurs clapiers. Marina quitta ses escarpins pour en poursuivre un. Elle le rapporta à Marthe, qui le dépouilla et réussit à cuire un civet, malgré un nouveau bombardement très violent, en fin de matinée.

Vers deux heures, elles allèrent voir si la réparation avançait. Le quartier était en feu. La maison devant laquelle elles avaient garé la voiture s'était écroulée. Elles s'avancèrent dans la cour. La Panhard était intacte, le capot à peine cabossé par quelques gravats. Marina se mit à courir dans la rue en appelant Maxence. Un homme qui tentait d'éteindre l'incendie de la maison voisine s'approcha de Marthe et lui désigna le hangar dévasté, au fond de la cour.

– Le petit avait trouvé la panne. Il était tout fier. Il m'a dit que c'était une aile d'insecte qui avait bouché le gicleur...

Marthe détourna les yeux, lui fit signe qu'elle avait compris. L'homme avait un regard vide, il fixait le toit fracassé du hangar.

– Il allait repartir, et puis...

Il haussa les épaules et reprit.

– J'ai eu le temps de courir à l'abri, pas lui. Je l'ai vu se jeter sous le hangar. Vous avez vu ce qu'il en reste...

Marina s'appuya contre la portière de la voiture, resta un moment interdite, les yeux baissés, le souffle court. Puis elle releva les yeux. L'éboulement du hangar avait dégagé l'horizon, la Loire miroitait au loin, avec le pont toujours encombré. Elle fit signe à Marthe de monter dans la Panhard. La voiture marchait parfaitement. Elles retournèrent chez Maxence pour charger les bagages de Marina et, vers sept heures, se risquèrent dans les rues. La plupart d'entre elles étaient impraticables. De loin en loin, on voyait s'élever les flammes d'un incendie. A cause des boucheries abandonnées, la ville sentait la viande pourrie. Les chiens enfermés dans les maisons continuaient à hurler à la mort.

Elles approchaient du château, toujours à la recherche de l'accès au pont, quand un policier leur barra le passage. Il leur expliqua que les rues qui menaient à la Loire étaient bloquées par les décombres, qu'il fallait attendre le lendemain matin avant de pouvoir traverser le fleuve. Il leur faudrait passer une nuit de plus à Blois. Marina ne voulait pas retourner chez Maxence. Le policier leur proposa alors un abri qu'on venait d'improviser pour les vieillards, dans les sous-sols du château. La voiture de Marina serait en sécurité dans le petit garage du gardien. Il était déjà tard, les bombardements pouvaient reprendre d'une heure à l'autre. Elles se résignèrent à cette solution. Au détour d'une place, comme elles se dirigeaient vers le château, elles aperçurent un éléphant qui déambulait entre deux rangées de tilleuls. Il s'arrêtait de temps à autre pour mâchonner des feuilles.

– Il a dû s'échapper d'un cirque, dit Marina.

Marthe ne parut pas l'entendre. Elle répétait :

– Un éléphant... Un éléphant, comme l'autre fois...

– L'autre fois, quelle autre fois?

– Dans le temps... Il y a des années... Juste avant... Juste avant l'accident de Lambert.

– Quel accident?

– Il ne boitait pas à la naissance. C'est une brûlure, un accident. On n'a jamais très bien compris... Je vous raconterai.

Elle le lui raconta, en effet, cette nuit-là, dans les caves du château de Blois. On leur avait attribué un matelas au fond d'une petite pièce, près d'une salle plus vaste où l'on avait regroupé des malades, des vieillards recueillis dans les rues. Sous ces voûtes où s'étaient noués tant de drames, l'assassinat du duc de Guise, l'évasion de Marie de Médicis, Marthe sentit peut-être que sa propre aventure était dérisoire, au regard de l'Histoire, la grande, dont la violence parvenait toujours à frapper les existences les plus tranquilles. Sous l'effet de la fatigue, sans doute eut-elle aussi l'impression qu'une boucle de sa vie venait de se refermer, après tant d'années – trop d'années – de silence. C'était plus fort qu'elle, il fallait qu'elle parle.

Elle enfila l'un après l'autre les épisodes qui avaient fait sa vie, avec soin, en choisissant ses mots, la voix un peu plus brève, peut-être, quand elle évoqua Rodolphe, ou le petit Lucien qui n'avait pas vécu. Elle parla d'un peu de tout, de Julia, de Rodolphe, du Moulin de la Jalousie. D'Hugo aussi, du Grand Monsacré, et de Thérèse qui guettait son or, des Grotteaux. Du jour enfin où elle vint voir Cellier sur la terrasse d'Orfonds, et du verre de vouvray qu'il lui avait versé. Elle racontait des matins qui sentaient la lessive, des soirs parfumés de foin. Rien qu'à l'écouter, Marina entendait la pluie quand elle s'écoule dans la chantepleure des moulins, elle croyait sentir l'amidon fraîchement passé sur les dentelles des corsages, les pommes acides sur le terreau de l'automne, le goût âcre du vin nouveau. Marthe dévidait son histoire comme elle aurait lancé une bouteille à la mer, pour laisser une trace, pour qu'au moins quelqu'un sache. Cependant, Marina le soupçonna très vite, Marthe savait aussi arranger son histoire. Elle laissait des blancs, elle ne disait pas tout.

Elle n'osait pas l'interrompre. Elle craignait qu'une question, fût-elle discrète, n'arrête le flot des confidences. Elle était prise aussi sous le charme de sa voix, emportée par le cours tranquille de son récit. Trop tranquille justement, trop lisse, comme son visage, sous la lueur indécise de la lampe à pétrole. Car il y eut au moins deux sujets que

Marthe ne se risqua pas à aborder : ses origines, et Damien.

Plus curieusement encore, lorsque Marthe en vint au récit de sa liaison avec Cellier, elle s'arrêta brusquement. Elle fut même brutale : « Le reste, vous le savez. Drôle de famille, n'est-ce pas? » Elle n'attendit pas de réponse. Elle souffla la lampe et s'allongea sur son matelas.

Marina s'endormit presque aussitôt. Le récit de Marthe avait eu sur elle l'effet d'un conte. Elle sombra dans le sommeil, la tête remplie d'histoires de foins et de moissons. La voix de Marthe, au petit matin, la tira du sommeil. Elle n'avait pas dû beaucoup dormir. Elle était pourtant fraîche et nette, comme d'habitude, elle avait trouvé le temps d'aller aux nouvelles. Elle lui annonça que les travaux de défense du pont étaient finis, qu'on pouvait à nouveau franchir la Loire. Il fallait faire vite, les Allemands n'étaient plus très loin. Elle avait réussi à trouver une charrette, puis un mulet, qu'elle y avait aussitôt attelé.

C'est dans cet équipage qu'elle suivit Marina jusqu'au pont. Il était sept heures, il tombait une petite pluie. Derrière elles, Blois continuait à brûler. « Dépêchez-vous », dit-elle, puis elle fixa la forêt, de l'autre côté de la Loire, la route de Bordeaux où continuaient à cheminer les longues charrettes des réfugiés de Beauce. Au dernier moment, elle se retourna pour ajouter :

– Vous allez avoir de la pluie.

– Vous croyez?

Marthe soupira, puis lui souffla :

– Pour cette nuit... Gardez ça pour vous. Vous me jurez?

– Je vous promets que...

Marthe ne la laissa pas finir. Elle frappa le dos de son mulet :

– En route.

Ce fut là tout son adieu. Elle s'engagea sur le quai, en direction de la petite route à flanc de coteau qui menait à

Vallondé. Elle ne se retourna qu'au bout de trois quarts d'heure, au moment où le fracas d'une énorme explosion retentit dans la vallée : dans un ultime geste de résistance, l'armée française venait de faire sauter le pont. Les Allemands entraient dans la ville. On était le 18 juin. D'un avis unanime, et comme partout en France, on trouva l'occupant parfaitement correct.

Un peu plus tôt, dans une indescriptible confusion, l'état-major et le gouvernement français avaient eux aussi gagné le Val. Sous les plafonds caissonnés des châteaux où ils s'étaient repliés, il leur apparut assez vite que la bataille de France était perdue. On n'avait jamais autant parlé d'honneur sur les rives de la Loire. Puis tout ce beau monde s'égailla dans la nature, en réclamant l'armistice, à quelques exceptions près. Les Allemands bombardèrent Tours, les ponts sautèrent, la ville prit feu. Des centaines d'immeubles furent entièrement détruits ou endommagés – dont ceux que Marthe avait fait construire à l'issue du précédent conflit.

Le maréchal Pétain avait dû prendre goût au pays : quatre mois plus tard, il revint dans la région, à Montoire, serrer courtoisement la main de son vainqueur.

CHAPITRE 52

Marthe rentra, rouvrit le manoir, « *la maison* », comme elle disait. Elle retrouva tout, Vallondé et son silence de lente couvaison, l'odeur de craie mouillée qui s'élevait des caves, les clématites, les glycines à la grille, les iris sauvages, raidis dans les courants de la Luisse. Puis vint le temps des roses trémières, des nénuphars. L'été fut royal, cette année-là, comme s'il n'y avait pas de guerre. Les vignerons qui étaient restés au pays pressèrent un vin chaleureux, qui promettait de bien vieillir.

Rouvray avait essuyé quelques raids allemands. Des maisons s'étaient écroulées près du pont sur la Loire, une bombe avait explosé au fond du parc de Vallondé, où elle avait creusé un petit cratère, tout à côté du sureau. Pour le reste, tout était intact.

Marthe n'avait pas de nouvelles de Cellier. Elle se disait parfois qu'il avait été pris dans le piège de Dunkerque, comme tant d'autres, tué ou fait prisonnier. Son regard se perdait souvent du côté des futaies d'Orfonds. Le tennis était envahi par les herbes. Au premier étage, près de la galerie aux vitraux violets, la peinture des persiennes s'écaillait. Pourtant elle continuait à espérer. S'il avait été fait prisonnier, elle finirait bien par l'apprendre, il écrirait. Un jour peut-être il serait libéré, il viendrait. Elle n'attendait pas grand-chose, une journée, une nuit passées ensemble, avant un nouveau départ qui paraissait inéluctable, maintenant que les Allemands étaient là. Pour mince qu'il fût, cet espoir était toute sa vie.

Début août, elle reprit Suzanne à son service. Le temps de son absence, elle avait été engagée par l'huissier de Rouvray. Elle s'ennuyait chez lui. Elle vint de son propre chef proposer ses services à Marthe. Puis à la fin du mois, elle vit arriver Nine. La guerre l'avait enfin décidée à ne plus vivre seule. Elle se mit à attendre Cellier, elle aussi, sans que Marthe ait jamais parlé de lui. Comme elle, Nine tressaillit pour une ombre entrevue à l'orée des bois, elle guetta le facteur, la moindre bicyclette, le premier bruit de moteur. De loin en loin, des voitures venaient s'arrêter à la grille : des Parisiens qui cherchaient du ravitaillement. Ils quémandaient de la viande, des œufs. Ils avaient tous les mêmes sourires convenus. Dès l'année précédente, prévoyant que l'ère des restrictions ne faisait que commencer, Marthe avait demandé à Augustin Chailloux d'élever des poules et des lapins, et de reconstituer près des grottes le potager du Grand Monsacré. Elle ne laissa à personne le soin de négocier ses quelques marchandises. Nine l'épiait au-dessus de son tricot, elle s'amusait de la voir discuter le prix de sa douzaine d'œufs comme elle l'aurait fait de celui d'un champ ou d'un brevet, en laissant l'impression qu'elle y perdait, qu'elle se laissait apitoyer. Quand les Parisiens étaient partis, elle revenait s'asseoir auprès de Nine, elle soupirait. Elle disait parfois, comme pour s'excuser d'un enfantillage : « Que veux-tu, ma pauvre Nine! Il faut bien se changer les idées. »

Une nuit de la fin septembre, Nine fut réveillée par des coups violents frappés sur les volets du salon. Il était plus de minuit. Marthe ne devait pas dormir, elle courut aussitôt au rez-de-chaussée, déverrouilla la porte sans frayeur apparente. Du haut de l'escalier où elle était restée, Nine l'entendit murmurer : « Je l'ai toujours su. »

Elle faisait face à Cellier. Il était debout au milieu du perron, il n'osait plus bouger. Il portait des vêtements froissés, il n'avait pas de bagages. Marthe éleva vers son visage sa petite lampe à pétrole. Puis elle hocha lentement la tête et dit : « Saleté de guerre. »

Cellier avait été blessé. Une fine cicatrice courait sur son menton. Il la dissimulait assez bien sous un début de barbe, mais Marthe l'avait remarquée à l'instant où elle lui avait ouvert. Elle le serra longuement contre elle. Puis elle passa son doigt sur sa cicatrice :

– C'est ça qui t'a retardé?

– Mais non. J'ai été fait prisonnier.

– Où?

– Après Dunkerque, en Normandie. Je me suis évadé. Je me suis retrouvé en Bretagne, puis dans le Limousin. Voilà, je suis rentré.

– Tu vas rester?

– Je suis fatigué. Je voudrais me reposer. J'ai... J'ai des décisions à prendre.

– Quelles décisions? Les affaires?

– Les affaires, par les temps qui courent...

Il eut un petit rire amer, puis il passa devant elle. Elle pensa qu'il ne voulait pas parler devant Nine. Elle n'insista pas. Il avait maigri, il flottait dans ses vêtements. Au pied de l'escalier, il tituba légèrement. Il semblait désorienté, il regardait les lieux sans paraître les reconnaître, comme un voyageur qui revient de loin, un navigateur qui a du mal à se réaccoutumer à la terre.

– Tu veux souper? hasarda Marthe. J'ai ce qu'il faut, je me suis remise aux poules et aux lapins. Je les élève dans la volière, tu te souviens, là où on avait installé les paons, dans le temps, quand...

– Je veux dormir, coupa Cellier. Simplement dormir.

Il trébucha sur la première marche de l'escalier. Il eut un mouvement d'agacement, puis se reprit :

– Je ne reconnais plus rien, chez toi.

– Je n'ai rien changé.

– Tu as posé des rideaux.

– Le black-out...

Nine était toujours en haut de l'escalier. Elle tremblait, de froid ou de peur. Cellier voulut plaisanter :

– Vous en avez vu d'autres, non?

– Tout de même, grommela Nine, arriver comme ça sans crier gare... Et se promener en pleine nuit... C'est interdit!

– Les choses interdites, il suffit de se les permettre, repartit Cellier.

Nine tourna aussitôt les talons. Dans son irritation, Cellier avait retrouvé tous ses esprits. Il se dirigea droit à la chambre de merisier.

Quand ils furent seuls, Marthe ne lui posa aucune question. Elle le regarda se déshabiller sans un mot, le borda comme un enfant. Il s'endormit presque aussitôt. Elle resta un moment près de lui. Dès qu'il fut endormi, elle examina un à un ses vêtements. Ils étaient tachés, ils sentaient l'herbe, le terreau. Puis elle descendit inspecter la cour. Comme elle le soupçonnait, il n'était pas venu en voiture. Elle alla se coucher dans l'ancienne chambre d'Anaïs, à l'autre bout de la maison. Elle passa la nuit à se perdre en hypothèses. Quand Cellier se réveilla, il paraissait beaucoup moins fatigué. Il lui demanda d'appeler Vernon.

Elle avait envie de rester seule avec lui. Elle lui répondit qu'il n'était pas mourant, qu'il pouvait bien attendre jusqu'au lendemain. Il insista, prétendit qu'il avait pris froid, qu'il avait un point au poumon. Marthe lui trouva l'œil un peu trouble, à cet instant, le même regard fuyant qu'avant-guerre, lorsqu'il partait rejoindre ses maîtresses. Néanmoins, elle a appelé Vernon.

Il arriva dans l'heure qui suivit. Marthe eut alors un mouvement qui ne lui était pas habituel : elle a écouté à la porte. Elle a très vite compris que Cellier n'était pas malade, tout au plus anémié. Comme elle s'y attendait, les deux hommes ont cessé très vite de parler de sa santé. Ils ont baissé la voix, elle n'a entendu que la fin de leur conversation, quand Vernon a dit à Cellier, sur le ton d'une conclusion :

– ... Pour moi, ce n'est pas la même chose. Je suis né vieux, je voudrais mourir jeune. Mais vous...

– Qu'est-ce qui me retient? Je n'ai pas d'enfants.

– Vous devriez décamper. Il ne faut pas vous faire trop d'illusions. Ce sera ici comme en Allemagne et...

– Mon père s'est battu. Pourquoi pas moi? La guerre...

– La guerre, ou la chasse?

– Que voulez-vous dire?

– A la guerre, il y a un ennemi. A la chasse, un gibier.

– Quel gibier? Quand on se bat, on a un fusil, non? On peut se battre aussi avec sa tête. On peut ruser.

– Ruser! Avec eux...

Marthe a entendu Vernon toussoter, comme chaque fois qu'il hésitait à révéler un diagnostic. Il se raclait la gorge en cadence, avec un petit sifflement rauque. Il avait toussé de la même façon, autrefois, juste avant de lui avouer qu'il n'y avait plus d'espoir, pour son petit Lucien. Cette fois-ci, Vernon a eu beau tousser, il n'a pas trouvé la bonne formule. Il a eu des mots évasifs, il a marmonné :

– Attendez donc de vous requinquer. Quand vous serez sûr de votre affaire, nous en reparlerons. Dites à Marthe de m'appeler. Inventez quelque chose, que vous crachez le sang, n'importe quoi. Il faut se méfier du téléphone. D'ailleurs il faut se méfier de tout le monde. Ne dites rien à Marthe. C'est trop tôt. Nous sommes tous très isolés, rien n'est organisé... Ne vous montrez pas non plus. Et réfléchissez bien.

– C'est tout réfléchi.

– Laissez encore venir. On en reparlera. D'ici un mois...

Vernon ne finit pas sa phrase, comme s'il savait qu'on en reparlerait beaucoup plus tôt. Il avait vu juste. Début octobre, Marthe lut dans *Le Carillon de Rouvray* le résumé d'une loi que le gouvernement de Vichy jugeait de la plus haute importance. Elle portait sur le statut des Juifs.

Elle alla aussitôt réveiller Cellier. Il lut le texte sans marquer la moindre émotion, même lorsqu'il en arriva à l'article 4 : *« Des règlements définiront l'élimination des Juifs en surnombre. »* Il lui demanda simplement d'appeler Vernon.

Il arriva encore plus vite que la première fois. Il arborait sa sacoche de médecin avec un peu d'ostentation. Sa consultation – ou ce qui en porta le nom – dura une bonne heure.

Cette fois, Marthe n'a pas écouté à la porte. Elle est descendue au salon. Nine était déjà installée devant son tricot. Marthe lui a demandé une pelote, des aiguilles. Elle s'est mise à tricoter quelque chose qui ressemblait à un début d'écharpe. Mais le cœur n'y était pas, elle n'arrêtait pas de perdre ses points. A deux reprises au moins, Nine l'a surprise à agiter ses aiguilles dans le vide, en fixant l'escalier.

Enfin Vernon s'est décidé à descendre. Il les a saluées rapidement, il s'est esquivé en parlant d'une visite urgente, dans une ferme éloignée. Une demi-heure plus tard, Cellier est descendu à son tour, rasé de frais. Il leur a appris de son air le plus détaché qu'il faisait un saut à Orfonds, et qu'il allait revenir. Il revint en effet, deux heures plus tard.

– Je pars, annonça-t-il à Marthe dès qu'il eut passé le seuil.

L'habitude fut la plus forte, Marthe ne posa pas de questions.

– Mange un peu, au moins, se contenta-t-elle de répondre.

Il n'était qu'onze heures et demie, mais il accepta. Il s'installa sur un coin de table, à l'office, dévora son repas en quelques minutes, se leva et sortit.

Elle l'accompagna en silence le long de la Luisse. Il n'emportait qu'une petite valise. Marthe la trouva d'une légèreté étonnante, quand elle voulut la soulever; et l'adieu de Cellier lui sembla aussi bien piètre, lorsqu'il lui dit, devant la grille :

– Cette fois-ci, ce n'est pas pour une femme.

Il lui tendit les clefs d'Orfonds. Il souriait. Il partit par les bois.

CHAPITRE 53

Peu après le départ de Cellier, Marthe commença à perdre ses cheveux. Elle garda son apparence habituelle, de bourgeoise nette qui ne pense qu'à l'argent, installée dans la certitude de s'être enracinée, de posséder, aussi sûrement que son bien, un nom sans tache, un sang pur à transmettre. Mais elle vieillit très vite. De plus en plus souvent, elle parlait du passé. Il suffisait d'un rien pour qu'elle dise à Nine : « Tu te souviens, Nine, de ce qu'on faisait dans le temps... » L'époque s'y prêtait, où l'on retrouvait d'anciennes habitudes, à cause des restrictions : les conserves maison, les lapins dépouillés dans un coin de l'office, loin de la vue des éventuels envieux, et dont on recueillait le sang comme la plus précieuse des liqueurs. « Tu te souviens, Nine, autrefois, on les dépiautait sous la grange, les lapins... Pour les tuer, le Grand Monsacré avait le coup, mais pour ce qui est de les dépouiller... Tu te rappelles qu'il disait que c'était le travail des femmes? De Thérèse, évidemment... Il disait toujours : *Thérèse, garce de femelle.* Tu te rappelles, Nine, comment il la traitait? »

Marthe vidait elle-même le lapin de ses entrailles, pour être bien sûre que Suzanne ne perde pas un seul gramme de viande. Puis elle reprenait le fil de ses souvenirs. Ils lui revenaient de façon désordonnée, elle enchaînait sur le vin blanc du Grand Monsacré, son léger goût de pêche, ou sur les dentelles de la belle Julia, les chansons qu'on fredonnait sous sa tonnelle. De loin en loin elle prononçait même le nom de Rodolphe : « Tu te souviens, Nine, la jument qu'il avait... Elle était toute blanche. Ce qu'elle pouvait avaler comme foin, cette jument! Comment s'appelait-elle, déjà... C'est curieux, je ne sais plus... »

Elle mentait. La miséricorde de l'oubli lui avait été refusée, elle avait une mémoire infaillible, des lieux, des noms, des dates. C'est bien cela qui la tourmenta, durant ces premiers hivers de l'Occupation, ces nuits glacées interminables, où elle ne dormit pas. Pendant ses insomnies, sa mémoire sans pitié lui ramenait une marée de souvenirs, une inondation irrépressible, monstrueuse, qui ne cessait qu'avec le matin. Marthe s'endormait alors pendant deux ou trois heures. Sitôt réveillée, le flot recommençait à la poursuivre. Les anecdotes lui montaient aux lèvres à la première occasion, comme encouragées par l'engourdissement qui était tombé sur le Val, depuis que les Allemands étaient là.

Souvent, ce qui lui revenait paraissait insignifiant : Marthe parlait des étés d'avant-guerre, de printemps radieux qui ne reviendraient plus. Mais il y avait d'autres images, derrière les figures qu'elle évoquait. Des silhouettes plus proches et curieusement plus indécises, celle de Cellier, de von Platten, d'Elise et de Lambert, de la petite Anaïs. Comme un parfum de Paris, parfois, qui faisait rêver Nine. Une confidence pointait. Sa voix claire s'altérait soudain, se cassait, ce timbre qui n'était qu'à elle, chaleureux et bref. Marthe jetait un coup d'œil à un miroir embué, passait la main dans son chignon amaigri, se détournait. D'un seul coup, elle disait : « Comme c'est loin, tout ça. J'ai presque tout oublié. »

Elle ne se confiait pas, Marthe, elle ne s'est jamais confiée, sinon à Marina, la nuit de Blois. Elle ne se justifiait pas non plus. Elle eut seulement des phrases qu'elle ne parvint pas à finir, des *si j'avais su, si j'avais pu...* Il y passait une vérité qui inquiétait Nine : Marthe n'aimait plus l'avenir. L'envie de construire l'avait quittée, la joie de régner, de dominer gens et choses. Pourtant, Marthe ne s'est pas voûtée, elle n'a pas plié, pas ployé. Elle a porté son chagrin à sa manière ordinaire, enfoui au plus profond. Si elle pleurait, c'était de l'intérieur.

Elle n'affichait qu'un seul souci, le chauffage de Valondé. On n'avait plus de charbon. Juste avant la guerre, au moment où elle avait fait installer le chauffage central, dans un rare mouvement de légèreté, elle avait supprimé les poêles. Elle les avait vendus à un ferrailleur. Il avait fallu en racheter. Elle en avait choisi de superbes, des Pied-Selle à feu continu, qui fonctionnaient au bois, *« quatorze heures sans rechargement »*, comme disait la réclame. Mais chaque automne, c'était plus fort qu'elle, Marthe affirmait qu'elle allait mourir de froid.

Un froid noir, comme elle l'appelait. Elle prétendait qu'il était entré dans son corps, qu'il ne la quittait plus. Elle qui ne s'était jamais plainte, elle commençait à s'exclamer, dès la Toussaint : « Nine, on grelotte, j'aurais dû vendre cette maison, le froid humide rentre partout, on a beau calfeutrer... » Elle avait multiplié les boudins de laine au bas des portes, les bandes de feutre sur l'entourage des fenêtres, elle avait même doublé tous les rideaux. Nine devina très vite qu'elle ne se protégeait pas du froid. Ce que redoutait Marthe, dans cet âge glaciaire de l'Occupation, c'était la torpeur grandissante où s'endormait le pays. Sitôt finis les bombardements, Rouvray s'était laissé envahir par une somnolence étrange, qui n'était plus la vieille indolence du Val, mais un engourdissement sinistre. Le sommeil d'un malade, d'un blessé, un état d'ankylose qui ne présageait rien de bon. Dans les rues, sur le mail, jamais le silence n'avait paru aussi pesant. Ce n'était pas seulement l'effet du couvre-feu : on s'était de tout temps couché de bonne heure, à Rouvray, ce qui n'avait jamais empêché personne de savoir très exactement ce qui s'était passé à minuit sur la Place de la Gare ou dans la cave du voisin. A présent, le fracas des bottes allemandes venait rompre ce silence à intervalles réguliers : comme pour rappeler à chacun que le réseau de rumeurs qui formait à Rouvray le tissu de la vie pouvait enfin se traduire dans une violence évidente. Dans le sang peut-être, au grand jour. Marthe n'avait pas froid. Elle avait peur.

Dès le premier hiver, Orfonds fut saisi comme bien juif. L'affaire ne traîna pas. Chicheray fut chargé de la vente, il la mena très rondement. Il ne rencontra qu'un seul obstacle : il ne possédait pas les clefs du manoir. On força la porte. La veille de la vente aux enchères, les gens de Rouvray vinrent visiter le domaine, pour y chercher les traces du luxe insensé qu'on prêtait à Cellier. On ne trouva qu'une maison humide, abandonnée depuis longtemps, et qui sentait le moisi. On s'attarda beaucoup dans la chambre à coucher, à la recherche d'autres signes d'infamie, qu'on ne découvrit pas davantage.

Le jour de la visite, Madeleine Roseroy arriva la première. Elle partit aussi la dernière. Inlassablement, elle signala aux visiteurs les dégradations du domaine. Elle indiquait à l'un des papiers peints décollés, à l'autre un robinet qui fuyait. Elle prétendit même avoir aperçu des termites dans la charpente, elle assura qu'une source souterraine minait les fondations. Chicheray, qui avait son pourcentage sur la vente, lui adressait des signes exaspérés. Elle refusa de les voir. Le soir même, à bout de nerfs, elle affirma à son mari qu'à force d'arpenter les couloirs du manoir, elle avait acquis une certitude absolue : Marthe possédait les clefs d'Orfonds. De quelles manigances une telle aventurière n'était-elle pas capable?

La porte du manoir avait été brisée, les meubles de Cellier, depuis longtemps, entreposés sous bonne garde. Néanmoins, Chicheray fut ébranlé. Il courut aussitôt à

Vallondé. Il mit une bonne demi-heure avant d'avouer à Marthe le but de sa visite. Elle lui rit au nez.

– Les clefs d'Orfonds! Vous ne trouvez pas que j'ai assez de mes affaires, sans aller me mêler de celles des autres?

– Les autres, les autres, c'est vite dit.

– Les autres, s'obstina Marthe.

Elle le reconduisit aussitôt à la grille, à travers les allées durcies par les gelées. Chicheray faisait peine à voir. Elle aussi. Elle n'avait plus de malice au fond des yeux. Elle avait deviné, comme tout le monde, ce qu'il adviendrait d'Orfonds.

Comme elle l'avait prévu, ce fut Lambert qui l'acheta. Il le fit raser presque aussitôt. Il prétendit que le manoir était insalubre, pourri d'humidité. Il n'y eut aucune protestation, même pas de la part de Vernon, défenseur acharné, pourtant, des domaines historiques les plus négligés. Du château jumeau du sien, du manoir qui avait été si longtemps son réservoir à rêves, il ne resta à Marthe que les clefs.

La semaine où les masses s'attaquèrent aux murs d'Orfonds et déchirèrent la vallée de leur fracas insupportable, Marthe partit pour Tours. Elle avait un bon prétexte : trois de ses cinq immeubles avaient été ravagés par les bombardements. On venait de terminer le dégagement des gravats, il fallait à présent songer à la reconstruction. Elle hésitait. Dans les forêts autour de Vallondé, on avait griffé des V de la victoire sur l'écorce des arbres. On parlait déjà de sabotages. Les Allemands étaient aux aguets, ils surveillaient très étroitement les ponts, comme si d'un jour à l'autre la même bataille dût reprendre, qui leur avait donné le Val.

Marthe s'installa pour trois jours dans l'hôtel où elle avait ses habitudes, à deux pas de la mairie de Tours, constellée d'inscriptions gothiques et d'aigles hitlériennes. Elle alla visiter ses terrains, rencontra un entrepreneur, qui lui parut étrangement fuyant. Elle n'était pas rentrée à l'hôtel qu'elle fut abordée par un inconnu. Il lui tendit sa carte avec empressement. Il se nommait Marcel Héronnier. Il voulait acheter ses terrains.

Il l'invita à déjeuner. Il se prétendait au mieux avec la banque allemande. Il était obséquieux, enveloppant. Il parlait beaucoup de ses actionnaires, mais ne paraissait guère au fait du droit foncier. Au bout d'un quart d'heure, Marthe fut persuadée qu'il n'était qu'un homme de paille. Elle feignit d'être intéressée, se fit encore plus sotte que lui. Héronnier se rengorgea, crut la partie gagnée. Il lui laissa le nom de son notaire, avec un rendez-vous pour le surlendemain.

Elle ne s'y présenta pas. Deux heures avant le rendez-vous, par l'intermédiaire d'un de ses anciens courtiers en farine, reconverti dans le ravitaillement de l'armée allemande, elle avait réussi à apprendre ce qu'elle cherchait. La société immobilière que présidait Héronnier s'était constituée juste après les bombardements. Divers notables tourangeaux y avaient placé leurs capitaux. L'actionnaire principal, le véritable patron de l'affaire, n'était autre que Lambert.

CHAPITRE 54

Face à un autre ennemi, Marthe aurait éclaté de rire. De son grand rire clair et bref qui désarçonnait tout le monde, qui prouvait à lui seul son incroyable force, sa puissance de calcul jamais prise en défaut. Car à la vérité, l'achat des terrains était une très mauvaise affaire. Ils ne valaient rien sans les immeubles. De l'avis unanime, il était prématuré de reconstruire. Ils étaient situés trop près des ponts, trop exposés aussi aux raids aériens sur la gare, si jamais, comme on le murmurait, les Anglais ou les Américains s'avisaient d'attaquer. La guerre pouvait s'éterniser, c'était de l'argent stupidement bloqué.

Pourtant Lambert ne s'intéressait qu'à ces terrains. Lui, si prudent d'ordinaire, sans conviction politique affichée, il avait pris le risque de chercher un prête-nom, de s'acoquiner avec la banque allemande. Le soir de son retour, au moment où elle repassa la grille de Vallondé, dans des odeurs de végétation fraîchement dégelée, Marthe comprit que ce n'était pas les terrains que voulait Lambert. C'était la guerre, la guerre contre elle. Sous n'importe quel prétexte, à n'importe quel prix. Et la victoire, enfin.

Une guerre dérisoire. Elle voyait très nettement venir la suite : Héronnier la retrouverait, lui proposerait un bon prix. Elle refuserait. Il ferait grimper son offre. Elle refuserait encore. Le loup finirait par sortir du bois. Le loup : son fils. Qui mangerait l'autre? Et pourquoi Lambert tenait-il tellement à ces terrains? Que cherchait-il, sinon le plaisir de la faire céder? Et pourquoi le cherchait-il?

D'ordinaire, face à un concurrent dont elle ne saisissait pas la manœuvre, Marthe se contentait d'attendre. « Laisse venir et fais l'imbécile », telle était sa devise, « on finit toujours par trouver le défaut de la cuirasse. » Cette fois-ci, plus que toute autre, elle aurait dû rire, tant il était clair que Lambert allait droit à sa perte, en se compromettant avec les Allemands pour construire des immeubles qui seraient menacés jusqu'au retour de la paix. Mais aujourd'hui, c'était son fils qui se dressait sur son chemin; et c'était elle, sa mère, le défaut de sa cuirasse.

Une fois encore, Marthe a trouvé la force de laisser venir son ennemi. Mais elle n'a pas pu rire. Elle s'est prise au jeu. La mort dans l'âme, elle a décidé de se battre, et de gagner.

Le soir où Marthe est rentrée de Tours, Nine s'est étonnée de la voir s'avancer dans l'entrée d'un pas hésitant. Elle l'a crue malade, elle a lâché son tricot. Elle a couru jusqu'au vestibule : « Elle s'est cognée plusieurs fois à des meubles », a-t-elle raconté, « on aurait dit qu'elle ne savait plus où elle était ». Puis elle a remarqué son regard sombre, son front creusé de soucis. Elle s'est approchée d'elle : « Tu n'as pas fait bon voyage, on dirait », a-t-elle hasardé. Marthe n'a rien répondu. Ses mains tremblaient. Elle a jeté son chapeau sur un fauteuil, elle s'est assise à son bureau. Elle s'est pris la tête entre ses mains. Elle est restée un long moment sans bouger, sans même enlever son manteau. Nine a pensé qu'elle pleurait. Quand Marthe a enfin relevé la tête, elle avait le visage serein, comme si elle venait de prendre une grande décision. Elle ne tremblait plus, elle paraissait parfaitement maîtresse d'elle-même. « Je te raconterai tout ça plus tard », a-t-elle lâché avant d'aller se coucher. Nine a pensé qu'elle ne lui dirait rien, que c'était un mot pour se débarrasser d'elle. Le lendemain, contre toute attente, Marthe lui a raconté ce qu'elle avait appris à Tours, « l'histoire des terrains », comme elle n'a plus cessé de l'appeler.

Nine a été très surprise de ses confidences. Elle a eu l'impression que Marthe cherchait une alliée – un témoin, peut-être. Marthe parlait de son fils comme elle l'aurait fait de n'importe quel rival, avec le plus absolu détachement, sans pitié pour lui, sans pitié non plus pour elle-même. Elle s'interdisait de le haïr aussi bien que de l'aimer. On aurait dit qu'elle avait décidé d'oublier qu'elle était sa mère.

Tous les soirs jusqu'à la fin de l'hiver, Nine la vit se préparer de grandes tisanes de fleur d'oranger, qui ne durent lui être d'aucun effet, à en juger par les grandes ravines violettes qui commencèrent à lui griffer le pourtour des yeux. Elle devait passer ses nuits à retourner cette affaire dans tous les sens, à chercher sans relâche à élucider cet insondable mystère, la haine d'un enfant. Si elle a jamais pleuré à ce moment de sa vie, Marthe, ce fut de ces larmes intérieures plus amères que les autres, parce qu'elles ne coulent pas. Plus que jamais, son implacable mémoire la tourmentait. Détail après détail, elle retrouvait tous les moments de l'enfance de Lambert, ces mois où leurs deux corps avaient vécu dans la plus étroite connivence. Plus nettement que sur n'importe quelle photo, elle le revoyait dans son maillot, au fond de son berceau, elle revivait la lumière de ses premiers sourires, ces minutes miraculeuses qui avaient eu le pouvoir d'effacer tous ses griefs contre Hugo, sa condition de prisonnière, à la merci des Monsacré. A plus de quarante ans de distance, Marthe crut sentir à nouveau sous ses doigts la peau fraîche et translucide de son fils nouveau-né, jusqu'à la souplesse effrayante de sa fontanelle, qui mit si longtemps à se fermer, à se couvrir de cheveux. Quand approchait le matin, à l'heure où les brouillards descendaient lentement le long du cours annelé de la Luisse, elle finissait par tout confondre, les babillages de Boris et ceux de son père, la mort d'Anaïs et celle du premier Lucien. Un fantôme les reliait constamment aux autres : celui de Cellier. Elle le revoyait toujours sur la terrasse d'Orfonds, qui souriait devant son verre où pétillait le Vouvray. Elle se répétait sans cesse : c'était une faute, ce jour-là, la seule faute que j'aie commise. A cet instant, pourtant, elle aurait donné sa fortune pour la commettre encore, ou simplement pour revoir Cellier, une journée seulement, ou même une petite heure. Elle essayait d'imaginer ce qu'il faisait au même instant, elle le voyait souvent sur un bateau, au bout du monde, à la façon dont elle voyait le bout du monde, une sorte de paradis intermédiaire entre les métropoles américaines et les îles du Pacifique Sud. Sa mémoire s'emballait, se brouillait, elle finissait par flotter dans un demi-sommeil, plus épuisant encore que la veille. Elle se redressait dans son lit. Avec une impitoyable régularité, elle allait alors buter contre son pire souvenir, celui du jour où Lambert s'était brûlé. Le matin était là. Une fois encore, il fallait l'affronter.

Cette réminiscence dut tourner à l'obsession, car deux mois après son voyage à Tours, Marthe prit Vernon à part, un dimanche, et lui demanda tout à trac pourquoi la blessure de Lambert avait mis si longtemps à guérir. Vernon se perdit en explications embrouillées, puis choisit d'avouer son ignorance. « Est-ce que je sais... On n'avait pas les médicaments d'aujourd'hui. Il y a si longtemps... Et ça ne l'a pas empêché de réussir, votre petit Lambert... » « Réussir, réussir... » gronda Marthe. Vernon s'en alla très vite, ce dimanche. Un mois plus tard, lors d'un autre déjeuner dominical, Vernon remarqua qu'elle avait beaucoup maigri.

Il s'en aperçut à l'instant de son arrivée. Marthe attendait à sa place habituelle, à son bureau, devant son éternel plateau de ratafia de cerises. Elle ne le vit pas venir. Elle caressait une statuette, un jeune chasseur souriant qui bandait son arc, la version moderne d'un bronze antique, bien dans le goût de Cellier : un de ses cadeaux, sans doute, du temps de leur liaison.

Vernon passa devant Elise. Un rayon de soleil traversa les rideaux. Il n'osait pas parler. Marthe était toujours perdue dans ses pensées, ses calculs. Il se figea au centre de la pièce, comme retenu par une crainte religieuse. Elle ne bougea pas davantage.

Il eut alors le temps de noter une ressemblance étrange, entre la figurine de métal sombre, et les traits de Marthe tirés par l'insomnie. Dans le contre-jour de ce midi hivernal, la lumière se figeait aux mêmes endroits, là où se ramassaient les muscles. Sur les cuisses du chasseur, ses avant-bras coulés dans la matière inerte, et le tissu vivant du visage de Marthe, elle dessinait les mêmes polissures, de longues traînées brillantes, qui suivaient fidèlement le dessin de la crispation. La différence, c'était que sur les traits fatigués de Marthe, la lumière paraissait intensément vivante. A l'angle de ses mâchoires venait régulièrement saillir une petite boule olivâtre, d'une fermeté extraordinaire, où semblait s'être concentré ce qui lui restait d'énergie.

CHAPITRE 55

La première décision de Marthe concerna son testament. Elle se rendit chez Chicheray. Elle n'avait pas pris rendez-vous. Dès que le notaire apprit qu'elle était là, il expédia son précédent visiteur. Il avait grossi, il avait de plus en plus de mal à se déplacer. Il se leva néanmoins pour accueillir Marthe. Il s'étonna de sa froideur. Il la comprit beaucoup mieux lorsqu'elle lui annonça, sans préambule, qu'elle venait pour corriger son testament. Il eut alors la phrase à laquelle elle s'attendait :

– Voyons, Marthe, ce n'est pas raisonnable...

Le col de Chicheray devait le serrer, il n'arrêtait pas d'y passer la main. Il poursuivit d'une voix altérée, comme étouffée d'émotion, ou de curiosité :

– ... Vous n'allez pas me dire...

– Je n'ai rien à vous dire. Sinon que je veux refaire mon testament.

– Par les temps qui courent...

– Justement, par les temps qui courent.

Chicheray s'empara de son porte-plume, en fit rouler le manche entre ses paumes : le même geste que le vieux Chicheray, autrefois, à cette même place. Il était devenu aussi poussif que son père, il se réfugiait dans les mêmes gestes lents et inutiles, pour attendre le moment où sa proie serait mûre.

Sur le porte-plume, un peu d'encre humide était restée à la jonction de la plume et du manche. Elle tacha légèrement son index. Il l'essuya avec précaution sur le grand buvard blanc qui recouvrait son bureau.

– M. Cellier, n'est-ce pas, c'est ça qui vous chiffonne?

C'était à la fois une question et une insinuation. Sur son cou, là où sa chemise l'irritait, une grosse artère se gonflait. Le réseau de vaisseaux couperosés qui parcourait son goitre se dilatait au même rythme. Il répéta :

– M. Cellier...

– Je vous en prie.

Il soupira :

– Vous faites bien. Il vaut mieux oublier.

– Il n'y a rien à oublier. Ce qui est fait est fait.

– Bien entendu. Mais pourquoi voulez-vous corriger votre testament?

– Vous savez bien que les femmes sont capricieuses.

– Pas vous, Marthe.

– Je suis bien comme les autres, allons.

Chicheray se redressa sur son siège :

– Enfin... Commençons par dresser un état de votre patrimoine. Il va falloir réfléchir, avant de...

– C'est tout réfléchi.

– Certainement. Mais il ne faut rien faire à la légère, en ce moment. Les choses ont changé, avec la guerre.

– Quelles choses?

Il eut un petit geste du côté du mail, là où défilait, plusieurs fois par jour, la garnison allemande qui surveillait les ponts. Marthe sourit :

– Mais j'attends, justement, mon cher Antoine, j'attends... Je n'ai plus envie de rien acheter. Ni de rien vendre, d'ailleurs.

– Même pas...

– Même pas les terrains de Tours.

Chicheray avait beau connaître Marthe, il fut surpris qu'elle ait pris si vite l'offensive. Il posa son porte-plume sur le buvard.

– Evidemment. Mais tout de même, cela mérite réflexion.

– Je vous l'ai déjà dit, c'est tout réfléchi.

– Et... les biens que vous possédiez avec M. Cellier? Vous avez dû perdre beaucoup d'argent...

– Depuis le temps que vous me connaissez, vous m'avez vue perdre de l'argent?

Sur le cou enflammé de Chicheray, la grosse artère se dilata encore. Du plat de la main, il se mit à caresser son buvard. Il n'osait plus la regarder.

– Vous vous souvenez bien, poursuivit Marthe, quand nous avions vendu l'usine... Mais je ne vous l'ai peut-être pas raconté. C'est vrai qu'on ne s'est pas beaucoup vus, vous et moi, depuis le temps. Avec les liquidités, Cellier et moi avons acheté des brevets. Au moment de la guerre...

– Il les a emportés!

– Détrompez-vous. C'est moi qui les ai.

– En lieu sûr, j'espère?

– A Vallondé, dans mon coffre. Ils sont à mon nom.

Chicheray hocha la tête d'un air entendu, tenta de sourire. Là où son col le serrait, de petites gouttes de sueur affleuraient, suivaient le dessin filiforme des veinules. Le moment n'allait pas tarder où il allait découvrir son jeu.

– Pour les terrains, Marthe...

– Je les lègue à Elise.

– Il vaudrait mieux construire.

– En pleine guerre? Vous avez perdu la tête.

– Vendez-les.

– Jamais de la vie.

– D'autres que vous peuvent avoir envie de construire.

– Les Allemands? Ils ont d'autres chats à fouetter.

– On va bien finir par vous faire des propositions.

– Allons donc. Les gens ne sont pas si bêtes.

Le carillon de la cathédrale se mit à sonner. Chicheray attendit qu'il eut égrené tous ses coups, puis il se leva, se dirigea vers la fenêtre, souleva le rideau, comme chaque fois qu'il réfléchissait. Une voiture militaire allemande traversa rapidement le mail.

– Ils sont énervés, on dirait, observa Marthe.

– Les ponts... Il y a eu des sabotages, sur la ligne de chemin de fer, du côté de Blois. Enfin... Qui peut prévoir comment les choses vont tourner...

– Alors justement, je les garde, mes terrains.

– Et si jamais une offre intéressante...

– Une offre intéressante, en ce moment!

– Pourquoi pas?

– Vous voulez me les acheter?

Elle plissa les yeux. Comme par réflexe, Chicheray saisit une feuille, trempa sa plume dans son encrier, commença à tracer quelques lettres et laissa tomber, tout en écrivant :

– Les Allemands pourraient vous exproprier. Nous ne sommes plus chez nous.

– Je voudrais voir ça!

La réplique avait été si sèche que Chicheray sursauta. Il avait les mains moites, sa plume dérapa sur sa feuille. L'encre gicla. Marthe y pointa aussitôt le doigt :

– Pourquoi n'avez-vous jamais utilisé de stylo à plume? Savez-vous qu'il en existe d'excellents? On ne se tache plus les doigts, on ne...

– L'habitude, que voulez-vous, l'habitude...

Il continuait à griffonner, quelque chose comme *« Pour le testament de Madame Marthe Monsacré, née Ruiz »*, ou *« Dispositions concernant la succession de Madame Monsacré. »* Elle avait pris depuis longtemps l'habitude de lire à l'envers les notes que prenait Chicheray pendant leurs entrevues, mais cette fois-ci elle n'arriva pas à les déchiffrer, tant son écriture était devenue nerveuse. Il y eut une seconde tache, puis une troisième, avec une myriade de points d'inégale grosseur. De loin, ils dessinaient comme une grappe. Chicheray les contempla un instant, les sécha, puis chiffonna la feuille et la jeta dans sa corbeille. Il allait en saisir une seconde quand Marthe se leva :

– On verra plus tard, dit-elle.

Au prix d'un effort qui parut considérable, Chicheray la suivit jusqu'à la porte. Son bras pesant s'abattit sur son épaule :

– Plus tard, plus tard... Moi je ne connais qu'un mot qui rime avec *testament*, ma chère Marthe. C'est *maintenant*.

– Vous me trouvez mauvaise mine?

– Voyons!

– Il faut que je réfléchisse.

– Vous m'avez dit tout à l'heure que c'était tout réfléchi!

– Vous m'avez brouillé les idées, avec vos histoires de terrain...

Elle s'interrompit. Elle portait un chapeau à voilette, un modèle qu'elle avait acheté à Paris, juste avant la guerre. Il avait encore assez belle allure. Elle avait repris l'expression tendue, l'allure un peu raide qu'elle avait en entrant dans le bureau du notaire. Elle rabattit la voilette sur ses yeux, avant de lui lâcher, comme elle disparaissait dans l'entrebâillement de la porte :

– Qu'est-ce que je deviendrais sans vous, mon brave Antoine...

CHAPITRE 56

Dès le lendemain, à l'appel de Madeleine Roseroy, plus digne et plus sèche à mesure que son mari engraissait, toutes les fenêtres de Rouvray étaient mobilisées, à l'affût comme jamais des moindres faits et gestes de Marthe Monsacré. On eut très vite de quoi se mettre sous la dent. Le surlendemain de sa visite à Chicheray, on la vit prendre le train de Paris. Elise l'accompagnait. On se perdit en conjectures sur le contenu de la petite valise que portait Marthe. Elle ne paraissait pas bien lourde, mais elle ne la lâcha sous aucun prétexte, même au moment où il lui fallut franchir le marchepied du train. Quand les deux femmes revinrent, trois jours plus tard, c'était Elise qui la portait.

Comme il fallait s'y attendre, ni Elise, ni Marthe ne laissèrent filtrer la moindre indication qui pût éclairer quiconque sur les raisons de ce voyage à Paris. On soupçonna qu'il était en rapport avec les projets testamentaires de Marthe Monsacré. Tout le monde à Rouvray s'accorda sur un point : Marthe avait bien meilleure mine, au retour de son escapade. Quant à sa fille, elle *« faisait l'importante »* : manière de signifier, à Rouvray, qu'elle ressemblait à sa mère, qu'elle avait l'air décidée. « Les chats ne font pas des chiens », conclut-on unanimement, en contradiction avec les propos tout aussi unanimes qu'on avait tenus sur son compte jusqu'à ce jour : on disait souvent qu'Elise était un peu folle, qu'elle tenait de son père, le beau Rodolphe qui s'était noyé en partant aux colonies. Du coup, certains allèrent jusqu'à suggérer que les deux femmes étaient allées à Paris pour *« voir des hommes »*. On reparla de Cellier. Les esprits les plus romanesques se risquèrent à insinuer qu'elles le gardaient caché.

De fait, les deux femmes s'étaient rendues rue des Belles-Feuilles. Marthe avait déposé le contenu de la petite valise dans le coffre-fort extravagant aménagé dans la cuisine par le marchand de viande argentin, derrière l'un des compartiments de son monumental réfrigérateur. Elle y entreposa tous ses titres de propriété, les brevets qu'elle tenait de Cellier, la petite cassette qui l'avait suivie depuis sa naissance, avec le portrait de sa mère et la montre à monogramme. L'appartement était resté dans l'état où elle l'avait quitté en juin 40. Il était poussiéreux, mais rigoureusement rangé, en dehors de quelques journaux abandonnés sur un canapé, dont les gros titres criaient encore à la victoire. Tout l'attestait, Cellier n'y était jamais revenu. Marthe en fut curieusement soulagée. Un soir, pourtant, elle céda à la tentation de chercher son odeur, dans le placard où il rangeait ses vêtements. Sa garde-robe s'y trouvait au grand complet, notamment les vestes de cheviotte contre lesquelles elle aimait à se frotter le nez, du temps où ils étaient amants. Elle souleva la housse, approcha son visage des fibres brunes. Elle réussit à s'en détourner avant de les avoir effleurées.

A plusieurs reprises, elle fit part à Elise de sa satisfaction de retrouver l'appartement en ordre. « Il faut que tout reste en l'état, en attendant. » En attendant quoi? faillit lui demander sa fille. Elle s'en abstint. En cette époque sinistre, il suffisait sans doute d'attendre pour avoir l'impression de vivre.

Un seul point froissa Marthe : deux mois plus tôt, une petite inondation s'était produite chez un voisin. Le concierge était venu inspecter l'appartement, vraisemblablement à la recherche de tuyauteries défectueuses. Il avait dégagé une trappe dans le plafond de la cuisine et mis à jour un faux plafond. Dans le grand espace vide qu'il avait découvert, ne courait qu'un vieux fil électrique. Il n'avait pas refermé la trappe. Marthe voulut la remettre en place. Elle n'y parvint pas. Elise s'y essaya à son tour, sans plus de succès. Elle se résigna à la laisser ouverte. Chaque fois qu'elle entrait dans la cuisine, elle levait les yeux vers la trappe et soupirait d'un air excédé. Elle finit par se résoudre à appeler un menuisier. Il ne vint jamais au rendez-vous.

Des trois jours qu'elles passèrent à Paris, Marthe ne souffla mot à sa fille des manigances de Lambert à propos des terrains. Elise les connaissait par Vernon. Bien avant que Marthe elle-même n'en fût informée, la rumeur s'était chargée de les lui apprendre. C'était cela aussi, la famille Monsacré : savoir que l'autre savait, ne rien dire, se borner au langage des actes, pour signifier quel camp on avait choisi, et quelle guerre on menait. Elise ne manifesta aucune émotion particulière lorsque Marthe ferma le coffre, pas plus qu'elle n'en avait marqué quand sa mère l'avait appelée à Mortelierre, pour lui demander de l'accompagner à Paris. Elle s'étonna simplement qu'elle ne préférât pas garder ses documents dans une banque, ou chez un autre notaire, un Parisien, par exemple, qui ne connaissait rien des intrigues de Rouvray.

– Un notaire! s'écria Marthe. Après ce que j'ai vu de Chicheray! Et les banques, avec la guerre... A qui faire confiance, par les temps qui courent...

Elle ferma le coffre, rabattit la porte du réfrigérateur. Elle avait des gestes précautionneux, malhabiles; comme si toucher à l'argent, devant sa fille, ou même à ces paperasses compliquées qui représentaient l'argent, était un geste scabreux, une inévitable obscénité.

Elise restait en retrait, retenue, elle aussi, par une pudeur inexplicable. Elle brûlait de savoir ce qu'étaient ces papiers, mais elle n'avait pas la force de lui demander des explications. Elle n'osa pas non plus regarder sa mère en face, quand elle risqua :

– Mais si Paris est bombardé...

– Rouvray sera bombardé avant Paris, ma pauvre fille. Les ponts...

– Et la combinaison du coffre? Si jamais...

– Il n'y a pas de *si jamais*. J'aurai toujours le temps de me retourner.

– On dit ça, et puis...

– Puisque je te le dis.

– Ecoute...

– Tais-toi. Je ne céderai pas. C'est comme pour ton frère. Souvent, pour mieux donner, il ne faut pas donner.

Ce fut la seule allusion, brève et énigmatique, que Marthe fit au conflit qui l'opposait à Lambert. Elle s'était redressée. Comme d'habitude, elle voulait faire de son corps un rempart contre toutes les menaces, elle tentait de museler la peur qui la prenait à la simple idée du lendemain – cet avenir qu'elle avait si allègrement affronté jadis, modelé même parfois de son impitoyable volonté. Des années de ténacité pour en arriver là : quelques papiers entassés avec fièvre au fond d'un coffre dissimulé dans un appartement désert qui sentait la poussière, à la lisière d'une capitale engourdie dans la malsaine léthargie de la guerre.

Son corps à présent trahissait Marthe : elle avait beau se forcer, rejeter les épaules en arrière, comme elle avait toujours fait, le souffle lui manquait, elle flottait dans son tailleur, les fronces de son corsage s'affaissaient le long de sa poitrine amaigrie. Elle sentit qu'Elise l'observait. Elle se retourna vers le corridor qui menait à la chambre de Cellier, une petite galerie entièrement ornée de trophées gagnés dans des rallyes ou des tournois de tennis. Elise la regarda s'éloigner dans le couloir où brillait le métal un peu terni des coupes. D'un seul coup, à ce moment-là, elle n'a plus eu honte de sa mère. Sans trop savoir pourquoi, elle a su qu'elle prendrait la suite.

CHAPITRE 57

A son retour à Rouvray, en ce mois de février 1942 où les lettres de dénonciation les plus diverses affluaient dans les commissariats de la zone occupée, Elise ne se sentit pas différente de ce qu'elle était depuis le début de la guerre : une infirmière, une nourrice. Rien ne l'intéressait plus que la souffrance universelle. Elle s'y perdait, s'y noyait. De loin en loin, elle s'effondrait dans un fauteuil, contemplait ses mains rougies par ses longues courses dans le froid, abîmées par les travaux ménagers que les restrictions imposaient aux femmes les plus aisées. Et pourtant elle n'était presque jamais fatiguée.

Les premières années de son mariage, elle avait cessé de travailler. Mais peu après sa rencontre avec von Platten, elle avait eu l'idée de fonder un dispensaire à la mairie de Vallondé. On l'avait appréciée, on lui avait demandé de venir ici ou là faire une piqûre, assister une femme en couches. Bientôt, elle n'avait plus cessé de parcourir la campagne, au volant d'une belle Hotchkiss offerte par Vernon. D'avoir été enfin associée aux mystères de Marthe fit redoubler son allant. Mais cette joie même lui sembla peu de chose, à côté de l'énergie puissante que son mari avait réveillée en elle, dix mois plus tôt, quand il s'était résolu à lui faire partager ses propres secrets. En avril 1941, Vernon s'était engagé dans un petit réseau de résistance. Pendant l'exode et les bombardements, il avait connu de grands moments d'exaltation, à l'idée que le Val endormi depuis plus de trois siècles avait enfin retrouvé la fièvre de l'Histoire. Après la défaite, on avait défini le tracé de la ligne de démarcation. Plus que jamais, la Loire faisait du Val une contrée ambiguë, insaisissable : la frange de terres incertaines qui sépara, jusqu'en novembre 1942, l'évidence de la barbarie et l'illusion de la liberté.

Comme tant d'autres avant eux, les Allemands s'étaient laissé prendre à la douceur du pays. Dans les ateliers de ses villes paisibles, Blois et Vendôme, Tours ou Romorantin, ils croyaient pouvoir mettre au point en toute sérénité les précieuses pièces de leur machine de guerre, bombes et moteurs d'avion. A Tours, les anciennes usines de Marthe et de Cellier tournaient maintenant pour la Luftwaffe. A côté des rumeurs sur les sabotages entrepris par la Résistance, des murmures circulaient sur certaines villas tranquilles de Tours et de Blois, où officiait la Gestapo. Vernon s'efforçait de ne pas y penser. Il s'obligeait à se concentrer sur sa mission : à la faveur de visites chez de pseudo-malades, il recueillait et transmettait des renseignements sur les activités des ateliers qui travaillaient pour les nazis. Sa contribution, parfois, lui paraissait très mince. Comme à tant d'autres résistants, elle lui avait néanmoins révélé une joie inconnue : le plaisir de tromper et de dissimuler.

A la fin de l'année précédente, un événement curieux s'était passé aux grilles de Mortelierre. Tentés par les sous-bois giboyeux du coteau, deux officiers allemands s'avisèrent d'y chasser. Dans des circonstances qui ne furent jamais éclaircies – sans doute accidentelles, car toute agression par un Français aurait donné lieu à des représailles immédiates – le plus âgé d'entre eux se blessa à la jambe. Son compagnon courut chercher du secours chez Vernon. Il fallut lui injecter de la morphine. Ce soir-là, comme de plus en plus souvent, Vernon était fatigué. Il confia à Elise le soin de faire la piqûre. Dans la confusion où l'avait jeté son état, l'officier blessé la prit pour une parente – à moins qu'il n'ait été frappé par sa rare blondeur. En tout cas, dans les semaines qui suivirent, il exigea d'être soigné par Elise, dans le château que l'état-major allemand avait réquisitionné de l'autre côté de la Loire, à une dizaine de kilomètres du Grand Chatigny.

Elise prit donc l'habitude de passer le pont sans encombre, dans sa 11 CV chevaux Hotchkiss équipée d'un gazogène. Les soldats qui surveillaient la Loire s'accoutumèrent aussi à la voir traverser le fleuve. Au bout de quelques jours, ils ne lui demandèrent plus ses papiers. Elle profita de ses allées et venues pour soigner des habitants isolés dans les forêts et les varennes qui séparent la Loire et le Cher. Vernon raconta l'anecdote au médecin de Tours qui dirigeait son réseau. Ils eurent la même idée : se servir de cette opportunité pour organiser des passages. Une filière venait d'être démantelée à La Chapelle-Blanche, les deux ecclésiastiques qui la dirigeaient avaient été déportés. Il était urgent de la reconstituer.

Situé juste avant le pont, à l'abri de ses bois, Mortelierre représentait une halte idéale. Au Moyen Age, le domaine avait été une maison forte, la dernière défense avant la Loire. De cette époque troublée, il avait gardé un étonnant réseau de grottes. Vernon les avait explorées une vingtaine d'années plus tôt. Il avait rédigé un opuscule où il avait dressé leur plan, esquissé les grandes lignes de leur histoire supposée. D'après lui, l'enfilade de boyaux débouchait sur l'autre versant du coteau, au fond d'un bosquet envahi par les acacias, à un lieu-dit nommé la Jugeraie, qui dominait le fleuve. Il n'avait pas poussé ses reconnaissances jusque-là, mais il prétendait détenir la preuve que les souterrains de Mortelierre avaient servi plusieurs fois de refuge, notamment pendant les guerres de Religion. Il y avait découvert des graffiti, des balles de plomb, d'anciens silos, et même des anneaux scellés dans la pierre, qui avaient servi à attacher le bétail. Sous le Directoire, quand le domaine avait été agrandi, l'ouverture des grottes avait été dissimulée aux regards par la construction d'une serre et d'une petite orangerie. Seuls les fermiers voisins et le garde-chasse en connaissaient l'existence, et encore de manière très vague, par des on-dit, des récits nébuleux, quasiment légendaires, transmis naguère par leurs parents. On pouvait donc y accéder en toute sécurité. Il suffisait d'emprunter les chemins forestiers, guère surveillés par les Allemands. Il était même possible d'entrer dans les souterrains sans être jamais vu de la maison, si on prenait soin d'arriver par les bois, et d'entrer dans l'orangerie par une petite porte latérale, elle-même dissimulée sous la végétation.

Dans l'esprit de Vernon, les grottes devaient servir à abriter les voyageurs une ou deux nuits, le temps qu'ils se reposent et qu'il leur fournisse de faux-papiers. En tant que maire de Vallondé, il possédait les cachets et les imprimés nécessaires. La suite serait à la fois très simple et très rocambolesque : Elise ferait passer le voyageur dans le coffre de la Hotchkiss. Le passage n'excéderait pas une demi-heure. Il n'y faudrait que du sang-froid.

Vernon mit un bon mois avant d'en parler à sa femme. Il ne savait pas comment aborder l'affaire. Il se décida un soir de décembre, dans son bureau, à l'heure de la radio anglaise. Il s'égara dans des explications embrouillées, des justifications maladroites. Elise l'écouta posément, sans jamais l'interrompre. Puis, comme Vernon continuait de s'empêtrer, elle tourna d'autorité le bouton de la radio. « Je t'aiderai », dit-elle, puis elle sortit du bureau.

Elle n'avait rien proposé, rien demandé, elle avait parlé comme si la chose allait de soi, comme si elle savait tout, déjà, de ce qu'il attendait d'elle. A l'instant où Vernon lui avait confié ses secrets, elle lui avait dit *oui* en silence, de tout son être, sans la moindre condition. Du long hiver, de l'été sans joie qui précédèrent la terrible année 1943, elle n'arrêta plus de lui redire ce *oui*.

Enfin elle ne se sentait plus de trop. Les malades qu'elle soignait d'un bout à l'autre de l'année, les hommes et les femmes égarés qu'elle contribuait, avec d'autres, à faire passer de l'autre côté de la ligne de démarcation, ces hommes-là, indifféremment, étaient tous ses enfants. Elle n'avait guère que trois ou quatre « *clients* » par mois, comme Vernon surnommait les voyageurs fatigués qu'il hébergeait à Mortelierre. Des semaines plus tard, alors que Vernon les avait oubliés, Elise revoyait leur visage, elle s'endormait en entendant indéfiniment leur merci. Plus fréquemment encore, elle se souvenait de leur reconnaissance muette, plus forte que n'importe quel mot, qui s'exprimait par des gestes à peine perceptibles : une simple pression des doigts sur les siens, au moment de la séparation. Un mouvement discret de la tête, un regard éperdu, dilaté par l'espoir.

Le « voyage », comme on l'appelait, se déroulait toujours selon le même rituel : Elise traversait le pont sur le coup de neuf heures. Le client était pelotonné au fond de sa malle. Un kilomètre après le pont, elle quittait la route, pénétrait dans la cour d'une petite bâtisse de briques rouges, un logement de garde-chasse, où habitait l'un des pseudo-malades du réseau de Vernon. Elle se garait derrière le bâtiment, déverrouillait le coffre, pénétrait dans la maison. Le client sortait tout seul. Après quelques secondes d'hésitation, il reconnaissait devant lui le mur jaune et la petite porte verte dont Elise lui avait parlé, juste avant le départ de Mortelierre. Il la poussait. Derrière la porte l'attendait un autre passeur, qui allait le guider le long d'autres sentiers, à travers d'autres rivières, jusqu'à un deuxième pont, à Bléré-la-Croix, sur le Cher, où il franchirait la ligne de démarcation. Elise n'avait jamais demandé comment se déroulait la suite du voyage. Elle se contentait de sa condition de relais, de maillon. Le silence chez elle n'était pas un effort, remarquait Vernon, elle était comme sa mère, elle savait cacher son jeu. C'était un don. Même s'il se révélait tardivement, elle s'en servait aux mêmes fins que Marthe : la survie, la simple et élémentaire survie.

Certains jours, Vernon en arrivait à la trouver effrayante, tant elle mêlait avec brio la vérité et le mensonge. Quand il la voyait partir à bicyclette pour sa tournée quotidienne, sa mallette d'infirmière amarrée derrière sa selle, il en frissonnait. Qui aurait pu imaginer qu'elle pensait à autre chose qu'aux enfants qu'elle s'apprêtait à gaver d'huile de foie de morue, aux vieillards qu'elle allait réconforter? Amaigrie par les privations et le manque de sommeil, durcie par ses matinées passées à pédaler, passant le pont dans sa Hotchkiss ou changeant les pansements des douairières alitées sous leur crucifix et le portrait du Maréchal, Elise rayonnait toujours de la même allégresse. Elle n'avait qu'une seule faiblesse, aux yeux de Vernon : elle détestait les grottes. Quand il fallait y accompagner les « clients », elle s'arrêtait à l'entrée, tentait quelques pas, puis rebroussait chemin entre les plantes de la serre, comme saisie d'une crainte religieuse. Vernon avait tenté de la guérir de sa phobie, il l'avait poussée à plusieurs reprises vers l'enfilade des boyaux. « Il le faut, Elise. Si jamais... » « Avec tes *si jamais*, tu vas nous apporter la poisse », répliquait-elle toujours. Elle se sauvait, errait un long moment entre les plantes, le souffle court. Après trois ou quatre tentatives, Vernon renonça.

Il ne faut pas réveiller l'eau qui dort, se dit-il, comme toujours. Pour la première fois de sa vie, il s'estimait heureux. C'était un bonheur qui lui venait sur le tard, une joie parasite, née de la tragédie universelle. Mais une joie quand même. Il l'acceptait sans barguigner. Peut-être soupçonnait-il qu'elle ne durerait pas, peut-être devinait-il que ses échanges avec Elise, dans cette singulière intimité que créait l'Occupation – rideaux tirés, lampes voilées, corps si souvent emmitouflés –, n'auraient qu'un temps, celui de la guerre, celui de leur complicité contre l'occupant. Souvent, le soir, après l'heure de la radio anglaise, ils aimaient à recouper ce qu'ils avaient appris pendant la journée, ils faisaient le point des rumeurs indécises, souvent inabouties, qui travaillaient lentement le pays : le nom d'un épicier de Tours qui avait du savon, une nouvelle interprétation des prédictions de Nostradamus, où l'on voyait la fin de la guerre pour la fin de l'année. Ils aimaient prolonger ce moment où ils n'étaient plus ni le docteur Vernon ni Elise Monsacré, mais les pseudonymes qu'ils s'étaient choisis en prenant le parti de l'ombre : *Epi*, pour Elise, à cause de sa blondeur, *Marcou*, pour son mari, du nom des guérisseurs. Ils en oubliaient les renoncements, les malentendus qui les avaient conduits à unir leurs deux vies. Ils n'étaient plus que deux voix en répons sous la lampe voilée, parfois tristes, parfois malicieuses : le dialogue simple d'humbles combattants. D'un accord tacite, leur conversation s'arrêtait toujours au premier mot qui, par une série d'enchaînements qu'ils s'efforçaient de voir venir de loin, les aurait menés à évoquer, même à mots couverts, la guerre sournoise qui opposait Marthe et son fils. Pour ne rien gâcher de l'exaltation de ces instants hors du commun, pour prolonger le tête-à-tête entre Epi et Marcou, ils allaient jusqu'à éviter de prononcer le seul nom du Grand Chatigny.

On n'y appelait plus jamais Vernon. Pourtant, à ce qu'il avait appris par l'un des pharmaciens de Rouvray, Lambert était à nouveau malade. Il se soignait maintenant à sa façon, engloutissait les opiats les plus divers, des sels miraculeux fabriqués par des pseudo-révérends, des sirops bizarres, qu'il se procurait à prix d'or. Quant à Tania, elle ne sortait plus du château. Depuis que la correspondance avait été strictement limitée à des cartes postales, elle ne recevait plus de courrier, sinon des petits mots très convenus de Marina. Sa sœur s'était arrêtée à Bordeaux. Elle y avait découvert que le souvenir de Kristöf Dolhman était resté vivace chez les négociants et les maîtres de chais. Elle s'était entichée du propriétaire d'un prestigieux Médoc, sagement replié sur ses vignobles depuis l'Occupation. Par des ressources dont on ignorait encore la nature, le châtelain lui avait fait passer le goût de von Platten et de la psychanalyse viennoise. Marina n'avait jamais raconté ce qu'était devenu son aristocrate allemand. Peut-être n'en savait-elle rien elle-même. Par nécessité ou par choix, ses cartes postales n'étaient guère prolixes. Elle demandait parfois des nouvelles des enfants. Tania lisait ses courriers d'un air étrangement détaché. Elle confiait le soin de répondre à Léon Fatal. Avec son scrupule habituel, il rédigeait quelques petites phrases anodines et cérémonieuses sur les cartes postales réglementaires. Tania les signait sans les lire. Comme sur ses toiles, son parafe était de plus en plus sommaire.

Jusqu'en novembre 1942, pour tous ceux qui entrèrent au Grand Chatigny, rien ne laissa prévoir les événements qui allaient suivre. Vernon, si perspicace d'habitude, se laissa lui-même endormir par les apparences. Il est vrai qu'il n'apparaissait plus chez Lambert qu'à l'occasion du rituel obligé des réunions de famille; et il faut bien avouer que depuis l'Occupation, Elise et lui s'y rendaient sans réticence, car la table de Lambert, naguère excellente, était restée plus qu'honorable, grâce aux braconnages de Léon Fatal, qui passait dans les bois le plus clair de son temps. Les Allemands avaient réquisitionné les fusils. Fatal chassait le lapin au furet, silencieux, solitaire, comme en tout. Il avait déniché chez un libraire un vieux recueil de recettes exclusivement consacrées à l'accommodement du lapin. Puis il avait réussi l'exploit encore plus brillant d'être toléré à l'office par Solange, la cuisinière de Lambert, un très fin cordon-bleu. Grâce à son précieux recueil, Fatal parvint à lui en remontrer en matière de pâtés, civets, marinades, rôtis, salmigondis, fricassées, gibelottes et carbonades, tous à base de lapin. Boris en était particulièrement friand. Sans les restrictions de l'Occupation, il serait vraisemblablement devenu obèse. Il n'arrêtait pas de se plaindre de la logeuse de Tours chez qui son père l'avait installé quand il avait entrepris ses études de médecine. Il n'était pas rentré au Grand Chatigny qu'il se mettait à crier famine. Lambert était émouvant, ces dimanches-là, au moment du dessert, quand il sortait de sa poche, comme un trésor inestimable, de longues barres de chocolat enveloppées dans du papier doré. Il les plaçait toujours devant l'assiette de son fils aîné. Malgré ses dix-huit ans et son corps d'homme, Boris les attendait avec une convoitise enfantine. Tania partageait le chocolat entre ses deux fils avec une application désarmante. Elle était pâle et amaigrie, remarqua souvent Vernon; mais qui ne l'était pas à l'époque? Ses mains tremblaient, quand elle cassait les barres de chocolat, mais pas davantage qu'avant. Son regard s'égarait souvent sur les dessins de la nappe brodée, remontait vers le trompe-l'œil, s'y attardait un moment puis s'attachait au samovar qui étincelait au milieu de la desserte rustique. Enfin ses yeux allaient se perdre, comme toujours, du côté des fenêtres, vers les eaux de la Loire, inchangée en ces heures si sombres : toujours indifférente et fantasque, claire et légère, insolemment libre entre ses îles sableuses.

Quel est donc le sésame qui permet de toucher Tania? se demanda parfois Vernon, au long de ces déjeuners qui se ressemblaient tous. Sa peinture? Ses enfants? La Russie? Ou quel amour perdu? Se souvient-elle seulement de cet amour perdu, et s'il fallait qu'à cause d'une passion malheureuse, chacun de nous, autour de cette table...

La qualité des plats faisait taire très vite ses interrogations. Lambert savait sortir à point nommé une merveilleuse bouteille, qu'on accueillait toujours des mêmes commentaires : « *Vin de Loire, vin de gloire, encore un que les Boches n'auront pas...* » Lors de ces repas de famille, Lambert n'était pas le dernier à donner aux Allemands du *doryphore*, du *vert-de-gris*, tandis qu'il versait dans les verres ses Sancerre un peu vifs, ses Bourgeuil à l'arrière-goût de framboise. Personne ne songeait à s'en étonner. Autour de la table, tout le monde, même Marthe, se figeait de délectation devant les cristaux marqués au chiffre du grand-père Dolhman. On savourait en silence les lapins braconnés par Fatal, que Solange apportait de l'office avec l'œil arrogant des sacrilèges. Réunis le temps d'un repas par cette messe noire de la nourriture soustraite à l'occupant, les Monsacré en oubliaient qu'ils avaient, eux aussi, un champ de bataille. Cependant ils ne pouvaient pas s'aveugler : dans le conflit sournois qui les opposait, comme avec les Allemands, il faudrait bien qu'un jour on désigne un perdant.

Rien ne transparut donc, jusqu'à la fin 1942, du combat feutré que Lambert avait engagé contre sa mère, ni de celui, plus insidieux encore, qui le dressait contre sa femme. Rien n'apparut davantage de ce qui est devenu évident avec le recul des années, l'étrange connexion qui reliait ces deux guerres. Lambert paraissait de plus en plus hostile à Tania. Aux très rares moments où, le ventre plein, Vernon se risqua encore à spéculer sur cette curieuse rancune, il préféra conclure que Lambert était misogyne. Il en resta là. Par commodité. Pour savourer dans leur entier les plaisirs de la digestion. Et parce qu'il avait à présent des soucis plus urgents.

Au regard de l'aventure qu'il vivait dans l'ombre sous le nom de Marcou, les mystères de la famille Monsacré lui semblaient désormais très insignifiants. Il aimait à penser que la victoire sur les Allemands donnerait naissance à un monde neuf, régénéré, où tous ces enjeux familiaux deviendraient dérisoires. Pendant ces déjeuners au Grand Chatigny, il donnait le change. Il jouait comme tous les jours au bon docteur Vernon, le vieux médecin de Vallondé, qui soigne si bien et qui supporte tout, même les Allemands et même les Monsacré. Il subissait sans broncher leurs réunions de famille et leur cérémonial immuable, le café au salon, après le dessert, les interminables parties de billard avec Lambert ou Boris. De loin en loin, il jetait un œil à Marthe. Il notait qu'elle aussi, elle avait maigri, qu'elle avait maintenant l'œil fiévreux des grands insomniaques. Constatation mécanique : Vernon n'avait la tête qu'à ses messages, qu'aux futurs « clients » de la grotte. Les seuls changements qui retinrent son attention furent les plus évidents : ceux qui touchaient les enfants.

Pouvait-on d'ailleurs parler encore d'enfant, à propos de Boris? On lui aurait donné plus de vingt ans, il était très précoce, extrêmement brillant, comme Lambert, et, comme lui au même âge, ouvertement ambitieux. Très habile de ses mains, il se destinait à la chirurgie. Il ne se cachait pas de son arrivisme. Il prétendait qu'il avait gagné le cœur d'une jeune fille plus âgée que lui, la fille d'un psychiatre éminent. Il jurait à qui voulait l'entendre qu'il l'épouserait. « Tu es bien jeune », lui répétait souvent Marthe. Il ne répondait pas, il se contentait de sourire, mais il avait l'œil froid. Vernon crut à une forfanterie d'adolescent, il se moqua un jour de lui : « Toi, Boris... Mais tu ne penses qu'à manger! » « Vous verrez ça », répondit placidement Boris. Il partit aussitôt jouer au billard. Marthe fut effrayée, elle prit Vernon à part :

– Il ne faut pas vous moquer de lui. Il se vexe vite, c'est de famille.

– A ce compte-là, on supporte n'importe quoi.

– C'est de famille, s'entêta Marthe. Je sais de quoi je parle. Ne le contrariez pas.

Vernon lui fit grâce de son agacement. De ce jour, il se désintéressa de Boris, il ne s'attacha plus qu'au petit Lucien.

Lucien... Il y avait de la lumière dans son nom, et dans son regard aussi, ardent, brûlant, celui de son père ou de sa mère, on n'aurait su dire. C'était Lambert petit, Lambert d'avant la blessure. Lambert sans le tourment. Il était au plus beau de la grâce de l'enfance, il en avait la beauté fragile, la fugace gracilité. Il parlait peu. Il se faisait léger, presque invisible, mais posait sur le monde l'expression têtue, étrangement sagace des enfants qui ont trouvé leur code secret pour toucher leurs semblables, pour apprivoiser les choses. La musique était son langage. C'était sa mère – autre silencieuse, autre maniaque des choses informulées – qui le lui avait appris.

Dès le début de la guerre, quand ils s'étaient repliés au Grand Chatigny, Tania s'était mis en tête de lui apprendre le violon. Elle en avait joué elle-même, autrefois, du temps de Pétersbourg. Lucien n'avait pas cinq ans quand elle lui offrit un rarissime quart de violon de la collection Dolhman, un petit bijou qui sortait de l'atelier de Giuseppe Guarneri, luthier de Crémone. Lucien était étonnamment doué. Un don qui faisait peur : c'était trop de force dans ce corps menu, trop de savoir, trop tôt. Trop de lucidité unie à trop d'enfance. Lucien fascinait, mais éloignait en même temps. On restait paralysé devant lui, comme tenu à l'écart par un mur invisible.

Est-ce pour cette raison que Lambert le plaça, dès l'âge de six ans, dans une pension de Tours? Le plus singulier, c'est que Tania ne protesta pas. Elle exigea simplement qu'on continue à lui donner ses leçons de violon. Dès qu'il rentrait – en général tous les quinze jours –, Lucien se jetait sur son instrument, pour montrer à sa mère les progrès qu'il avait accomplis. Les cordes grinçaient, couinaient encore, ce qui exaspérait Boris. Du billard où il jouait avec son père, il n'arrêtait pas de pester. « Je vais peindre », disait alors Tania. De son pas furtif, elle partait avec Lucien se réfugier dans son atelier.

Tania était une femme-oiseau, à ces moments-là, et son fils aussi était un enfant-oiseau. Il la suivait du même pas léger, à tire-d'aile, semblait-il, comme effrayé. Le silence retombait sur le Grand Chatigny. Dans le salon, Vernon, Elise et Marthe évitaient de se regarder. De temps à autre, le choc des boules de billard, une modulation lointaine de violon leur rappelaient qu'ils n'étaient pas seuls, mais prisonniers de ce cercle de famille, irrémédiablement liés, cimentés les uns aux autres. Ils se souvenaient alors que la guerre était là, à la porte du domaine, au premier pont sur le fleuve.

Comment leur en vouloir de n'avoir rien compris à ce qui se tramait? C'est au cœur de l'être, si souvent, qu'est la fatalité; et de l'être on se contente généralement de la trompeuse évidence : la démarche, une petite manie, un tic de langage. La façon d'être, comme on l'appelle par facilité, pour éviter de s'interroger sur le reste. Mais comment trouver la force d'imaginer le visage du malheur, dans sa tranquille et froide précision? Avec la distance, bien sûr, on peut s'étonner de leur inconscience, on peut aussi s'indigner qu'ils ne se soient pas arrêtés aux toiles que peignit Tania à cette époque, les plus belles de son œuvre, et les plus explicites. Elle avait abandonné ses portraits mondains, faute sans doute de recevoir des commandes. Elle était maintenant obsédée par le feu. Ce n'était pas seulement l'effet du froid, des longs hivers passés entre les murs humides du Grand Chatigny. La hantise du feu, dans ses toiles de la guerre, c'est la mise à nu de sa flamme intérieure. De sa beauté qu'elle avait brûlée, Tania voulait faire surgir une autre beauté, éternelle celle-là, en tout cas moins transitoire. Emmitouflée dans des laines rouges, qui accentuaient encore sa pâleur, Tania peignait à longueur de journée des bûchers encerclés par des danseuses andalouses, des fakirs contorsionnés au-dessus de leur brasier. Quand elle se décidait enfin à lâcher son chevalet, elle errait en somnambule dans les couloirs du château, blottie sous ses châles comme pour se protéger d'un froid polaire, et souvent frissonnante, même quand il faisait beau. Il était convenu que personne ne lui parle jamais de ses toiles. Tania, la première, semblait avoir exigé ce silence. Son cri était dans sa peinture, dans les corps nus de ses personnages, leurs muscles tétanisés, leurs visages illuminés d'une joie convulsive. Elle les terminait rarement. Elle était souvent prise d'un dégoût subit, ôtait la toile du chevalet, allait la déposer en bas de son escalier, la retournait contre le mur, comme pour s'en débarrasser.

Dans cette période 1940-1942, l'unique toile qu'on puisse considérer comme achevée, dans tous les sens du terme – terminée, et parfaitement maîtrisée – représente un couple qui s'embrasse. La femme, c'est elle, Tania, émaciée, vieillie. Les épaules puissantes de l'homme sont dissymétriques, suggèrent une position déséquilibrée. Le visage est assez flou. Mais on pense aussitôt à Lambert, à cause du regard durci, et du costume de gentleman-farmer, le même que sur quatre photographies prises par Elise pendant l'Occupation, à la fin d'une pellicule achetée juste avant la débâcle.

Sur le portrait comme sur les photos, Lambert a une expression sévère. On distingue à peine son monocle, ses joues qui s'affaissent en un pli maussade. Mais la toile possède une autre précision. La peinture imaginative de Tania, son goût des symboles ouvrent des perspectives interdites aux photos d'Elise, fragments de vérité saisis à la va-vite, incohérents et troubles. Sur cette toile singulière, répertoriée dans les catalogues sous le nom du *Baiser interdit* (on ignore encore qui lui donna ce titre), l'homme occupe presque tout l'espace. Au moment où il pose ses lèvres sur celles de la femme, on voit son œil s'égarer vers on ne sait quel point de fuite. A force d'examiner le tableau, on finit par le découvrir : c'est une femme, représentée de dos, à la porte d'une vieille maison. On ne sait pas à quoi elle est occupée, mais elle est occupée. Malgré sa taille minuscule, son dos la raconte parfaitement : elle s'est retournée, ce baiser ne l'intéresse pas. L'a-t-elle seulement vu? Elle est indifférente, plus que dédaigneuse. Terrestre, terrienne – on a envie de dire :

terre à terre –, à la différence des deux autres personnages, que leur élan amoureux a rendus aériens, presque immatériels. La femme de la maison ne s'intéresse qu'à sa maison. Elle ne se retournera pas. On ne connaîtra jamais son visage.

Les Monsacré l'ont tous vue, cette toile. Tania ne la relégua pas avec les autres en bas de son escalier. Dès qu'elle la jugea finie, elle l'accrocha elle-même, avec des mouvements fiévreux, à la place du célèbre portrait du grand-père Dolhman par La Gandara, dans la bibliothèque du Grand Chatigny, là où Lambert avait installé son billard. C'était la pièce la mieux chauffée du château. Pendant l'Occupation, toute la famille s'y retrouvait. Sous cette toile, Vernon a siroté son eau-de-vie de prunelle, Marthe a joué à la crapette avec Elise, tandis que Boris dégustait ses barres de chocolat, et que Lambert frappait ses boules de billard. Tania et Lucien, eux, s'enfuyaient toujours à l'autre bout du château. Ce détail seul aurait pu alerter Marthe, ou Vernon. Et surtout Elise, qui avait reçu le don redoutable de sentir, avant de savoir. On a peine à croire à une telle inconscience.

Ce fut peut-être un effet supplémentaire de cette époque noire, où le temps lui-même paraissait gourd, les jours et les heures englués, suspendus aux nouvelles brouillées de la radio de Londres. En tout cas, quand Marthe, Elise et Vernon ont fini par comprendre ce qui s'était tramé au Grand Chatigny, à la fin décembre 1942, tout était consommé. Les habitants de Rouvray, eux, ont été à peine surpris. Depuis le temps qu'Augustin Chailloux, le jardinier de Marthe, répétait à qui voulait l'entendre, sur le mail ou dans les enterrements : « *Ces gens-là, que voulez-vous... La caque sent toujours le hareng...* »

CHAPITRE 58

Une seconde fois, il y avait eu des lettres anonymes. Elles avaient été adressées à Lambert. Il y en a eu deux, d'après Léon Fatal. Il a dit aussi que c'est la seconde qui a tout déclenché. A la vérité, personne ne les a lues, ces lettres, en dehors de Boris et Lambert. Tout ce qu'on sait, c'est qu'elles sont arrivées à trois jours d'intervalle. Fatal était chargé d'apporter le courrier à Lambert. D'après son récit, ce matin de décembre 1942 commença comme tous les autres. Tania avait travaillé sur ses esquisses une bonne partie de la nuit. Il était vraisemblable qu'elle ne se réveillerait pas avant deux heures de l'après-midi, abrutie par la fatigue et par ce véronal qu'un médecin ami de Lambert (le père de la prétendue fiancée de Boris) lui fournissait à profusion. Son mari, comme d'habitude, avait dormi dans l'aile opposée. Il était assis depuis une heure à son bureau, à rédiger des lettres et à téléphoner, en attendant le facteur. En général, après la lecture du courrier, il partait inspecter ses terres. Il poussait quelquefois jusqu'à un chantier qu'il venait d'ouvrir à Tours.

Le facteur, Adrien Plumereau, était particulièrement ponctuel. Selon un rite dont il ne s'écartait jamais, il passait la grille sur le coup de neuf heures, traversait le parc à bicyclette et venait frapper à l'office, pour remettre le courrier à Léon Fatal. Fatal déposait les lettres sur un plateau et les apportait à Lambert. Ce jour-là, Fatal s'en souvint très bien, Plumereau lui remit une facture à l'en-tête du garagiste qui avait installé un gazogène sur sa voiture. Puis deux journaux, *Actu*, que Léon lui empruntait régulièrement en cachette à cause de ses clichés d'actualité, et *Les Nouveaux Temps*. Enfin une petite enveloppe jaunâtre, qui était si mince qu'elle glissa du plateau.

Fatal l'a ramassée, l'a placée en haut de la pile. Tout naturellement, c'est elle que Lambert a ouverte en premier. Fatal n'était pas sorti de la pièce qu'il l'a entendu lâcher un juron. Dans sa surprise, lui qui cherchait toujours à se faire couleur de muraille, il s'est retourné. Il a vu Lambert devant la cheminée, qui examinait le verso de la lettre, sans même s'apercevoir que Fatal l'observait.

Dans sa manie de tout savoir ce qui se passait chez lui, Lambert avait fait vitrer la porte de son bureau. Il avait oublié un détail : un peu plus loin dans le couloir, une grande glace de Venise permettait aussi qu'on l'observe en toute tranquillité. Léon Fatal a vu Lambert froisser la lettre, la pétrir d'un poing rageur. Un moment, il a pensé qu'il allait la jeter dans la cheminée. Lambert a esquissé le geste, puis s'est ravisé. Il s'est rassis derrière son bureau, il s'est caressé le menton, et il s'est mis à faire craquer les articulations de ses doigts, ce qui était très mauvais signe. La lettre avait disparu. Il avait dû la ranger.

Lambert est parti arpenter ses terres, comme tous les autres jours. Il rentra vers midi, déjeuna en tête-à-tête avec Tania sans plus lui adresser la parole qu'à son habitude. Tania elle aussi était inchangée : fiévreuse et lointaine. Ni plus ni moins blessée. Douloureusement absente, comme toujours.

Quand la seconde lettre est arrivée, le 14 décembre 1942, Léon Fatal a aussitôt reconnu sur l'enveloppe la fine écriture bleue. La lettre avait été envoyée deux jours plus tôt. Elle portait le cachet de la Grande Poste de Rouvray. Un court instant, il s'est demandé s'il allait la remettre à Lambert. Il a même pensé à l'ouvrir à la vapeur, dans le petit appartement qu'il occupait à côté de la chambre de Tania. Le temps lui en a manqué : l'emploi du temps de Lambert était réglé au chronomètre, il allait partir un quart d'heure plus tard. Du reste, en dehors du journal, le facteur n'avait déposé que cette lettre. Solange, avec qui Fatal venait d'entamer de délicats pourparlers pour la marinade de lapin à servir au déjeuner de Noël, l'avait parfaitement vu déposer l'enveloppe sur le plateau du courrier; et elle semblait se demander, elle aussi, ce qu'elle pouvait contenir.

Fatal a eu envie de savoir, très vite. Il est allé porter l'enveloppe à Lambert. Il a refermé la porte vitrée. Dans la glace de Venise, il a vu Lambert soupeser l'enveloppe. Lui aussi, Lambert, il a reconnu l'écriture bleue. Comme par réflexe, il a levé les yeux vers les petits carreaux de la porte. Fatal se savait invisible, il n'a pas bougé. Lambert a paru rassuré. Il s'est assis à son bureau, il a déchiré l'enveloppe avec un soin étonnant, et il a posément commencé sa lecture.

On l'a su plus tard, par des confidences imprudentes de Boris, l'auteur de la lettre anonyme jetait le doute sur l'origine de la fortune de Lambert, en remontant à des épisodes anciens, notamment celui de la mort de Damien. L'anonymographe mettait également en cause sa mère et sa femme. Il lui reprochait enfin – mais par simple insinuation – ses accointances avec les autorités d'occupation.

Lambert resta un bon quart d'heure assis à son bureau, sans cesser de tourner et retourner la lettre. Il l'éleva même vers le jour, comme s'il cherchait un filigrane. Puis il se rassit. Que le torrent de boue et d'envie ait fini par se déverser sous son toit le laissait, à l'évidence, complètement abasourdi. Comme l'autre fois, il a tiré sur les articulations de ses doigts pour les faire craquer. Puis il a enfoui la lettre dans sa poche. Il est sorti d'un pas pressé.

Il est resté absent une semaine. Il n'est revenu que la veille de Noël. Il a prétendu qu'il était resté à Tours, pour ses affaires.

Tania n'a fait aucun commentaire, et Léon Fatal encore moins : il venait de vivre l'une des plus belles semaines de sa vie. Il avait convaincu Tania de préparer Noël. Il était toujours si heureux quand il restait seul avec elle au Grand Chatigny, à son seul service, à son exclusive adoration. A plusieurs reprises, tandis qu'il accrochait les boules et les santons de papier doré aux branches du sapin, en suivant scrupuleusement les instructions de Tania, Léon se mit à rire tout seul. Il pensait aux lettres anonymes. Il fit comme tout le monde, Léon, à ce moment-là, comme Solange, comme Vernon, comme Elise elle-même, il jugea que Lambert n'avait rien d'autre en tête que sa guerre contre sa mère. En bonne logique, il était persuadé qu'il venait de recevoir la monnaie de sa pièce.

Il jubilait, Léon, en haut de son escabeau. Les lettres anonymes, pensait-il, c'était le début de la fin. Pendant toute la semaine, il se montra si gai que Tania, comme par contagion, a recommencé à sourire. Elle a même remis le nez dehors. Un matin, ils sont allés ensemble cueillir du houx au fond du parc. Il avait un peu neigé. D'après Léon, Tania avait le même sourire que lorsqu'il l'avait rencontrée, à Pétersbourg, un jour de neige comme celui-là. Elle n'avait que treize ans, il n'était encore que le jeune secrétaire de Kristöf Dolhman. Fatal s'est alors souvenu d'une phrase que son père lui avait répétée bien souvent, au fond de son échoppe du Grand Bazar de Tripoli : « *Le malheur naît du hasard, mon fils. Et le bonheur est si souvent dans l'attente...* »

CHAPITRE 59

Cette même semaine, l'avant-veille de Noël, Marthe a reçu la visite de Marcel Héronnier, l'homme de paille de Lambert. Quand Nine lui a annoncé qu'on la demandait, Marthe était dans sa chambre, occupée avec un fumiste à tenter de régler son poêle, dont le tirage, une fois de plus, donnait des signes de faiblesse. Aussitôt, elle a tout planté là. Elle s'est changée, s'est coiffée. Elle a fait attendre Héronnier une bonne demi-heure. Quand elle est descendue, elle était parvenue à retrouver un peu de son ancienne allure : triomphante, détachée.

Cette fois, Héronnier fut direct. Tranquillement arrogant. Il lui proposa pour les terrains le triple de leur prix.

– Vous avez donc de l'argent à perdre? demanda Marthe.

– Et vous?

– J'ai l'âge de mourir. On n'a jamais vu un coffre-fort suivre un corbillard.

– Alors remplissez-le, tant que vous êtes en vie. Et profitez-en. Vous vous y êtes assez bien entendue, dans le temps, à ce qu'il paraît...

Elle fit face, elle sourit. Il reprit l'offensive. Elle écouta ses arguments avec le plus grand calme, sans jamais l'interrompre. De temps en temps, Héronnier guettait son approbation. Pour toute réponse, il ne trouvait que son immuable sourire. Il s'embrouilla dans ses raisonnements, se trompa dans ses chiffres. Puis il commença une phrase qui se voulait définitive. Il ne parvint pas à la finir. Il y eut un très long silence. La pénombre gagnait le salon, par vagues lentes, depuis le jardin. La Luisse était déjà devenue invisible. Sur la table qui les séparait, Marthe alluma une lampe. Négligemment, comme elle aurait dit : *c'est l'hiver, les jours raccourcissent*, elle laissa tomber :

– Quelle idée de se torturer la cervelle pour les avoir, ces terrains. Avec ce qui risque de...

D'un mouvement vague, elle désigna la forêt, au-delà d'Orfonds, ses futaies où venaient parfois se perdre, disait-on, des aviateurs anglais.

Héronnier ne se troubla pas :

– Vous connaissez la réponse.

– Quelle réponse?

– Cessez de jouer au plus fin.

– Je ne joue pas. Je garderai mes terrains. Vous perdez votre temps.

– Vous serez expropriée.

– Voyez-vous ça! Et par qui?

– J'en connais, madame, qui sauront vous faire plier.

Héronnier se leva. Elle le reconduisit à la porte. Elle réunit ce qui lui restait d'énergie pour lui opposer, une dernière fois, ce sourire qui sa vie durant avait été sa force. Elle parvint même à retenir la phrase qui lui montait aux lèvres, personne ne m'a encore fait plier, monsieur, et ce n'est pas vous, maintenant... Une fois encore, elle se tut. Elle joua l'indifférence, l'ironie silencieuse. Mais le lendemain, après une nouvelle nuit d'insomnie, elle demanda à Augustin Chailloux de la conduire chez sa fille.

Elle recula le moment de la visite jusqu'à quatre heures de l'après-midi. Elle ne s'annonça pas. Dans son esprit, il était évident que sa fille l'attendait. Il était rare, pourtant, qu'elle lui rendît visite. Par chance, Elise était à Mortelierre. Elle venait d'installer deux clients dans les grottes. Elle fut pétrifiée, quand elle entendit la vieille Delage de Marthe pétarader à la grille. Elle sortit précipitamment de la serre, persuadée que sa mère avait tout deviné. Elle cherchait déjà comment se justifier.

En fait, Marthe n'y a vu que du feu. Dès qu'elle est entrée, elle a promené sur l'enfilade des pièces son beau regard fatigué. Elle a eu un soupir, comme toujours, devant ce manoir trop tranquille, enlisé dans la paix douceâtre des maisons vides d'enfants. Puis elle s'est effondrée dans un fauteuil. Elle a parlé de tout et de rien, de son poêle qui ne marchait pas, des lapins qui avaient la diarrhée. Elle ne touchait pas à la tasse de tisane que lui avait servie Elise.

Il était vain de vouloir l'interrompre. Comme toujours, lors de ces rares moments de confidence, Marthe allait son chemin, elle suivait le fil de ses idées, posément, avec son sens de la phrase juste, pesée au mot près. Il faisait sombre, cet après-midi-là. Sous l'éclairage blême des lampes d'opaline, Elise la trouva très pâle. De temps à autre, sa mère s'arrêtait pour reprendre souffle, renouer l'enchaînement de ses pensées. Elle se levait, déambulait quelques instants dans l'aimable désordre du salon, examinait les bibelots de son œil précis. Si Elise le lui avait demandé, elle lui aurait dit dans la seconde d'où provenait telle pièce d'argenterie, telle minuscule boîte à musique, si c'était un héritage Vernon ou Monsacré, un legs d'Hugo ou de Damien, où elle l'avait vu pour la première fois, dans quelle maison, à quelle date, sur quelle console, quelle cheminée. Dans ses pupilles brusquement rétrécies, on croyait voir fonctionner à nu sa prodigieuse mémoire. Mais dès qu'il revenait vers Elise, son regard redevenait flou : comme s'il fallait y lire, au terme d'une vie, l'insignifiance du souvenir, la vanité des possessions humaines.

Cet après-midi-là, cependant, quand elle en eut fini avec ses soucis domestiques, Marthe n'a parlé que d'un seul sujet : sa succession. Elle y est passée sans transition. Elle fut concise, comme toujours. Elle s'est assise d'autorité au secrétaire de Vernon, s'est emparée d'une feuille et d'un crayon, puis a dressé de mémoire un inventaire complet de ses biens, y compris ses brevets, en soulignant le nom de ceux qui, à son avis, mériteraient d'être exploités dès que la guerre serait finie.

– Et Cellier? finit par risquer Elise.

– Cellier ne reviendra pas, a tranché Marthe.

Elle a repris sa liste sans un frémissement. Elise a insisté :

– Et pour Lambert?

– Je te lègue les brevets. Ça n'intéresse pas ton frère. Pour l'instant, ils ne valent pas grand-chose. Mais dans cinq, dix ans... C'est mieux que les terres, crois-moi.

– Tu seras encore en vie, dans dix ans.

– Alors il sera encore temps de changer d'avis.

Marthe avait répondu sur le ton qu'on prend quand on parle aux enfants, quand ils se mettent à rêver tout haut, et qu'on ne veut pas les contrarier. Elise n'a pas bronché. Elle était à la fois joyeuse de voir sa mère s'en remettre à elle, et non à un autre, Cellier ou Lambert. Exaltée aussi, parce qu'elle sentait qu'elle vivait un moment unique, un événement qui n'admettrait pas de retour. Marthe était là, bien vivante, volonté en marche, qui se projetait jusque dans son anéantissement. Elle a poursuivi :

– L'appartement de Paris, c'est aussi pour toi. Comme les terrains de Tours. Ne les vends pas avant que la guerre soit finie. Pour le reste...

Elle évitait soigneusement le nom de Lambert. Elle a sorti de sa poche un pli cacheté :

– Mon testament. Mets-le sous bonne garde.

Elise a eu un mouvement prévisible : elle n'a pas voulu le prendre. Elle a secoué la tête, elle s'est retournée :

– Jamais de la vie. Ça nous porterait malheur.

– Le malheur arrive bien sans ça. Fais-moi plaisir de le prendre et de le garder sous clé. Mais pas ici.

Marthe donnait des ordres, à sa manière à elle, insinuante, presque tendre. On cédait sans même s'en apercevoir.

– Tu n'as aucun souci à te faire, je connais la loi, je l'ai rédigé en bonne et due forme. Personne ne pourra l'attaquer. Aussitôt après les fêtes, tu vas aller à Paris. Tu le déposeras dans le coffre, rue des Belles-Feuilles.

– Je peux le garder ici.

– Non. Ici, c'est trop dangereux.

Elle a donné un coup de menton du côté de la fenêtre. Elle pensait à la Loire, aux ponts. Elise a cru qu'elle désignait les grottes. Elle a jeté un regard machinal à l'orangerie. La nuit tombait, rien ne bougeait derrière les vitres de la serre. Avant d'entendre la Delage de Marthe, elle avait eu le temps de donner des provisions à ses clients, deux vieillards si effrayés qu'elle était sûre qu'ils ne risqueraient pas un œil en dehors du souterrain.

– Et si jamais on bombardait Paris? reprit Elise.

– Je te l'ai déjà dit l'autre jour, Paris est grand. Avant qu'une bombe vienne s'écraser sur notre immeuble...

– A Tours, les Allemands n'ont pas fait le détail. Tu en sais quelque chose. Avec tout ce qu'ils manigancent dans leurs usines...

Marthe ne quittait pas des yeux la feuille où elle avait dressé l'inventaire de ses biens. Elise s'entêta :

– L'appartement est inoccupé. Si jamais ils le réquisitionnent... Tu ne sais même pas ce qu'est devenu Cellier. S'ils le prenaient... Ils savent faire parler les gens.

– Je n'ai rien à cacher. Mon testament ne regarde pas les Allemands. Ni Cellier.

– Mais Cellier est...

– Cellier ne reviendra pas. Il ne reviendra jamais.

– Qu'est-ce que tu en sais?

– Je le sais.

Marthe n'avait pas levé le nez de sa feuille. Elle se mit à compter sur ses doigts, souligna encore trois ou quatre lignes, y ajouta des annotations. Puis elle reprit :

– Tu vas aller à Paris, juste après les fêtes. Voici la combinaison du coffre. Tu vas l'apprendre par cœur.

Elle aligna sur une seconde feuille une série de chiffres :

– Allons, répète-moi ça. Ce n'est pas difficile.

Elise se pencha sur le feuillet que lui tendait Marthe.

– Si jamais tu l'oublies, souviens-toi que c'est une date de naissance. Celle d'un de nos parents. Tu n'as qu'à demander à ton mari de te donner son acte de naissance, à la mairie. Il s'appelait...

– Rodolphe, coupa Elise. Je sais qui c'est. Rodolphe Monsacré.

Marthe froissa aussitôt la feuille et la jeta dans la cheminée.

– Puisque tu sais tout!

Elle repoussa la tasse de tilleul qu'elle n'avait pas bue, se leva. Sa chaise alla buter sur la table où était la tasse, la porcelaine tinta. Elise enchaîna aussitôt, d'une voix précipitée, comme si elle s'excusait :

– Rodolphe, le frère de mon père. Celui dont vous ne parliez jamais.

– Il vaut mieux se taire que bavasser sur les morts. Ils parlent bien assez vite, les morts, tu verras.

C'était une phrase énigmatique, comme elle en avait de plus en plus. Elise n'eut pas le temps de chercher à en savoir davantage : Marthe avait déjà repris son manteau, son chapeau, elle se dirigeait vers le vestibule. Elle n'avait pas eu un mot sur Lambert. C'est seulement sur le seuil de Mortelierre qu'elle parla de lui. Ce ne fut d'ailleurs qu'une généralité, une vague allusion :

– On n'est jamais assez méfiant, ma petite Elise. Surtout

en famille. J'aime la justice, je déteste qu'on me berne. Je n'aimerai jamais ça. Même pas dans mon cercueil...

Elle éclata de rire. Un rire de gorge, sec et sans joie. Et elle disparut dans le parc de Mortelierre, tout imprégné de l'humidité qui sourdait du coteau. Augustin Chailloux l'attendait dans sa voiture. A la grille, avant de le rejoindre, elle vit déboucher la Hotchkiss de Vernon. Il arrêta sa propre voiture, baissa sa vitre pour la saluer. Il semblait très surpris.

– Je vous ai apporté des provisions, dit Marthe.

– Il ne faut pas vous priver pour nous. Nous avons ce qu'il faut.

– Par les temps qui courent, on n'a jamais ce qu'il faut.

Elle eut un mouvement pour monter dans la Delage, puis revint sur ses pas, s'approcha de l'automobile de Vernon. Il baissa à nouveau la vitre.

– Vous avez vu Lambert, ces temps-ci?

Vernon secoua la tête.

– On m'a dit qu'il boite beaucoup plus qu'avant. J'ai trouvé, moi aussi, la dernière fois... A votre avis, Vernon... Des rhumatismes, non?

Vernon bredouilla quelques mots indistincts.

– Ça doit être l'humidité du Grand Chatigny, enchaîna Marthe. Il n'est pas sain, ce domaine. Trop près de la Loire, je l'ai toujours dit. Il doit y avoir des infiltrations. Vous n'avez jamais remarqué, quand il pleut, les taches vertes qui montent sur certains murs?

Elle marqua une petite pause :

– Mon pauvre Lambert. Cette brûlure, tout de même. Je n'ai jamais compris qu'il se soit mis à boiter. Vous avez vu ça chez d'autres enfants, vous, Vernon?

Avec la nuit qui tombait, Vernon avait du mal à distinguer son visage, mais rien qu'à l'entendre, il devinait ses yeux battus, flétris par l'inquiétude.

– On voit de tout.

Elle eut son petit rire qui faisait mal, maintenant qu'il ressemblait à un ricanement.

– On voit de tout, ça oui. Et puis c'est de famille, non?

Il n'eut pas la force de répondre. Il ne remonta pas sa vitre, il attendit qu'elle soit partie. Il la regarda monter à l'arrière de la Delage, derrière Augustin Chailloux qui, comme d'habitude, avait tout écouté. Marthe retournait à Vallondé, plus digne, plus impassible que jamais, faire semblant d'être une femme comme les autres, couvant son beurre, ses lapins et ses poules comme autrefois elle avait couvé ses enfants et son or, feignant d'espérer comme tout le monde le printemps suivant, les moissons, les fermages, les vendanges, le retour des prisonniers et la fin de la guerre. On aurait dit qu'elle disait *J'attendrai*. Il y avait une chanteuse qui roucoulait la même chose, tous les soirs, à la radio.

Elle trompait bien son monde, Marthe Monsacré, elle les possédait tous, avec son masque de femme ordinaire. Elle bernait tout le monde, sauf lui, Vernon. Il la connaissait trop. Mine de rien, elle continuait d'avancer. Obstinée, tenace. Plus encore que Lambert. L'un et l'autre, ils avaient ranimé en eux une flamme plus intense, pour continuer à vivre. La volonté de vaincre. L'empire sur les hommes, la royauté des choses. Hommes et choses circonscrits à ce minuscule terroir que les Allemands croyaient posséder comme les autres, et qu'ils ne domineraient pas davantage, faute de savoir quelles lois non écrites en avaient modelé les champs et les domaines, une histoire immémoriale, pétrie d'alliances et de haines obscures.

Et Vernon le savait aussi, la faiblesse de Marthe, à ce moment de sa vie, c'était que son énergie risquait à chaque instant de se briser contre ce mystère plus intolérable que tout autre, la rancune de Lambert. Elle avait décidé d'oublier qu'elle l'aimait, pour continuer à mener sa bataille. Elle avait cru pouvoir se résoudre à l'impossible :

mépriser, détester son fils. Mais c'était plus fort qu'elle, elle ne s'y était pas résignée. Elle n'arrivait pas à reconnaître en lui le vieux mal Monsacré, l'âme en hiver et le cœur sec.

Elle se joue une vilaine comédie, songea Vernon tandis qu'il écoutait mourir le ronronnement de la Delage dans la nuit humide des bois de Mortelierre. Ce soir-là, avec Elise, après l'heure de la radio anglaise, ils ne se parlèrent pas. Comment trouver le cœur de dire ce qu'ils lisaient chacun dans le regard de l'autre, l'évidence banale et tragique qui se trouve dans toutes les guerres, qu'elles déchirent les peuples ou les familles : la fatalité est en marche bien avant le début de la pièce, et les événements finissent toujours par décider à la place de leurs misérables acteurs.

CHAPITRE 60

C'était Noël, malgré tout. Comme convenu, ce 25 décembre 1942, Vernon et Elise sont allés déjeuner au Grand Chatigny. Il y avait espoir de civet. Espoir de chocolat, de bon vin. Espoir de découvrir les dernières toiles de Tania, d'écouter le violon de Lucien. De revoir Marthe un peu moins fatiguée. Espoir de paix, au moins l'espace d'une journée.

Vernon et Elise ont passé la grille du parc un peu distraits, en songeant aux clients de la grotte, qui avaient froid, et ne franchiraient la ligne que le surlendemain. La veille au soir, Elise avait été tentée d'appeler sa mère pour lui demander si elle viendrait, ce Noël comme tous les autres, déjeuner au Grand Chatigny. Elle se l'était aussitôt interdit. Marthe avait toujours respecté les apparences, elle viendrait, fidèle à son devoir. A ce qui lui restait d'amour, ou d'illusion d'amour, Boris, Lucien. Vernon, aussi. Elle enfin, sa fille.

Il faisait froid, comme tous les jours depuis la mi-décembre. Dès qu'ils sont descendus de voiture, Vernon et Elise ont eu l'impression que le gel n'avait jamais été si pénétrant. Ils ont été transis d'un seul coup; troublés aussi par l'odeur étrange qui s'élevait des bassins, comme un relent de moisissure et d'algues d'eau douce. Ils la connaissaient bien, pourtant.

Ils se sont empressés de gravir les marches du perron. Ils ont sonné. Dès le vestibule, Elise a deviné qu'il se passait quelque chose d'anormal. Solange était venue leur ouvrir, et non Léon Fatal. Un autre détail frappa Elise : on n'entendait pas le violon de Lucien. Le Grand Chatigny paraissait désert. Il faisait beau, une lumière pâle glaçait les murs de craie.

Avec son impitoyable intuition, Elise a compris que ce jour de Noël ne ressemblerait à aucun autre. Elle n'a plus pensé au civet, malgré les effluves d'aromates et de vin blanc qui s'infiltraient dans toutes les pièces. Elle est tombée en arrêt devant le grand escalier. Vernon s'est penché vers elle :

– Tu n'es pas bien?

Elle a ôté ses gants, jeté un regard à la longue galerie vitrée qui menait à l'aile où travaillait Tania. Puis elle a dit :

– Il fait froid.

– Il fait toujours froid, ici. Ces vieilles bâtisses...

Elle ne l'a pas contredit. Comme aux premiers temps de leur mariage, elle a eu un mouvement incontrôlé, elle est partie en courant vers la salle à manger. Elle est revenue presque aussitôt.

– Il manque trois couverts, a-t-elle chuchoté à l'oreille de Vernon.

– Ta mère fait la tête. L'histoire des terrains...

– Trois couverts qui manquent... Nine, maman... Et qui?

– Une erreur de Fatal, est-ce que je sais?

– Un jour de Noël...

Vernon a violemment serré son bras, comme pour l'empêcher de s'enfuir une seconde fois :

– Allons. Nous avons d'autres soucis.

Elle n'a pas écouté sa réponse, elle a seulement dit :

– C'est vrai qu'il n'y a jamais eu de Noël pour eux.

Parlait-elle de Lambert et Tania? De Marthe? Ou remontait-elle aux temps de son enfance, à l'époque archaïque de la première tribu Monsacré? Vernon a eu peur. Il a pensé qu'Elise avait une rechute. Il a même eu le temps de se dire : si elle redevient comme avant, c'est fichu, pour les passages. Alors il a tenté le tout pour le tout. Il a serré sa main dans la sienne, et il a murmuré :

– Epi...

La main d'Elise a répondu à sa pression, si fort que sa bague de fiançailles s'est enfoncée dans la paume de Vernon, y a imprimé la marque de ses pierres. Puis elle a déposé son chapeau sur une console. Dans la glace qui la surmontait, elle a remarqué qu'elle était décoiffée. Elle a remis de l'ordre dans les crans de sa permanente, puis elle a soufflé à son tour :

– Tu as raison.

Elle est entrée la première dans la bibliothèque où son frère, rituellement, faisait servir l'apéritif. Lambert était assis devant la cheminée, au pied d'un gigantesque sapin, entièrement décoré de santons baroques en papier mâché, où l'on reconnaissait sans peine la main de Tania. Il lisait un journal. Il était étonnamment calme, pour une fois. Il avait posé son monocle sur un rayonnage de la bibliothèque, comme s'il n'avait plus besoin de jouer le personnage qu'il s'était composé depuis la mort d'Anaïs. Il n'en avait gardé que les attributs les plus confortables, sa veste de gentleman-farmer, son pantalon de tweed, un peu déplacé en ce jour de fête. Boris était assis en face de lui, plus placide encore. Il était plongé dans un gros traité de médecine. Tout en lisant, il suçotait un long bâton de réglisse.

Lambert les a salués froidement. Il a fait signe à Elise et à Vernon de s'asseoir, puis il a sonné Solange; et il n'a plus dit un mot. Dans son embarras, Vernon s'est mis à fixer le feu dans la cheminée. La scène aurait pu se prolonger indéfiniment si on n'avait entendu brusquement le violon de Lucien. La musique était encore lointaine, déformée par l'écho des plafonds, des couloirs, mais elle se rapprochait. De temps en temps, il y avait un couac, un grincement, que personne ne corrigeait. Lucien jouait dans le vide, doublement dans le vide : sans auditoire, sans professeur. Sa musique allait se perdre dans les enfilades de pièces et de couloirs glacés.

– Il nous énerve, lâcha Boris, et il cassa son bâton de réglisse.

A ce moment précis, Vernon vit Elise tressaillir. Il comprit à son tour qu'il allait se passer quelque chose. Il dressa l'oreille vers le couloir, il se leva, aux aguets.

L'odeur de civet au vin blanc s'est faite plus insistante. Le violon de Lucien a grincé plusieurs fois, puis s'est interrompu. Il y a eu un silence très long, presque intolérable. Au moment où l'archet de Lucien reprenait le fil de la mélodie, Vernon a entendu tomber de la bouche d'Elise la phrase à ne pas dire :

– Où est Tania?

Elle n'avait pas osé questionner son frère de front, elle s'était postée dans l'encoignure d'une fenêtre, elle regardait le fleuve, lointaine, distante, comme autrefois. Dans le fauteuil où il s'était rassis, Lambert a vissé son monocle, repris son journal. Quelques secondes durant, il a feint de chercher un entrefilet. Puis il a reposé son monocle à côté du verre de vin cuit que venait de lui servir Solange, et il a tranquillement lâché à l'adresse de Vernon :

– Elle était folle, mon pauvre. Il a fallu l'interner.

Vernon remarqua sur-le-champ qu'il avait dit *elle*, pour désigner Tania. Il avait même évité de dire *ma femme*. Vernon a eu un réflexe professionnel, il a aussitôt demandé :

– Qui a établi le diagnostic?

Lambert a vaguement grimacé. C'est Boris qui a répondu à sa place :

– Le professeur Heurgon. Le père de ma fiancée. Enfin, ma future fiancée.

– Ta future fiancée... Boris! A l'âge que tu as...

– J'ai dix-huit ans. Je rentre l'an prochain en deuxième année. Vous verrez bien, un jour... Je suis le premier de ma promotion et...

Son bâton de réglisse, encore enduit de salive, continuait de fondre sur le rebord d'une coupelle de cristal. Lambert posa son bras sur le sien :

– L'internement de Tania a été décidé en bonne et due forme. Paranoïa, si vous voulez tout savoir. Elle était infernale. Vous l'avez constaté vous-même, ces derniers temps. Et puis la preuve!

Il étendit le bras vers le tableau, juste au-dessus de la console.

– En plus, elle s'était mise à écrire! Comme si elle n'avait pas autre chose à faire! Ecrire... J'ai tout brûlé. Un monceau d'insanités. Il faut vraiment être fou, non?

– Qu'est-ce qu'elle pouvait faire d'autre? a protesté Elise, sans se retourner de la fenêtre.

Lambert a tenté de rire. Puis il a rétorqué, toujours à l'adresse de Vernon :

– Il vaut mieux le prendre comme ça, non? Après tout, c'est Noël!

Elise ne broncha pas. Comme son frère, elle avait parlé de Tania au passé – comme d'une morte, déjà. Mais ses mains s'étaient mises à frémir : un léger tremblement, d'abord, au bout des doigts, puis un frisson qui devenait convulsif. Vernon pensa aux clients, dans les grottes, à qui il faudrait faire passer le pont le surlendemain. Si Elise était hors d'état de remplir sa mission, il était exclu que ce soit lui qui conduise la Hotchkiss. Les Allemands ne le voyaient jamais traverser le fleuve, ils fouilleraient la voiture, c'était couru. Il faudrait sans tarder trouver un remplaçant.

Il se composa le visage le plus benoît qu'il put, tenta de

dresser mentalement une liste des membres du réseau susceptibles de passer la Loire sans éveiller l'attention. Ses pensées se brouillaient. Il étendit le bras vers son verre de vin cuit et bredouilla :

– Ça alors... Pour une nouvelle, c'est une nouvelle.

– Et encore... Vous ne savez pas tout. D'après Heurgon, elle avait de ces tendances... Vous l'aviez certainement remarqué, vous aussi... Je ne vous parle pas en l'air, c'est un diagnostic tout à fait sérieux. Elle m'en a fait voir, si vous saviez... J'ai tout supporté. Au début, j'ai cru simplement à... Enfin vous me suivez, la Russie, elle avait un peu vécu, une enfant gâtée, l'argent, les artistes... Et puis un jour, l'évidence des faits... Vous pouvez comprendre ça, vous qui êtes médecin. Une nymphomane, imaginez-vous...

Il avait commencé ses confidences en chuchotant, puis il avait peu à peu haussé le ton, de façon à attirer l'attention d'Elise. A chaque mot, il jetait de petits coups d'œil de son côté, pour juger de son effet.

Le résultat ne se fit pas attendre. Elise laissa retomber le rideau de la fenêtre, se retourna, s'approcha de son frère. Le plancher craqua sous ses pieds. Elle avançait d'un pas raide, la bouche lourde de mots trop longtemps étouffés. Elle avait perdu l'air de bête aux abois qu'elle avait si souvent devant Lambert, elle avait retrouvé son regard d'enfant, droit et limpide, avec la violence, la sauvagerie de l'innocence.

La porte du salon était ouverte sur le vestibule et la longue galerie du rez-de-chaussée. Le soleil d'hiver gelait leurs dorures sous une lumière blanche, un peu crue. Le violon de Lucien venait de commencer un nouvel air, une mélodie plus facile que la précédente, très vive, très gaie. Il devait bien la connaître, il la jouait sans faute. Léon Fatal apparut au bout d'un corridor, traversa une flaque de soleil de son pas indolent. Il était impassible, inchangé. Il jeta un bref coup d'œil du côté de la bibliothèque, puis s'éclipsa.

– Tu es bien comme eux, fit alors Elise à l'adresse de Lambert. Il faut toujours que tu salisses tout.

Boris leva un instant les yeux de son gros traité, puis s'y replongea. Elise avait un peu chancelé au moment de parler, mais elle avait réussi à maintenir sa voix dans son registre habituel, tranquille, presque trop suave; et cependant Lambert sursauta comme si elle l'avait insulté.

– Eux qui? Et d'ailleurs je sais parfaitement ce que j'avance, ma chère sœur. J'ai mes preuves, figure-toi.

Il tentait de copier les intonations qu'elle avait eues. Il ne parvint qu'à être doucereux. Il se pencha vers la bibliothèque, déplaça quelques livres. Un dossier jaune était dissimulé derrière des reliures. Il le déposa sur la table où Solange avait servi l'apéritif.

– Et le petit? demanda Elise sans regarder le dossier. Qu'est-ce que tu vas faire de Lucien?

– Il est en pension, non?

– C'est un enfant. Et c'est tout de même ton fils...

– Mon fils présumé, tu veux dire?

– Il te ressemble tête coupée!

– Allons donc...

Il tapotait le dossier. Petit à petit, il l'éloignait de lui. Des documents commençaient à s'en échapper, des cartes postales, des enveloppes déchirées, quelques lettres, beaucoup de photos. Il opposait à sa sœur le même sourire que Marthe, quand elle voulait se débarrasser d'un interlocuteur gênant. Mimétisme inconscient, sans doute, car Lambert se ferma d'un seul coup dès qu'Elise évoqua sa mère :

– Maman le sait?

– Tu vas te faire une joie de lui apprendre la nouvelle!

– Elle vient déjeuner?

– Non.

– Vous vous êtes disputés?
– Non.
Le dossier jaune était maintenant au bord de la table, tout près du verre de Vernon. Lambert l'effleura à nouveau. Ce mouvement à peine perceptible fut suffisant pour qu'il tombe. Son contenu se répandit sur le plancher, au pied du sapin décoré par Tania.

Entre les lettres, les enveloppes, surgirent des visages, des corps superbes, gelés sous la pellicule de clichés aux éclairages subtils, au grain raffiné, le noir et blanc sublime de ces années-là. Elise y distingua d'abord quelques photos d'hommes. Des mondains, lui sembla-t-il, en tout cas des hommes en uniforme ou en smoking, rien de très compromettant. Pour le reste, c'étaient des portraits de Tania, des clichés pris avant-guerre par la bohème cosmopolite et artiste dont elle aimait à s'entourer. Tania en maillot de bain, riant à pleine gorge, renversée dans les bras du sculpteur Méridor. Tania au chevalet, peignant des nus, ou enlaçant leurs corps musculeux en plein soleil, sur le balcon de la rue Spontini. Tania face à sa coiffeuse, au sommet de sa beauté brûlante, éternisée sous le glaçage de ce noir et blanc parfait, dans des poses étudiées au millimètre. Tania dans tous les états de sa vie excentrique, sa *« vie de gestes »*, comme elle aimait à la nommer. Tania tourmentée ou heureuse, selon l'heure, en pyjama ou en short, en tenue de tennis, en costume russe ou en robe du soir rebrodée de strass. Elle était toujours entourée de jolies femmes ou d'hommes qui portaient beau, vernissée, maquillée à la perfection devant l'objectif artiste de ses admirateurs, théâtrale, parfois grandiose. Tania d'avant l'apocalypse.

Lambert ne ramassa pas les clichés épars à ses pieds. Vernon et Elise détournèrent bientôt la tête, comme pris de la pudeur qu'on a devant un mort. Lucien continuait de jouer à l'étage supérieur, la musique s'enroulait dans les galeries vides. C'était une parodie de marche militaire, entraînante, vaguement ironique.

– Il n'arrêtera jamais de nous énerver, répéta Boris.

Tout le temps de la discussion, il n'avait pas levé les yeux de son dictionnaire. Lui non plus, il n'avait pas eu un regard pour les photos répandues sur le plancher, comme s'il s'agissait d'une affaire entendue. Solange vint annoncer que le déjeuner était servi. Boris repoussa aussitôt son traité. En dépit de sa démarche poussive, il fut le premier dans la salle à manger. Lambert lui emboîta le pas. Vernon remarqua que Marthe avait raison, sa claudication s'accentuait. Mais la mélodie de Lucien était si guillerette que, sans même s'en rendre compte, Lambert accordait ses pas au tempo du violon.

Elise est sortie la dernière de la bibliothèque. Sous le sapin orné des petits santons modelés par Tania, elle a soigneusement ramassé le contenu du dossier jaune, dans un emballage qu'elle a trouvé à l'office, un petit cartonnage verdâtre à la marque de *L'Elixir digestif de l'abbé Manduchon*, un des innombrables orviétans dont se gavait Lambert.

Elle a pris son temps. Elle a rassemblé avec soin les photos et les lettres, puis elle est allée enfermer le petit cartonnage dans le coffre de la Hotchkiss. Quand elle est revenue à table pour faire honneur au civet, elle était redevenue la même femme que lorsqu'elle passait les ponts avec ses clients : silencieuse et sereine, d'un aplomb infaillible.

Les gens de Rouvray n'avaient pas tout à fait tort, à cette époque, quand ils parlaient d'Elise : l'âge venant, c'était tout le portrait de sa mère. En blonde, bien sûr, en beaucoup plus fragile. Sa version diaphane, si l'on veut. Plus impalpable qu'insaisissable. L'air de ne pas pouvoir faire de mal à une mouche. C'était tout de même plus rassurant.

CHAPITRE 61

Elise ne s'occupa pas de ses clients, ce jour-là. Ce fut Vernon qui leur porta la nourriture et les boissons chaudes qu'il leur avait promises. Il ne s'aventura dans les grottes que la nuit venue, quand Elise fut enfin rentrée de Vallondé, où elle était allée annoncer à Marthe les mauvaises nouvelles.

Elle n'avait pas trouvé sa mère à sa place habituelle, devant la cheminée du salon. Nine aussi était absente. Pour la seconde fois de la journée, Elise a eu peur, elle s'est mise à les appeler à tue-tête depuis le vestibule. Augustin Chailloux a fini par surgir des cuisines :

– Qu'est-ce qui vous prend de brailler comme ça?

Il la prenait de très haut, depuis quelque temps. Comme Suzanne, du reste. Elise est sortie sans un mot. Elle est descendue au fond du parc. A la deuxième terrasse, elle a vu Marthe et Nine apparaître au bout de l'allée. Elle a couru à leur rencontre.

– Ma pauvre Elise, a commencé Nine. C'est un bien triste Noël.

Elise a pensé qu'elles étaient au courant. Elle n'en a été qu'à moitié étonnée, les nouvelles allaient si vite, à Rouvray.

– Ça, pour être triste...

C'est Marthe, pour le coup, qui a paru surprise :

– Mais comment le sais-tu? Il est mort il y a à peine deux heures! C'est Chailloux qui te l'a dit?

Marthe portait une petite bêche. Elise a compris le quiproquo :

– Ton chat?

– On vient de l'enterrer, intervint Nine. Hier encore, il courait dans le jardin.

– Qu'est-ce qui lui est arrivé?

– On nous l'a empoisonné.

– Tu es sûre?

Marthe est intervenue :

– Les ennuis, ma fille, c'est comme les compagnies de perdreaux. Ils arrivent tous en même temps.

– Qui veux-tu qui l'ait empoisonné? Vous n'avez pas de voisinage.

– Voisinage ou pas, quand on en veut à quelqu'un... On fait feu de tout bois, tu sais bien.

Comme par réflexe, Marthe s'était redressée, et elle avait souri. Par réflexe, ou par habitude. Car l'instant d'après, elle s'est appuyée au muret d'une terrasse.

– Mais toi aussi, Elise, tu nous apportes des nouvelles. Et elles ne sont pas bonnes, à ce qu'on dirait.

Elise évita son regard. Elle se mit à gratter une plaque de mousse, sur le muret. Des fragments spongieux s'incrustaient sous ses ongles, les verdissaient. Marthe lui saisit le poignet et lui frotta les doigts, comme à une petite fille. Elise se laissa faire.

– Allons, raconte-moi, le plus tôt sera le mieux. C'est encore Lambert...

– C'est Tania.

– Si c'est Tania, c'est Lambert. Rentrons, tu vas me raconter tout ça.

Quand elles se sont installées au salon pour parler, Nine a voulu partir. Marthe l'a retenue :

– Il vaut mieux que tu saches, toi aussi.

Elise a résumé en quelques mots sa visite chez son frère. Marthe l'a écoutée sans l'interrompre. Elle a quand même été surprise, quand Elise lui a annoncé l'internement de Tania. Elle a eu alors un étrange commentaire :

– J'avais tout imaginé. Mais ça...

Elle s'est levée pour aller ranimer le feu. Puis elle est revenue à son bureau, elle a saisi dans une pile un formulaire de courrier :

– Il faut écrire à Marina.

Elle n'a pas eu besoin de brouillon. De sa plume sûre, elle a rédigé un mot où elle annonçait à Marina que sa sœur était malade et que sa présence auprès de Lucien était nécessaire. Son invite était voilée mais cependant très claire : « *Venez le voir après le premier de l'an à sa pension. Vous n'avez besoin de prévenir personne, ni même les responsables des soucis de votre sœur. Il faut sauver les meubles.* » Elle ajouta deux phrases d'une parfaite banalité sur le temps qu'il faisait et les désagréments de la saccharine, signa de son seul prénom, et indiqua, à la place de son adresse, l'indication de la pension où avait été placé Lucien. Elle ne ratura pas son texte une seule fois, on aurait dit qu'elle en avait pesé les termes depuis des semaines. Elle tendit la carte postale à Elise et lui demanda qu'elle la fasse poster par Vernon, à Tours, dès son prochain voyage.

– C'est une bouteille à la mer, a-t-elle conclu. Il ne faut pas se faire trop d'illusions.

Marthe est retournée devant la cheminée. Elle a redressé les bûches à demi consumées, elle a remis de l'ordre dans les braises. Son beau visage amaigri était impénétrable. Puis elle est sortie faire quelques pas dans le parc, malgré le froid. Elle a marché autour de la fontaine, dans le jardin jauni par les premières gelées. Un long moment, elle a suivi la Luisse au milieu des brumes qui montaient de la terre humide. Quand elle est rentrée, elle s'est assise à son bureau, elle a soulevé quelques liasses de papiers. Puis elle a laissé tomber :

– Le pire, dans cette histoire, ce sont les raisons.

Elle commença une autre phrase, qu'elle ne termina pas. Avec le temps, Marthe devenait sibylline, à force d'aimer le silence.

CHAPITRE 62

Le lendemain matin, Vernon partait pour ses visites en compagnie d'Elise quand ils ont vu un homme leur faire de grands signes, en haut des bois de Mortelierre. Elise l'a aperçu la première. C'est elle aussi qui l'a reconnu. Elle a aussitôt soufflé son nom :

– Léon Fatal.

Elle a eu un geste mélodramatique, elle a porté la main à son cœur. Vernon a eu peur, il a cru à un malaise, un contrecoup de la scène de la veille. Il a tout de même levé les yeux vers le coteau.

Il a distingué entre les acacias la silhouette d'un homme qui ne bougeait plus, qui paraissait attendre. Il a coupé son moteur. L'homme a recommencé à leur faire de grands signes. Il semblait très agité. Comme Vernon ne bougeait pas, il s'est calmé, il a fait quelques pas dans leur direction. A sa démarche poussive, Vernon l'a reconnu à son tour.

Il a regardé à la ronde. La Hotchkiss était arrêtée au plus épais des bois, à un kilomètre de Mortelierre et à trois de la route de Rouvray, sur un chemin vicinal emprunté d'eux seuls. Arrivé au bas du coteau où il s'était posté, Fatal s'est caché derrière un tronc d'arbre. Il leur a indiqué du doigt une allée de traverse. Vernon la connaissait bien :

c'était par là qu'arrivaient les clients. Il est descendu de la voiture. Elise a voulu le suivre.

– Reste ici, a-t-il ordonné. Je reviens tout de suite.

Il est allé rejoindre Fatal. Il est revenu quelques minutes plus tard. Fatal voulait leur parler, annonça-t-il à Elise. Il leur avait donné rendez-vous derrière le coteau, au belvédère, une sorte de chalet qui dominait la Loire, dans un bois d'acacias nommé La Jugeraie, qui faisait partie du domaine de Mortelierre. Le belvédère possédait une petite pièce en sous-sol où ils seraient à l'abri d'une éventuelle rencontre.

– Tu aurais pu le faire venir à la maison, observa Elise.

– Pas quand on a des clients. On ne sait jamais.

– Fatal est plutôt de notre bord.

– Comment le sais-tu?

– Je le sais.

Elise s'était fermée, elle avait repris son expression d'enfant, son air de converser en silence avec des choses mystérieuses.

– On n'est jamais assez prudent, insista Vernon.

Il partit le premier à travers les sous-bois qui entouraient le belvédère. Elise le rejoignit une demi-heure plus tard, avec un thermos de lait chaud mêlé de miel, comme il le lui avait demandé. Fatal avait dû les guetter dans les bois depuis longtemps, car il grelottait. Il but à lui seul les deux tiers de la bouteille. Il avait le regard éperdu de tous ceux qu'ils abritaient dans les grottes, cet air d'arriver de nulle part, d'espérer n'importe quel ailleurs, pourvu qu'on y soit libre. Comme eux, il portait des vêtements fatigués, une veste de chasse en daim usagé, un pantalon de velours crasseux. Mais Fatal sentait les feuilles et la mousse, son odeur était celle du pays. Rien qu'à la façon dont il l'avait vu se faufiler entre les acacias, écarter prestement les branchages et les ronces, Vernon avait compris que lui aussi, Fatal, il s'estimait *de là.*

Un étranger de plus pris au piège du Val. Le plus curieux, ce matin-là, dans la petite pièce cimentée et froide qui soutenait le belvédère, ce fut la voix de Léon Fatal, l'Orient tout entier résumé dans sa bouche, quand il commença son récit. Ni Vernon, ni Elise ne lui avaient jamais accordé qu'une attention distraite. Il faisait partie des meubles, des meubles de Tania, s'entend : une extravagance de plus, une bizarrerie inexplicable. Il était resté à leurs yeux un personnage de théâtre. Tandis qu'ils écoutaient Léon au fond de ce refuge, assis sur des pliants à la toile moisie, ils comprenaient enfin que ce n'était pas une pièce qui s'était déroulée au Grand Chatigny, mais une histoire semblable à toutes celles de Rouvray, lentement ourdie, sournoise, sordide. Léon en démontait le mécanisme point par point, donnait des dates, des lieux, des détails d'une singulière exactitude. Il parlait un français superbe, avec des expressions désuètes, parfois académiques, qu'il mélangeait de façon cocasse à des tournures du cru, apprises sans doute des paysans, des autres braconniers. Sa voix restait un peu fausse, mal placée, mais à mesure qu'il avançait dans son récit, il retrouvait les modulations du temps de sa jeunesse, tièdes, un peu sucrées. La mémoire de Fatal était impressionnante : il leur précisa la date des lettres anonymes, résuma leur contenu, fit un compte rendu circonstancié des allées et venues de Lambert depuis le début du mois. Puis il leur relata ce qui s'était passé la veille de Noël. A quatre heures du matin, dit-il, le bruit d'un moteur l'avait réveillé. « C'était un moteur de Traction. Je suis allé à la fenêtre. J'ouvrais doucement mes volets quand j'ai entendu du remue-ménage dans la chambre voisine. J'ai voulu sortir, ma porte était verrouillée de l'extérieur. J'ai tout de suite compris qu'on l'emmenait. Ça n'a pas pris dix minutes. Je suis retourné à ma fenêtre. Il y avait trois hommes dans la cour, dont Lambert. Elle était enveloppée dans des couvertures, ils la portaient comme un gros tapis. Ils l'ont jetée à l'arrière de la voiture. Elle n'a pas protesté. Il avait dû la droguer, la veille au soir. »

Fatal ne prononça pas une seule fois le nom de Lambert. Quand il dut le nommer, il se contenta d'un *il*, d'un *lui*, assorti d'une légère grimace. Il ne prononça pas davantage le nom de Tania, sauf à la fin de son récit, quand il confia à Elise et Vernon, en manière de conclusion : « Elle avait toujours eu peur de l'asile de fous. C'était une obsession, depuis la mort de la petite. Tania a toujours vu venir les choses de loin, vous savez. Voilà pourquoi elle m'avait installé sur le même palier qu'elle... »

Sa voix baissa d'un seul coup, et son visage brusquement illuminé laissa entrevoir le jeune homme qu'il avait été autrefois. En quelques phrases, il leur raconta qu'il n'avait pas pu se rendormir, après le départ de la Traction. Au matin, il entendit un bruit de serrure, il s'aperçut qu'on déverrouillait sa porte. Il se précipita dans l'escalier, tomba sur Boris, qui le fixa sans se troubler, et s'en alla d'un air goguenard. Fatal mit son point d'honneur à descendre à l'office à l'heure habituelle. Solange ne fit aucun commentaire, on avait dû la mettre dans la confidence. Lucien aussi avait dû être prévenu, qui ne demanda pas où était sa mère. Il s'était réfugié dans l'atelier de Tania, où il jouait du violon sans discontinuer. Léon porta rituellement son courrier à Lambert, sur le coup de neuf heures, juste après le passage du facteur. Au moment où il déposait le plateau sur son bureau, Lambert le prit par la manche.

– Vous savez lire? dit-il à Fatal.

– Vous me renvoyez?

– Mais non, voyons. C'est la guerre, non?

Il le tirait toujours par la manche. Fatal aurait pu le contraindre à le lâcher, mais il se laissa faire. Lambert attirait peu à peu son bras sur un document dactylographié posé au centre de son bureau.

– Lisez donc, dit Lambert.

Il lui tendit le document. C'était un ordre d'internement. D'après les souvenirs de Fatal, Tania avait été enfermée à l'asile du Vinatier, près de Lyon, et l'autorisation d'internement avait été signée par un certain professeur Heurgon – le nom qu'avait cité Boris comme celui du père de sa future fiancée.

– Une sommité, commenta Vernon.

Fatal baissa les épaules, reprit son expression habituelle, détachée, placide :

– J'aimerais bien rester dans la région.

– Puisque Lambert vous garde...

– Je vais rester à son service, bien sûr. Mais j'aimerais autant me rendre utile. Travailler pour vous.

– Travailler?

– Espionner. C'est ce que je fais de mieux. J'ai appris très jeune, vous savez...

Il se lança dans une tirade interminable, qu'il paraissait avoir apprise par cœur. C'était le récit de sa vie. Ou plutôt de la rencontre qui avait décidé de sa vie. Il leur raconta tout du couple étrange qu'il avait formé avec le vieux Dolhman. La même passion les avait rapprochés, celle du bordeaux, des violons, du secret. Dolhman lui avait appris à épier ses concurrents. Des nuits entières, il lui avait appris l'art de se faire oublier, « tout dans la démarche, tout dans l'œil, et la bouche, aussi, on ne pense jamais à la bouche, la bouche qui tombe, l'air dégoûté, l'air fatigué... »

Au bout de quelques minutes, malgré le feu qui l'animait, Fatal s'aperçut que Vernon demeurait sur ses gardes. Il s'interrompit au beau milieu d'une phrase, l'observa un moment. Vernon resta impassible. Alors Fatal lâcha :

– Ne faites pas cette tête, je sais bien ce que vous trafiquez. On voit tout, on sait tout, quand on passe son temps dans les bois...

Vernon s'approcha de la porte sans un mot.

– Je pourrais m'occuper de vos sabotages, reprit alors

Fatal. Les explosifs, ça me connaît. Quand j'étais en Espagne...

Il lui montra son doigt mutilé.

– On verra ça, répondit enfin Vernon.

– Qu'est-ce que je dois faire pour vous prouver...

– Attendez un peu. Les choses ne sont pas si simples.

Il se leva. Fatal l'imita. Son pliant retomba sur le sol.

– J'attendrai. Mais elle?

– Elle qui?

– Tania, intervint Elise.

– Oui, elle, Tania, enchaîna Fatal. Elle aussi, il va falloir qu'elle attende?

Il y avait de la révolte dans sa voix. Vernon s'obligea à l'ignorer :

– J'ai bien peur qu'il ne soit déjà trop tard. Les asiles... Vous savez bien ce que les nazis pensent des fous. Et les autres, à Vichy... Déjà qu'avant la guerre, quand on internait quelqu'un...

– Mais elle n'est pas folle!

– Qui veut noyer son chien...

– Alors autant que je serve à quelque chose. Autant que...

A nouveau, Fatal retrouvait son visage de jeune homme, l'air frémissant qu'il devait avoir à son arrivée en Europe, trente ans plus tôt, quand il avait rencontré Dolhman. Des souvenirs peut-être s'agitaient dans son esprit, car il semblait absent, tout d'un coup, passionnément absent. Mais il se reprit vite. Il se redressa, se tourna vers Elise, lui prit les mains, comme pour l'implorer :

– Autant que cette guerre finisse le plus vite possible, n'est-ce pas? Par n'importe quel moyen...

La pression de ses mains sur celles d'Elise se fit insupportable. Il avait l'air violent, d'un seul coup, presque sauvage. Elle serra les dents, parvint à détacher ses mains des siennes. Ce fut Vernon qui répondit :

– Je vous ferai signe.

Fatal lâcha Elise, mais il adressa à Vernon un regard sceptique.

– Je vous en donne ma parole, ajouta Vernon.

A cette seule phrase, Fatal fit volte-face. Il sortit du belvédère sans les saluer et s'engagea entre les acacias. Les arbres avaient été taillés deux ans plus tôt pour fabriquer des piquets qui servaient à soutenir les vignes. En deux printemps, les acacias avaient donné de grands rejets flexibles, qui sifflaient à chaque fois que Fatal les écartait.

– Il va me talonner jusqu'à ce que j'accepte, dit Vernon quand il eut disparu.

– Tu accepteras.

– Ça ne dépend pas de moi.

– Tu feras ce qu'il faut.

Ils prirent le chemin de terre qui menait au manoir. Ils étaient en vue de la grille quand Vernon demanda :

– Tu lui fais confiance, toi, Epi?

– Oui.

– Moi aussi. Et pourtant...

– Pourtant quoi?

– Pourtant rien.

– Dis-le.

Il hésita. Il ne lui répondit que lorsqu'ils se furent installés dans la voiture. Il eut une formule cruelle :

– Il me fait l'impression d'un rat qui quitte le navire.

– Fatal n'est pas un rat.

– C'est juste. Mais le navire...

– Le navire, quel navire?

– Le Grand Chatigny. Lambert...

– Le navire n'est pas si pourri.

– Lambert est un faible. Il a l'arrogance, la méchanceté des faibles. Il est sournois et...

– Non. C'est ma mère qui le rend faible. C'est comme ça depuis toujours. C'est bien le drame. Tant qu'elle sera de ce monde...

Vernon s'apprêtait à remettre en marche le moteur de la Hotchkiss. Il était en retard dans ses visites, mais il s'interrompit dans son geste, dévisagea Elise. Elle avait le regard flou, elle fixait la poignée intérieure de la porte de la voiture, comme si elle déchiffrait dans son reflet chromé tous les secrets du monde. Elle répétait :

– Tant qu'elle sera en vie, Marcou, tant qu'elle sera en vie...

CHAPITRE 63

Sous ses dehors fantasques, Marina Bronski était une femme tout à fait terre à terre. Elle possédait un trait en commun avec Marthe, le sens de la survie. La différence, c'est que Marina, en naissant, avait reçu les clefs du monde, presque toutes les clefs; tandis que Marthe, elle, avant de pouvoir arracher à la vie un peu de ses plaisirs, avait dû étudier la serrure, gagner – voler peut-être – l'acier des clefs, et les forger elle-même, avec souffrance, avec patience. Marthe n'eut jamais le droit à l'extravagance, tout juste put-elle, avec Cellier, s'offrir le luxe de la sincérité. Martina se permit tout, ou presque. Mais dans ses aventures les plus folles, elle sut toujours distinguer ce qui relevait du caprice, de la joie éphémère, et le moment où elle risquait d'altérer ce qu'elle avait d'essentiel, son amour de la vie. Au moment de la débâcle, lorsqu'elle était arrivée en vue de la Garonne, après une semaine d'un voyage épuisant, Marina avait compris qu'elle n'irait pas à Lisbonne. Ce n'était pas la fatigue, c'était le manque d'envie.

L'envie : il faut avoir entendu Marina le dire, ce mot-là, pour comprendre la passion, l'énergie qu'elle mettait dans toutes ses entreprises. Elle salivait toujours, quand elle disait *envie*, elle souriait, elle savourait son plaisir d'avance. Mais quand l'envie la désertait, elle se repliait sur elle-même, elle se voûtait, comme une bête malade, elle avait l'œil et le cheveu terne, ne se coiffait plus, ne se maquillait plus, ne parlait plus; et surtout, ne souriait plus. Cela pouvait durer deux heures ou deux jours – jamais davantage – jusqu'à ce que l'envie, sa fameuse et belle envie, l'ardeur, la vitalité surprenante qui la portait vers toutes choses, la fassent d'un seul coup revenir au monde, une renaissance si spectaculaire qu'il faut avoir observée pour comprendre qu'Otto von Platten se soit plu à la nommer de mots mystiques, « une épiphanie glorieuse », disait-il, « la Pâque russe faite femme, une vraie résurrection... »

Marina ne dépassa pas Bordeaux. Elle s'enterra quarante-huit heures dans un hôtel des environs, une sorte d'auberge pour représentants de commerce envahie par les réfugiés. Puis elle partit au hasard des routes. Elle erra deux jours à travers le vignoble qui mûrissait au soleil de la débâcle. Elle songeait à partir pour Biarritz quand elle s'avisa qu'elle n'avait plus d'essence. Elle était perdue en pleine campagne, au plus beau du Médoc. Il était tard. Elle décida de se rendre au village le plus proche, à pied. Elle n'avait pas fait cinq cents mètres qu'elle fut abordée par le conducteur d'une autre Panhard-Levassor, un vieil aristocrate aux manières exquises. Il se nommait Longuenac, était marquis, et possédait surtout l'un des meilleurs châteaux du vignoble. Il la dépanna, puis l'invita à dîner. Il voulut lui donner un cours sur le bordeaux. Il trouva à qui parler. Il avait connu Dolhman, il se souvenait qu'il avait comme lui la passion des violons. Longuenac possédait deux Panormo et un Jacob Stainer, qu'il avait naguère refusé de vendre à Dolhman, pour une raison élémentaire : il en jouait. Marina retrouva aussitôt tout son allant. Au bout de trois heures de conversation, elle sut qu'elle ne quitterait pas de sitôt Château-Longuenac. L'homme lui convenait parfaitement : soixante ans, le cheveu dru et blanc, veuf, pas très riche, mais élégant. Il fabriquait l'un des meilleurs Médoc qu'elle eût jamais goûtés. Elle décida qu'il ressemblait à son père. Plus exactement, avec ses bouteilles et ses violons, Longuenac ressemblait au souvenir qu'elle avait gardé de son grand-père; mais cela, Marina ne se le serait avoué pour un empire. Au bout de huit jours, elle en fit son amant. Longuenac était attentionné et fort peu exigeant : c'est-à-dire, après von Platten, parfaitement reposant.

Il l'abonna à *Ciné-Mondial*, à *Comoedia* et à *Signal*. Il était généreux. Il avait des ancêtres et des meubles anglais, des lits à baldaquin, une horde de chats faméliques, une domesticité réduite mais extrêmement dévouée. Quand il n'était pas dans ses vignes, ou au fond de ses chais, il jouait des sonatines baroques en haut de ses tourelles. Ce goût de la musique allemande, comme les grands millésimes du Château-Longuenac, lui valaient d'excellents rapports avec les occupants. Il leur vendait ses vieilles bouteilles au prix fort, reversait une partie de ses bénéfices à ses amis résistants, ce qui le mettait en paix avec sa conscience. Marina s'estima au paradis. De temps en temps, elle se demandait pourquoi elle avait interrompu son voyage. Elle préférait ne pas trop y réfléchir. Elle savait que von Platten n'y était pas pour grand-chose. Elle ne parvenait à s'avouer la vérité que lorsqu'elle recevait du courrier du Grand Chatigny. Quand elle déchiffrait les phrases convenues tracées de la main de Léon Fatal, elle était bien contrainte de voir les choses en face. Elle jetait aussitôt la carte au feu. L'aveu qu'elle devait se faire lui était insupportable : elle avait fui loin de Tania, sans réussir à s'éloigner d'elle. Elle avait voulu partir, sans partir.

Depuis toujours, Marina avait accepté comme une fatalité les dérèglements de sa sœur. Elle avait longtemps protégé Tania de ses démons, c'est-à-dire d'elle-même. Mais elle ignorait comment la protéger des autres, peut-être parce qu'elle, Marina, savait parfaitement se prémunir contre eux. De la même façon que sa sœur, Marina n'avait peur de rien. Mais elle avait la fantaisie légère, Marina, tandis que l'ardeur de Tania la menait aux enfers. Du jour où elle avait cru que son pinceau pouvait rendre le monde plus beau, plus fort, Tania avait pris le chemin des douleurs; vers des contrées maléfiques, et souvent sans retour. Depuis la mort d'Anaïs, quand Marina pensait à sa sœur, elle la voyait debout au bord d'un désert, en haut d'une falaise. Elle se demandait si elle allait tomber.

Le pays de Marina, en revanche, c'était celui des hommes : directeurs de théâtre, riches amants, metteurs en scène, producteurs, grands couturiers, photographes. S'il lui arrivait d'y trébucher, elle retombait toujours sur ses pieds, en souplesse, comme un chat, sans une égratignure. C'était pour cette raison, elle ne l'ignorait pas, qu'elle ne serait jamais une très grande artiste. « Je suis trop sensée », disait-elle, « ma sœur, c'est tout le contraire, aucun peintre, aucun écrivain ne peut être raisonnable. S'il est raisonnable, il ne crée pas. » Sa pente, en effet, c'était la joie, et non la tragédie. Marina aimait la vie, *l'envie*, l'entrain presque inépuisable qui la réveillait chaque matin, pimpante, allègre, prête à sourire au premier venu. Dans les pires circonstances, cet amour de la vie l'a toujours sauvée. Comme son formidable aplomb.

Elle ne l'a pas perdue, cette belle assurance, le 3 janvier 1943, lorsqu'elle a reçu la carte de Marthe. A l'instant où elle a reconnu son écriture, elle a compris que Tania s'était approchée trop loin sur la falaise : là où elle pouvait tomber. Là où l'on pouvait la pousser.

Marina n'a pas cherché à savoir si Tania était tombée ou si on l'avait poussée. Avant même d'avoir fini de lire la carte de Marthe, elle a su ce qu'elle attendait d'elle : aller chercher Lucien. Elle l'a fait sur-le-champ. Elle était prête avant même de s'être préparée.

Elle est allée voir Longuenac. Comme d'habitude, il était

en haut de sa tourelle à jouer une sonate. Elle a saisi son archet au vol :

– Vous n'avez plus la main très sûre, mon ami... Occupez-vous plutôt de me trouver...

S'ensuivit une énumération d'objets indispensables à son voyage, la Panhard de Longuenac, qui était plus vaillante que la sienne, du bois pour le gazogène, un manteau noir, deux turbans assortis, un *ausweis*, une fausse-carte d'actrice professionnelle, enfin le nom de personnalités influentes dont elle pourrait se recommander, en cas d'ennui majeur. Jusque-là, Longuenac n'a pas bronché : il n'avait jamais rien refusé à Marina. Le soir venu, il s'est tout de même risqué à lui demander où elle allait. Comme si elle avait préparé son plan depuis des mois, elle lui a répondu qu'on l'appelait à Paris pour tourner un film, et qu'elle allait s'arrêter à Tours pour voir sa sœur et ses neveux. Puis elle a ajouté un luxe de détails : elle allait tourner avec Guitry, elle jouerait les utilités aux côtés de Corinne Luchaire. Longuenac a tout gobé. Ou fait semblant de gober.

Il ne s'est mis en colère que la veille de son départ, lorsqu'il lui a remis son *ausweis*. Marina s'est enhardie, elle lui a demandé de lui prêter son demi-violon, l'instrument sur lequel il avait appris à jouer, un Panormo vieux de plus de deux siècles. Longuenac a refusé. Marina est montée dans sa chambre, et comme dans la scène qu'elle avait jouée en 37 dans *Madame sans Gaine*, elle est revenue en déshabillé, elle a jeté à ses pieds son coffret à bijoux et son samovar.

– Mais je paie! s'est-elle écriée.

Elle sortit en claquant la porte. Le lendemain matin, comme prévu, le Panormo était à l'arrière de la voiture, soigneusement empaqueté, à côté de son coffret à bijoux et de son samovar, malheureusement cabossé. Elle monta les ranger sous son lit à baldaquin, garda le Panormo et s'en alla presque aussitôt.

Avec son nez poudré, son air futile et ses petites fourrures, Marina a passé tous les barrages sans la moindre difficulté. De loin en loin, on l'inquiéta plus que de raison, à cause de son accent. Elle répondit invariablement : « Je vais à Paris, je suis actrice, je dois tourner avec Guitry et Corinne Luchaire, tenez, voilà les papiers... » Elle tendait son *ausweis* et sa fausse carte d'actrice. A l'arrière de la voiture, étaient entassées des piles de *Comoedia* et de *Ciné-Mondial.* Ce n'était même pas calculé. Elle souriait, Marina, comme d'autres respirent. C'était sa défense. Pendant tout le voyage, elle s'est obligée à ne pas penser à ce qui était arrivé à sa sœur. Elle ne voulait réfléchir qu'à ce que lui avait demandé Marthe : emmener Lucien, sauver Lucien. Elle s'était toujours refusée à s'interroger sur Lambert, elle s'était interdit d'envisager le pire. Néanmoins, ce pire, elle le pressentait depuis longtemps, puisqu'elle n'avait pas trouvé la force de quitter la France. Du reste, on dirait qu'elle a tout effacé, Marina, sur cet épisode de sa vie. Elle n'a guère été prolixe sur les trois ans qu'elle a passés chez Longuenac, elle n'a rien raconté ou presque de son équipée à Tours. A l'écouter, on pourrait croire qu'elle a déboulé à la pension de Lucien dans l'heure qui a suivi l'arrivée du courrier à Château-Longuemac, et qu'elle a ramené son neveu dans la même journée, sans autre forme de procès.

Ce qui est faux : elle a mis deux bons jours avant d'atteindre Tours. Elle y est arrivée un mercredi matin, sur le coup de onze heures. Malgré sa fatigue, elle est allée droit à la pension, et directement au bureau du principal. Il a été éberlué de voir entrer cette femme parfumée, si élégante. Elle ne lui a pas laissé le temps de parler : « Le père de Lucien Monsacré... Le pauvre petit, un tel malheur... Il faut que je le prépare. Quel malheur... » Elle a laissé coulé une larme : « La guerre, mon Dieu, tout ce qui nous arrive... » Le principal s'est approché, prêt à offrir un bras compatissant : « Mais j'ai oublié... » a repris Marina,

« je perds la tête, je ne vous ai même pas dit... Je suis sa tante... Son pauvre père, quel malheur. Qu'est-ce qui va lui rester, maintenant, à ce pauvre petit... Il faut que je le prépare. Donnez-moi la journée... » Le principal a emmené Marina au parloir. Sous son bras, elle portait le Panormo. Dès qu'il a vu sa tante, Lucien a remarqué l'instrument. Il s'est jeté dans ses bras. Elle lui a soufflé : « Je te le donne dès qu'on est dans ma voiture. Fais une tête d'enterrement et il est à toi. » Lucien a joué le jeu. Marina a repris à l'adresse du principal : « Il faut que je vous signe quelque chose, je suppose? Je vous le ramène à cinq heures. Ensuite, nous aurons ensemble une petite discussion, n'est-ce pas? » Elle était tragique et élégante à souhait. Le principal en a perdu l'usage de la parole. Il a eu un geste large. Elle a emmené Lucien sans la moindre formalité. Il les a accompagnés en silence à la porte de la pension.

A dix kilomètres de Tours, Marina s'est aperçue qu'elle n'avait pas prévu de papiers pour Lucien. Il était trop tard pour y songer. Elle a choisi de rentrer par un autre itinéraire. Elle n'a été arrêtée qu'une fois, elle a présenté Lucien comme son fils, elle a joué son rôle de prédilection, les femmes du monde inconsistantes et délicieuses. On l'a laissée partir. Deux jours plus tard, elle était revenue à Bordeaux.

Elle a fait un saut chez Longuenac, elle lui a tout expliqué, elle lui a annoncé qu'elle avait décidé de s'exiler aux Etats-Unis. Longuenac aurait bien voulu qu'elle reste, mais elle craignait les recherches de Lambert. Il l'a cachée quelques jours chez un métayer, puis il a trouvé un passeur pour l'Espagne.

Contre la promesse qu'elle l'épouse une fois la guerre finie, Longuenac a tout payé, le passeur, le voyage jusqu'au Portugal, l'hôtel à Lisbonne, en attendant qu'elle trouve à s'embarquer. Il a même eu la force de laisser à Lucien le demi-violon de Panormo, après l'avoir entendu jouer. Du coup, Marina l'a contraint à accepter son samovar cabossé, en gage de fidélité et de bonne volonté.

A Lisbonne, Marina et Lucien ont attendu un bateau pendant un mois dans un hôtel de la vieille ville. Elle ne l'a su qu'après, elle a logé à trois cents mètres de l'immeuble où von Platten continuait d'officier comme psychanalyste mondain. Elle n'a pas songé une minute à lui. Une seule idée la poursuivait : trouver deux places sur un bateau pour les Etats-Unis. Elle finit par obtenir un embarquement sur un cargo qui partait pour Boston. Après une traversée mouvementée, Lucien et elle gagnèrent enfin New York, où ils s'installèrent dans un minuscule appartement du Bronx.

Grâce à l'entregent de Longuenac, Marina était entrée aux Etats-Unis sous sa véritable identité. Pour le petit violoniste à qui elle allait sacrifier le restant de ses jours, elle avait choisi le patronyme de son grand-père, le nom sous lequel il allait devenir célèbre, Lucien Dolhman.

CHAPITRE 64

Lambert n'a appris la disparition de son fils que le samedi suivant, quand Boris est allé à la pension chercher Lucien, pour le ramener au Grand Chatigny, où il passait tous les dimanches. Le principal tomba des nues. Certes, il avait été pris d'un doute, le soir de la visite de Marina, quand il ne l'avait pas vue revenir. Mais l'effet de son charme était encore si vif qu'il s'était résolu à l'incroyable : Lambert Monsacré était mort, dans des circonstances assurément suspectes, puisque sa belle-sœur s'était déplacée pour l'annoncer au petit Lucien, et que sa mère elle-même, disait-on, venait de disparaître de façon très étrange, même pour une excentrique.

En bon Tourangeau, le principal jugea que l'inertie était la seule tactique susceptible de lui attirer le minimum d'ennuis. Ce fut assez bien calculé. Quand Lambert apprit la nouvelle, il eut un long moment de stupeur. Puis il s'enferma dans son bureau. Il fut sans doute traversé d'un mouvement de colère, la fureur courte et froide qui était le trait distinctif de la plupart des Monsacré : Solange retrouva au pied de sa cheminée les débris d'un petit Saxe, ainsi que le barreau d'une chaise Empire, à moitié fracassé. Mais il ne songea pas un seul instant à s'en prendre au principal du collège. Il s'assura simplement auprès de lui que c'était bien Marina, comme il le pressentait, qui était venue chercher Lucien. Il l'interrogea sèchement, sans lui faire un reproche, et lui fit abréger ses excuses.

A la vérité, la situation de Lambert devenait délicate : la disparition de son fils, *« l'enlèvement »*, comme il l'appela, laissait entendre que les origines de Lucien étaient des plus douteuses. De l'avis général, Lambert était *de là.* La logique voulait que Tania fût responsable de la tare qui s'était infiltrée dans cette famille bien française; ce qu'accréditait, du reste, son internement. Mais le soupçon, si prompt à s'insinuer en cette période trouble, pouvait finir aussi par entacher Boris. Et lui-même, Lambert, à moins qu'il ne reprenne l'offensive.

Il ne voyait pas comment. Sa douleur l'aveuglait. De fils présumé, Lucien était redevenu d'un seul coup la chair de sa chair. Il était ainsi, Lambert, il ne pouvait aimer qu'en souffrant, ou en faisant souffrir. En perdant Lucien, il s'est figuré brusquement qu'il avait tout perdu.

Alors au fond de lui s'est réveillé le goût de la vengeance, l'envie de dénoncer, de trouver un coupable. On l'avait dépossédé d'un bien. En quelques heures, il s'est persuadé que c'était sa mère qui avait tout monté. Il n'a rien dit à personne, il s'est rendu à la gendarmerie, il a porté plainte pour enlèvement d'enfant. Tout le monde est formel, il n'a accusé personne. Il a fait comme son père ou son grand-père, comme n'importe quel paysan d'autrefois dont on aurait volé la vache, brûlé la grange, il s'est contenté de silences, quand on lui a posé des questions, de regards qui en disaient long. Puis il est retourné chez lui. A huit heures pile, comme d'habitude, il a dîné avec Boris.

Il n'a pas eu un mot sur Lucien. Il ne parlait plus que des terrains de Tours. Avant d'aller se coucher, il a confié à son fils : « D'ici deux mois, ils seront à moi. » Boris l'a approuvé. Comment lui jeter la pierre? Il ne se plaisait que dans l'ombre de son père, et Lambert le lui rendait bien, qui se complaisait lui aussi dans la compagnie de cet enfant docile, le premier être qui l'eût, sans le craindre, ouvertement admiré.

Boris était tellement fier de son père qu'il a raconté toute l'histoire à ses camarades de faculté, quand il est rentré à Tours. Il s'est même vanté : « Il va y avoir du sport, chez moi, dans les mois qui viennent. » Il paraissait heureux. Personne ne songea à le lui reprocher. Plus généreusement que jamais, le professeur Heurgon lui accorda sa bienveillante protection : à mesure que les événements se précisaient, Boris devenait un parti de plus en plus intéressant. Il serait peut-être l'unique héritier de son père, de sa grand-mère, et même de sa tante, qui n'avait pas d'enfant. Même en Touraine, ce n'était pas si courant.

A Tours, ces murmures ne dépassèrent certainement pas les propos étouffés des notables, entre hommes, au salon, en tirant sur une cigarette de contrebande ou en dégustant une fine du marché noir. A Rouvray, en revanche, on en est presque sûr, ce furent les femmes qui parlèrent. Les femmes, rapaces héritières des secrets comme des nappes brodées, dépositaires ordinaires de tout ce qu'on chuchote, des tours de main de cuisinière, des dernières volontés des mourants. Une fois encore, le bruit enfla depuis le cœur de la ville, ce confluent de la Loire et de la Luisse où Marthe avait commencé sa montée vers l'argent, là où se trouvait encore la maison de Julia, où débouchaient les souterrains du château, les égouts. Une fois encore, ce qui remontait à la surface du flot habituel des conversations, c'était de l'histoire ancienne, le vieux malheur des Monsacré, l'illégitimité qui avait souillé un jour une honorable famille, et entraîné une cascade d'autres fautes, toutes plus monstrueuses, la naissance d'Elise, les lettres anonymes, le suicide de Damien, le Juif, le mariage de Lambert avec une étrangère, la noyade d'Anaïs, enfin ce rapt d'enfant, en pleine guerre, ultime aboutissement de la faute originelle.

Ce flot de bruits qui montait de la vieille ville ressemblait au début des crues, quand le trop-plein de la Loire engorge les égouts : tout pouvait gonfler jusqu'à la catastrophe, les maisons envahies de boue, les morts déterrés de leur fosse. Ou bien refluer d'un seul coup, ne laisser d'autre trace que trois planches arrachées à un lavoir, une ou deux îles bousculées dans leurs sables. La rumeur prit son temps, cette année-là, elle eut du mal à se frayer son lit. Pourtant, on ne se taisait plus devant les enfants, au contraire, on les entraînait avec passion dans le récit des origines, comme dans une histoire qui pouvait répondre à toutes leurs questions, justifiait les bons et les méchants, le tracé des chemins, la répartition des domaines, les riches et les pauvres. Un jour de marché, c'est aux enfants, justement, à leur regard étrange sur son passage que Marthe a compris qu'on recommençait à parler d'elle. Elle a soupçonné pourquoi : Elise lui avait appris que Lucien avait quitté la pension. Elle le tenait de Léon Fatal, Lambert n'avait pas pris la peine de la prévenir.

Marthe décida qu'elle n'irait plus au marché : « Pour ce qu'il y a à acheter », dit-elle. Une fois de plus, elle se replia derrière les eaux de Vallondé. Mais Vallondé n'était plus un refuge, et la solitude n'apaisait plus Marthe. Dans la campagne engourdie par l'hiver et la guerre, où chacun cachait ses provisions comme autrefois son or, la peur rôdait, informe, crainte des Allemands, des résistants, terreur plus grande encore de ceux dont « on ne connaissait pas le bord », terreur surtout que les armes des uns et des autres ne finissent par vider des querelles entamées des années plus tôt pour un bornage mal défini, une histoire de petites cuillers injustement partagées.

De loin en loin, Marthe évoqua encore avec Nine quelques vieux souvenirs. Elle prononça pour la première fois le nom de sa mère, Hortense Ruiz, lui parla de la montre marquée *T.W.*, et des spéculations sans fin qu'elle avait faites à son sujet pendant son enfance au couvent. Un seul sujet pouvait la ramener à la minute présente, une seule exigence, une seule volonté : l'histoire des terrains. Elle en parlait tous les jours. Elle qui n'avait jamais radoté, elle répétait inlassablement la même phrase : « Il me passera sur le corps, mon fils, avant que je cède. » Quant à Lucien, elle ne prononçait plus son nom ni celui de Tania. En somme, Marthe faisait comme d'habitude : pour continuer à vivre, elle passait outre, elle ignorait. Ou plus exactement, elle faisait semblant de faire comme d'habitude. Elle accumulait les comédies les unes sur les autres, comme les épaisseurs de laine, par cet hiver glacial.

C'est Suzanne, un dimanche matin, qui lui a appris que son fils avait porté plainte. Nine n'était pas encore levée. Chailloux avait pêché des anguilles. Marthe avait décidé de les cuire en matelote, une vieille recette à elle, qu'elle tenait toujours à surveiller. Marthe s'était assise en face de Suzanne, à la table de l'office. Elles épluchaient des oignons. Depuis le petit déjeuner, Marthe sentait que Suzanne cherchait à parler. Elle le devinait à la manière arrogante dont elle s'acquittait de ses tâches habituelles. Marthe lui opposait l'indifférence. Mais Suzanne ne désarmait pas. Tout en épluchant les oignons, elle observait Marthe par-dessus le cerclage métallique de ses vieilles lunettes.

Marthe détachait patiemment les pelures une à une, sans relever les yeux. Quand elle parvint à la dernière peau, luisante et acide, une larme lui échappa. Ce fut le moment que choisit Suzanne :

– Vous n'avez pas fini de pleurer.

– C'est sûr, avec ces gros oignons-là.

– Je ne parle pas des oignons.

– Je n'ai jamais pleuré de ma vie. Ce n'est pas maintenant que je vais commencer.

Suzanne quitta la table, s'approcha du fourneau, racla le fond d'un beurrier avec des gestes cérémonieux, puis elle jeta la graisse au fond d'une petite marmite :

– Il y a un début à tout.

Marthe la rejoignit près du fourneau :

– Cesse donc de tourner autour du pot, tu vas me rater ma cuisine.

Suzanne ne se fit pas prier. Sans lever les yeux de la marmite où le beurre commençait à fumer, elle lui débita d'un seul trait ce qu'elle brûlait de lui dire depuis la veille au soir :

– Ils racontent que c'est vous qui avez enlevé le petit Lucien. Ils disent que vous étiez de mèche avec l'autre romano. Ils vont peut-être venir le chercher ici, le petit.

Puis elle éclata de rire. Mais elle ne s'amusait pas, Suzanne, c'était tout juste le plaisir de s'être aventurée à toucher Marthe là où elle la croyait blessée.

– Qui, *ils*? a demandé Marthe en feignant le même rire.

– Les gendarmes. Votre fils a porté plainte. Il paraît qu'il sait qui a monté le coup.

– Tiens donc! Et à ton avis, le petit Lucien, où est-ce que je l'ai caché?

Suzanne a rougi. Elle est revenue s'asseoir à la table, elle s'est à nouveau penchée sur ses oignons. Elle les a hachés, puis elle est retournée à son fourneau.

– Ils disent que vous en voulez à votre fils, à cause des terrains.

– Les terrains, quels terrains?

Le beurre commençait à grésiller. Suzanne a bafouillé :

– Les terrains... ceux de Tours. Ceux où il y avait les immeubles, avant les bombardements. Ceux où il faudrait construire...

– Tu en sais des choses. Tu t'y connais, en affaires.

– Mais tout le monde sait, à Rouvray...

– Personne ne sait rien, ma pauvre Suzanne. C'est pour ça que tu ferais mieux de te taire.

Suzanne s'est voûtée à nouveau au-dessus de sa marmite. Le beurre avait rissolé quelques secondes de trop, il noircissait, en dégageant une odeur un peu âcre. Marthe s'est emparée de la marmite, l'a secouée quelques instants. La graisse a cessé de fumer. Suzanne a haussé les épaules. Alors Marthe a repris, sans la regarder :

– Ma petite Suzanne, en ce moment, il vaut mieux se servir de sa langue pour manger que pour parler. Tu as de quoi vivre, ici, non? Tu manges à ta faim, tu dors au chaud?

Et au moment où elle mouillait l'anguille dans le vin blanc, le visage rougi par la colère ou la chaleur du fourneau, Marthe a cru bon d'ajouter :

– Est-ce que je suis derrière toi quand tu te fais réchauffer les jambes par Augustin Chailloux?

Nine venait de descendre, elle a tout entendu. Elle a pensé que Marthe avait eu un mot de trop. De fait, Suzanne s'est aussitôt fermée. De la journée, elle n'a plus ouvert la bouche. Le lendemain non plus, ni le surlendemain.

Ce soir-là, Marthe est allée fermer la grille elle-même, elle s'est claquemurée derrière ses volets plus soigneusement que d'habitude. Elle a demandé à Nine de s'enfermer dans sa chambre, quand elle allait se coucher. Elle aussi, Marthe, elle s'est enfermée à clef.

Les nuits qui suivirent, elle écouta la Luisse glisser dans le silence. Les bruits qui avaient couru sur elle, qui continuaient de s'insinuer partout dans le pays, avaient le même élan que la rivière, elle le savait : souple, impalpable, méandreux, obstiné cependant. Elle songeait à Suzanne, maintenant presque aussi âgée qu'elle, aigrie par ses années de domesticité. Elle repensait au sureau, au fond du parc, à Augustin Chailloux, qui était si bon jardinier, si bon chauffeur, qui savait tellement bien s'occuper des poules et des diarrhées des lapins; mais qui l'espionnait aussi, d'un bout à l'autre de la journée, qui la trahissait sans doute, pour trois sous lâchés par Lambert. Marthe réfléchissait surtout à la croissance des racontars à son sujet, tumeur parallèle dans sa progression à l'accumulation de ses biens, et qui entrait peut-être en sa phase ultime, le moment où elle allait succomber sous sa propre grosseur. Car elle continuait de croire à sa victoire, Marthe, envers et contre tout. Son entêtement lui tenait lieu d'espoir.

Cependant, de l'étude de Chicheray à la vieille guinguette pourrissante du *Goujon frétillant*, du plus humble galetas de servante à la villa *« Chez Nous »* – un faux castel Renaissance à la sortie de la ville, où officiait la Gestapo –, la rumeur faisait son chemin, illogique et douce, plus claironnante dans ses silences que n'importe quelle calomnie publique, mélangeant tout dans le même chuchotis tranquille, le vrai et le faux, le supposé et l'avéré. Tous l'entendaient, ce murmure ininterrompu, jusqu'à Lambert, au fond de son château d'où il ne sortait plus. Au seul regard du facteur, quand il sautait de sa bicyclette, à la façon dont Solange lui présentait les plats, Lambert savait qu'elle était pour lui, la rumeur, et qu'il aurait les coudées franches quand il voudrait se défendre, lui, Lambert Monsacré, fils, petit-fils, arrière-petit-fils d'authentique Monsacré, faiseur d'argent, comme eux, puissant, vaguement filou, meneur d'hommes, connaisseur en terre, en pierre et en vin, injustement victime d'une machination de femmes, d'*accourues*, de garces étrangères. Il était dans son droit, puisque tout le monde le disait.

Il faisait de plus en plus froid. La Loire commençait à charrier des glaçons quand Lambert, pour la première fois, se rendit chez sa mère. Depuis trois jours, le bruit courait à Rouvray que sa femme s'était suicidée. Sur ce point, on n'a jamais su la vérité. Tania Bronski a été internée au Vinatier, près de Lyon, en contravention avec la loi, qui voulait que les aliénés soient enfermés dans un asile du département où ils avaient élu domicile. Ce n'est pas la moindre des irrégularités de la procédure qui lui fut appliquée. Du reste, l'administration de l'hôpital du Vinatier, où le professeur Heurgon avait de solides amitiés, fut reconnue plus tard comme la plus suspecte d'une époque qui cependant n'en manqua guère. Pour toute la période de l'Occupation, ses livres sont remplis d'erreurs, de ratures, parfois même de maladroites (ou cyniques) tentatives de camouflage. La mort de Tania Bronski y est enregistrée sous le nº 15 839 et porte la date – sans doute approximative – du 31 mars 1943. La cause officielle du décès s'y trouve notée : « cachexie œdémateuse », terme qui dissimulait le plus souvent la mort de faim. Tania Bronski était allée grossir les rangs des quarante mille malades mentaux, vrais ou supposés, qui disparurent dans les hôpitaux psychiatriques sous le régime de Vichy. On ignore encore où elle fut inhumée.

CHAPITRE 65

Il y eut deux visites de Lambert à sa mère. La première, l'après-midi du 27 janvier, et la seconde, le matin du 9 février. La première n'a pas duré cinq minutes. Lambert est arrivé sans crier gare, il a laissé sa voiture à la grille, il est entré sans frapper. Quand il a poussé la porte du salon, Marthe a pâli. Il ne l'a pas saluée, elle non plus. Elle lui a simplement dit : « Qu'est-ce que tu viens chercher? Puisque je t'ai fait dire... »

Nine s'est aussitôt éclipsée. Elle a eu le temps d'entendre Lambert répliquer : « On n'a jamais vraiment discuté. Il faudra bien que je te fasse entendre raison. » « Raison de quoi? » a demandé Marthe. « Pour les terrains. » « Ils sont à moi, je suis libre de mes biens. » « Tu as voulu faire ton testament, tu es allée à Paris avec Elise, qu'est-ce que tu as manigancé avec elle? » « Ça ne te regarde pas! » « Forcément! » « Forcément quoi? » « Je me comprends. Et toi aussi, tu me comprends! »

Le ton montait. Alors qu'elle gravissait les marches de l'escalier, Nine a entendu Marthe prononcer le nom de Tania, de Lucien, puis, curieusement, celui de Damien, que Lambert a répété à son tour, mais la phrase qui a suivi était inaudible, de l'endroit où Nine s'était postée. Elle s'est découragée, elle est montée s'allonger dans sa chambre. Depuis quelques jours, elle avait mal à la gorge. Elle n'est pas restée sur son lit cinq minutes. Elle a entendu des pas sur le gravier, elle a couru à sa fenêtre. Elle a vu Lambert retraverser le parc jusqu'à la grille. Il s'est retourné plusieurs fois. Elle a alors pensé : il reviendra. Le plus curieux, c'est que Marthe a fait la même réflexion à Nine, quand elle est redescendue au salon.

Ce fut son seul commentaire. Pendant quinze jours, Nine et Marthe, d'un accord tacite, n'ont plus parlé que du temps qu'il faisait, de la vague de froid qui était tombée d'un seul coup sur la vallée. Le 5 février, Nine a commencé à tousser. Elle avait de la fièvre. Elle n'a pas voulu déranger Vernon, elle s'est soignée à l'ancienne, à grand renfort de grogs flambés. Le 7, la fièvre a pris Marthe à son tour. Elle a voulu le cacher à sa cousine, mais Nine l'a surprise un soir à l'office, au-dessus d'une casserole d'eau-de-vie de cidre, une allumette à la main. Marthe lui a dit : « Je ne sais pas ce qui me prend, j'ai mal à la tête. » Nine lui a répondu : « Pourvu que ce ne soit pas la grippe espagnole, comme pendant l'autre guerre. » « Je ne suis jamais malade, a rétorqué Marthe. Ce n'est pas maintenant que je vais commencer. »

Nine s'est vite affaiblie, elle ne sortait plus de son lit. Marthe a fait venir Vernon. Il a diagnostiqué une grippe, plus sévère pour Nine que pour Marthe. Il leur a donné les mêmes médicaments. Quand il a examiné Marthe, dans sa chambre, il lui a demandé si elle était sûre d'avoir bien chaud la nuit, si son poêle marchait mieux. Elle a dit qu'on a trouvé la panne, que c'était un défaut dans la fonte d'un tuyau. Malgré les conseils de Vernon, elle a passé sa grippe debout, en disant simplement, comme autrefois : « Je suis patraque, ça va passer. » Et chaque soir, quand elle allait se coucher, elle montait elle-même sa provision de bois pour son poêle, avec une bouillotte et un thermos de tisane.

Le temps s'est radouci. Dans la nuit du 8 au 9 février,

vers minuit, il y a eu une brève averse de neige. C'est ce matin-là que Lambert est venu pour la seconde fois. Le ciel s'éclaircissait sur un soleil de Chandeleur, déjà bien jaune, comme une promesse de printemps. Bien sûr, on n'a pas de photo de ce jour-là. Dans le carton, les clichés s'arrêtent sur quelques images du Grand Chatigny, juste avant l'internement de Tania. Mais on se plaît à l'imaginer, cette photo. Sur la pelouse enneigée, on verrait s'avancer l'ombre dissymétrique de Lambert. Il aurait le soleil dans le dos, on distinguerait nettement, dans la neige, la marque de sa claudication, ses pas inégaux, le droit profond, le gauche plus léger, avec une ligne presque imperceptible pour les réunir.

Il a fait comme la dernière fois, il a laissé sa voiture à la grille. Léon Fatal l'a parfaitement astiquée. Ses chromes brillent, ses vitres étincellent au soleil levant. Lambert porte son monocle, le chapeau qu'il aime à arborer quand il veut frapper son monde. Sous son manteau, il a passé sa vieille veste de tweed, imprégnée de l'odeur de terreau du Grand Chatigny. Il avance lentement : la neige est gelée, il a peur de glisser. Un flocon effleure sa joue. Il regarde le ciel. Il neige, comme au début de la nuit. Un rideau frémit, à droite de l'office. C'est la fenêtre de la chambre de Suzanne. Elle approche du rideau une lampe à pétrole. Derrière sa silhouette épaisse, Lambert n'a aucune peine à reconnaître le profil ironique d'Augustin Chailloux.

Quand il arrive à la porte, l'averse de neige redouble. Il tombe maintenant de gros flocons, qui se collent partout. Lambert ne sonne pas, il frappe à petits coups pressés sur les vitraux du vestibule. Nine n'entend rien. Elle dort. C'est la grippe, c'est le froid. Hier, à cause des glaçons qui dérivaient entre les îles de la Loire, un métayer de Marthe, venu lui régler un fermage en retard, lui a dit qu'il pourrait bien y avoir un embâcle.

Marthe, elle, ne dort pas. Dès qu'elle a entendu sur le

gravier le pas irrégulier de son fils, elle s'est redressée dans son lit.

C'est Suzanne qui a ouvert à Lambert. Avait-il déjà son idée en tête, quand il est entré dans la maison de sa mère? Il a secoué les flocons qui se collaient à son chapeau, il a désigné d'un signe de tête le bureau de Marthe. Suzanne lui a dit : « Madame est couchée, elle tousse, elle a la grippe. » Il a alors demandé : « Et la cousine? » « Elle aussi », a répondu Suzanne. « Elle est malade, elle ne quitte plus sa chambre. Dire que je suis toute seule pour m'occuper de tout ce monde... »

Elle ne s'est pas plainte, Suzanne, elle a simplement dressé à Lambert un état des lieux, avec un grand sourire, comme pour lui signifier : vous pouvez y aller, la route est libre.

Il a hoché la tête, il est monté. Il a pris son temps.

Avant que son fils ne soit arrivé en haut de l'escalier, Marthe s'est levée pour déverrouiller la porte. Elle ne s'est pas pressée non plus, l'escalier était raide, elle avait tout son temps elle aussi. Elle s'est recouchée. Elle a toussé plusieurs fois. Sur sa table de nuit, elle a pris son thermos rempli de tilleul. La tisane était encore tiède, elle a adouci sa gorge enflammée. A travers les volets filtrait la lumière du soleil, qui lui a paru plus forte que la veille. A ce détail, Marthe a su tout de suite qu'il avait neigé.

Elle a saisi son tricot, au pied de son lit. Depuis quelque temps, elle n'arrêtait plus de tricoter et de détricoter, elle passait son temps entre ses écheveaux et ses pelotes. A quoi pensait-elle, quand Lambert est entré? Elle a dû faire comme d'habitude, écouter le cliquetis de sa vieille pendule, se concentrer sur la même phrase, la même volonté, je ne céderai pas, je ne plierai pas. Peut-être a-t-elle souri, en se souvenant de l'appartement de la rue des Belles-Feuilles, avec son testament dans le coffre-fort de la cuisine, là où Lambert n'irait jamais le chercher... A moins qu'elle n'ait revu, en un éclair, Lambert petit, Lambert d'avant la brûlure, vif et fragile, qui venait toujours se réfugier dans ses bras, dès que le Grand Monsacré entrait dans une pièce.

Marthe n'a pas levé les yeux de ses aiguilles, quand Lambert a frappé, quand Lambert est entré. Il y a eu un très long silence, comme chaque fois qu'ils se retrouvaient face à face. Un de ces moments qui résistent à la description, des minutes indéchiffrables, comme dans n'importe quel amour. Comme dans toutes les haines.

Lorsque Lambert s'approche de sa mère dans la chambre en merisier, le plancher craque. Il s'arrête, le bruit le trouble. Les meubles aussi le gênent, l'ordonnance de cette chambre sans crucifix, sans portrait de mariage, sans photographies d'enfants, sans le souvenir même de ses petits-enfants. A ce seul détail, on sait que Marthe n'a jamais été une femme comme les autres. Sur la commode, à la droite du lit, elle a rangé les pierres offertes par Cellier, dans un ordre qu'elle est seule à comprendre, et qui raconte l'histoire de sa passion pour lui. De l'autre côté du lit, un tableau posé trop bas laisse trop facilement deviner qu'il dissimule un coffre-fort. Sur la table de nuit, le sirop et les pastilles prescrits par Vernon, la tasse de tilleul vide, à côté d'un pot de miel d'acacia et de la bouteille thermos. Enfin, au milieu de la pièce, le panier à bois, devant la cheminée, et le poêle qui tire à nouveau comme s'il était neuf.

Marthe regarde les braises, derrière le grillage noir qui obture le foyer du poêle. Elle pense peut-être à Tania, à l'ardente Tania. Ou elle se souvient des scènes brûlantes qu'elle a vécues sur ce même lit, naguère, dans les bras de Cellier. Elle se souvient des plus intimes, des plus chauds recoins de son corps. Dans sa mémoire, ces plaisirs ravageurs se confondent avec ceux qu'elle a reçus de Rodolphe. Elle revoit sans doute aussi la silhouette d'Elise, de dos et qui s'éloigne. Elle lui évoque un bateau qui appareille, pour une navigation tranquille, à défaut d'être heureuse.

Elle revoit tout cela, Marthe, à l'instant précis où Lambert s'approche, saisit une chaise, si près de son lit, trop près, et s'assied, la bouche déjà pleine d'insinuations, de menaces. Elle tousse, elle s'en veut. Elle se force à regarder ailleurs, elle joue les ménagères, une maille à l'endroit, une maille à l'envers, des mouvements mécaniques, pour ne pas tousser, pour ne pas voir les gestes de Lambert, déformés par la passion qui le fait trembler, au-dessus de son édredon, de sa table de nuit où refroidit le tilleul.

Elle continue de se cuirasser, elle pense à ses conserves, bien étiquetées sur les étagères au fond des grottes. Elle pense au garde-manger à remplir, pour Nine, pour Augustin Chailloux, pour Suzanne. Pour... Si jamais. Elle pense au bois pour le gazogène de la Delage. Aux fermages, aux baux. Aux actes chez le notaire, aux plantations de printemps. Au petit sureau, au fond du parc. Et peut-être aussi se rappelle-t-elle la devise de von Platten, ne posséder que le seul présent, la condamnation de tous les gens sans patrie.

Alors elle a froid. Elle tousse encore. Au moment où elle lève les yeux vers le poêle, elle croise le regard de Lambert. Elle ne le quitte plus. L'effet d'aimant a joué. Il parle. Elle répond. Il hausse le ton, comme l'autre jour. Elle essaie, elle n'arrive pas. Elle se passe la main sur le front. Elle transpire, elle a de la fièvre. Elle essaie de se lever. Elle retombe sur son oreiller. Elle continue à parler, à argumenter. Lui aussi. Elle tousse de plus en plus. Puis plus rien. Elle s'est réfugiée dans le silence, comme d'habitude.

Et le silence a duré. S'est fait éternité. On ne saura jamais rien des gestes qui ont traversé ce dernier silence, rien des chuchotements, rien des soupirs. Comme on ignorera tout de ce qui s'est dit entre la mère et le fils, juste avant. Nine dormait; et si Augustin et Suzanne ont entendu quelque chose, ils se sont bien gardés de le répéter.

Ils avaient déjà tout compris, quand ils avaient vu Lambert arriver aux aurores, à contre-jour devant la Luisse. Dans ces cas-là, comme l'a toujours dit Augustin Chailloux, il vaut mieux se boucher les oreilles.

Quand elle a entendu la voix de Lambert au rez-de-chaussée, Nine s'est réveillée. Elle s'est demandé ce qui se passait, et depuis combien de temps Lambert était à Vallondé. Elle a regardé sa pendule : il était dix heures moins dix. Elle a ouvert ses volets, elle a vu la voiture de Lambert, recouverte de flocons qui avaient gelé. Il ne neigeait plus depuis une bonne heure, a dit le garde-champêtre, le lendemain matin. Nine l'a pourtant répété jusqu'à son dernier souffle, le pare-brise de Lambert était couvert de neige, quand elle a découvert sa voiture en ouvrant les volets.

Chailloux et Suzanne ont toujours prétendu la même chose, que Lambert était arrivé à dix heures moins le quart. D'après eux, il est redescendu aussitôt, il leur a crié : « Ma pauvre mère est morte ! » Il s'est jeté sur le téléphone pour appeler Vernon. Elise est tout aussi formelle, elle a reçu l'appel de son frère peu avant dix heures.

A ce point de l'histoire de Marthe, on a envie d'imaginer sa dernière pensée. Elle a dû revoir la Loire, la sablière, l'empreinte qu'y avaient laissée son corps et celui de Rodolphe, un soir de juin 1898. Et peut-être a-t-elle regretté de n'y avoir jamais emmené Jean Cellier.

Mais déjà son âme était repartie vers le fleuve, grain de sable parmi les autres, vers la mer, d'où elle était venue, très exactement soixante-quatre ans plus tôt.

CHAPITRE 66

Contrairement à bien des médecins, Alexandre Vernon avait une magnifique écriture. « Une écriture d'instituteur », disait-on à Rouvray, sans qu'on sache s'il fallait y voir un compliment ou une allusion perfide à sa réputation de libre penseur. Elle était fine, petite, mais parfaitement lisible. Sur son bureau, il avait aligné une collection de plumes et de bouteilles d'encre, mais il utilisait toujours le même stylo, un bel objet d'acier anglais, gravé à son nom, un cadeau d'Elise. Grâce à un minuscule ressort logé derrière sa plume, il pouvait écrire à la manière ancienne, en traçant les pleins et les déliés, les bouches des *r*, des *l*, les sinuosités des *s* et des *m*. Mais la plume de Vernon a frémi, le matin où il a signé son rapport sur le décès de Marthe Monsacré. Comme s'il avait prévu la suite, son écriture n'était pas non plus très assurée, lorsqu'il a commencé, à l'aube du 12 février 1943, sur une feuille à en-tête arrachée à sa souche d'ordonnances, une note vraisemblablement destinée à sa femme, qu'il a intitulée, en soulignant ce titre de deux traits plus désespérés que rageurs : *Pourquoi j'ai refusé le permis d'inhumer*.

Elise lui avait appris la nouvelle à midi, au retour de sa tournée. Il est aussitôt parti pour Vallondé. Lambert l'attendait au salon. Vernon a voulu monter seul dans la chambre de Marthe. Il y est resté assez longtemps. Trop longtemps en tout cas au goût de Lambert, qui s'est impatienté. Il a fini par descendre. Dans le couloir, il a croisé Nine, à qui il a glissé : « Il va y avoir des histoires. » « Quoi encore? » a grondé Nine, « vous ne trouvez pas qu'on en a assez! » Vernon a soupiré : « Autant vous le dire tout de suite, je ne donnerai pas le permis d'inhumer. »

Il est parti sans revoir Lambert. Une heure plus tard, il a eu un bref échange téléphonique avec lui. C'était Lambert qui l'avait appelé. Vernon ne voulait pas céder. Malgré ses injonctions, il ne voulait pas non plus lui dire pourquoi. Alors Lambert a prononcé le mot de *scandale*. Elise a pris l'écouteur, elle a entendu son frère vociférer son nom, en disant à Vernon qu'il en avait, lui aussi, des choses à lui révéler sur sa femme. Il a laissé s'installer un silence, puis, plus calmement, il a demandé à Vernon d'oublier qu'il était venu à Vallondé. Vernon a très vite transigé. Le même soir, le professeur Heurgon examina le corps de Marthe, et délivra le papier qu'il avait refusé.

Les obsèques furent fixées au début de la semaine suivante. Les gens de Rouvray sont presque tous sortis de chez eux, ce lundi-là, en si grand nombre qu'ils ont fait peur aux Allemands. Tours avait été bombardé par les Alliés deux jours plus tôt, ils commençaient à se sentir en pays assiégé.

Il faisait encore froid, avec du vent, des bourrasques de neige, capricieuses, intermittentes. A Vallondé, où la végétation est toujours en avance, les premiers crocus pointaient dans les parterres encore ourlés de neige, dont le liséré dessinait les contours du parc abandonné. Derrière les bancs de brume qui se déchiraient entre les cèdres, on distinguait au loin la Luisse et la Loire, leur confluent tranquille et bleu. L'escalier de Vallondé était trop étroit, il a fallu sortir le cercueil par la fenêtre. L'enterrement a pris du retard. Marthe avait toujours dit qu'elle « ne voulait pas d'église ». Pour une fois, Lambert a fait selon son vœu.

Sur le chemin du cimetière attendait une foule avide, tourmentée par la curiosité bizarre qui entoure les morts subites. Ils étaient tous là, sur le passage du corbillard, Chicheray et sa femme, le facteur Adrien Plumereau, le directeur de la Caisse d'Epargne, le commissaire de police, l'armurier, les nouveaux patrons du *Goujon frétillant*, enfin tant d'autres que Lambert et Elise ne connaissaient que « de vue », comme on disait, le rémouleur chez qui Marthe portait ses vieilles casseroles à rétamer, son fournisseur de bocaux à conserves, son marchand de charbon, ses métayers ou simplement leurs femmes, pour ceux qui étaient prisonniers. Jusqu'à un forain à qui elle achetait des biscuits secs, le vendredi, sur le marché. Au nombre de ceux qui s'étaient déplacés, on mesurait le pouvoir de Marthe, l'importance de sa fortune. A la mine allongée de Chicheray, on devinait aussi qu'il n'avait pas reçu le testament en garde, et qu'il ne s'en remettrait pas. On tentait de lire sur le visage de Lambert et d'Elise la manière dont ils allaient se partager ce lot plus empoisonné que l'héritage de leur mère : les vieilles haines Monsacré, dont on ne savait plus si elles étaient héritées par le sang, ou par les enjeux de la terre. Des rancunes que la plupart des assistants commençaient à juger imbéciles, maintenant qu'on se battait, dans les familles, pour du café, pour du savon...

Sur le passage du corbillard, une femme – peut-être Madeleine Roseroy – a risqué : « Elle aussi, comme le Vieux, la farine a fini par l'étouffer. » Derrière elle, il y a eu aussitôt des remous. Quelqu'un a dit à haute voix : « Respectez au moins les morts. » C'était la première fois qu'on prononçait le mot de *mort*, à propos de Marthe. Il a sonné de façon très incongrue, malgré la proximité du cimetière. C'était sans doute le grand soleil de ce lundi, qui sentait déjà le printemps, les mousses vertes qui gagnaient les écorces des troncs; et les eaux plus vives, depuis la veille, tout autour de Rouvray, jeunes et cristallines, qui annonçaient des bourgeons bien juteux, des feuilles fraîches et vernissées.

Lambert a conduit le deuil, suivi de Boris et d'Elise, puis de Nine. Vernon était un peu en retrait, confondu déjà dans la foule des notables. Lambert avançait plus péniblement qu'à l'accoutumée. Il paraissait un peu gris, comme surpris lui-même des instants qu'il vivait, étonné de voir triompher si facilement le vieux principe des Monsacré, écarter les êtres pour conserver les choses. Abasourdi aussi par sa solitude devant son monceau de biens.

Le cimetière de Rouvray est en pente. On y accède par une longue route non goudronnée, bientôt interrompue d'une grille. Le chemin se prolonge entre les tombes jusqu'à une grande façade médiévale, souvenir d'une cathédrale abattue, et dont les ogives, les rosaces nues s'ouvrent sur des tombes, à perte de vue, dirait-on, à cause de la déclivité. Il y eut des murmures, pendant tout le trajet qui menait à la tombe des Monsacré, parcours allongé par le détour qu'on fit pour éviter le monument de Damien et ses inscriptions sacrilèges. C'était de Lambert que parlaient à présent les gens de Rouvray, non de Marthe. Ils chuchotaient les premiers mots de l'envie, si proches du respect, mais si voisins aussi les plus féroces calomnies : « Il a tout, maintenant, le Lambert. Il a le son et la farine. Même le Vieux, dans le temps, n'a jamais eu ça. » Certains, plus hardis, se hasardèrent à insinuer que la mort subite de sa mère ressemblait curieusement à d'autres, dans la famille, et qu'elle aussi, Marthe, on aurait bien pu la pousser dans la tombe.

Car malgré les années, l'ombre gigantesque du Grand Monsacré planait toujours au-dessus du cimetière, son fantôme ricanant continuait de tourmenter les imaginations, même chez ceux qui ne l'avaient pas connu. C'était lui, l'ancêtre, le Grand Mort de Rouvray, le légendaire fondateur de la plus étrange fortune de la ville, le grand faiseur d'argent, de fils et de malheurs. Tandis que morte, Marthe restait une étrangère. Etrangère et distante, à la façon de ce Dieu qu'elle avait refusé, puissance lointaine, indestructible, mais néanmoins omniprésente, en dialogue constant avec des forces invisibles. Elle n'était pas morte, Marthe, elle s'était éloignée. Il avait fallu attendre ce matin-là pour mesurer son mystère. De son vivant, elle avait été trop vivante, elle ne serait jamais fantôme, son ombre à elle ne viendrait pas errer parmi les tombes, elle serait pour toujours l'étrangère qui hante la campagne, à chaque moisson, à chaque vendange, dans l'étude de Chicheray, à la moindre signature d'actes, sous le tuffeau des caves, toutes les fois qu'on y entrerait pour chercher une bouteille, dans les jardins, les bois des grands domaines qu'elle avait convoités, évalués au centime près, discutés, refusés, dans les vergers, dans les varennes, au-dessus d'Orfonds et de Vallondé, au fond du Val et du haut des coteaux, dame blanche plus étrange que toutes, la fille des sablières, de père et mère inconnus, l'étrangère remontée de la Loire, un jour de vent de galerne.

Quand le cercueil fut hissé au-dessus de la fosse, il parut léger, trop léger, et personne ne pleura. Marthe s'était simplement éloignée, ce cercueil était vide, elle était comme toujours dans son manoir de Vallondé, protégée derrière son rempart d'eau et d'argent, Marthe *l'accourue*, aussi essentielle à l'harmonie du Val que ses grottes d'alchimistes et ses châteaux à l'italienne. Elle était là-bas, derrière son bureau, à jamais différente. L'œil précis, le front posé contre la fenêtre, à prévoir la date d'une récolte, compter ses fermages, calculer le rendement d'un bois, irremplaçable Marthe, dans sa façon d'avoir partie liée avec les mystères de la terre, elle qui était venue de nulle part, et qu'on ne pouvait désormais imaginer ailleurs qu'à Vallondé.

Lambert chancela plusieurs fois en quittant le cimetière.

Il n'en revenait pas, d'être si seul, en face d'elle, alors même que son corps était parti en terre. Néanmoins, il prit ses précautions, comme aurait dit sa mère. Une semaine plus tard, au petit matin, la Gestapo fit une descente à Mortelierre. Vernon fut arrêté, son bureau mis à sac. Les Allemands ont aussi fouillé la serre. Ils ne sont pas allés plus loin. Par bonheur, il n'y avait pas de clients, et selon son habitude, Elise avait tout remis en ordre après le dernier départ.

Vernon avait été donné par une lettre anonyme. Dans son bureau, la Gestapo n'a trouvé aucun document compromettant, même pas sur Léon Fatal, qui venait d'être admis dans l'équipe de sabotage. On l'a emmené malgré tout. Elise ignorait où son mari cachait ses papiers, mais d'emblée, elle a joué la demeurée, la demi-folle. Les Allemands s'y sont laissé prendre. Ou bien ils ont choisi de s'y laisser prendre. Ils ne l'ont pas inquiétée. A Rouvray, on a dit qu'ils avaient leurs raisons. On a reparlé des bombardements de Tours, des dégâts énormes que les appareils alliés avaient infligés à la gare et aux usines d'aviation. On a murmuré qu'à force de battre la campagne, le docteur Vernon n'était pas blanc-bleu. Mais tout de même, on a trouvé que l'histoire devenait un peu grosse.

Elise a préféré ne pas trop se poser de questions. Depuis quinze jours, elle était constamment sur la brèche, elle n'avait plus le temps de penser. Le lendemain de l'arrestation de Vernon, Augustin Chailloux s'est présenté à son tour à la grille de Mortelierre. Il n'avait pas l'air dans son assiette. Elle l'a fait rentrer. Après un verre d'eau-de-vie, il a fini par lui dire pourquoi il était venu. Lambert lui avait annoncé qu'il lui donnait son congé, ainsi qu'à Suzanne. Il avait déjà commencé à déménager des meubles. Il considérait que Vallondé lui revenait de droit.

Elise a brusquement compris pourquoi sa mère lui avait confié son testament. Pendant que Chailloux finissait son verre d'eau-de-vie, elle a pris peur, elle s'est dit que

Lambert n'allait pas tarder à aller rue des Belles-Feuilles, et qu'avec son esprit retors, il aurait tôt fait de trouver les papiers de Marthe, dans la cache de la cuisine. Elle a envisagé de partir dès le lendemain pour Paris, afin de les mettre en sécurité, dans le coffre de la première banque venue. Mais comme elle continuait d'espérer, contre toute raison, que la Gestapo allait lui rendre Vernon d'une heure à l'autre, elle y a aussitôt renoncé.

Du reste, Chailloux a poursuivi, en choquant son verre contre la bouteille, pour lui en demander une nouvelle rasade : « J'ai autre chose à vous dire, madame Vernon. Une chose que je garderai pour moi, si vous me promettez de me conserver ma place. »

Elise a eu un mouvement de prudence : « Qu'est-ce qui me prouve... » Chailloux lui a alors parlé de son fils, un infirme que Vernon avait longtemps soigné. Il a juré sur sa tête qu'il ne la trahirait pas. « Il y en a maintenant assez, des histoires, madame Vernon, on aimerait bien que ça s'arrête un jour... » Elise a promis à Augustin de le garder à son service, puis elle a rempli son verre. Elle s'est aussi servie, quand elle a appris la nouvelle. Elle a bu son verre d'un trait.

Chailloux était venu la prévenir que deux nuits plus tôt, à Vallondé, il y avait eu un revenant. Un revenant bien vivant, « *qui ne savait pas où il avait mis les pieds, et qui pourrait aussi bien débarquer à Mortelierre sans crier gare, un de ces soirs, à un moment qui ne serait pas le moment* ». Car ce fantôme était toujours dans les parages, à ce qu'on disait dans le pays. Il logeait en face de la gare de Blois, à l'*Hôtel des Princes*, si elle voulait tout savoir, dans un des meublés les plus sordides de la ville.

Ce fou-là, qui ne s'était même pas aperçu qu'il était allé dormir à deux pas de la Gestapo, Elise devina son nom, avant même que Chailloux l'ait murmuré. Elle en eut le cœur chaviré, quand il le prononça avec son accent tourangeau qui traînait toujours sur l'avant-dernière syllabe : « L'autre joli cœur de votre mère, madame Vernon, et si je vous le dis, ce n'est pas pour vous faire de la peine... Jean Cellier... »

Chailloux n'était pas parti qu'Elise a appelé Fatal. Au Grand Chatigny, depuis la mort de Marthe, c'était toujours lui qui répondait au téléphone, comme si Lambert se refusait désormais à affronter le monde. Elise et Léon se sont vus le soir même, au belvédère. Leur discussion a été longue et houleuse. Elise voulait à toutes fins rencontrer Cellier, Fatal prétendait que c'était trop dangereux. A bout d'arguments, Elise l'a quitté en lui disant qu'elle irait elle-même le retrouver à Blois.

Léon l'a rattrapée. Il a cédé. Il a dit : « Une femme décidée fait tourner la lune entre ses doigts. » Il avait des proverbes pour toutes les situations, Fatal, c'était souvent agaçant. Pour une fois, c'était exaltant.

CHAPITRE 67

Augustin Chailloux avait bel et bien vu Cellier. Mais contrairement à ce qu'il avait suggéré à Elise, il n'était pas entré dans le manoir. Pour une raison simple : il n'avait pas les clefs. Il était venu en plein jour, un matin, il avait rôdé un moment à la lisière des bois d'Orfonds. Mais il ne s'était pas approché. Il était aussitôt retourné à Blois. Chailloux avait dit vrai sur un seul point : la présence de Cellier dans la région n'était pas l'effet d'une coïncidence.

Après son départ de Rouvray, à l'automne 40, Cellier était allé retrouver un de ses amis, René Bollinger, amateur comme lui de belles voitures, qui l'avait hébergé plusieurs mois dans son manoir breton. Puis dans le courant de l'année 1941, Cellier était entré dans la Résistance, vraisemblablement dans le réseau Eleuthère, dirigé par André Brouillard, mieux connu ensuite sous le nom de Pierre Nord. Sous l'influence de ses nouveaux amis (notamment Bollinger, qui le chapitra sur ce sujet à plusieurs reprises), Cellier était devenu prudent. Il avait appris à voir sans se faire voir. Néanmoins, il ne réussit jamais à étouffer complètement son goût de l'aventure. Plusieurs de ses compagnons se souviennent encore qu'il s'illustra en se déguisant en employé du gaz afin d'espionner les chantiers allemands de la base sous-marine de Saint-Nazaire. En dehors de cet exploit, ses activités sont mal connues. Il changea de nom plusieurs fois, on ne sait sur cette époque de sa vie que les bribes de récit qu'il a confiées à Elise. Après ses péripéties bretonnes, il semble qu'il ait vécu dans la banlieue parisienne, et qu'il ait passé ses journées à observer les mouvements de troupes et de camions aux alentours des gares. Il communiquait les informations qu'il avait recueillies à des spécialistes des radio-transmissions, des « pianistes », comme on les surnommait, qui les faisaient ensuite parvenir à Londres.

De l'avant-guerre, Jean Cellier n'avait conservé qu'une seule habitude : il lisait très régulièrement *Le Carillon de Rouvray*. Il y avait abonné une de ses amies. *Le Carillon* était une feuille provinciale à souhait, on ne peut plus pro-allemande. Un jour, sa maîtresse s'était moquée de cette manie, très inattendue chez un homme aussi parisien. Il avait tenté d'y renoncer. Il n'avait pas pu. C'était plus fort que lui, il fallait qu'il lise ces annonces de comices agricoles, ces faire-part de naissance, de décès. Dans la moindre histoire de chien écrasé, il retrouvait des noms qui ressuscitaient devant lui des paysages, des parfums oubliés. Trois fois rien, la plupart du temps : un vallon perdu dans les saules, l'odeur d'une oseraie, la charmille d'une maison bourgeoise, des poiriers aplatis en espalier, contre un mur de tuffeau. Touches disparates, détails insignifiants, qu'il n'avait pas cru remarquer, à l'époque où il fonçait sur les routes du Val au volant de ses voitures de sport. A bien y réfléchir, pourtant, c'était cet accord subtil de beautés minuscules, parfois contradictoires, qui l'avait si longtemps retenu là-bas. Les noms qu'il aimait à lire dans *Le Carillon de Rouvray*, Beauregard, Prépatour, Montrésor, Monbrison, Colombay, Florigny, Azay, Ussé, le faisaient à nouveau succomber à l'envoûtement du Val, le ramenaient à l'essence de son charme. Au souvenir, aussi, d'une mme qui lui ressemblait : apaisante et forte, sereine et ›urtant violente. Il n'arrivait pas à la chasser.

C'est là, dans *Le Carillon de Rouvray*, entre des annon-s de propagande et des réclames qui vantaient les mérites onguents contre les rhumatismes, que Jean Cellier a :couvert, doublement encadré de noir, l'interminable et ›lennel avis par lequel Lambert Monsacré avait annoncé, ıe semaine plus tôt, les obsèques de sa mère.

Trois jours durant, Cellier résista à l'envie de courir à ouvray. Puis il a fini par prendre le train. Arrivé à Blois, n'a plus su que faire, il est allé loger dans le premier ôtel venu. Il n'a pas dormi de la nuit. Lui non plus, il ne arvenait pas à imaginer Marthe autrement que vivante. .u matin, il a loué une bicyclette, il est allé au hasard des ıemins. Il savait bien que tôt ou tard, il finirait par rendre la route de Rouvray. Il se laissait aller, il n'avait as peur. Depuis qu'il était entré dans la Résistance, il 'était teint en blond, il portait une moustache, des petites ınettes rondes. Il était persuadé qu'on ne le reconnaîtrait as. Il s'est engagé sur la route d'Orfonds. Derrière les rbres, il a aperçu les douves, le vieux porche Henri-III. Le ›ortail n'était pas fermé. Il s'est souvenu des clefs qu'il ıvait remises à Marthe, il s'est dit que ce n'était pas dans a manière, de laisser les choses en désordre, « *à vau-l'eau* », omme elle disait, avec une petite moue de mépris.

Il a fait quelques pas. Son regard cherchait la fenêtre de a chambre, la galerie aux vitraux violets. Il a d'abord cru à un effet de brume, mais quand il a atteint l'endroit où les ırbres s'éclaircissaient, il lui a bien fallu se rendre à 'évidence : devant lui, il ne restait plus que les fondations du manoir, et les ardoises de la terrasse qui donnait sur la Loire, là où il avait bu avec Marthe leur premier verre de Vouvray. Des ronces noircies par l'hiver couraient parmi les pierres fracassées. Il n'a pas eu la force d'aller plus loin. Il est aussitôt parti du côté de Vallondé.

La brèche dans le mur était toujours là. Il l'a franchie, il est descendu vers la Luisse. Il a tout retrouvé, cette fois, les prairies, le vieux moulin. Il a couru un moment entre les herbes encore blanchies de gel, il a écrasé des primevères en bouton, les tiges frêles des premières jonquilles. Il a pensé que Marthe aurait dit : « Le printemps sera en avance, cette année, gare aux gelées d'avril. » Vallond était intact, enserré dans les méandres brillants de la Luisse, et ses pierres armoriées s'offraient tranquillement au tout premier soleil. Il a senti qu'il allait pleurer.

Il a vu alors un rideau frémir, au rez-de-chaussée, à droite de l'office. Il s'est aussitôt souvenu de Suzanne, et d'Augustin Chailloux. Plus exactement, il s'est souvenu de la guerre, il s'est rappelé qui était le gibier, qui était le chasseur. Il a tourné les talons, il a retrouvé sa bicyclette cachée dans les douves d'Orfonds. Il est aussitôt reparti pour Blois.

Il a acheté son billet de retour. Sur le quai, à l'arrivée du train, il a fait volte-face, il est retourné dans sa chambre sordide, à l'*Hôtel des Princes*. Il a eu une nouvelle nuit d'insomnie. Il n'arrivait pas à comprendre que Marthe fût morte sans lui laisser de signe. La raison lui soufflait qu'il n'y a que dans les romans que les hommes laissent des signes, avant de mourir, mais il n'avait pas la force de se résoudre à cette banale évidence. Il a pensé aller au cimetière, s'est aussitôt ravisé. Alors il a commencé à caresser l'idée de se rendre à Mortelierre, pour rencontrer Vernon.

Par réflexe, au matin, il est descendu acheter *Le Carillon de Rouvray*. En première page, il a découvert la nouvelle de l'arrestation de Vernon. Cellier a eu la même pensée que tout le monde, il s'est dit : ça fait beaucoup de choses, en si peu de temps, pour une seule famille. Il a estimé qu'il avait peu de chances d'éclaircir l'affaire avant que la guerre finisse. Et d'ici qu'elle finisse, les pistes seraient brouillées, la vérité à jamais enfouie. Il n'aurait plus jamais de signe de Marthe. Cette fois, il a pleuré. Puis il a décidé de rentrer à Paris, de ne jamais plus remettre les pieds dans le pays. Son train partait vers vingt heures. Il s'est assoupi. Au milieu de l'après-midi, il a été réveillé par des petits coups inquiets frappés à sa porte. Il a ouvert, un peu hagard. Il s'est trouvé face à Léon Fatal, qui lui a tendu une enveloppe sans prononcer un mot.

C'était une courte lettre d'Elise. Elle demandait à le voir. Cellier introduisit Léon Fatal dans sa chambre. Il ne le trouva pas changé. Sur le ton le plus indolent qui soit, Léon lui apprit qu'il y avait eu des sabotages, la veille, sur la voie ferrée Paris-Tours, et que les Allemands étaient sur les dents. « Ils ont organisé des obsèques grandioses pour les victimes des bombardements de Tours. Ils parlent de prendre des otages. Il vaudrait mieux que vous restiez tranquille, le temps qu'ils se calment. » Il lui proposa de le conduire à Mortelierre, où Elise pouvait le cacher. En attendant que la voie soit libre, ils auraient aussi tout le temps de parler. Cellier n'a pas cherché à discuter. Il était épuisé, encore à moitié endormi. D'emblée, il fit confiance à Léon Fatal. Mieux encore : il s'en remit entièrement à lui.

Ils sont partis aussitôt. Le comble, c'est que Léon était venu à Blois au volant de la voiture de Lambert, sous le prétexte d'en faire réviser les freins au *Garage moderne*. Ils sont d'abord allés au Grand Chatigny. Cellier a attendu Fatal en grelottant, caché au bas des terrasses, à deux pas de la Loire. Léon n'est ressorti qu'à la nuit noire. Il l'a guidé jusqu'à Mortelierre à travers bois, par les mêmes chemins que les clients. Il ne l'a quitté que devant la porte de la serre. Elise devait les guetter, elle est arrivée presque aussitôt, une lampe à la main, emmitouflée dans un long châle noir qui avait appartenu à sa mère. Léon s'était déjà évanoui dans les bois quand elle s'est trouvée devant Cellier.

Il s'est passé alors une chose inattendue. Cette femme qui l'avait si souvent désorienté lui a soudain semblé très proche, absolument humaine. Sa vérité profonde avait enfin trouvé son chemin, elle allait donner toute sa force, maintenant qu'elle était écrasée de malheur, à la merci des menaces de son frère, de la première dénonciation, d'un simple mot de son mari, sous les tortures des Allemands. Dès qu'elle a vu Cellier, Elise l'a embrassé. Ce fut un geste spontané, irréfléchi. Aussitôt après, quand elle a élevé la lampe jusqu'à son visage, Cellier a vu qu'elle était cramoisie.

Pourtant Elise a trouvé une autre force, ce soir-là, dont Vernon aurait été fier : elle est allée sans trembler jusqu'à la dernière grotte. Elle y est restée toute la nuit.

CHAPITRE 68

Depuis toujours, dans le Val, les grottes ont servi de refuge. Ces longs souterrains étroits abritent aujourd'hui des débarras, des champignonnières, ou bien sont envahis par les blaireaux et les renards, les hivers de grand froid. Si d'aventure un tracteur en défonce le plafond et découvre soudain leurs chatières, leurs chambres bordées de bancs, on se met à y chercher fébrilement des trésors, quand on ne s'empresse pas de les combler. Car il s'est toujours attaché une réputation étrange aux centaines de grottes qui, d'un bout à l'autre de la vallée, grignotent de part en part la terre de Loire. Certains noms qu'elles ont reçus, *Cave du diable, Cave aux fées, Cave des Bohêmes, Cave à la fausse monnaie*, témoignent des activités occultes auxquelles on s'y livra, édition de pamphlets hérétiques, recherches alchimiques, ou même orgies lucifériennes, les célèbres « nuits de l'erreur » pendant lesquelles les femmes les plus vertueuses des villages s'offraient à des comparses inconnus, sous des symboles gravés à fleur de craie, sexes mâles et femelles, constellations, lunes jumelles, soleils doubles, fourches sataniques, et autres signes cabalistiques, dont la plupart résistent encore à l'interprétation.

Selon toute vraisemblance, les grottes de Mortelierre ne sont qu'une des innombrables « caves fortes » creusées au

Moyen Age dans le pays de Rouvray. Il fallut des années de patience, plusieurs vies peut-être, pour arriver à forer leur réseau tortueux. Vernon en a minutieusement dressé le plan dans l'opuscule dactylographié qu'il leur a consacré, et qu'il envisageait de faire publier par une société savante dès que la guerre serait finie. Il y note en marge une légende locale, assez commune en vérité : un dragon serait caché dans la dernière salle, et garderait un trésor devant une rivière souterraine. Au dos du plan, il a collé un fragment de carte d'état-major, où l'on remarque que les grottes de Mortelierre sont désignées du toponyme : *La cave-fourte*. D'après Vernon, ce nom atteste qu'elles servirent originellement de refuge. « *Aucun texte* », commente le vieux médecin, « *aucun acte notarié ne signalait leur nom, par mesure de prudence. La seule trace de l'existence de ces grottes-refuges, c'étaient les noms de lieux.* » D'après lui, les trois salles successives creusées sous le coteau de Mortelierre pouvaient accueillir une cinquantaine de personnes : la population du vallon, du temps où Mortelierre en défendait l'entrée. Vernon y avait découvert des vestiges intéressants : outre des bancs sculptés dans la pierre, des silos à grain, une mâchoire de grand carnivore, loup ou dogue, juste derrière une feuillure. Au pied d'une meurtrière, il avait fait les trouvailles dont il était le plus fier : deux anneaux qui avaient servi à attacher des animaux, et une balle de plomb, identique en tous points à celles qu'on utilisait à la fin du Moyen Age. Dans la dernière salle, enfin, plusieurs graffiti représentaient des personnages coiffés de heaumes.

Lors de leur perquisition à Mortelierre, les hommes de la Gestapo avaient parcouru l'opuscule, puis l'avaient piétiné comme le reste. Après leur départ, le premier moment de désarroi passé, Elise s'est empressée de le cacher. Vernon lui avait toujours dit : « En cas de malheur, souviens-toi, Elise, les grottes, c'est notre seul salut. Elles débouchent de l'autre côté. » De l'autre côté, c'est-à-dire à la Jugeraie, au pied du belvédère, dans le petit bois d'acacias où ils avaient retrouvé Léon Fatal, juste après l'internement de Tania.

Elise n'avait jamais cru Vernon. Ou plutôt, elle ne voulait rien entendre qui touchât aux grottes. Si elle avait précieusement dissimulé le mémoire de son mari, c'était par respect pour ce qu'il écrivait. Elle redoutait que les Allemands ne viennent à le détruire, dans un nouveau geste de barbarie aveugle.

Plusieurs fois, cependant, Vernon avait tâché de lui faire partager sa passion pour les grottes. Il lui avait expliqué comment s'ordonnait leur plan labyrinthique, il lui avait montré l'emplacement des feuillures, où les soldats se postaient pour prendre l'ennemi sous le feu de leurs tirs croisés. Il lui avait signalé qu'à la droite de la troisième salle, un couloir débouchait sur un puits-piège très difficile à éviter, même à la lueur d'une torche. A gauche, un autre corridor taillé dans le roc débouchait sur une salle presque entièrement inondée – d'où la légende, sans doute, de la rivière souterraine. D'après Vernon, c'était le couloir central, le plus étroit, le plus souvent coupé de feuillures et de chatières (*les étrangloires*, comme les nommaient les gens du pays) qui menait au coteau de la Jugeraie.

Elise n'avait jamais bien écouté Vernon, elle ne se rappelait pas s'il avait exploré les souterrains jusque-là, ou s'il se fondait, pour l'affirmer, sur des racontars de paysans. Le soir où elle fit entrer Cellier sous leurs voûtes crayeuses, elle s'arrêta dans la première salle, là où logeaient habituellement les clients. Elle ne pensa pas au reste. Elle avait enfin triomphé de sa peur.

Elle installa Cellier, lui indiqua les bancs taillés dans la pierre, sur lesquels il pourrait se coucher, lui remit des couvertures, des provisions, retourna dans le manoir pour lui préparer du vin chaud. Elle revint au bout d'un moment. Dès ce premier soir, Cellier en fut frappé, Elise s'était mise à ressembler à sa mère. En blonde, en plus frêle. Mais pour le reste, c'était exactement Marthe, à l'époque où il l'avait rencontrée : tranquille et précise, comme affûtée par le malheur.

Ni l'un ni l'autre ne regardèrent leur montre, ne cherchèrent à savoir combien de temps ils se parlèrent. Ils étaient assis face à face, sur ces bancs de pierre, creusés des siècles plus tôt par des insoumis, des hérétiques, ou tout simplement des paysans qui craignaient pour leurs barriques, pour quelques muids de blé. Entre eux, à même le sol, Elise avait posé sa lampe. Sa lumière pâle éclairait une succession de salles et de boyaux, le ventre humide de ces caves dont le nom seul la faisait naguère trembler, se couvrir d'une transpiration étrange, la même que celle de la pierre, lui semblait-il, comme une exsudation mortifère. Tout en parlant, Elise lui versait des petits gobelets de vin chaud, elle s'abandonnait à l'euphorie légère du liquide parfumé d'épices. De temps à autre, elle dressait l'oreille, retournait dans la serre, guettait dans la vallée les aboiements des chiens. « Je n'oublierai jamais », disait-elle chaque fois qu'elle revenait sous la grotte.

Cellier crut d'abord qu'elle pensait à la mort de sa mère. Mais elle parlait de Vernon. C'était son seul souci. La fin de Marthe, à l'écouter, relevait d'une fatalité prévisible. En revanche, elle aurait pu reprendre indéfiniment le récit de l'arrestation de son mari : « Ils sont arrivés avec une voiture et trois motos. Ils ont fracturé la grille, ils ont enfoncé la porte d'entrée. Je les revois, c'était un matin, très tôt. Ils l'ont frappé... A son âge... Il ne s'est pas retourné, quand ils l'ont emmené. Je ne sais même pas où il est. »

Son regard s'égarait à nouveau du côté de la serre, comme si elle guettait un peu d'espoir derrière ses vitres embuées. Cellier lui tendit une couverture. Sa main s'attarda sur la sienne. Dans le soupir qu'eut alors Elise, il reconnut sa propre angoisse : quarante ans passés, la peur de n'avoir pas vécu. La crainte d'avoir effleuré l'essentiel, sans avoir su l'approfondir. Ils avaient le même âge, les mêmes ennemis. Il avait perdu une maîtresse qui fut aussi une mère, elle avait vu partir une sorte de père, qu'elle avait consenti à prendre pour mari. L'un et l'autre avaient disparu sans un mot; et eux, qui restaient, cherchaient désespérément ce dernier mot, pour continuer à vivre. Cellier reconnaissait en Elise une soif analogue à la sienne : justifier l'injustifiable. Il pensait à Marthe, elle à Vernon. Mais il y avait dans leurs yeux la même envie de signe.

Ils confrontèrent ce qu'ils savaient de Marthe et de Lambert. Elise lui parla des clients, du réseau de Vernon. Elle lui raconta l'internement de Tania, la disparition de Lucien, l'affaire des terrains de Tours, les circonstances troubles de la mort de sa mère. Après le départ de la Gestapo, à côté de l'opuscule sur les grottes, elle avait trouvé la note rédigée de la main de Vernon, *Pourquoi j'ai refusé le permis d'inhumer*. D'après lui, Marthe était morte asphyxiée.

– Ça devait arriver, intervint Cellier, son poêle n'a jamais marché. Avant de partir, je lui avais dit de le changer.

– Elle venait de le faire réparer, on avait trouvé le défaut. Et pourtant elle est morte asphyxiée, Vernon est formel, je vous montrerai son rapport. Bien sûr, elle avait la grippe, elle était fatiguée, depuis quelque temps, avec des poussées de fièvre, elle avait du mal à dormir, mais la veille encore...

– Vous accusez votre frère, coupa Cellier. Vous vous rendez compte?

Elise a aussitôt rejeté la couverture. Elle n'a pas répondu, elle s'est servi un dernier verre de vin chaud, puis elle s'est levée :

– Il vaut mieux que je réfléchisse à la façon dont je peux vous sortir d'ici. Je vais me débrouiller. Il faut d'abord que les Allemands se calment. On m'a dit qu'ils étaient deux cents, hier soir, autour du pont. On prétend qu'ils vont prendre des otages...

Elle parlait à petits mots brefs, avec des intonations nettes, presque sèches. C'était aussi dans la voix, maintenant, qu'elle ressemblait à Marthe.

Il fut certain d'être à nouveau à Paris dans moins d'une semaine. Il dut vite déchanter. Le surlendemain, il y eut à nouveau des sabotages sur la voie ferrée. Les troupes allemandes fouillèrent les forêts et les champs, sur les deux rives du Val, de l'Indre à la Luisse, du Cher au Lathan, du Beuvron à la Vienne. Elles restèrent en alerte sept semaines d'affilée.

Au bout de quelques jours. Elise se décida à se rendre à la villa *Chez Nous*, le siège de la Gestapo de Rouvray, pour avoir des nouvelles de son mari. Elle s'était mise sur son trente et un, elle avait pris son air de femme-enfant. On l'a poliment éconduite. Elle n'a pas désarmé. Elle est allée voir l'officier qu'elle avait soigné, dans le château qu'il occupait avec l'état-major allemand, sur l'autre rive de la Loire. Sa démarche n'a pas davantage abouti. Pour comble, quand Elise lui a raconté ses malheurs, l'officier en question s'est cru autorisé à un début de cour. Il est venu lui rendre visite à trois reprises à Mortelierre, toujours sans s'annoncer, et sous le même prétexte de compatir à ses peines.

Elle a vaillamment joué son personnage d'épouse décente et vaguement demeurée. L'Allemand s'est découragé. Elle se croyait tranquille quand Lambert à son tour s'est présenté à Mortelierre, un matin de la fin mars, et sans plus s'annoncer. Il lui a demandé de réfléchir au partage des biens laissés par Marthe. Chicheray l'avait assuré que sa mère n'avait pas laissé de testament. Sa sérénité de façade ne trompa guère Elise. Lambert était inquiet, il lui répétait que leur mère était beaucoup plus riche qu'elle ne le laissait croire, et qu'elle avait dû cacher de l'argent et des titres, à Vallondé, ou rue des Belles-

Feuilles. Il ne cessait de dire qu'elle possédait des brevets qui valaient une fortune.

Elise le savait bien, Lambert ne parlait jamais au hasard. D'ailleurs, le vendredi suivant, au marché, lorsqu'elle rencontra Augustin Chailloux au marché, il lui apprit que son frère avait retourné motte après motte le jardin potager qui s'étendait devant les caves de Vallondé, là où il avait lui-même cherché, quelques années plus tôt, l'or du Grand Monsacré.

Elise a pris peur. Elle avait l'impression d'être harcelée de toutes parts. Chaque jour, d'anciens malades de Vernon prenaient le chemin de Mortelierre pour lui demander de ses nouvelles. Elle n'avait plus la force de supporter leurs condoléances voilées, leurs hochements de tête devant son bureau vide. Elle a appelé Léon Fatal, elle lui a donné rendez-vous dans les bois de la Jugeraie, l'après-midi même.

C'était la seconde fois qu'ils s'y retrouvaient depuis l'arrestation de Vernon. Au dernier rendez-vous, Elise lui avait demandé de faire passer Cellier de l'autre côté de la ligne de démarcation. Il avait agité la main du côté du pont : « Ils sont tous dehors, madame Vernon. » Elle n'avait pas insisté, il lui avait même semblé qu'elle était soulagée.

Cet après-midi-là, Léon a été surpris, quand elle l'a supplié de partir pour Paris, rue des Belles-Feuilles. Selon l'idée qui la poursuivait depuis des semaines, elle voulait qu'il ouvre le coffre caché dans la cuisine et qu'il en dépose le contenu dans une banque recommandée par Jean Cellier.

Léon n'a pas cédé. Il a opposé à Elise son sourire le plus niais, il a longuement caressé ses mains grasses, et il a soupiré la même réponse : pour l'instant, il ne voulait pas prendre de risques, car il avait trempé dans les sabotages. Les Allemands surveillaient tout, il fallait encore attendre.

Il lui a tout de même laissé un peu d'espoir, au moment de partir. Il lui a dit que Lambert avait retourné sa veste. Il ne parlait plus des terrains de Tours, il donnait l'impression d'avoir pris ses distances avec la banque allemande. Il venait de donner de l'argent à la Résistance, et le faisait savoir, par des confidences artistement distillées. « C'est bon signe », conclut Fatal. « Monsieur Lambert est comme madame Marthe, il voit les choses venir de loin. Tout va finir bientôt, ce ne sera pas la guerre de Cent Ans... »

Au nom de Marthe, Elise s'est mise à pleurer. Mais elle s'est arrêtée presque aussitôt. Elle est sortie du belvédère, elle est redescendue à Mortelierre en courant à travers les rejets d'acacias. Le temps passait si vite, depuis que Cellier était là.

CHAPITRE 69

Ce printemps 1943, coupé d'averses et d'orages précoces, fut la saison la plus étrange qu'Elise ait jamais vécue. Elle surveillait Cellier. Elle était sa geôlière, et cependant elle ne pensait qu'à le faire évader. Chaque soir, elle allait le retrouver après la radio anglaise. Elle lui apportait des livres, des provisions, lui résumait les nouvelles arrivées de Londres, puis ils parlaient de choses et d'autres, souvent de Marthe et de Tania. Au seul regard d'Elise, il devinait que la surveillance allemande ne s'était pas relâchée. D'autres fois, elle était prise d'un élan d'audace, elle l'emmenait en tremblant passer un moment dans le manoir, sous prétexte de lui prêter sa salle de bains. Cellier ne s'y attardait pas. Il revenait très vite au salon, où il n'arrivait pas à tenir en place. Au bout de quelques minutes, il repoussait la tisane ou le verre d'alcool offerts par Elise. Sous la lumière assourdie des lampes d'opaline, il se mettait à rôder entre les collections de Vernon. Il feuilletait des livres anciens, soulevait des bibelots, il avait des gestes de cambrioleur. Parfois même, sous prétexte de chercher une cache, au cas où il serait surpris, il risquait quelques pas au hasard des couloirs. Il était resté très mince. De la jeunesse qui le fuyait, il avait gardé la vivacité, la souplesse, il restait léger, presque aérien. Le temps n'avait marqué que son visage, sa bouche, crispée désormais dans un pli d'ironie, ou de souffrance, on n'aurait su dire, tant la douleur, à cette époque, avait appris à se cacher sous les formes de ses plus sûrs antidotes, la malice et l'humour. Son regard même, autrefois si flou, avait pris l'expression canaille de ceux qui ont appris à ruser : l'œil du voleur.

Un soir, à la fin mars, Elise trouva la force de lui dire la vérité, avec des phrases sans fioritures, que n'aurait pas reniées sa mère. Ils étaient dans les grottes. Elle lui lâcha soudain.

– Il y en a pour des semaines. Il vaut mieux ne plus quitter les caves. Ils sont toujours à rôder dans les bois.

Cellier ne répondit rien. Il posa la main sur la paroi de la salle, effrita un peu de craie, puis frotta longuement ses paumes l'une contre l'autre.

– Combien de temps? finit-il par demander.

– Le moins de temps possible.

Il se mit à taper du poing sur le banc de pierre où il était assis. Ses coups détachaient à chaque fois des fragments de craie jaunâtre, qu'il balayait d'un revers excédé. Elise s'en alla très vite. Au moment de sortir, elle eut comme un remords. Elle se retourna, revint sur le seuil de la cave et lui jeta :

– Faites-moi confiance. Je trouverai à vous occuper.

Elle revint le lendemain matin, juste avant le lever du jour. Elle le surprit dans son sommeil. Il s'était à peine dégagé de ses couvertures qu'elle lui tendit deux cahiers d'écolier à couverture rose fuchsia, pareils à ceux où elle tenait les comptes de Vernon.

– Tout ce qu'on se raconte, le soir, vous pourriez aussi bien l'écrire.

– Ecrire! Il faudrait être fou.

– Ça vous occuperait.

– Fichez-moi la paix.

– Mais puisque vous ne lisez plus...

– Faites-moi sortir d'ici, c'est tout ce que je vous demande.

Il rabattit les couvertures sur lui. Elle s'en alla sur-le-champ; mais avant de partir, elle avait déposé sur le banc d'en face, à côté des deux cahiers, une bouteille d'encre et le stylo de Vernon, dont le capuchon était gravé à son nom.

Le soir même, quand elle revint, Cellier paraissait calmé. Les deux cahiers avaient disparu, mais le stylo était en évidence sur la petite table où Elise avait déposé les provisions. Il n'osait pas parler, elle non plus. Elle n'avait pas envie de partir, car elle s'était assise sur l'autre banc, et elle ne cessait d'enrouler autour de son index un de ses petits crans blonds. Cellier céda le premier. Il désigna le stylo :

– C'est à votre mari?

– C'était.

– Vous avez de ses nouvelles?

– Non.

– Vous pensez que...

– Il ne reviendra pas. Il était déjà si fatigué, quand ils l'ont emmené...

Elle forçait le ton, comme pour se persuader elle-même. L'eau de ses yeux se troublait; et Cellier essayait d'imaginer la scène qui repassait au fond de son regard, comme chaque fois qu'elle parlait de Vernon, le moment où les hommes de la Gestapo l'avaient poussé dans leur voiture, devant le perron de Mortelierre. Cet instant où elle avait attendu un mot, un geste, qui n'était pas venu.

Cellier regarda longuement le stylo, en caressa la laque froide, là où était gravé, en anglaise, le nom de son propriétaire : *Alexandre Vernon.* Il hocha la tête plusieurs fois, puis se détourna d'Elise, avec le tic qu'il avait depuis qu'il vivait dans les grottes : il grattait la paroi de tuffeau, puis se frottait les mains, les épaules rentrées, comme affaissées sous le poids de la voûte de pierre, ou de ces heures trop longues, trop lourdes. Ce soir-là non plus Elise ne s'attarda pas.

Elle fit bien : Cellier commença à écrire dès qu'elle eut disparu. De tout ce long printemps, il n'a plus arrêté.

CHAPITRE 70

Il eut pourtant du mal à commencer, et souvent les mots lui manquèrent. Il a déchiré les trois premières pages du cahier, dans un de ses mouvements subits d'exaspération. Entre la couverture et la ficelle qui reliait les feuilles du cahier, quelques effilochures de papier attestent encore ses premiers flottements.

Puis Cellier a trouvé sa voie, la sobriété de style qui est souvent la marque de la joie la plus pure, ou de l'absolu désespoir. Il écrit alors presque sans rature. Quand les mots lui faisaient défaut, Cellier parcourait l'enfilade des caves, il recommençait à frapper leurs parois. On aurait dit qu'il voulait les briser, les forcer à accoucher d'un sésame qui expliquerait tout, la guerre, son emprisonnement dans les grottes, son destin, celui de Marthe. Il détestait pourtant le mot *destin*. Cellier était un homme de l'instant. Au mieux, du futur proche, souriant et gros de promesses. Il était fâché avec l'irrévocable.

Cela ne l'aidait pas à écrire son histoire. Il progressait avec lenteur, il ne notait sa phrase que s'il en était sûr. Il ne cherchait pas la beauté du texte, seule l'intéressait son exactitude. Il voulait écrire comme il avait mené ses affaires ou conduit ses automobiles : avec assurance et précision. Lorsque Elise le surprenait dans ces déambulations inquiètes, il ne rougissait pas. Il disait simplement, en guettant son approbation : « Vous voyez, je m'occupe. » Elle ne souriait pas, même s'il était un peu ridicule emmitouflé dans ses vieux chandails, la lampe à la main qui arpentait les boyaux humides. On aurait cru un ouvrier des champignonnières. Ou un chercheur de trésor, malhabile et inquiet.

L'or que cherchait Cellier dans les boyaux de Mortelierre, c'était celui de la mémoire. Il voulait fixer ses souvenirs comme une vérité absolue, écrire un récit sec et concret qui aurait gardé par miracle tout le mystère d'un rêve. Autant dire la pierre philosophale. Il l'ignorait, par chance, il avait l'écriture naïve. Un peu bizarrement, son premier cahier s'ouvre sur quelques mots d'adresse à Marthe, datés du 27 mars 1943 : *« Ici, Marthe, tu as été condamnée à mentir jusqu'à l'heure de ta mort. Dans ce pays que tu croyais le tien, les gens ne touchent qu'aux apparences, le cœur ne se découvre jamais. »*

Puis Cellier tente de comprendre la fatalité qui l'a amené dans le piège de Mortelierre. Il lui en refuse le nom. Il a si peur de l'irréversible qu'il préfère taire jusqu'aux mots qui le nomment, et préfère parler des « *choses qui se font sans qu'on le veuille, sans qu'on le sache* ».

« *Je me suis retrouvé noué* », écrit-il, « *mais je sais quelle a été mon erreur. Jusqu'à la guerre, j'ai pensé que rien n'avait vraiment d'importance. Même Marthe. Elle m'a retenu parce qu'elle était différente. Parce qu'elle semblait au-dessus des choses. J'ai aimé son air de reine qui se moque de tout, sa façon tranquille de mépriser l'ordinaire. Il y a vingt ans, elle est venue à moi le front haut, à visage découvert, elle n'a jamais rougi. C'est cela qui m'a plu. Même après la mort d'Anaïs, elle a continué de tout narguer, les cancans, la haine de son fils. Elle n'a pas eu une larme, pas un mot de colère. Je ne pouvais pas m'en aller comme ça. Voilà comment je me suis retrouvé empêtré dans les histoires des Monsacré.* »

Il revient à plusieurs reprises sur la mort d'Anaïs. En dépit des apparences, Cellier était un homme tourmenté, cela se sent aux reproches qu'il ne cesse de se faire. Lorsqu'il évoque le jour de la noyade, on découvre en lui des arrière-plans insoupçonnés : « *Depuis plus d'un an, j'avais envie de quitter Marthe, je restais avec elle pour la pire raison qui soit : par gentillesse. Si je suis allé au Grand Chatigny, c'est à cause de Tania. Elle me plaisait, elle était de ces femmes qui rendent les hommes fiers. Elle paraissait facile, sans l'être. J'avais souvent envie de la prendre dans mes bras. Je n'avais rien compris aux Monsacré. Le pire de l'histoire, c'est que la mort de la petite ne m'a pas ouvert les yeux. Lambert resta pour moi le fils ombrageux de ma vieille maîtresse. Je l'évitais, je croyais que cela suffisait à me protéger, à protéger Marthe. On dit que le gibier sent son chasseur, c'est faux : ou bien l'instinct de la chasse s'était bien émoussé chez moi. J'ai si longtemps pensé que rien n'avait d'importance...* »

Et Cellier égrène ses souvenirs. Au désordre de son récit, on sent qu'il s'est laissé porter par le flot de sa mémoire, ses cohérences aventureuses. Mais il ne perd jamais le fil de son récit : comprendre comment sa vie s'est retrouvée liée au sort de Marthe. De temps à autre, il s'interroge. Il note des phrases qui lui reviennent, sans les commenter, en les soulignant seulement, comme si elles contenaient la clef du mystère Monsacré. Il se souvient par exemple de la réponse que lui fit Marthe, chaque fois qu'il risqua des questions sur Damien et Hugo : « *Je ne suis pas une femme de cimetière, mon petit Cellier, je n'irai pas chercher sous le secret des tombes.* » Elle le découragea toujours de la même phrase, identique au mot près, comme si elle l'avait préparée des années plus tôt, au fond d'une des nuits de calcul dont elle était coutumière.

Cellier raconte qu'il n'a jamais trouvé la force d'insister. Au fond des grottes de Mortelierre, ce printemps-là, il n'arrêta plus de s'en faire reproche. Il se demandait comment son amour pour Marthe avait pu se défaire, sans qu'un mot eût jamais été dit. Avant cette mort-là, celle de l'amour, il aurait aussi voulu un signe. « *Elle devait savoir, elle, qui savait tant de choses. En amour, aussi, Marthe était savante. Comme elle l'était pour les plantes, ou pour les animaux. On aurait dit qu'elle avait reçu de naissance les clefs de toutes choses. Pour cette raison, si on se mettait à l'aimer, c'était éperdument. Et si on la haïssait, c'était aussi avec fureur. Je ne l'ai plus aimée quand j'ai cessé de m'intéresser aux mystères. Je ne l'ai jamais détestée. J'aurais dû. Je l'aurais peut-être sauvée de son fils.* »

De temps à autre, Cellier s'aventurait jusqu'à la serre, écartait les branchages des orangers, contemplait le fronton blanc du manoir d'Elise. Elle ne sortait plus qu'une fois par semaine, pour se ravitailler à Rouvray. Elle jouait souvent du piano. Il l'écoutait, ou il attendait de la voir passer derrière une fenêtre. Il avait l'impression qu'elle aussi, elle l'espionnait. Quand il l'apercevait enfin, ombre fugace derrière un rideau, c'était comme le fantôme de Marthe, une revenante qui lui aurait dit : écris, cherche, tu trouveras. Il retournait à ses écritures, il recommençait à noter des épisodes anodins, comme le jour où elle lui avait serré la main si fort qu'elle l'avait blessé à la phalange, avec la pierre d'une de ses bagues, une petite obsidienne qu'il avait trouvée, fait tailler, monter pour elle. Il la lui avait offerte dans un éclat de rire : « Elle est noire et coupante. Comme toi, Marthe... Noire, aiguë et belle... »

Chaque souvenir le ramenait à la même question : la mort de Marthe. Sous des formes diverses, une seule interrogation parcourt les deux cahiers : « *Comment Marthe a-t-elle pu mourir, avec toute l'énergie qui était en elle? Je ne vois que deux explications. Ou sa force s'est transformée en exigence, et elle l'a retournée contre elle-même. Ou bien cette exigence a contrarié quelqu'un...* »

Mais il a peur d'accuser, Cellier, il recule aussitôt, il a pris le réflexe de ceux qui se savent proie. Alors il revient à d'autres souvenirs : cette entaille connue d'eux seuls, derrière le lit de merisier. Il l'avait faite un jour, avec un couteau, un geste possessif, enfantin, un matin qu'elle lui avait parlé d'Hugo, dans les premiers temps où elle l'avait admis dans sa chambre de Vallondé. « Je ne suis pas ta femme », avait-elle dit, « et ce lit n'est pas le tien ». « Il y a davantage entre toi et moi qu'entre mari et femme », avait répondu Cellier. « Je t'ai marquée. » Il avait dit *marquée* avec une délectation orgueilleuse. Marthe avait eu un sursaut, un mouvement d'indépendance. « C'est une marque secrète », avait ajouté Cellier en riant. Avant même qu'elle n'ait pu l'en empêcher, il avait poussé le lit, et sur l'arrière de son dossier, entaillé le merisier d'une étoile comme en dessinent les enfants, quelques lignes entrecroisées, avec la queue d'une comète.

Futilités, avait-il pensé chaque fois qu'il avait quitté Marthe. Il était toujours parti avec d'excellentes raisons, le monde trop étroit pour son envie de vivre, son besoin de respirer toujours plus large, toujours plus fort. Des justifications qui ne tenaient plus. Dans ses cahiers, Cellier écrit en homme à bout de nerfs, à bout de souffle. Il n'est plus l'amant désinvolte qui avait quitté Marthe avec des mots légers, en lui laissant les clefs d'Orfonds. C'est la guerre qui l'a changé, peut-être aussi les grottes. Chaque fois qu'il se surprenait à caresser leur paroi humide, son regard s'arrêtait sur les veines de silex, horizontales et presque parallèles, qui la parcouraient de part en part. Ses souvenirs de géologue lui revenaient d'un seul coup, avec des images d'animaux, d'océans disparus depuis des millions d'années. Quand il revenait à ses petits cahiers, sa mémoire lui semblait plus friable que la craie, dérisoire, à côté de l'histoire immémoriale de la terre, de ce ventre suintant où il était retenu, si voisin, dans son désarroi, des soldats coiffés de heaumes, des paysans qui s'y étaient réfugiés des siècles plus tôt, à la merci, comme eux, de la première disette, du premier barbare venu.

A la moitié du deuxième cahier, le texte de Cellier s'interrompt au beau milieu d'un paragraphe. C'est le premier qu'il ait écrit au présent. Il y décrit sommairement sa vie dans les caves. Il connaît l'opuscule de Vernon : il en commente certains passages, et, à deux reprises, en évoque le plan. Apparemment, il a bon espoir de sortir prochainement. Il n'envisage pas d'emporter ses cahiers avec lui : il dit qu'il les remettra à Elise. Il paraît gai, pour une fois, il se moque de lui-même : « *Fallait-il être idiot, pour venir me jeter dans la gueule du loup...* » Il enchaîne sur les grottes : « *En tout cas, j'en aurai appris beaucoup sur l'histoire du pays, ses alchimistes et ses faux-monnayeurs. Merci pour tout, Elise. Ce que j'ai préféré, parmi mes lectures, c'est le livret de votre mari, sur Mortelierre. Faites-le éditer, après la guerre.* »

La phrase suivante est inachevée : « *Vous jouez très bien du piano, je suis souvent allé vous écouter dans la serre. Quand tout sera fini, je voudrais...* »

Il n'est pas allé plus loin. Il a été interrompu, sans doute par Elise. D'après ce qu'elle a raconté, on peut dater ce passage du 11 mai 43, la veille du jour fixé pour son évasion. Les Allemands commençaient à relâcher leur surveillance. Pour plus de prudence, néanmoins, Fatal et les hommes du réseau avaient décidé que Cellier ne devait en aucun cas sortir par les bois, où les occupants patrouillaient encore avec leurs chiens. Après la lecture de l'opuscule de Vernon, Fatal avait choisi une solution plus sûre et plus rapide : les souterrains. Il en avait découvert la sortie, en haut du coteau de la Jugeraie, non loin du belvédère. Sur la carte d'état-major, un nom l'attestait encore, qui semblait sorti du plus profond Moyen Age : *L'Etrangloire*. A cause de son poids, Fatal n'avait pu s'engager dans la longue chatière qui formait la seule communication avec la dernière salle. Mais lorsqu'il avait tenté l'expérience, Cellier, posté derrière la petite mare qui s'étendait de l'autre côté de la chatière, avait parfaitement entendu l'écho de sa voix.

Jean Cellier était mince et souple. D'après le plan de Vernon, il estima qu'il en aurait pour une dizaine de minutes à traverser la chatière. Fatal apprivoisait les soldats depuis maintenant deux mois avec ses lapins braconnés, il espérait passer le pont sans être inquiété. Puis il gagnerait la forêt, la ligne. Comme avec n'importe quel client.

CHAPITRE 71

Il était convenu qu'Elise vienne réveiller Cellier un quart d'heure avant le moment fixé pour la sortie : sept heures et demie du matin, en ce 12 mai 1943. En fait, elle vint le rejoindre bien avant le lever du soleil, à cinq heures du matin.

Etaient-ce les interminables pluies du printemps qui pourrissaient tout, ou son impression constante d'être traquée, Elise était à bout de nerfs, elle aussi. Elle n'en pouvait plus de mener une vie parallèle à celle de Jean Cellier, lui dans les grottes, elle à l'abri de sa maison. C'est-à-dire à la merci du premier visiteur, du premier mensonge mal combiné. La moindre négligence, une chemise à sécher, un verre d'eau-de-vie qui traîne, et elle était perdue. A la seule pensée de son départ, cependant, elle avait perdu le sommeil.

Elise n'a pas supporté l'idée que leurs vies soient à jamais deux tracés parallèles. La veille encore, elle y paraissait résignée, quand elle s'est rendue à son dernier rendez-vous avec Fatal, au belvédère, pour vérifier l'horaire du départ, les noms des hommes qui surveilleraient l'évasion. Elle n'a pas marqué davantage d'émotion quand elle est redescendue à Mortelierre, pour accompagner Cellier dans sa reconnaissance des salles qui menaient à la chatière : trois caves obstruées de feuillures, parfois de meurtrières, dont le calcaire s'effritait au moindre frottement. De galerie en galerie, ils avaient fini par atteindre une grande mare souterraine aux eaux très vertes, juste avant la chatière. Cellier s'y engagea. Il était immergé jusqu'au ventre. Il était impatient, il trébucha plusieurs fois. Si Elise ne l'avait pas retenu, il aurait certainement tenté, en pleine nuit, la traversée du boyau qui débouchait à l'Etrangloire.

Ils parlèrent peu, pour une fois. Elle lui apporta des vêtements secs, et comme d'habitude, lui servit du vin chaud. Il lui dit simplement combien il était heureux à l'idée de retrouver l'air libre, le soleil du Sud. Il était redevenu insouciant, il rêvait tout haut d'été. A ce seul mot d'été, Elise s'assombrit. Elle partit presque aussitôt.

La nuit, elle la passa comme la précédente, comme toutes les journées de cet interminable printemps, à remuer sans fin des photos, des papiers. Chaque fois que Jean Cellier lui avait demandé à quoi elle s'occupait, quand elle ne jouait pas du piano, elle avait répondu : « Je fais des rangements. » Elle n'avait menti qu'à moitié. Chez sa mère, le jour de sa mort, elle avait eu le réflexe de fouiller avant Lambert le secrétaire de sa chambre, et même sa table de nuit. En dehors du carnet où Marthe consignait ses recettes de cuisine (le clafoutis de son enfance, notamment, et un coulis d'écrevisses qui valait à ses yeux l'or du Grand Monsacré), elle n'avait trouvé que des tickets d'alimentation, des factures, deux livres de comptes, des vieux menus. Dès son retour à Mortelierre, elle les avait ajoutés aux photos de Tania gardées dans le vieux carton vert à la marque de l'*Elixir de l'abbé Manduchon*. Chaque matin, depuis l'arrestation de Vernon, chaque soir aussi, quand elle revenait des grottes, elle ressortait le carton du placard à chapeaux où elle le cachait, à côté de l'autre, le gris, qui avait contenu naguère des *Lithinés du docteur Gustin*. Celui-là contenait les documents qu'elle avait empêché sa mère de jeter dans le feu, juste avant la guerre. Inlassablement, elle les classait. Elle sortait une lettre d'un carton pour le ranger dans l'autre, se ravisait, revenait à son classement initial, tombait sur une autre photo, qui la laissait songeuse, ouvrait un dossier, un second, un troisième, changeait encore d'avis, rêvait à perte de vue. Elle se complaisait dans le naufrage de la fouille, cet inventaire indéfini des fantômes. Aucun des dossiers n'avait de nom, comme si l'ordre qu'elle cherchait était encore hors d'atteinte. Comme si elle ne le créait que pour le déranger.

Quand Elise est entrée dans la serre, il ne pleuvait plus. Il faisait encore nuit noire, mais elle savait parfaitement quelle heure il était. Elle a cependant réveillé Cellier. Il s'est réveillé en souriant, il devait poursuivre ses rêves de soleil. Il lui a demandé l'heure. Elle lui a répondu la vérité. Il a eu aussitôt un rire, il s'est exclamé : « Cinq heures! Comme pour un condamné à mort... »

C'était la première fois qu'elle le surprenait dans son sommeil. Et d'ordinaire, elle s'asseyait en face de lui, à bonne distance. Ce matin-là, elle s'est assise au bout du banc de pierre qui lui servait de couchette. Cellier s'est étiré dans ses couvertures :

– On dort très bien, là-dessus, en fin de compte...

– Avec le matelas que je vous ai apporté. Mais dans le temps, quand les paysans...

– Dans le temps, c'étaient des durs à cuire.

– Vous aussi, vous êtes un dur à cuire.

Il s'est remis à rire. Elle avait apporté son éternel thermos de vin chaud. Il a attendu qu'elle l'ait servi avant de lui demander :

– Et en été, vous en buvez aussi?

Elle a répondu : « L'été, l'été » en agitant la main, comme pour dire que l'été était loin, ou que pour elle, maintenant, il n'y aurait plus d'été.

Alors ça a été plus fort que lui, Cellier s'est redressé dans ses couvertures, il l'a attirée à lui. Ce fut d'abord un courant très doux, puis il l'a emportée, on aurait cru la Loire, au bord des sablières, qui ne fait d'abord qu'effleurer la peau, et mine de rien finit par enlever l'imprudent, l'engloutir au plus creux de son lit sauvage. Quand la main de Cellier s'est refermée sur ses seins, Elise a eu mal, elle a crié : elle ne savait plus qu'elle avait des seins, et lui aussi, il devait avoir oublié leur chaleur, leur saveur, car il ne cessa plus de les mordiller, de les égratigner. Il a tout voulu d'elle, Jean Cellier, et quand il eut bien fait le tour de ses plaisirs, il recommença. Il s'est gorgé, repu d'Elise. Il ne parlait pas, elle non plus, ils se contentaient de la plainte, du soupir. Elle avait parfois des cris qui l'engageaient à poursuivre. Elle n'en avait jamais assez.

C'est pourtant elle qui a regardé sa montre, elle aussi qui s'est levée la première, qui a dit : « Ne tardez plus. Dans une demi-heure... »

Il s'est levé, avec l'œil des hommes comblés, cet air d'enfant qui vient de faire une bêtise, et ne la regrette qu'à moitié. Il a remis de l'ordre dans ses cheveux, s'est rhabillé sans la regarder. Il a bu un verre de vin, en agitant sa cuiller dans son verre avec des gestes empruntés. Il ne cessait plus de lorgner vers l'enfilade de salles qui menait à la chatière. Elise se taisait. Il y avait entre eux moins de choses à dire qu'à ne pas dire.

D'une petite cache à gauche du banc, Cellier a sorti les deux cahiers roses. Leur couverture s'était déjà décolorée, elle était gondolée, parcourue de traces blanchâtres. Il a rajusté le bracelet de sa montre, puis il a murmuré :

– Vous avez raison. Il était temps.

Elise a souri, d'un sourire pauvre et las. Comme tous les hommes pressés de partir, entre les mots à dire et ceux à ne pas dire, Cellier avait fait le plus mauvais choix.

Elle l'a pourtant accompagné au long des galeries, jusqu'à la dernière salle avant la chatière. Il s'est engagé dans l'eau. Cette fois-ci, il en avait jusqu'à la poitrine.

– Il a tellement plu, a-t-elle soufflé.

Cellier a approuvé. Il avançait difficilement, il a dû esquisser quelques mouvements de brasse. Il a fini par atteindre l'entrée. Il s'y est hissé sans trop de difficulté. Au moment où il s'est baissé pour s'y engager, quelques grands pans de craie se sont détachés sous son poids. Ils sont aussitôt tombés dans l'eau verte de la mare, où ils ont commencé à se dissoudre.

Il a vérifié que la lampe de poche était bien amarrée sur sa tête et il est entré dans le boyau. L'ouverture était encore assez large, il pouvait encore progresser debout, le dos simplement courbé. Il s'est alors retourné, il a crié quelques mots dans la direction d'Elise.

Elle n'a pas voulu les entendre, elle est repartie en courant dans l'enfilade des salles. Il lui fallait de l'air, d'un seul coup, le grand jour. Quand elle est arrivée, à bout de souffle, devant les vitres de la serre, quand elle a vu le matin se répandre sur les lilas fanés, les premières roses de son jardin humide, les jeunes iris, les pivoines en bouton, les herbes couchées par la pluie qui deviendraient, avec un peu de soleil, les foins glorieux et blonds de juin, Elise s'est dit que celui qui donne un signe, au moment de s'en aller, est celui qui n'a pas su vivre. Et que tout était bien, pour Vernon et pour Marthe. Eux, ils avaient su. Ils étaient partis tranquilles.

L'éclaircie n'a pas duré. La pluie a repris. Elise est rentrée dans sa maison, elle a secoué la craie qui salissait ses cheveux, elle a fait sa toilette, elle a joué du piano, en s'imaginant encore que Cellier l'entendait, du fond des grottes. Devant elle, à la place de la partition, elle avait ouvert les deux cahiers roses. Elle y jetait un œil de temps en temps, sans les lire, et elle savait déjà qu'elle les ajouterait aux photos et aux lettres, dans le vieux carton vert ou le vieux carton gris, selon l'humeur, et qu'elle passerait des jours et des nuits à s'y user les yeux.

Elle a repris plusieurs fois son morceau, une pièce de débutant, joyeuse et sereine, extraite du recueil d'Anna-

Magdalena Bach. Elle aimait son rythme enfantin, un peu mécanique. Elle aurait pu le jouer indéfiniment.

Elle n'a jamais su combien de temps elle est restée à frapper son clavier. Elle levait de temps en temps les yeux vers les lignes des cahiers roses, ou jetait un œil au parc, toujours noyé d'averses capricieuses. De ce dernier matin, elle ne s'est rien souvenu, sinon qu'elle était à la fin d'un morceau quand elle a entendu frapper à la porte. Elle s'est levée si violemment qu'elle a renversé le tabouret du piano.

Elle a couru ouvrir, sans même regarder qui était sur le seuil. Elle s'est trouvée face à Fatal. Il était si nerveux que la graisse de ses joues en tremblait.

– Il est parti ? a-t-il crié.

Elle n'a pas eu le temps de répondre.

– La serre, a-t-il repris. Ouvrez-moi la serre, vite.

Il était déjà redescendu du perron, il traversait l'allée de gravillons qui séparait le manoir de ses caves. Elle s'est précipitée. Contrairement à son habitude, elle ne s'est pas assurée qu'on ne l'espionnait pas.

Fatal n'a parlé que lorsqu'ils furent à l'abri. « Il n'est pas arrivé », a-t-il fini par lâcher de sa voix traînante. « Une heure que je l'attends. Au début, j'ai cru l'entendre, puis plus un bruit. Plus rien. Il lui est arrivé... »

Elise ne l'a pas laissé prononcer le mot *malheur*. Elle est allée s'effondrer sur le banc de pierre. Sans lui demander son avis, Fatal est retourné dans le manoir chercher une lampe. Elle l'a laissé partir seul à travers les galeries.

Quand il est revenu, une bonne demi-heure plus tard, il s'est à son tour effondré sur le banc, en face d'Elise. Il était trempé des pieds à la tête. Il n'avait pas pu aller très loin dans la chatière, elle était trop étroite pour lui, encombrée d'éboulis qui semblaient très récents. Elle n'osait pas le regarder, elle se frottait le nez à la dérobée sur les couvertures laissées par Cellier, comme un animal en quête d'une odeur. Fatal a fini par se lever, il a dit : « Il faut que je prévienne les autres. » Elise a remarqué alors que ce n'était pas seulement ses joues flasques qui frémissaient mais tout son corps, comme un long sanglot muet.

Elle l'a suivi. Au moment de sortir de la serre, elle a eu une phrase brève à la manière de Marthe, une question qui n'en était pas une, l'affirmation tranquille des pires vérités :

– Ça s'est éboulé, non.

Fatal a haussé les épaules :

– Ça ou autre chose...

– Mon mari, dans son livre...

– Le docteur, on n'a jamais su s'il y était allé. Sur son dessin, la chatière est toute droite. Moi je peux vous dire qu'elle a au moins un coude. Allez savoir ce qu'il a trouvé, le pauvre M. Cellier...

Il soupira à plusieurs reprises. Il transpirait à grosses gouttes. Puis il a continué :

– On a pris trop de risques. Peut-être pour rien. Après tout, ils ne m'arrêtent pas, moi, les doryphores, quand je suis dans les bois... J'aurais pu...

– Mais vous savez faire l'imbécile, vous, Fatal. Lui... Lui il n'a jamais su. Il était... Trop pressé, vous comprenez, un Parisien, Fatal, un...

Elle se mit à bafouiller. Elle a respiré un grand coup, elle a refermé posément la porte de la serre. Fatal s'est éclipsé sur-le-champ. Il n'a même pas cherché à se changer.

On n'a jamais su ce qui s'était passé au fond de la chatière. On a dit que c'étaient les pluies, un ruisseau souterrain qui a brusquement enflé, ou encore un éboulement, sur le passage de Cellier, à un moment où il ne pouvait revenir en arrière. Une semaine plus tôt, en tout cas, à Montlivaut, une habitation troglodytique s'était écroulée sur son occupante, et trois jours après le drame de Mortelierre, le plafond d'une cave à vin, à la Pouprière, a brusquement cédé. C'était la pluie, disait-on, trop de pluie après trop de froid.

Début juin, des hommes de la Gestapo sont venus endre visite à Elise. Ils ont fouillé le manoir, la serre et les rottes, sans succès. Au moment de partir, leur chef lui a onfisqué ses papiers. Quand elle lui a demandé des ouvelles de son mari, il a eu un sourire fin, puis il est arti. Le lendemain, par le commissaire de police de ouvray, Elise a appris la mort de Vernon.

On ne lui a pas rendu le corps. On lui a simplement emis un mot de lui, une semaine plus tard, où étaient crites ces deux seules phrases : « *Adieu, mon Elise. Avec out le temps que nous avons passé ensemble, je sais que c'est non nom qui reviendra dans tes rêves.* »

Elise n'a jamais su quand il avait rédigé ce mot. En evanche, elle garda la certitude que Vernon l'avait sur lui u moment de son arrestation : il est écrit à l'encre, avec es pleins et les déliés que seul son stylo préféré lui permettait de tracer. Comme toujours, et de longue date, Alexandre Vernon avait tout prévu.

A la Libération, on a su par un autre résistant qu'il était mort quarante-huit heures après son arrestation. Il avait été torturé. Il n'avait pas parlé. Son cœur, bien avant, avait lâché.

CHAPITRE 72

Sur le moment, quand les hommes de la Gestapo lui ont pris ses papiers, Elise est restée de marbre. Elle ne redoutait plus rien pour elle-même. Curieusement, elle n'a jamais aussi bien dormi qu'en ce début d'été. Elle vivait avec le jour, se couchait avec les poules, pour une de ces courtes nuits de juin, lourdes d'odeurs d'herbes sèches, de fleurs trop tôt fanées. Il faisait beau. Elle passait son temps au jardin, courbée sur la terre. Quand elle se relevait, c'était pour s'allonger sur une chaise longue, à l'ombre d'un tilleul. Elle était toujours tournée vers les caves.

Elise n'a repensé à ses papiers qu'au moment où Lambert est revenu la voir, fin juin. Il ne lui a pas dit un mot de Vernon. Comme la fois précédente, il lui a parlé de la succession de Marthe. « Je vais vendre le Grand Chatigny. C'était bon du temps de ma femme. Mais maintenant... Je ne m'y suis jamais plu. »

– Où vas-tu t'installer? a demandé Elise.

– A Vallondé. Puisqu'il n'y a pas de testament. On va s'arranger, tous les deux, non?

Elise n'a rien répondu. Elle l'a reconduit à la porte. Quand il a voulu l'embrasser, elle l'a repoussé.

Il n'avait pas passé la grille qu'elle a appelé Léon Fatal. Par chance, il était au Grand Chatigny. Ainsi que toutes s fois où elle lui donnait rendez-vous au belvédère, elle i a dit : « J'ai du vin à vendre, il faudrait que vous le ûtiez. » Pour une fois, Léon a paru hésiter. Elle a sisté : « Il pourrait bien se gâter, si on ne le tire pas tout suite. » Il y a eu un nouveau silence au bout du fil, puis atal a soufflé : « On va voir ça. » Et il lui a donné ndez-vous pour la fin de l'après-midi.

Quand il est arrivé, elle a remarqué sur-le-champ son xpression fatiguée. Il avait le regard durci de ceux qui 'ont plus rien à perdre. Elle n'a rien dit. Elle a fait comme mère, elle est passée aux actes. Il faisait beau, ils ne sont as rentrés dans le sous-sol du belvédère, ils se sont assis ntre les jeunes acacias, qui avaient beaucoup grandi epuis l'an passé. C'est Elise qui a commencé à parler :

– La Gestapo m'a pris mes papiers. Il faut pourtant que récupère le testament de ma mère. Il est à Paris, dans on coffre, rue des Belles-Feuilles.

Fatal a pris un air absent. Elle a insisté :

– Ils m'ont à l'œil, vous comprenez. Je ne sais pas non lus ce que trafique mon frère. En tout cas, si je n'ai pas le estament, il aura Vallondé. Vous le connaissez, il va s'y nstaller, me mettre devant le fait accompli, si je résiste, il ne fera du chantage, comme à ma mère...

Léon tourna la tête du côté du fleuve. Le soleil baissait, reusant davantage les ravines qui parcouraient ses joues lasques.

– Rendez-moi ce service, poursuivit Elise. Avec le réseau, je sais que vous avez tous les papiers que vous voulez. Personne ne se méfie de vous. Prenez l'argent, les titres, ça m'est égal. Mais rapportez-moi le testament.

– Je vais me faire repérer. La gare de Rouvray est surveillée. Celle de Blois aussi :

– Prenez ma voiture. Vous pouvez même la garder, si ça vous chante. Et tant que vous y êtes...

Elle venait de penser aux deux cartons, dans la cuisine :

– J'ai d'autres papiers chez moi. Il faudra également le mettre en lieu sûr.

Fatal secoua la tête :

– Ce n'est pas la guerre, tout ça. Ce sont vos histoires vous. Vos affaires de famille.

– C'est une autre guerre.

– Pas la mienne.

Il transpirait. Malgré la chaleur, il portait la même tenue qu'en hiver, son éternelle veste de daim. Il a sorti un mouchoir de sa poche, il s'est essuyé le front, il a secoué autour de lui les pans de sa veste. Elise s'est alors aperçue qu'il s'était parfumé. Une fragrance un peu lourde, chyprée, complètement déplacée sur ce corps masculin, encore plus incongrue en pleine campagne, au milieu des foins des acacias aux fleurs fanées. Elle lui rappelait un souvenir confus, l'avant-guerre à Paris, une présence subtile, raffinée. Elle enchaîna alors, sans même réfléchir :

– Et Tania, Fatal, vous avez pensé à Tania? Dans le coffre, il y a des papiers qui lui appartiennent. Des preuves, vous comprenez? Des preuves contre mon frère. Moi aussi j'en ai! Deux grands cartons de preuves... Il faut les mettre en lieu sûr. Vous me suivez, Léon, en lieu sûr, pour la suite, quand Tania va sortir. Alors j'ai pensé...

Elle parlait sans s'arrêter, elle en perdait le souffle. Fatal a détourné la tête, il s'est levé. Il s'est mis à gratter du pied une petite taupinière. Il y débusquait de minuscules vers de terre, les regardait se tordre entre les brins d'herbe. Imperturbable, Elise poursuivait :

– ... Vous allez réunir tous ces documents, les entreposer dans le coffre d'une banque que Cellier m'a indiquée. Tant qu'à aller à Paris, il faut me rapporter le testament. Il le faut, Fatal, vous comprenez, on ne peut pas faire autrement... Qu'on sorte enfin de toutes ces histoires. Ma mère avait pris ses précautions. Elle nous protégeait tous, vous comprenez?

Il avait repéré une autre taupinière, un peu en contrebas.

Il s'éloignait, il ne l'écoutait plus. Elise a alors tenté le tout pour le tout. Elle a couru derrière lui le long de la pente, puis elle a repris, à petites phrases hachées :

– Ma mère aimait tellement Tania, vous savez. Elle avait tout compris, pour mon frère et pour elle. Elle nous protégeait tous. Elle avait pris ses précautions. Elle en savait, des choses... Elle n'est pas partie comme ça, croyez-moi. Pour Tania...

Fatal écrasa soudain la taupinière :

– Arrêtez, madame Elise. Ça sert à quoi, de remonter le temps? Le mal est fait, il n'y a pas de remède.

– Vous pourriez m'aider... Vous avez peur, voilà!

– Oui, j'ai peur, madame Elise. Je n'ai même pas honte. Ceux qui rentrent dans votre histoire, ils n'en sortent jamais. Comme l'autre, là, en dessous...

Il frappa à nouveau la terre du pied, puis il désigna l'entrée de la chatière, derrière les branches d'acacias.

– ... Votre frère commence à se méfier de moi.

Elise s'est levée. Elle a eu alors un geste dont elle ne se serait pas crue capable six mois plus tôt : elle a saisi Fatal par les pans de sa veste, et elle a lâché d'un seul trait :

– Ecoutez, Fatal, vous avez peur, je ne vous en veux pas, parce que justement je vous offre l'occasion de partir, d'aller refaire une vie ailleurs, une bonne vie tranquille, à l'aise pour le restant de vos jours. Gardez tout, la voiture, les titres, l'argent, s'il y en a, je ne me souviens plus, les bijoux, gardez tout. Mais rapportez-moi le testament.

Fatal l'a repoussée. Il s'est encore essuyé le front de son mouchoir, et pourtant il ne transpirait plus. Il est parti sans un mot, de son pas de chat, en sautillant parfois entre les acacias. Mais à la fin de la nuit suivante, il est venu frapper à la porte de Mortelierre.

– Je vous attendais, a dit Elise en lui ouvrant.

Elle mentait. Elle était décoiffée, en robe de chambre, elle avait l'œil battu. Une fois de plus, elle avait passé la nuit à reclasser les deux cartons. Mais elle souriait; et

Fatal fut sans doute ému de sa joie limpide, car pour une fois, il lui rendit son sourire.

Il n'avait pas de bagage, il portait la même tenue, son pantalon de velours côtelé, sa veste de daim usée, et il sentait toujours le chypre de Tania. Avec une sorte de joie puérile, Elise l'a emmené dans sa chambre, elle a ouvert le placard à chapeaux où elle cachait les deux cartons, le vert et le gris, posés l'un contre l'autre, avec leurs piles de dossiers sans étiquette.

Fatal sourit à nouveau. Elle lui proposa un verre d'alcool, qu'il refusa. Ils attendirent le matin avant de sortir la voiture. Fatal s'endormit dans un fauteuil, il ronflait très fort. Elise s'enferma dans sa chambre et classa une dernière fois ses dossiers. Elle ne s'arrêta que lorsque Fatal vint la chercher.

Comme il sortait la voiture du garage, elle revint soudain sur ses pas et lui cria d'attendre. Il s'exécuta. Elle rentra dans la maison, revint quelques minutes plus tard, rouvrit le coffre de la voiture, et, dans une sorte d'élan irraisonné, comme un geste de sacrifice, elle jeta pêle-mêle sur la pile de dossiers les recettes de cuisine de sa mère et les cahiers de Cellier, qu'elle n'avait pas encore eu la force de lire.

Au moment du départ, elle a couru après la voiture. On aurait dit qu'elle regrettait d'envoyer Léon à Paris. Elle l'a rattrapé à la grille, elle s'est agrippée à la vitre, qui était baissée, et elle a soufflé :

– Revenez vite. Ne lisez rien, ne perdez pas de temps.

Dans un buisson voisin, des bourdons se sont mis à grésiller. La chaleur commençait à monter, une bonne grosse chaleur à faire blondir les blés. Léon a souri, du même sourire détaché qu'il avait depuis la veille. Elise n'arrivait pas à desserrer ses doigts de la vitre. Elle attendait de lui un mot, un de ses proverbes orientaux, une simple phrase qui rassure, qui éclaire sa détresse.

Ce mot, Fatal ne l'a pas eu. Il n'avait peut-être plus de dictons en réserve. A moins qu'il n'ait déjà tout dit.

D'après Nine, c'est quand elle n'a pas vu revenir Léon qu'Elise n'a plus été la même. Du jour au lendemain, elle est redevenue comme avant, sauvage, farouchement silencieuse. Elle n'a jamais plus adressé la parole qu'à une seule personne. A elle, Nine, qui avait tranquillement suivi d'un bout à l'autre l'histoire des Monsacré, sans qu'aucun de ses acteurs ne se préoccupe d'elle, comme si son éternel tricot, la grisaille de sa mise l'avaient confondue avec le décor. Alors qu'elle voyait tout, Nine; et le reste, elle le devinait.

CHAPITRE 73

Marthe avait été une jardinière, une bâtisseuse, Nine avait passé sa vie à tricoter. Elle avait appris le monde derrière le compas de ses aiguilles, avec leur cliquetis grêle qui rythmait ses journées. Elle avait vécu comme elle avait déroulé le fil de ses pelotes, résignée et tranquille, en soupirant, en n'en pensant pas moins. C'est vers elle, la grise tricoteuse, que sont venus confluer les secrets Monsacré, méandreuse rivière engluée dans le temps lent de la province, charriant autant de questions que de vérités mises au jour.

Il n'était jamais arrivé grand-chose à Nine : un mari mort trop tôt, deux enfants partis à Paris, pris dans l'engrenage de la ville, des dettes, de l'ambition. Il ne lui était jamais arrivé que Marthe. Ce qui les avait unies, plus encore que le couvent et leurs cachotteries d'enfants, c'était leur amour du pays. Toutes les deux, elles étaient *de là*. Jamais Nine ne contesta que Marthe fût *de là* : voilà pourquoi elle devint son amie, la seule. Jamais le doute ne l'a saisie, pas même effleurée; et quand Nine évoquait la naissance de Marthe, l'épisode de l'étrangère venue accoucher à Rouvray par un jour de grand vent, Hortense Ruiz y apparaissait comme une divinité tombée du ciel, qui ne s'était arrêtée à Rouvray que pour lui apporter la grandiose figure qui lui manquait encore pour être vraiment Rouvray : Marthe la faiseuse d'argent, qui d'un œil posé sur la terre allait faire surgir les moissons, les vendanges, rendre tous les hommes utiles, donner aux pierres le prix de l'or.

La mort de Marthe l'avait anéantie. Pendant plus de deux mois, Nine en oublia de tricoter. Elle se traînait dans Vallondé, cirant inlassablement les meubles préférés de Marthe, son bureau, sa chambre de merisier. Elle avait bouclé ses valises, mais ne savait pas où aller. Elle n'osait pas imposer sa présence à ses enfants à un moment où Paris vivait dans une demi-famine. Elle n'avait pas non plus la force d'affronter la solitude de la maison qu'elle avait héritée de son mari, dans la campagne de Vendôme. Cependant, au matin du 12 juillet 1943, quand elle vit arriver à la grille la procession des charrettes chargées du mobilier de Lambert, elle comprit qu'il était temps de partir. Elle quitta Vallondé dans la matinée. Le soir même, Lambert prit possession des lieux, donna leur congé à Chailloux et Suzanne. Le lendemain, Elise les engageait.

Le jour de son départ, quand Nine se fit conduire à Mortelierre, elle projetait seulement de prendre des nouvelles d'Elise, de la saluer avant de quitter le pays. Il faisait beau, elles s'attardèrent au jardin. Elise parla de Tania et de Marthe, de Fatal, de Vernon, de Cellier, de Lambert, un récit embrouillé, interrompu de questions, de soupirs, de retours en arrière, de conjectures à n'en plus finir. Nine l'écoutait avec avidité. Elle en oublia l'heure du train. Elise lui proposa de passer la nuit à Mortelierre. Nine accepta. La nuit suivante, elle était encore là, à écouter les confidences d'Elise. Et le soir qui a suivi, et une autre nuit, puis encore une autre. Elle avait repris son tricot. Elle ne l'a plus lâché.

Elle est restée vingt-neuf ans à Mortelierre, jusqu'à la maladie qui l'emporta au début du printemps 1972, à quatre-vingt-quatorze ans. Elle ne bougeait guère, mais se portait très bien. Son esprit d'observation, sa prodigieuse mémoire la tenaient en éveil, comme en état de perpétuelle alerte, derrière son immuable tricot. De temps à autre, elle se rendait à Paris, chez ses enfants, qu'elle fatiguait de ses souvenirs de Marthe.

Ils la soupçonnèrent très vite d'en inventer une partie. Mais leurs propres enfants s'en amusaient, posaient question sur question, réclamaient des détails. Ils écoutaient l'histoire de Marthe comme un récit mythique, elle leur paraissait tout droit sortie des Ecritures, du temps âpre et inconfortable qui précédait la guerre. Marthe était devenue une femme de légende, entourée de comparses tout aussi irréels, la figure majeure d'un passé rural qui venait de sombrer, l'aïeule fondatrice d'une famille lointaine, à jamais dispersée.

Nine était une conteuse accomplie. Elle se souvenait de tout, restituait comme à plaisir les expressions du cru, « la vie d'avant », comme elle disait, à la manière de Marthe – à croire, parfois, qu'elle se prenait pour elle. Elle chantonnait souvent des chansons qui dataient du temps de la belle Julia, *Hé, mamzelle, enlevez donc votre chapeau, que je voye le cinémato*, ou *La belle Suzon et sa tournure en crin*, singeait les manières des différents protagonistes, distillait savamment les détails, promettait des révélations pour sa prochaine visite. Mais souvent aussi elle s'interrompait dans son récit, elle disait : « Je vous le dirai une autre fois, il y a des choses que vous saurez bien assez tôt. » Elle ne souriait plus, elle se mordait les lèvres. Elle s'en voulait, c'était évident, de trahir celle qui continuait de l'héberger dans son manoir de Mortelierre, et blanchissait, vieillissait auprès d'elle, silencieuse et farouche, sauf au long de ces nuits interminables qui revenaient cinq ou six fois l'an, pendant lesquelles Elise dévidait interminablement le fil de son passé.

Elise s'était inclinée devant tous les coups du destin, la disparition de sa mère, de Vernon, de Cellier. Elle avait même pris son parti de cette douleur plus secrète que les autres, n'avoir pas porté d'enfant. Il y eut une seule chose qu'elle n'admit jamais : la disparition de Léon Fatal. Pendant les trente années qu'elle hébergea Nine, elle reprit des dizaines de fois le récit de sa vie. Elle commençait toujours par la fin, le jour où elle avait compris que Léon ne reviendrait pas.

Elle revivait l'épisode comme s'il datait de la veille. Elle revoyait tout, le visage des hommes du réseau de Vernon, quand elle était allée les voir, au mépris du danger, pour les supplier de lui donner de faux-papiers. Elle se rappelait leur métier, leur adresse, elle aurait pu décrire leur atelier, leur cour de ferme. Elle se souvenait même du nom de la couturière qui lui avait prêté sa bicyclette jusqu'à la gare de Blois. Elle donnait toujours le même récit de la fin de l'histoire, une version identique au mot près. C'était une mémoire mécanique, méthodique, comme si, sur le moment, elle avait voulu enregistrer la plus infime seconde de ces heures dramatiques, leurs bribes les plus insignifiantes, certaine, dès ce jour, que la clef de l'énigme était dans le détail.

Arrivée à Paris, elle était allée droit rue des Belles-Feuilles. Devant l'immeuble où avait habité sa mère, elle eut un mouvement d'espoir : la voiture était garée en face de la porte d'entrée. Mais elle a aussitôt déchanté : l'appartement de Marthe était vide. Et le coffre aussi, quand elle l'a ouvert.

Malgré son désarroi, elle nota quelques points troublants : alors qu'elle avait remis les clefs à Fatal, l'appartement n'était pas verrouillé, et la porte de l'escalier de service, à droite de la cuisine, était restée entrebâillée. Du reste, elle en retrouva les clefs en évidence sur le réfrigérateur, à côté de celles de la Hotchkiss. Le carton vert à la marque de l'*Elixir de l'abbé Manduchon* était retourné sur le carrelage, à côté d'un tabouret lui-même renversé, et de quelques photos éparses, avec deux factures, et une vieille carte postale, qu'elle a précieusement ramassées. L'appartement semblait avoir été fouillé, mais aucun objet de valeur n'avait disparu.

Depuis plus d'un an, il n'y avait plus de concierge rue des Belles-Feuilles. Elise a gardé son sang-froid, elle a retourné l'appartement de fond en comble. Elle n'a rien trouvé, ni testament, ni lettre, ni les livres où Marthe avait tenu la comptabilité de Cellier, ni surtout les documents qu'elle avait confiés à Fatal. Elle est rentrée à Rouvray au volant de la Hotchkiss. Elle est arrivée à Mortelierre sans être inquiétée.

Du jour de son retour, elle est redevenue la femme qu'elle avait été avant guerre, celle qui retournait sur les consoles les portraits de famille, celle qui avait peur des grottes. Elle ne sortait de Mortelierre que pour visiter ses malades. Elle apaisait sa douleur sur la douleur des autres, elle soignait ses malades en silence, comme si ses mains seules, ses mains inlassablement imposées sur la souffrance du monde pouvaient parler à ses semblables. Le soir, à bout de fatigue, elle s'endormait pour quelques heures. Elle se réveillait bientôt, se levait, errait dans les corridors glacés de Mortelierre, avant de se réfugier dans le bureau de Vernon, où elle allumait sa vieille radio, fixait la nuit derrière la fenêtre dont elle ne rabattait plus les volets, indifférente à toutes les nouvelles, aux nouveaux bombardements de Tours, aux ponts qui sautaient, aux massacres dans la campagne, à la débâcle allemande, et même à l'allégresse de la Libération, à la longue patience des hommes pour redonner au monde sa tranquille mesure, faite de bonheurs fugaces et de tristesses sans histoire, cet état fragile qui se nomme la paix.

Dépossédée des images de son passé, Elise était rentrée dans une sorte d'amnésie. Ce fut cela, le vrai deuil d'Elise, elle ne pleura pas la perte de sa famille, mais celle des objets qui la racontaient. Elle avait oublié depuis longtemps l'inventaire exact du fatras qu'elle avait accumulé dans le coffre et les cartons, elle ne songeait même plus au testament. Ce qui lui manquait, ce n'étaient pas les choses, ni même les preuves à charge dont elles étaient porteuses. C'était leur palpitation secrète, comme le pouls du passé, leur existence gelée à l'intérieur du temps : sous leur écorce matérielle, la vie obscure des objets.

De loin en loin, quand la peine de les avoir perdus atteignait l'intolérable, elle allait réveiller Nine, qui dormait dans la chambre de Vernon. Elle l'emmenait dans son bureau. Là, sous le cercle étroit de la lampe d'opaline, à l'endroit précis où son mari, naguère, écoutait la radio anglaise, la nuit entière, elle lui parlait.

Combien y en eut-il, de ces nuits qui commençaient toujours par la même histoire, celle de la disparition de Fatal? Nine ne les a pas comptées. Elle était à l'affût d'un mot, d'une anecdote qui expliquerait tout, et ces nuits ne lui pesèrent jamais, nuits d'été légères où s'évaporaient les parfums montés de la vallée, glaciales nuits d'hiver, épaissies des brouillards où se figeait la lune, à l'horizon des bois. Nuits de souvenir à la lisière du songe, de navigation sans fin sur l'océan de la mémoire, à louvoyer entre vrai et faux, à se heurter toujours aux écueils des questions. Nine écoutait Elise sans jamais se fatiguer, elle l'observait des heures entières derrière l'entrelacs habile de sa laine sur ses aiguilles; et elle imaginait déjà comment elle allait crocheter cette autre broderie, l'histoire de Marthe, indéfiniment reprise devant les siens, à chacun de ses séjours à Paris.

Car chaque fois qu'Elise se taisait, à bout de salive, à bout de mémoire, Nine se disait toujours : c'est pour que je le répète, tout ce qu'elle me raconte, elle sait bien que je vais le dire... Des semaines durant, Elise ne parlait plus, elle paraissait sereine, elle avait le regard apaisé de ceux qui ont laissé une trace. Et un beau soir, sans raison apparente, elle venait à nouveau réveiller Nine, s'asseyait au bord de son lit, lui servait une tisane, l'emmenait dans le bureau de Vernon, et reprenait tout au début.

Peut-être, encore une fois, était-ce un effet de la vie souterraine des objets, de la force du passé concentrée sous leur matière. Il devait suffire de peu pour qu'Elise reprenne à l'envers le cours de sa vie : un vase hérité de Marthe, qui lui rappelait les bouquets d'iris qu'elle y dressait les soirs de mai, une simple rayure sur le bureau de Vernon, qui la ramenait au temps où il y rédigeait ses ordonnances, où elle ne voulait pas de lui. Il n'y a pas que la vie qui fasse vieillir, les souvenirs s'y entendent encore mieux, quand la mémoire est impuissante à leur trouver un sens. Les cheveux blanchis d'Elise, les rides qui se creusaient, autour de ses yeux, de sa bouche, de son cou, dessinaient sur son visage le hiéroglyphe de son destin : il lui était indéchiffrable, encore plus qu'à Nine. Elle ne se résignait pas à mourir sans en avoir la clef.

En dehors du décès de Suzanne, en 1954, des suites d'une indigestion, il y a eu une seule mort, pendant tout ce temps : celle de Lambert, en 1948, qu'Elise ne pleura pas. Boris lui organisa de magnifiques funérailles. Il fut unanimement regretté, comme un homme mort trop tôt, qui aurait pu faire beaucoup pour le pays. Il n'avait certes pas la stature d'un héros; mais dès la fin 1943, au moment où tous les réseaux de résistants tourangeaux avaient été décapités, il avait aidé très efficacement les maquis. Boris lui-même s'y était engagé. Le jour de la libération de Tours, le père et le fils entrèrent côte à côte dans la ville en liesse. Une photo parue en première page d'un journal de l'époque les montre au troisième rang, sur les marches de la mairie libérée, derrière les premiers notables de la région.

La guerre avait permis à Lambert, comme à tant d'autres, de se fabriquer un destin bien droit, où les affaires privées paraissaient négligeables. *Charbonnier est maître chez soi*, disait-on chaque fois qu'un imprudent se risquait à évoquer le nom des sœurs Bronski, ou s'étonnait de la disparition étrange du petit Lucien. Puisqu'il s'était rouvé du bon côté à point nommé – même si on soupçonnait qu'il fallait y voir de l'habileté plus que de la conviction – la vie de Lambert paraissait désormais limpide. Du reste, il était un bon héritier. La succession de sa mère s'était passée sans le moindre heurt : il avait obtenu de garder Vallondé et les terrains de Tours, où il s'empressa de reconstruire des immeubles dès les lendemains de la Libération. Elise avait eu les restes de la fortune terrienne constituée par Marthe depuis plus de quarante ans, ainsi que l'appartement de la rue des Belles-Feuilles. Elle n'avait pas bronché. Elle en avait confié la gérance à Chicheray, jusqu'au jour où le notaire s'éteignit à son tour, dix ans après Lambert, curieusement victime du même mal que lui, un cancer de l'intestin.

Boris resta donc seul à perpétuer le sang des Monsacré. Il s'en fit un devoir : chirurgien notoire, il se maria à la fille de son patron, et lui fit six enfants. En plus de son obésité, il leur imposa les idées qu'il avait sur tout, l'argent, la médecine, la propriété, le raisonnable et le déraisonnable. Il réussit brillamment dans le domaine où son père avait en partie échoué : la tyrannie domestique. Ainsi Boris se trouva protégé de ce qu'il redoutait le plus : les histoires de famille. Il avait changé son prénom, qui accusait trop nettement à son goût le caractère hybride de sa naissance. Sa plaque, ses cartes étaient gravées au nom d'Alexandre. On ne savait pas où il était allé chercher cette idée. On pensait généralement à une référence émue au souvenir du bon docteur Vernon, dont une rue de Rouvray portait le nom, pour perpétuer la mémoire de ses faits de résistance. Le plus souvent, on lui donnait respectueusement du *professeur Monsacré*. Il n'en demandait pas plus – sinon, qu'au grand jamais, on ne lui parle de sa famille. Parmi les noms de ses parents, il redoutait au plus haut point celui d'Elise. Elle n'a pourtant revu Boris qu'une seule fois, après guerre, aux obsèques de Lambert. Elle apprit son mariage par hasard, et n'y fut pas invitée. Elle ne rencontra jamais ses six petits-neveux.

Pour être juste, il faut dire que c'était le cadet de ses soucis. Le présent, comme l'avenir, la laissaient indifférente. En dehors de ses malades, elle ne s'intéressait à personne. Son existence ressemblait à celle des cités antiques touchées un jour par une catastrophe : vivante sans l'être, figée à l'instant du malheur. Nine l'a dit maintes fois, Elise n'a jamais cessé d'attendre des nouvelles de Léon Fatal. Elle n'a pas pu se résoudre à l'idée qu'il l'avait trahie, elle tressaillait chaque fois que le facteur poussait la grille, elle attendait une lettre, elle rêvait parfois tout haut d'une enveloppe affranchie d'un timbre exotique, aux couleurs de l'Orient, bleu et doré, comme elle imaginait le ciel et les mosquées de Syrie.

La lettre ne vint jamais. Mais à sa place, un an avant la mort de Nine, un autre nom vint déranger sa solitude, dont les syllabes lui ôtèrent jusqu'au goût du sommeil : celui de cet enfant radieux, au corps si léger, Lucien, Lucien Dolhman.

Elle eut de ses nouvelles par Nine, qui avait découvert un article sur lui dans un magazine féminin, au verso d'un patron de tricot. On y parlait de Lucien comme d'un virtuose international du violon. D'après l'article, il était célèbre depuis son adolescence, il vivait aux Etats-Unis. Il avait fallu plus de quinze ans pour que sa renommée atteigne Mortelierre.

Le texte était assorti d'une photo. C'était un bel homme brun, d'une trentaine d'années. Le doute était impossible : il avait exactement le même regard que Marthe.

Une semaine durant, Nine a entendu Elise descendre chaque nuit dans le bureau de Vernon, relire indéfiniment l'article où elle avait découvert le nom de Lucien, et fixer sa photo. Pour la première fois depuis qu'elle était à Mortelierre, Nine se mit à redouter les confidences qui n'allaient pas manquer de suivre. Car du jour où elle ntendit à nouveau le nom de Lucien, Elise voulut à toutes ıns retourner à l'hôpital, visiter à nouveau des malades. Elle était à la retraite depuis une dizaine d'années. On eut e plus grand mal à la convaincre qu'elle ne pouvait plus eprendre son travail.

Elle rentra à Mortelierre. Quelques jours durant, elle enta de s'occuper du parc, « soigner le jardin », comme elle disait. Un soir, à bout de nerfs, elle s'est effondrée au pied du fauteuil de Nine. Et, comme celle-ci le redoutait, elle commença à parler.

« Ce qu'elle m'a dit, j'aurais préféré ne jamais l'entendre », a confié Nine à la petite-fille chez qui elle séjourna, dans les derniers jours de sa vie. « C'était affreux, à ne pas croire... »

Néanmoins, Nine l'a raconté; et du reste, on ne l'a pas crue.

CHAPITRE 74

Nine était lasse, elle ne tricotait plus. Sa voix même avait perdu son charme et sa malice, elle avait pris une intonation grêle, comme hésitante. C'était l'effroi des mots, du mal qu'ils peuvent faire. La peur de ce qui peut changer une vie, à être révélé trop tôt, à être un peu mal dit. Le désir en même temps, que le secret s'évente.

Dans la bouche de Nine, l'histoire de Marthe avait cessé d'être un conte. Elle s'arrêtait constamment dans son récit. C'était toujours la même phrase plaintive : « Ils ne sont pas tous morts, c'est mal, ce que je fais... Si Elise m'entendait... » Sa tête retombait sur son oreiller, elle semblait s'assoupir. C'est pourquoi ses enfants ont cru à une rêverie de vieillard, quand elle a trahi la dernière confidence d'Elise, la scène qui, d'après elle, expliquait tout dans le destin des Monsacré.

Ils ont pensé à un fantasme, à une hallucination de malade. A une invention qu'Elise et Nine s'étaient forgée à deux, au cours d'une de leurs nuits fiévreuses de Mortelierre. Quand les petits-enfants de Nine l'ont raconté à leur tour à Lucien Dolhman, l'épisode lui a laissé la même impression : celle d'une image, plus que d'une histoire. Une scène tremblée, où tous les personnages ont des mouvements fébriles, hagards, comme sur les photos ırexposées que prenait Damien, au temps du Moulin de Jalousie.

C'est un épisode fugace et un peu imbécile, comme tous ·s fragments d'enfance trop longtemps enfouis. La lumière ·t aveuglante, à force d'être blanche. Méchante, a-t-on ıvie d'écrire.

Quelque chose de bref va se passer sous cet éclairage ur. Quelque chose de rapide et d'irréparable. Il fait haud, c'est la lumière sèche du désir. De l'envie, plutôt, de envie qui ne se retient plus, un jour d'été sur les bords de ı Luisse, du temps du Moulin de la Jalousie, du temps où 'allondé était encore en ruine, il y a presque un siècle, utant dire une éternité. Le temps de la jeunesse de Marthe, de son mariage avec Hugo. Le temps du Grand Monsacré.

Hugo et Marthe sont absents, Thérèse aussi, et le Grand Monsacré. Ils sont sans doute à surveiller les moulins, à ırpenter les champs. A surveiller les vignes, les blés, les ouvriers, les métayers. Ou à s'épier les uns les autres, à se guetter. A calculer, à compter. A se haïr. Ils ne peuvent pas être occupés à autre chose, ils ne font que ça, ou travailler. Ils ne s'arrêtent que lorsqu'ils dorment; et encore, ce n'est même pas sûr.

Elise a dix ans. Elle ne sait pas encore ce qu'est la haine, elle la pressent seulement, et déjà elle la fuit. C'est une décision, une résolution farouche. Il y a de la violence en elle, mais qui la porte toujours vers la douceur. C'est contradictoire, difficile à expliquer. C'est peut-être ce que certains appellent la force de l'amour.

Peu importe. Elise sait déjà qu'elle n'est pas comme les autres, qu'il y a toujours comme un reproche qui se déplace avec sa personne, un grief qu'elle associe très vaguement à celui qui, où qu'elle aille, poursuit aussi sa mère. Voilà ce qui l'unit à Marthe, dans l'affection silencieuse qu'elle lui voue. Voilà aussi ce qui l'attache à Damien, qui ne cesse de la photographier, qui lui dit sans

cesse qu'elle est belle. Voilà enfin qui fait d'Elise la presqu
jumelle de Lambert. Ils ne se ressemblent pas, mais ils on
en secret la langue commune des enfants qui s'aiment ave
cette inflexion propre au petit Lambert, l'ardeur, déjà
dans l'amour qu'il a pour Elise, la brûlure de la passion

Lambert dort, cet après-midi, il fait si chaud. Il s'es
endormi près de la maison, à l'ombre d'un cerisier. Elis
s'ennuie. Elle descend au jardin, vers les caves, pui
remonte vers le vieux manoir. Elle erre un moment à l
lisière des ronces qui s'élèvent autour des murs abandon
nés, avec un mélange de délectation et de crainte : Marth
prétend qu'elles sont infestées de vipères, les aspics rouge
dont la piqûre est mortelle. La végétation est devenue tro
épaisse pour qu'Elise puisse apercevoir les meneaux de
fenêtres, les salamandres sculptées à même le tuffeau. A
bout d'ennui, elle redescend vers les caves.

Au pied de la dernière grotte, celle qui fait office de resserre pour les outils de jardinage, la Luisse décrit un de ses ultimes méandres, à l'ombre d'un bosquet de noisetiers. Elise aime cet endroit, parce qu'il est frais, et que Marthe lui a permis de « jouer avec l'eau », comme elle dit, à cet endroit où la rivière devient si paresseuse. Personne, en dehors de Lambert, ne vient jamais la déranger.

Elle a été surprise, Elise, cet après-midi-là, quand elle y a trouvé Damien. Il est assis sur un grand pliant, dont la toile s'enfonce sous son poids. Il sourit. Son appareil est posé sur ses gros genoux. On dirait qu'il l'attend. Comme d'habitude, il parle de la photographier. Elise prend aussitôt la pose, elle rejette en arrière sa chevelure blonde. Elle se sent belle, heureuse. Presque femme, déjà, dans la posture, dans les formes. Elle est en contre-jour. Damien regarde à travers l'objectif. La robe d'Elise est légère, transparente. Elle attend ses ordres habituels : « Recule-toi, Elise, non, de l'autre côté, attention à l'ombre de l'arbre, un peu en avant, non, pas là, tu as le soleil sur la joue... »

Il n'a rien dit, ce jour-là, Damien. Il a reposé l'appareil dans l'herbe, lui qui d'habitude était si soigneux. Il avait les mains moites. Lui qui ne marchait plus guère, qui se traînait, le gros, le monstrueux Damien, il s'est jeté sur elle, il l'a entraînée dans la cave. Elle n'a même pas pleuré, pas crié, tout s'est passé si vite. Elle ne s'est mise à trembler que lorsqu'elle s'est retrouvée en face de Lambert. Elle a pensé qu'il avait tout vu. Elle s'est aperçue aussi qu'elle était presque nue, et que Damien était parti.

Il y a toujours eu ce secret entre Lambert et elle. Comme entre des amoureux. Lambert ne l'a trahi qu'au moment des lettres anonymes. L'idée du mariage de sa sœur lui était insupportable. La nuit qui précéda la mort de Damien, il a tout raconté à Marthe, à l'issue d'une violente dispute.

D'après Nine, Elise ne chargea personne, à la fin de sa confession, ni Damien, ni sa mère, ni même son frère. Du reste, elle n'accusa jamais personne, même pas Léon Fatal, quand il ne revint pas. Elle ne s'en remettait pas non plus à une justice immanente. Elle se comportait en victime qui avait perdu son acte d'accusation.

On a du mal à le prendre en compte, ce secret-là. On aimerait qu'il explique tout, s'il n'expliquait tout trop bien. C'est peut-être l'effet d'une imagination souffrante au fond d'une maison solitaire, la vieillesse qui projette indéfiniment ses plus anciens désirs, la réminiscence déformée du geste d'un amant, Cellier, von Platten, une rêverie hasardeuse sur une confidence de Vernon, ou le fruit d'une interminable songerie sur les photographies perdues, qui continuaient de projeter leur lumière incertaine sur la mémoire d'Elise, de plus en plus tourmentée à mesure que passaient les années.

Ou encore une idée de Nine elle-même, une de ces images qui viennent errer à la lisière du sommeil ou de sa sœur la mort, un fantasme surgi du plus profond de son passé. Dans l'histoire des familles, comme dans celle des espèces animales, il y a toujours des croisements, des mélanges de souvenirs aussi bien que de gènes, bien malin qui les démêle. Il faut se résoudre, sans doute, dans l'histoire de Marthe, à des obscurités, à des mystères définitifs.

Ce fut en tout cas la dernière fois que Nine raconta la vie de Marthe. Elle est morte une semaine plus tard. On peut donner deux versions à cette rapide disparition. Le secret l'avait tuée, elle aussi. Ou plus prosaïquement, on jugera qu'elle quitta la vie en paix, délivrée de son fardeau d'histoires : pour solde de tout compte – ou, si l'on préfère, de tout conte...

Peu après le décès de Nine, Elise a perdu la raison. C'est du moins ce qu'on a dit. Il semble surtout qu'elle ait passé ses journées, un peu comme Tania autrefois, à rédiger sur un gros cahier à spirale l'histoire de sa vie. Elle n'a guère eu le temps de dépasser le temps de sa petite enfance, au Moulin de la Jalousie : dès que la rumeur, toujours aussi véloce, lui en est revenue aux oreilles, Boris s'est senti animé pour sa tante d'une sollicitude soudaine. Il lui a rendu de nombreuses visites, l'a fait examiner par plusieurs médecins de ses amis. Il est parvenu sans trop de mal à lui faire quitter Mortelierre pour un asile psychiatrique choisi par ses soins : c'était le moins cher qu'il ait pu trouver. Il a réussi sans plus de difficultés à obtenir son incapacité juridique et à se faire nommer administrateur de ses biens. Enfin, dans la grande tradition Monsacré, il n'a pas attendu sa mort, le 20 mai 1986, pour vider la maison d'Elise de ses meubles et de ses souvenirs, au vu et au su de tous, avant d'y installer une de ses filles. Devant ses six enfants, il prononça un jour ce jugement solennel et définitif, qui, à ses yeux, le justifiait de tout : *« Elise est folle, elle écrit. »* Il était médecin, tout le monde le crut.

Néanmoins, Elise avait rédigé son testament depuis plus de dix ans, il était en lieu sûr, chez un notaire vendômois ami de Nine, et parfaitement inattaquable. Au grand scandale de la nouvelle génération Monsacré, elle faisait de Lucien Dolhman son légataire universel. La célébrité de l'étranger interdisait toute manœuvre. Dolhman était d'autant plus inquiétant que la cinquantaine venue, il se cherchait des racines. Recru d'honneurs et de succès, il était atteint d'un mal classique, qu'on appelle souvent nostalgie.

DU MÊME AUTEUR

QUAND LES BRETONS PEUPLAIENT LES MERS, Fayard, 1979.
CONTES DU CHEVAL BLEU LES JOURS DE GRAND VENT, Jean Picollec, 1980.
LE NABAB, Jean-Claude Lattès, 1982.
MODERN STYLE, Jean-Claude Lattès, 1984.
DÉSIRS, Jean-Claude Lattès, 1986.
SECRET DE FAMILLE, Jean-Claude Lattès, 1989.
HISTOIRE DE LOU, Ramsay, 1989.

Les femmes au Livre de Poche

(*Extrait du catalogue*)

Autobiographies, biographies, études...

Arnothy Christine
J'ai 15 ans et je ne veux pas mourir.

Badinter Elisabeth
L'Amour en plus.
Emilie, Emilie. L'ambition féminine au XVIIIe siècle (*vies de Mme du Châtelet, compagne de Voltaire, et de Mme d'Epinay, amie de Grimm*).
L'un est l'autre.

Baez Joan
Et une voix pour chanter...

Bodard Lucien
Anne Marie (*vie de la mère de l'auteur*).

Boissard Janine
Vous verrez... vous m'aimerez.

Boudard Alphonse
La Fermeture – 13 avril 1946 : La fin des maisons closes.

Bourin Jeanne
La Dame de Beauté (*vie d'Agnès Sorel*).
Très sage Héloïse.

Buffet Annabel
D'amour et d'eau fraîche.

Carles Emilie
Une soupe aux herbes sauvages.

Černá Jana
Vie de Milena *(L'Amante) (vie de la femme aimée par Kafka).*

Champion Jeanne
Suzanne Valadon ou la recherche de la vérité.
La Hurlevent (*vie d'Emily Brontë*).

Charles-Roux Edmonde
L'Irrégulière (*vie de Coco Chanel*).
Un désir d'Orient (*jeunesse d'Isabelle Eberhardt, 1877-1899*).

Chase-Riboud Barbara
La Virginienne (*vie de la maîtresse de Jefferson*).

Darmon Pierre
Gabrielle Perreau, femme adultère (*la plus célèbre affaire d'adultère du siècle de Louis XIV*).

Delbée Anne
Une femme (*vie de Camille Claudel*).

Desroches Noblecourt Christiane
La Femme au temps des pharaons.

Dietrich Marlène
Marlène D.

Dolto Françoise
Sexualité féminine. Libido, érotisme, frigidité.

Dormann Geneviève
Le Roman de Sophie Trébuchet (*vie de la mère de Victor Hugo*).
Amoureuse Colette.

Elisseeff Danielle
La Femme au temps des empereurs de Chine.

Frank Anne
Journal.
Contes.

Girardot Annie
Vivre d'aimer.

Giroud Françoise
Une femme honorable (*vie de Marie Curie*).

Hanska Evane
La Romance de la Goulue.

Higham Charles
La scandaleuse duchesse de Windsor.

Jamis Rauda
Frida Kahlo.

Lever Maurice
Isadora (*vie d'Isadora Duncan*).

Maillet Antonine
La Gribouille.

Mallet Francine
George Sand.

Mehta Gita
La Maharani (*vie de la princesse indienne Djaya).*

Martin-Fugier Anne
La Place des bonnes (*la domesticité féminine en 1900*).
La Bourgeoise.

Nin Anaïs
Journal, t. 1 *(1931-1934),* t. 2 *(1934-1939),* t. 3 *(1939-1944),* t. 4 *(1944-1947).*

Pernoud Régine
Héloïse et Abélard.
La Femme au temps des cathédrales.
Aliénor d'Aquitaine.
La Reine Blanche (*vie de Blanche de Castille*).
Christine de Pisan.

Régine
Appelle-moi par mon prénom.

Rihoit Catherine
Brigitte Bardot, un mythe français.

Rousseau Marie
A l'ombre de Claire.

Sadate Jehane
Une femme d'Egypte *(vie de l'épouse du président Anouar El-Sadate).*

Sibony Daniel
Le Féminin et la séduction.

Simiot Bernard
Moi Zénobie, reine de Palmyre.

Spada James
Grace. Les vies secrètes d'une princesse *(vie de Grace Kelly).*

Stéphanie
Des cornichons au chocolat.

Suyin Han
Multiple Splendeur.
...Et la pluie pour ma soif.
S'il ne reste que l'amour.

Thurman Judith
Karen Blixen.

Verneuil Henri
Mayrig (*vie de la mère de l'auteur*).

Vichnevskaïa Galina
Galina.

Vlady Marina
Vladimir ou le vol arrêté.
Récits pour Militza.

Yourcenar Marguerite
Les Yeux ouverts (*entretiens avec Matthieu Galey*).

Et des œuvres de :

Isabel Allende, Nicole Avril, Béatrix Beck, Karen Blixen, Charlotte et Emily Brontë, Pearl Buck, Marie Cardinal, Hélène Carrère d'Encausse, Madeleine Chapsal, Agatha Christie, Colette, Christiane Collange, Jeanne Cordelier, Régine Deforges, Daphné Du Maurier, Françoise Giroud, Benoîte Groult, Mary Higgins Clark, Patricia Highsmith, Xaviera Hollander, P.D. James, Mme de La Fayette, Doris Lessing, Carson McCullers, Françoise Mallet-Joris, Silvia Monfort, Anaïs Nin, Joyce Carol Oates, Anne Philipe, Ruth Rendell, Christine de Rivoyre, Marthe Robert, Christiane Rochefort, Françoise Sagan, George Sand, Albertine Sarrazin, Mme de Sévigné, Simone Signoret, Christiane Singer, Han Suyin, Valérie Valère, Virginia Woolf...

IMPRIMÉ EN FRANCE PAR BRODARD ET TAUPIN
Usine de La Flèche (Sarthe).
LIBRAIRIE GÉNÉRALE FRANÇAISE - 6, rue Pierre-Sarrazin - 75006 Paris.

ISBN : 2 - 253 - 05674 - X

30/6963/0